外国现代作家研究丛书

主编 汪义群

国家社会科学基金项目"庞德研究02BWW007"结项成果
2012年国家留学基金资助
中华道德文化协同创新中心资助项目

庞德研究

蒋洪新 著

上海外语教育出版社
外教社 SHANGHAI FOREIGN LANGUAGE EDUCATION PRESS

图书在版编目(CIP)数据

庞德研究／蒋洪新著. —上海：上海外语教育出版社，2014
（外国现代作家研究丛书）
ISBN 978-7-5446-2856-3

Ⅰ.①庞… Ⅱ.①蒋… Ⅲ.①庞德，E.（1885~1972）—人物研究—诗歌研究 Ⅳ.①K837.125.6 ②I712.072

中国版本图书馆CIP数据核字(2012)第162773号

出版发行：**上海外语教育出版社**
（上海外国语大学内）邮编：200083
电　　话：021-65425300（总机）
电子邮箱：bookinfo@sflep.com.cn
网　　址：http://www.sflep.com.cn http://www.sflep.com
责任编辑：蔡一鸣

印　　刷：同济大学印刷厂
开　　本：850×1168　1/32　印张16　字数396千字
版　　次：2014年3月第1版　2014年3月第1次印刷
书　　号：ISBN 978-7-5446-2856-3 / K・0072
定　　价：45.00元

本版图书如有印装质量问题，可向本社调换

外国现代作家研究丛书

编辑委员会

主　编　汪义群
编　委　（按姓氏笔画排列）
　　　　　刘海平　李文俊
　　　　　汪义群　陆建德
　　　　　杨仁敬　郑克鲁
　　　　　陶　洁　郭继德
　　　　　黄源深　瞿世镜

埃兹拉·庞德(Ezra Pound,1885—1972)
(图片出自 E. Fuller Torrey, *The Roots of Treason: Ezra Pound and the Secret of St. Elizabeths*, New York: McGraw-Hill Book Company,1984.)

庞德(右二)与乔伊斯(左二)、福特(左一)在一起。
(图片出自 Peter Ackroyd, *Ezra Pound and His World*, London: Thames and Hudson, 1980.)

1914年1月18日庞德(右三)与诗人叶芝(中)、理查德·阿尔丁顿(右二)、F. S. 弗林特(右一)在一起。
(图片出自 Peter Ackroyd, *Ezra Pound and His World*, London: Thames and Hudson, 1980.)

T. S. 艾略特(T. S. Eliot,1888—1965)
(图片出自 Ronald Tamplin, *A Preface to T. S. Eliot*, Harlow: Pearson Education Limited, 1988.)

奥尔佳·露基(Olga Rudge,1895—1996)
(图片出自 J. J. Wilhelm, *Ezra Pound in London and Paris 1908 – 1925*, University Park: Pennsylvania State University Press, 1990.)

多萝西·萨士比亚(Dorothy Shakespeare, 1886—1973)
(图片出自 Noel Stock, *Ezra Pound's Pennsylvania*, Toledo, Ohio: The Friends of the University of Toledo Libraries, 1976.)

作者访庞德旧居,费城金肯镇核桃街417号
(417 Walnut Street, Jenkintown, Philadelphia)

(本书封面庞德照片由耶鲁大学拜纳基图书馆提供)

外国现代作家研究丛书

总　序

汪义群

编纂一套现代外国作家研究丛书,作为新时期以来我国外国文学研究的一个总结,是我多年的愿望。

自五四运动以来,我国的外国文学研究已经走过八十多个年头了。在相当长的时间里,外国文学的译介和研究深刻地影响着我国的文学创作。鲁迅先生甚至将外国文学的译介者比做"盗火的普罗米修斯",由此可见,它对于我国新文学运动的发生和发展,起到了何等巨大的作用。

然而,自20世纪中叶起,由于苏联文艺思想的影响以及极左思潮的干扰,外国文学,尤其是现当代外国文学的研究,处于低谷状态。一方面表现在译介的内容明显狭窄,人们关注的仅仅是高尔基、萧伯纳、杰克·伦敦、马克·吐温、德莱塞等所谓揭露社会弊端的"进步作家"。即使对这些进步作家,也仅仅着眼于他们社会批判的一面,对于他们张扬人道主义、提倡个性解放的一面,或则避而不谈,或则作为其"阶级局限性"或"时代局限性"加以剔除。而伍尔夫、乔伊斯、福克纳、卡夫卡等现代派作家,则一直背着"颓废没落"、"腐朽反动"的骂名。除非作为批判用的内部资料,一般读者对他们无从了解。至于那位直到弥留之际还念念不忘回到她所深爱的中国的赛珍珠,则始终是批判的对象。

外国文学译介和研究的真正繁荣,应该从20世纪70年代末算起。经历过漫长而充满苦难的"文化大革命"的人们,在欢庆共和国新生的同时,渴望着精神的食粮。很快,《安娜·卡列尼娜》、《傲慢与偏见》、《简爱》、《双城记》等经典名著重新回到了读者的书架。与此同时,人们又把眼光放到了一些更加晚近的作家。

20世纪七八十年代之交,是一个文学创作、研究和翻译百废俱兴的时代。人们阅读外国文学作品、了解和借鉴现当代文学的需求与日俱增。为了满足人们的这一迫切需要,老一代翻译家纷纷拿起生疏已久的译笔重返译坛,译界的新秀也不断涌现。与此同时,国内各重点大学纷纷开设英美文学或外国文学研究生课程,招收了文革以后第一批研究生。这些研究生课程的设置,为我国现当代外国文学研究培养了一支生力军。目前我国活跃在外国文学研究领域内的诸多卓有成就的专家学者,便是其中的佼佼者。80年代以来,每年都有数以百计的爱好外国文学的学生加入到这一行列中来。由于与外界长期隔绝,新时期学者的关注目光,更多地投在现当代作家身上。福克纳、菲茨杰拉德、伍尔夫、贝克特、萨特……这些以前还鲜为人知的外国作家,逐渐进入了我国读者的阅读领域和专业人员的研究视野。

令人高兴的是,自20世纪70年代末以来,这方面的工作已经有了相当的积累,现在应该是收获的季节了。经过二十多年的积累,我国已经拥有我们自己的福克纳专家、海明威专家、奥尼尔专家、赛珍珠专家……。正是在这样的基础上,编纂一套外国现代作家研究丛书具备了可能性。

1998年夏,笔者与来沪开会的陶洁、陆建德、刘海平等教授谈起编纂这样一套学术丛书的想法,得到了他们的热情支持。他们还慨然同意为本丛书撰稿。

总　序

　　丛书之所以取名为"外国现代作家研究",主要有三个方面的考虑。一方面当然出于划定时间界限的考虑,顾名思义,古典作家当然不会包含在本丛书之内。这并不是说对于荷马史诗、莎士比亚、塞万提斯、歌德我们已经研究得很透了,不再需要做进一步的研究。我们只是希望在过去未曾涉猎或涉猎不多的领域内多作一些耕耘。另一方面的考虑也在于"现代"一词的宽泛性。从最宽泛的意义上讲,"现代"一词与"传统"、"古典"相对。凡不属传统和古典的均可以称作现代。而我们的划分要相对严格一些,将"现代"界定在19世纪初期以后。也就是说,凡活跃在19世纪初至20世纪中叶甚至更晚近的具有世界影响的外国作家,都可包括在内。因此尽管这套丛书的第一辑只选了福克纳、海明威、赛珍珠、艾略特、惠特曼、伍尔夫、奥尼尔、普鲁斯特、菲茨杰拉德等18位作家,但这个系列是开放的,作家的名单还可以继续延伸下去。第三,自19世纪中期以来,西方的文艺思潮和文学流派层出不穷。在诗歌、小说和戏剧领域内,自然主义、象征主义、表现主义、未来主义、超现实主义、达达主义、意识流、荒诞派等流派此起彼伏。这些思潮和流派反映了西方知识分子对于文学艺术的本质的思考。这种思考在每个作家身上都会有所体现。我们希望这套外国现代作家研究丛书,也能从某个侧面真实地反映出将近200年来西方文艺思潮的流变。

　　另外,关于丛书作者的遴选,也想在此作一说明。笔者最初的想法是约请国内对某一作家的研究最具权威性的学者。他或她应该翻译过该作家的作品,应该发表过相关的学术论文,最好出版过有关该作家的评传或专著。为此,我们请陶洁写福克纳,杨仁敬写海明威,李野光写惠特曼,刘海平写赛珍珠,陆建德写艾略特,郑克鲁写普鲁斯特,朱静写纪德,瞿世镜写伍尔夫,郭继德写阿瑟·密勒,文楚安写金斯伯格,都是绝好的人选。嗣后,在听取不少学界同人的意见后,笔者对作者的遴选标准作了一些调整。除了上面

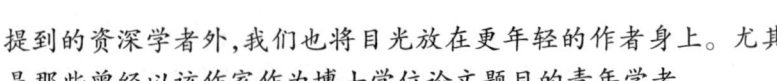

提到的资深学者外,我们也将目光放在更年轻的作者身上。尤其是那些曾经以该作家作为博士学位论文题目的青年学者。

  最后,想谈谈对于这套丛书的整体构思。作为一套丛书,每本书的正文应该由以下四个部分组成:一、作家小传,二、代表作品的分析,三、该作家在欧美的研究历史与现状,四、该作家在我国的译介情况。笔者相信,如果每本书都能较好地完成以上四个方面的任务,它将为读者提供有关这位作家比较全面的研究成果,就有可能满足不同层次的读者的要求,既满足一般文学爱好者希望了解某一作家的需求,又满足外国文学研究者希望追踪国内外最新研究成果的愿望。试以赛珍珠为例。我们可以设想一下,一位外国文学的爱好者如果想了解赛珍珠这位作家,只需阅读本丛书内《赛珍珠研究》一书的第一、第二部分,便可以将这位作家的生平和代表作品尽收眼底。如果是一位打算以赛珍珠为研究课题的外国文学专业的研究生,那么,他还得读一读该书的第三、第四部分,即该作家在欧美的研究历史与现状,以及该作家在我国的译介情况。这样,他不但可以了解到国外对于赛珍珠在不同的时期曾经出现过哪些不同的评价,对于她的研究目前走到了哪一步,取得了哪些成就,而且可以知道赛珍珠的作品最早是由谁翻译介绍到中国,以及在我国国内引起过哪些反响,国内的学者在这方面做过哪些工作,等等。这样,前人做过的工作,我们不必再去重复。过去未被人们重视的课题,正需我们去关注和发掘。而前人研究中未有穷尽之处,或值得商榷之处,甚或疏漏失误之处,也是我们进一步研究的新课题。诚如此,学术的研究就有可能薪火相传,就有可能在不断继承前人成果的基础上有所发展,有所传承。当前学术界各写各的、互相重复、互不通气的弊端也有望得到改观。这正是本人所期待的。

2002 年 8 月于上海外国语大学

外国现代作家研究丛书
庞德研究

目 录

序言
.... 1

绪论 庞德研究学术史之简要回顾
.... 8

第一章 庞德的生平
.... 35

第二章 诗之舞:戴着面具
.... 106

第三章 《仪式》与早期诗
.... 125

第四章 《华夏集》：翻译后起的生命
.... 158

第五章 《休·赛尔温·莫伯利》及其他
.... 185

第六章 《诗章》研究
.... 204

第七章 庞德文学理论与文艺思想
.... 267

第八章 庞德政治经济文化批评
.... 302

第九章 庞德与英美诗坛
.... 333

第十章　庞德与中国

.... 364

结　语　历史的灯火阑珊处.................................... 414

附录一　庞德生平年表 420
附录二　庞德研究文献 426
附录三　人名索引 482

后　记 490

庞德研究

序　言

钱兆明

埃兹拉·庞德(Ezra Pound, 1885—1972)是一个有争议的美国现代主义诗人、批评家。一方面,他才华横溢,在漫长的一生为我们留下了一部含历史、跨文化、无结尾的现代主义长篇史诗《诗章》(*The Cantos*),创作了数百首原创诗,再创作了包括汉诗、古罗马诗在内的数百首世界名诗,并写下了上千篇文艺批评论文。庞德的诗歌和诗歌创作理论在世界范围内影响了上世纪乃至本世纪几代人的文艺创作。另一方面,庞德犯过严重的政治错误,二战期间他在罗马发表亲意大利法西斯、反美国联邦政府、反犹太的广播演说,引渡回美国后被监禁在华盛顿的圣·伊丽莎白精神病医院达十二年之久。

庞德生活在一个新旧文化转型的时代。这个时代同欧洲文艺复兴一样,造就了一大批杰出的文学家和艺术家。就美国现代诗歌而言,举足轻重的大家除了庞德,还有T. S.艾略特(T. S. Eliot)、华莱士·斯蒂文斯(Wallace Stevens)、威廉·卡洛斯·威廉斯(William Carlos Williams)、希尔达·杜利特尔(Hilda Doolittle)、玛丽安·摩尔(Marianne Moore)、罗伯特·弗罗斯特(Robert Frost)和兰斯顿·休斯(Langston Hughes)。1971年,美国著名文评家休·肯纳(Hugh Kenner)出版了长达600多页的《庞德时代》(*The Pound Era*),称20世纪英美文学属于庞德时代。该书面世不久,耶鲁大学资深教授哈罗德·布鲁姆(Harold Bloom)即提出,我们的时代应该称作"史蒂文斯时代"。恰如斯坦福学者玛乔瑞·帕洛夫(Marjorie Perloff)在《庞德/史蒂文斯：谁的时代？》一文中所指出的，两位权威的争论造成英美学界分成了两派，一派推崇庞德、排斥史蒂文斯，另一派推崇史蒂文斯、排斥庞德。在很长一段时间内，西方评论美国现代主义诗歌，不是偏重庞德、艾略特，就是偏重史蒂文斯。拙著《现代主义之于中国美术：庞德、摩尔、史蒂文斯》(*The Modernist Response to Chinese Art: Pound, Moore, Stevens*, 2003)从局外人的视角出发，首次打破了这一局面，将庞德、摩尔、史蒂文斯等量齐观，加以评论。如果没有偏见，谁都会承认庞德和史蒂文斯只是风格不同，都是杰出的现代派诗人。他们都反对陈旧的格律、浮华的辞藻，赞成意象主义、非人格化。二人不仅有共同的创作原则，而且有类似的爱好。他们都欣赏西欧前卫美术和东方古典绘画。1909年3月，正当庞德在伦敦聆听英国东方艺术鉴赏家劳伦斯·比尼恩(Laurence Binyon)做"东西艺术比较"讲座时，史蒂文斯在大西洋彼岸的纽约艾斯特(Astor)图书馆研读着比尼恩的画论《远东绘画》(*The Painting in the Far East*, 1908)。比尼恩的《远东绘画》和厄内斯特·费诺罗萨(Ernest Fenollosa)的《中日美术时代》(*Epochs of Chinese and Japanese Art*, 1912)不仅庞德研读过，史蒂文斯也研读过。

  在英美等国，庞德研究几起几落，最近十多年又热火了起来。诗人惠特曼(Whitman)、狄金森(Emily Dickinson)、史蒂文斯、威廉斯、摩尔、弗罗斯特等都有研究会。庞德研究还有国际研讨会，首届会议于1975年为纪念庞德诞辰90周年在美国缅因州的奥罗诺(Orono)召开。自1999年在北京召开了有15国学者参加的第18届研讨会以来，庞德国际研讨会又分别在法国巴黎、美国爱达荷州的黑利、意大利拉巴洛、威尼斯、罗马、英国伦敦和爱尔兰都柏林召开了七届大会，与会宣读论文的学者一年比一年多。庞德研究热火的原因很多，其中一个原因是他的国际影响随着时间的推移显得越来越深远。要说诗歌,他的作品未必比史蒂文斯、艾略特、威廉斯、摩尔或弗罗斯特的作品更耐读。可是庞德不仅是一个杰出的现代派诗人,他还是一个杰出的现代派批评家。说到文学批评,能与庞德匹敌的唯有艾略特,而艾略特从不讳言自己"独到"的文学批评见解常来自庞德,艾略特还曾指出,"庞德的文学批评是英美当代文学批评中最重要的"。(Pound, *Literary Essays*: x)另外,从批评的涉及面看,庞德也比艾略特更广泛。庞德不仅写文学评论,还写音乐和美术评论。他评音乐和美术的论文后被分别收入了《埃兹拉·庞德与音乐》(*Ezra Pound and Music*, 1977)和《埃兹拉·庞德与视觉美术》(*Ezra Pound and the Visual Arts*, 1980)这两部集子。再者,庞德曾影响了一批作家和艺术家。用今天的话说,庞德这个犯过错误的诗人还曾是一个"领军式"人物。"领军式"人物要肯"为他人做嫁衣"。美国现代主义诗坛人才济济,可只有庞德肯花时间、精力"为他人做嫁衣"。1913—1923 年,在新旧文化转型的紧要关头,庞德曾屡次放下自己手头的创作,帮叶芝(W. B. Yeats)、杜利特尔、艾略特、乔伊斯(James Joyce)等诗友、文友改稿、筹资、造舆论,让他们迅速成为现代主义运动中的风云人物。可以说没有庞德就没有现代主义的叶芝、没有意象主义的杜利特尔、没有漩涡主义的雕刻艺术家亨利·戈蒂耶-布尔泽斯卡(Henri Gaudier-Brzeska)、没有艾略特的《荒原》、没有乔伊斯的《尤利西斯》。20 世纪 30 年代和 40—50 年代,庞德又花大力先后扶植路易斯·儒可夫斯基(Louis Zukofsky)和查尔斯·奥尔森(Charles Olson)。可以说没有庞德就没有儒可夫斯基的客观主义诗派,没有奥尔森的黑山诗派。

2007 年夏,中美诗歌诗学研究会(CAAP)在武汉成立。美国著名诗评家帕洛夫亲临大会指导,并做了精彩的演讲。帕洛夫返美后曾向我详细介绍了会议的实况,在赞赏大会成功举办的同时她感叹,"与我们相比,中国对美国诗歌,尤其是美国现代主义诗歌的研究,落后了二三十年"。美国诗歌对美国人而言是本土诗歌,对中国人而言则是外国诗歌。从这个角度看,帕洛夫的批评并不尖刻。如果大会重点讨论中国诗歌,美国学者的发言落后于中国学者,大概无人会感到吃惊。2008年,我回国兼课后,发现国内外国文学研究的条件很不尽如人意。即便是重点大学图书馆,也不能及时订购国外新出版的各种图书、不能订阅国外多种核心期刊。同时,我们的学者很少有机会出去参加国际学术会议。由此国内外国文学研究的议题往往与国外脱节。但就是在图书资料奇缺、与国外同行交流颇少的条件下,我国的外国文学研究,尤其是庞德研究,近年还是取得了很大进步。2006年,吴其尧的《庞德与中国文化——兼论外国文学在中国文化现代化中的作用》和陶乃侃的《庞德与中国文化》相继出版。2008年,中国庞德研究会在北京宣告成立,至今已分别在北京理工大学、北京外国语大学和南开大学举办了三届研讨会。

近年的国内庞德研究日益升温,英美文学专业以庞德研究为论文选题的博士生不断增加,而国内大学图书馆英美文学原著和国外出版的参考文献奇缺。蒋洪新撰写的《庞德研究》,作为我国第一部全方位、与国际接轨的研究庞德的专著,就是在这样的情况下问世了。这部专著的出版,在我看来,是我国庞德研究的一件大事,也应当是我国外国文学研究的一件大事。可以预言,它的面世必将把我国的庞德研究推向一个新的高度。

蒋洪新长期从事英美诗歌、诗学研究,功底雄厚,治学严谨。近年来他利用访学的机会,在美国加州大学、英国牛津大学等高校图书馆潜心研读了大量有关图书、文档资料,还专门去庞德生活过的地方考察诗人的生活背景。他耗费十年心血撰写的《庞德研究》旨在面向当前我国研究生、学者深入研究庞德的实际需要。

《庞德研究》共十章,三十多万字,篇幅不算太长,但令人关注的是,这数十万字囊括了国内庞德研究最迫切需要的文献资料

序　言

——一本庞德简史、一本中译庞德诗选、一本中译庞德论文摘要、一本庞德诗歌注释指南和一本中外庞德研究参考书目。作为一个同行，我深知撰写或翻译其中任何一本作品的艰辛。就庞德简史或传记而言，庞德文献中有传记作家撰写的庞德传记，如韩弗理·卡本特的《一位严肃的角色：埃兹拉·庞德的一生》(Humphrey Carpenter, *A Serious Character: The Life of Ezra Pound*, 1988)；有庞德学者撰写的庞德传记，如詹姆士·威尔海姆的《埃兹拉·庞德的美国之根》、《埃兹拉·庞德在伦敦与巴黎：1908—1925》和《埃兹拉·庞德的悲惨岁月：1925—1972》(James J. Wilhelm, *The American Root of Ezra Pound*, 1985; *Ezra Pound in London and Paris: 1908–1925*, 1990; *Ezra Pound: The Tragic Years, 1925–1972*, 1994)；还有简明庞德传记，如艾拉·纳德尔的《庞德的文学生涯》(Ira Nadel, *Ezra Pound: A Literary Life*, 2004)。最近牛津大学出版社还出版了大卫·莫迪多卷本的庞德传记《诗人埃兹拉·庞德：生平与著作》第一卷(David Moody, *Ezra Pound: Poet, A Portrait of the Man and His Work*, 2007)。撰写庞德生平的一个难题是如何处理庞德在二战期间所犯的错误。作者对此既没有回避，也没有为他开脱。他不仅如实地记叙了庞德的这段历史，而且摘译了庞德某些庇护意大利法西斯、反美国联邦政府、反犹太的言论，供读者分析批判。

庞德的著作浩如烟海。2003年，美国图书馆美国经典作家作品系列丛书新添了一卷理查德·西伯兹编注的《埃兹拉·庞德：诗歌和翻译》(Richard Sieburth, *Ezra Pound: Poems and Translations*)，不包含其巨著《诗章》就洋洋大观1400页。想必庞德的《诗章》还会在这套丛书中单独成卷。在庞德浩瀚的诗海中选出一部分最能代表其风格和力度的诗篇收入《庞德研究》绝非易事，作者在这方面做得相当成功。这里，我们不仅能读到中译庞德早期的代表作《面具》(*Personae*)、《华夏集》(*Cathay*)、《仪式》

(*Lustra*)、《向塞科丢斯·普洛朴梯斯致礼》(*Homage to Sextus Propertius*)、《休·赛尔温·莫伯利》(*Hugh Selwyn Mauberley*)和《在地铁站》("In a Station of the Metro"),而且能读到部分中译《诗章》。《华夏集》收有李白等诗人的原作和庞德的再创作,中英对照,这正是我们在国内教授庞德诗作最需要的。庞德诗歌的中译本不多,主要因为他的诗实在难译。叶维廉、袁可嘉、赵毅衡、张之清、裘小龙等知难而进,曾翻译过庞德的某些长短诗;黄运特则翻译了十一章《比萨诗章》。他们几位的佳译毕竟有限,留下的大片空白,蒋洪新必定倾注了大量的时间和精力,才一一译出。

我指导过的国内和国外的研究生普遍反映,现代派诗歌比文艺复兴时期的诗歌和浪漫主义诗歌更难读。而在现代派诗歌中,庞德的诗歌尤为艰涩。要攻克这个堡垒还真需求助于好的注释本。《诗章》最扎实、最可靠的注释本非卡罗尔·特里尔( )的《埃兹拉·庞德〈诗章〉指南》(*A Companion to* The Cantos *of Ezra Pound*)莫属。《庞德研究》第六章"《诗章》研究"不仅提供了诗章的节译,而且对每篇节译作了点评。限于篇幅,作者的解释不可能像特里尔《指南》那么详尽,但是该点到的难点大多点到了。英国学者理查德·帕克(Richard Parker)最近牵头,同60位庞德学者联袂撰写一部两卷本的《庞德〈诗章〉读解》(*Readings in* The Cantos)。我们每人只负责讲评一至三篇诗章,尚感艰难,本书作者一人点评许多诗章,实属不易。

庞德的论文同他的诗歌一样浩瀚,其英文原著的选集最常用的数T.S.艾略特选编的《埃兹拉·庞德文论》(*Literary Essays of Ezra Pound*)和威廉·库克森选编的《埃兹拉·庞德散文选:1909—1965》(William Cookson, *Ezra Pound: Selected Prose 1909 - 1965*)两种。《庞德研究》的独到之处在于除了摘译了这两本选集中最实用的数十篇论文外,还摘录了国内研究者特别需要但又不易找到的庞德论文。

序　言

　　本书最后还给我们提供了庞德生平年表、庞德原著书目、中文庞德研究书目、英文庞德研究书目和相关文献书目。英文庞德研究书目相当翔实。这些对庞德研究者皆有助益。

　　继吴其尧、陶乃侃等撰写的庞德专著之后，我们又迎来了蒋洪新的《庞德研究》。作为一部全方位的庞德研究专著，个人的见解会有不同，孰长孰短，这些还是留给广大读者在使用中鉴别罢。

2013 年 2 月 1 日
于斯坦福近郊

绪 论
庞德研究学术史之简要回顾

滚滚长江从大山夺路而出,越过雄关险阻,奔腾东下,浩荡入海。游览长江留给你的壮美与激动可能不仅是浩瀚的江水,还有奇险的峡滩。据史料记载,在众多峡滩中有一峡名曰兵书宝剑峡,此峡来历不凡。相传诸葛亮入川时,路过三峡,曾将他亲撰的一部兵书和一柄宝剑,藏于江边难于攀登的峭壁之上,让后世有胆略的勇士去取。有诗云:"天上阴符定不同,山川终古傲英雄。奇书未许人间读,我驾云梯欲仰攻。"该诗是赞颂诸葛亮与他的奇书,后人欲得英雄真传就要有胆有识。

本书所研究的对象美国诗人埃兹拉·庞德(Ezra Pound, 1885—1972),称得上是英美 20 世纪文坛颇有争议的风云人物。他留下了一部奇书《诗章》(*The Cantos*),不少学者为此煞费苦心,皓首穷经。庞德本人是一个"矛盾体"式的人物。他纵横美国与欧洲,领导和推动了近一个世纪的文学运动,但同时在二战期间不慎为罗马电台播音并散布了一些错误观点,为此遭受了十余年牢狱之苦。他的文学思想与文化批评极为博大开阔,具有世界性,但他的某些政治经济主张颇为偏激与幼稚。他的许多诗学和文化批评思想不单是他那个时代的重要源泉,而且迄今仍对英美诗坛影响深远。他热爱中国文字、诗歌与儒家经典,并借助中国文化为其现代主义增添绚丽色彩。与此同时,中国 20 世纪初的新诗运动也从他领导的意象派那里得到启发。

庞德在英美文学领域的重要地位已毋庸置疑,中西方对他的研究也日渐深入。比阿特丽丝·里克斯(Beatrice Ricks,1919—2011)在1986年出版了著作《埃兹拉·庞德:研究他的书目》[①](*Ezra Pound: A Bibliography of Secondary Works*),其中列出已经出版的研究庞德的著作与发表的文章有3696条。这仅仅是1986年的英文研究庞德的书目汇编,还没有包括近二十年的研究成果,也没有囊括其他国家有关庞德的研究书目,如中国、日本、法国、德国等。二十几年过去,庞德研究更是兴旺繁荣,有世界性研讨会、庞德研究杂志(*Paideuma*[②])、庞德研究学会(如中国庞德研究学会)等。研究他的著作如雨后春笋,层出不穷。对此我的另一部相关著作《庞德学术史研究》中有分类研究。纵览上百部以上的庞德研究中外书籍,笔者以为庞德研究大致可分为如下几个阶段:

第一阶段:1908—1949,庞德虽蜚声文坛,但学界影响甚小。庞德与20世纪许多美国作家诗人一样,创业成名于欧洲。他于1908年离开美国来到欧洲,当时英国诗坛比较有影响力的诗人是A. C. 史文朋(A. C. Swinburne,1837—1909)、乔治·梅瑞迪斯(George Meredith,1828—1909)和托马斯·哈代(Thomas Hardy,

---

① 比阿特丽丝·里克斯:《埃兹拉·庞德:研究他的书目》,伦敦:稻草人出版公司,1986年。Beatrice Ricks, *Ezra Pound: A Bibliography of Secondary Works*, N. J., & London Metuchen: The Scarecrow Press, Inc., 1986.

② 该杂志是专门研究庞德的学术刊物,由美国诗歌基金会创办,1972年在缅因大学出版社印行,是年印出两期,编委会皆是世界研究庞德权威。资深编辑:加州大学休·肯纳(Hugh Kenner)、伊伐·赫斯(Eva Hesse);编辑:斯坦福大学唐纳德·戴维(Donald Davie)、耶鲁大学唐纳德·噶拉普(Donald Gallup)、北卡大学刘易斯·列瑞(Lewis Leary);执行编辑:缅因大学卡罗尔·F·特里尔(Carroll F. Terrell);协助编辑:伦敦的威廉·库克孙(William Cookson)、东京的岩崎良造(Ryozo Iwasaki)、贝尔法斯特的基·森(G. Singh)、巴黎的多米尼克·鲁(Dominique de Roux)、纽约的哈里·米坎姆(Harry Meacham)、魁北克的威廉·提尼(William Tierney)、印度的迪坝·帕特麦克(Deba Patnaik)。

1840—1928)。但在庞德心目中,英语世界当时最优秀的诗人应该是叶芝(W. B. Yeats, 1865—1939),他们于1909年结识。这一年他还认识了小说家与批评家福特·马多克思·福特(Ford Madox Ford, 1873—1930)以及诗人T. E. 休姆(T. E. Hulme, 1883—1917)。与这些名家的交往标志着庞德在英国文坛已经有了人脉。但真正要站稳脚跟,还得靠他自己的作品。庞德到伦敦不到几个月,出版商查尔斯·埃尔金·马修(Charles Elkin Mathews, 1851—1921)就对庞德的《熄灭的细烛》(*A Lume Spento*, 1908)所表现出来的传统意识和新的诗学产生了兴趣。在庞德之前,好几位现代主义诗人如叶芝、乔伊斯(James Joyce, 1882—1941)、亚瑟·西蒙斯(Arthur Symons, 1865—1945)都在这里出版了作品,因此查尔斯·埃尔金·马修可以说是英美现代主义运动的推动者。庞德非常感念埃尔金·马修对他早期文学生涯的支持,他在《我怎样开始》中写道:"埃尔金·马修是伦敦第一位出版我作品的出版商,他自己出资出版了我早期的三本书《面具》(*Personae*)、《狂喜》(*Exultations*)和《短歌》(*Canzoni*)。"① 因此,我们做学术史研究时不能忽略出版商与传媒所做的贡献。根据唐纳德·噶拉普(Donald Gallup, 1913—2000)在《埃兹拉·庞德的书目》所做的统计,庞德早期的诗歌基本上是埃尔金·马修的出版公司出版的:1909年4月出版《面具》,1909年10月出版《狂喜》,这两个诗集在1913年合集以《面具》为标题重版,1911年7月出版《短歌》,1915年4月出版《华夏集》(*Cathay*),1916年9月出版《仪式》(*Lustra*)。后来另外两家出版社——英国费伯与费伯出版社、美国新方向出版社——也看上了庞德,它们成为庞德发表作品

---

① Ezra Pound, "How I Began," see *Ezra Pound Early Writings: Poems and Prose*, edited with an Introduction and Notes by Ira B. Nadel, London: Penguin Books Ltd., 2005, p.211.

的重要阵地。只要浏览本书所列的庞德出版书目就可知其中的分量,尤其自庞德在华盛顿圣·伊丽莎白精神病医院关押的十几年中,新方向出版公司的老板詹姆斯·劳克林(James Laughlin)为营救庞德和重塑庞德形象可谓不遗余力。对此格雷戈里·巴黑瑟(Gregory Barnhisel)的《詹姆斯·劳克林、新方向和重塑埃兹拉·庞德》(*James Laughlin, New Directions, and the Remaking of Ezra Pound*)中有详细叙述。庞德的诗歌与文论在早期有不少的评论,这些散落在当时的报纸与杂志的文章被埃里克·洪贝格尔(Eric Homberger)编的《埃兹拉·庞德:批评的传统》(*Ezra Pound: The Critical Heritage*)收录。这个阶段评论庞德的诗作文章偏多,尚没有研究他的专著。就文章的质量与影响力而言,诗人 T. S. 艾略特(Thomas Stearns Eliot,1888—1965)为庞德写的评论最为显眼。我们大多知道庞德是怎样帮助与提携艾略特的,但少有人谈起艾略特是如何推举以及如何营救庞德的,因此研究庞德的学术史如果忽略艾略特就会失去许多光彩。1917 年 8 月,29 岁的 T. S. 艾略特写下第一篇评论庞德对日本能剧翻译的文章,发表在《自我主义者》(*The Egoist*)杂志上,文章高度评价了庞德翻译对诗歌创作的意义。1917 年 11 月,艾略特第二篇评论庞德的文章《埃兹拉·庞德:他的诗体与诗歌》(*Ezra Pound: His Metric and Poetry*),在纽约以小册子印行。该文是应约翰·奎因之邀为在纽约的艾尔弗雷德·克诺夫出版社出版庞德《仪式》所作。庞德事后告诉奎因"为了将来让艾略特走红,故该文没署艾略特的名,因为相互捧场的事不宜像打乒乓球那样太明显。"[①] 艾略特在该文中对庞德的早期诗歌创作做了全面评价。他在文中首先指出庞德的诗名彰显,他的诗作成就应实至名归;其次他列举了庞德的诗歌与当时许

---

① Eric Homberge, *Ezra Pound: The Critical Heritage*, London and Boston: Routledge & Kegan Paul, 1972, pp. 12 – 13.

多名人对庞德诗作的评述；最后他提醒人们注意庞德诗的节奏与诗体形式的变革意义，并且提倡这些诗歌技巧值得人们效法。这是一篇研究庞德的重要文章。1918年9月艾略特在《今天》杂志上发表《关于埃兹拉·庞德的一个提示》(A Note on Ezra Pound)，该文郑重宣称庞德的重要性体现在其实际所获得的成就中，体现在其代表作、翻译作品和再创新中，所以我们要尊重庞德在当代文学的地位。艾略特提醒人们读庞德作品，既要联系他的过去与现在，也要联系整个文学传统。这与他1919年在《自我主义者》杂志所发表的那篇著名论文《传统与个人才能》的观点相互呼应。1928年11月23日，艾略特编选、出版庞德的《诗选》(Selected Poems)，并为其作序。该诗集选录了庞德的《面具》、《还击》、《仪式》、《华夏集》、《休·赛尔温·莫伯利》(Hugh Selwyn Mauberley)和某些早期诗，由伦敦费伯与格耶出版社(Faber & Gwyer)出版。此时艾略特出版了震撼文坛的代表作《荒原》，在英美文学界以及学术界的名望已超过隐居在意大利的庞德。1954年1月22日，伦敦费伯与费伯出版社出版了T. S. 艾略特编选并作序的庞德《文学论文集》(Literary Essays)，囊括了在艾略特看来最能代表庞德文学批评思想的文章。1954年2月26日新方向出版社发行美国版。此时艾略特与庞德所享受的待遇应该是天壤之别：艾略特是1948年诺贝尔文学奖得主，庞德是阶下囚。虽然庞德在艾略特等人鼎力举荐下于1949年获美国博林根诗歌奖，但文坛的地位与学界的地位有时不一定有必然直接的联系。文坛如雷贯耳，学界可能雨声很小，这样来描述庞德在20世纪20年代到40年代学术界的情况是恰如其分的。此时艾略特和叶芝的作品早就进入大学讲堂，庞德则较少被人提及。试看两位权威学者在其著作中的学术态度便知一二：一是1939年美国教授克林斯·布鲁克斯(Cleanth Brooks, 1906—1994)出版的《现代诗歌与传统》(Modern Poetry and the Tradition)①,这是一本专论现代主义诗歌与传统关系的重要论著,书中开专章讨论弗罗斯特、麦克利什、奥顿(书中第六章,原文:VI. Frost, Macleish, and Auden),艾略特的《荒原》(书中第七章,原文:VII. The Waste Land: Critique of the Myth),及神话创造者的诗人叶芝(书中第八章,原文:VIII. Yeats: The Poet as Myth-Maker)②,但该书没有论及庞德。连书中的重要章节第五章:现代诗人与传统(The Modern Poet and the Tradition)以及最后的"现代批评书目选(A Selected Bibliography of Modern Criticism)"都未提及庞德。③ 唯有在前言有一处提及庞德,说"埃兹拉·庞德、华莱士·斯蒂文斯、唐纳德·戴维在本书中被省略应该是件遗憾的事"④,但没有阐明不选或者不写庞德的理由。克林斯·布鲁克斯还有一本重要著作《精制的瓮》(*The Well Wrought Urn*)⑤,该书的副标题为"诗歌结构之研究"(Studies in the Structure of Poetry)。这部书是1947年出版的,作者在序言里声称要研究从伊丽莎白时代到现在的一些名诗,他要向读者展示这些好诗的某些共同结构品质。⑥ 书中选录现代诗人叶芝作为范例,但没有提到庞德。布鲁克斯的喜好固然有个人偏好,但可以管窥当时庞德在美国学界的地位。在20世纪20至40年代英国大学很少论及庞德,直到1950年剑桥大学赫赫有名的F. R. 利维斯博士(F. R. Leavis,1895—1978)在其名著《英诗新方向》(*New Bearings in English Poetry*)有专章谈"埃兹拉·庞德",这本书的主旨在前言中明

---

① Cleanth Brooks, *Modern Poetry and the Tradition*, Chapel Hill: The University of North Carolina Press, 1939.
② 同上, p. xi.
③ 同上, pp. 69-109, p. 245.
④ 同上, p. ix.
⑤ Cleanth Brooks, *The Well Wrought Urn*, New York: Harcourt, Brace and Company, 1947.
⑥ 同上, p. ix.

确告诉人们是探讨诗与现代世界的关系。书的开头语足以警醒世人："诗对现代世界已无足轻重。也就是说,当代很少有智者再关心诗歌。"① 这是有道德责任感的利维斯博士的一贯文风,其后书中洋洋洒洒论述了每个时代不同代表的诗人与不同的诗风。19 世纪有华兹华斯、雪莱、拜伦、柯勒律治等,维多利亚时代有那个时代的一批诗人,在现代当推叶芝与艾略特等。他把艾略特看做现代最卓越的诗人,称他的《J. 阿尔弗雷德·普鲁弗洛克的情歌》(*The Love Song of J. Alfred Prufrock*)是代表与 19 世纪诗歌传统完全决裂的现代诗,是个新开端。② 他花了大篇幅谈艾略特与他的代表作《荒原》,说《荒原》也许只有少数人欣赏,但强调说任何时代的伟大作品不就是只有少数人能真正理解吗?③ 在该书中利维斯用 26 页专门谈庞德,由此可见利维斯的学术眼观果然不同凡响,应该说他是较早如此全面评论庞德的大批评家。可是认真读他关于庞德的文字,你会感到他没有将庞德置于与艾略特同等的地位。首先利维斯引艾略特对庞德的评语,并且说庞德对艾略特有知遇之恩,艾略特自然会把庞德的诗放在现代诗的崇高地位,艾略特说自己的诗都可以从庞德诗中找到回音,他还认为与他同代的诗人和下一代诗人谁也无法否认通过学习庞德的诗得到了提高。奇怪的是,利维斯对艾略特的话不以为然,说艾略特的话固然有权威,但英语诗到目前的阶段,艾略特显而易见起了决定性的开拓作用,不管艾略特本人和其他人对庞德的评价多高,庞德的影响是次于艾略特的。在庞德的所有诗歌中利维斯对《莫伯利》评价最高,认为它充分展现了庞德的现代诗歌技巧,而且还带有个人的经验,在庞德诗中占

---

① F. R. Leavis, *New Bearings in English Poetry*, London: Chatto & Windus, 1950, p. 5.
② 同上, p. 75.
③ 同上, p. 104.

有最重要的地位。① 对庞德的《诗章》,他颇有微词,认为仅是玩技巧和掉书袋。利维斯博士还有一本与庞德对话的书《如何教阅读:埃兹拉·庞德入门》(*How to Teach Reading: A Primer for Ezra Pound*),因为庞德写过《如何阅读》(How to Read)一文。利维斯的这本书不厚,主要分两部分:第一部分是对庞德的批判,第二部分提出建议如何读。首先利维斯说庞德这本书流布甚广,对此书进行批判实有必要。② 然后说明现时代与约翰逊博士那时的读者有明显不同,再没有共同兴趣的普通读者(the Common Reader)了,他从读者接受层面对庞德所开的课程以及文学的观点展开了全面批判。在建议如何读的范畴,利维斯提出应该训练文学的感知力,并推荐理查兹(I. A. Richards, 1893—1979)的《文学批评原理》(*The Principles of Literary Criticism*)以及燕卜逊(W. Empson, 1906—1984)的《七种含混》(*Seven Types of Ambiguity*);在批评方法上,他推荐读 T. S. 艾略特的《圣林》(*The Sacred Wood*);在看待文学传统观的问题上,他以艾略特的思想为准则,不但强调过去,而且注意将过去与现在融汇一体。他认为庞德忽略现在的文学观是错误的。

当然,在 20 世纪 30、40 年代学界已有人注意到庞德的重要地位,开始出版了关于庞德的传记,也许是为他写书立传者名气不大,也许是时机尚未成熟(庞德获美国诗歌最高奖博林根奖是在 1949 年),庞德在学界还没有取得应有的地位。

第二阶段:1950—1972,庞德得到学界重视,有关他的研究呈欣欣向荣之势。20 世纪 50、60 年代西方世界出现了风起云涌的社会动荡与变革,艾略特与新批评派所主张的自足文本与回归传

---

① F. R. Leavis, *New Bearings in English Poetry*, London: Chatto & Windus, 1950, p. 157.
② F. R. Leavis, *How to Teach Reading: A Primer for Ezra Pound*, Cambridge: The Minority Press, 1932, p. 1.

统无法适应社会的发展，他们在英美大学逐渐失去市场。诗歌界与学界有不少人将庞德看成确实能代表美国创新精神的现代诗人。在这转折点中，两位关键人物休·肯纳(William Hugh Kenner,1923—2003)和唐纳德·戴维(Donald Alfred Davie,1922—1995)起了很好的先锋作用。休·肯纳出生在加拿大的安大略省，其父教古典文学。早年他在多伦多大学求学时，跟随名师马歇尔·麦克卢汉(Marshall McLuhan)于1948年6月4日去探望庞德，当时庞德被囚禁在美国华盛顿D.C.的伊丽莎白医院，他们一见如故，从此成为好友。1951年他出版《埃兹拉·庞德的诗歌》(*The Poetry of Ezra Pound*)，题献他的老师马歇尔·麦克卢汉。该书开卷气势逼人，说本书写给那些已经熟知当代作家如艾略特、乔伊斯的作品，但对庞德的诗不理解且还保持距离的人。① 他知道许多人对庞德存有戒心是源于庞德在二战时的错误，所以他在书中很巧妙地既谈诗，更谈庞德的人格魅力，将其生涯、个性与诗歌融在一起探讨，如此来展现庞德是个有责任感且有高超诗艺的现代诗人。该书还告诫读者不要被理解庞德诗的困难所吓倒，大凡所有难懂的诗，再硬的壳也会有薄之处。② 肯纳这本书并不是要告诉读者庞德的诗如何引用荷马、但丁、孔子、卡瓦尔康蒂(Cavalcanti)、杰弗逊、分配经济学、中国文字等，而是要破译出庞德是如何将它们化为好诗的。他以"表意文字法"(Ideogram)来把握庞德诗艺，宛如艾略特以"客观对应物"(the objective correlative)来组织他的诗篇。关于如何定位庞德与艾略特，他说当年本·琼生被同时代莎士比亚所遮掩、布朗宁处在丁尼生的阴影下，现在庞德常被置于艾略特的身影下。③ 其实在休·肯纳看来，庞德要比布

---

① Hugh Kenner, *The Poetry of Ezra Pound*, London: Faber & Faber, 1951, p.13.
② 同上。
③ 同上，p.18.

朗宁重要,艾略特比丁尼生重要,问题在于目前庞德被学界仅稍有提及,如"意象主义",而艾略特在过去四分之一的世纪里光辉灿烂,而且还会像莎士比亚那样永驻文坛。① 莎士比亚从未说过受本·琼生的影响,艾略特却反复称庞德为其导师和高超的匠人。该书最可贵之处就是结合庞德的生平事迹、他的文学与政治文化思想来谈他的诗,并与同时代的诗人比较。例如,他给庞德与同时代诗人们的排位,先从庞德的文论"如何阅读"找到根据。庞德衡量一位作家地位可按发明者(the inventors)、大师(the masters)、继承或传播者(the diluters)、在某个时期按风格创作者(workers in the style of the period)、助推者(belles lettres)、风气的倡导者(the starters of crazes),然后肯纳认为庞德应该是发明者,因为他发现了文学某种或多种过程与模式,开一代文风。艾略特和乔伊斯属于大师,也起发明者的作用,但更多是将已发现的东西寓于自己的作品中。言下之意,庞德的文学造诣更高。肯纳在后面一个章节举例时说人们常常引用艾略特那段关于"客观对应物"的名言,但在此七年前庞德就说过类似的话,原文见《罗曼司的精神》第5页:"诗歌是一种令人奋发的数学,能赋予我们精神的方程式,不仅可以容纳抽象的数字、三角形、球形等诸如此类,但更是人类感情的方程式。"② 再如庞德的《诗章》一向被人视为晦涩之作,肯纳告诉人们要了解庞德、他的《诗章》、他的音乐、经济学等方面,莫过于找出他本人的精确定义。③ 因此,他从庞德的文化批评找到论点来解读《诗章》。孔子提出的"正名"应该是庞德的一个重要思想渊源。肯纳在庞德所信仰并翻译的《大学》中找到此种根据。再如,人们常谈庞德的"意象主义",但往往视之为静止和固定意

---

① Hugh Kenner, *The Poetry of Ezra Pound*, London: Faber & Faber, 1951, p.25.
② 同上, p.61.
③ 同上, p.37.

象主义,而事实上通过庞德文论可以看出他主张的是"运动的意象"(the moving image)。接下来全书提出解读庞德诗歌的主要方法"表意文字法",探究这种方法的背景(与费诺罗萨、中国文字的关系),以及如何使用到创作中(将注重细节与宏大的神话历史场景相结合)。该书的第二部分着重分析庞德的一些重要诗作,如《华夏集》、《休·赛尔温·莫伯利》、《向塞科丢斯·普洛朴梯斯致礼》(Homage to Sextus Propertius)。书的第三章研读庞德的代表作《诗章》。书的最后附上庞德发表的诗歌以及他的文学、政治经济论著,还有他的书信。从罗列的庞德作品与研究资料,再加上作者与庞德私交甚密,我们得知肯纳写作这部作品时已具备很好的条件。当然,再好的条件还需要人善于把握,一部好的学术著作,除了扎实的材料准备之外,学者本人的素养、学术眼观与才气皆起决定性的作用,休·肯纳应该说是综合素质很好的学者。在所有作品的分析过程中,肯纳一直将庞德诗学、文化批评的主张与同代人尤其艾略特的观点交相辉映,这种研究方法贯穿全书的始终,论据扎实、逻辑性强。休·肯纳这部书出来以后,马上得到了文学界和学术界的好评,庞德在学界的地位得到迅速提高,研究他的人数很快攀升。威廉·瓦特(William Watt)在《埃兹拉·庞德致威廉·瓦特的信》一书的前言中写道:"1951 年休·肯纳的《埃兹拉·庞德的诗歌》刚出版,这部庞德诗歌的诠释书到了我们本科生手里,我在北卡罗来纳大学读书,全然不顾别的学习,捧着《面具》与《诗章》读,肯纳成了我学习的榜样。"[①] 由此可见休·肯纳这本书所受欢迎的程度。学界许多人称此书是庞德学具有转折意义的成果,从此在英美现代文学研究领域庞德被列为重要研究对象。休·肯纳之后还出版了研究艾略特、乔伊斯的研究著作。后来他

---

① William Watt, *Ezra Pound's Letters to William Watt*, Michigan, Marquette: Northern Michigan University Press, 2001, p. 18.

绪论　庞德研究学术史之简要回顾

又出版了一部庞德研究重要著作——《庞德的时代》(The Pound Era),该书是继他第一本《埃兹拉·庞德的诗歌》20年后的著作,此时庞德在学术界的地位已经确立,庞德研究已蔚然成风。作者在卷首欣慰地写道自己当年初见庞德,庞德已62岁,写该书时庞德已近86岁。肯纳称自己是庞德教过的第三代学生,这本书要如实地展示我们这个时代是如何受他的影响的。[①] 休·肯纳此书的标题与丰富的内容令人一看便知不同凡响,他的立意是要把整个20世纪的英美现代文学的发展置于庞德影响之下。该书的叙述方式有传记风格,先从庞德抵欧洲见到小说家亨利·詹姆斯(Henry James,1843—1916)写起,最后以庞德回到意大利为结尾。全书以一系列文学主要活动为主线,如:意象主义、与中国的关系、与叶芝在石屋、对庞德的作品特别是《诗章》的研究等。书中插有许多珍贵插图。书的文笔生动、气势恢宏、志向高远。出版后惹起热议,颂庞德派的人说该书写得好,庞德应该实至名归;反庞德派的人说该书太过分吹捧庞德了,竟然将整个20世纪的英美文学称为"庞德时代"。无论褒贬与否,该书的谋篇布局是别出心裁的,是一部研究庞德诗歌、诗学与文化批评的高水准的学术论著。在20世纪50年代,庞德基本上被美国的学界所接受,休·肯纳富有说服力的论著起了重要作用。

英国学界对庞德的兴趣要稍晚于美国,诗人唐纳德·戴维毫无疑问是提升庞德在英国学界地位的重要人物。戴维早年就读于剑桥大学,在海军服役后回剑桥大学获学士、硕士和博士学位。他先执教于英国艾塞克斯大学(University of Essex),后到美国斯坦福大学等名校担任教席。戴维一生著述颇丰,有18部诗与评论,诗可与运动派诗人菲利普·拉金(Philip Larkin,1922—1985)的诗

[①] Hugh Kenner, *The Pound Era*, Berkeley and Los Angeles: University of California Press, 1971, p. xi.

作相比,学术研究推崇维多利亚前现代主义如托马斯·哈代等人的作品以及现代主义。他于1964年出版的《埃兹拉·庞德:作为雕刻家的诗人》(*Ezra Pound: Poet as Sculptor*)是庞德学的扛鼎之作。戴维对庞德所有重要的作品进行了阐释和解读,并阐明他写诗的主张:写诗就像雕刻家雕刻自己的作品一样,此方面庞德堪为楷模。戴维对庞德的推介在学界影响甚大,源于他本人也是知名诗人与学者。1975年戴维出版了《埃兹拉·庞德》(*Ezra Pound*),这本书并不厚,主要针对庞德几部重要作品如《休·赛尔温·莫伯利》、《向塞科丢斯·普洛朴梯斯致礼》、《诗章》中所包含的其他语言文化背景、诗的思想、使用的诗歌技巧如节奏等进行分析。该书语言精练生动,堪称另一部颇有影响的研究庞德之作。1991年戴维推出了《埃兹拉·庞德研究》(*Studies in Ezra Pound*),该书收录了他曾出版的《埃兹拉·庞德:作为雕刻家的诗人》一书,还收录了自1972年至1990年所写的关于庞德的文章,作者在序言中自称从事庞德研究较早,迄今都无法解释。他说自己研究庞德,有为庞德欣喜之时,也有愤恨之时,许多人认为这是一种执着。[①] 他在其中选录的"庞德学现状"("Poundians Now")(1985)对庞德学发表了看法,表示如果人们称他为一位庞德学专家,他会感到高兴,但他同时认为研究某位作家就给贴上某个标签并不是件好事,变成某个领域专家会导致狭隘的理解,研究庞德更要打破学科的壁垒。[②]

  第三阶段:1972—迄今,庞德研究日益深入,覆盖各领域并走向世界。庞德于1972年去世,有人统计,近几十年来几乎每年都有一部研究庞德的传记出版,笔者不知这一说法是否精确。不过

---

① Donald Davie, *Studies in Ezra Pound*, Manchester: Carcanet Press Limited, 1991, p.7.
② 同上, p.357.

绪论　庞德研究学术史之简要回顾

笔者在加州大学河滨分校图书馆查阅资料,就发现近些年有关庞德的传记在图书架上有十余本之多。这些传记涵盖许多方面,有的偏重于写庞德的文学生涯,如艾拉·B.纳德尔(Ira B. Nadel)于2004 年出版的《埃兹拉·庞德:文学生活》(*Ezra Pound: A Literary Life*)①;有的主要探寻庞德政治思想主张以及后来走向法西斯的思想轨迹,如C.大卫·海曼(C. David Heymann)于1972 年出版的《埃兹拉·庞德:最后的划桨手———一幅政治画像》(*Ezra Pound: The Last Rower, A Political Profile*)②。有的传记篇幅不长,但简明扼要、把握到位,如珍妮特·兰达(Jeannette Lander)于1971 年出版的《埃兹拉·庞德》(*Ezra Pound*)③;有的传记资料详尽,厚实无比,如韩弗理·卡本特(Humphrey Carpenter)的《一位严肃的角色:埃兹拉·庞德的一生》(*A Serious Character: The Life of Ezra Pound*)④,该传记有大开本的1003 页。还有人想对庞德这位如此重要而又有争议的人物来个刨根探底,于是有詹姆斯·J.威尔海姆(J. J. Wilhelm)的三本传记:《埃兹拉·庞德的美国之根》(*The American Roots of Ezra Pound*)⑤、《埃兹拉·庞德在伦敦与巴黎:1908 - 1925》(*Ezra Pound in London and Paris: 1908 - 1925*)⑥、《埃兹拉·庞德的悲惨岁月:1925 - 1972》(*Ezra Pound: The Tragic*

---

① Nadel, Ira B., *Ezra Pound: A Literary Life*, Houndmills, Basingstoke, Hampshire: Macmillan Distribution Ltd., 2004.
② Heymann, C. David, *Ezra Pound: The Last Rower, A Political Profile*, New York: The Viking Press, 1976: Contents.
③ Lander, Jeannette, *Ezra Pound*, New York: Frederick Ungar Publishing Co., 1971: Contents.
④ Humphrey Carpenter, *A Serious Character: The Life of Ezra Pound*, Boston: Houghton Mifflin, 1988.
⑤ Wilhelm, J. J., *The American Roots of Ezra Pound*, New York & London: Garland Publishing, Inc., 1985.
⑥ Wilhelm, J. J., *Ezra Pound in London and Paris 1908 - 1925*, University Park and London: Pennsylvania State University Press, 1990: Contents.

Years, 1925-1972)①。由于庞德在20世纪70年代已进入英美大学文学课堂,而他的诗晦涩难懂,因此关于他的诗注家纷起,在大学图书馆容易找到的有两本:一本是彼得·布鲁克(Peter Brooker)编写的《埃兹拉·庞德诗选学生导读本》(*A Student's Guide to the Selected Poems of Ezra Pound*)②,另一本是克里斯蒂娜·芙洛拉(Christine Froula)的《埃兹拉·庞德诗选导读本》(*A Guide to Ezra Pound's Selected Poems*)③。庞德的《诗章》可谓现代文学的天书,这更引起不畏艰难者的不懈探索,故对此书的注解就更多了。其中做得最扎实最全面的注释本莫过于卡罗尔·F·特里尔(Carroll F. Terrell)的《埃兹拉·庞德〈诗章〉指南》(*A Companion to* The Cantos *of Ezra Pound*)④。全书分两卷,第1卷《诗章1-71》,第2卷《诗章74-120》。《诗章》每篇的注解格式如下:来源(Sources):对该诗章的典故来源说明,庞德创作该诗时借鉴的文献来源;背景(Background):标出该诗章发表的杂志,后来出版以及被选编的情况;注解(Exegeses):专家或评论家有关该诗研究的文章索引;单词表(Glossary):诗章中难词、典故、人名等注解,这是核心部分。编者自述从1972年就开始为该书的编辑收集材料,1975年正式着手此项工作。第一卷在1980年出版,第二卷在1984年出版。特里尔这两卷关于《诗章》的注解本是庞德研究的一项重要成果,后来出版的《诗章》注释本或者导读本大多参考此书。近年来关

---

① J. J. Wilhelm, *Ezra Pound: The Tragic Years 1925-1972*, University Park, Pennsylvania: Pennsylvania State University Press, 1994.
② Peter Brooker, *A Student's Guide to the Selected Poems of Ezra Pound*, London and Boston: Faber & Faber, 1979.
③ Christine Froula, *A Guide to Ezra Pound's Selected Poems*, New York: New Directions, 1982.
④ Terrell, Carroll F., *A Companion to* The Cantos *of Ezra Pound*, published in cooperation with The National Poetry Foundation University of Maine at Orono, Orono, Maine, Berkeley, Los Angeles, London: University of California Press, 1980.

于庞德的研究越来越深入与细致,有关他与异域文化的关系,如中国、日本、意大利等;有关他的翻译理论与实践;有关他的诗歌与文学理论;有关他的政治经济思想与法西斯观点关系;诸如此类皆有较为深刻的研究,此处限于篇幅不一一列举,对此笔者的相关著作《庞德学术史研究》中有分类梳理。随着庞德研究滚雪球似地壮大,有必要对庞德本人业已出版的书目、文章以及研究庞德的著述进行编目。庞德研究权威、耶鲁大学唐纳德·噶拉普贡献最大,他于1963年推出《埃兹拉·庞德的书目》(*Ezra Pound: A Bibliography*),在1970年又出版了一本《关于当代书之编目:埃兹拉·庞德》(*On Contemporary Bibliography: With Particular Reference to Ezra Pound*)①,在这本薄册子里,他提出了编制参考书目的原则,以为编目者(bibliographer)编制文献书目不仅针对读者,更重要的是针对研究者将如何使用该工具书。因此,编制作家的书目时要注意树立作者已版作品经典意识,注意其作品首版的情况,对每一部重要作品要弄准它的发表时间、完稿时间、印刷数量、售价等。基于这些原则,噶拉普又于1983年推出《埃兹拉·庞德的书目》(*Ezra Pound: A Bibliography*)②,这是一部庞德学术史上里程碑式的作品,他详细考证庞德的每一篇文章、译文和著作的发表过程,包括发表时间、地点、出版社、杂志社,以及同一作品修改情况与不同版本。这为庞德研究提供了翔实的第一手资料,此书是研究庞德必备的参考书。由于庞德在学界的地位与影响力增强,2005年出版了《埃兹拉·庞德的百科全书》(*The Ezra Pound Encyclopedia*)③

---

① Gallup, Donald, *On Contemporary Bibliography: With Particular Reference to Ezra Pound*, Austin: Humanities Research Center, the University of Texas Press, 1970.
② Gallup, Donald, *Ezra Pound: A Bibliography*, Charlottesville: The University of Press of Virginia, 1983.
③ Demetres P. Tryphonopoulos and Stephen J. Adams, *The Ezra Pound Encyclopedia*, Westport, Connecticut, London: Greenwood Press, 2005.

(Demetres P. Tryphonopoulos 和 Stephen J. Adams 合编)。能入这个系列百科全书者必须具备两个条件：一是像莎士比亚那样彪炳千古的经典作家，二是其本身有百科全书般的东西可供整理。这部百科全书涵盖了庞德主要作品的介绍及其诞生过程，与庞德相关人物的研究，以及研究庞德的大家人物简介，这是庞德学术史研究的一部重要参考书。

庞德生前，已有一些诗人和学者开始举行小范围的庞德研讨会，在其逝世后，此类会议日益增多，规模也有所扩大，由英美学界延伸至欧洲大陆，进而到世界各地。日本在20世纪70、80年代之交就成立庞德研究会，每年举办庞德研讨活动，至今已有四十年的历史。在中国，1995年在大连辽宁师范大学召开了"庞德——艾略特研讨会"；2008年中国学者在北京理工大学举办了首届中国庞德学术研讨会；2010年在北京外国语大学召开了第二届中国庞德学术研讨会；2012年在南开大学召开了第三届中国庞德学术研讨会。王贵明、张剑、蒋洪新、索金梅、傅浩、北塔、常耀信、孙宏、江枫、张子清、董洪川、John Gery等为这三次中国庞德学术研讨会做出了贡献。在众多的庞德研讨会中，目前为止最有影响的应该是"庞德国际研讨会"。1975年，为纪念庞德诞辰90周年，庞德研究专家、美国诗歌基金会和《庞德研究专刊》(*Paideuma*)的创立人、缅因大学教授卡罗尔·F·特里尔组织和召集了一批庞德研究者，在美国缅因州的奥罗诺(Orono)召开了第一届庞德国际研讨会。此后，研讨会平均每年举办一次，围绕庞德研究的某一方面进行研讨，从1985年起改为每两年举办一次，截至目前共举办了二十三届。前十三届会议的地点都选在英美两国。随着庞德研究成为世界性学术活动，会议的组织者也开始做出改变。1991年，第十四届会议以"庞德与欧洲"为主题，把地点选在意大利的布伦堡，这是1958年庞德被迫离开美国时选择的归宿地，也是他女儿女婿的家。1999年，第十八届研讨会围绕"庞德与东方"的主题在北京召开。2003年,以"庞德与美国身份"为主题的第二十届研讨会第一次把地点定在庞德的家乡、爱达荷的太阳谷。会议的大部分信息都刊登在《时代根基:庞德研究专刊》上,会议论文大多结集出版。

因为庞德热爱中国,他的诗作与论著常引用中国文字、诗歌与儒家经典,并且还翻译了《诗经》、《论语》、《大学》、《中庸》,所以他与中国的关系一直是人们研究的重要话题,此方面中国学者的贡献也最引人注目。笔者在本书的绪论中先列举几位有特殊贡献意义的学者,本书还有专章研究他们以及其他中国学者对庞德的研究情况。钱锺书先生是老一辈学者中较早注意庞德的,庞德在西方诗坛刚刚崭露头角之时,钱先生就有评价他的文字。他在1945年《中国年鉴》发表英文文章《中国文学》("Chinese Literature"),提到中国文字与中国文学风格的关系,指出庞德总认为中国文学是具体的,源于中国文字的具体性,因此,庞德想以表意法来写诗,将意象浇铸在视觉想象上。庞德自以为所有意象都是视觉的,而不知表意法在中国文字传统构造中仅是六种之一,在中文诗中听觉意象与嗅觉意象并不像视觉意象那么具体,但也并不少。因此钱先生认为庞德对中国诗与中国文字的了解是一知半解和自以为是,他说:"庞德对中文只不过一知半解,就他目前对中国文学的了解程度,用他一本书《阅读入门》来说也不过是才刚刚起步。"("Pound is construing Chinese rather than reading it, and, as far as Chinese literature is concerned, his *A. B. C. of Reading* betrays him as an elementary reader of mere A. B. C.")① 钱先生此话说得多么中肯而又机智。钱锺书在《谈艺录》中有将《文心雕龙》与庞德的诗论进行比较:"文字有声,诗得之为调为律;文字有义,诗得之以

---

① 钱锺书:《钱锺书英文文集》,北京:外语教学与研究出版社,2005年。第283页。

佟色揣称者,为象为藻,以写心宣志者,为意为情。及夫调有弦外之遗音,语有言表之余味,则神韵盎然出焉。《文心雕龙·情采》篇云:'立文之道三:曰形文,曰声文,曰情文'。按 Ezra Pound 论诗文三类,曰 Phanopoeia,曰 Melopoeia,曰 Logopoeia,与此词意全同(参见 How to Read, pp. 25 – 28; ABC of Reading, p. 49)。惟谓中国文字多象形会意,故中国诗文最工于刻画物象,则稚骏之见矣。"① 这两处文字说明钱曾研读过庞德的理论著作,而且批判庞德的话语虽不多,却能一语中的。钱先生把中文诗歌追求的形、声、情与庞德的形象诗、音乐诗、意义诗对读比较,虽然仅是行文中偶附的片言只语,但也开了中文诗学与庞德诗学相比较的先河,这在前人的介绍中是找不到的。② 钱锺书清华大学的同学方志彤(Achilles Fang, 1910—1995),也如钱先生那样学问渊博,通晓英文、拉丁文、德文、日文。庞德与他交往颇深。他的博士论文研究庞德的《诗章》,题为《研究庞德〈诗章〉材料考证》(Materials for the Study of Pound's Cantos),成为研究庞德《诗章》的重要参考资料。迄今最为全面的《诗章》注释本《埃兹拉·庞德〈诗章〉指南》(A Companion to the Cantos of Ezra Pound)中,编者卡罗尔·F·特里尔(Carroll F. Terrell)在前言特地提到方志彤未发表的博士论文对其找到许多索引有着极为重要的价值。其他华裔学者如荣之颖、叶维廉、钱兆明、谢明等在庞德研究领域有着重要的贡献与不凡的影响,他们有关庞德研究的著作都是中外学者参考的重要文献。

庞德研究犹如中国的曹雪芹研究,随着研究的不断深入,庞德及其作品显现出更大的魅力。不同的时代、不同的人研究他,都会有新的发现,甚至同一个人在不同的时期阅读他都会有不同的体

---

① 钱锺书:《谈艺录》,北京:中华书局,1993 年。第 42 页。
② 当然,把中国古诗的"情"等同于庞德的 Phanopoeia 还有待商讨。

会。这就是天才作家与普通作者的区别。亚历山大·蒲伯(Alexander Pope,1688—1744)诗云:"见解人人不同,恰如钟表,/各人都相信自己,不差分毫。"面对琳琅满目的中外庞德研究成果,本书不敢企望能有多大的发现或突破,但希望在如下三个方面能写出一点特色来。

其一,在研究方法上采用"整体把握"和"明澈细节"相结合的研究途径。几千年前中国的孟子说:"诵其诗,读其书,不知其人,可乎?是以论其世也。是尚友也。"孟子是说读一个人的著作,吟咏一个人的诗歌,不了解其为人,是不够的,还要联系他那个时代来探讨。这就是追溯历史与古人交朋友。今天看来孟子这番话对我们文学研究仍有借鉴意义。有趣的是,20世纪英美批评家和诗人T. S.艾略特却提出了不同的观点:"诚实的批评和敏感的鉴赏,并不注意诗人,而注意诗。"[①] 无独有偶,艾略特的朋友庞德也提出类似的看法:"当批评家开始谈论诗人而不是诗歌时,你就会发现那是位蹩脚的批评家。"[②] 艾略特和庞德此话主要是针对19世纪流行的导致读者忽略文本的印象式批评而言的。他们所倡导的重文本阅读的科学主义文学批评到了20世纪40、50年代成为英美新批评派的圭臬。西方文学批评近几十年来发展迅速,新批评、形式主义、结构主义、解构主义、新历史主义和文化批评先后登台,各竞风流。然而,到了新世纪人们蓦然回首,发现这些标新立异的批评流派虽各有所长,亦各有所短。在研究文学时除了注意作品的语言特征、张力结构之外,我们发现社会历史意识乃至作家本人的生活经历事实上与作品的生命是相生相长的。我们岂能仅靠某一种批评方法将作品的"整体性"解剖与消解呢?还是当代

---

① T. S.艾略特:《艾略特诗学文集》,王恩衷编译,北京:国际文化出版公司,1989年。第4页。
② Ezra Pound, *ABC of Reading*, New York: New Directions Paperbook, 1960, p.84.

美国新马克思主义代表人物弗德里克·詹姆逊(Fredric Jameson, 1934—)说得好:"任何一种分析都必须将某种'显性范畴'离析出来,这些范畴作为辩证关系的现象可以使我们通过同时注意正反两面而认识事物的本质。但最后,这种抽象的思维必须后归于具体的世界。把它作为自身具足的这个幻象消灭,重新融入历史,提供了短暂的瞬间,仿佛可以窥见有形整体的现实。"① 笔者以为,这种将抽象的理论玄思与具体的作品文本、社会历史背景与作家个人沉浮命运相结合的整体研究是经得起时间的检验,也是符合文学研究规律的。我们前面所提到的两位大诗人在经历生活的磨难和丰富的文学实践之后不得不修正自己的早期批评观。艾略特在达到诗人生涯的光辉顶点时称他最优秀的诗篇使他在生活中付出了巨大的代价。他在评价另一位诗人时说:"我们对一个人了解越多,对他的诗理解也就越深。"② 庞德在谈到采用明澈细节的方法时说得更好:"任何事实从某种意义上说都是重要的。任何事实都可能是征兆,但某些事实却能为人们观察周围环境、前因后果、次序与规律提供一种出人意料的洞识力……我们在文化或文学发展史上,便接触到这种具有启发性的细节。数十个这种性质的细节可以使我们获得关于一个时代的信息——这种信息是积聚浩繁的普通事实所得不到的。"③ 钱锺书先生在《读〈拉奥孔〉》中有一段话与庞德的话交相辉映,它对笔者的研究启发特别大,此处宜长文引用:"也许有人说,这些鸡零狗碎的东西不成气候,值不得搜采和表彰,充其量是孤立的、自发的偶见,够不上系统的、自觉

---

① Fredric Jameson, "Toward Dialectical Criticism", *Marxism and Form*, New Jersey: Princeton University Press, 1971, pp. 311 – 312.
② 彼得·阿克罗伊德:《艾略特传》,刘长缨、张筱强译,北京:国际文化出版公司,1989年。第323页。
③ Ezra Pound, "I Gather the Limbs of Osiris", *New Age* (Dec. 7, 1911), pp. 130 – 131.

绪论　庞德研究学术史之简要回顾

的理论。不过，正因为零星琐屑的东西易被忽视和遗忘，就愈需要收拾和爱惜；自发的孤单见解是周密理论的根苗。……许多严密周全的思想和哲学系统经不起时间的推排销蚀，在整体上都垮塌了，但是它们的一些个别见解还为后世所采取而未失去实效。好比庞大的建筑物已遭破坏，住不得人了，而构成它的一些木石砖瓦仍然不失为可资利用的好材料。往往整个理论系统剩下来的有价值东西只是一些片断思想。"① 因此，笔者在本书写作过程中倾注了大量时间与笔墨来探讨庞德与他同辈的人，古代和他同时代影响过他的人，他的书信、文章、手稿，以及与他交往过的人和事。比如说，哪怕庞德的政治经济思想在系统上看可能错误很多，有时甚至颇为肤浅，但其中一些"明澈细节"和"零星琐屑"迄今看来依然光芒四射。当然，钱锺书在《古典文学研究在现代中国》一文中还提示文学研究者："文学研究是一门严密的学问，在掌握资料时需要精细的考据，但是这种考据不是文学研究的最终目标，不能让它喧宾夺主、代替对作家和作品的阐明、分析和评价。"② 钱先生两个层面的话都对本书的写作具有指导作用。在某种意义上，本书所借鉴的詹姆逊的"整体研究"和庞德的"明澈细节"的方法与钱先生的思想有相通之处。因此书中从家庭背景、学术渊源、社会语境、时代特色、诗学理论、文化理论、各个时期的诗歌创作特色与代表作等诸方面进行全面的展现。诚如鲁迅先生所云："倘要论文，最好是顾及全篇，并且顾及作者的全人，以及他所处的社会状态，这才较为确凿。"③ 尤其对庞德这样一位复杂的人物，我们更要采

---

① 钱锺书:《钱锺书集·七缀集》，北京：生活·读书·新知三联书店，2001年。第38—39页。
② 钱锺书:《钱锺书集·写在人生边上的边上》，北京：生活·读书·新知三联书店，2001年。第134页。
③ 鲁迅:《鲁迅全集第六卷·且介亭杂文二集·"题未定"草(六至九)》，北京：人民文学出版社，2005年。第444页。

取辩证唯物主义的观点来分析，不要停留在是法西斯分子或是大诗人、大思想家这样的简单结论或标签上，而应结合当时的社会和历史背景找出其客观原因，并对此进行剖析。在此我们要借鉴革命领袖列宁分析俄国文豪托尔斯泰的范例。列宁称赞托尔斯泰是"俄国革命的镜子"，托尔斯泰的创作是"全人类艺术发展中向前跨进的一步"，托尔斯泰对沙皇专制社会进行了深刻批判，但他想通过道德的自我完善来解决社会矛盾，列宁认为"作为一个发明救世新术的先知，托尔斯泰是可笑的。"列宁分析托尔斯泰有一段精彩的论述："一方面，是一个天才的艺术家，不仅创作了无与伦比的俄国生活的图画，而且创作了世界文学中第一流的作品；另一方面，是一个发狂地笃信基督的地主。一方面，他对社会上的撒谎和虚伪作了非常有力的、直率的、真诚的抗议；另一方面，是一个'托尔斯泰主义者'，即是一个颓唐的、歇斯底里的可怜虫，所谓俄国的知识分子，……一方面，无情地批判了资本主义的剥削，揭露了政府的暴虐以及法庭和国家管理机关的滑稽剧，暴露了财富的增加和文明的成就同工人群众的穷困、野蛮和痛苦的加剧之间极其深刻的矛盾；另一方面，狂信地鼓吹'不用暴力抵抗邪恶'。一方面，是最清醒的现实主义，撕下了一切假面具；另一方面，鼓吹世界上最卑鄙龌龊的东西之一，即宗教，力求让有道德信念的僧侣代替有官职的僧侣，这就是说，培养一种最精巧的因而是特别恶劣的僧侣主义。"[①] 诚然，庞德与托尔斯泰这两个作家可比性很小，但列宁研究文学的辩证方法是值得借鉴的。庞德是整个西方现代主义文学运动的领军人物，在他的帮助和推荐下，英美一大批现代文学重要作家和诗人如乔伊斯、艾略特、海明威、弗罗斯特、威廉斯等先后在文坛上竞逐风流。庞德本人对资本主义制度的深刻批判，

[①] 《马克思 恩格斯 列宁 斯大林论文艺》，北京：人民文学出版社，1988年。第197—198页。

以及他卓著的诗歌创作、文学和文化批评、翻译的作品,已成为世界文学的一份重要瑰宝。但可惜的是他在第二次世界大战与墨索里尼的法西斯思想沉瀣一气,步入歧途。对庞德人生过程、文学贡献以及他的罪行,本书结合当时的状况和历史的整体背景以及庞德生平的具体细节进行了较为详细的梳理、分析和批判,从而让读者可以更好地阅读庞德,并以此为鉴。除了要对庞德的著作、书信、档案材料以及研究庞德的书籍认真研读之外,我们还应设法去庞德成长读书生活过的地方看看,体会环境对他以及后来诗作的影响。2004年笔者去欧洲访问,揣想与体会欧洲何以对这位美国诗人有如此强的吸引力。有一天笔者特地挑黄昏时分进巴黎地铁,那次正是下班高峰,人来人往好不热闹,巴黎地铁的灯光效果显然比庞德写巴黎地铁那首诗时改善了许多,但我还能依稀感受到诗人描写小孩与妇女忽明忽暗的情景,"人群中这些脸的幢影/湿黑的枝上的花瓣"。2012年笔者在美国高访,特地从中部来到费城,到庞德以前住过的房屋、读过书的宾夕法尼亚大学实地调研,真实体验到《美国独立宣言》诞生地、历史名城费城以及闻名世界的宾州大学对庞德早期思想形成和学问积累起了多么重要的作用。

其二,将抽象的理论研究和具体的文本阅读结合起来。首先,回到文学的本身是较纯洁的精神活动,这是从现实环境滋生的一种呼唤。德国哲学家黑格尔在《哲学史讲演录》中说道:"时代的艰苦使人对于日常生活中平凡的琐屑兴趣予以太大的重视,现实上很高的利益和为了这些利益而作的斗争,曾经大大地占据了精神上一切的能力和力量以及外在的手段,因而使得人们没有自由的心情去理会那较高的内心生活和较纯洁的精神活动,以致许多较优秀的人才都为这种艰苦环境所束缚,并且部分地被牺牲在里面。因为世界精神太忙碌于现实,所以它不能转向内心,回复到自身。"[1] 黑

---

[1] 黑格尔:《哲学史讲演录》,贺麟、王太庆译,北京:商务印书馆,1996年。第1页。

格尔这番话指人们忙于现实利益而忘记了精神的追求,商业的利益窒息了人们的精神世界,因此黑格尔提醒人们在忙碌之余要关注自身的存在。对照黑格尔的讲话,我们不禁联想到当今文学研究的境况。在当代中国现代化进程中,全国各地以经济建设为中心,我们在极大发展生产力的同时,是否如黑格尔所说"没有自由的心情去理会那较高的内心生活和较纯洁的精神活动"?国家和政府在倡导力争物质文明和精神文明双丰收,但现实的利益使得人们太忙碌了,少数地方表面宣称抓文化建设,实质是为商业活动牵线搭桥。因此,我们呼唤回到关注文学本身的研究,并通过文学的研究来关注我们的内心和存在,这有利于提高全民族的综合素质和加强精神文明建设。其次,近年来我国外国文学界忙于译介外国文学理论而忽略了文本的阅读,而美国有些文学系的许多学者已经从文学研究转向文化研究,他们用文学研究的方法来研究经济、社会等问题。诚然笔者也欣赏在文学研究的过程中注意文化研究,因为文化研究可以扩大文学研究的边界,但不能用文化研究代替文学研究。庞德是个丰富博大的人物,我们要读懂他的诗肯定离不开他的文化批评和经济理论,但同时要关注他对现代诗形式革新的美学意义。本书将会用较多的篇章来解读庞德的重要作品。庞德是西方现代诗人中最为难懂的诗人之一,对中国读者来说更不容易,本书将在借鉴西方各种导读和注解书目资料的基础上,结合时下的各种文学和文化批评理论,对庞德的原作进行阅读和研究。

其三,采用文学比较与跨文化研究的方法。郑振铎先生在《文学大纲》一书中写道:"文学是没有国界的";"所以我们研究文学,我们欣赏文学,不应该有古今中外之观念,我们如有了空间的或时间的隔阂,那么我们将自绝于最弘富的文学的宝库了。""我们应该只问这是不是最好的,这是不是我们所最被感动的,是不是我们所最喜悦的,却不应该去问这是不是古代的,是不是现代的,这是不是本国的,或是不是外国的,而因此生了一种歧视。"① 郑先生在这部中国最早世界文学史专著里所提出的文学研究思想和方法迄今仍具有指导意义。庞德在早年就有了跨国界的文学观念,当哈莉特·门罗小姐(Harriet Mouroe,1860—1936)要办美国诗歌杂志时,他写信告诉哈莉特·门罗说:"你是为美国诗歌还是为诗歌呢? 后者更重要,但是美国人鼓吹前者也重要,除非对艺术不无所知。"② 由此可见庞德更看重文学的世界性而不是地域性。他在《文艺复兴》一文中还谈到:"美国没有什么资本。比较文学研究在八十年前获此标签,它至少存在两千年之久。""我们已有很多运动,运动是通过'比较'刺激而成的。"③ 庞德在20世纪初就倡导跨国界的比较文学研究。庞德与中国的渊源无疑为比较文学提供了好的案例,以往庞德研究中似乎注意庞德受中国影响的一面较多,而忽略了庞德的意象派以及后来的英美现代诗对中国新诗的催发作用,本书研究庞德与中国的关系是双向交流和比较研究。庞德研究专家叶维廉先生说:"我们必须放弃死守一个'模子'的固执。我们必须要从两个'模子'同时进行,而且必须寻根探固,必须从其本身的文化立场去看,然后加以比较加以对比,学会得到两者的面貌。"④ 庞德正是中西两个"模子"中相互交流绝好的范例。在庞德整个文学生涯中,中国诗歌、文字和儒学一直起着非常重要的作用,可以说中国影响着他的信仰与创作。说来也巧,中国的新文化运动时,美国的意象派诗歌又反过来影响中国的新诗。由此可知,世界的优秀文化并非如美国学者亨廷顿的"文

---

① 郑振铎:《文学大纲》,桂林:广西师范大学出版社,2003年。第1页。
② D. D. Paige, *The Selected Letters of Ezra Pound, 1907–1941*, New York: Harcourt, Brace & World, Inc., 1950, p.9.
③ T. S. Eliot, *Literary Essays of Ezra Pound*, London: Faber & Faber Limited, 1954, p.215.
④ 叶维廉:《叶维廉文集》,第一卷,合肥:安徽教育出版社,2002年。第38—39页。

明冲突论"所言,而是只要相互交流,取长补短,像孔子所说"和为贵",就会出现文化再生和文明共荣的局面。在20世纪西方文人中很难找出第二人像庞德那样推崇与译介中国文化,并将其融入自己的创作之中,庞德无疑是中西文化交流和沟通的优秀例子,我们在新时代研究他肯定会发现新的意义。张隆溪认为:"要展开东西方的比较研究,就必须首先克服将不同文化机械对立的倾向,寻求东西方之间的共同点。只有在此基础上,在异中见同,又在同中见异,比较研究才得以成立。"① 他在《道与逻各斯》中说得清楚了然:"发现共同的东西并不意味着使异质的东西彼此等同,或抹杀不同文化和文化固有的差异。"② 鉴于此,我们应该也要注意,庞德想像的中国是寄托他本人儒家文化理想的古代中国,他希望藉此找到治疗西方现代弊病的良药,他对中国诗与文化的借鉴是带有感情色彩的,我们研究他与中国的关系时要冷静而理性地把握。孟子曰:"源泉混混,不舍昼夜,盈科而后进,放乎四海。"庞德的作品已经成为现代的经典,其盛名和才情犹如那滚滚的源泉,不管时间如何流逝,是永不枯竭的。人们对庞德及其作品的研究已不胜枚举,但庞德的魅力依旧。不同时代、不同国度的人研究他,都会有新的发现,甚至同一个人在不同的时期阅读他都会有不同的体会。

---

① 张隆溪:《中西文化研究十论》,上海:复旦大学出版社,2005年。第2页。
② 张隆溪:《道与逻各斯》,南京:江苏教育出版社,2006年。第8页。

庞德研究

第一章
庞德的生平

一、家庭与少年时代

　　人之命运至少有两点是难以选择的:首先,人出生于何种家庭无法选择。一个人赤条条地降临到人世间,犹如一粒树种被撒在土地上,若这颗优良种子被幸运地播在肥沃的土地上并得到精心的培育,它就会茁壮成长,郁郁成材。若播在贫瘠的土地上或者干涸的沙漠里,很可能就难以成材,枯萎而终。因此,一个人在其呱呱坠地的一瞬间其实就确定了他人生起跑线的不平等。其次,一个人所诞生的时代与地缘无法选择。不同的时代、不同的国度自然会有不同的背景和气象。俗话说"时势造英雄"就是这个道理。将上述话概括起来:一个人要成就事业除了依靠自己的聪慧与努力之外,还要兼得天时、地利、人和诸条件。

　　从出生的背景看,本书所研究的对象——庞德就有这样的好命运。

　　詹姆斯·J·威尔海姆在《埃兹拉·庞德的美国之根》一书序言中写道:"有些人纳闷庞德到底还是不是真正的美国人,因为他

1908年离开美国后大部分时间都住在国外。"① 威尔海姆根据政治与文化选择来深入分析庞德的身份。庞德早年在伦敦从事意象派运动,翻译中国诗,娶英国妻子多萝西。1921年至1924年到法国巴黎,1924年以后移居意大利,后来为罗马电台播音。庞德所有这些经历似乎跟美国人不相干,但威尔海姆认为所有这些行为改变不了庞德美国国籍以及他骨子里美国人的本性。② 威尔海姆说此话不是空穴来风,而是做了扎实的调研,为了完成庞德传记三部曲,他拜访庞德的女儿玛丽、庞德的情人奥尔佳以及与庞德相关的人员,收集大量的资料与图片。威尔海姆的观点是言之有据的。任何一个人的成长都离不开他出生的国家、家庭以及文化教育,庞德也不例外。

汪洋大江自有其源头。在本书的开章我们回到庞德的源头——他的家庭、他的童年、少年时代。

埃兹拉·路明斯·庞德(Ezra Loomis Pound)于1885年10月30日出生于美国爱达荷州的黑利(Hailey)。爱达荷地处美国西部,直到1890年才成为美国的一个州。黑利在当时只是美国的一个边陲小镇,居民约2000人,人烟稀少、盗贼猖獗、经济落后,对于东部移民而言是蛮荒之地。埃兹拉(Ezra)是根据他外叔公的名字而命名的,路明斯(Loomis)则取自他母亲的家族姓名。

庞德的祖父赛多斯·柯尔曼·庞德(Thaddeus Coleman Pound,1833—1914)是一家的核心人物,也是诗人庞德后来在诗歌里津津乐道并引以为豪的前辈。祖父赛多斯1826年出生于宾夕法尼亚州华伦县的小木屋。他娶了盗马贼的女儿莎拉·安琪凡·路明斯(Sarah Angevine Loomis),所以这位可爱的老祖父曾经对孙儿开玩

---

① J. J. Wilhelm, *The American Roots of Ezra Pound*, New York & London: Garland Publishing, Inc., 1985, p.3.
② 同上。

笑说当时县里最热心肠的人其实就是盗马贼。祖父赛多斯和祖母莎拉年轻时来到威斯康星州的奇泊瓦福尔斯(Chippewa Falls)定居。赛多斯与哥哥阿艾伯特(Albert Pound)办起了一家木材公司,又投资兴建铁路。他们经营有方,生意兴隆,很快就富裕起来。赛多斯本人精力充沛、风流倜傥,移情别恋上了另一位女人。他还热心公务与政治,曾担任威斯康星州的副州长,三度当选为国会议员(1877—1883)。美国第20任总统詹姆斯·加菲尔德(James Garfield)几乎要邀他做内阁大臣,但因其中一位名叫布莱的部长不愿与这位花心男同为内阁而搁浅。后来布莱竞选总统时,赛多斯游说反对,指控他贪污,使他落选,总算报了一箭之仇。赛多斯一生成就主要在三方面:木材商、铁路建设经纪人、政客。人们对他评价较高,1870年的一份《威斯康星工业资源》这样描述他:"他是一位令人愉悦的演说者,他说话有一种磁场般的魅力。任何与他打过交道的人,无论生意上,还是社交上,或是政治上,都称赞他的善良随和本性。"① 1870年,赛多斯想改善威斯康星的铁路交通状况,他打算修一条来回奇泊瓦福尔斯的铁路,但银行和投资商不愿意资助,于是他单枪匹马创建"奇泊瓦福尔斯东北铁路公司",并到纽约州去筹资。对此后来他的孙子庞德在其《诗章》28章中大加赞颂:

> 他们以为他就挫败了,
> 谁也不为他出资修铁路;
> 他来到纽约州北部
> 在那里找到了帮手。②

---

① J. J. Wilhelm, *The American Roots of Ezra Pound*, New York & London: Garland Publishing, Inc., 1985, p.14.
② 原文与本书所引用的《诗章》里的诗歌皆出自:*Ezra Pound: The Cantos*, London: Faber and Faber, 1975. 译文为本书作者翻译。若该书所引诗歌未注明译者,均为本书作者所译。

赛多斯作为国会议员也有不少可嘉的政绩,他曾发起赞助印第安人、妇女、弱势群体的活动并提交此类议案,这些事迹在国会记录都有记载①。

庞德在自己诗里和文章中多处提及他的祖父,他成长后兴趣广泛,后来对政治、经济等许多领域涉足,可能有祖父的潜在影响。赛多斯于1914年11月21日在芝加哥一家医院病逝,此时庞德在伦敦诗坛已颇有名气。

庞德的父亲荷默·庞德(Homer Pound,1858—1942)可能是出生在威斯康星州北部地区最早的一批白人后代,印第安人当过他的保姆。他到明尼苏达州上过军校。本来父亲赛多斯要他去西点军校继续学业,不料他踏上火车途中又折回来了。后来赛多斯在爱达荷州黑利有几家矿产,他通过美国第21任总统切斯特·阿兰·阿瑟(Chester Alan Arthur)的关系为儿子荷默谋得任命,荷默来到了爱达荷州的黑利建立国土办公室,担任矿产监督员。这样庞德一家公私兼顾,荷默也好监管他家的矿产。黑利当时尚未被开发,在那时的美国地图上还未标出来,但这里矿藏丰富,开矿者必须到荷默的国土办公室登记注册,矿石也要经过他的检查。庞德祖辈与父辈的西部开发经历是他后来的《诗章》话题,因此他的家族史也是我们需要了解的内容。庞德在他篇幅较短的自传《失检》(*Indiscretions*)中说:"从一个家庭的历史可以写出整个美国社会的历史。"我们可以从庞德的祖辈奋斗历史中感知早期美国人的开拓精神。庞德的父亲荷默在这片矿产丰富的疆土上并没有发财,但来到这里的人们随时皆有暴富的可能。庞德家曾经雇佣的一位女佣后嫁给一位一夜骤富的百万富翁,庞德家的仆人都走了以后,家里无人帮忙,只好住在旅馆。此时庞德的妈妈伊莎贝莉看

---

① J. J. Wilhelm, *The American Roots of Ezra Pound*, New York & London: Garland Publishing, Inc., 1985, p. 21.

起来倒像个仆人,当别人嘲笑她时,昔日的女佣出来替她说话。由此可见当时西部的社会变化莫测。

庞德的母亲一家是欧洲贵族世家。他的外祖母玛丽·帕克·渥兹华斯(Mary Parker Wadsworth)与早期美国大诗人亨利·渥兹华斯·朗费罗(Henry Wadsworth Longfellow)和美国独立战争伟大的爱国者约瑟夫·渥兹华斯上尉(Captain Joseph Wadsworth)是同一家族。庞德的外祖父哈丁·威士顿(Harding Weston)是位不求上进的纨绔公子,早年抛弃妻女,在外浪荡。这样庞德外祖父母的婚姻名存实亡。哈丁这位没有责任心的浪子在1909年写道:"我与妻子40年没住在一起,但我没跟她离婚,她也没跟我离婚,我想她还住在波士顿。"那时庞德的外祖母玛丽已经不在人间了。哈丁活到了92岁,在1927年2月9日去世。他舍弃家人之后,外祖母家也未把他当亲人看,他的余生可能是在养老院度过的,恐怕连他的坟墓都无人探望。幸亏他的外叔公埃兹拉·布朗·威士顿(Ezra Brown Weston)家庭富裕,主动担负起庞德妈妈一家的经济负担。在华盛顿的一次晚会上荷默·庞德遇上了弗兰斯·威士顿(Frances Weston),庞德的外叔婆(庞德后来敬称她为"弗兰克叔婆"),她邀荷默到她家做客,在弗兰斯家荷默认识了伊莎贝莉·威士顿(Isabel Weston,1860—1948)。伊莎贝莉年轻时非常漂亮,荷默对她一见钟情。伊莎贝莉的母亲玛丽并没有非常看好这位相貌平平、土里土气的荷默,但荷默毕竟是国会议员的儿子,家境颇富。玛丽自己的婚姻不幸,希望女儿有个好的依靠。1884年11月26日,荷默和伊莎贝莉结婚。庞德的外貌与诗人天分均得益于母亲家族的遗传。这对年轻夫妇新婚燕尔不久就乘车西行,最后来到环境恶劣的黑利,在这里生下庞德。外祖母赶来看小外孙时发现黑利偏僻冷清,全镇仅一条街、一家旅馆。这家旅馆的客房许多没有门锁。透过房之间墙的罅缝可以听到隔壁房间的谈话声,深更半夜还听到路边的马车奔驰与时作的枪声。更糟糕的是这里海拔较高,气压让庞德的母亲很不适应。庞德出生 18 个月之后,在 1887 年冬天全家搬到了他外叔公在纽约市曼哈顿第 47 街东 24 号的旅馆。1888 年,全家来到了威斯康星州奇泊瓦福尔斯的祖父赛多斯的家。1889 年荷默·庞德在美国铸币局任职,举家随之迁往费城。荷默一直在此工作到 1928 年退休。庞德小时候也常到父亲工作的制币厂玩耍,他亲眼目睹钱的生产过程,见过裸着胸膛的工人用大铲子将银币抛进机器,将其熔化、重铸。这些情景给他留下了终生难忘的印象。以后他对金钱分配等经济问题那么感兴趣,也许与少年的经历有关。

庞德约 4 岁左右,全家移居费城。他家起初住在城西的南 43 街 208 号(208 South 43rd Street, West Philadelphia),建筑为砖造结构,三层楼高,红色外墙,当年房子前有一个小草坪。这里离宾夕法尼亚大学不远,当时地处城市的边缘。如今这里已成闹市,车来人往好不热闹。1892 年,庞德一家又换了新居,搬迁到费城金肯镇核桃街 417 号(417 Walnut Street, Jenkintown)。庞德的许多传记中都描写过这套房屋的情景,这幢房子有三层楼高,前后非常宽敞,内有许多房间。前花园种有各种果树:梨、桃、樱桃等;后院里有苹果树,还有秋千①。祖辈与父辈们的开拓进取的精神都是

---

① 笔者 2012 年与朋友访问过庞德故居,抵达这里时已近傍晚,现在此处的环境依然优雅安静,建筑外貌与一百年前的描述相比,变化不大。此楼没有标示庞德故居,我估计缘由有二:其一,由于庞德在二战期间替敌对国意大利播音,其中有攻击美国政府的言论,战后被监禁十二年之久,尽管他的诗名很大,美国官方不可能为他设纪念馆。其二,这栋楼房在庞德一家人旅居欧洲后转卖给他人,产权已属他人,现在虽有人居住,但跟庞德没有干系。庞德的旧居前如今仍有人往车来,但依稀有些荒寂。庞德在美国的待遇不如《飘》的作者玛格丽特·米切尔(Margaret Mitchell, 1900—1949),她在亚特兰大市的中心地段的故居如今已成该城市的一张名片,供世人参观敬仰。那日我们属于贸然造访客,无法预约到现在的主人,见屋旁有牌子提示行人注意家狗,故在屋前屋后皆留影后不敢久留。但我对照传记里的照片和现实的情景,能推测到少年庞德能生活在如此舒适的环境,那肯定有利于他身心健康成长。

第一章　庞德的生平

庞德后来效法的楷模。1921年庞德写信给托马斯·哈代自豪地说:"我还未出生时我的父母对当地人而言是移民。"[①] 儿时数次搬家的经历对他以后到欧洲闯天下与适应新环境是好的锻炼。1920年他回忆自己的幼时情景时说:"我长大的城市与我祖辈无甚联系,后来我也习惯于从一个地方迁徙到另一个地方。"[②] 但一个人的成长环境对他以后的人生选择应该会有影响,费城虽不是庞德出生地,但他的青少年时代在此度过。这个城市现为美国第六大城,宾夕法尼亚州最大城市。它不但是美国的工业、经济和文化的重要城市,而且是美国历史名城,在美国独立战争时期占有重要地位。1774—1775年两次大陆会议在此召开,通过独立宣言;1787年在此举行制宪会议,诞生了第一部联邦宪法;1790—1800年曾是美国首都。庞德那酷爱自由、不畏强权的精神自然会在此得到熏染。

庞德一家关系亲密和谐,颇像我们中国式的家庭关系。他是家里的独子,父母自然十分重视对他的培养,希望他能早成大器。因此庞德从小自信,自我感觉甚好。家里很小就对他开始了学前教育,他家的一位邻居回忆说庞德的母亲在他5岁时就教他识字读书。进小学时他就比同龄孩子的知识面要广博许多,大家称他为"教授"。家人一方面鼓励庞德上进好学,为他的成长和进步创造条件;另一方面亦尊重他的个人爱好,不束缚他的个性,让他自由成长。庞德与他父亲既是一对相敬互爱的父子,更是相互欣赏和鼓励的朋友。在父亲的眼里,小庞德简直是天才,父亲常对人说:"这孩子经常会给你许多惊奇。"庞德小时候把作品给他父亲看,父亲对其大加赞赏。庞德对父亲亦充满感情,认为父亲是"具

[①] Peter Ackroyd, *Ezra Pound and His World*, New York: Thames and Hudson Ltd., 1980, p. 5.
[②] Peter Wilson, *A Preface to Ezra Pound*, New York; London: Longman, 1997, p. 14.

有健康理智、最单纯的人……他的道德比普通人要高尚",称他父亲是他作品的"最好和最忠实的读者"。

当庞德在欧洲成名时,荷默要求当地报纸做宣传。庞德出版《罗曼司的精神》(*The Spirit of Romance*)时,荷默要求庞德毕业的宾夕法尼亚大学根据他儿子的成就授予博士学位,后遭校方拒绝。1930年荷默到意大利看庞德,忍不住对当地人说他儿子简直是无所不知。现在看来,若是没有这样一位慈父的鼓励,英美诗坛这位重量级的诗人难以飞得如此高远。

在亲戚中对庞德一家帮助最多和影响最大的是他外叔公埃兹拉·布朗·威士顿和外叔婆弗兰斯·威士顿。他们俩膝下无儿,家道殷实,有自己的旅馆。他们住在纽约时,小庞德经常到他们那里领略大城市的风光:看艺术表演、听人们谈论政治、吃精美食品、与人下棋。他们俩对小庞德宠爱备至。庞德将在纽约的记忆写成诗,题为《N. Y.》,收入诗集《面具》(*Personae*)中。诗中写道:

> 我的城市,我深爱的,我白色的!啊,苗条的,
> 听!听我的,我将呼吸你入心灵。
> 细致地在芦苇边,等着我!
>
> 现在我知道我疯了。
> 这里百万人挤着交通;
> 这不是女子,
> 我也不能在芦苇边玩……①

庞德在小学时转学较多,开始在几家私立小学,后来去了一家

---

① 译自 Michael King, *Collected Early Poems of Ezra Pound*, New York: New Directions, 1976. 庞德早期诗在本书里皆选译自该书,后不一一注出。

由他父亲荷默帮助建立的公立学校。9岁时,他转到了弗罗伦斯·里德帕斯小姐所在的学校,庞德对里德帕斯小姐印象颇好。10岁时,庞德转到家附近的新建公立学校。这个阶段学校对学生的档案现在都无法找到,也许当时就没有存档。有一点大家印象深刻,那就是庞德聪明、调皮,他爱给同学取绰号。① 从12岁到上大学前,庞德在费城的切尔滕纳姆军事学校(Cheltenham Military Academy)读书,该校要求学生学习拉丁文、历史和数学等科目。拉丁文老师弗雷德里克·詹姆斯·杜里特尔(Frederick James Doolittle)对庞德影响很大,他培养了庞德对拉丁语的浓厚兴趣,庞德从此打下了扎实的拉丁语功底。庞德在该校学习也没有留下成绩记录,不过我们从留下的两张照片可以看出,庞德似乎比同学看上去年龄小些,而且戴着眼镜。从他的传记材料可知,他小时候患过散光,后来在费城治好了。1894年,庞德的外叔公埃兹拉·布朗·威士顿去世。1898年,庞德的母亲和外叔婆弗兰斯带他去欧洲旅游,他们去了英国、德国、法国、意大利、西班牙等国的大城市。这次游历对年方12岁的庞德而言可谓大开眼界,它给庞德展示了超越费城之外的新世界,这对他以后独自来欧洲闯天下作了铺垫。庞德1912年写信给外叔婆时还提起了这次旅行对他以后事业的影响。与周围同龄人相比,他认为自己见多识广。中国古人说:"读万卷书,行万里路。"读书和旅行都是长见识的途径,少年的出国游历会使人终身受益。弗兰斯是一位精力充沛、富有闯劲的女强人,在其丈夫埃兹拉去世之后,她于1906年与詹姆斯·贝亚医生结婚,她将原来的旅馆置换,并在纽约的麦迪森大街加大投资,建成12层半高的"新威士顿"宾馆。后因经营不善,在1909年宣布破产,只好将其廉价卖掉。有人认为若是这么豪华的宾馆管理

---

① J. J. Wilhelm, *The American Roots of Ezra Pound*, New York & London: Garland Publishing, Inc., 1985, p. 77.

得好,那将坐收财富。老太太无儿无女,庞德又是她的宠儿,等外叔婆百年之后,庞德便极有可能继承这笔大遗产。庞德一旦成了富豪,他也就用不着那么愤世嫉俗①。说到这里,我们不禁联想到中国的曹雪芹和鲁迅,他们俩若是百万富翁,会不会成为我们如今所知道的曹雪芹和鲁迅? 历史是难以假设的。不过外叔婆对庞德确实疼爱,即便后来破产并不富有,她还常救济诗人庞德。

庞德 11 岁时就在费城的一家报纸上发表了第一首诗:

有一位来自西部的年轻人,
他尽力去做他认为最好的事;
但选举揭晓后,
他发现自己落选了
报纸会告诉你其它的事。

该诗刊登在费城 1896 年 11 月 7 日的《金肯镇时报》(*Jenkintown Times-Chronicle*)上,这首打油诗中的"他"是指议员布莱恩,那年他竞选失败。

在 18 岁时他的诗颇有水平,请看他另一首诗:

我听见微风在寻觅
　　在寂静的森林,
我看见微风在寻觅
　　在静谧的大海。
　　　穿过昏暗的树林
　　　　我开始了自己的旅程

---

① J. J. Wilhelm, *The American Roots of Ezra Pound*, New York & London: Garland Publishing, Inc., 1985, pp. 157 – 159.

在静谧的大海,夜晚和白天
我追上了微风。

诗中的"微风"也许象征着诗人的灵感,借助诗的"微风",年轻的庞德立志去开始诗人的航程。孔子说:"吾十有五而志于学,三十而立。"庞德很早就想当一位诗人,他说:"我15岁时就知道我要干什么。"① 后来又说:"我立志在30岁时比在世的任何人都要了解诗歌。我要知道诗的动态内容,还要了解所有称之为诗的东西。……诗的什么部分是'无法摧毁',什么部分经过翻译也不会失去……什么效果只能在一种语言获得,什么效果在翻译后完全保留。"② 中国晚唐诗人李商隐看了韩冬郎为他即兴所作的诗之后,马上回赋诗赞叹其才华,诗云:"十岁裁诗走马成,冷灰残烛动离情。桐花万里丹山路,雏凤清于老凤声。"此诗认为少年韩冬郎才气过人,有老成之风,将来定有作为。我们在此用这首诗来评价少年庞德再恰当不过了。

二、大学时代

1901年秋季,庞德还不到16岁,他被录取到宾夕法尼亚大学。从年龄上讲,庞德比大多数同学要小两岁。家里当时考虑庞德年龄尚小,选择离家较近的宾夕法尼亚大学上学,可以乘火车直达。宾夕法尼亚大学是费城一所著名的私立研究型大学,美国八

---

① Ezra Pound, "How I Began", see *Ezra Pound Early Writings: Poems and Prose*, edited with an Introduction and Notes by Ira B. Nadel, London: Penguin Books Ltd., 2005, p.212.
② 同上, p.213.

所常春藤盟校之一。学校于1740年由独立宣言的起草人本杰明·富兰克林(Benjamin Franklin,1705—1790)创建。该校已为世界各国培养无数精英,人们耳熟能详的名人如投资家巴菲特、语言学家乔姆斯基、我国的建筑学家梁思成夫妇、数学家丘成桐等都从这里毕业。笔者来到这里探访时正值美国高校春假,恰好赶上该校招生宣传环校游。整个校园虽处于费城中心地段,但进入校园只觉静谧优美,与外面的喧闹世界形成鲜明对比。从爬满古藤的旧建筑,你可以感受到这所大学的古老厚重,从图书馆学子发奋攻读的身影,你会感受到这所大学的朝气活力。大学的创办者富兰克林本人出身贫寒,后来自学成才,是集革命家、发明家、文学家于一身的传奇人物,他是体现美国精神的代表人物,他的办学理念强调传统与创新结合。大学的精神自然会影响学子。庞德后来重视继承人类文明传统和文学上"日日新"的观点(Make It New)是受这所大学的精神影响。可惜多年来西方庞德研究者很少有人这样来结合研究庞德。在笔者本次短暂的宾州大学之行中,看到庞德曾经住过的宿舍、读过书的教学楼、飘着书香的图书馆、富兰克林的雕像等,由衷感到庞德诗歌与文化批评的许多灵气是从这里滋养出来的。

美国大学在新生阶段不规定狭窄的专业,学生可以选学大的门类。庞德在宾夕法尼亚大学念的是"艺术与科学"。从1901—1902年他选修的课程有:英语写作、英语语言与分析、公共演讲、代数、立体几何、平面三角学、德语语法与阅读、李维(约公元前59—公元17,罗马历史学家)、贺拉斯(公元前65—公元前8,罗马诗人)、美国殖民史、美国政府学[①]。从这些课程可以看出,庞德的学习兴趣极为广博,涉猎面兼及文理与古今。庞德的大学阶段正

---

① Noel Stock, *The Life of Ezra Pound*, New York: Pantheon Books, a Division of Random House, Inc., 1970, p.12.

是美国高校改革时期。在19世纪70至90年代,哈佛大学校长查尔斯·威廉·艾略特(Charles William Eliot,1834—1926)认为美国的高等教育不注意因材施教,限制了学生在学习方面的选择自由,因此他在哈佛大学进行改革,推行选修课制。在艾略特坚持不懈的领导下,哈佛大学到1895年除了一年级必修课只剩两门英语和一门现代外国语,其他所有课程皆采用选修制。此后美国高校纷纷效法哈佛大学。选修课制对以后世界大学教育产生了深刻的影响,它尊重学生的个性,以多种不同的课程模式来适应众多学生的不同需求,从而使学生的个性得到充分的发展,由此引发大学的内部组织、新兴学科和实用专业的成长。丰富多样的选修课给了学生足够的选择余地,去吸取知识的营养,发展个性与特长。大学的博雅教育与专精教育的良好结合是值得我们借鉴的。宾夕法尼亚大学与美国的哈佛大学一样,是美国最好的大学之一。有这么多选修课,对好学的庞德来说应是莫大的幸事。庞德后来回忆求学之初的体会时谈到:"进宾夕法尼亚大学时我才15岁多,我就能分辨是非。我想做个诗人。当然我是否能成为诗人是由上帝来定,但至少我知道该做啥。"[1] 博与专的关系问题也许是每个学子求学所面临的问题,鲁迅先生曾说过:"博识家多浅,专门家多悖。"如何处理好这个难题,中国古语说得好"道欲通方而业须专一",庞德在大学四年本科和以后的研究生阶段,基本上是朝着这条治学道路走的。

1902年夏,庞德一家与外叔婆弗兰斯再一次携庞德去欧洲旅游。少年时代的庞德能两次游览欧洲,实在是宝贵的经历!

在宾夕法尼亚大学第二年(1902—1903),庞德选修的课程有:英文写作、19世纪英语小说、伦理学、逻辑、美国宪法、政府比

---

[1] Humphery Carpenter, *A Serious Character: The Life of Ezra Pound*, London: Faber & Faber, 1988, p.37.

较学、美国外交、内战与重建。还有一些拉丁语课程:卡图鲁斯、贺拉斯、奥维德、维吉尔等诗人作品。上课之余,庞德拼命读书,尤喜读英国文学经典作品、古罗马文学、但丁、布朗宁、亚瑟·赛蒙等人的作品。

庞德在宾夕法尼亚大学的前两年共选修了 33 门课,大多以优秀成绩通过,但也有三门课不及格(其中两门是数学,一门是历史)。由于有功课不及格,1903 年 6 月庞德不得已转学到纽约州的汉密尔顿学院继续本科学习,汉密尔顿学院的院长为这个"特别的学生"安排大学三、四年级的课程。在 1903 年至 1904 年,他选修的课程为:德语、法语、意大利语、英语。1904 年秋季学期他选修的课程有:古英语、德语、法语、普罗旺斯语、西班牙语、物理和解析几何。在这里他常可以借助自己的多门外语来阅读欧洲的古典文学作品和哲学著作,例如,古英语作品、笛卡尔、帕斯卡和歌德等。1905 年 6 月 22 日他通过所有课程的考试。从这个阶段看,他至少在外语方面超越常人。他熟练地掌握了拉丁文、古英语、德语、法语、意大利语、西班牙语,对葡萄牙语和希腊语也较为熟悉。6 月 29 日他在该校获学士学位。

1905 年至 1906 年,庞德重返宾夕法尼亚大学攻读硕士学位。他主要研究西班牙戏剧、古法语、普罗旺斯语、意大利语。在此期间他对马休尔、卡图鲁斯、塔西佗尤感兴趣。马休尔和塔西佗的简洁、硬朗诗风对庞德以后的诗歌创作颇有影响。

1906 年夏天至秋天,庞德获得宾夕法尼亚大学的奖学金到马德里学习西班牙语。回国后,庞德继续在宾夕法尼亚大学攻读博士学位,庞德已修完 17 个学分,但由于冯尼曼(Penniman)教授的"文学批评"课没有及格,庞德没拿到博士学位。当然庞德并没有因此对自己的文学才华丧失信心,当年 10 月他的第一篇文学论文发表在《每月书讯》(*Book News Monthly*)上。他后来谈到自己是冯尼曼所开的那门"文学批评"课唯一不及格的学生,但他确信自己是其中唯一想尝试懂得文学批评内容的学生,也是唯一对这方面问题感兴趣的人。① 庞德对冯教授的"文学批评"课一直心存芥蒂,他在《如何阅读》一文开头就说:"学校的文学教育,在本世纪初,烦琐而无效率。我敢说迄今依然如此。某些多少有点特别的教授仅对许多作家(通常是已死的)的'美'感动,但对整个体系缺乏了解和统筹。我敢说现在依然如此。"② 庞德离开大学十几年以后,谈到宾夕法尼亚大学的印象时写道:"这所大学较为平庸。"③ 可见他对这所大学的偏见已积怨颇深,耐人寻味的是宾夕法尼亚大学现在却把诗人庞德列为著名校友。我们还可从他的著作中读出不满的端倪,例如他在 1960 年出版的《阅读入门》的开场白"怎样学诗"中写道:"该书献给那些未上过学的人,或者给那些在大学正遭受与我们那代人同样痛苦命运的人。"④ 当然庞德的这些看法也未必公允,有报仇雪恨之嫌。事实上他在宾夕法尼亚大学受到的教育为他以后的文学批评与诗歌创作奠定了坚实的基础。庞德在大学阶段得到了许多良师的指导。在宾夕法尼亚大学时,庞德师从费利克斯·谢林(Felix Schelling)学习英国文学,他对谢林教授的莎士比亚课十分着迷。1903 年夏季,庞德转至纽约州克林顿城的汉密尔顿学院,从威廉·皮尔斯·谢波德(William Pierce Shepard)教授那里获益匪浅,谢波德教授给学生讲罗曼斯语言和文学课,指导庞德去阅读但丁。除了学习罗曼斯语,庞德还继续学习盎格鲁—撒克逊语、法语语言文学,还研究数学。在

---

① J. J. Wilhelm, *The American Roots of Ezra Pound*, New York & London: Garland Publishing, Inc., 1985, pp. 152 – 153.
② T. S. Eliot, *Literary Essays of Ezra Pound*, London: Faber and Faber Limited, 1954, p. 15.
③ Gail McDonald, *Learning to Be Modern: Pound, Eliot, and the American University*, Oxford: Clarendou Press, 1993, p. 16.
④ Ezra Pound, *ABC of Reading*, New York: New Directions Paperback, 1960, p. 11.

1904年秋季学期,庞德经常跟英语和盎格鲁—撒克逊文学教授约瑟·大林·伊布斯坦(Joseph Darling Ibboston)讨论文学,他们有时彻夜长谈,直到天亮。对弥尔顿的《失乐园》研究长达40年之久的伊教授,鼓励庞德今后写出类似《失乐园》的鸿篇巨制。庞德后来的《诗章》果然未辜负老师的期望。这样亲密的师生关系现在恐怕也不多见。庞德说:"当然做学问并不能帮助一个人写好诗,有时甚至是大的负担和障碍,但他的确帮助我减少某种程度的失败,使我不满足于平庸"①。如果要说庞德在宾夕法尼亚大学和汉密尔顿学院有什么直接成果,笔者认为1910年出版的论文集《罗曼司的精神》(The Spirit of Romance)可以说是他早期学术研究的一个小结。

中国古人云:"三人行,必有我师焉。"庞德不仅发奋学习,而且善于学习。除了向书本学习之外,庞德也经常注意从老师和朋友那里取长补短。庞德的超群之处还表现在具有感召力:一方面他对朋友讲情尽义,另一方面他个人魅力十足,对朋友颇有影响力。他这方面的才干在大学期间已展露出来。庞德在费城结交了他未来文学事业的一位好友威廉·史密斯(William Smith),他是费城艺术学校的学生。他们经常在一起交流学习体会,史密斯向庞德推介英国唯美主义作品和19世纪诗人。庞德对史密斯的博学与艺术修养甚为惊讶与佩服,许多年后庞德回忆史密斯时依然赞赏不已。可惜史密斯年仅24岁就患肺结核去世了。庞德对史密斯的感情很深,他在威尼斯自费出版的第一本诗集《熄灭的细烛》(A Lume Spento),书的扉页便题有"献给史密斯",以纪念他们的友谊。

---

① Ezra Pound, "How I Began", 1913. See *Ezra Pound Early Writings: Poems and Prose*, edited with an Introduction and Notes by Ira B. Nadel, London: Penguin Books Ltd., 2005, p. 213.

第一章 庞德的生平

庞德的另一位好友是众所周知的威廉·卡洛斯·威廉斯（William Carlos Williams, 1883—1963）。当时威廉斯是宾夕法尼亚大学医学系的学生。庞德和威廉斯两人都爱好击剑和文艺。威廉斯认为庞德是他所认识的"最有生气、最聪明和最高深莫测的人"。① 相识之初威廉斯发现自己虽然长庞德两岁，但庞德在文学上比他懂得多，且成熟得多，他刚开始读济慈，而庞德已读到了叶芝。② 威廉斯写信给母亲说："我对自己感兴趣的学科无时间去学，而他（指庞德）却在全心全意地去做，那就是文学、戏剧和经典作品，还有哲学。""我对他的诗印象深刻，我的诗也给他留下好印象，我们彼此相处很好。"威廉斯同时发现庞德个性太张扬，领袖欲强。他富有思想，却常常自以为是；他聪明透顶，但经常桀骜不驯；他喜欢被人爱戴，而不会轻易去讨好别人。③ 1904年春假，威廉斯到庞德家里度周末，庞德的父母对他热情极了，为他准备许多好吃的。每天晚餐后他们俩长谈诗歌、诗剧和哲学。威廉斯认为庞德正是他要找的朋友。他在《自传》里谈到是经济原因决定他继续学医，虽然他终生志向要做诗人，但只有医生这么好的职业才能使他过得轻松，才能让他随心所欲地进行诗歌创作。④ 他以后边行医，边作诗，成为引领一代风骚的大诗人，这与庞德的鼓励肯定有关。庞德与威廉斯通信很多，这些信大多谈文学创作，如庞德刚抵欧洲不久，于1908年10月21日写给还在费城念书的威廉斯的信中指出，"诗艺的最终成就"在于：

---

① Humphery Carpenter, *A Serious Character: The Life of Ezra Pound*, London: Faber & Faber, 1988, p.41.
② William Carlos Williams, *The Autobiography of William Carlos Williams*, New York: Random House, 1951. p.52.
③ Noel Stock, *The Life of Ezra Pound*, San Francisco: North Point Press, 1982, p.18.
④ William Carlos Williams, *The Autobiography of William Carlos Williams*, New York: Random House, 1951, p.51.

1. 按照我所见的事物来描绘。

2. 美。

3. 不带说教。

4. 如果你重复几个人的话,只是为了说得更好或者简洁,那实在是求之不得的行为。彻底的创新,自然是办不到的。①

这些话后来成为意象主义的原则,威廉斯在早期阶段也是根据庞德这些话而进行诗歌创作的。庞德与威廉斯年轻时的友谊一直保持到老,他们经常沿用大学的绰号"你这笨鸭"(you poor dumb duck)来称对方。他们的友谊似乎永远年轻,这种活力主要通过他们所从事的文学活动来发扬光大。1912年庞德出版了《还击》(*Ripostes*)一书,在扉页上写着"献给威廉·卡洛斯·威廉斯"。一年之后威廉斯出版了第一部成熟之作《性情》(*The Tempers*),庞德立即予以赞扬。1921年庞德发起了赞助诗人的经济计划,T. S. 艾略特被列为第一位要赞助的人,威廉斯是第二位。1928年威廉斯的诗作《异教徒之旅》(*A Voyage to Pagancy*)出版时,威廉斯也在扉页写着:"此书诚挚地献给我的好友——埃兹拉·庞德。"

庞德1921年在伦敦的生活颇不舒心,打算前往巴黎。此时威廉斯写信给庞德希望他回美国,他们俩能像大学时代那样在一起交流,若能再度相聚,那将如同"太阳出来一般"。而庞德劝威廉斯前往欧洲,像T. S. 艾略特那样融入欧洲文化之中。但他了解老友的心思:"我想你应该到欧洲过一年或六个月。我知道你不会这样做,你会担心打破你认为有必要联系的幻想。"② 1924年威廉斯来欧洲呆了六个月,在威廉斯要离开欧洲返回美国的前十天,

---

① D. D. Paige, *The Selected Letters of Ezra Pound, 1907–1941*, London: Faber & Faber, 1971, p. 6.

② George Bornstein, edit. *Ezra Pound Among the Poets*, Chicago and London: University of Chicago Press, 1985, p. 154.

第一章 庞德的生平

庞德特地从伦敦赶到巴黎与老友相聚,这是他们分别十五年之后的第一次相会。此后他们在大西洋两岸各自奋斗,相互鼓励。他们在早期持有类似的政治主张,反对资本主义的经济体制,推崇道格拉斯的经济理论。尤其在诗学革新方面,威廉斯追随庞德所领导的意象主义运动,对此我们在后面的章节还要论述。庞德在欧洲推荐和发表了威廉斯的作品。

1939 年,庞德赶回美国,想说服美国不参加二战。威廉斯见到庞德后,不同意他的观点,并为他担忧。威廉斯写信给詹姆斯·劳克林:"法西斯的逻辑将会毁了他。""他是位好朋友,一位能干的诗人,也许是我们所有人中最好的诗人,但他年轻时的缺点正在他身上冒出。"① 二战爆发后,他们失去了联系。二战结束后,庞德被押回美国受审,威廉斯无法原谅庞德在二战中的罪行,但他从心底为老友的大错而惋惜。他说:"一想到如此天才竟会铸成如此大错,真令人悲伤!"② 威廉斯与其他诗人一道努力,争取让庞德早日出狱,他对记者说:"他的许多观点,我不同意,但可以说我们之间的友谊之树是永远常青的。"③

在费城还有庞德的初恋。在大学一年级的一次晚会上,庞德结识了希尔达·杜利特尔(Hilda Doolittle,1886—1961,庞德后来为她改名为 H. D.)。希尔达当时 15 岁,比庞德小一岁,正在中学念书,她家离庞德所在的大学不远,她的父亲是大学天文学教授和天文观察台的主任,是个严肃乏味的家长,经常晚上工作,白天卧榻休息,跟希尔达很少交流④。希尔达的母亲是其父的第二任妻

---

① Paul Marian, *William Carlos Williams: A New World Naked*, New York: McGraw-Hill Book Co., 1982, p. 428.
② 同上。
③ Peter Wilson, *A Preface to Ezra Pound*, New York; London: Longman, 1997, p. 21.
④ Vincent Quinn, *Hilda Doolittle (H. D.)*, New York: Twayne Publishers, Inc. 1967, p. 16.

子,年纪小得多。庞德、希尔达与威廉斯等几位朋友经常聚在一起吟诗和玩耍。威廉斯在他的《自传》里描述了希尔达的父亲——这位天文学教授只知道测量地球的自转和观察月球,跟人说话时,只望天不看人。他一开腔,夫人就要大家不吱声,孩子们毕恭毕敬听他说,而他一说起来就没完没了。① 从1905年起,庞德与希尔达感情升温,他们在一起读书,在树林里大声朗读济慈、雪莱、斯温朋、布朗宁、叶芝、惠特曼的作品,还研讨布莱克的神秘主义诗篇、瑜伽书籍、佛教一些神秘教义、儒学伦理书。他们阅读量很大,读完了维多利亚时期唯美诗人但丁·加布里耶尔·罗塞蒂(Dante Gabriel Rossetti,1828—1882)的全部诗作以及他翻译的部分诗歌。希尔达向庞德请教有关古希腊和中世纪佛罗伦萨的知识,庞德此时就表现出好为人师的特点。希尔达后来回忆说庞德对她很好,总是带很多书给她读,并对她的诗评价很高。② 他们相互赠诗,庞德写了一本含25首情诗的书给希尔达,后来干脆将该书命名为《希尔达的书》(*Hilda's Book*)。其中有一首短诗的片断写道:

　　她有树之精灵的气息,
　　　　在她的周围,风在她的头发里
　　　　似乎他轻语、呆在那里
　　　　好像他也懂得
　　　　苔藓长在佳木
　　　　在我看来,她或许与它们同类③

---

① William Carlos Williams, *The Autobiography of William Carlos Williams*, New York: Random House, 1951, p.67.
② Vincent Quinn, *Hilda Doolittle (H. D.)*, New York: Twayne Publishers, Inc. 1967, p.18.
③ 译自 Richard Sieburth, ed. *Ezra Pound: Poems and Translations*, New York: Library of America, 2003, p.17.

第一章 庞德的生平

庞德的父母对儿子与这位才女的恋情一直默许,但希尔达的父亲则严加干涉,这位过去只对天上的星辰专注的天文学教授,此时对身边这位热情似火的庞德警惕起来了,他坚决反对女儿与这位桀骜不驯的年轻诗人来往过密,因此这两位才华横溢的诗人终未成眷属。1908 年庞德去了欧洲。庞德走后,希尔达心里空空,这种凄凉伤感之情在她以后的诗中流露了出来:

他已经走了,
他已经忘记;
他带着我的笛子和水晶般的贝壳——
他从不回头望一望——①

希尔达不久也来到欧洲,成为意象派的一位健将。后来庞德跟多萝西结婚,希尔达跟诗人阿尔丁顿结婚。然而庞德对希尔达影响终身,她对庞德的爱似乎刻骨铭心。她 1958 年出版的小说《痛苦的结束》(End to Torment) 中回忆了他们早期相恋的日子和以后共同从事文学创作的岁月,其中有欢乐、爱情,也有误解②。她在书中提及他们相爱的幸福时光,竟然后悔没有为庞德生个孩子。此书出版之时正逢庞德获释,希尔达在人生的黄昏还不忘年轻时朝霞般的初恋,由此可见庞德对希尔达的影响。庞德对自己的初恋情人亦是不能忘怀,他在《诗章》第 80 章中写道:

【德雅丝】你的眼睛像云……
【德雅丝】你的眼睛像泰山的云

---

① Hilda Doolittle, *Selected Poems*, New York: Grove, 1957, p.61.
② Norman Holmes Pearson and Michael King, ed. *End to Torment, A Memoir of Ezra Pound by H. D.* New York: New Directions Publishing Corporation, 1979, pp. vii - xii.

有些雨已经落下
有一半的雨还未下……
云挂在泰山——乔可拉山上
黑刺莓熟了
现在新月亮照在泰山
德雅德,你的平静就像水
九月的太阳在水池上。

该诗中"德雅丝"(Dryas)是希腊文,即英文中"德雅德"(Dryad),这是庞德对希尔达的昵称,希尔达跟庞德的书信联系皆用此名。庞德在伦敦早年发起的意象主义文学运动,希尔达亦投入其中,并最好地实现了庞德的文学理想。两位大诗人这段既有文学渊源又有爱情故事的交往,自然逃脱不了研究者的法眼。雅各布·柯肯(Jacob Korg)于2003年出版了《冬天的爱:埃兹拉·庞德与H. D.》(*Winter Love: Ezra Pound and H. D.*)。① 作者认为这两位诗人从少年时成为情人后,一辈子都在对话,这种对话是双重的:感情层面与诗歌层面。他将两位诗人对意象派的贡献,以及他们从小就受欧洲文化熏陶的背景进行了比较,尤其可贵的是,该书将两位诗人置于宏观而又复杂的时代背景下,分析他们的性格差异、政治主张、文学特点以及两人相互依赖而后分开的原因。该书文笔优美,史料扎实,逻辑上令人信服。

大学期间,一位名叫凯瑟琳·露丝·海曼(Katherine Ruth Heyman)的犹太女钢琴家还闯入了庞德的感情生活,她比庞德至少大8岁。庞德和他的好友史密斯一起观看她的表演时结识了她。庞德天生爱好音乐,对她萌生爱意(可能精神之爱更多),海

---

① Jacob Korg, *Winter Love: Ezra Pound and H. D.*, Madison, Wisconsin: The University of Wisconsin Press, 2003, p. v.

曼送给庞德一枚母亲留给她的钻戒以示纪念。希尔达认为这位女音乐家有一种她所不具备的魔力,担心会将庞德从她身边夺走。不管以后的情况怎么样,庞德在自己的创作中以意大利大诗人但丁和情人比特丽思(Beatrice)的关系来类比他与海曼的关系。

庞德在大学的文体活动也是非常活跃的,他爱下棋,好运动,有时还参加艺术表演。有一次他在用希腊语演唱的歌剧中扮演女子,演出时他的外叔婆弗兰斯特地从纽约赶来观看,庞德演得十分卖力。威廉斯对此描绘说:"庞德戴着长长的假辫子,张开双臂,夸张地鼓起丰满膨胀的假乳房。"①

1906年6月13日庞德获得文学硕士学位。为了得到父母继续支持,从事他所喜欢的文学事业,他特地赋诗一首寄回家里,题为《生活的悲哀》。诗的前两节如下:

    人生中有时会出现
        令他们悲哀的情境
    他们的父亲们轻轻地说
        你不能老在
    家里呆着。

    现在得靠你自己了
    你慷慨的爸爸
    可爱的爸爸
    多好、多亲的爸爸
    将再也不能像他过去那样
    慷慨大方地为你付债款了。

---

① Noel Stock, *The Life of Ezra Pound*, New York: A Division of Random House, 1970, p.15.

这也是一首打油诗,看不出庞德作诗的真正水平,但从中可以看出庞德与家里的亲密关系。自庞德时代直到现在的美国,从事文学事业都是清苦的。所幸庞德父母尊重儿子的选择,给予他支持和鼓励,因此英美诗坛多了一位大诗人。

刘勰在《文心雕龙·事类》中说道:"才为盟主,学为辅佐,主佐合德,文采必霸。"要成为一位大诗人需要具备许多条件,比如天生的禀赋、生活的经验、情感的因素,还有学识的积累。英美现代派诗人们皆是一批饱学之士,而扎实的大学和研究生教育为庞德、艾略特等现代派诗人打下了坚实的基础。诗人理查德·阿尔丁顿(Richard Aldington)1954年出版了《埃兹拉·庞德与T. S.艾略特》(*Ezra Pound & T. S. Eliot*),这本书是15年前他在东美国大学(Eastern American University)的系列演讲中的一部分。作者认为庞德与艾略特即便不是诗人,也会是成功的教授,而且艾略特会是很出色的教师,庞德还会是位精通音乐理论与实践的大师。① 此外,庞德懂多门外语,至少可以读西班牙语、葡萄牙语、法语、意大利语以及普罗旺斯语。他的《华夏集》译自中文,《普洛朴梯斯》(*Propertius*)译自拉丁文,《阿尔诺·丹尼尔》(*Arnaut Daniel*)译自普罗旺斯语(Provencal),《吉多·卡瓦尔康蒂》(*Guido Cavalcanti*)译自意大利语。② 阿尔丁顿有一次在意大利的拉帕罗(Rapallo)见到叶芝夫妇,叶芝用低沉的声音问他:"你打算怎么写庞德?"不久叶芝又告诉他:"其实,很简单。在真实生活里庞德是他自己,但在他最好的诗里他总是别人。"③

庞德早年在伦敦搞意象主义运动时与阿尔丁顿有许多接触,阿尔丁顿了解庞德的学问与外语功底,因此他上面那番话是有根

---

① Richard Aldington, *Ezra Pound & T. S. Eliot*, Hurst, Berkshire: The Peacocks Press, 1954, pp. 2–4.
② 同上, p.4.
③ 同上, p.11.

据的。庞德所接受的扎实的大学教育为他去欧洲展翅高飞做好了充分准备。

三、伦敦岁月

1907年整个夏季庞德没找到工作,但他是闲不住的人,总会找事情干。此时他认识了一个名叫玛丽·莫尔(Mary Moore)的姑娘,这女孩家境优越,父亲是一家大公司的副董事长,她性格开朗、漂亮大方,与希尔达那种性情内向、多愁善感的诗人气质截然相反。庞德与她结识后形影不离,常在一起划船、散步,不用像跟希尔达相恋时那样,总要提防着希尔达父亲那双天文学家的锐利眼睛。有美眷相伴,庞德快乐无比,他正值青春年少,无暇顾及未来会是怎样。当年希尔达父亲问庞德将来如何养活她女儿,他不知如何回答。现在与玛丽相处,虽无工作,身无分文,但他仍想娶玛丽为妻。后来庞德在印第安纳州克劳福兹维尔的沃巴什学院(Wabash College)罗曼语系谋到教职。来此后庞德不断地给她写信寄书,可突然有一天,玛丽告诉庞德她不再爱他,她喜欢上了另一位男士。几年后庞德出版了一部大作《面具》(*Personae*),特地在扉页上题写"该书献给特伦顿的玛丽·莫尔,如果她愿意接受的话"(THIS BOOK IS FOR MARY MOORE OF TRENTON, IF SHE WANTS IT)。[①] 玛丽·莫尔的名字从而随着该书而传到世界各地,永垂不朽。

庞德在印第安纳州西部的克劳福兹维尔市沃巴什学院找到了

[①] J. J. Wilhelm, *The American Roots of Ezra Pound*, New York & London: Garland Publishing, Inc., 1985, p.162.

教职,这座城市不大,当时人口不到8500人。沃巴什学院的拉丁语系刚刚建立不久,庞德是该系唯一的教员,他的照片和简介印在学校的简报上。他同时担任法语和西班牙语两门外语教学。初来乍到他觉得还不错,这里地偏人稀,空气新鲜。该学院思想较为保守,清教氛围浓重。过了不久,庞德越发不喜欢这里的气氛以及工作环境。要知道,庞德是个精力充沛、喜欢热闹的人,是打算干一番轰轰烈烈事业的,他怎能耐得住这般毫无人文气氛的清冷环境呢?况且在此他失去了心爱的姑娘。学院的领导与同事似乎也越来越不喜欢这个不拘小节、我行我素的青年。一个寒冷的夜晚,庞德出来寄信,路上遇见一位巡回表演滑稽剧的女演员,因她身无分文又无家可归,庞德把她带回家,让她住自己的房间,自己打地铺。第二天早晨庞德有课,这位姑娘留宿之事被女房东发现并告到校方,后来庞德离开了这所学校。对庞德离职之事,庞德说他因拉丁课教学之事与校方有分歧,道不同不相为谋,而学校记录说庞德是迫于压力而离开。[①] 不过此事可见庞德乐于助人的性格。庞德领了几个月的工薪,回到家里。抵家后计划去欧洲开始文人生涯,他请求父亲予以经济上的支持。然而务实的父亲为了确认儿子在未来是否能真正靠文字谋生,他悄悄地将儿子的诗作寄给一位文学评论家鉴定,这位鉴定者就是中国诗的翻译家韦特·伯恩纳(Witter Bynner),他读了庞德的诗大加赞赏,于是庞德朝向人生目标的奋斗之旅真正起航了。

年龄不到23岁的庞德知道前面的道路并不平坦,但他还是要远航。1908年2月8日他从纽约乘船驶向直布罗陀,之后抵达威尼斯。这个美丽的水城已不是他第一次造访了。他十三岁时外叔婆弗兰斯带他来过,那时他就爱上了这座如梦如幻的水城,十七岁

---

① Harry M. Meacham, *The Caged Panther: Ezra Pound at Saint Elizabeths*, New York: Twayne Publishers, Inc., 1967, p. 16.

时他父亲带他再访。这座城市成了诗人一生最钟爱的地方,后来他垂暮之年在此养老,最后长眠于此。抵达这里不久他自费出版了处女作《熄灭的细烛》。尽管当时仅印了 100 本,但这毕竟是他打入欧洲文学界的敲门砖。他写信给威廉斯说:"如果你认为《熄灭的细烛》是一本沮丧而倒胃口的书,我同意你的说法……然而你应该记得我这本诗集不是写给大众看的。我不能那样做,我也没有那种天资。"① 他在威尼斯呆了三个月,同年 8 月抵达伦敦。伦敦在 19 世纪末到 20 世纪初期不仅是英帝国的首都,也可以称得上是世界文化艺术的伟大中心。H. G. 威尔斯在他 1909 年的《托诺-邦盖》中这样描写伦敦:"世界上最富的城市,最大的港口,最大的生产城市,帝国的都城——文明的中心,世界的心脏!……这是个奇妙的地方!"② 在那段时期一大批作家诗人聚集在这里:美国的亨利·詹姆斯、T. S. 艾略特(他们来到英国数年后加入英国国籍,艾略特比庞德晚来)、波兰的约瑟夫·康拉德(后来也成了英国公民)、爱尔兰的叶芝和乔伊斯等等,青年庞德刚刚投身此地,虽然贫困,但充满激情与信心。当时他所带的旅资几乎花光,口袋仅有 3 英镑和几本《熄灭的细烛》。他只好住最便宜的旅店,将身上值钱的东西典当出去,到别人那里借点小钱,直到 9 月 27 日他父亲汇钱来了。对这段穷困的日子他在《诗章》第 76 章里有描述。随着对环境的熟悉,加上他精通几门外语,他开始找了些翻译的活儿,后来在一家综合性的技术学校谋得教职,讲授"南欧文学发展"。

庞德在大学和研究生时代就打下了坚实的文化基础,可谓满腹经纶,才高八斗。然而要成为一位领袖级的人物,仅具腹笥之

---

① Peter Ackroyd, *Ezra Pound and His World*, New York: Charles Scriber's Sons, 1980.
② 转引自马·布雷德伯里编:《现代主义》,上海:上海外语教育出版社,1997 年。第 148 页。

富、才思之美恐怕还不够，他还需有出色的人格魅力，如天生的外交才能、杰出的协调能力、雄阔的大将风度。庞德就是这样的全能英才。他独自一人来到英国伦敦后，不久就展示出多方面的才能。

庞德于1908年8月14日抵达英国伦敦，很快与英国诗歌界建立了联系。庞德在英国文坛立足首先得益于埃尔金·马修。马修是诗人、出版商，曾出版过英国著名诗人W. B. 叶芝的诗集《芦苇风》(The Wind Among the Reeds)，他还出版了爱尔兰流亡作家詹姆斯·乔伊斯的一本小诗集。马修对庞德的处女作《熄灭的细烛》印象颇好，在他看来这本诗集既有丰富的传统意识又有现代唯美倾向，他对这位刚出道的美国青年诗人较为看好，不到几个月就把庞德的作品列为他的出版对象。马修和他的书店伙伴同意在他们的书店出售庞德的《熄灭的细烛》，而马修的书店是当时伦敦作家最爱聚会的地方。1909年2月23日他带庞德去结识了诗人俱乐部(Poets' Club)的成员，他们是当时英国最前卫的诗人，每月聚会一次，借此庞德融入了英国诗坛。他在此结识了萧伯纳，奇怪的是他见了萧伯纳之后，大失所望，以前他在宾夕法尼亚大学做研究生时还与老师争辩萧伯纳与莎士比亚谁更伟大的问题，现在听了萧伯纳在诗人俱乐部的演说后，他心中的一座偶像垮掉了。马修还将庞德介绍给一群英国文学界人士，其中有诗人劳伦斯·比尼恩(Laurence Binyon, 1869—1943)，他是位诗人、东方艺术鉴赏家，当时在大英博物馆工作。此后庞德经常来大英博物馆学习，从比尼恩这里开始了解中国，庞德与中国文化以及东方文化的联系滥觞于此。庞德通过马修认识了梅·辛克莱(May Sinclair)，梅·辛克莱又将庞德介绍给当时英国最权威的文学杂志《英语评论》(The English Review)的主编福特·马多克思·福特(Ford Madox Ford, 1873—1930)，从此庞德不仅多了一位良师益友，而且有了重要的发表作品的阵地。1921年马修逝世，庞德写了一封饱含深情的信给他的遗孀，说马修是第一个赏识他的人，不但发表他的作品,而且把他推介给英国文学界。① 抵达伦敦不到几个月,恩尼斯特·瑞斯(Ernest Rhys)1910年出版了庞德的《罗曼司的精神》。1909年4月庞德认识了哲学家T. E. 休姆、F. S. 弗林特等一批新诗人。休姆长庞德两岁,富有思想,对英国19世纪末感伤色调诗歌极为不满,主张诗歌革新,他预言:"一个硬朗的古典主义诗歌时期"即将到来。庞德与休姆等人可谓英雄所见略同,他们共同发起了意象主义运动。1909年,庞德还结识了两位文坛新秀温德罕姆·刘易斯(Wyndham Lewis,1882—1957)和D. H. 劳伦斯(D. H. Lawrence,1885—1930)。

1909年1月庞德认识了女小说家奥利维娅·萨士比亚(Olivia Shakespeare,1863—1938),奥利维娅出身家境富裕,容貌出众、热情好客,在伦敦文学界的人缘甚好,在1909年她举办了每周一次的艺术家与作家的沙龙聚会。她的丈夫是位律师,家境富裕,但性格沉闷。她结识诗人叶芝之后,两人相互倾慕,后来情非一般,1896年至1897年两人关系尤为亲密。庞德见到她之后写信给父母,称奥利维娅·萨士比亚无疑是伦敦最迷人的女人。她著有小说《致命租约的爱情》(*Love on a Mortal Lease*)等。庞德从此认识了她的女儿多萝西·萨士比亚(Dorothy Shakespeare)。初识多萝西之时,她年方22岁,楚楚动人,好绘画,喜立体派,曾受业于伦敦和日内瓦画院。遇见如此才女佳人,身在异国的庞德不由得动情了。第一次见到多萝西,庞德激动得害羞,多萝西要他朗读他的诗歌,平时自信的庞德居然读得结结巴巴,后来投多萝西所好谈论艺术才回到正常语速。在这位才貌双全的女子面前,庞德确实坠入情网了。多萝西对庞德印象亦佳,她后来含情脉脉地写道:"他面容英俊潇洒,高高的额头、细长精致的鼻子……有人抱怨他的那双

---

① J. J. Wilhelm, *Ezra Pound in London and Paris: 1908 – 1925*, University Park and London: The Pennsylvania State University Press, 1990, p. 5.

不像话的鞋子……他们怎么就看他的鞋,他那张动人、漂亮的脸怎么不看呢?呵,尽是些傻瓜!……我想他自己都不知道有多漂亮……我想知道——你到底是个天才呢?或仅是生活中的一位艺术家?"① 从此段话可以看出,多萝西对庞德也是一见钟情。随着交往的深入,在她眼里庞德简直就是一个梦,包括他所有的思想、所有的知识、他的蓝眼睛、他深沉的孤独,包括他的不检点。② 即便多萝西是那么地爱庞德,但诗人庞德天生就是个情种和惹事生非的人,在与多萝西恋爱阶段,另一位女子又与庞德发生了感情,她名叫布莱德·斯克拉敦(Bride Scratton,1882—1964),是商人之妻,由于对文学的爱好和不堪商人庸俗之气,她爱上了庞德,他们的恋情还导致布莱德在1923年与她老公离婚,但庞德没有跟她结合。在选择妻子的问题上,庞德还是清醒的,哪怕后来诗人希尔达从美国赶到伦敦,庞德也没有跟初恋女友再续旧情,多萝西是他择偶的最佳人选。在以后的岁月里,无论庞德怎样乱撒浪漫之情,还是二战因给罗马电台播音被监禁,多萝西始终陪伴庞德,表现出极大的宽容和柔情,庞德有如此爱人是他一生的幸运。

庞德千里迢迢来到伦敦的一个主要动机就是要见他崇拜的诗人叶芝,要发现叶芝如何能写出那么好的诗。庞德说:"我来伦敦因为我想叶芝比当时任何人都懂诗歌。"在庞德的眼里,叶芝的早期诗与维多利亚后期其他诗人的诗有诸多不同,他的诗清新自然,没有矫揉造作。例如,叶芝在1892年写的一首爱情诗《白鸟》:

但愿我俩是,亲爱的,飞翔海波上的一对白鸟,

---

① J. J. Wilhelm, *Ezra Pound in London and Paris: 1908 – 1925*, University Park and London: The Pennsylvania State University Press, 1990, pp. 16 – 17.
② Noel Stock, *The Life of Ezra Pound*, New York: A Division of Random House, 1970, p.72.

第一章　庞德的生平

流星的火焰叫我们厌倦,虽说它尚未隐消,
金星的蓝色火焰,低垂于天空的边上,
在我们心中,亲爱的,引起了永不消逝的哀伤。

厌倦来自梦幻者,沾上雾珠的百合和玫瑰。
噢,别梦想他们,亲爱的,那消逝的流星的光采,
也不要梦想蓝星的残焰,低垂于下降的露里,
但愿我俩是一对白鸟,飞翔于海波上,我和你!

无数的岛屿和优美的海岸使我陶醉,
时间会忘却我们,痛苦也不会再来,
快快离开百合和玫瑰,那愁人的星光,
但愿我们是一对白鸟,亲爱的,飞翔于海波上。

(袁可嘉译①)

从中可见叶芝的诗意象明朗、手法自然、语言洗炼。这非常符合庞德的诗歌艺术追求,庞德来伦敦就是要向叶芝讨教诗艺的。

1908年5月在奥利维娅·萨士比亚的撮合下,庞德如愿以偿地见到了心仪已久的叶芝。初见叶芝,庞德还有点受宠若惊之感,他写信告诉好友威廉斯说:"我得到了当今最伟大诗人的称赞。"确实,经过一段时间的交往,叶芝发现了庞德的天才,他告诉别人说:"那个庞德真是非等闲之辈,他是研究11至13世纪南欧诗歌的权威。"② 叶芝还说:"他(庞德)熟谙中世纪文学,帮助我从现代抽象返回到确切具体。跟他谈诗,就像把你的句子变为对话,一切

---

① 叶芝等著:《驶向拜占庭》,袁可嘉译,北京:中国工人出版社,1994年。第121页。
② Noel Stock, *The Life of Ezra Pound*, New York: A Division of Random House: 1970, p.72.

都变得清楚自然。"① 1912年庞德被聘为美国《诗刊》(Poetry)杂志的驻外记者与编辑,这更加强了他与叶芝的联系,他催促该杂志多发表叶芝的诗文,还忍不住修改叶芝的诗。例如在1912年10月,叶芝的诗"Fallen Majesty"中有一行"once walked a thing that seemed as it were a burning cloud",庞德读后将其中的"as it were"删掉。庞德与多萝西结婚后,庞德与叶芝的师友关系进一步发展。在给《诗刊》杂志的一篇文章中,庞德宣称叶芝是当代诗人中唯一值得研究的人。过了一年,庞德又称叶芝是英国最好的诗人,当然是象征主义者,而不是意象主义者。叶芝在《诗歌中的象征主义》一文中指出,慎重的艺术家对自己的艺术都抱有某种哲学观点、某种批评观点,"而且,往往正是这种哲学或批评观点,激发了他们最为惊人的灵感,给外界生活带来一些神圣生活的气息,或一部分被埋葬了的真实。……也许,他们不是寻求新东西,而只是领会和临摹纯洁无瑕的古代灵感。"② 这段话表明诗人或艺术家应该具有哲学的或批评的才能,诗人学者化,灵感会出人意料,诗人的创作源泉不仅从现代寻找,更要从古代挖掘。从这个意义上讲,叶芝的思想与庞德是不谋而合的。叶芝在该文里还提到:"没有别的诗句比彭斯的这两行更富于伤感美了":

　白色的月亮流落在白色的波涛后面,
　岁月偕我同尽,啊!

这两句诗纯粹是象征主义的。"抽去其中月亮和波涛的白色——它们与时间同尽的关系深奥非理性所能认识——我们便抽

---

① Eminent Domain, *Yeats Among Wilde, Joyce, Pound, Eliot and Auden*, New York: Oxford University Press, 1967, p.66.
② 袁可嘉编选:《现代主义文学研究》(下),北京:中国社会科学出版社,1989年。第795页。

去了它们的美。当这些东西:月亮、波涛、白色、逝去的岁月以及最后那一声伤感的叹息结合在一起,它们便唤起了色、声、形的任何其他排列组合所无法唤起的感情。"① 庞德在早期也写出了类似这些思想的诗,请看《白鹿》:

> 我已经看到它们在石楠的云中。
> 啰!它们停下来不是为了爱也不是为了悲伤,
> 然而它们的眼神仍是少女看待她的情人眼神,
> 白鹿脱掉了罩子
> 白风吹起了清晨。

诗中"白色"多次运用,是刻意模仿叶芝。从1913年至1916年的三个冬季,庞德与叶芝同住在萨塞克斯(Sussex)的石屋里,因为叶芝得到一笔皇家费用补助金的资助,他请庞德来做秘书,帮助他处理一些信件与公文,关键是这样他们有时间在一起讨论诗艺。此阶段庞德完成《仪式》(*Lustra*),叶芝完成《责任》(*Responsibilities*)。对这段生活,庞德在他的《诗章》第98章中,有对叶芝所作诗歌《孔雀》(The Peacock)的描述:

> 于是我回忆起烟囱里的响声
> 就像是烟囱中的风声
> 但事实上威廉叔叔
> 在楼下写作
> 写完一部伟大的孔雀
>
> (《诗章》98章,第553—4行)

---

① 袁可嘉编选:《现代主义文学研究》(下),北京:中国社会科学出版社,1989年。第796页。

这个阶段庞德还忙于整理和翻译厄内斯特·费诺罗萨的遗稿日本能剧,叶芝在其《舞者四部剧》(Four Plays for Dancers)和《在鹰的井边》(At Hawk's Well)受到庞德所翻译的日本能剧的影响。1914年3月1日《诗刊》在芝加哥举行宴会,叶芝发表演讲盛赞庞德:"当我从爱尔兰返回伦敦,我遇上了一位年轻人阅读我的作品,他帮我去掉了抽象。这就是美国诗人埃兹拉·庞德。他的许多作品具有试验性质,他在形成自己风格之前已做了许多尝试。在此我愿意朗读他的两首具有永久价值的诗《好伙伴曲》(The Ballad of the Goodly Fere)和《归来》(The Return)。尤其是后一首,我想这是用自由诗形式所写的最美的诗。这是我所发现极富音乐感的诗。许多诗人现在用自由诗写作,因为他们认为要比韵律诗容易,但事实上困难得多。"① 请看这首《归来》:

归　来

看,他们归来;啊,看那迟疑的
动作,那缓慢的脚步
那步履的困乏和迟疑的
晃动!

看,他们归来,一个,跟着一个
带着恐惧,若醒犹未醒
若飘雪在风中
踌躇呢喃
　　　　半转回眸
这些曾是懔懔展翼

---

① *Poetry* 4 (April 1914), 27.

神圣不可侵犯

步履行空的神祉
带着一群银犬
　嗅着嗅着空气中的留迹！

赫！赫！
　闪电的掠夺
　神锐的嗅觉
他们，血的魂魄
漫漫地，系上皮带
苍白，系皮带的人啊！

（叶维廉译①）

　　庞德在该诗中尝试自由诗的写作，这种自由诗是形式与意义的不可分，整首诗是流动的，意象似乎随着音乐的节奏在流动，故得到叶芝首肯。

　　在英美现代主义文学史上有一位关键人物福特·马多克思·福特。他当时是英国最权威的文学杂志《英语评论》(*The English Review*)的主编，庞德与他一见如故。有一段时间庞德来往于叶芝和福特之间，他一天的时间安排是下午在福特那里，晚上在叶芝那里。福特与叶芝这两位文坛大人物性格不甚相和，庞德曾设法劝和他们，但未成功。他们在文学上的见解也不一样，对此庞德评论如下："比起在伦敦的其他人，我宁愿跟福特·马多克思·胡佛

---

① Wai-lim Yip(叶维廉)，"Modernity and Poetry"(Winter, 2001, UCSD 课程讲稿)。本书里叶维廉的译文皆取自此，后面不一一注出。该译文笔者略有改动。

（即福特）谈诗歌。胡佛先生有关艺术的观点与叶芝先生截然相反。叶芝先生是主观的；相信词的魅力和联想，他与法国象征主义是相通的。胡佛先生相信事物的精确表达。他将所有'联想'剥光，以便求得精确意义。……他是客观的。"① 庞德在从事意象派诗歌创作之初，他的文学观偏向福特。后来他愈来愈注意"主观"与"客观"的结合，因为他提出："一个意象是在瞬间所呈现理智与情感的复合物的东西。"这是包涵了叶芝和福特的共同影响的。

福特当时与女小说家维奥莉特·亨特（Violet Hunt, 1862—1942）同居，他们俩都非常喜欢庞德。许多年以后福特回忆庞德初到伦敦的情景："辛克莱小姐领来了庞德。……在很短的时间里他不但指挥了我和《英语评论》，连整个伦敦文坛也被他玩得团团转……我开始认识他时，他的费城口音难懂；他的胡子和头发呈红色且茂盛，他很瘦且机敏。"② 福特鼓励庞德与英国维多利亚后期的软绵绵诗风决裂，呼吁诗歌要贴近事物，使用当代语言，诗人的创作要融入作品所表达的背景与主题之中去，并在他主编的杂志上发表庞德的诗歌。庞德投给福特的第一篇稿子"Sestina：Altaforte"（《六节诗：骛塔高垒》）被刊载在福特1909年6期的《英语评论》上，与大作家高尔斯华绥、康拉德等的作品并列。庞德的这首诗是根据12世纪行吟诗人贝村·狄·波恩（Bertran de Born, 1140—1215）的一首战争诗而改写的，他发现该诗无法翻译，就循着原诗的意义和"sestina"（六节诗，一种由六节、每节六行诗以及结尾的一节三行诗构成的诗体）做了调整，这种方法与他以后主张的"面具理论"是一致的。该诗翻译如下：

---

① "Status Rerum", *Poetry*, January 1913, 125. 转引自 Peter Brooker, *A Student's Guide to the Selected Poems of Ezra Pound*, London：Faber & Faber, 1979, p.61.
② J. J. Wilhelm, *Ezra Pound in London and Paris, 1908 – 1925*, University Park and London：The Pennsylvania State University Press, 1990, p.25.

第一章　庞德的生平

一

全该死！我们整个南方安静得发臭。
你狗娘养的,巴皮奥尔,来吧！来点音乐！
我没有生命,除非还有刀光剑影。
但是啊！当我看到标准的金子,清白相间,紫色,
在它们下面的宽阔田野变成绯红色,
然后长嚎,我的心高兴得发狂。

二

在火热的夏天我充满欢欣
当暴风雨将地球的腐臭安静扰乱,
闪电将黑暗的天空划出绯红,
猛烈的雷电向我吼着它们的音乐
风穿过云层疯狂地尖叫,
上帝之剑劈开所有裂开的天空。

三

地狱很快印证我们也会听到剑的砰击！
战马的嘶鸣令人欣喜
尖铁的胸膛对抗尖铁的胸膛！
一小时的战斗胜过一年的和平
厚板子,妓女,酒和软绵绵的音乐！
呸！再好的酒比不上血的绯红！

四

我爱看太阳升起的血红色。
我望着他的长矛划破黑暗

它让我的心充满欢欣
快音乐张开了我的嘴巴
我看见他如此藐视和挑战和平,
他独自挑战漫漫黑暗

五
害怕战争和短兵相接的人
我的话适于战争,没有血的绯红,
但在女人气的和平里只不过说起玩玩
远不如货真价实和刀剑砰击
因为死掉这些荡妇我会欢欣鼓舞
是的,我将全部的空气充满音乐。

六
巴皮奥尔,巴皮奥尔,来点音乐!
没有音乐比得上刀剑相拼,
没有叫声比得上战争欢欣。
当我们的肘子和剑都滴着绯红的血
我们向"豹队"发起了进攻。
让上帝诅咒那些叫喊"和平"的人!

七
让剑的音乐把他们变成绯红!
地狱很快印证我们也会听到剑的砰击!
地狱将那些"和平"的想法涂黑!

贝村·狄·波恩原诗题为《战争颂》,所以该诗读上去斗志高昂,仿佛回到那金戈铁马的战场,庞德的重写再现了行吟诗人贝村对战争的激情。这首诗也奠定了庞德在英国诗坛的地位,当庞德将这首诗读给"诗人俱乐部"成员包括 T. E. 休姆、F. S. 弗林特、阿尔丁顿等人听时,得到了他们一致认可。雕塑家亨利·戈蒂耶-布尔泽斯卡(Henri Gaudier-Brzeska,1891—1915)听了庞德的朗读之后,决定给他塑雕像。

庞德在福特的指导下发现了散文对诗的意义。这种散文主要属于司汤达、福楼拜和莫泊桑的文体风格。词序要自然而成,措词流畅现代,并注意其中所表达的感情细微差别,讲究短语所爆发的力度。庞德在《诗章》第98章写道:

正如福特所说:拿一本词典
学习词的意义

庞德在文章中指出:"诗要写得如散文那样好,不应该有书面语,少来些释义,没有倒装。应该像莫泊桑的最好散文那样简单,像司汤达的散文那样坚硬。"[1] 庞德与福特交往频繁,他们常在一起散步,在一起吃饭。在文学事业上他们有共同特点:热爱地中海文化,有提携其他作家的眼观和干劲。他们共同帮助和提拔了劳伦斯、刘易斯、乔伊斯、海明威等一大批作家、艺术家。福特从某种意义上可以称为庞德的老师,他的有些文学主张被庞德奉为批评的标准。他们终生保持着友谊。在1939年福特去世时,庞德写文章纪念福特说:"在我遇到福特的前十年,除了福特没有其他人知道英语写作可以借鉴法国人的简洁明了。"[2] 对于庞德与福特的文学友谊,布里塔·林达伯格-萨亚斯第德编辑的《庞德/福特:

---

[1] Peter Markin, *Pound's Cantos*, George Allen & Unwin, 1985, p.23.
[2] J. J. Wilhelm, *Ezra Pound in London and Paris, 1908 - 1925*, University Park and London: The Pennsylvania State University Press, 1990, p.21.

文学友谊的故事》中有详细的描述。①

1909年10月25日庞德的诗集《狂喜》（*Exultations*）出版，这部诗集里已具备庞德早期意象主义的风格，简洁明了。如其中的《弗兰西斯卡》一诗写道：

> 你从黑夜走来
> 手上捧着花，
> 现在你将从一群杂乱的人里走出，
> 从一片关于你的闲杂碎语里走出。
>
> 我见过你本真状态
> 当他们在普通的场合说你的名字
> 我感到愤怒。
> 我期望凉风吹过我的心里，
> 世界像一片死叶那么干枯，
> 或者像蒲公英心皮，被吹走，
> 我又会发现你，
> 独自一人。

这首诗在情感上还有19世纪末英国诗坛的缠绵风格，但在措词上走向明朗简洁。

弗林特在12月的《英语评论》上评价庞德说："他用锤子将每个词锤进了诗，毫无疑问他以生气和硬朗进入诗坛。"弗林特本人也出版了第一本诗集《群星之网》（*In the Net of the Stars*），在12月11日《观察家》（*Spectator*）杂志上有人对庞德和弗林特及其新作

---

① Brita Lindberg-Seyersted, ed., *Pound/Ford: The Story of a Literary Friendship*, New York: New Directions, 1982.

进行了比较:"庞德先生是现代诗人中的奇才,一位学者,不仅得到了良好教育,而且博学多才……我们感觉到他诗才的巨大潜能与成就,而且为他的博学所倾倒。他表现出激情洋溢的男子气,但似乎学究气较重,且最不受传统诗歌的限制……弗林特先生的《群星之网》跟庞德文风类似,但不如庞德的丰富博大,亦没有其思想深刻。"①

庞德抵伦敦后不久文名鹊起,其声誉引起了美国新闻界的注意。11月27日《文学文摘》(Literary Digest)发表了一篇"在英国发现的美国诗人"报道庞德。12月2日庞德故乡的报纸《费城简报》(Philadelphia Bulletin)写道:"我们国内文学界很少有人知道:一位叫庞德的年轻诗人在英国被发现,目前风头正健。"12月8日的《波士顿导报》(Boston Herald)对庞德的家世、教育背景和在伦敦的情况做了较为详细的报道。12月12日的《每周评论》报道说:"令我们嫉妒的是英国发现了这位天才,而不是美国。当然我们同样为这位费城的儿子而自豪。"庞德在伦敦的初捷给他父母带来了莫大欢喜,父亲一向就是儿子的崇拜者,他特地将《费城简报》刊登的"庞德全身照"和纽约出版的《文学文摘》上的"庞德半身照"剪下来,贴在庞德寄回的《狂喜》书上。

1912年3月13日庞德见到了美国著名小说家亨利·詹姆斯(Henry James,1843—1916),詹姆斯后来对人说:"奇怪,美国的文艺天才怎么都跑到欧洲来了。"此时的庞德已是文坛的明星,连他的婚礼也被家乡的新闻媒体夸张报道了,事实上在1912年4月20日上午庞德与多萝西在圣玛丽教堂举行了简朴的婚礼,他们俩都未穿礼服,出席婚礼的主要是多萝西的家人。

在伦敦时期庞德还从事了一系列文学活动。1912年是庞德

---

① Noel Stock, *The Life of Ezra Pound*, New York: A Division of Random House, 1970, pp. 74 – 75.

文学生涯的重要一年,有三家重要杂志邀他加盟撰稿:阿尔佛雷德·理查德·奥里奇(A. R. Orage)的《新时代》(The New Age)、哈丽特·门罗(Harriet Monroe)的《诗刊》(Poetry)、哈罗德·门罗(Harold Monro)的《诗歌评论》(Poetry Review)。庞德从1912—1919年担任哈丽特·门罗的《诗刊》驻伦敦的特约编辑;1913—1919年,兼任《自我主义者》(Egoist)的编辑;1917—1919年,任《小评论》(Little Review)海外编辑。借助这些文学园地庞德发表自己的作品,扩大文名,同时发掘新人,开展现代主义文学运动。

从1908年到1921年这十三年庞德一直住在伦敦,伦敦可谓他人生最重要的驿站。在这里他从一位默默无闻的美国小子一跃成为世界闻名的大诗人。他连续不断地出版了11本诗集,其中包括《面具》、《华夏集》、《仪式》、《休·赛尔温·莫伯利》等重要作品,还有几本论文集。作为一代文豪和天生的促进派,他领导和发起了两次大的文学运动:意象主义和漩涡主义。他提携了一批重要诗人、作家和艺术家:T. S. 艾略特、詹姆士·乔伊斯、罗伯特·弗罗斯特、威廉·卡洛斯·威廉斯、H. D. 等等。伦敦这段岁月也是庞德难以忘怀的。二战结束时庞德被俘,关在意大利比萨附近,写出了著名的《比萨诗章》。在该诗章中他情不自禁地回忆早年伦敦的日子,似乎1909—1914年这段岁月是他人生引以为豪的阶段。

"不要问我从哪里来,我的故乡在远方",用这句歌词来概括庞德的人生经历是颇为生动的。他出生在尚未开发的美国西部,不到两岁迁居到美国东部城市,少年时家人带他去欧洲旅行,刚满15岁上了大学,在美国研究生毕业工作一段时间后决定到欧洲闯天下,先到威尼斯,后抵伦敦,在伦敦数年后发现自己厌倦这里,遂来到巴黎,在巴黎过了几年后,又来到意大利,二战爆发后为罗马电台发表反美播音,后被俘监禁,出狱后回到意大利度过余生。

他的文学造诣博大精深,反对狭隘,主张世界文学,并发起一次又一次的文学运动。在政治上他反对民族主义,但不幸坠入法西斯的泥潭,他仿佛没有国籍,他的心难以安宁,在一个国度刚刚安顿下来,又开始焦虑不安。他的老友艾略特对他最为了解,评价他说:"我还从未发现一个人像他那样离开祖国那么久,却还未找到一个地方安居下来。""他好像住在哪里都不安。"①

庞德离开伦敦的原因是多重的。首先,第一次世界大战摧毁了英帝国昔日的繁荣,伦敦一片萧条,人们精神不振,许多人失业,作家以笔谋生极为不易。庞德的两位好友——哲学家休姆和雕塑家亨利·戈蒂耶-布尔泽斯卡——在战争中丧生。战后的悲观气氛侵袭着他。其次,战后的伦敦文坛似乎不像以往那样鼓舞人心,这一点其他文人皆有相似的看法:康拉德在小说《黑暗的中心》里暗示这座辉煌灿烂的城市正驶向黑暗的中心,T. S. 艾略特在诗歌《荒原》(*The Waste Land*)中描写更为直接,称伦敦宛如文化荒原:"缥缈的城,在冬天的早晨的棕色雾下/一群人流过伦敦桥,这么多人/我没想到死亡毁了这么多人"。1920 年庞德写信给老友威廉斯说伦敦已不再是文学圣地,只有他自己家里还有文化生活,"现在……除了集中在这个八米宽十米长的五边形房间(庞德的居室)里的活动之外,英国已不再有任何智力生活了:雷米·德·古尔蒙和亨利·詹姆斯已经去世,叶芝也身体衰弱,伦敦没有任何文学作品出版了……"。② 庞德常为文学新人出力与奔忙,但他又不是一位轻易妥协的人,容不得他人对他的不敬。因此他一方面交友不少,另一方面树敌也不少。庞德与出版界、各杂志社的关系也不如以前那么和谐了。几家杂志纷纷要解雇他担任的海外编辑职务,除了奥里奇主编的《新时代》和福特主编的《英语评论》之外,他曾经投过稿的许多杂志都有些疏远他。庞德的好友艾略特

---

① Doris L. Eder, *Three Writers in Exile: Pound, Eliot & Joyce*, Troy, New York: The Whitston Publishing Company, 1984, p.26.
② D. D. Paige, ed., *Selected Letters of Ezra Pound, 1907 – 41*, London: Faber & Faber, 1971, p.158.

写信给约翰·奎因(John Quinn,1870—1924)时透露,庞德日益被文学的杂志阵地所忽略,主要是他缺乏圆滑,固执给他添祸不少。约翰·奎因得知后马上慷慨解囊要《日晷》(*The Dial*)杂志确保他的海外编辑的位子。在这里庞德发表了艾略特的《荒原》等现代主义作品。到庞德离开伦敦时,由庞德等人所开创的诗歌现代主义运动已成燎原之势。对于庞德等人在伦敦的这段时期,庞德的朋友温德罕姆·刘易斯(Wyndham Lewis,1882—1957)认为:那个阶段看来将成为现代先锋派活动的重要时期,成为集体进步的伟大时代,它"似乎是一座无比幸福的岛屿,那里居住着一些称为'庞德'、'乔伊斯'、'福特'、'休姆'的奇特形象。……评论家会不相信自己的眼睛。在他们看来,这些作家是如此富有先锋精神,简直令人望尘莫及!几乎是疯狂地勇往直前!充满了怎样的活力!"[①] 刘易斯的评论是中肯的。

四、在巴黎和拉帕罗

1920年4月底,庞德完成《莫伯利》之后,他与多萝西想去欧洲大陆度假,打算取道巴黎到威尼斯。抵达欧洲不久,他写信给乔伊斯要他来欧洲会面,他负责乔伊斯的食宿。此时乔伊斯经济拮据,庞德见了他以后建议他来巴黎,帮他找了公寓安置他一家,随后张罗将他的小说《青年艺术家的肖像》(*A Portrait of the Artist as a Young Man*)译成法文,还设法出版他的著作。庞德与多萝西在1920年7月底有事回伦敦,临行前依然关心乔伊斯一家的生活,

---

① 温德罕姆·刘易斯:《爆破与炮击》(伦敦,1937),第254—262页。转引自马·布雷德伯里编:《现代主义》,上海:上海外语教育出版社,1997年。第166页。

回伦敦后吩咐刘易斯与艾略特在巴黎帮助照顾乔伊斯。在这年的秋天，他对未来奔向何处有些迷茫，想过回美国以演讲谋生。自巴黎回到伦敦一个月后，庞德开始厌倦伦敦的生活，甚至有时每天反思自己怎么以前还能在那里待这么久。他与妻子多萝西在1921年1月重回法国，先到南部看看，直到4月才回到巴黎。这样从1921年至1924年，他大部分时间住在巴黎，这里当然也有好些重要的故事展开。

首先我们来梳理下庞德在巴黎这段时间所出版的著作：

1922年8月10日纽约Boni and Liveright出版了庞德翻译与作跋的《爱的自然哲学》，印数不知，该书是由雷米·德·古尔蒙特(Remy de Gourmont)所作，1903年在巴黎首版。1926年9月在英国伦敦印1500册，由The Casanova Society出版。

1923年3月巴黎三座山出版社出版庞德片段性的自传《失检》，该书主要讲述庞德父亲的生活片段，它原在伦敦《新时代》(New Age)杂志上自1920年5月27日至8月12日分12篇发表，后来阿尔佛雷德·理查德·奥里奇要求将这些分篇的文章合在一起。该书题献给阿尔佛雷德·理查德·奥里奇。

1923年11月9日纽约Boni and Liveright出版庞德从法文翻译的《道路的呼唤》(The Call of the Road)，该书的作者是艾都瓦赫·埃斯托涅(Édouard Estaunié)。庞德译完《爱的自然哲学》之后，该出版社与庞德签约翻译出版社挑选的书，两年里至少要付庞德500美元，庞德提出若是所挑选翻译的书有失人格，不能署他的名。该书应该是属合同范围选译的书。

1924年10月巴黎三座山出版社出版《安太尔及和谐论》(Antheil and the Treatise on Harmony)，印600册。1927年12月14日美国芝加哥的Pascal Covic重版。1962年在英国出版《论和谐》(The Treatise on Harmony)。

由此可见，庞德无论走到哪里，都很勤奋，都能出成果，而且他的法文很好，可以进行翻译与写作。

在巴黎，他结交的朋友越来越多。1921年他结识了诗人肯明斯（E. E. Cummings, 1894—1962），肯明斯将庞德介绍给格特鲁德·斯坦因（Gertrude Stein, 1874—1946），斯坦因的家在当时巴黎可谓美国文人聚集之地，随着庞德来到巴黎，巴黎又多了一位有感召力的人。但奇怪的是，这两位能干而又有人格魅力的人第一次见面时对彼此印象并不好，斯坦因说庞德乏味，有点像乡下人，庞德坐斯坦因的扶手椅，事先斯坦因警告庞德这椅子不牢固，可他还是将椅子的后腿弄坏了，这使得斯坦因很不高兴。庞德对斯坦因似乎评价也不高，他的一封信里说斯坦因的文体只能凑合。[①]1921年11月，艾略特路过巴黎去瑞士度假，艾略特将自己的手稿《荒原》交给庞德，庞德为艾略特修改，到1922年1月回伦敦时将改好的稿子归还给艾略特。这一具有里程碑意义的现代派诗作经庞德推荐在1922年10月《标准》（The Criterion）杂志上发表，当年11月《日晷》（Dial）上再次登载。庞德为艾略特的《荒原》和乔伊斯的《尤利西斯》（Ulysses）面世感到自豪，这两位文坛健将不忘庞德对他们各自提携之功，乔伊斯送给庞德的一本《尤利西斯》题写"赠谢埃兹拉·庞德，詹姆斯·乔伊斯，1922年2月27日于巴黎"，[②]艾略特在出版的《荒原》卷首就写上"献给庞德这位卓越的匠人"。1922年新年除夕，庞德与画家毕加索相识。

1922年2月，庞德在巴黎住处附近的书店认识了厄内斯特·海明威（Ernest Hemingway, 1899—1961），海明威是带着美国作家舍伍德·安德森（Sherwood Anderson, 1876—1941）的介绍信来见庞德的。海明威此时年轻、帅气，有运动员的身材，说话跟他写作

---

① Humphery Carpenter, *A Serious Character: The Life of Ezra Pound*, London: Faber & Faber, 1988, pp. 400-401.

② Noel Stock, *The Life of Ezra Pound*, New York: A Division of Random House, 1970, p. 246.

风格一样,简明扼要,自然而富有生气,庞德跟他一见如故,成为好友。在巴黎期间,他们经常在一起,海明威爱聊运动、钓鱼以及他对森林、河流、山脉和海洋的热爱,庞德当然爱听这些。庞德喜欢跟海明威谈创作。庞德对海明威不做作、简洁的文风很欣赏,这符合他早期的意象主义主张,他告诫海明威写作要惜字如金、要清新自然。海明威后来说庞德教他如何写得与众不同,告诉他不要依赖形容词,正如在某些时候不能相信某些人一样。[1] 海明威教庞德学拳击。有一次温德罕姆·刘易斯来巴黎拜访庞德,给他开门的是光着膀子戴着拳击手套的海明威,他进门后发现他们俩正练拳击,刘易斯说长得高大英俊的海明威不费吹灰之力就将庞德击倒在座椅上。海明威也曾于1922年3月告诉他的朋友,他正在教庞德拳击,说他进步神速,要是将来哪天不留心,会被他击倒在地。[2] 海明威对庞德评价很高,他们亦师亦友,写作上海明威视庞德为老师,他认为庞德仅用了五分之一的工作时间于自己的诗歌创作,在世诗人能与庞德比肩的只有叶芝,在他眼里,艾略特尚不能与庞德相比。[3] 海明威结识庞德后也是青云直上,他1926年出版《太阳照样升起》(*The Sun Also Rises*),1929年又出版《永别了,武器》(*A Farewell to Arms*)。海明威自谦得益于庞德的教诲与鼓励,笔者以为,作家之间的相互影响与促进当然会起作用,但关键在于作家本人的修为,海明威亦非等闲之辈,他是美国现代小说的大师。

庞德的妻子多萝西似乎越来越不习惯巴黎的生活,她喜欢安

---

[1] John Tytell, *Ezra Pound: The Solitary Volcano*, New York: Anchor Press, 1987. p.177.
[2] Humphery Carpenter, *A Serious Character: The Life of Ezra Pound*, London: Faber & Faber, 1988, pp.424-425.
[3] J. J. Wilhelm, *Ezra Pound: The Tragic Years, 1925-1972*, University Park, Pennsylvania: The Pennsylvania State University Press, 1994, p.11.

静,巴黎繁华喧闹,她那英国淑女的打扮与周围环境不相适宜,因此她不时回英国居住。庞德朋友威廉·卡洛斯·威廉斯来巴黎,评价多萝西说:"她走路是典型的英国步伐,鞋和帽都不是法国的。"① 在多萝西不在庞德身边的一段时间里,另一位漂亮女子走进了庞德的生活,她叫奥尔佳·露基(Olga Rudge,1895—1996),不像庞德以往结识的女友,易来易散,她是庞德的终生情人与伴侣,也成为多萝西一生的情敌。奥尔佳出生在美国俄亥俄州,她母亲是歌唱家,父亲是房地产商。她出生9个月时,母亲独自带她来到欧洲,以她授课的收入抚养她和她的两位兄弟,她父亲似乎忘记了自己的义务与责任。奥尔佳在伦敦和巴黎的天主教学校受教育,一生大部分时光基本上在欧洲度过。庞德的朋友福特见到她时惊奇地说:"我不知道这么美丽的花怎么会在那块沙漠上开放!"② 1923年6月一位年轻的美国钢琴家和作曲家乔治·安萨尔(George Antheil,1900—1959)来到巴黎,经他介绍庞德认识了身为小提琴家的奥尔佳。庞德长她十岁,1920年底离开伦敦前看过她的表演,安莎尔认为奥尔佳是当时欧洲最好的小提琴家。与庞德的妻子多萝西相比,奥尔佳显得活泼有生气,敢作敢为,容易适应环境。庞德见到她后顿生爱意,成天围着她转,帮她解决各种困难,在奥尔佳眼里,庞德不但才华横溢,而且是说得少干得多的男人。这样他们很快坠入爱河。待多萝西从伦敦返回欧洲,为时已晚,他们已无法分开,好在多萝西宽宏大量,花开花落两由之。于是,庞德后半生有两位女人陪伴,一位是妻子画家多萝西,另一位是情人小提琴家奥尔佳。

庞德在巴黎交往较密切的几位朋友如海明威、乔伊斯、福特和

---

① Humphery Carpenter, *A Serious Character: The Life of Ezra Pound*, London: Faber & Faber, 1988, p.398.
② Anne Conover, *Olga Rudge and Ezra Pound*, New Haven & London: Yale University Press, 2001, p.10.

第一章 庞德的生平

麦克萌(McAlmon)都是喝酒高手,庞德经常不胜酒力,两次犯了阑尾炎,就想换个城市生活。1922年海明威向庞德推荐过意大利的北部港口城市拉帕罗(Rapallo),庞德后来自己来过这个城市几次,印象颇好。1924年10月,多萝西从英国返回巴黎,迫使庞德与她一起去拉帕罗,目的是将庞德与奥尔佳分开,但此时奥尔佳已怀上了庞德的孩子。庞德与多萝西都喜欢这座小镇,这一年庞德39岁,这里有山有水,环境优美,没有伦敦和巴黎的喧闹,庞德觉得自己找到了平静状态,他也想找个安静的地方写作与思考问题,天性好静的多萝西就更不用说了。1924年冬叶芝与新婚燕尔的年轻妻子来看庞德,也觉得此地非常理想。有一次两位诗人在一家咖啡店门外就座,一位散发浓香的漂亮女士从他们旁边走过,老诗人叶芝情不自禁地赞叹:"从异域飘来了香气。"他也许未注意到现实世界的女子[①]。1925年2月底,庞德与多萝西又返回到拉帕罗,考虑在这里租房子,他们找到一座建在100级台阶上的六层的公寓,在此安居下来,一直住了20余年,直到庞德因二战给墨索里尼政府播音而被捕。

　　拉帕罗风景优美,人们朴实善良。庞德来此后,这里的居民跟他建立了良好的关系,人们都尊称他诗人。庞德在此安顿下来不久,便投入到音乐和奥尔佳的事务中去了。奥尔佳孕后待产,1925年7月9日他们特地挑了一家离拉帕罗较近的德国医院分娩。奥尔佳生了个女孩,取名玛丽,奥尔佳不想抚养,送到庞德妻子多萝西那里更不现实。在医院附近的山区有位农民叫雅克想收养,他在一战时受伤残疾。庞德与奥尔佳乘坐出租车去那农民家看了看,认为这里空气好,风景漂亮,适宜孩子生长,这样玛丽就被托付给了雅克夫妇,每个月给200里拉抚养费。孩子长大以后,当然经

---

① Michael Reck, *Ezra Pound: A Close-up*, New York: McGraw-Hill Book Company, 1967, p.80.

常与奥尔佳和庞德在一起。玛丽继承了父亲的写作才华,庞德写过自传《失检》(1923),英文为 Indiscretions,玛丽后来也出了一本自传《审慎》(Discretions),英文书名明显反其父而用之。玛丽在书里并没有自怨自艾,从她优美的文字可以感受到她的童年过得并不愉快,养父母虽然朴实,但没有文化,常常不理解她,山区生活颇为艰苦,何况还是寄人篱下呢。亲生父母忙于事业对她缺乏关心,尤其母亲奥尔佳对她要求严格,对她学琴有时几近苛刻,父亲庞德对她倒是颇为顺从溺爱,有时还指导她写作。后来有人问起奥尔佳为何将玛丽托付他人抚养,奥尔佳说庞德想要个男孩,这恐怕不属实。玛丽青少年时期跟两边父母还有语言沟通之苦,她生长的地方属意大利与奥地利交界地带,当时属于哪个国家尚无定论,但居民讲德语,到庞德与奥尔佳这里,居民讲意大利语,父母讲英语,她常要练习与转换三种语言。玛丽后来嫁给一位王子,拥有很大的城堡,名曰"布伦堡",玛丽将此建成庞德研究资料中心,该城堡现在保存了庞德的许多手稿与研究庞德的珍贵资料。庞德入狱后以及庞德与奥尔佳的晚年生活,主要依靠玛丽照顾。1999 年北京召开世界庞德研究大会,玛丽受邀来了中国,看到了父亲诗中所描述的美丽古老的中国。

那时多萝西知道奥尔佳怀孕后,也想要个孩子,第二年果然也怀上了,分娩时庞德不在身边,是好友海明威将她送到美国军队医院的。她生的是男孩,取名荷马,孩子基本上跟外婆长大。因此,庞德有两个孩子,一男一女,男孩为妻子多萝西所生,女孩为情人奥尔佳所生,分开抚养,长大成人后相互来往较少,关系不佳。奥尔佳的父亲为她在威尼斯买了房子,庞德经常是两地轮流居住,相安无事。

庞德在拉帕罗与外界尤其是知识界接触不如在伦敦和巴黎时那么频繁,然而作为英美现代主义领袖级人物,他到哪里都不会寂寞。庞德的终身好友、出版商詹姆斯·劳克林写的《作为庞氏大学的庞德》(Pound as Wuz)中对庞德在拉帕罗以及入狱后的情景有许多有趣描述。他在哈佛大学读书时有一年放假来到拉帕罗，在庞德住处附近租了一间房，想拜庞德为师学写小说与诗歌，庞德看了他的作品后，称他没有当诗人与作家的天分，要他回去好好读书。他哈佛毕业后做了出版商，庞德以及其他作家的书大多就在劳克林的新方向出版社出版。① 该书前言是休·肯纳写的，他开言说没有庞德，这个世纪的美国文学该如何展现呢？他对劳克林与庞德的良好关系予以高度评价，劳克林几乎把庞德所写的都印刷成书，不计较这些书卖得好坏②。这本书与别的传记不同的是，全书基本上以作者的所见所闻来描述庞德。例如，人们常常说庞德有反犹思想，但庞德与好些犹太籍诗人如阿伦·金斯堡（Allen Ginsberg, 1926—1997）以及路易斯·儒可夫斯基（Louis Zukofsky, 1904—1978）是好朋友，作者亲眼目睹了庞德在二战期间搭救了一位翻山越岭来到他在意大利家门口的犹太雕刻家亨格斯（Henghes），他的真名叫海因茨·温特菲尔德·克卢斯曼（Heinz Winterfeld Klussmann, 1906—1975）。当然，庞德这些好行为是因为他总是竭尽全力帮助作家和艺术家，但这并不能排除他在文章与诗集，尤其在广播里发表的愚蠢的反犹言论③。因为劳克林是出版商，与当时文化名人有交往，庞德也跟他谈其他诗人如艾略特、叶芝。庞德在二战结束后被关在集中营的铁笼里，劳克林认为这导致他后来精神失常，他后来多次到关押庞德的圣·伊丽莎白医院看望庞德，并带上自己的律师看庞德是否能出庭受审，但事实上庞德精神已遭受严重创伤，不能集中精力。之前 E·富勒·托雷（E. Fuller Torrey, 1936—）博士写的一本书《叛变的根源：埃兹拉·庞德与圣·伊丽莎白医院的秘密》（*The Roots of Treason: Ezra*

---

① James Laughlin, *Pound as Wuz*, Saint Paul: Graywolf Press, 1987, pp. 7–8.
② 同上，pp. xi–xii.
③ 同上，pp. 13–14.

Pound and the Secret of St. Elizabeths)说庞德精神本来正常,是艾略特、麦克利什(Archibald MacLeish)以及劳克林等人串通欧维霍瑟(Dr. Winfred Overholser, 1892—1964)为保护他免于审判而编造的谎言,劳克林认为该书是无稽之谈。劳克林还谈到庞德尽管关在圣·伊丽莎白医院,但来看他的人不少,拜访者也是鱼龙混杂,有像休·肯纳这样真正研究庞德的优秀学者,也有种族歧视分子如约翰·加斯普(John Kasper)。詹姆斯·劳克林还分别在耶鲁大学(1985年10月)和布朗大学(Pound and the Primitive)(1986年4月)做了演讲,前者题为《庞德:老师》(*Pound the Teacher*),后者以《大家所知的大师:埃兹拉·庞德》(*The Master of Those Who Know: Ezra Pound*)[①]为书名出版。在《庞德:老师》这篇文章里劳克林认为庞德早年被沃巴什学院解除教职,应该是值得庆幸的事,美国多了一位写出《诗章》的诗人,庞德尽管一辈子没做教授,但终身干的就是教师的活。[②] 他这位教师非常慷慨,帮助许多人不计报酬,劳克林回忆自己在意大利的拉帕罗见到庞德,受其教育,还包吃饭,他所花的钱仅是在当地住的房租。庞德每年邮费花了无数,这些邮费占据了他大部分开支。[③] 这只有那些具有老师精神的人方能为之。他的文学批评与政治经济文化批评、编辑的诗集、翻译的作品,也是为了推动文学运动和教育民众匡正时弊。哪怕他为罗马电台播音,尽管有许多错误的言论,他觉得电台是他宣讲的最佳媒介,好在后来验证他心理有毛病,并不是道德有问题。[④] 总之在劳克林心目中庞德本人就是20世纪诗歌的大学(Ezuversity)。他还例举了庞德对现在大学与文学课以及讲授方式的批评。

---

① James Laughlin, *The Master of Those Who Know: Ezra Pound*, San Francisco: City Lights Books, 1986.
② 同上,p. 1.
③ 同上,pp. 2-3.
④ 同上,p. 23.

第一章 庞德的生平

1925年10月30日,庞德与多萝西在拉帕罗度过自己的四十岁生日。这年圣诞前夕艾略特专门赶来看望庞德,艾略特在此呆了四天,两位老友形影不离,在一起游泳、打乒乓球、外出喝茶,多萝西认为艾略特变得更有魅力了。

1929年世界性经济危机爆发,资本主义从美国到欧洲弥漫着消沉之气。作为一位有抱负的诗人,庞德的关注范围不单是诗歌,其实他对政治与经济的热情不亚于文学。抵达拉帕罗后庞德对意大利的政治形势产生了兴趣,他认为墨索里尼实行的经济改革符合道格拉斯的经济思想,他称赞说:"婚后保险金,缩短意大利人的工作日,……虽不是呆板的道格拉斯主义,但是以他们的方便和愉悦表现出'社会信贷'的趋势。"① 他似乎对意大利的改革予以了充分的理解:"工作有效,食品有效,家庭支票,银行改革的本性,防治结核之战,水稻和空心面的全民红利的分配,对下层人的重复100%的道德红利的补贴,降低租金,稳定食品的价格,这样意大利的所谓'通货膨胀'不再是老的巧取豪夺式的通货膨胀,是道格拉斯那种免受高利贷盘剥的购买力,随着经济合理标准增长而控制稳定的价格。"② 从某种意义上来看,庞德对墨索里尼的赞赏并不是突发奇想,在当时知识界也并非只有他一人这么认为。艾略特当年在哈佛大学的老师乔治·桑塔耶那在欧洲见到庞德之后,也对法西斯主义颇有好感。从历史的事实来看,墨索里尼在早期阶段的确进行了一些成功的改革。1921年和1922年意大利的工业化步伐加快,1925年400万里拉的赤字被填平,1926年以后墨索里尼实行"绝缘经济"政策,抵制外国货,实行国家对银行的调控。1929年世界经济再现大萧条,但意大利的工业总产值翻了

---

① Peter Nicholls, *Ezra Pound: Politics, Economics and Writing: A Study of the Cantos*, England: Macmillan Press, 1984; Atlantic Highlands: Humanities Press, 1984, p.81.
② 同上。

一番。墨索里尼的社会福利政策颇得民心,他还倡导对文化和艺术的扶植与保护。在庞德看来,墨索里尼的这些措施和政策符合他的仁君标准。庞德认为法西斯主义要比美国共产党提供的任何制度都先进,比罗福斯提倡的"新政"更有利于社会,他说:"意大利法西斯主义从不意味着政府控制生产,它告诫生产者通过市场自行解决生产问题,到最后迫不得已才由政府来判断。"① 因此,庞德在他的《诗章》第 41 章里对墨索里尼大加赞扬,视他为意大利文化复兴时期的英雄马拉台斯塔的继承者,赞美他的经济政策和对艺术的保护。其实,庞德只看到法西斯的表面繁荣,却没有发现他们残害人类的本质,对于庞德的反犹主义和为法西斯唱颂歌的思想我们是必须批判的。1927 年,奥尔佳与墨索里尼会面讨论意大利这个国家的音乐生活。墨索里尼对艺术颇为重视,这引起了庞德的好感。1933 年 1 月 30 日,庞德得到了墨索里尼的官方接见,这次见面是奥尔佳撮合的,奥尔佳此时已是意大利著名人物。在这次会见中,庞德向墨索里尼提出了一系列有关经济改革的建议,墨索里尼对此表示很感兴趣。这次见面对庞德以后的生活产生了重要影响。

会见墨索里尼之后,庞德开始写作《杰弗逊和/或者墨索里尼》(*Jefferson and/or Mussolini*),并于 1935 年出版。该书对墨索里尼充分肯定,号召人们要相信他,方能取得成功。该书的题词写道:没有效率一事无成。开篇的第一句就说杰弗逊与墨索里尼:"这两人基本相同点也许大大超过不同点。"② 他还甚至在书中设想将杰弗逊与墨索里尼对换一下位置会是怎样的情景,如书中第

---

① Peter Nicholls, *Ezra Pound: Politics, Economics and Writing: A Study of the Cantos*, England: Macmillan Press, 1984; Atlantic Highlands: Humanities Press, 1984, p. 81.

② Ezra Pound, *Jefferson and/or Mussolini*, New York: Liveright Publishing Corp, London: Stanley Nott, 1935, p. 11.

五部分开头写道:"谁也不会理解如何能将杰弗逊与墨索里尼这两个名字并列在一起,设想将他们角色对换一下:墨索里尼会对1770至1826年的荒蛮美国做些什么呢?杰弗逊会在拥有米兰等城市的一个狭长地中海半岛说什么和干什么呢?"① 书中庞德自己也未给出答案,仅仅说杰弗逊为了道德的提高要人们种稻谷,墨索里尼已经说服意大利人种较好的麦子②。在该书中庞德谈到更多的是美国的历史、政体,意大利该怎么进行经济改革。他那段时间也在发奋研究中国儒学,似乎觉得孔子的思想可以指导人们,故在该书的第二十九部分论述孔子,说尽管《大学》只有32页篇幅,他愿意引用孔子的话,这里有天才的秘密。孔子讲秩序、尊重人才,孔子靠仁治理国家,不是诉诸武力,追求创新,他特地将中文"新日日新"印在该部分后面。③ 书的最后结语还是替法西斯辩护,说:"法西斯革命是赞成保护某种自由、维持某种文化水平、某种生活水平。"④ 他认为墨索里尼的革命能给人们带来生活变革,带给人们有趣的成分,用不着像希特勒那样去游行、去歇斯底里地嚎叫。⑤ 看来此时庞德对墨索里尼式的法西斯主义与希特勒还是区分开来的。

1933年6月16日,费伯出版社出版了庞德的《经济学入门》(*ABC of Economics*),这本小书是庞德接受经济学家道格拉斯的社会信贷理论之后,对社会和经济改革所提出的思想。此外他还出版了《阅读入门》(*ABC of Reading*,1934)和《社会信用》(*Social Credit*,1935)。《诗章》31—71章也集中表现了诗人对美国历史与政治的关注。人们说庞德与意大利法西斯的联系是由于他在二

---

① Ezra Pound, *Jefferson and/or Mussolini*, New York: Liveright Publishing Corp, London: Stanley Nott, 1935, p. 23.
② 同上,p. 40.
③ 同上,pp. 112-113.
④ 同上,p. 127.
⑤ 同上,p. 127.

战中为罗马电台播音,那么他到底在电台说了些什么?伦纳德·W·杜布(Leonard W. Doob)编辑出版的《"埃兹拉·庞德在说话":二战电台发言集》("*Ezra Pound Speaking*": *Radio Speeches of World War II*)可以圆满地回答该问题。庞德在1940年底开始为电台写稿,在1941年1月他亲自去播音,通常是一周两次。他在拉帕罗的家中写稿,有时在罗马写,一张磁盘可录下10至20篇演讲稿。该书收录的是庞德准备到罗马电台宣读的原稿,可分为两部分:第一部分包括已被电台录播的105篇演说稿,时间段有:1941年10月2号至1941年12月7号;1942年1月29号至1942年7月26号;1943年2月18号至1943年7月25号;其中内容被评论界经常引用,也是指控庞德犯叛国罪的主要证据。第二部分有10篇演说稿,这是没被电台录播的,庞德自己和他人朗诵过,由庞德的女儿玛丽选编,她认为这些能较为公允地反映庞德那时的主要思想。① 我们不妨择取其中部分片段看看:1941年10月2日他谈民主,他说英国政府决定何时选举就何时选举,罗斯福先生会推迟选举直到他准备就绪。② 他的讲话好像没有严格的逻辑性,常常是漫无边际,攻击英美两国民主与经济负债之后,突然跳跃性地谈到中国的形势,说大多数中国人不喜欢蒋介石,中国人不拥护那批外国投资者。③ 他在1941年11月4日发表的"金色婚礼"讽刺丘吉尔政府、罗斯福政府与斯大林联盟④。他在1942年的播音中朗读自己的《诗章》46章以表示自己反战的情绪。⑤ 从这本长达465页的播音书稿来看,内容大多是关于美国历史、政治体制、

---

① Leonard W. Doob, ed., "*Ezra Pound Speaking*": *Radio Speeches of World War II*, Westport, Connecticut: Greenwood Press, 1978, pp. xi – xii.
② 同上, p.3.
③ 同上, p.5.
④ 同上, pp.11 – 15.
⑤ 同上, pp.34 – 38.

战争期间的时局、对高利贷的批判以及他的经济观点、从事过的文学活动,这里许多观点与庞德以前的关于政治经济文化批评的论著大致相似。庞德的律师在1945年听证会后对罗马播音的内容作了如下评述:"播音并没有批判盟军在战争中所做的努力,也没有干扰或者打击美国士兵或者他们家庭的意思。……这些播音的内容基本上是关于历史、政治和经济的理论,批判美国从亚历山大·汉密尔顿政府以来的领导路线……他要告诉美国人民他们并不知道欧洲发生了什么,如果知道了,那战争就不必要了。"① 律师当然是替庞德辩护说话的。后来的许多评论还是对庞德这些讲话持批判态度的,认为其中的反犹观点与法西斯主义是沆瀣一气的,说庞德的这些话是老调重弹,无非说犹太人勾结放高利贷来破坏经济秩序,导致战争,毁坏西方文明。②

　　随着墨索里尼政权被推翻,1943年庞德的广播播音也停止了。墨索里尼被打倒后罗马一度混乱不堪,此时58岁的庞德背着包带着地图,步行六百英里去看寄养在农家的女儿玛丽,一路风餐露宿,这段经历展现在《比萨诗章》(《诗章》78章)中。

五、在监狱与晚年生活

　　随着第二次世界大战的逼近,庞德呆在罗马,与外界的联系越来越少,从英美等国来的信件变少,报纸几乎停了。1935年10月3日,墨索里尼法西斯分子入侵埃塞俄比亚,这一年对庞德来说是经受考验的时期,在他心目中,墨索里尼注重改革、扶植艺术和反

---

① Leonard W. Doob ed., *"Ezra Pound Speaking": Radio Speeches of World War II*, Westport, Connecticut: Greenwood Press, 1978, p. 427.

② 同上,pp. 427–428.

对战争。墨索里尼政府对埃塞俄比亚的侵略充分暴露了其法西斯分子的本来面目。然而，面对事实庞德依然生活在幻想之中。1939年4月，庞德从意大利回到美国，这是他阔别美国20年之后第一次回国，见到了老朋友威廉斯等，还会见了一些政界人物和议员。庞德想通过这次美国之行来宣传他的政治、经济思想，并想说服美国政府不去参加即将爆发的世界大战。庞德的思想未能让美国人信服，他的老朋友威廉斯认为庞德遭法西斯毒害颇深，不禁替他未来的命运担心，威廉斯写道："除非他在今后几年中能从法西斯主义的迷雾里清醒过来，否则他会堕落。我担心他不能自拔，法西斯分子的逻辑将会葬送他。"① 威廉斯当时的预感后来被事实所验证。庞德在二战爆发前几周返回意大利。庞德为意大利播音是在1941年1月，最初意大利当局还考虑庞德究竟是不是合适人选。这里有一份当时呈交给战争部的报告："从可靠的消息来源得知埃兹拉·庞德……有很强的反意情绪，他给拘留在意大利的英国人送英文书籍。更过分的是，他在罗马停留期间，曾与美国大使威廉·菲利浦长谈过。我们对与他的合作持否定态度。"② "一个令人愉悦的疯子，他当然是意大利的朋友。……如果你要请他说话，那也不是一个坏主意。"③ 主管宣传的官员卢卡诺(Luciano)接受了这封信的观点，召见了庞德，听了诗人的申诉之后，要他今后跟私人说话慎重些。庞德从美国回来后颇为失望，欧洲战事一开，他就为法西斯播音。日本轰炸美国的珍珠港事件爆发后，他有一段时间停止播音。1942年1月，他又开始重播。④

---

① Peter Wilson, *A Preface to Ezra Pound*, New York: Addison Wesley Longman Limited, 1997, p. 62.
② C. David Heymann, *Ezra Pound: The Last Rower, A Political Profile*, New York: Heymann Viking Press, 1976, p. 100.
③ 同上。
④ William Van O'Conner and Edward Stone, ed., *A Casebook on Ezra Pound*, New York: Thomas Y. Crowell Company, 1959, p. 14.

第一章 庞德的生平

那么,庞德为什么替法西斯播音呢?我们先看一看庞德被捕后的一段自白:

"在罗斯福和墨索里尼之间,我喜欢谁是毫无疑问的。在我的无线电广播中我为法西斯主义的经济说了一些好话,墨索里尼有非常人道和昏了头的不完美性格。""斯大林的脑子是当今政坛最好使的,但这并不意味着我要成为一个布尔什维克。""希特勒是圣女贞德。他是一位烈士。像许多烈士一样,他有许多偏激的观点……因为他和墨索里尼遵循孔子的教导,他们成功了;因为他们没有遵循孔子的思想,他们失败了。"①

1944年春季,德国军队征用了庞德在意大利维亚马萨拉(the Via Marsala)的房子,他和多萝西只好搬到奥尔佳的圣阿姆布罗郭(Sant'Ambrogio)避难,后来在庞德的督促下,他的父母也来到拉帕罗。这样他的父母、妻子、情人、孩子都生活在一起。在庞德的心目中,拉帕罗似乎成了他理想的居所,这里气候宜人、风景优美。大诗人叶芝曾来这里看望庞德,他将此地描绘成济慈诗《希腊古瓮颂》中所说的理想境界。庞德从1924年到1945年一直居住在这里。但从历史的背景来看,庞德来到这个意大利北部的山镇之后,与当时欧洲的文化界联系减少,庞德本人越来越陶醉于他自认为可以济世的经济思想中,逐渐转向了法西斯主义。这座如诗如画的山城逐渐成为庞德走向监狱的阶梯。

庞德的播音事实上已经被美国情报部门录音。二战结束后,美国政府于1945年1月开始着手准备逮捕和审讯庞德事宜,并打算以叛国罪指控他。关于他的照片和材料开始散播。1945年5月2日,德军在意大利向盟军投降,庞德自己从山上下来主动去找驻拉帕罗美军,告知他们自己是被指控为叛国罪的那位,可那里的

---

① C. David Heymann, *Ezra Pound: The Last Rower, A Political Profile*, New York: Heymann Viking Press, 1976, p. 158.

美军不知此事,也不知如何打发他,他只好又回到山上住房。但5月3日,情况突变,早晨多萝西出去看庞德的母亲划船,奥尔佳出去买食物,回到家中发现庞德不见了,后得知被两个意大利游击队员带走了。当地住民说这两个游击队员其实是两个混混,听说这个美国诗人被通缉还值几个钱,就找到庞德把他抓走了,庞德的邻居见状叮嘱要善待这位诗人。奥尔佳赶回来时庞德已被带走,她马上打听到庞德被带到游击队队部,找到了那里与庞德呆在一起。那两位游击队员并没有领到赏金,游击队长说他们并没有得到命令要逮捕庞德,因此释放了庞德,按理说庞德应该可以躲过此劫。但庞德自己听说美国政府要缉拿他,躲得了今天躲不了明天,弄不好到时候情况更糟,反而性命难保,于是他又主动到美国当地军事司令部投诚。美国军官见了他也纳闷,但觉得还是有来头,况且他的照片与生平材料已有所闻,于是将他转送给热那亚的美国反情报中心。到这里后人们似乎对他亦无多大兴趣。5月4日来了一位名叫弗兰克·L·阿姆普利姆(Frank L. Amprim)的美国联邦调查局官员,庞德被隔离审查,奥尔佳在另一间等他,过了几天阿姆普利姆很有礼貌地向奥尔佳致歉并派吉普车将她送回。庞德认为自己无罪,他要说服他的审判官,他所做的事是基于美国宪法的,他要告诉国人罗斯福在丘吉尔的教唆下做了不利美国的事,他的政治学说是以孔子的伦理学为依据的,他确实在翻译儒家经典《论语》。庞德感觉似乎说服了这位年轻的审问官,阿姆普利姆没收了他的材料,庞德受到的待遇似乎还好,但奇怪的是阿姆普利姆找了一位名叫艾德·约翰逊(Edd Johnson)的美国记者来采访他,在5月9日的《费城记录》(Philadelphia Record)、《芝加哥太阳报》(Chicago Sun)等报纸上头条报道:孔子的信徒庞德被指控叛国罪称希特勒为圣人烈士。这下他的厄运真的来了,5月22日庞德被转送到意大利的比萨,被戴上手铐押至监狱营地,那里关了3600个犯人,他被与强奸犯、杀人犯、盗窃犯关在一起。庞德的牢房是露天的铁笼子,上面仅有一块油布,热风没有遮挡,晚上强光照射,这是用于关押重刑犯人的。监狱还规定不许有人跟他说话,后来医生怕出事而担责任,允许军队牧师跟他每天散步一个小时,关了三个星期后他被转移到医疗帐篷,庞德此时已是上了60岁年纪的老人。① 他的家人到1945年10月才被告知可以看望他。庞德后来说关他的铁笼子是"关大猩猩的笼子"。由于他的诗名颇大,看管他的军官知道他,他们怕他熬不住,故改善条件,帮他配足被单,允许他用打字机。庞德在如此艰苦的条件下写出了最精彩的《比萨诗章》。

庞德在比萨军训中心关了六个月,到1945年11月18日被押送到美国华盛顿受审。庞德的朋友詹姆斯·劳克林闻讯后找自己的友人于连·康奈尔(Julian Cornell,1910—1994)律师帮忙,康奈尔向当局申请庞德精神与心理有问题不宜受审。在一次鉴定庞德是否神智清楚时,有人指控他犯有叛国罪,庞德听到此话,立即跳起来咆哮:"我从未信仰过法西斯,真见鬼!我是反法西斯的。"②律师费心才让他平静下来,他的头垂在桌上。1946年2月13日四位医生诊断庞德精神失常,这份鉴定他患有精神疾病的报告写得颇为翔实,其中有些内容耐人寻味:"被告人,现年60岁,身体状况尚好,曾是早慧学生,文学专业。他在海外漂泊40年,先在英国、法国,后到意大利住了21年,靠写诗和批评聊以谋生,他的诗和文学批评获得广泛认可,但近年来他有关货币理论和经济学的思想影响了他的文学创作。他一直被公认为是行为怪癖、牢骚满腹和自我中心的人。若以公审严肃性和方式所要求,他目前状况所表现的判断力极差。他坚持认为自己的播音不是叛国,他所有

---

① Peter Makin, *Ezra Pound's Cantos: A Casebook*, Oxford: Oxford University Press, 2006, pp. 15 – 16.
② William Van O'Conner and Edward Stone, ed., *A Casebook on Ezra Pound*, New York: Thomas Y. Crowell Company, 1959, p. 23.

的电台广播都是源于他'拯救宪法'的个人使命。他出奇地装模作样,自我膨胀,说话无条理,前言不搭后语。"① 最后他们给出的鉴定结论是庞德的精神失常不宜受审,需要到精神病医院治疗。根据这份报告,华盛顿哥伦比亚特区的审判官们于1946年2月13日认定庞德心智不健全,于是庞德被送到圣·伊丽莎白医院监禁。对此有人不服,诗人罗伯特·西里耶(Robert Hillyer)在报纸上撰文说能写出那么多好诗,还能读中文的人,怎么受不起审判? 能读懂那么难的中文的人准没有问题。② 好在说这样风凉话的人不多,而且地位也不显赫。

　　圣·伊丽莎白医院是美国联邦政府的精神病医院,外墙红色,其丑陋不亚于美国随笔作家 H. L. 门肯(H. L. Mencken, 1880—1956)的名篇《美国恋丑陋》("The Libido for the Ugly")一文中所描述的建筑。庞德前18个月住在这里罪犯待的精神病房,没有窗户,见不到阳光,来看望的人只能见他15分钟,且有卫士在场,因此所谓圣·伊丽莎白医院一点也不神圣,其实就是监狱。庞德自嘲虽被关,实则在自己的祖国被流放,要是自己被关在精神病院一间监护室,那整个美国就是个巨大疯人院。③ 后来经朋友帮忙换了监房,来访者每天可呆两个小时,生活条件也有所改善。在这里庞德呆了12年之久,他似乎心情还较平静,拜访者有老友如艾略特、威廉斯、肯明斯等,有崭露头角的知名诗人如艾伦·泰特、康拉德·艾肯、伊丽莎白·毕肖普、罗伯特·罗威尔、兰斯顿·休斯等,有文化名人如 H. L. 门肯,有专门研究庞德的专家如休·肯纳、方

---

① Michael Reck, *Ezra Pound: A Close-up*, New York: McGraw-Hill Book Company, 1967, pp. 68–69.
② William Van O'Conner and Edward Stone, ed., *A Casebook on Ezra Pound*, New York: Thomas Y. Crowell Company, 1959, p. 16.
③ Michael Reck, *Ezra Pound: A Close-up*, New York: McGraw-Hill Book Company, 1967, p. 85.

第一章 庞德的生平

志彤、荣之颖等，还有许多慕名而来的崇拜者，甚至曾经被庞德批判过的诗人麦克利什（MacLeish，曾任罗斯福政府的国务卿助理）也来探访。麦克利什心胸开阔，不计前嫌，认为政治行为与诗歌成就要分开对待，在他心目中庞德是美国现代最伟大的诗人，两人相逢一笑泯恩仇，麦克利什开始谋划庞德出狱之事。

　　庞德入狱后，妻子多萝西对他的真情丝毫未减，尽管庞德做过不少伤害她感情的事。试想一位英国的大家闺秀，一位才貌双全的画家，居然排除千难万险不远千里来到举目无亲的美国与丈夫共患难。因美国政府未签证允许她来探监，头几年她只好呆在意大利苦思。后来她获准来美看望丈夫，几乎每天在庞德放风的两个小时陪伴庞德，来美国后她也不去游山玩水，在疯人院附近租了一间简陋的房间，唯一的心愿就是每天多陪陪被关押的丈夫。她全心想的就是庞德，尽管她知道自从庞德在巴黎邂逅奥尔佳，他心有别恋，虽然夫妻面上还算友好，但绝不是当年在伦敦时的相亲相爱了。庞德花心，多萝西专情，她仿佛为他而生，能全心全意跟罹难的丈夫在一起，有别的女人与她争这个男人，她似乎没有多少怨言，眼睛里只有平静与安详。中国俗语："夫妻本是同林鸟，大难临头各自飞。"此话对多萝西完全不适用，可谓患难见真情。庞德的情人奥尔佳虽不像庞德的合法妻子多萝西那样守伴庞德，但她也时刻惦记着他，她与女儿专程看望过庞德。在她心中最重要的事莫过于营救庞德早日出狱。因此她四处呼吁，与女儿玛丽飞到英国找时负盛名的艾略特，后又找海明威等，督促他们出力相助。她还请拉帕罗的居民联名向美国政府担保庞德从未与任何法西斯行为有瓜葛，将庞德播音的内容选编为小册子名曰《如果这可叫叛国罪……》（*If This Be Treason...*），强调其中的文化内涵，如庞德如何评价乔伊斯、肯明斯这些文人的，除掉那些与法西斯相关的东西，从而为庞德洗罪。由于她很卖力地战斗，后来老友艾略特与海明威不得不劝她不要太使劲，劝她说美国人倒不是因为庞德政治上播音犯罪,而是庞德的艳福惹得美国中产阶级嫉妒了①。他们认为她闹得越凶,事情就更麻烦了。但后来证明奥尔佳的行动还是收到不少好的效果,至少把庞德的好友们都动员起来了。

庞德在监牢生活状况不佳,孤独郁闷。庞德被指控犯有叛国罪,但他不承认自己因播音而犯有如此重罪,他认为自己只不过是作为美国公民来行使宪法赋予的权力,"没有自由广播,所谓自由言论等于零"。他还以下面一段话来给自己辩护:"罗马电台,根据那些称坚持知识分子自由和自由发表意见的法西斯分子政策,已经同意允许庞德博士一周使用两次麦克风播音。我们知道他不会被强迫说任何违背自己良心或是与他作为一位美国公民不协调的话。"② 庞德还找出战争时期的各种理由如远离祖国信息不通、住在一起的老父年迈体衰等,但这些都是掩人耳目的借口,其实他的思想根源在某种程度上与法西斯主义有一拍即合的地方或者至少有受其蒙骗之处。在庞德受监禁的时期,他的朋友们从各种途径帮助他。有一段时间庞德夫人在英国的存款被冻结之后,庞德一家的经济发生了危机。此时 E. E. 肯明斯和夫人递给庞德的辩护律师一张一千元的支票,肯明斯写道:"庞德对本世纪的诗歌意义恰如爱因斯坦对物理学的意义。"③ 在众多朋友中为庞德出狱奔走最为尽心并使得上力的莫过于 T. S. 艾略特、海明威、弗罗斯特与麦克利什四人。1945 年 5 月 16 日,艾略特一得知庞德的消息,就开始策划营救庞德。他利用每次来美讲学的机会看望庞德,并与庞德的辩护律师商量解救办法。他发起文学界名人申请为庞

---

① J. J. Wilhelm, *Ezra Pound: The Tragic Years, 1925 – 1972*, Pennsylvania: The Pennsylvania State University Press, 1994, p. 277.
② 转引自 J. J. Wilhelm, *The American Roots of Ezra Pound*, Garland Publishing, Inc., 1985, pp. 1 – 2.
③ Michael Reck, *Ezra Pound: A Close-up*, New York: McGraw-Hill Book Company, 1967, p. 92.

德减罪,将他从条件差的精神病院的监房转移到条件舒适的病房。艾略特与海明威是诺贝尔文学奖得主,在英美文化界威信高,说话有分量。麦克利什曾是政府高官,在政界有丰厚的人脉资源,诗人罗伯特·弗罗斯特可谓美国民族诗人,几任总统和政府要员都很尊重他,为了庞德的事麦克利什经常与他商量并联手行动。弗罗斯特为请求法院解除对庞德的指控而进行担保和发表声明,该声明写得情真意切。一方面他认为庞德自己说在二战中投向敌人是出于对美国的热爱纯属一派胡言,这正是庞德精神不正常的表现;另一方面庞德确实已经精神失常,是不宜受审,但在他妻子监护下释放是不会有任何危险的。若他能获自由,他在全世界所拥有的许多崇拜者必为此好消息而欢欣鼓舞。弗罗斯特还特地说明:"健在的作家谁敢说自己没有受到过庞德的影响,我就是受益者之一。"[1] 弗罗斯特在这份报告中还附上一份愿意替庞德担保的著名作家名单,其中有:艾略特、海明威、奥顿、菲茨杰拉德、艾伦·退特等等。弗罗斯特为释放庞德奔走两年,亲自拜访美国大法官威廉·P·罗杰,并坐在他办公室等他签了释放庞德文件才离开。1958年4月18日法院宣布放弃对埃兹拉·庞德的指控,允许这位72岁的诗人返回意大利。海明威觉得庞德出狱后经济上也许不宽裕,给了他一千元支票,庞德永远没有用此钱,把它嵌起来作为友谊的纪念。

庞德在华盛顿的圣·伊丽莎白医院时期是他成果较多的阶段。他的英译本《大学》与《中庸》于1946年在劳克林主编的杂志上发表,他翻译的《孟子》的四个章节发表在《新象》(*New Iconograph*)秋季期刊上。这段时间他还着手翻译《诗经》,专门请了一位在华盛顿的基督教大学的中国女大学生听他读译文,以防他的

---

[1] William Van O'Connor and Edward Stone, ed. *A Casebook on Ezra Pound*, New York: Thomas Y. Crowell Company, 1959, p.136.

译文离原文太远,这位中国小姐有时还不好意思去修正这位大诗人的错误。1954年这部由庞德翻译的《中国诗经》出版。庞德被关押期间,除了有许多诗人和作家造访之外,学界也已开始对他进行研究。1951年休·肯纳出版了《埃兹拉·庞德的诗歌》,他的庞德研究引起了世人的注意。1948年,D. D. 佩基经奥尔佳·露基允许与帮助,整理出版了《埃兹拉·庞德1907—1941年书信集》,这些信中揭示了英美现代主义文学运动过程中一些鲜为人知的趣事。1953年新方向出版社编辑出版了《埃兹拉·庞德的翻译集》。1954年出版了艾略特选编并作序的《庞德文学论文集》。到了20世纪50年代中期,庞德已经成为人们热衷研究的对象,世界各地包括英国、美国、意大利、西班牙、葡萄牙、德国等国的杂志和报纸都常刊登研究他的文章,他成了当时最令人注目的诗人之一。1954年海明威获诺贝尔文学奖,海明威自己说该奖授予庞德比授予他更妥当。

在离开美国的前一天,庞德与多萝西去看了老朋友威廉斯,第二天直奔码头坐船回意大利,与他们同行的还有一位年轻漂亮的女教师马希拉·斯斑(Marcella Spann,1932—),她当时正与庞德合编诗歌选《孔子到肯明斯》(Confucius to Cummings),一路上也好照顾年迈的庞德夫妇。回意大利的旅途中,庞德依然称美国是人间最大的疯人院,抵达意大利港口面对新闻媒体,他还行法西斯敬礼。看来十三年铁窗生涯还未管住庞德的嘴与手,他依然敢说敢做我行我素。

在庞德囚禁期间,庞德的女儿玛丽与波利斯·德·拉齐维兹(Prince Boris de Rachewiltz)恋爱,奥尔佳开始反对女儿这桩婚姻,甚至专程去罗马阻止。波利斯有奥地利、意大利以及俄罗斯血统,是伦巴德王国王室的后裔,人称王子。但到了他这一代王朝早亡,家道衰落,王储一贫如洗。好在他学富五车,是一位研究埃及和非洲文明的著名学者。玛丽对母亲的建议与反对置若罔闻,她的性格其实也像她,当年庞德在巴黎并不富裕,她死心塌地跟着庞德,一生都未后悔过。玛丽于1946年与波利斯结婚。婚后第二年他们有了孩子,在产孩子的医院他们发现后面山顶有一座壮观的古堡,这座古堡始建于公元12世纪,当年是军队住房。到1900年一位德国锁匠买下了这里并扩建成颇有气势的古堡。一战后德国战败,此地划归意大利,古堡归属意大利政府。古堡多年失修,宛如废墟,玛丽与波利斯发现后决定买下,重新打造,重修后面貌一新。古堡盘踞山顶,空气新鲜,视野开阔,人迹罕至。庞德回到意大利情绪很好,他与夫人多萝西起初两年住在女儿玛丽的布伦堡,庞德非常喜欢这里,比起他在圣·伊丽莎白医院狭小的监护室,这里空旷得多,而且安静,不像在华盛顿的疯人院鱼龙混杂、人来人往。他刚到古堡后不久,居然动了雅兴做起木工,打造自己的家具。为了让生活环境更富艺术色彩,他将雕刻家戈蒂耶-布尔泽斯卡为他做的半身雕像朝东方向放在花园里,初升太阳第一缕便照在他的雕像上。庞德与女婿常在一起交流,他还帮助女儿用意大利文翻译他的《诗章》,有时在床边为两位外孙朗读诗歌。好一幅享受天伦之乐的画面!此段时间他完成了《诗章》110章至116章。

  但这样的好景不长。布伦堡固然风景独好,但地处山岭,夏季偶有外人观光,平时一片寂静,是隐士的好居处。庞德刚在牢笼监禁十几年,此地呆久了恰如另一座风光秀丽的监狱。他太怀念当年在伦敦与巴黎那叱咤风云的日子了!何况布伦堡建在山上,冬天气温较低,这对上年纪的人是难熬的事,阴冷的气候引发了庞德的身体不适。比冬季高寒气候更让庞德揪心的是他晚年所面临的情感之战。陪伴他从美国来到布伦堡山上的有两个女人,一是夫人多萝西,已年迈体弱;二是助手马希拉·斯斑,年轻漂亮;另外,布伦堡女主人是庞德与情人奥尔佳生的女儿玛丽,山下还有庞德的心上人奥尔佳。已逾古稀之年的庞德同时面对四个背景不同的优秀女人,挑战不言而喻。首先是正室多萝西与情人奥尔佳以及女儿玛丽的关系。多萝西来到情人女儿家里,奥尔佳怎么办;再者多萝西性格内向好静,不会圆滑,玛丽性格直率,讲话不留情面。后来随着庞德在学界地位日升,庞德身价渐长,各种荣誉与相关的经济效应接踵而至。按理多萝西是庞德获释后的监护人,对庞德的一切拥有最高权力,而庞德却将手稿与著作的版权留给了女儿玛丽,有些大学如耶鲁大学买庞德的手稿直接找玛丽,未告知多萝西,这让多萝西极为不快。其次,从美国跟来的年轻女教师斯斑名曰庞德助手,由于多萝西年迈体衰,照顾庞德有困难,斯斑除了帮助庞德整理文集,还经常打理庞德起居,多萝西不免疑心庞德跟她有染,甚至担心庞德会弃她与斯斑结婚。因此多萝西与斯斑矛盾加剧,后来斯斑只好打包回美国。幸运的是,庞德与斯斑合编的《孔子到肯明斯》后来出版了,斯斑与庞德为该诗歌选读各自写了篇序言。[1]

　　1959年夏天庞德回到拉帕罗,在这里他突然患了平生第一场重病,后在一家诊所治愈,同一年里他又患病。随着身体急剧衰弱,生性乐观自信的庞德仿佛变了一个人,他经常沉思,寡言,也不给朋友回信了。他基本上在三地辗转,即布伦堡、拉帕罗和老情人奥尔佳威尼斯的住处。1961年5月,庞德健康状况继续下滑,不太吃东西,玛丽立即写信给母亲奥尔佳,奥尔佳来后庞德又从死神那里被救回来了。庞德患有前列腺和泌尿系统重症,需要人护理。玛丽有两个孩子和布伦堡的许多事务,分身无术;多萝西身体日衰,自己也需要照顾;因此能照顾庞德的人只有奥尔佳。1962年春,她们三人都同意将庞德托付给奥尔佳,回到医疗条件较好的拉帕罗。多萝西回到伦敦。这样庞德余年与奥尔佳相伴,庞德在情场的恩恩怨怨总算清净了。

---

[1] Ezra Pound and Marcella Spann, ed., *Confucius to Cummings: An Anthology of Poetry*, New York: New Directions Publishing Corporation, 1964, pp. vii – x.

第一章 庞德的生平

1961年7月2日海明威在爱德荷州家中自杀,当时庞德也病入膏肓,奥尔佳不想将此事告诉庞德,但后来庞德还是从医护人员那里得知了。肯明斯、阿灵顿于1962年逝去,威廉斯1963年去世,1965年被庞德发现的诗歌天才艾略特也先他而去,奥尔佳与庞德乘飞机赶到英国参加了艾略特的追悼会。庞德能来让许多人吃惊,连艾略特妻子瓦莱丽也不例外。追悼会完后庞德突然惊呼"叶芝",奥尔佳知道庞德追思到早已去世的诗人叶芝,于是他们又飞到都柏林看望叶芝遗孀。此后庞德还写了一篇纪念艾略特的短文,是那样的生动深情,称艾略特是真正能有但丁声音的诗人。随着老友相继离去,庞德变得更为凄凉与悲观。

1963年一位名叫勒费(Levi)的人代表意大利一家杂志采访庞德,庞德对自己进行了反省并持悲观态度:"我一直相信自己知道一些东西,但奇怪的一天降临,我意识到我一无所知,而且我根本一无所知,所以我的话毫无意义。"

勒费还问庞德是否做过有愧疚的事。两人对话如下:

庞德:我意识到太晚了。
勒费:但要是你早点有这种怀疑的话,那又会怎样指导你的生活与工作呢?
庞德:我本可以避免许多错误!我的目的是好的,但达到目的的方法弄错了。我就像举着一个反了边的望远镜往远处望。我真傻,认识这一点,太晚了……①

后来庞德在《诗章》116章(首次发表于1967年)中写道:

虽然我的错误,残骸漂流到我旁

---

① Donald Davie, *Ezra Pound*, New York: The Viking Press, 1975, p.2.

我并不是半神半人,
我不能使之粘合
也有:
　　许多错误,
　　一些正确
而且:
要承认错误,没有丧失正确
我有时有善行
我不能使之流过……

庞德自己承认错误:"我所犯最糟的错误就是愚蠢、狭隘的反犹太主义的偏见。"①

1965年10月是庞德80岁大寿,他收到了如潮的恭贺,其中德国一家电视台进行了录像,此时庞德以他的高龄和多舛命运,应该还算健康,能在家里走动,在桌边写字,还能朗读几句《诗章》的诗行,但他不会如早年那样好为人师,侃侃而谈。此后他越来越寡言,许多话是奥尔佳或者玛丽代言。

"羁鸟恋旧林,池鱼思故渊。"1969年庞德与奥尔佳决定要回故土美国看看,这次回去当然有不少理由,如参加老友劳克林接受汉密尔顿学院荣誉博士学位仪式,看自己的外孙大学毕业。笔者猜想,庞德知道自己的时间不多了,他的根在美国,他要回家看看,看看自己在费城的住屋,自己读过书的学校。这次回来不是戴着镣铐,而是作为一位德高望重的诗人,他在美国的大学与现代诗歌史上的地位如日中天。

在庞德生命最后几年,研究庞德的文章与著作逐年剧增,已有

---

① Michael Reck, "A Conversation between Ezra Pound and Allen Ginsberg", *Evergreen Review*, 57, July, 1968.

专门研究庞德的杂志和学术研讨会。拜访庞德的人络绎不绝,奥尔佳为他把关,挡去了不少访客。1972年10月30日,庞德感到不适,奥尔佳要送他去医院,但庞德不想去,后来病情加剧,奥尔佳找好友帮忙深夜将他送往医院,同时迅速通知玛丽从布伦堡赶来。因医治无效,庞德于1972年11月1日上午8点在奥尔佳的怀抱里去世。

庞德的夫人多萝西身在伦敦,已老态龙钟,无法前来参加追悼会,儿子荷马代母亲赶来送父亲最后一程。玛丽与奥尔佳考虑到政治因素,限制追悼会的人数与规模,但许多艺术家与文人参加了追思会,许多报纸都报道了他去世的消息。

饱经人世沧桑的庞德安息在了他早年来欧洲打拼的第一站——美丽的水城威尼斯。艾略特有诗云:"这是我的开始,这是我的结束。"这是对庞德人生的最好总结。

庞德研究

第二章

诗之舞:戴着面具

  美国赢得独立战争之后,国力日益强盛,但是文化根基依然较浅,教育和文学创作基本以欧洲文化特别是英国文化为蓝本。直到20世纪初,美国文人要想确立自己的地位就必须到精神故乡——欧洲去打天下。这种文化的寻根与充电仿佛成为20世纪美国一大批作家、诗人和艺术家的共同经历。庞德抵达欧洲的前后,亨利·詹姆斯、T. S. 艾略特、海明威、斯泰因、菲茨杰拉德、弗罗斯特、E. E. 肯明斯等都到欧洲呆过较长的时间,其中亨利·詹姆斯与T. S. 艾略特后来成为英国公民。
  就美国诗歌发展而言,在20世纪之前它基本上步英国诗人的后尘。虽然19世纪美国出现了惠特曼(Walt Whitman,1819—1892)这样富有创新精神的诗人,为美国诗歌赢得了国际地位,但惠特曼毕竟力量单薄,仅一枝独秀而已。英国诗歌到了19世纪末和20世纪初出现了新的转型局面:一方面浪漫主义诗歌已失去昔日的强劲势头,浪漫派诗人纷纷夭折:济慈死于1821年,雪莱死于1822年,拜伦死于1824年。柯勒律治和华兹华斯在19世纪中期以后诗歌创作几乎趋于沉寂,诗人的生命等同于"死亡"。另一方面这个时期的大诗人们继承浪漫主义艺术的余音——他们不再是情感的自然流溢,而趋于多愁善感与内省,并对诗歌的形式开始了前所未有的探索与革新。例如,丁尼生(Alfred Tennyson,1809—1892)对音乐节奏和唯美形式的雕凿，布朗宁（Robert Browning, 1812—1889）对戏剧性独白的贡献，前拉斐尔派（Pre-Raphaelite Brotherhood）（但·加·罗塞蒂、克里斯蒂娜·罗塞蒂、威廉·莫里斯、斯温朋）注重诗的音乐与绘画效果，马修·阿诺德（Matthew Arnold, 1822—1888）强调诗的批评教化功能。这些都为20世纪庞德和艾略特领导的现代主义打下了良好的基础。国内外评论界似乎多强调现代主义诗人与维多利亚诗人决裂的一面，而未重视他们相互继承与发展的另一面。笔者认为此时期正是酝酿发展的转折阶段。

霍尔布鲁克·杰克逊对这个阶段有较为精确的描述：

> 实验生活在纷乱的吵嚷和论证中继续着。各种观点都在流传。事物已不是它们从前看上去的那样了，人们充满了幻想。十九世纪九十年代是出现千百个"运动"的十年。人们说这是"过渡时期"，他们相信自己不仅是在由一种社会制度向另一种社会制度转变，也是在由一种道德观念向另一种道德观念，由一种文化向另一种文化转变……①

的确，英美诗坛在20世纪转折的风云变幻有如狄更斯所描述的法国革命之前的情景，一场新诗的革命正在萌芽之中。转型时期的文学流派自然是多元的：浪漫主义、唯美主义、现实主义、现代主义如百舸争流、各竞风采。

庞德的早期诗歌创作也处于这种类似的探索阶段，从1908年至1912年，他出版的诗集有：《熄灭的细烛》（1908）、《面具》（1909）、《狂喜》（1909）、《短歌》（*Canzoni*, 1911）、《还击》（*Ripostes*, 1912）。

---

① 转引自马·布雷德伯里编：《现代主义》，上海：上海外语教育出版社，1997年。第160页。

从他发表的这些诗里，我们看到年轻的庞德对当时诗坛状况的不满与反叛精神。庞德作了如下评论："从1890年起，美国诗是可怕的大杂烩。未经铸造，大多数甚至烘也没烘过，快速节奏，一堆面团似的，第三流的济慈、华兹华斯的笔墨，老天爷也不知道是什么鬼东西。第四流的伊丽莎白式的、钝化了的、半融化了的、软绵绵的空洞音调。"① 请看他在《反叛》(Revolt)一诗中所表现的志向与决心。

反　叛
——反对现代诗的蒙昧精神

我要甩开当世的嗜眠症，
用权力的形状代替阴影，
用人代替梦。

"难道做梦比做事强？"
　　　对！不对！

对！要是我们梦到的是伟大的事业，
　　刚毅的人，
热烈的心，强有力的思想。

不对！要是我们梦到的是幽淡的花，
时光的行列缓步前行，慵懒地
坠落，好像水杨树落下烂熟的果。

---

① 转引自裘小龙译：《意象派诗选》（彼德·琼斯编），桂林：漓江出版社，1992年。第3页。

第二章 诗之舞:戴着面具

如果我们生生死死都不是活着而是在做梦,
上帝,给梦以生命吧,
不是调笑,是生命!

让我们成为做梦的人,
不是懦夫,半瓶醋,守株待兔者,
等待死去的时间复生,并给无名的
疾病涂上香膏。

上帝,如果我们命定不能做人,而成为梦,
那么,让我们成为使世人颤抖的梦,
使他们知道我们虽是梦犹是统治者!
让我们变成使世人颤抖的影子,
使他们知道我们虽是影子犹是主人!

上帝,要是人只能成为形容惨淡的幻象,
只能生活在迷雾里,幽暗的光中,
每当朦胧的时辰在头上敲响,或者
走过他们身边的脚步太重,他们就发抖。

上帝,要是你的子孙都长成如此细小的蜉蝣,
我就吩咐你抓住混沌,生下
堆成山的卵,养出一代巨人,重新
扰乱这个地球。

(赵毅衡译①)

---

① 赵毅衡编译:《美国现代诗选》,北京:外国文学出版社,1985 年。第 38—40 页。

现代主义艺术家们都无法忍受现实,庞德就是其中的重要代表。他打算创一番伟业,哪怕将来是个梦,也要做得轰轰烈烈。现代艺术家和诗人的反叛常常是捣毁传统秩序,"扰乱这个地球",现代的世界已一片混沌,到处撒落着五彩缤纷的碎片,艺术家们将它们重组拼凑来构成人的灵魂。

王尔德在他的《笔杆子、画笔和毒药》一文中指出:"假面具比真面孔能告诉我们更多的东西,这些假面强化了他的个性。"① 他在《面具的真理》中称赞莎士比亚艺术方法,"任何想研究莎士比亚艺术方法的人都会看到:绝对没有哪位法国、英国或雅典舞台剧作家像莎士比亚那样如此依赖演员的服饰来达到幻想家希望的效果。"② 人们常认为艺术模仿生活,王尔德却认为生活模仿艺术,生活落后于艺术,艺术不是镜子,艺术是"语言之雾",是"面罩"。③ 叶芝在他1910年出版的《绿盔及其他》(*The Green Helmet and Other Poems*)中写了一首题为《面具》(The Mask)的诗:

面 具

"摘下那眼窝镶嵌翡翠、
闪耀的黄金面具。"
"哦不,亲爱的,你如此冒昧
想要知道心儿是否狂野而睿智,
却又不冷不灰。"

"我只要知道应该知道的,

---

① 杨东霞、杨烈等译:《王尔德全集·评论随笔卷》,北京:中国文学出版社,2000年。第362页。
② 同上。第462页。
③ 同上。第14页。

第二章 诗之舞:戴着面具

是爱还是欺骗。"
"正是这面具占据你的头脑,
后来又拨动你的心弦,
而不是它后面的真貌。"

"可是以免你我成为仇敌,
我一定要求你照办。"
"哦不,亲爱的,让一切如此;
只要有团火在你我心中烧燃,
这样又有什么关系?"

庞德以后出版的诗集《面具》包括他在 1908、1909、1910 年发表的诗,拉丁文"personae"意味着在戏剧中戴着面具表演。庞德取此词作书名,含意深刻,是指他早期的诗歌创作属于借鉴和探索阶段,他要借他人之口说自己想说的话。休·威特迈耶(Hugh Witemeyer)说得好:"人格面具是种象征,是艺术家必须采用来说给别人听的方法,有时假装一个人,有时假装另一个人;卡瓦尔坎第也许可以代表庞德讲话,或者庞德通过卡瓦尔坎第讲话;要紧的是所说出来的事以及所说的方式。请听这个或那个重要的人讲;不是听我讲。它不仅仅是假装,因为这些假装也旨在被揭示出来。"[①] 在庞德诗中,经常可见:普洛旺斯行游诗、意大利早期诗人琴诺、但丁、维永、罗伯特·布朗宁、罗塞蒂等 19 世纪著名诗人,以及当代诗人叶芝。他想循着他们的诗歌传统来发现自己,恢复现代诗的活力,借助他们跳出更优雅的面具之舞,

---

[①] Hugh Witemeyer, "The Making of Pound's Selected Poems (1949) and Rolfe Humphries' Unpublished Introduction," *Journal of Modern Literature*, Vol. 15, No. 1, Summer 1988.

正如他在一首《面具》(Masks)诗中所说：

> 这些古老伪装的传奇，他们并不是
> 展露他们灵魂的奇怪神话
> 给带着敌意口舌的人。

庞德在他的《戈蒂耶－布尔泽斯卡：回忆》(*Gaudier-Brzeska: A Memoir*)中有一段著名的面具理论："在寻求自我，在寻求真诚的自我表达时，人们摸索和找到某个貌似真实(some seeming verity)，人们说'我是这个，那个或其他的，当话一出口，人就不是那回事'。我在一本名为《面具》的书中开始寻求这种真实，在每首诗中想扔掉自我的全部面具，在一系列的翻译中我继续这种探寻，却得到了更完善的面具。"① 庞德在《一个回顾》(A Retrospect)一文中写道："你要尽量地受许多艺术家们的影响，但要体面地直接承认这种恩惠，或者尽量隐藏它。""不要让影响仅仅意味着从你所称赞的某一两位诗人那里借用几个装饰性的词语。"② 庞德的面具理论必然要借鉴他人，但这种借鉴犹如戴着面具跳舞一般，面具是别人的，舞却是自己跳出来的。读庞德的诗颇令人费解的莫过于他的用典，他的用典不是堆砌，而是别出心裁，常给读者浑然天成、灿然日新的效果，可谓"信手拈来俱天成"。中国诗人苏轼曾将做诗的体会与烹饪相比："紫驼之峰人莫识，杂以鸡豚真可惜……。用之如何在我耳，入手当令君丧魄。"在苏东坡看来，做诗如同烹饪，美味的驼峰常人未必识货，可能与鸡豚相混杂，而到了高级厨师那里，一旦入手和巧妙烹制，美味尽显，就能产生令人意

---

① Ezra Pound, *Gaudier-Brzeska: A Memoir*, New York: New Directions, 1970, p. 85.
② T. S. Eliot, ed. *Literary Essays of Ezra Pound*, New York: New Directions, 1968, p. 5.

第二章　诗之舞:戴着面具

想不到的效果。艾略特谈到做诗也有一段高论:"未成熟的诗人摹仿,成熟的诗人窃取,手低的诗人糟蹋他所拿取,高明的诗人使之更好或与原来相当。高明的诗人把他窃取的熔化于一种独一无二的感觉之中,与它脱胎的原物完全不同,而手低的诗人把它投入一团没有粘合力的东西。高明的诗人往往会从年代久远的、另一种文字的或兴趣不同的作家借取。"①　艾略特强调借鉴他人的同时,要融会贯通,而且使之更好。由此看来庞德的面具理论与苏轼的烹饪之法、艾略特的窃取之道有异曲同工之妙。庞德在成名之后应邀写了一篇重要文章《如何阅读》发表在1928年《纽约先导》(*New York Herald*)上,文中庞德提到了对自己早期创作颇有影响的一些文学渊源,循着这些线索我们不妨对庞德的早期创作所受一些重要诗人的影响进行一番回顾与分析。

庞德与希腊文学。庞德认为希腊神话起源于"当某人碰上了愉快的心理经历,想与别人分享,却有必要使他自己免遭迫害。"②从这个意义讲,庞德从希腊神话起源上找到了与他面具理论相通的地方。他进一步发挥该论点:"第一个神话产生是一个人胡诌出来的,也就是说,当某种生动和无法否认的奇遇降临于他,他告诉他人,而那人说他是个骗子。所以,在痛苦经历之后,他认为他要说'变成一棵树',没有人理解他的意思。他制造一个神话——一件艺术品———种非个人的或者从他自己情感织成的客观故事,当作他能写成话的最近等式。"③《树》(The Tree)这首诗就是这种思想的体现:

---

① Alasdair D. F. Macrae, *York Notes on the Waste Land*, London: Longman, 1980, p. 51.
② Ezra Pound, *The Spirit of Romance*, New York: New Directions, 1968, p. 92.
③ Ezra Pound, *Literary Essays of Ezra Pound*, London: Faber & Faber Limited, 1954, p. 431.

树

  我站着不动,是林中的一棵树,
  知道以往看不见东西的真理;
  黛芬妮和桂枝
  盛宴款待神的老夫妇
  在荒野上长出橡树。
  直到神灵受到
  善意对待,并被带进
  他们心的家园壁炉
  他们也许做这样奇异的事;
  毫无疑问我是林中的一棵树
  许多新东西懂得
  以前我茫然不知。①

  该诗中借用了两个希腊神话:一个是居于山林水泽的仙女黛芬妮(Daphne),为逃避阿波罗的袭击,变成桂树。另一个是小亚细亚中西部的贫穷古国弗吉利亚(Phrygia)的一对老夫妇腓利门(Philemon)和博西斯(Baucis),他们款待乔装下凡的宙斯(Zeus)神和赫耳墨斯(Hermes)神,故在去世时两位神给他们善终,将他们变为连理枝。这个神话故事在庞德其他的诗歌如《少女》(A Girl)中也得到了再现:

---

① 译自 Richard Sieburth, ed., *Ezra Pound: Poems and Translations*, New York: Library of America, 2003, p. 14.

第二章 诗之舞:戴着面具

少　女

树长进我的手心
树汁升上我的手臂
树在我的前胸
　　　朝下长,
树枝像手臂从我身上长出。
你是树,
你是青苔,
你是轻风下的紫罗兰,
你是个孩子——这么高;
这一切,世人都看作愚行。

(赵毅衡译)

  这是庞德少年时代的诗歌,诗中再现了希腊神话里黛芬妮为逃脱阿波罗的追逐化为月桂树的故事。那时他正与 H. D. 恋爱,这首诗是写给 H. D. 的,诗中庞德将 H. D. 比作树,因那时他们常在树林幽会。可见庞德很早的诗就知道将古希腊神话融入他的诗中。
  庞德早期诗中还有一首发表于 1915 年的《战争的来临:艾达安》(The Coming of War: Actaeon)较为有名,该诗也是借希腊神话寓意。

战争的来临:艾达安

忘川一个形象
　　　旷野
泛着蒙蒙的光

> 金色
> 灰灰的悬崖
> 　　　悬崖下
> 大海
> 粗硬超过花岗石
> 　　涌涌，不停
> 高超的形体
> 　　神祉的移动
> 险险形势
> 　　其一说：
> "这就是艾达安"
> 金甲闪闪的艾达安！
> 穿过明丽的草地
> 穿过那旷野的冷面
> 涌涌，永远移动
> 群群古代的人
> 那沉默的行列

（叶维廉译）

该诗写于第一次世界大战前夕，当时英国士气高昂，有人认为这是检验英雄勇气的时候。庞德这首诗表现出对大战来临的浪漫期待，他这种想法随着战事的进展而改变。诗中借用了两个希腊神话典故：一是忘川（Lethe），忘却之河，遗忘之河，是冥府中五条河流之一，亡魂须饮此河之水以忘掉人间事。二是艾达安（Actaeon），他有一次无意碰见女神戴安娜（Diana）林池中裸浴，戴安娜愤而将他变成一头牡鹿，而艾达安带来的猎狗未认出自己的主人，群起围攻并将他撕成碎片。庞德在诗中借用金甲闪闪、雄姿英发的艾达安，而略去后来被撕成碎片的艾达安。这是庞德诗中运用面具理论的体现。

荷马无疑是庞德的重要创作源泉。他在《如何阅读》一文中认为自荷马以降大剧作家有衰竭之势。他们的创作效果、动力都要依赖荷马以及对他的《伊利亚特》的了解。① 庞德在1918年论荷马时写道:"有关荷马有两点是无法翻译的:一个是壮观的象声词……另一个是言语的地道节奏。"② 庞德在汉密尔顿学院曾跟从老师比尔·夏泊德研究荷马,这在以后的《诗章》中有记载:"是老司本塞首先教我奥德赛/头长得像比尔·夏泊德"。

庞德与罗马文学。庞德认为罗马文学可以增加诗歌某些方面的成熟度,他对卡图鲁斯(Catullus,84？—54？BC,罗马抒情诗人,尤以写爱情诗闻名,诗作对文艺复兴和以后欧洲抒情诗的发展有一定影响)、奥维德(Ovid,43BC—AD17,罗马诗人)、普洛佩提乌斯(Sextus Propertius,50？—15？BC,罗马哀歌诗人,写有4卷哀歌,大部分为爱情诗)评价颇高,认为他们能提供希腊作家现在无法找到的某种东西③。庞德在《文化指南》(Guide to Kulchur,1938)一文中评价称孔子与奥维德是现代人类学的先驱。他认为孔子现代,因为他对民歌感兴趣。他觉得奥维德是所有不可思议的人物中最突出的一位。④ 庞德在1910年的《罗曼司的精神》中认为"有些神于人们方便些,所以我们相信他们存在。尤其在现在这样令人怀疑的时代,我们渴求某种确定的东西,某种使我们能假装相信的东西"。庞德觉得奥维德创造的超自然的神"似乎有理",他的神已"人格化了"。⑤ 他在1922年的信中写道:"孔子的

---

① Ezra Pound, *Literary Essays of Ezra Pound*, London: Faber & Faber Limited, 1954, p.21.
② 同上, p.251.
③ 同上, p.21.
④ Ezra Pound, *Guide to Kulchur*, New York: New Directions, 1968, p.272.
⑤ Ezra Pound, *The Spirit of Romance*, New York: New Directions, 1968, pp.15-16.

著作和奥维德的《变形记》(*Metamorphoses*)是宗教唯一的安全指南。"《变形记》是部圣书。"① 庞德后来在《诗章》第72章中选译和改写奥维德《变形记》的第三章：

在往后的某一年
在酒红海藻间苍白
如果你靠石头弯身向前看：
染浪下珊瑚的脸
在水的变幻下玫瑰淡去的颜色中
伊蕾塞尔莉亚，海缘的戴芙尼
泳者的手臂变为树枝
谁会说在那一年
逃避那一群海神
光滑的眉额，若有若无间
现在都是象牙色的寂止

（叶维廉译）

在《面具》中，有一首关于罗马的诗：

你新来者，来到罗马寻找罗马
发现在罗马没有可称的上罗马的东西；
拱门变旧，宫殿不再辉煌，
罗马的名字仅在这些墙里有人家。

看！骄傲和衰败能同时降临

---

① D. D. Paige, ed., *The Selected Letters of Ezra Pound, 1907–1941*, London: Faber & Faber Limited, 1950, p.179.

一个将整个世界控制在她的法律下
征服一切,现在被征服,因为
她是时间的牺牲品,时间吞噬一切。

罗马是罗马唯一的最后纪念碑,
罗马可以单独征服罗马城
惟有台伯河,啊世界,你反复无常的哑剧!
在你坚稳,时间击碎
船超过飞逝的时间。

(叶维廉译)

庞德与琴诺。琴诺(Cino, 1270—1337)是意大利诗人,但丁的朋友。庞德认为琴诺与但丁将意大利抒情诗升华到了完美的境界。琴诺在1303年遭驱逐,庞德在他这里找到了吟游诗人的精神风貌。

琴 诺(1908)
——1309年意大利乡间的大路上

去他的!我已经在三个城镇上歌颂过女子
她们都千篇一律
我来歌颂太阳

嘴唇、语字,你把它们擒住
梦、语字,它们仿如珠宝玉石
古老神祉的迷符
乌鸦、夜、诱惑的饵:
都不是

既然已经变做歌的灵魂

眼睛、梦、嘴唇,而夜已离去
一旦已经上了大路
这些都不是
在塔楼上她们忘却我们的琴挑
那一度神奇的风吹磐鸣
她们梦向我们而
轻叹:"真希望那琴诺
激情的琴诺,眼睛皱跳的琴诺
快活的琴诺,笑如鞭炮的琴诺
歌中的强者,脆弱的琴诺
在阳光下踩踏着古旧的行路
真希望鲁斯的琴诺在这里。"

一年总有一两回——
她们隐约地说:
"琴诺吗?""嗯,波隆尼的琴诺
你说的可是那个游唱诗人?
啊,对,有经过我们这里
一个灵巧的家伙,可是……
(噢,那些流浪汉都一样)
该死的!那是他自己的歌呢
还是替别人唱的歌呢?
而你啊,我的领主,你的城镇可好?"

可是你,"我的领主",上帝该怜悯你!
假如我把知道的底细都抖出来,"我的领主",你

也不过是个寸土皆无的琴诺,如我
噢,野生左侍郎

我已经在三个城镇上歌颂过女子
她们都同出一个模式
我来歌颂太阳
……嗯……她们眼睛都灰蓝绝美啊
都同出一个模式,我来歌颂太阳
太阳神你,好一个铜盘子
宙斯盾牌的荣耀
钢蓝一片垂天的罗盖里
你光点四射跳跃

太阳神,你阔大的笑语
是我们苦旅中的"大路歌"
你的灵光逐走我们的尘虑
让雨泪黑云匆匆散破

找啊找啊找新的格子门
开向太阳的众花园……
我已经在三个城镇上歌颂过女子
她们都同出一个模式
我来歌颂白色的鸟
在天空蓝色的水里
云,朵朵,海里的浪花

(叶维廉译)

事实上庞德这首诗写于 1907 年,当时他还在沃巴什学院工作,感觉自己有如局外人,与琴诺处境有点类似。庞德这首诗是以琴诺在1303年遭驱逐而写成。该诗的副标题"1309年意大利乡间的大路上"(Italian Campagna 1309, the Open Road)与惠特曼的"大路之歌"(Song of the Open Road)相呼应。

庞德与维永。法国诗人维永(Francois Villon, 1431—1463?)行为狂妄,曾多次入狱,其诗名与品行不端同为世人所知,1963他本被判处绞刑,后改为逐出巴黎,从此行踪不明。他的主要作品有《小遗言集》、《大遗言集》等。庞德在《罗曼司的精神》一书中对维永评价很高,说他"完全是中世纪的",但"标志着中世纪文学的终结"。① 庞德佩服维永在他诗中表现出的生气和直率,称他是法国诗人中"最硬朗、最正宗和最绝对的诗人",所以"维永的诗很难翻译,他的韵是落在精确的词上"。② 维永对庞德早期创作包括意象主义运动都有影响。在《面具》诗集中至少有两首诗《维永致圣诞节》(Villonaud for This Yule)和《维永:绞刑架曲》(A Villonaud: Ballad of the Gibbet)提及维永。请看《维永致圣诞节》第一节:

临近圣诞节,那死亡的季节
(基督取牧羊人的昂贵祭物)
灰狼在风中饮着冰冷小啤酒
在雪里舔着食酬
使得我的心充满他圣诞节的快乐
(干杯!喝完了,就喝渣滓!)
为去年的鬼魂喝酒。

该诗开始两行"Towards the Noël that morte saison/ (Christ

---

① Ezra Pound, *The Spirit of Romance*, New York: New Directions, 1968, pp. 170-1.
② Ezra Pound, *ABC of Reading*, London: Faber & Faber Limited, 1951, p. 105.

make the shepherds' homage dear!)"借鉴了维永的《遗赠》(Le Lais)中的两行诗:"Sur le Noël, morte saison/ Que les loups se vivent du vent"(意为:临近圣诞节,那死亡的季节/狼生活在风里)。诗中仅用了两种韵,这也是取法维永的歌谣形式。

庞德与布朗宁(Robert Browning)。1928年庞德告诉法国批评家说:"总之我来自罗伯特·布朗宁,为什么要否认自己的父亲呢?"① 布朗宁在众多影响庞德的诗人中占有特殊的地位。在早期一首抒情诗中,庞德以布朗宁为题:《致罗伯特·布朗宁》(To R. B)。后来该诗又题为催眠术(Mesmerism)发表(先出版在《熄灭的细烛》里,后编辑入《面具》),该诗标题借鉴布朗宁的原诗"Mesmerism",并在诗中引布朗宁该诗中一行"And a cat's in the water-butt"作为引言。庞德常将布朗宁从英国到意大利漂泊的生活经历与他从美国到欧洲漂泊相比。他在《如何阅读》一文中提到布朗宁来到意大利富有开创意义。② 庞德对布朗宁的《梭德罗》(*Sordello*)评价很高,布朗宁该诗发表于1840年,是根据意大利行游诗人梭德罗(Sordello, ? 1180—? 1255)的事迹创作的。庞德写信给父亲说他对布朗宁这首诗至少读了6遍,认为这是一部伟大作品,值得用功研读,也许是英语诗中最伟大的诗篇,当然也是自乔叟《坎特伯雷故事集》以来最长的英文诗。③ 庞德认为布朗宁的《梭德罗》是一部最好的面具式的作品。因此,庞德在《诗章》第2章的开头写道:

---

① D. D. Paige, *The Selected Letters of Ezra Pound*, New York: New Directions, 1971, p. 218.
② Ezra Pound, *Literary Essays of Ezra Pound*, London: Faber & Faber Limited, 1954, p. 32.
③ 转引自 George Bornstein, *Ezra Pound: Among the Poets*, the University of Chicago Press, 1985, p. 86.

去他的，罗伯特·布朗宁
怎样说也只有一个《梭德罗》
但梭德罗，而我的梭德罗呢？

原文为：
Hang it all, Robert Browning,
There can be but the one "Sordello."
But Sordello, and my Sordello?

当然，诗人庞德对历史与前辈诗人的借鉴，并不是直线式的追寻，他的借鉴要为他所用。他从荷马、奥维德、但丁、李白、惠特曼、布朗宁、叶芝那里取其精华，仿佛为自己的作品充电，古今相互对照，历史厚度感更强。

第三章
《仪式》与早期诗

在20世纪初的中国"五四"运动时期，胡适、陈独秀、鲁迅为首的一代知识分子有感于鸦片战争以来中国丧权辱国、半殖民地半封建的黑暗现实，发起了轰轰烈烈的新文化运动批判中国的传统文化，以"德先生"和"赛先生"为口号号召向西方学习，寻求富国强民之路。然而与此同时，西方经历工业革命之后也出现了各种问题，进入20世纪后各种矛盾日益激化：人与社会、人与自然、人与人、人与自我之间的关系出现尖锐矛盾，20世纪的一系列重大事件又加剧了这些矛盾，如周期性的经济危机、第一次世界大战、1917年的苏联十月社会主义革命……这些矛盾和现实境况使西方敏感的知识分子日益焦虑不安，他们对资本主义的价值体系，包括宗教信仰、伦理观念、自由主义教育、科学理性、商业文化等产生了重大怀疑。

西方哲学自柏拉图、亚里士多德到20世纪之前的哲学都在追求一种"永恒不变的形而上学的价值"，一种绝对的价值结构。而无数代思想家和哲学家所编造的各种"理想国"和"逻各斯"到20世纪之后都被科学的进步和社会的现实瓦解了。哲学家乔治·桑塔亚对20世纪所表现的变化感叹说，科学在幼年时期就像专制君主——至高无上的公理和不可改变的定律，但不久它就变成民主制下的理论,通过选举来短期执政。① 正如英国诗人和批评家阿诺德在《多佛海滩》诗云:"信仰之海/也曾有过满潮,像一根灿烂的腰带,/把全球的海岸围绕。/但如今我只听到/它那忧伤的退潮的咆哮久久不息,/它退向夜风的呼吸,/退过世界广阔阴沉的边界,/只剩下一滩光秃秃的卵石。"又如叶芝在《基督重临》所云:"一切都四散了,再也保不住中心,/世界上到处弥漫着一片混乱"。爱因斯坦关于时空学说的两部著作《狭义相对论》(1905年)和《广义相对论》(1915年)动摇了牛顿为代表的古典物理学时空学说;绝对的、静止的观点变为相对的、运动的观点,这在科学史上翻开了新的一页,改变了人们对物质世界的看法,启发了人们的怀疑与探索精神。达尔文的进化论推翻了数千年来上帝造人的神话,德国哲学家尼采在世纪的转折点上宣布"上帝死了",要人们对一切传统的准则进行重新评价。法国哲学家柏格森将时间分为"心理时间"和"空间时间",他重视心理时间的绵延和相互渗透,继而进入人们的意识深处。现代文学采用"意识流"的手法是借鉴了"心理时间",它打破了传统的时间线性的叙述方法,采用过去、现在和未来相互颠倒、彼此渗透的非线性结构,从而大大地丰富了空间的表现力。文学是社会的晴雨表,法国批评家丹纳在《艺术哲学》中指出:"作品的产生取决于时代的精神和周围的风俗。"② 直接诱发英美现代诗革新的是亚瑟·西蒙斯(Arthur Symons,1865—1945),他在该书中对法国象征主义诗人阿瑟·兰波、保尔·魏尔伦、儒勒·拉福格、斯特芬·马拉美等做了介绍与评论。兰波和魏尔伦都强调诗人的幻想、直觉和诗歌的音乐性;魏尔伦以捕捉光影表面不明确的效果、亲切自然、音韵和谐见胜;兰

---

① 转引自马·布雷德伯里编:《现代主义》,上海:上海外语教育出版社,1997年。第61页。
② 丹纳:《艺术哲学》,傅雷译,天津:天津社会科学院出版社,2004年。第32页。

波则以奇特意象、神秘气息、梦幻色彩为主;马拉美十分推崇美国诗人爱伦·坡的诗歌。爱伦·坡提出"诗应该成为诗之本身",并就诗的结构艺术提出新的思想,"诗的价值和这种升华的刺激,是成正比的。但是,由于心理的规律,一切刺激都是短暂的,一首诗必须刺激,才配称为一首诗,而刺激的程度,在任何长篇的制作里,是难以持久的。"① 由此可见,爱伦·坡认为通篇长诗难以保持热情,刺激的程度很快松弛,弥尔顿的《失乐园》是长诗,故他评价不高。爱伦·坡进一步指出:"事实上,如果我们认为这部伟大的作品是诗的话,那么就只有把它看成仅仅是一系列的小诗。"② 爱伦·坡还十分强调绘画、音乐手法对诗所起的重要作用。爱伦·坡的诗学观对马拉美等法国象征主义诗人有很大影响,后来现代诗开拓者庞德、艾略特从中获得许多启迪。马拉美是法国象征主义运动中承前启后的中坚人物,他在理论与创作两方面把象征主义的诸重因素(如直觉、梦幻、暗示、象征、音乐性)都条理化、系统化。他十分追求诗的雕塑美、音乐美,他说:"诗歌语言如同乐曲的音符,能引发不同的阐释意境;在纯诗里,诗人本人的声音必须停止,而让文字进入动态,它们在运动中互相撞击,发出火花,就像镰刀擦过宝石一样。"③ 英美现代派文学运动应该说是继承美国诗人爱伦·坡和法国的象征主义诗歌传统而展开的一场革新运动。青年庞德和艾略特在大学时都认真研读了法国象征主义诗人的作品,对他们都有较高的评价。艾略特在哈佛大学时读到亚瑟·西蒙斯的《文学中的象征主义》(The Symbolist Movement in Literature, 1899)激动得颤抖,庞德在宾夕法尼亚求学时常与 H. D. 和威廉·卡洛斯·威廉斯讨论法国诗与亚瑟·西蒙斯的作品。

---

① 伍蠡甫主编:《西方文论》下卷,上海:上海译文出版社,1979 年。第 496 页。
② 同上。
③ 转引自袁可嘉:《欧美现代派文学概论》,上海:上海文艺出版社,1993 年。第 121 页。

1916年由埃尔金·马修出版的庞德的《仪式》(Lustra)展现了庞德对现代主义诗歌的初步探索。这些诗歌大多写于1913年至1915年,该阶段正是庞德从事意象主义与漩涡主义的时期。从这部诗集我们可以发现庞德对美国诗歌传统尤其惠特曼和世界其他文化的吸纳,并融入到他的现代主义诗歌创作中去。美国诗歌到了19世纪才具有真正的美国气派,其中惠特曼(Walt Whitman, 1819—1892)和狄金森(Emily Dickinson, 1836—1886)无疑是两座并立的分水岭。他们是同时代的人,两人各自都终生未婚,如今人们称惠特曼为"美国诗歌之父",称狄金森为"美国诗歌之母"。狄金森一生默默无闻,死后她的2000首诗稿才被人发现,直至1955年整理出版。因此,狄金森的诗歌不可能对庞德等现代派诗人的创作有任何影响。后来有人说狄金森的诗开创了意象主义运动的先河,这在学理上很难自圆其说。只不过庞德领导的意象主义和狄金森的诗歌都注意意象的构建,二者有些类似之处。而惠特曼确实是对庞德颇有影响的人物。惠特曼在《草叶集》结束语中说道:"伙计,这不是本书,/谁抚摸它,等于接触了一个人。"无数代诗人抚摸过惠特曼的《草叶集》后得到了灵感与启迪。庞德对惠特曼非常推崇,认为惠特曼是个地道的美国诗人,他属于他的时代和他的人民。惠特曼在1855年版《草叶集》序言中号召美国人写出伟大的诗篇,"因为美国各族人民在任何时候恐怕都是地球上最具有诗的气质的。要紧的是合众国本身就是最伟大的诗篇。"① 庞德后来大半生基本上呆在欧洲,他热爱欧洲以及其他国家的文明,但他气质上还是脱不了美国人的根。他那种自信和大气颇得惠特曼的真传,23岁时他在伦敦说过美国诗人中惠特曼是他唯一的教父。惠特曼提出:"朴实是艺术的极致,文学光辉灿烂的源头

---

① 该文为周珏良译,见董衡巽编选:《美国十九世纪文论选》,上海:上海译文出版社,1991年。第98页。

没有比朴实再高的……一有过分或模糊就不好补救。掌握脉搏起伏,深入思想精微,并能把一切事物恰如其分地说出来,这种能力既不普通,也非易事。但是在文学里能以动物动作般的准确和自然,以及林中树木,路边小草的无可置疑的情感来说话,则是艺术的完全胜利。"① 同时惠特曼在《草叶集》序言中提出了自己关于诗歌韵律和节奏的想法:"诗的特性并不在于韵脚或形式的均匀或对事物的抽象的表白,也不在于忧郁的申诉或善意的教诲,而是这些以及其他许多内容的生命,并且是寓于灵魂之中的。……完美的诗的韵脚和均匀性表现节奏规律的自由产生,并从它们像枝头的丁香或玫瑰那样精确而毫无拘束地长出蓓蕾,并且像栗子、柑桔、甜瓜、梨子的坚实形状那样构成自己的形状,并且放出飘渺的香气来。"② 惠特曼所提出的诗学主张如"朴实"、"自然"以及诗的自由产生的节奏规律与庞德后来意象主义的原则是吻合的。年轻的庞德承认自己阅读惠特曼的许多诗歌带着痛苦,但每当他写作某些诗篇时,发现自己用上了惠特曼的节奏。③ 告诉别人说每读惠特曼的诗句都觉得非常刺激与迷人,"惠特曼是他那个时代唯一的重要的美国诗人。"庞德从惠特曼那里学到了勇气、直率、豪爽,他在1913年说惠特曼"有一种大气磅礴和暴露无遗"。④ 我们可以从他1911年一首题为《娈登狄拉,或某种东西》(Redondillas, or Something of That Sort)的诗中发现他与惠特曼的继承与联系。请看片断:

---

① 该文为周珏良译,见董衡巽编选:《美国十九世纪文论选》,上海:上海译文出版社,1991年。第107页。
② 惠特曼著,楚图南、李野光 译:《草叶集》,北京:人民文学出版社,1994年。第1081—1082页。
③ William Cookson, ed., *Ezra Pound, Selected Prose, 1909-1965*, New York: New Directions, 1973, p.115.
④ 同上, p.145.

我要歌唱美国人,
　　上帝送给他们文明;
我要歌唱欧洲各民族,
　　上帝允许他们某种方法净化
他们罪恶的臭气醺醺。
我要歌唱我热爱的"明天"
　　但叶芝已写过一篇文章,
为什么我要停下来重复呢?

英语原文如下:

I would sing the American people,
　　God send them some civilization;
I would sing of the nations of Europe,
　　God grant them some method of cleansing
The fetid extent of their evils.
I would sing of my love "Tomorrow,"
　　But Yeats has written an essay,
Why should I stop to repeat it?[1]

以此我们不妨对比惠特曼一首《我听见美利坚在歌唱》:

我听见美利坚在歌唱,我听见各种不同的欢歌,
机工在欢歌,各自唱着自己的歌,歌声快乐而高亢,
木工在裁量他的木板和横梁时唱着他的歌,

---

[1] Richard Sieburth, ed., *Ezra Pound: Poems and Translations*, New York: The Library of America, 2003, p. 176.

石工在准备上工或歇工时唱着他的歌,
船夫唱着他船上自己拥有的一切,水手在轮船的甲板上歌唱,
鞋匠坐在板凳上歌唱,帽匠站着歌唱,
伐木工在唱歌,农家子在早晨上工、中午休息、太阳西下时唱
　　着歌,
母亲的甜润歌声,年轻的妻子在工作室、少女在缝补或浆洗时
　　的歌声,
每个人唱着属于他自己或她个人而非属于旁人的歌,
白天唱着白天的事情——晚上是成群的小伙子,健康,友善,
放开喉咙唱着他们铿锵而优美的歌。

(赵萝蕤译)

　　惠特曼的这首诗展现给我们的是生气和力量,全诗歌颂了美国19世纪各行各业勤奋劳动、愉快创业的繁荣景象。诗中运用排山倒海式长句和列举法来表达这一鲜明主题。庞德诗中的力量与气势应该是受到了惠特曼的影响的。我们在《仪式》这部诗集中还可以找到例证:

契　约

我要跟你订一个契约,华尔特·惠特曼——
我憎恨你很久了。
我孩提就知道你
有一个猪脑袋父亲;
我现在长大了,可以交朋友。
是你砍下新木头,
现在该雕刻。
我们有树汁和树根——

让我们做笔生意吧。

该诗中庞德故意说恨惠特曼很久了,实际上可谓神交很久了。惠特曼的《草叶集》极力想表现美国的生活,这在当时的英美诗坛犹如吹了一股新鲜空气。惠特曼先在英国闻名,当时英国名诗人史文朋(Swinburne)在1862年发现惠特曼后撰文高度评介他。唯美主义者王尔德(Oscar Wilde)等是惠特曼的崇拜者。哈罗德·布罗格特评论说:"英国人厌倦了那些以旧世界为蓝本和装饰的二流美国文学,他们称颂惠特曼的创造力为美国的新鲜产品。"[①]庞德认为惠特曼表现了当时美国的时代主题,从惠特曼这里可以比从美国19世纪任何一位作家那里了解到更多东西,其他作家要么未注意得到,要么未表现出来。但毕竟庞德与惠特曼所处的时代不同了,他们各自的诗学追求还是有很多不同。对此庞德在1909年一篇题为《我所感知的华尔特·惠特曼》的文中有较为详细的论述:

> 从大西洋的这一边我第一次能阅读惠特曼……我看他是美国诗人……他是美国人,他的粗犷可谓臭不可闻,但这是地道的美国味……他令人讨厌。他是非常令人恶心的药丸,但他完成了自己的使命……我的作品的重要部分,是从美国的树汁和茎干吸取的,是与他同路的……私下我将非常高兴隐瞒自己与这位精神之父的关系,吹嘘自己情投意合的祖先是——但丁、莎士比亚、忒奥克里托斯、维永,但作为后裔很难确立。[②]

[①] Harold Blodgett, *Walt Whitman in England*, Ithaca: Cornell University Press, 1934, p.3.
[②] Ezra Pound, *The Spirit of Romance*, New York: New Directions, 1968, pp.115–116.

此话道出了庞德与惠特曼的渊源。在《仪式》中还有几首带有惠特曼风格的诗。

首先看《使命》(Commission)：

使 命

去吧，我的歌，去那孤独和令人不满的地方，
去那神经衰竭，去那被世俗奴役的地方，
对他们的压迫者带上我的蔑视。
去吧，像凉水的大波，
带上我对压迫者的蔑视。

反对无意识压迫说，
反对无法想象的独裁说，
反对镣铐说。
走向正死于厌倦的资产阶级
走向郊区的女人。
走向丑陋的婚姻，
走向隐藏失败的他们，
走向不幸的交配，
走向买了的妻子，
走向被限定的女人。

走向那些性欲不强的人，
走向那些欲望受挫的人，
走吧，像降临在世界麻木的灾祸；
走吧，带着你的边锋刺这里，
勒紧细绳子，

给心灵的触觉带来自信。

以友善的方式去,
带着公开的演说去。
渴望去发现新的罪恶和新的好事,
反对各种形式的压迫。
走向满是中年人那里,
走向失去兴趣的人那里。
走向那些闷在家里的青少年——
啊,多么可恶
看一家三代人聚在一起!
像一株老树发着嫩芽,
而某些树枝朽了,正落下。

出去,反对意见,
去反对这种血的植物人般的奴役。
去反对各种旧势力。

庞德在这里无疑借鉴了惠特曼的排比句子,但诗中所表现的反讽意义是惠特曼所没有的。这种诗篇我们在《致敬》(Salutation)、《致敬第二》(Salutation the Second)中还可以找到。

致　敬

呵,沾沾自喜的年代
极不舒服的年代,
我看见渔民在太阳下野炊,
我看见他们带着衣冠不整的家人,

我看见他们笑露出齿
听见他们笨拙的笑声。
我比你们愉快,
他们比我愉快;
鱼在湖里游
没有穿衣服。

致敬第二

你得到表扬,我的书,
因为我刚从那个国度回来;
我二十岁,落后于时代
你就找到一个观众。
我跟你没关系,
你和你的后代没关系。

这里他们站着没有古色古香的器具,
这里他们没有任何古的东西,
从总的观察愤怒:
他们说:"这是我们企望诗人的
　　　胡说八道吗?"
"美丽如画在哪里?"
　　　"情感的眩晕在哪里?"
"不!他的第一件作品是最好的。"
　　　"可怜的亲爱的!他已失去他的幻觉。"

去,小的裸体的和粗鲁的歌,
带着一只轻的脚步!

（或者带着两只轻脚步,如果你愿意!）
去无羞耻地跳舞!
去玩粗鲁的游戏!

迎接坟墓和迟钝,
轻蔑地将手指对着鼻子给他们敬礼。

这些是你的铃和五彩纸屑。
去!恢复活力!
恢复甚至"观察者"。
　　　去!让猫叫!
跳舞,让人们脸红,
让阴茎舞起来
　　讲西布莉①的故事!
去说神的失礼行为!
　　（告诉斯恰忒先生）

扰乱拘谨人的裙子,
　　说他们的膝盖和足踝
但是,最好,去讲实际的人——
　　　去!摇响门铃!
说你没干活
你会长生不老。

　　惠特曼有类似的诗歌标题如《向世界致敬》(Salut Au Monde!),以上两首"致敬"基本上还是取法惠特曼的句式风格,惠特曼在

---

① 西布莉:古代小亚细亚人崇拜的自然女神。

《草叶集》对大众的颂歌常用这种方式的句子,诗中对身体器官描写的意象在惠特曼的诗歌中亦常出现。当然,在《仪式》这部诗集中,除了带有惠特曼影响的诗歌之外,庞德已经有其他诗歌影响的元素。在1913年4月的《诗歌》杂志发表的11首诗有着不同文化融入其中。如其中的《阁楼》(The Garret)、《对话》(Tenzone)、《舞者》(Dance Figure)、《巴黎地铁站》(In a Station of the Metro)。

阁　楼

来吧,让我们可怜那些比我们过得好的人。
来吧,我的朋友,记住
富人有管家,但没有朋友,
我们有朋友,但没有管家。
来吧,让我们同情那些结婚和未结婚的人。

黎明轻步走来
　　像镀金的芭佛萝娃①
我接近欲望。
生活并不更好
比这清凉的时刻,
　　梦醒时刻。

庞德在这首诗中提到俄国芭蕾舞演员安娜·芭佛萝娃(Anna Pavlova, 1885—1931),她于1910年访问过伦敦并有表演,庞德认为芭佛萝娃的精彩舞姿赢得无数人的心,她本人也可以被视为无

---

① 芭佛萝娃:安娜·芭佛萝娃(Anna Pavlova, 1885—1931),俄国芭蕾舞演员,她在1910年随俄国芭蕾舞团访问伦敦。

韵诗的一个意象①。

对　话

人们会接受他们吗?
(这些歌)。
像一位害羞的姑娘离开怪兽
　(或者一个百人队长),
他们已经逃离,在恐惧中嚎叫。

他们受逼真的感动吗?
　　他们的原始愚蠢是不受诱惑。
我乞求你,我的友善的批评家,
不要设法帮我找一个观众。

在山崖我与我的同类交往;
　　隐秘的壁穴
听到了我的脚后跟的声音,
　　在冷光里,
　　在黑暗里。

这首诗的标题是意大利文"Tenzone",该诗是按普洛旺斯的形式写作的,以两个对手的对话或辩论的方式进行,庞德以此来展示现代诗人与社会的敌对情绪。②

---

① Peter Brooker, *A Student's Guide to the Selected Poems of Ezra Pound*, London and Boston: Faber & Faber, 1979, p.87.
② Christine Froula, *A Guide to Ezra Pound's Selected Poems*, New York: New Directions, 1982, p.44.

第三章 《仪式》与早期诗

舞 者
——咖黎里/咖南地方的婚礼

黛绿的眼睛,
噢,我梦中的女子
象牙色的皮草鞋
舞者群中无人可以与你相比
无人舞沓敏捷如你

在帐篷中,在破碎的黑暗里
我没有找到你
在井沿,在顶着水壶的妇女中
我没有找到你

你的手臂如树皮下纯白的嫩干
你的脸如灯光烁烁的小河

纯白如杏树是你的双肩
如新的杏仁自壳中脱颖而出。

他们守着你,没有太监
不用铜栏杆

镀银与松花石是你休息的地方
一袭茶褐色的袍金线锦织包里著称
噢,Nathat-Ikanaie,"河中之树"

如管茅中小川是你捂我的手
你的手指如微霜的溪流

纯白如卵石是你的侍女
她们的音乐萦绕着你!
舞者群中无人可以与你相比
无人舞沓敏捷如你

(叶维廉译)

庞德以此诗作为创作自由诗的例证,诗中采用"鼓点式重音节奏"①,与前面所提到的《归来》是一路诗。诗中题词借用《圣经》提及的"咖黎里/咖南地方的婚礼",在这里基督施展神奇,将水变成酒。

在地铁站

人群中这些脸的憧影
湿黑的枝上的花瓣

这首诗是庞德所有诗歌中被引用最多的诗篇。该诗的英文原诗如下:

In a Station of the Metro

The apparition of these faces in the crowd;
Petals on a wet, black bough.

---

① Peter Brooker, *A Student's Guide to the Selected Poems of Ezra Pound*, London and Boston: Faber & Faber, 1979, p. 92.

第三章 《仪式》与早期诗

其实该诗最初发表在 1913 年 4 月的《诗歌》上是如下排版：

The apparition　of these faces　　in　the crowd:
Petals　on a wet, black　bough.

与庞德共同从事意象主义创作的另一位诗人理查德·阿尔丁顿曾模仿庞德这首诗的创作，他在 1914 年 1 月 15 日《自我主义者》(*Egoist*)上发表了一首诗：

The apparition　of these poems　in a crowd:
White faces　in a black　dead faint.

庞德解释这首诗类似日本俳句的句式并引一首俳句做例证：

The fallen blossom flies back to its branch:
　　A　butterfly

庞德在 1913 年发表的《我是如何开始的》一文,解释了他是如何开始创作该首诗的："在过去的整整一年中我一直想将在巴黎地铁见到的美丽情景变成诗。那是我在拉康廊站刚下地铁,在过道拥挤的人群中我看到美丽的脸,然后突然转过来看到,一张又一张脸,孩子美丽的脸,然后又一张美丽的脸。整整那一天我想找到恰当的词来表达我的感受。那天晚上我在回家的路上走在瑞努阿德街还在想。除了几点色彩外我啥也没有捉住。我当时想要是我是画家我也许会开办一种全新的绘画学校。几周过后在意大利我还想写出那首诗,但不起作用。后来有一天晚上,我在想我怎样叙述这段奇遇,我突然想到在日本,一件艺术品不是靠面积,要是

你设计和标点合理,十六个音节就可以了。"① 庞德后来撰文说,
"一首意象诗是一种并置形式,也就是说,一个观念叠加在另一个
观念之上。我发现这很管用,帮我展现我当时在地铁情感那种困
境。我开始写了 30 行,后来毁了它,因为可称为'第二次浓缩'。
六个月之后我将该诗去掉一半长度,一年之后我写了这首类似俳
句的句子"。② 他用最小词语来描绘巴黎地铁中的情景,此中最突
出的是运用了"意象叠加"的艺术手法。诗中呈现出两个意象:一
是地铁中人群的脸庞的时隐时现,二是湿漉漉、黑黝黝的树枝上的
花瓣。这两个意象不加评论地被并置在一起,在读者心里,立即唤
起了联想,前后两个意象事实上是前后呼应的,正是"刹那间里呈
现理智和情感的复合物的东西"。庞德自己回忆说,正当他出巴
黎地铁站口时看到一张张美丽的面容,在幽暗的灯光下时隐时现,
鱼贯而逝,他立即产生了情感的冲动,写下了这首诗,然后反复修
改,尽量精确到最小的词语。

庞德转入意象主义的前期阶段接触了日本的俳句,这些日本
的俳句给他的创作注入了灵感。日本俳句一般以三句五、七、五共
十七音组成一首短诗。庞德在新诗探索阶段尝试过日本俳句的创
作,例如:

破晓歌(1913)

凉冷如铃兰

---

① Ezra Pound, "How I Began," see *Ezra Pound Early Writings: Poems and Prose*, edited with an Introduction and Notes by Ira B. Nadel, London: Penguin Books Ltd., 2005, pp. 214–215.
② Ezra Pound, *Gaudier-Brzeska, a Memoir*, New York: New Directions Publishing Corp., 1970, p. 89.

苍白的湿叶
晨曦中她躺在我身旁

该诗的英文原诗如下：

Alba

As cool as the pale wet leaves
Of lily-of-the-valley
She lay beside me in the dawn.

有时庞德发现好的意象可以直接入诗,例如：

残页

春天……
太久了……
龚古拉……

Papyrus

Spring......
Too long.....
Gongula....

庞德在1908年之前已去了欧洲三趟,欧洲的画廊与艺术博物馆常展览从中国掠来的字画,庞德在少年时代就目睹了不少。中国绘画讲究画外韵致,追求诗与画的结合,中国诗亦注重弦外之音,因此,画中有诗,诗中有画,已成中国文化传统的一部分。这与西方的传统的诗画观是不同的。18世纪理论家莱辛论述诗与画之区别时说:"诗呈现的是一个渐次进展的动作(事件),其构成部分在时间里依次进行;画呈现的是静态的物体,其构成部分在空间里发生……"。到了庞德这一代新诗人,他们从法国象征主义诗人和东方艺术那里吸取灵感,力图打破诗、音乐、绘画等艺术之间的界线,达到艺术媒体的相互转用。正如庞德所言:不同的艺术之间实在具有某种共同的联系,某种互相认同的质素。有一种诗,读来仿佛是一幅画或一件雕塑正欲发言为诗。每一个概念,每一种情感,都以某种原形在我们活活泼泼的意识中呈现。

庞德于1908年抵英国伦敦之后逐渐接触到更多的中国文学与文化。他读了赫伯特·翟理斯(Herbert Giles,1845—1935)所著的《中国文学史》(History of Chinese Literature),触动颇大,忍不住根据书中所译中文诗进行改写,有时借中文内容而发挥自己的创作,这些诗都带有意象主义诗歌的特色。从1913年持续到1915年3月他都在从事这项带有仿中国诗特色的创作,后来结集在《仪式》(1916)出版。例如:

仿屈原

我要走入森林
这里神仙们戴着紫藤花冠,
　　在银色蓝色河边漫步,
还有一些神仙驾着象牙车
　　许多少女来
　　　为豹子采摘葡萄,我的朋友,
因为豹子拉着车子。

我将走进林子
又将走出新的灌木丛

第三章 《仪式》与早期诗

加入少女们的行列。

英文原诗为:

After Chu Yuan

I will get me to the wood
Where the gods walk garlanded in wisteria,
By the silver blue flood
    move others with ivory cars.
There come forth many maidens
    to gather grapes for the leopards, my friend,
for there are leopards drawing the cars.

I will walk in the glade,
I will come out from the new thicket
    And accost the procession of maidens.

这首诗显然是庞德根据翟理斯的《中国文学史》中的"The Genius of the Mountains"(屈原《九歌·山鬼》)而改写的,翟理斯英译如下:

Methinks there is a Genius of the hills, clad in wisteria, girdled with ivy, with smiling lips, of witching mien, riding on the red pard, wild cats galloping in the rear, reclining in a chariot, with banners of cassia, cloaked with the orchid, girt with azalea, culling the perfume of sweet flowers to leave behind a memory in the heart. But dark is the grove wherein I dwell. No light of day reaches it ever. The path thither is dangerous and difficult to climb. Alone I stand on the hill-top, while the clouds float beneath my feet, and all around is wrapped in gloom.

Gently blows the east wind: softly falls the rain. In my joy I become oblivious of home; for who in my decline would honour me now?

I pluck the larkspur on the hillside, amid the chaos of rock and tangled vine. I hate him who has made me an outcast, who has now no leisure to think of me.

I drink from the rocky spring. I shade myself beneath the spreading pine. Even though he were to recall me him, I could not fall to the level of the world.

Now booms the thunder through the drizzling rain. The gibbons howl around me all the long night. The gale rushed fitfully through the whispering trees. And I am thinking of my Prince, but in vain, for I cannot lay my grief. [1]

屈原的《九歌·山鬼》原文如下:"若有人兮山之阿,被薜荔兮带女罗。既含睇兮又宜笑,子慕予兮善窈窕。乘赤豹兮从文狸,辛夷车兮结桂旗。被石兰兮带杜衡,折芳馨兮遗所思。余处幽篁兮终不见天,路险难兮独后来。表独立兮山之下,云容容兮而在下。杳冥冥兮羌昼晦,东风飘兮神灵雨。留灵修兮憺忘归,岁既晏兮孰华予。采三秀兮于山间,石磊磊兮葛蔓蔓。怨公子兮怅忘归,君思我兮不得闲。雷填填兮雨冥冥,猿啾啾兮又夜鸣。风飒飒兮木萧萧,思公子兮徒离忧。"

如上所示,屈原的诗描写的可能就是早期流传的神女形象。

---

[1] Herbert A. Giles, *A History of Chinese Literature*, New York: Grove Press Inc., 1923, pp. 52–53.

她只能在夜间出现,没有神的威仪。诗歌的全篇是巫扮山鬼的自白。翟理斯的英译是颇为忠实的翻译。而到了庞德这里,基本上是根据原诗的前几行进行重新创作或者改写,可以找到原诗的某些意象如"仙女"、"豹子"等,但意义跟原诗不是一回事了。再看庞德另一首很有名的仿中文诗:

刘 彻

绸裙的窸窣再不复闻,
灰尘飘落在宫院里,
听不到脚步声,乱叶
飞旋着,静静地堆积,
她,我心中的欢乐,睡在下面。

一片潮湿的树叶粘在门槛上

(赵毅衡译)

这首诗是对汉武帝(刘彻)思怀李夫人所作《落叶哀蝉曲》的改作。原诗是:

罗袂兮无声,
玉墀兮尘生。
虚房冷而寂寞,
落叶依于重扃。
望彼美女兮安得,
感余心之未宁。

让我们来看看翟理斯的译文和庞德改译的原英文诗:

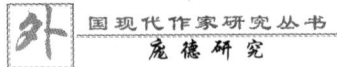

翟理斯的译文:

The sound of rustling silk is stilled,
with dust the marble courtyard filled;
no footfalls echo on the floor,
fallen leaves in heaps block up the door...
for she, my pride, my lovely one is lost
and I am left, in hopeless anguish tossed. ①

庞德的英文诗:

The rustling of the silk is discontinued,
Dust drifts over the courtyard,
There is no sound of footfall, and the leaves
Scurry into heaps and lie still,
And she the rejoicer of the heart is beneath them:

A wet leaf that clings to the threshold.

对照两种译文,我们就可以发现各自的不同的翻译风格。翟理斯基本上按照英语的文法结构来翻译,主、谓句以至时态(动词)、方位(介词)都解释得一清二楚。原中文诗的联想意义和意象被英文的句法瓦解损淆,且译文中用了机械式的"AABBCC"尾韵来传译原中文诗韵。很明显,庞德除了节奏、韵式、文法不同之外,他非常注意传达与创造诗的暗示与联想意义。前四句几乎每

---

① Herbert A. Giles, *A History of Chinese Literature*, New York: Grove Press Inc., 1923, p. 100.

行都是一个自足的意象与情景,最后一句完全改写原诗,突出"一片潮湿的树叶粘在门槛上",将树叶粘门槛上与前面诗中所表现的情意绵绵并置,这更激发读者的想象,比翟理斯直露露地诉说:"我离开时,心里是多么绝望摇曳!"要有力得多。

蔡 赤

花瓣飘落在泉水里,
　　橘红色的玫瑰瓣,
它们的赭色在石头上。

庞德的英文诗:

TS'AI CHI'H

The petals fall in the fountain,
The orange-coloured rose-leaves,
Their ochre clings to the stone.

在翟理斯的书中并无"蔡赤"此人,只有曹植(Ts'ao Chi'h)。但所引曹植诗中找不到此诗的影子。我国学者傅浩认为英美学者有关该诗出处皆不准确,该诗的标题和内容都一直没有找到确切的来源。①

扇,致陛下

哦,白绸的扇,

---

① 傅浩:《Ts'ai Chi'h 是谁?》,见《外国文学评论》2010 年第 2 期。

洁白如草叶上的霜
你也被搁在一边。

这首诗与班婕妤的《怨歌行》一诗有关：

新裂齐纨素,皎洁如霜雪。
裁成合欢扇,团团似明月。
出入君怀袖,动摇微风发。
常恐秋节至,凉风夺炎热。
弃捐箧笥中,恩情中道绝。

庞德去掉了原诗中间六行，只取了全诗最有意味的意象，结果写成这样一首"仿俳句"。① 庞德此时不懂中文，亦未知班婕妤的《怨歌行》这首原诗。他是读了翟理斯的译文后改写的，我们也可以对照一下这两首英文诗：

翟理斯译文：
O fair white silk, fresh from the weaver's loom,
Clear as the frost, bright as the winter snow—
See! friendship fashions out of thee a fan,
Round as the round moon shines in heaven's above,
At home, abroad, a close companion thou,
Stirring at every move the grateful gale
And yet I fear, ah me! that autumn chills,
Cooling the dying summer's torrid rage,
Will see thee laid neglected on the shelf,

---

① 赵毅衡:《远游的诗神》,成都:四川人民出版社,1984年。第67页。

All thoughts of bygone days, like them bygone.①

庞德译文:
O fan of white silk,
Clear as frost on the grass-blade
You also are laid aside.

我们从这两首诗的对比可以发现,庞德有意去掉了原译诗中的许多陈述与描述,浓缩成两个突出意象:"白绸扇"与"洁白如草叶上的霜",与后面一句点睛之句形成并置,短短的三句所蕴藏的诗之张力还强于翟理斯的十行。

墓志铭

傅 奕
傅奕喜爱高云和山
啊,他死于酒

李 白
李白也死于饮酒
他想去捉月亮
在黄河里。

庞德的英文诗为:

---

① Herbert A. Giles, *A History of Chinese Literature*, New York: Grove Press Inc., 1923, p. 101.

Epitaphs
Fu I

Fu I loved the high cloud and the hill,
Alas, he died of alcohol.

Li Po

And Li Po also died drunk.
He tried to embrace a moon
In the Yellow River.

庞德这首诗的第一部分是根据翟理斯书中所叙述的隋末初唐时期的傅奕(Fu I, A. D. 554—639)的事迹和墓志铭改写的。傅奕是唐朝初期的太史令，他博学多才，精通天文历法，喜好老庄，生性放达，有《老子注》二卷等行世。唐太宗贞观年间，傅奕自感年老体衰，自撰墓志铭于醉酒之际："傅奕，青山白云人也。因酒醉死，呜呼哀哉！"(《旧唐书》卷八十三)"青山白云"正反映了他一生恬淡的性格，"因酒醉死"则不无调侃色彩。翟理斯将这段墓志铭译为："Fu I loved the green hills and the white clouds.../ Alas! he died of drink."。[①] 该诗的第二部分有关唐朝诗人李白之死，这事实上是史上的谜团，其中有一说李白醉后捉月而亡。五代王定保的《唐摭言》说："李白着宫锦袍，游采石江中，傲然自得，旁若无人，因醉入水中捉月而死"(见王琦《年谱》)，始有李白酒醉捉月而死的首次记载。继后北宋梅尧臣在《采石月下赠功甫》诗云："采石月下闻谪仙，夜披宫锦坐钓船。醉中爱月江底悬，以手弄月身翻然。"他将李白醉中弄月翻船而死演绎得更为逼真。接

---

① Herbert A. Giles, *A History of Chinese Literature*, New York: Grove Press Inc., 1923, p. 135.

着南宋洪迈《容斋随笔》亦云:"世俗多言李白在当涂采石因醉泛舟于江,见月影俯而取之,遂溺死。"于是李白捉月落水之说便广布流传。翟理斯信奉此说,故在其书中写道:"After more wanderings and much adventure, he was drowned on a journey, from leaning one night too far over the edge of a boat in a drunken effort to embrace the reflection of the moon."① 庞德将翟理斯书中所叙述的两位诗人醉酒而亡的故事揉在一起,改写为以《墓志铭》为题的一首诗。

各度音阶之歌

一

让我在中国色彩中得到安宁,
因为我觉得釉是邪恶的。

二

风在麦田上吹——
像银器一般敲响
一场金属的战争。

我早认识金的圆盘,
我见过它在我头上熔化。
我早认识石一般明亮的地方,
　　色彩清澄的大厅。

---

① Herbert A. Giles, *A History of Chinese Literature*, New York: Grove Press Inc., 1923, p. 153.

三

哦邪恶得微妙的釉,哦缤纷的色彩!
哦困住的扭弯的光,哦被俘获的心,
为何我得到警告?为何我被带走?
为何你的闪光充满了奇幻的怀疑?
少微妙的狡狯的釉,哦金粉!
哦琥珀的细丝,两面的彩虹!

(赵毅衡译)

庞德原诗:

A Song of the Degrees

I

Rest me with Chinese colours,
For I think the glass is evil.

II

The wind moves above the wheat —
With a silver crashing,
A thin war of metal.

I have known the golden disk,
I have seen it melting above me.
I have known the stone-bright place,
　　The hall of clear colours.

III

O glass subtly evil, O confusion of colours!
O light bound and bent in, O soul of the captive,

Why am I warned? Why am I sent away?
Why is your glitter full of curious mistrust?
O glass subtle and cunning, O powdery gold!
O filaments of amber, two-faced iridescence!

这首诗看起来是在描绘一件精美的中国工艺品。1914年，第一本《意象派选集》(*Des Imagistes: An Anthology*)出版。庞德有六首诗入选，其中四首是根据中国古典诗改写的，这四首就是上面所提到的《仿屈原》、《刘彻》、《扇，致陛下》、《蔡赤》。此时庞德还未得到美籍汉学家厄内斯特·费诺罗萨(Ernest Fenollosa, 1853—1908)的手稿，他主要是根据赫伯特·翟理斯所著《中国文学史》中的汉诗英译而进行改写的。

在《仪式》这部诗集中还有一些短诗值得阅读，例如：

茶　店

那个姑娘在茶店
　　　并没有她以前那么美丽，
八月的穿着不配她。
她并不急着上楼梯；
是的，她也将变为中年，
年轻的光彩她撒在我们身边
　　　正如她带给我们松饼
不再分给我们。
她也将变为中年。

在这首诗里，他告诉《诗刊》的编辑要尝试捕捉"某种感官和情感的特别结合"。他原想将该诗确定为"一首带有维多利亚情感的诗"①,发表的诗在初稿的基础上删改了不少。

四 月
——仙女撒播的肢体

三个精灵来到我
将我扯散
到橄榄枝
剥得光光的到地上:
在明亮的薄雾下的苍白屠杀。

这首诗发表在1913年11月的《诗歌》,诗中副标题是拉丁文"Nympharum membra disjecta",意为"仙女撒播的肢体",是取自希腊神话关于底比斯国王彭透斯(Pentheus)与狄俄尼索斯的故事。底比斯国王彭透斯是狄俄尼索斯的表弟。彭透斯从海外旅行归来,看到人们如此狂热地崇拜狄俄尼索斯,不禁怒火中烧,就逮捕了狄俄尼索斯及一些狂热的女信徒,将他们锁了起来。狄俄尼索斯被解救出来。彭透斯将自己打扮成一个酒神女信徒的模样,鬼鬼祟祟地跟着狄俄尼索斯进入了西塞隆山,在山中他被狂热的酒神女信徒们撕扯成了碎片,他的母亲阿格薇也错将彭透斯当作了一头狮子,竟将自己儿子的脑袋钉在了一根棍棒之上,这根棍棒被常春藤所覆盖,是酒神祭拜仪式上的一种常用的道具。庞德在这首诗中改写了这个故事。

出版于1916年的《仪式》表现了庞德在现代诗形成过程中的探索。这部诗集尽管出版比《华夏集》(1915)晚,但大部分诗篇写

---

① Christine Froula, *A Guide to Ezra Pound's Selected Poems*, New York: New Directions, 1982, p.59.

于 1913 年 4 月至 1915 年 3 月,因此笔者以为这部作品是连接《还击》和《华夏集》的桥梁,这阶段也正是庞德从事意象主义运动的关键时期。

庞德研究

第四章
《华夏集》：翻译后起的生命

庞德在1913年的《我是如何开始的》一文中说过，他在三十岁时就比世人更懂得诗歌，源于他知道诗之内核，而不是外壳，他知道诗之不可摧毁之处，也知道诗在翻译之后仍不该损失的地方。他这样自信是因为他或多或少学了九门外语，他能通过翻译读东方的材料，他读大学时对学校的规章制度和教授压迫他学东西很反感，唯有学外语例外。① 他还说过要成为诗人至少要掌握三门外语。由此可见他对外语学习一直重视。关于庞德在大学的生活与课程，庞德的忠诚学徒诺埃尔·斯托克(Noel Stock)做了详细的调研，读者如感兴趣，可参阅他的两本书《埃兹拉·庞德的宾夕法尼亚》(*Ezra Pound's Pennsylvania*)② 和《埃兹拉·庞德的生平》(*The Life of Ezra Pound*)③。从斯托克的调研情况看，庞德不到十六岁便获准读费城的宾夕法尼亚大学是因为

---

① Ezra Pound, "How I Began," see *Ezra Pound Early Writings: Poems and Prose*, edited with an Introduction and Notes by Ira B. Nadel, London: Penguin Books Ltd., 2005, p. 213.
② Noel Stock, *Ezra Pound's Pennsylvania*, Toledo: The Friends of the University of Toledo Libraries, 1976.
③ Noel Stock, *The Life of Ezra Pound*, New York: A Division of Random House Inc., 1970.

第四章 《华夏集》:翻译后起的生命

他在拉丁文方面的突出才能,① 大学期间他曾转学到汉密尔顿学院,在这里威廉·皮尔斯·谢波德教授发现庞德学习热情很高,在教他法语、意大利语、西班牙语之外,还私下免费教授庞德普罗旺斯语②,庞德在这里还打好了德国以及中世纪欧洲文学的坚实基础。庞德在宾夕法尼亚大学与汉密尔顿学院(1901—1907年)所学习过的外语有:拉丁文、盎格鲁-撒克逊语、德语、法语、意大利语、西班牙语、普罗旺斯语、葡萄牙语和希腊语。1906年他在宾夕法尼亚大学获罗曼语硕士学位,因此他的法语、意大利语、古英语、拉丁文至少应该很扎实。后来他初抵英国曾经一度以讲授中世纪欧洲文学课谋生,诗人叶芝也很佩服他的中世纪文学功底。庞德后又移居法国(1921—1924)、意大利(1925年定居,1945—1958年后被监禁于比萨和美国,释放后定居意大利直至去世),能翻译和运用这两国语言,也是情理之中的事情。庞德的中文到底如何?这也许是大家关心的问题。据中国学者钱兆明在《埃兹拉·庞德的中国朋友:在信里的故事》(*Ezra Pound's Chinese Friends: Stories in Letters*)中调查:庞德在1914年就有多卷本《中国语言词典》,从他跟许多中国朋友的通信看得出他对中国的形势颇为了解,对中国的儒家思想以及诗歌充满兴趣,在1928年9月他告诉父亲尽管他知道汉字是怎么回事,但他读不了一首中文诗,他翻译的《华夏集》是两位日本学者森海南(Kainan Mori)和有贺长雄(Nagao Ariga)帮他辨认的。③ 在1937至1938年庞德下了苦功学中文,通常每天花四至五小时学习,从看理雅各的《四书》中英对照版到后来可以看《诗经》中文原版。他告诉日本朋友每天坚持

---

① Noel Stock, *The Life of Ezra Pound*, New York: A Division of Random House Inc., 1970, p. 12.
② 同上, p. 16.
③ Zhaoming Qian, *Ezra Pound's Chinese Friends: Stories in Letters*, New York: Oxford University Press, 2008, p. xvii.

读三行①。1945年庞德被捕时带着一本小型的上海商务印书馆出版的中英词典和《四书》。1947年他买了一本《马修斯中英词典》(R. H. Mathews' Chinese-English Dictionary)。从1950—1958年庞德跟哈佛大学的中国学者方志彤的信中对中国儒家经典的探讨来看,似乎他已经对此有较深的了解。②因此,庞德的中文状况如何,我们不能一言以蔽之说他根本不懂,读读钱兆明先生编著的这本扎实的、令人信服的书信集,我们就要重新审视这一问题,并且要分阶段看待庞德对中文的了解。庞德翻译的《大学》、《中庸》、《论语》、《诗经》与他早期翻译的《华夏集》明显不一样,他尽管参考了别的译本,但许多地方是庞德自己对原文的理解与阐释。本章将研读对西方现代诗发展起了重要影响的《华夏集》。

有论者认为:"庞德在1908年抵达伦敦之后就注意到中国。不过此时他对中国的了解与绝大多数的美国知识分子大体一样,对中国有模糊的概念:人口众多、历史悠久的古国,有农民、地主、瓷器、孔子……但他对孔子的思想和儒家的智慧知之甚少。"③庞德重新发现中国的关键事件是他获得厄内斯特·费诺罗萨的私人手稿。

厄内斯特·费诺罗萨是西班牙裔的美国人,毕业于哈佛大学,曾于1878年在日本东京大学任哲学教授,后任日本帝国政府的艺术研究员,他对东亚的艺术有浓厚的兴趣,尤其是对中国诗歌和日本诗歌有独到的研究。返回美国后,他担任波士顿艺术馆的日本部馆长,此段时间他着手创作两卷本著作《中日艺术时代》(The Epochs of Chinese and Japanese Art)。1908年他和妻子即小说家玛丽·费诺罗萨(Mary Fenollosa, 1865—1954)访问伦敦,以便与英

---

① Zhaoming Qian, *Ezra Pound's Chinese Friends: Stories in Letters*, New York: Oxford University Press, 2008, p. 18.
② 同上, pp. 40 – 87.
③ John J. Nolde, *Ezra Pound and China*, Orono, Maine: The National Poetry Foundation, University of Maine, 1996, p. 19.

第四章 《华夏集》：翻译后起的生命

国博物馆的专家们核实著作中的材料。不料他突发心脏病，于1908年9月去世。日本政府对他很重视，派战舰将他的遗体运回日本，并安葬在京都附近的寺庙。他的妻子返回美国，希望能完成丈夫的遗愿。由于费诺罗萨的有关中国诗的笔记仍需整理，其中每首诗只有原文、日文读音及每个字的释义与理解，但缺乏英译，因此玛丽·费诺罗萨极需一位诗人将她丈夫的遗稿变成优美的英文诗。玛丽·费诺罗萨是如何与庞德联系上的，至今尚无明确说法，有两个来源可供参考：一是费诺罗萨的传记作者说他们见面是通过出版商威廉·赫曼（William Heinman，1863—1920），或者是通过英国博物馆的东方学者劳伦斯·比尼恩；二是艾略特相信一定是玛丽·费诺罗萨读到庞德发表在《诗刊》上的诗，认为与她丈夫要译的诗风格有些相似，因此她将遗稿寄给了庞德。许多年以后，庞德在《巴黎评论》上著文说他与玛丽·费诺罗萨见面是在旅居伦敦的印度女诗人萨洛姬妮·奈都夫人（Sarojini Naidu，1879—1949）家里，这似乎在庞德给多萝西·萨士比亚的信中有记载[①]：他们会面后，玛丽·费诺罗萨答应将她丈夫的遗稿寄给庞德，时间是1913年秋。

现由耶鲁大学珍本图书馆收藏的费诺罗萨笔记共21本，封面上所署标题分别为：

一、能剧
二～三、汉语课笔记
四、中国思想
五、汉语中段课程

[①] 此信时间是1913年10月2日，见 Omar Pound, *Ezra Pound and Dorothy Shakespeare, Their Letters, 1909 – 1914*, New York: New Directions, 1984, pp. 264 – 265.

六、中国与日本诗,摘要与演讲笔记

七、中国计:平井(Lfirai)与紫田(Shida)讲课笔记

八、中国诗:屈原

九~十一、中国诗:森(Mori)的讲课笔记

十二、中国诗:笔记

十三~二十一、中国诗:笔记与翻译①

庞德得到这批笔记的心情是激动的,在1913年12月19日,他欣喜地写信告诉老友威廉·卡洛斯·威廉斯说:"我从费诺罗萨遗孀那里得到了费诺罗萨的宝贵'财富'。"庞德根据费诺罗萨的遗稿至少出版了两部译著,一本译作就是日本能剧的翻译,在1917年1月出版:《能剧或技艺:厄内斯特·费诺罗萨和埃兹拉·庞德对日本经典舞台表演的研究》('*Noh' or Accomplishment: A Study of the Classical Stage of Japan by Ernest Fenollosa and Ezra Pound*)(London: Macmillan and Co. Limited, 1916[i.e. 1917])。庞德在这篇较长的序言里称颂费诺罗萨的贡献,介绍了能剧的发展历史,认为能剧是一种有别于西方中世纪舞台的艺术,它的某些意义是靠音乐或者动作来完成,是一种象征的舞台,戴面具的戏剧——至少其中的神灵和妇女是戴面具的,这种戏剧是叶芝先生赞成的。② 这部译作于1917年由纽约的 Alfred A. Knopf 出版社重版。另一本就是译诗《华夏集》。在1914年11月,他已经全身"投入到费诺罗萨的笔记……并找到一些好东西"。12月,他写信给父亲说他"已从费诺罗萨的中国笔记中整出了一本小书。"③ 这

---

① 赵毅衡:《远游的诗神》,成都:四川人民出版社,1984年。第147页。
② Hugh Kenner, *Ezra Pound: Translations*, New York: New Directions, 1963, p.214.
③ John J. Nolde, *Ezra Pound and China*, Orono, Maine: The National Poetry Foundation University of Maine, 1996, p.21.

第四章 《华夏集》:翻译后起的生命

本小书便是1915年4月出版的《华夏集》,英文书名的全称是:*Cathay, Translations by Ezra Pound, for the Most Part from the Chinese of Rihaku, from the Notes of the Late Ernest Fenollosa, and the Decipherings of the Professors Mori and Ariga*。

通过上面的历史调查,我们可以了解几个粗线条的背景:1913年年底,庞德得到费诺罗萨夫人寄来的笔记,1914年译中国诗,1915年陆续发表译诗,《华夏集》出版。中外评论界似乎过分强调中国诗的发现对庞德的意象派诗的思想形成所起的巨大作用。笔者较为赞同美国杰夫·特威切尔(Jeff Twitchell)教授的观点:"应该说是庞德的意象派诗歌原则决定了他对中国诗的兴趣、了解和翻译。我还认为,直到现代派诗歌英语语言充分发展到一定阶段,卓有成效地译中国诗才成为可能。《华夏集》远不仅仅是一本重要的有影响的译集,它事实上是英美现代派诗歌的主要作品之一。"① 特威切尔教授的分析是比较符合历史事实的,庞德发表意象派宣言如《意象主义者的几个"不"》,比他接受费诺罗萨的遗稿时间要早,他的意象派诗歌的经典之作《地铁车站》发表于1913年4月,这也在他读到费诺罗萨的笔记之前,1913年年底,庞德已经完成了他的第一部意象派诗集《意象派诗人》的编选工作。② 那么,庞德翻译的意图在哪里呢?《华夏集》的意义又是如何呢?

英国浪漫主义大诗人雪莱在《诗辩》中写道:"诗人的语言总是牵涉着声音中某种一致与和谐的重现。假若没有这重现,诗也就不成为诗了,并且即使不去考虑那个特殊的规律,而单从传达诗的影响来说,这种重现之重要,正不亚于语词本身。此所以译诗是徒劳无益的,把一个诗人的创作从一种语言译成另一种语言,犹如

---

① 杰夫·特威切尔:《庞德的〈华夏集〉和意象派诗》,张子清译,《外国文学评论》,1992年第1期。
② 同上。

把一朵紫罗兰投入坩埚,企图由此探索它的色泽和香味的构造原理,其为不智一也。"① 然而说也奇怪,还是这位强调紫罗兰不可投入坩埚的诗人,却做了大量的诗歌翻译工作:"他从希腊文选译过荷马与柏拉图,从拉丁文选译过维吉尔的《牧歌》,从意大利文选译过但丁的《神曲》,从西班牙文选译过卡尔德隆的《神奇的魔术师》,从德文选译过歌德的《浮士德》。"② 翻译史上有一些奇事,不通英文的中国人林纾居然翻译了多卷本狄更斯小说,在中国读者中大受欢迎。同理,庞德译中国诗《华夏集》时不懂中文,但他的《华夏集》被列为20世纪初期最受欢迎的诗集。这些问题都是值得翻译界进行探讨与思考的。

庞德在1913年接受费诺罗萨遗稿之时的确不识汉字,他在1936年之后才开始认真学习汉语。他接受费诺罗萨遗孀的重托之后,全身心投入到了即将翻译的语言与文化问题中去,他认真研读了赫伯特·翟理斯所著的《中国文学史》,他的妻子多萝西为他专门购买了莫里森所著的七卷本《中英词典》。

庞德发现费诺罗萨的论文《作为诗歌手段的中国文字》(The Chinese Character as a Medium for Poetry)后无比兴奋,并将其整理出版,在该小册子前面他加了一段作为编者的感想:"我们在这不仅是一点文字的探讨,而是有关所有美学的基本研究。费诺罗萨对这门未知艺术已经进行了探索,而在西方对其艺术的动机和原则尚缺乏了解,这将会引起西方'新的'绘画和诗歌富有成就的许多模式思想。……在美国和欧洲他不能仅仅被看做是对异域文化的探索者,他的心灵总是充满着东西方艺术的比较和对照。于他而言异域总意味着出成果的手段,他指望着美国复兴。……后来

---

① 王科一:"从雪莱论诗谈起",见《诗歌翻译的艺术》,北京:中国对外翻译出版公司,1986年。第107—108页。同时参阅伍蠡甫主编《西方文论选》下卷,上海:上海译文出版社,1979年。第52页。

② 同上。

第四章 《华夏集》:翻译后起的生命

的运动验证了他的理论。①"庞德慧眼识出费诺罗萨对东西方艺术和有关中国文字的探讨意义,指出其对美国文艺复兴的启示作用。事实上,今天联系庞德所领导的意象主义运动以及后来美国现当代诗歌对东方文化尤其是中国文化的借鉴,我们是可以从这里找到源泉的。诚如庞德所言,费氏论文对于当时像庞德一样寻求革新之路的许多人无疑是具有启发意义的,试看书中一些话:"中国单独的意义重大无比,其他民族不能再忽视。尤其我们在美国,必须要跨过太平洋来面对它,并且要精通它,否则它将精通我们。去精通它的唯一途径就是要带着耐心和同情来了解其最好的、最有希望和富有人性的成分。"②他指出英美两国长期以来误解了东方文化,呼吁现在应该加强研究,并进而同情他们的人性和他们高尚的志向,因为"他们一向有高度的文明。他们有记载的经验成果数倍于我们。中国人一向是理想主义者,是塑造伟大原则的实验家。我们的历史打开了一个具有崇高目标和成就的世界,与古代地中海诸民族遥相辉映。我们需要他们最好的理想来补充我们自己——珍藏在他们的艺术中、文学中和生命的悲剧之中的那些理想。"③

在1913年至1914年这段时间,雕塑家亨利·戈蒂耶-布尔泽斯卡给庞德雕像,他们俩常在一起会面,不仅讨论雕刻和艺术理论,而且阐释单个的汉字④。庞德描述了他的好友亨利·戈蒂耶-布尔泽斯卡的反应:

---

① Ernest Fenollosa, *The Chinese Written Character as a Medium for Poetry*, edited by San Francisco: City Lights Bookstore, 1968, p.3.
② 同上, pp.3-4.
③ 同上, p.4.
④ Hugh Kenner, *The Pound Era*, Berkeley and Los Angeles: University of California Press, 1971, p.250.

费诺罗萨教授的理论,由于偶然的机会得到证实。戈蒂耶-布尔泽斯卡去打仗前有一次坐在我的房间里,他能认出不少中国字偏旁和许多组合字,轻松得像消遣。以前他把生活,把自然界看做是各种平面和各种有限度的线条。然而,他在博物馆花了半个月时间学习汉字之后,他吃惊地发现,词汇学家之愚蠢,他们满肚子学问,竟然看不出汉字的图画价值,在他看来这简直是一目了然的事。①

汉字是象形文字,每个汉字宛如一幅画,字与字的建构讲究相互的舞蹈式的律动,具体事象的活动,整体意义的组合。例如"休",由"人"和"木"组成,意味人靠在树旁休息,"休"本是动词,中国文字物象并置的结构,动中有静、静中有动的节奏启发了西方的现代艺术。大导演爱森斯坦在电影中发明"蒙太奇"的技巧就是从中文中获得的启示。庞德对中国文字的兴趣是从汉学家费诺罗萨那里得到的灵感。费诺罗萨在《作为诗歌手段的中国文字》一文中首先提醒西方要对中国文化予以足够的重视,然后在文中对中国文字与文法做了深刻的研究。与此相对照,在中国"五四"运动中,有些人由于对传统文化失去信心,对中国文化和文字发起了攻击,请看下面两段话:

> 所以我要爽爽快快说几句话;中国文字,论其字形,则非拼音而为象形文字之末流,不便于识,不便于写;论其字义,则意义含糊,文法极不精密;论其在今日学问上之应用,则新理、新事、新物之名词,一无所有;论其过去之历史,则千分之九百九十九为记载孔门学说及道教妖言之记号。此种文字,断断

---

① 厄内斯特·费诺罗萨:《作为诗歌手段的中国文字》,庞德原注,见黄运特译《庞德诗选比萨诗章》,桂林:漓江出版社,1998年。第254页。

第四章 《华夏集》:翻译后起的生命

不能适用于二十世纪之新时代。

——钱玄同《中国今后之文字问题》①

而且中国文字尤有缺点的地方,就是野蛮根性太深了,造字的时候,原是极野蛮的时代,造出来的文字,岂有不野蛮之理。一直保持到现在的社会里,难道不自惭形秽吗?

——傅斯年《汉语改用拼音文字之初步谈》②

这两段话都出自"五四"时期的两位大人物,他们都是饱学之士,但上述两段话说得有些意气用事,缺乏平衡的判断力,无疑是带有文化的偏激症。我们自己人中有人那么贬低自己的文字,而异邦的费诺罗萨是那么地崇拜中国文字,一破一立,有其不同的文化背景和意识形态关系。不过费诺罗萨对中文的诠释不免有些望文生义,如他对"人、见、马"几个汉字的研究及其结论:

> 中国文字……是基于对自然行为的生动描绘。……我并不是说物体与符号之间有天然的联系,所有这些取决于约定俗成。但是中国文字有一种自然的象征意义。"人"表示有两条腿支撑,"见"代表身体上面有两只眼睛,下面有奔跑的腿,你一见这图画似的字体就难以忘怀,"马"是站在四条腿上的。……这三个汉字都有表示"腿"的偏旁,它们都栩栩如生……③

费诺罗萨从中国文字之于中国诗的优势进行了论述:其一,它

---

① 钱玄同:《中国今后之文字问题》,见《新青年》第四卷第四号,1918年4月15日。
② 傅斯年:《汉语改用拼音文字之初步谈》,见《新潮》第三期,1919年3月1日。
③ Ernest Fenollosa, *The Chinese Written Character as a Medium for Poetry*, San Francisco: City Lights Bookstore, 1968, pp. 8–9.

具有视觉上的空间效果;其二,它以一种必然性的次序排列,有时间的延续性。因此,"中国诗的独特长处在于把两者结合起来。它既有绘画的生动性,又有声音的运动性。在某种意义上,它比两者都更客观,更富有戏剧性。读中文时,我们不像在掷弄精神的筹码,而是在眼观事物显示自己的命运。"①

有关中文与英文的句法,费诺罗萨发现两者有相似之处:

> 对我来说,中文与英文常见和典型的句子表达的是自然过程的单位,它由三个必要的词组成:第一个词是动作发起者,是主语,第二个词表示动作或行为,第三个词是动作的客观对象、接受者……中国及物句的形式与英文句真正符合动作的普遍形式。这使得语言接近事物,更加依靠动词,它将所有言语进入一种戏剧性诗歌。

费诺罗萨进一步写道:

> 在中文中,主要动词"有"不仅表示"拥有",而且从其起源表达的意义更具体,表示"用手从月亮那里攫取",这里散文式分析的显而易见的象征经过魔力转换成具体闪光的诗歌。
>
> ……在翻译中文,尤其是翻译诗歌时,我们必须要把握住原文的具体力量,尽力避免形容词、名词和不及物动词,使用某些表现硬朗的动词。
>
> 最后,我们注意到,若中文和英文句型相似,相互翻译相对容易。这两者的语言特征大致相同。通常,略去英文的冠

---

① Ernest Fenollosa, *The Chinese Written Character as a Medium for Poetry*, San Francisco: City Lights Bookstore, 1968, p.4.

第四章 《华夏集》:翻译后起的生命

词,就可以逐字直译,这样的英译文不仅读得懂,而且可能是最有力、最富于诗意的英语。①

费诺罗萨这些思想给庞德的译诗和写诗以很大的启发,庞德在 1935 年出版的《作为诗歌手段的中国文字》的跋中写道:

> 虽说我们中的一些人 20 年前就从费诺罗萨那里学了不少东西,但整个西方对中国卓越的文字艺术至今茫然无知,我现在怀疑他们比希腊人还无知。我们的诗人,窝窝囊囊,不懂音乐,听觉不佳;光抱怨教授们太差劲,无济于事。②

费诺罗萨的观点与 1912 年庞德所提的意象主义"三原则"以及 1913 年 3 月庞德所提的意象主义"几个不"的原则有不谋而合之处。庞德在 1934 年出版的《阅读入门》中对费诺罗萨的观点予以较高评价:费诺罗萨的论文也许太超越时代而不易被人理解……他在尽力解释中文是记载思想和传达思想的一种手段。他找到了事情的根本,找到了中国人思想有效性、许多欧洲人思想与语言无效或者费解——两者差别的根源。③ 庞德在得到手稿的 20 年之后写道:"费诺罗萨在手稿中所做的工作正是我孜孜追求的,它为我节省了大量时间。"④ 然而庞德对中文字的结构与意义的理解仍有欠妥之处。他认为中文字与埃及文字一样,并非完全是描绘声音的图画,亦不是联想到声音的书写符号,但仍然与描绘物

---

① Ernest Fenollosa, *The Chinese Written Character as a Medium for Poetry*, San Francisco: City Lights Bookstore, 1968, pp. 14–16.
② 同上,p. 33.
③ Ezra Pound, *ABC of Reading*, New York: New Directions, 1960, p. 19.
④ T. S. Eliot, ed., *Literary Essays of Ezra Pound*, New York: New Directions, 1972, p. 453.

体的图画或者描绘事物组合物的图画相关。

庞德在整理与翻译费诺罗萨的手稿过程中还咨询了两位日本学者森海南和有贺长雄。因此,他在出版的书名和标题上清楚地表明了他们的帮助。

费诺罗萨的笔记里大约记录了150首中文诗,其中有屈原、宋玉、班婕妤、白居易、李白、陶潜、王维等人的作品,庞德最后仅选译了19首。它们是《诗经·小雅》中的《采薇》、汉古诗《青青河畔草》、李白诗12首:《江上吟》、《长干行》、《侍从宜春苑奉诏赋龙池柳色初青听新莺百啭歌》、《天津三月时》、《玉阶怨》、《胡关饶风沙》、《忆旧游寄谯郡元参军》、《黄鹤楼送孟浩然之广陵》、《别友》、《送友人入蜀》、《登金陵凤凰台》、《代马不思越》,郭璞的《游仙诗》,汉乐府《陌上桑》、卢照邻的《长安古意》、陶渊明的《停云》、王维的《送元二使安西》。

庞德选择这些诗歌并不是随便应付,而是经过慎重考虑的,正如恩特梅尔指出的:"庞德先生不仅有鉴别才干,而且有选择的天赋,实际上后者,即集中化的品质,是庞德最引人注目的优点,一如庞德从费诺罗萨日记所改译成的《神州集》(又名《华夏集》)所证明的那样。"① 那么他的选择与鉴别的原则缘何而来呢? 笔者以为主要是他的诗学思想在推动他的选材与翻译原则。

首先,庞德得到费诺罗萨的手稿时,正是英美意象主义文学运动开展得如火如荼之时,从费氏手稿中他发现中国诗注重"意象"、"神韵"、"简洁"、"音乐"等主张与他所领导的意象主义运动的诗学观不谋而合。庞德说过:"我们似乎已经失去了那个闪闪透亮的世界,在那世界里,一个思想用明亮的边锋透入另一个思想,是一个各种气韵运行的世界……种种磁力成形,可见或隐隐欲

---

① 杰夫·特威切尔:《庞德的〈华夏集〉和意象派诗》,张子清译,《外国文学评论》,1992年第1期。

第四章 《华夏集》：翻译后起的生命

现,如但丁的天堂,水里的玻璃,镜中之像。"① 中国文论强调"含蓄无垠"的境界,例如:司空图以为"不著一字,尽得风流";梅尧臣以为"状难写之景如在目前,含不尽之意见于言外";严羽以为"盛唐诗人惟在兴趣,羚羊挂角,无迹可求。故其妙处透彻玲珑,不可凑泊,为空中之音,相中之色,水中之月,镜中之象,言有尽而意无穷"。这些思想与庞德的主张是相通的,难怪庞德说道:"中国的诗人们把诗的实质呈现出来便很满足,他们不说教,不加陈述。"②

其次是选材问题。《华夏集》中选择的大多是表现愁思离苦的诗篇:《采薇》和《胡关饶风沙》是战乱苦;《长干行》和《玉阶怨》是怨妇愁;《别友》、《黄鹤楼送孟浩然之广陵》、《送友人入蜀》、《送元二使西安》是朋友离别恨;《忆旧游寄谯郡元参军》是怀旧绪……这些愁离恨、厌战愁的主题可以震撼欧洲人的心灵。第一次世界大战爆发于1914年,庞德正是该年英译这些汉诗,在翻译过程中他还特地将其中有些诗译成法文,寄给正在参战的法国雕塑家戈蒂耶－布尔泽斯卡,布尔泽斯卡从战壕中回信给庞德说:"这些极妙地刻画了我们现在的情况。"③ 事隔一年庞德的《华夏集》出版,T. S.艾略特的《阿尔弗瑞德·普鲁弗洛克的情歌》也出版了,这两部作品无疑是欧洲人心灵的最好写照。

翻译在某种意义上对庞德的诗学理论与创作都起着促进作用。庞德强调世界文学的概念,他主张"一个抛开时代、国界的普遍标准———一种世界文学标准"。他这种追求超越国界与时代的

---

① 叶维廉:《中国诗学》,北京:生活·读书·新知三联书店,1992年。第164页。原文参见:Ezra Pound, "I Gather the Limbs of Osiris," New Age, December, 1911.
② Ezra Pound, *Ezra Pound Poetry and Prose: Contributions to Periodicals. Vol. III.* Ed. Lea Baechler, A. Walton Litz and James Longenbach. New York: Garland, 1991, p. 85.
③ Ezra Pound, *Gaudier-Brezska: A Memoir*, New York: New Directions, 1970, p. 58.

世界文学的标准是他重视翻译的内在动力。他常常从翻译中或者借助翻译发现时代所需要的东西,"文学的伟大时代也许总是翻译的伟大时代;或者紧随着它"。庞德作为一代文坛的领袖,他所从事的翻译实践绝不仅仅是为了翻译的目的,他还要从翻译中解决他那个时代所迫切需要解答的问题。他从费诺罗萨的手稿整理与翻译的《华夏集》正应合他所领导的英美意象主义诗歌运动的要求。

翻译与创作于庞德而言是两种互为关联的实践活动,他在创作中有翻译,而翻译常借助创作。由于他的译作中有较多的发挥与创作,某些注重字意与语法的翻译评论家怀疑起庞德的外语能力。庞德在大学和研究生阶段都是学外语的,他的古英语、拉丁语、法语、意大利语、西班牙语皆达到上乘水平。中文是他30年代之后才开始学习的。然而,引起我们注意的是,以他较高古英文水平所翻译的《水手》(The Seafarer)为例,庞德也没有死译,他在翻译中做了不少改动与创作。以此我们知道庞德的翻译实践是有一套理论做支撑,绝不是死译或者任意发挥。庞德还有许多有关翻译实践的精辟论述。当庞德的朋友念荷马的译文给他听时,他发现该译文中只注重语言的朴素可懂,而失去了原诗中的人生哲理与优美语言。庞德提出了几条翻译的目标:一、在英语译文中再现原文的真正语言;二、忠实于原文的"意义"与"气氛"。[①] 这里所说的"气氛"是指文本内与文本之外的联想意义。这个观点与庞德所提出的"世界文学"的概念是相互呼应的。他认为语言的能量是不可分割的,尽管民族不同,混合交织而成的词语可以将人们联结在一起,语言犹如连接线,上溯古代下接当今,将不同时代联系到一起。他的翻译理论直接影响到他的创作。在他的代表作

[①] D. D. Paige, ed., *The Letters of Ezra Pound, 1907 – 1941*, New York: Harcourt Brace and Company, 1950, p.263.

第四章 《华夏集》:翻译后起的生命

《诗章》中,语言的界线不再明显,《诗章》交织使用了英语、希腊语、中文、拉丁语、意大利语、西班牙语。

关于诗歌翻译,庞德有独到的论述。他将翻译看做诗人训练的必要部分。"英语中的一些好书是翻译的。"他认为文学爱好者不仅能从翻译实践中得到训练,而且能从语言本身得到益处。1911年庞德说:"翻译为诗歌艺术提供模式,正如给鬼魂注入血液一样。"① 在早期的意象主义运动时期,庞德在翻译上注意呈现细节、单个的词。这些细节不单是印在纸上的黑白字体,而且是雕刻的意象——这些词仿佛是刻在石头上。这种对翻译的看法反而给翻译家以更大的自由,翻译家被看做艺术家、雕刻家、书法家、一个能铸造词的人。他常常希望翻译或写作中所采用的拼合与并置的方法能创造出新诗的建构方式,让词语发出能量。庞德在《如何阅读》一文中从语言的不同形式与生机角度将诗划为三类:声诗、形诗和理诗。他对这三种诗的翻译归结如下:"声诗可被一位听觉敏锐的外国人所赏识,尽管他对诗歌所有的语言一窍不通。声诗其实不可能从一种语言翻译到另一种语言,除非有天生的巧合,再加上仅译半句。与此相反,形诗几乎或完全可以不差分厘地翻译过来。好的形诗,译者其实不可能破坏它,除非他粗制滥造,忽视众所皆知的常规。理诗无法翻译,虽然它所表达的意向可以意译。或者说,你无法'就事论事'地翻译,只有在确定作者的意图之后,你或可找到一个派生或相应的结构。"② 庞德的早期译作《罗曼司的精神》将意大利语和普罗旺斯语的一些诗歌译成了英语,在该书中他探讨了翻译的艺术,他把诗歌看做"一种令人鼓舞的数学,它给予我们方程式,不是抽象的数字、三角形、圆形等等,

---

① Hugh Kenner, *The Pound Era*, Berkeley and Los Angeles: University of California Press, 1971, p.150.
② 黄运特译:《庞德诗选比萨诗章》,桂林:漓江出版社,1998年。第228页。

而是人类感情的方程式"。① 庞德认为诗歌翻译不应过分强调字词直译,而是要更多地再现方程背后的感情,"字面翻译无法再现原词语中的美"。庞德在1910年一本书的序言中就古诗翻译发表了看法:"不仅要求字词和精神的翻译,而且还要有'认同感',那就是说,现代读者在某种意义上必须认同和意识到古人的精神内容,并从他们的思想与言语中吸取某些时髦的东西。"② 庞德称赞亚瑟·西蒙斯的但丁翻译,说他是"最敏锐的翻译家",他的翻译"展现了真正翻译家的能量,灵活地对词与节奏的迅速把握,而不是作为一位诗人将一种语言转换到另一种语言,徒具形式与外表"。③

庞德这些翻译思想体现在对《华夏集》的翻译实践中。他在翻译《华夏集》时并不强调对原文意义的忠实,或是对某些词意义的忠实,而是重视诗的节奏、意象和变化。他不通中文,而且是在费诺罗萨笔记相当粗糙的情况下进行加工翻译,但这反而"给他探索自由诗结构以最大的自由。结果《华夏集》的语言在他所有译文中最简朴、最不受古语影响。换言之,大大出乎意料之外的是,它的语言最当代化,尽管在时间和文化上存在极大的差别。庞德的译文保留了古风和异国情调,主要是通过诗歌中实质性的内容获得的,或者说通过诗歌中狭窄的意象成分以及保留中国地名(虽然通过日语转译)获得的"。④

《华夏集》英译举隅:

---

① G. Singh, *Ezra Pound as Critic*, London: The Macmillan Press Ltd., 1994, p. 16.
② Hugh Kenner, *Ezra Pound: Translations*, New York: New Directions, 1963, p. 17.
③ Arthur Symons, *The Romantic Movement in English Poetry*, New York: E. P. Dutton & Company, 1909, p. 12.
④ 杰夫·特威切尔:《庞德的〈华夏集〉和意象派诗》,张子清译,《外国文学评论》,1992年第1期。

第四章 《华夏集》：翻译后起的生命

送友人
李 白

青山横北郭，白水绕东城。
此地一为别，孤蓬万里征。
浮云游子意，落日故人情。
挥手自兹去，萧萧班马鸣。

Taking Leave of a Friend

Blue mountains to the north of the walls,
White river winding about them;
Here we must make separation
And go out through a thousand miles of dead grass.

Mind like a floating wide cloud,
Sunset like the parting of old acquaintances
Who bow over their clasped hands at a distance
Our horses neigh to each other
　　as we are departing.

By Rihaku

　　这首送别诗描绘了诗人与友人策马辞行、情意绵绵、动人肺腑的情景，庞德的译诗整体上讲还是再现了原诗的意义与精神。诗中当然有个别的词句译得不准。如"孤蓬"本指蓬草，一名飞蓬，常随风飘转，这里用来比喻远行的友人，此处译为"dead grass"；"挥手自兹去"被译为"Who bow over their clasped hands at distance"，意为"握手鞠躬而别"，应该译为"We wave to each other and say goodbye"。然而，纵观译诗与原诗，我们发现诗中的"青山"、"白水"、"孤蓬"、"浮云"、"落日"、"萧萧班马鸣"这些意象都在译诗中得到了再现,原诗中友人之间相别的无限深情如浮眼前。

送元二使安西
王 维

渭城朝雨浥轻尘,
客舍青青柳色新。
劝君更尽一杯酒,
西出阳关无故人。

From Rihaku
Four Poems of Departure

Light rain is on the light dust,
The willows of the inn-yard
Will be going greener and greener.
But you, Sir, had better take wine ere your departure,
For you will have no friends about you
When you come to the gate of Go.

By Rihaku or Omakitsu

庞德因不识中文,连这首诗是谁写的都拿不准,故注上是李白(Rihaku)或者王维(Omakitsu)所作。他将该诗列为四首离别诗之首,并以斜体来排版。然而,该诗从意境上看还是较为忠实原文,而且在节奏上庞德处理得也很好,王维的原诗是绝句,庞德翻译成一首整齐而又变化有致的六行自由诗。英文诗前三行基本上是三音步,后三行是四音步,他想借音节的延长来象征友人劝酒道别时的长长感叹。

庞德的有些译诗并不是逐句翻译,而是在翻译中夹杂着创作与发挥,试看《华夏集》第一篇《采薇》中的第一节译文:

第四章 《华夏集》：翻译后起的生命

采薇采薇，薇亦作止。日归日归，岁亦莫止。靡室靡家，玁狁之故。

Song of the Bowmen of Shu
Here we are, picking the first fern-shoots
And saying: When shall we get back to our country?
Here we are because we have the Ken-nin for our foemen,
We have no comfort because of these Mongols.

我们将庞德的译文与汪榕培先生的译文对比，就可以发现庞德译诗的发挥之处：

汪榕培的译文：

Picking Vetches
We pick the vetches, the vetches;
Springing up are the vetches.
When, on when can we go back?
The year is at the end of its track.
I have no house, I have no home;
To fight the Huns I give up rest.

对比这两种译文，我们明显发现庞德的漏译与创作的成分都较多，例如，"薇亦作止"与"岁亦莫止"未译，后两行诗是在原文基础上的再改写。在《华夏集》中，许多标题出现了误译，这也许是庞德不懂汉语，也许是庞德有意发挥，例如：《青青河畔草》被译成"The Beautiful Toilet"；李白的《长干行》被译为"The River-Merchant's Wife: A Letter"，等等。诗中的翻译出现了许多误译、漏译和随意发挥的现象，例如：李白的《黄鹤楼送孟浩然之广陵》中的"烟花三月下扬州"被译为"The smoke-flowers are blurred over the river",其中"烟花"指"春天艳丽的景物",被译成了"冒烟的花";古诗《青青河畔草》中的"今为荡子妇,荡子行不归"被译为"And she married a sot, / who now goes drunkenly out","荡子"被译为"sot"(酒鬼),所以出现了"酒鬼在外面喝得醉醺醺的"。诸如此类的误译比比皆是。我们不妨在此对照一下李白《长干行》前十五行的原文及庞德译文:

长干行
李 白

妾发初复额,折花门前剧。
郎骑竹马来,绕床弄青梅。
同居长干里,两小无嫌猜。
十四为君妇,羞颜未尝开。
低头向暗壁,千唤不一回。
十五始展眉,愿同尘与灰。
常存抱柱信,岂上望夫台。
十六君远行,瞿塘滟滪堆。
五月不可触,猿声天上哀。
门前迟行迹,一一生绿苔。
苔深不能扫,落叶秋风早。
八月蝴蝶黄,双飞西园草。
感此伤妾心,坐愁红颜老。
早晚下三巴,预将书报家。
相迎不道远,直到长风沙。

The River-Merchant's Wife: A Letter

While my hair was still cut straight across my forehead,
 I played about the front gate, pulling flowers.

第四章 《华夏集》:翻译后起的生命

You came by on bamboo stilts, playing horse,
You walked about my seat, playing with blue plums.
And we went on living in the village of Chokan:
Two small people, without dislike or suspicion.

At fourteen I married My Lord you
I never laughed, being bashful.
Lowering my head, I looked at the wall.
Called to, a thousand times, I never looked back.
At fifteen I stopped scowling,
I desired my dust to be mingled with yours
Forever and forever, and forever.
Why should I climb the look out?

At sixteen you departed,
You went into far Ku-to-yen, by the river of swirling eddies,
And you have been gone five months.
The monkeys make sorrowful noise overhead.
You dragged your feet when you went out.
By the gate now, the moss is grown, the different mosses,
Too deep to clear them away!
The leaves fall early this autumn, in wind.
The paired butterflies are already yellow with August
Over the grass in the West garden;
They hurt me.
I grow older.
If you are coming down through the narrows of river Kiang,
Please let me know beforehand,

· 179 ·

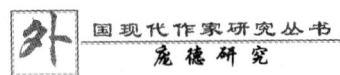

```
    And I will come out to meet you
       As far as Cho-fu-Sa
                                    By Rihaku
```

亚瑟·威利是当时的西方汉学权威,他虽未公开批评庞德的译文,但针对庞德的译文对该诗进行了重译,以示他的准确性和庞德的不忠实。请看他的译文的第一部分:

```
    Soon after I wore my hair covering my forehead
    I was plucking flowers and playing in front of the gate,
    When you came by, walking on bamboo-stilts
    Along the trellis, playing with green plums.
    We both lived in the village of Chang-kan,
    Two children, without hate or suspicion
    At fourteen I became your wife
    I was shame-faced and never clared smile
    I sank my head against the dark wall;
    Called to, a thousand times, I did not turn.
```

庞德认为威利的译文固然忠实原文,但仅限于字面的阐释而已,缺乏生气,缺乏"swing"——庞德爱用"swing"(词语运动的情感之力,emotional force of the verbal movement)来表达作诗和译诗的境界。① 很明显,威利的译文是力求字词忠实原作,但我们从诗的整体效果而言,未必就比庞德的译文好。例如:第一句"妾发初

---

① Ezra Pound, "Books Current", 287, 转引自 Ming Xie, *Ezra Pound and the Appropriation of Chinese Poetry*, London and New York: Garland Publishing Inc., 1999, p. 195.

第四章 《华夏集》：翻译后起的生命

复额",威利译为"soon after I wore my hair covering my forehead",从字面意义讲很接近原文;此句庞德译为"while my hair was still cut straight across my forehead",译得很传神,中国小女孩在传统上都喜欢齐前额剪发,小女孩的典型相貌如画绘出。又如"两小无嫌猜",威利译为"two children, without hate or suspicion",从字面上看确实很准确;庞德译为"two small people without dislike or suspicion",其中"两小"译为"two small people",再现孩子天真可爱之意,而威利的"two children"仅陈述事实而已,诗意丢失。威利在庞德的译文基础上再作润色修改,且他的汉学功底应该比庞德强,但从诗意盎然而言,庞德是无与伦比的。① 谢明在其著作《埃兹拉·庞德与中国诗的归化》中指出威利以忠实的翻译者作为第一职责,缺乏大胆。② 美国当代诗歌评论家唐纳德·戴维在他的《埃兹拉·庞德:作为雕刻家的诗人》(*Ezra Pound: Poet as Sculptor*)这部重要的研究庞德的学术著作中认为:庞德的《华夏集》给英诗的节奏带来革新与新的活力,它常打破英诗自斯宾塞和莎士比亚以降的格律传统,意象似刀锋切入句中,前后两行语法关系平行,意象并置。例如,在"Song of the Bowmen of Shu"中:

We have no rest, three battles a month.
By heaven, his horses are tired.
The generals are on them, the soldiers are by them.
The horses are well trained, the general have ivory
Arrows and quivers ornamented with fish-skin
The enemy is swift, we must be careful.

---

① 参阅 Wai-lim Yip, *Ezra Pound's Cathay*, New Jersey: Princeton University Press, 1969, pp. 88–94.
② Ming Xie, *Ezra Pound and the Appropriation of Chinese Poetry*, London and New York: Garland Publishing Inc., 1999, p. 195.

有时一行诗中包含两个短句,给人以突兀之感,意象突发并置,但又合情合理,这无疑给新诗注入了一股阳刚之气。例如,在"South-Folk in Cold Country"中:

> Yesterday we went out of the Wild-Grove gate,
> Today from the Dragon-Pen.
> Surprised. Desert turmoil. Sea sun.
> Flying snow bewilders the barbarian heaven.
> Lice swarm like ants over our accoutrements,
> Mind and spirit drive on the feathery banners.

若从中国传统翻译学所恪守的"信、达、雅"宗旨来衡量庞德的翻译,那肯定会有许多人说庞德"译者,叛徒也"。然而,我们更应从文化翻译学的角度来思考翻译。《鲁拜集》译者菲兹杰拉德曾将好的翻译喻为"一双活生生的麻雀",按常理讲英译中国诗很难达到全象的翻译,或十成翻译。若强力为之,那只能削足适履,译作只能像"一双塞满稻草的大鸦"。庞德不谙中文,不得不借用别人的帮助,但经他翻译或改译的作品,确实是精美生动的英文诗,如"活生生的麻雀"。所以,当代文化批评家班雅明在《译者的职责》一文中指出:"在认识论上,是没有客观性的……这里可以显示,如果翻译最终的目的是要与原作相似,这是完全不可能的事。因为原作在它的后起的生命里起了变化——称为'后起的生命'指的是某种活生生的质素的蜕变与翻译。甚至某些具有固定意义的字都要经过一个成熟的过程。"[①] 在美国现代诗的发轫时期,中国古典诗歌对于以庞德为首的现代诗人而言犹如久旱之后

---

① Lawrence Venuti, ed., *The Translation Studies Reader*, London and New York: Routledge, 2000, p. 16.

第四章 《华夏集》：翻译后起的生命

的甘霖，他们借助这场及时雨来催发新的诗歌革命。时至今日，发生在半个世纪以前的中国古典诗对美国新诗运动的影响已成为中外文学史家的共识。庞德本人在1915年发表在《诗刊》上的文章中说，中国诗是"一个宝库，今后一个世纪将从中寻找推动力，正如文艺复兴从希腊人那里寻找推动力"，[①] "一个文艺复兴，或一个觉醒运动，其第一步是输入印刷，雕塑或写作的范本……很可能本世纪会在中国找到新的希腊。目前我们已找到一整套新的价值。"[②]《华夏集》的每首译诗都很美，读起来能基本上联想到原中文诗。这对不懂汉语的庞德已经很不容易，正如中国的林纾不懂英文，却译了不少狄更斯的小说，林纾也基本上属于翻译加改写相结合，他的译文也很美，很受当时中国读者的欢迎。庞德的翻译实践与林纾不谋而合，异曲同工。庞德后来承认说，"我所干的就是翻译工作者所做的重活，同时我的愉快在于将美丽排成文字"。[③] 庞德的《华夏集》在中外许多诗人眼里称不上是严格意义的翻译作品，而是被列为意象派的创作。T. S. 艾略特称"庞德是我们时代的中国诗歌的创造者"。[④] 福特·马多克思·福特称赞说："《华夏集》的诗篇具有至上的美，诗是怎么样，它们都做到了。"[⑤] 笔者较为赞同叶维廉先生的看法："《华夏集》作为翻译可以看做一种再创造。在这些作品中我们不能期望找到所有细节（包括联想意义，地方风味，修辞趣味）的再现。相反我们发现'基本诗篇'以透明的细节保留着。这些诗篇在意义上与原文有不同之处：某种字面的细节要么被取消，要么被改变，原来的地方

---

① *Poetry: A Magazine of Verse*, February 1915, p. 227.
② 同上，p. 228.
③ John J. Nolde, *Ezra Pound and China*, Maine: University of Maine, 1996, p. 21.
④ T. S. Eliot, *Ezra Pound: Selected Poems*, London: Faber and Gwyer, 1934, p. 16.
⑤ Brita Lindbern-Seyersted, ed., *Pound/Ford: The Story of a Literary Friendship*, New York: New Directions, 1982, p. 25.

色彩做了些修饰或者甚至改变来满足英语读者的理解,某些典故被去掉以便读者免受注解之苦。"① 叶维廉的分析是非常中肯的。笔者还认为,庞德经过翻译实践后在自己的创作中注意吸收中国诗歌的营养,同时他把中国诗带进了西方,因为"在庞德之前,中国文学没有名家来翻译并流行于说英语的国家"。② 鉴于此,《华夏集》所带来的文化影响远远超过其本身译文的准确与否。

---

① Wai-lim Yip, *Ezra Pound's Cathay*, New Jersey: Princeton University Press, 1969, p. 291.
② 杰夫·特威切尔:《庞德的〈华夏集〉和意象派诗》,张子清译,《外国文学评论》,1992年第1期。

庞德研究

第五章

《休·赛尔温·莫伯利》及其他

《休·赛尔温·莫伯利》（以下简称《莫伯利》）的出版是庞德诗人生涯的一个重要转折点，它标志着庞德向伦敦文学界及其审美趣味挥手告别，同时饱含着诗人对英美现代社会的辛辣嘲讽。这部诗是由18首短诗组成，分为两部分：第一部分是前13首，从"Ode"到"Envoi"（1919）；第二部分是后5首短诗，前4首标题为"Mauberley"（1920），结尾的一首题为"Medallion"。

全组诗的开篇部分包括5首短诗，其标题为法文"E. P. Ode Pour L'election de son sepulcre"（意为"为挑选墓地而歌"），它是从法国作家皮埃尔·兰沙德（Pierre Ronsard）的"De L'Election de son sepulcre"借鉴而来，词语类似墓志铭，庞德作此诗时已经31岁，他想总结自己作为诗人的前段经历，认为自己并未给缪斯添光。因此他要发誓埋葬过去，并加了"E. P."，此词具备双关意义：一是指希腊抒情诗（epode），二是指不规则对偶句的短行。笔者认为"E. P."亦有可能是庞德本人名字的缩写（Ezra Pound）。

庞德发现现代诗运动的过程中出现了不遂他理想的迹象，尤其是意象诗在后期变得松散，自由诗无任何规则，变得随意而无音乐节奏。因此庞德想在诗歌实践上根治这些毛病，他在1918年一篇题为《法国诗中的硬与软》的论文中宣称："硬朗是诗的品质，任何不喜欢这些说法的人也许会怪罪戈蒂耶，他的作品《珐琅与雕玉》(*Emaux et Camées*, 1852)表现出这些品质,我心里老记住他的硬朗。"① 为了加强硬朗,庞德在句式构造上常采用一个限定动词,尽量少用形容词或者副词作修饰,以符合他早期提出的直接陈述事物的思想。庞德的《莫伯利》是这方面的试验,庞德本人对此也比较满意。他写信给英国作家托马斯·哈代说《莫伯利》写得"瘦","瘦"意味着不像晚期浪漫派那样感伤滥情。② 请看"Mauberley"的第三首诗的第二部分:

> The glow of porcelain
> Brought no reforming sense
> To his perception
> Of the social inconsequence

从句法上讲这是简单陈述句,它以诗行分排,形成押韵的四行。"Mauberley"的四行诗的韵式基本上采用"abcb",但是每行诗的长短、意象的疏密常有变化。例如,在第三首诗中:

> Incapable of the least utterance or composition,
> Emendation, conservation of the better tradition,
> Refinement of medium, elimination of superfluition,
> August attraction or concentration.

相比较第四首的最后四行诗:

---

① T. S. Eliot, ed., *Literary Essays of Ezra Pound*, London: Faber & Faber, 1954, p. 285.
② Donald Davie, *Ezra Pound*, New York: The Viking Press, 1975, p. 50.

第五章　《休·赛尔温·莫伯利》及其他

I was
And I no more exist;
Here drifted
An hedonist.

在《莫伯利》的前四首诗中,时态用的是过去时,叙述的人称是"He",似乎是指莫伯利,诗中并未点明。第五首诗"Medallion"描绘一位女子在钢琴房里唱歌,用现在时态,莫伯利是以诗人身份来叙述。关于莫伯利这个人物形象,评论家中有人直接将他与庞德本人联系起来。庞德在1922年的一封信中表明:"当然,我不是莫伯利,正如艾略特不是普鲁弗洛克一样……莫伯利只是表面。从形式进行研究,将诗压缩成詹姆斯小说的一个尝试。"① 从这段话看出,庞德有意与自己所创作的人物莫伯利保持一段距离,莫伯利可以看做他对人生和世界看法的一个面具。庞德认为詹姆斯(Henry James)的小说达到了很高的境界,他在1960年接见记者时说:"《莫伯利》是尝试以诗的形式来达到小说的效果。"② 下面我们对该诗的几个部分试做赏析。

一

庞德在1913年一首诗中写道:"我的书,你受到了称誉,/因为我刚来自异域/我已落后时代20年/所以你随时找到了听众。"庞

---

① D. D. Paige, ed., *The Selected Letters of Ezra Pound, 1907–1941*, London: Faber & Faber, 1971, p. 180.
② Peter Wilson, *A Preface to Ezra Pound*, New York: Addison Wesley Longman Limited, 1997, p. 157.

德认为自己前段的诗歌探索仅注重艺术,忽略了人生,所以在《莫伯利》中他要开始新的艺术探寻。诗的开头写道:

三年来,他跟时代不合拍
他努力恢复死去的诗艺,
想保持"崇高"的本来面目,
从头到尾错到了底——

　　诗的第一句是庞德对时人评论的回应,他的朋友温德罕姆·刘易斯称他是一位热爱过去的人,其他人发现他不合时宜①。这三年主要指 1914—1917 年,庞德发起意象主义诗歌运动,继而爱米·罗威尔参与介入,庞德与她主张不符,脱离了该运动,转而开始漩涡主义运动。他诗中的"E. P."似乎与时代不合拍,这可能是庞德回击别人对他的反讽话,庞德一直认为自己是走在时代的前列,他的诗常发掘古代题材来表现现代思想,他曾把艺术家描绘成时代的先驱,将未来的利益赋予他的时代。"当他尚未将要表达的东西织成词语,他已走在感情或者哲学意义的前面了。(恰如画家也许已走在他同时代人的色彩感的前面一样。)"② 诗中告诉我们 E. P."努力恢复死去的诗艺,/想保持崇高的本来面目"。此话在某种意义上可以看做是庞德的自述,他在《严肃艺术家》一文中写道:"我们已经花了不少力气为一种诗歌艺术新形式来铺路——这并不是一种新类型,而是旧的……写一种能够用于智者之间进行交流的一种诗歌。"庞德并未将自己所从事的诗创作标为死亡的艺术,而是激活诗的

---

① Christine Froula, *A Guide to Ezra Pound's Selected Poems*, New York: New Directions, 1982, p. 81.
② Ezra Pound, *Literary Essays of Ezra Pound*, New York: New Directions, 1973, pp. 268 – 269.

第五章 《休·赛尔温·莫伯利》及其他

现代化。① 庞德出版《面具》时是 1908 年,年龄为 23 岁,出版翻译诗集《水手》时年龄为 27 岁,《仪式》为 30 岁,《华夏集》为 31 岁,《普洛朴梯斯》为 32 岁,35 岁时出版《莫伯利》。此时他的诗艺已趋成熟。

随后诗的第二节中交代了 E. P. 的出生背景,"不是他错,但生不逢时/又误生在这半野蛮国";庞德本人出生在尚未开发的爱达荷的黑利,诗中的 E. P. 至少也出生在美国。庞德心目中欧洲乃文明之源,美国尚属荒蛮。从文化的角度看,欧洲人视美国为半野蛮国,庞德时代的美国人也有如此的自卑感,那时的美国绝不是今天这样霸气十足。这也是 20 世纪初美国文化名人都纷纷来欧洲取经的原因。

后面的几个诗节中庞德借用希腊神话中奥德修斯远涉重洋,历经艰险,返家与妻团圆的典故,喻指 E. P. 的艺术探索的艰险。诗中写道:

> 知道你们在特洛伊吃了苦
> 没堵住的耳朵听得见;
> 他偏过船头,躲过险途,
> 那年大海浪激,无法上岸。

终于他发现自己的"潘奈洛普应是福楼拜"。法国作家福楼拜所主张的"精确措词"已成为庞德的意象主义运动的一条原则,庞德对他颇为崇拜。

最后一个诗节起承前启后的作用,诗中先改写了维永(François Villon)的"Testament"开首句"En l'an trentiesme de mon age"

---

① Ezra Pound, *Literary Essays of Ezra Pound*, New York: New Directions, 1973, p. 55.

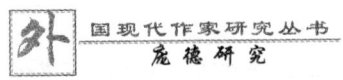

（意为"在我31岁的年华"），庞德完成该诗的初稿时已32岁，维龙在32岁时被迫离开巴黎，庞德在这个年龄离开了自己大展宏图的伦敦，诗中的不得志之感借 E. P. 之口说出：

　　他对时尚无动于衷
　　三十一岁的年华人们却已
　　把他忘却。对诗神的尊荣
　　这种事例没有助益。

二

埋葬过去之后，庞德在第二部分描述了所谓时代要求与严肃艺术家的追求之间不符的矛盾，且看诗中所说：

　　时代要求一个形象
　　把他剧变的怪脸画下，
　　可演出在现代舞台上，
　　肯定没有古希腊的优雅。

　　当然不，不是凝视内心
　　那阴暗的幻想；
　　诠解古典费尽脑筋
　　远不如吹牛撒谎。

　　"时代所需"是个石膏模子
　　不失时机赶快去做，

一个散文影片,肯定不是
诗韵的雕塑。

诗中主人公莫伯利似乎对现实与时代的艺术发展状况颇为悲观,他对未来主义艺术颂扬速度等大为不满,如诗中所说:"时代要求一个形象/把他剧变的怪脸画下……'时代所需'是个石膏模子/不失时机赶快去做"。现实中的庞德对艺术追求充满热情,尤其是致力于发现艺术天才,从不懈怠。庞德本人不像诗中莫伯利那么悲观,他自信地说过:"我能从英国的艺术荒原中区分伟大的雕刻家和伟大的画家。"他慧眼识英才,推荐了一大批作家、诗人和艺术家。因此,现实中的莫伯利与庞德是有差距的。

三

艺术到现代变得越来越商品化、越来越浮躁虚假,文化在庞德看来也有下滑。请看诗中所述:

茶玫瑰的茶袍,如此等等
是柯斯薄纱的替代品,
自动钢琴取代了
莎孚的七弦竖琴。

一切事物都在流动,
赫拉克里特的名言;
可是廉价的花哨俗丽
却比我们活得长远。

从上述诗行可以看出,廉价的商品"茶玫瑰的茶袍"取代了精工产品"柯斯薄纱",机械化的产品"自动钢琴"取代了公元前7世纪希腊女诗人莎孚的七弦竖琴。艺术在商业化的社会里堕落了,"廉价的花哨俗丽"到处流行。在该诗中庞德将艺术的式微归结为两方面:一方面是基督教的干扰,在资本主义生产关系中宗教并没有将人提升到神圣的美,反而愈发被市场所控制。如诗中所写:"酒神走了,基督来临,/不再有食色之爱/有的只是空腹守斋/爱丽尔被卡利班踢开。""自从萨摩雷斯之后/基督教的美也有缺损,/我们看到神圣的美/也得被市场决定命运。""我们没有山神的肉体,/我们没有圣徒的远见。/只有报刊代替圣餐/有行割礼的公民权。"庞德的宗教意义带有浓厚的文化色彩,应该是广博的,而不是片面唯一的。东西方文化的融入如诗中的"酒神"、"山神的肉体"显得更加色彩斑斓。他将基督看成"英雄",而不是全知全能的神。另一方面,他批评所谓西方民主和法律,这种民主诞生的领导人在他看来不过是流氓或者阉人。如诗中所云:"就法律而言,人人平等。/不再有皮西特拉图斯,/我们挑选流氓或阉人/来把我们自己统治。"在现代美国式的资本主义社会里,庞德认为不可能产生像古希腊雅典开明君主皮西特拉图斯(公元前665—527)那样重视艺术与诗歌的领导人,因此,诗人在该诗结尾只有长吁短叹:

啊光辉的阿波罗,
好个人,好个英雄,好个神!
这锡片制的桂冠我该献给
哪个神,哪个英雄,哪个人?

第五章 《休·赛尔温·莫伯利》及其他

四、五

这两个部分描述第一次世界大战给西方造成的灾难。弗吉尼亚·伍尔芙(Virginia Woolf)说:"自从1910年之后人性都发生了改变。"① 庞德在该诗中从思想、政治和经济根源进行了剖析:

> 某些人死了,为了祖国,
>   既不甜蜜,也不光荣……
> 两眼深洼,在地狱里走
> 相信老家伙的谎言,后来又不信
> 回到家,家里有谎言
> 家里有诈骗
> 家里有旧谎言,秽行;
> 高利贷历久日盛。
> 骗子占着官位。

在这场战争中,无数的优秀青年丧生,其中就有庞德的好友哲学家休姆与雕刻家亨利·戈蒂耶-布尔泽斯卡,他在诗中哀叹道:

> 从未有如此英勇,从未有如此浪费。
> 年青的血,高贵的血,
> 秀气的脸颊,完美的肉体;

---

① Christine Froula, *A Guide to Ezra Pound's Selected Poems*, New York: New Directions, 1982, p.87.

诗的第五部继续呻吟道:

他们大群大群地死去,
他们中最优秀的人,
为了那老掉牙的婊子
为了那千疮百孔的文明,

可爱,漂亮嘴唇上的微笑
消失在泥土眼睑下的灵巧眼睛。

连当时最优秀的人如哲学家 T. E. 休姆、诗人鲁佩特·布鲁克(Rupert Brooke,1887—1915)都受到战争谎言的蒙骗,布鲁克死前还写有诗歌颂扬这场战争。这种文明在庞德看来有如"那老掉牙的婊子",他曾写信给自己的老师费利克斯·谢林:"有些东西我注定要摧毁之,某些为文明标签的东西,在其存在之前就应该消失。"[1] 这些所谓文明国家为了利益不惜发动战争,这种文明的后果带来的只是战争与艺术的堕落,粉饰它的是骗人的谎言、政治的虚弱、宗教的假仁、经济的高利贷,这种谎言堆积的文明正如诗的结尾所描述的:

为了二百来个碎裂的雕塑,
为了几千本破烂的书籍。

庞德好友哲学家休姆、雕刻家亨利·戈蒂耶-布尔泽斯卡在战争中丧生,在庞德看来他们的天资远胜过虚假的建筑与雕像,谎

---

[1] D. D. Paige, ed., *The Selected Letters of Ezra Pound, 1907–1941*, London: Faber & Faber, 1971, p.181.

言编织的书本以及高利贷导致的战争恰好夺走这两位聪明人的生命。因此,庞德在诗中要人们警醒不要相信所谓的现在文明。

灰眼睛

  诗的标题源于前拉斐尔派画家爱德华·本-约翰(Edward Burne-Jones,1833—1898)的一幅画,画名为"科菲土阿国王与乞丐女仆"(King Cophetua and the Beggar Maid),现收藏在伦敦的退特画廊。该画的女模特伊丽莎白·斯达尔(Elizabeth Siddal,1829—1862)与前拉斐尔派画家、诗人但丁·罗塞蒂(Dante Gabriel Rossetti,1828—1882)结婚,生活不如意,后来自杀。"可怜的詹妮"(poor Jenny)词语曾出现在罗塞蒂的诗歌《詹妮》(Jenny)中,庞德借此来讽刺前拉斐尔艺术和它在19世纪中叶英国的境遇。同时诗中庞德对维多利亚后期的主要诗人斯温伯(Charles Swinburne)颇为推崇,对但丁·罗塞蒂与前拉斐尔的艺术成就评价较高:

瘦如溪水
以迷茫的凝视
英语《鲁拜集》仍发表在
那些年代

那微弱,清晰的眼神,来自
农牧神般半毁的脸
探寻且被动……
啊,可怜的詹妮案子……

然而,这批先锋艺术家的命运在英国不济,诗人、批评家罗伯特·布坎南(Robert Buchanan,1841—1901)指责他们为"诗歌的肉体派"(The Fleshly School of Poetry)。在当时故作高雅与保守的时代,他们郁郁不得志,庞德在诗中写道:"斯温伯和罗塞蒂受到了虐待。"罗塞蒂的妻子伊丽莎白·斯达尔后来自杀了。

"西耶那救了我,沼泽地毁了我"(Siena Mi Fe; Disfecemi Maremma)

该标题取自但丁的《炼狱篇》第五部分134诗行。诗中托勒密的皮娅说了这句"西耶那救了我,沼泽地毁了我"(Siena Mi Fe; Disfecemi Maremma),后来她在沼泽地的一个城堡被其夫谋杀了。画家罗塞蒂根据该诗作画"托勒密的皮娅"。庞德借此暗喻罗塞蒂的妻子伊丽莎白·斯达尔以及下面诗中所提到的维多利亚时期两位英国诗人恩尼斯特·道森(Ernest Dowson,1867—1900)以及莱恩·约翰逊(Lionel Johnson,1867—1902)的意外死亡。诗中莫伯利回忆了在伦敦文艺界的生活,着重介绍了他与威罗加(Monsieur Verog)相会,威罗加向莫伯利讲了许多有关诗人俱乐部(The Rhymers' Club)的故事:

> 两个小时他谈到加利佛
> 谈到道森,谈到诗人俱乐部,
> 告诉我约翰逊(莱恩)如何死的
> 他是在酒吧的高凳摔死的……

这里所谈的几个人物加利佛(法国将军,在普法战争中身亡)、道森以及约翰逊都是不幸死亡,不过其中约翰逊虽是酒鬼,他在酒吧摔倒过,但并没有摔死。庞德故意这样写旨在引起人们对富有反抗精神的艺术家的注意。

第五章 《休·赛尔温·莫伯利》及其他

燃烧的树

诗的标题"Brennbaum"源自德语,意为"燃烧的树"。庞德在该诗中描绘了一个貌似完美无缺的犹太艺术家的画像,他是以英国著名漫画家和杂文作家马克塞·毕尔帮(Max Beerbohm,1872—1956)的形象塑造的。马克塞是犹太人,在牛津大学读书时,他的漫画已经在大学流传。后来他画漫画和写杂文双管齐下,在伦敦赢得盛名。有一次他拜访戏剧家萧伯纳,萧伯纳戏称其为"盖世无双的马克塞"(the incomparable Max)。庞德定居意大利拉帕罗时,他后来也在此居住,两人有来往。庞德在诗中这样描述他:

天空般清澈的眼睛,
圆形娃娃脸,
从鞋罩到衣领坚挺
未曾放松优雅;

这与《圣经》的摩西出埃及记的事迹相呼应。但诗中字里行间有嘲讽之意,因马克塞是位犹太文人。这首诗是整个这组诗中的较短部分。

尼克松先生

这首诗根据亨利·詹姆斯的小说《大师的教诲》(*The Lesson of the Master*)改写而成,其中描述了一位"尼克松先生"(Mr. Nixon)

以所谓大师的身份来给青年作家提建议：放弃严肃创作，为商业利益和目的服务。这位尼克松先生有可能指的是多产的新闻记者、编辑和小说家阿诺德·贝纳特（Arnold Bennett，1867—1931）。诗中有几处说得颇为露骨：他起家时是个穷光蛋，现在可以买豪华游艇。从事文学创作的成功秘诀就在于：

> 消费还行，至于文学
> 不是肥缺
> 谁也不知，一见，是代表作
> 放弃诗歌，我的孩子，
> 其中啥也没有。

最后他劝青年文学爱好者不要以卵击石，不要学诗人俱乐部，这些人死时还要水中捞月。庞德通过尼克松先生这个人物形象对英国伦敦文坛的市侩气进行了讽刺。

十

与上首诗逐利庸俗的行为相反的是，有些严肃作家如该诗中的"文体作家"（The stylist）住在漏雨的茅房，连门闩都破烂不堪、风鸣作响，他们收入低微，与妻儿艰难度日，可他们还在认真创作，展示着自己的才华。这位文体作家也许指的是庞德心目中的天才如詹姆斯·乔伊斯，他曾说乔伊斯"十年之中他在贫困中度日，默默无名，他的作品却炉火纯青，毫不受商业气的影响。"[1]

---

[1] Peter Brooker, *A Student's Guide to the Selected Poems of Ezra Pound*, London and Boston: Faber & Faber, 1979, p. 210.

第五章 《休·赛尔温·莫伯利》及其他

后记(1919)

在这首诗结尾,庞德一方面表示与自己过去的乏味文学生涯挥手告别,另一方面提出诗与音乐要相结合。他曾提出诗在语言上的最高成就应该归化到音乐,"伟大的抒情诗时代会长久不衰,康品(Campion)让他的作品成为音乐,诺斯(Lawes)将沃赖(Waller)的诗谱成曲,诗歌虽不完全用于吟唱或者谱成曲,但至少有将其向音乐发展的打算。"① 在1918年,他表达了"要符合抒情诗的艺术愿望,我意味着词可以唱……从沃赖和康品之后很少有这样的作品了,当然对他们的简单模仿还不行。"②

莫伯利(1920)

庞德说:"莫伯利在第一部分中埋葬了E.P.,丢掉了所有的自寻烦恼。"莫伯利在第二部分诗中不再像第一部分E.P.那样受前拉斐尔派美学思想的影响,而是变得有些玩世不恭。他虽然是福楼拜的崇拜者,但他玩的雕刻艺术不过是混世的把戏而已。

T. S.艾略特对《莫伯利》评价很高:"令人吃惊的是我如此看中《休·赛尔温·莫伯利》,我认为这是一部伟大的诗。""我相信莫伯利,我还能确信什么呢。"③ 连对庞德一向抱有成见的

---

① Christine Froula, *A Guide to Ezra Pound's Selected Poems*, New York: New Directions, 1982, p.97.
② 同上,p.97.
③ T. S. Eliot, ed., *Selected Poems of Ezra Pound*, New York: New Directions, 1957, p. XXIII.

英国评论家 F. R. 利维斯也对庞德的《莫伯利》刮目相看:"只有在《莫伯利》中庞德达到了一部伟大诗的非个性化、内容和深度。"①

此阶段庞德还出版了另一部有名的诗集《向塞科丢斯·普洛朴梯斯致礼》。这组诗是从罗马古典抒情诗人塞科丢斯·普洛朴梯斯(生于公元前50年)四部诗集中挑选翻译出来的,完成于1917年,出版于1919年10月。塞科丢斯·普洛朴梯斯与奥维德和维吉尔属于同时代的人,被认为是罗马时代最优秀的诗人。庞德进入宾夕法尼亚大学一年级起就对他产生兴趣,此后常有文章介绍他。他在1931年回忆自己写作《向塞科丢斯·普洛朴梯斯致礼》的动机时说:"1917年某种情感对我很重要,我们面临英帝国的巨大愚蠢行为,恰如许多世纪以前普洛朴梯斯同样面对罗马帝国的愚蠢行为。"庞德着手翻译这部作品的时期正是一战高峰,以此来批判帝国主义之间的战争,呼吁诗人们为文学的正义而宣传。普洛朴梯斯出生于公元前一世纪下半叶,他所处的时代正是罗马帝国征战连绵的时期——奥古斯都时期,该时期也是罗马帝国的全盛时期。诗人普洛朴梯斯有许多富裕显赫的朋友,其中他的朋友与庇护人马寺纳斯(Maeceanas)是奥古斯都的大臣,希望他能写出一些叙述史诗来歌颂罗马帝国的盛绩。普洛朴梯斯当然拒绝这样做,因为他的家人有些在内战中丧生,他本人喜欢写丰富力度的抒情诗(lyrics),而不是叙事诗(epics)。

庞德以普洛朴梯斯作为他文学表现的又一大面具。庞德从普洛朴梯斯的四部诗集中精选了一些自己中意的诗篇,通过阐释、模仿、改译方法来完成这部诗集。这种方法跟他处理《华夏集》的方法类似,并不是采用直译和硬译的方法。

---

① Walter Sutton, ed., *Ezra Pound: A Collection of Critical Essays*, Englewood Cliffs, N.J.: Prentice-Hall, 1963, p.40.

第五章 《休·赛尔温·莫伯利》及其他

全诗分为 12 个部分,主要围绕普洛朴梯斯与森雅(Cynthia)之间的爱情展开,其中表现了庞德对诗学、嫉妒、死亡、战争等主题的思考:

1. 普洛朴梯斯断言亚历山大时代的抒情诗胜过史诗。
2. 普洛朴梯斯与阿波罗和卡里欧普(Calliope)辩论他作为抒情诗人的作用。
3. 森雅:普洛朴梯斯因胆怯而拒绝她的邀请。
4. 普洛朴梯斯从森雅的奴隶那里收到森雅的消息。
5. 马寺纳斯强迫普洛朴梯斯写史诗来颂扬其帝国,普洛朴梯斯却为自己热爱爱情而辩护。
6. 思考死亡:普洛朴梯斯想象他的葬礼和森雅的哀悼与悲伤。
7. 森雅:一夜性爱的狂喜,促使他为道德思考。
8. 森雅患病和可能死去:为她的安全作反讽的祈祷。
9. 森雅病了,随后恢复。
10. 森雅:普洛朴梯斯被爱神们绑走,带到她那里。
11. 对森雅不忠的反思,普洛朴梯斯会原谅她所做的一切。
12. 普洛朴梯斯的朋友琳思是位不太有名的史诗诗人,他是森雅的最新情人。普洛朴梯斯将自己与过去伟大的抒情诗人相比肩。

当有些人指责庞德的译文欠准确时,他坦诚告诉那些人自己没有在干翻译活,他说傻瓜才把《向塞科丢斯·普洛朴梯斯致礼》当做翻译,他认为自己是为死人注入新的生命。庞德的好友T. S. 艾略特认为《向塞科丢斯·普洛朴梯斯致礼》有许多幽默、反讽和嘲弄色彩[1]。诗人叶芝对庞德这种翻译加创作的方法颇为欣赏,他在1936年一本《现代诗牛津版》中谈到庞德说:"人们有印象他的风格始终如一,特别是当他写自由诗时,他并不是将所有的葡萄酒注入碗里,一眼就可以看出他从某位不太出名的希腊作品中翻译而成,且译得很出色。"[2]

《向塞科丢斯·普洛朴梯斯致礼》可谓对爱德华—乔治时代的诗歌与读者唱了一首挽歌。那时诗人颂扬所谓的战争,庞德觉其可恶,故揭露之,但他深知很少有人会看出其中的讽刺意义。所以在诗的结尾他说明了这部诗是为小圈子同道和想象中的后代所作:

我将在犹豫不决性格的年轻女士里大获全胜
我的才华在他们的宴会上获得承认
我会被授予昨天的花环

1920年庞德移居巴黎,他离开英国的主要原因是与伦敦的一些保守文人发生争执,同时他对英国文坛和社会现状日趋不满。在巴黎时期,他继续设法帮助他的文朋诗友。在他的热心帮助下,乔伊斯的《尤利西斯》得以出版。艾略特的《荒原》经过他亲自修改和悉心努力得以问世。他还指导与扶植海明威等年轻作家。此阶段他还尝试作曲并创作了歌剧《维永的遗言》(*le Testament de Villon*)。庞德对音乐的兴趣激增与两位音乐家相关:一位是年轻的美国作曲家乔治·安萨尔,他来到巴黎举办演奏会并以响亮和富有力度的节拍而著称。庞德认为他这种音乐与自己所主张的漩

---

[1] Christine Froula, *A Guide to Ezra Pound's Selected Poems*, New York: New Directions, 1982, p.107.
[2] Davie Donald, *Ezra Pound: Poet as Sculptor*, New York: Oxford University Press, 1964, p.86.

第五章 《休·赛尔温·莫伯利》及其他

涡主义的观点是相符的,遂与他共同作曲和写歌剧,并在经济上帮助他,还为他著文推荐;另一位是他的情人奥尔佳,她是闻名欧洲的小提琴家,也是安萨尔的合作者,帮助她发展事业,庞德当然责无旁贷。

第六章

《诗章》研究

　　清朝姚鼐在《登泰山记》中有一段对登山之艰难的描述:"今所经中岭及山巅崖限当道者,世皆谓之天门云。道中迷雾冰滑,磴几不可登。及既上,苍山负雪,明烛天南,望晚日照城郭,汶水、徂徕如画,而半山居雾若带然。"① 泰山之美在于其风景:有云山、险道、日出、松涛、雾霭、积雪,越往上走,它恰似美女层层解开面纱,然而攀登者必有坚韧不拔之志方得揽美景,恰似王安石在《游褒禅山记》中说:"夫夷以近,则游者众;险以远,则至者少。而世之奇伟瑰怪非常之观,常在于险远,而人之所罕至焉,故非有志者不能至也。"② 读一本深奥渊博的书犹如登高山。

　　批评家巴西尔·班庭(Basil Bunting)在1949年时把读庞德的《诗章》比作登阿尔卑斯山,描述如下:它们还不容易,致命的冰川,巉崖弯弯曲曲,杂乱的巨石和草地,牧场和石场,卵石……它们在那里,如果你想避开它们,你得要绕一段长路。③ 此话用于描述阅读800页之厚的天书——《诗章》再恰当不过。庞德研究专家、

---

① 陈振鹏、章培恒主编:《古文鉴赏辞典》下册,上海:上海辞书出版社,1997年。第1942页。
② 同上,第1316页。
③ Peter Wilson, *A Preface to Ezra Pound*, New York; London: Longman, 1997, p.164.

英国诗人唐纳德·戴维认为,《诗章》会长青不衰,过许多年后都是新的阅读,因为每次阅读都会给你带来新的困惑。当然,某些困惑是有成效的。① 苏格兰诗人休·马克迪亚米德(Hugh MacDiarmid,1892—1978)把读庞德的《诗章》看做读侦探小说,它经常弄得你不知所云,开始你不知什么地方重要,哪里又无关紧要,只有将那些支离破碎拼在一起才能看出点门道,你常会发现初以为是垃圾而事实上是闪闪发光的金子。②

1934年庞德的《诗章》还未写到一半,读者读到前面部分就抱怨其难,庞德轻松地给读者回信说:"你若不懂,就跳过去不读,读你懂的。"③ 英美现代派大师的作品基本上都是堆满学问,寓意深刻。例如,詹姆斯·乔伊斯的《尤利西斯》被萧乾和文洁若夫妇译成中文后加注10万字。T. S.艾略特的《荒原》发表之后,许多读者不知所云,艾略特只好自己加注阐释,读者才发现这是一部充满学问和智慧的书。

一、《诗章》的问世与写作过程

《诗章》这部英美现代诗的扛鼎之作的身世一直有些扑朔迷离,诗人庞德自己从未说过到哪一诗章结尾。他到老还未写完它,因此只能说诗人辞世,《诗章》就到那章止。

1976年普林斯顿大学出版社出版了罗纳德·布什(Ronald

---

① William Cookson, *A Guide to the Cantos of Ezra Pound*, New York: Persea Books, 1985, p. xvi.
② 同上。
③ D. D. Paige, ed., *The Selected Letters of Ezra Pound, 1907–1941*, London: Faber & Faber, 1971, p.250.

Bush)的著作《埃兹拉·庞德的诗章诞生》(*The Genesis of Ezra Pound's Cantos*),布什认为学界常被庞德本人的片面之词所迷惑,庞德曾自诩写作《诗章》的方法从未变过,但布什追踪庞德的思想轨迹以及创作《诗章》的过程后,发现《诗章》的创作意图与方法在不断变化。1917年庞德在热衷漩涡主义时,尝试将诗人罗伯特·布朗宁创作《梭德罗》(*Sordello*)的手段用于《诗章》,借此来展现现代生活和他本人生活,艾略特在此发现庞德自传的成分。在20年代,《诗章》评论者们跟着庞德的暗示进行赏析。从1918年到1921年庞德写了一系列音乐评论。庞德结识了两位音乐家,一位是他的终身情人、美国小提琴家奥尔佳·露基,一位是作曲家乔治·安萨尔。安萨尔见了庞德就确信庞德的音乐天赋比许多专业人士强,这让庞德得到不少鼓励,他后来在《诗章》中增加了音乐成分,例如在1928年出版的《诗章17—27草稿》中,他自称有音乐的和谐元素。庞德在伦敦早年接触费诺罗萨的手稿后,对费氏论文解读中国文字的方法一直不忘,他在《诗章》中有意使用了"表意法"("ideogram" or "ideograph")。庞德到老还在调整和修改自己的《诗章》。鉴于此,作者追踪《诗章》的整个诞生过程,分析其产生过程的结构与创作手法的变化,为了解《诗章》提供扎实的史料与线索。① 该书开卷列出了《诗章16草稿》发表的历史的指南(A Guide to the Publication History of the *Cantos* up to and including 1925's *A Draft of XVI Cantos of Ezra Pound for the Beginning of a Poem of Some Length*),该指南有史料价值,不妨在此译出主要内容:

  1. 1917年6月—8月《三个诗章》(*Three Cantos*)(但写成于1915年晚期):这三个诗章(即《诗章》1、2、3)(*Three Cantos I*, *Three Cantos II*, *Three Cantos III*)的第一稿分别

---

① Ronald Bush, *The Genesis of Ezra Pound's Cantos*, New Jersey: Princeton University Press, 1976, p. vii.

第六章 《诗章》研究

发表于《诗歌》杂志 1917 年 6 月、7 月和 8 月的刊号上。

2. 1917 年 10 月《仪式诗章》(*The Lustra Cantos*):该《诗章》表面上是《三个诗章》(*Three Cantos*)的修改稿。1917 年收录在美国版的《仪式》(*Lustra*)(纽约:Alfred A. Knopf, 1917)中并更名为《某种长度的三首诗章》,后又在 *Quia Pauper Amavi* 发表(The Ovid Press, 1919)。

3. 1918 年 2 月—4 月《未来诗章》(*The Future Cantos*),这是《仪式诗章》(*The Lustra Cantos*)的选段。

4. 1919 年 10 月《诗章 4》(*Canto IV*):1919 年 10 月由伦敦 The Ovid Press 单独出版,1920 年 6 月在《日晷》杂志做小的改动出版。后被收录在《诗歌 1918—1921》(*Poems 1918—1921*)(Boni and Liveright, 1921)。

5. 1921 年 8 月《诗章》5、6、7(*Cantos V, VII and VIII*):这几个《诗章》首先发表于 1921 年 8 月的《日晷》杂志上,后收录在《1918—1921 诗选》(*Poems 1918—1921*)和《诗章 16 草稿》(*A Draft of XVI Cantos*)中。

6. 1922 年 5 月《第 8 诗章》(*The Eighth Canto*)(后成为《诗章 2》*Canto II*):该《诗章》发表在 1922 年 5 月《日晷》杂志上,1923 年改了该诗的开头,并用于《诗章 16 草稿》的《诗章 2》(*Canto II*)。

7. 1923 年 7 月《马拉特斯塔诗章》(*The Malatesta Cantos*)(后成为《诗章》8、9、10、11,*Cantos VIII, IX, X, and XI*):这组诗章发表在 1923 年 7 月《标准》(*Criterion*)上,在《诗章 16 草稿》的《诗章 2》变为《诗章》8—11(*Cantos VIII to XI*)。

8. 《诗章 12》一半(half of *Canto XII*)和《诗章 13》(*Cantos XIII*)1924 年 1 月发表在福特主编的《跨大西洋评论》(*Transatlantic Review*),后没做改变,庞德将其编进《诗章

16草稿》。①

这里布什主要对《诗章》前16章发表的过程进行了很好的梳理。

唐纳德·噶拉普在其煌煌巨作《埃兹拉·庞德的书目》中则对庞德《诗章》的成书过程进行了翔实的整理,为方便研究,本书以噶拉普该书为基础并结合其他书籍梳理如下:

1919年10月由伦敦The Ovid Press出版《第四诗章》,印了40册。庞德自称印40册是私自印刷,图自己方便,不是为了出版。②该诗章在1920年6月纽约的《日晷》杂志重印,后被收录在1921年出版的《1918—1921年诗选》以及后来的《诗章》里。

1925年1月在巴黎出版《诗章15草稿》,书的封面大标题下面还加了"一首长诗的开始部分"(for the Beginning of a Poem of Some Length),并标示"首次以书出版"(now first made into a book),亨利·斯屈特(Henry Strater)导读,巴黎三座山出版社(Three Mountains Press)出版。

1928年9月出版《诗章17—27草稿》,伦敦Gladys Hynes出版社出版。

1934年10月8日出版了《十一首新诗章31—41》(Eleven New Cantos XXXI – XLI),纽约Farrar & Rinehart Incorporated出版,印了1500册。1940年美国新方向出版社重版,印了500册。1935年3月14日在伦敦重版,费伯与费伯有限公司出版(Faber & Faber LTD),印了1500册。

1937年6月3日伦敦费伯与费伯有限公司出版《第五个十年诗章》(The Fifth Decade of Cantos),印了1012册。

---

① Ronald Bush, The Genesis of Ezra Pound's Cantos, New Jersey: Princeton University Press, 1976, pp. xiii – xiv.
② Donald Gallup, A Bibliography of Ezra Pound, London: Rupert Hart-Davis, 1963, p. 48.

第六章 《诗章》研究

1940年1月25日伦敦费伯与费伯有限公司出版《诗章52—71》(Cantos LII – LXXI),印了1000册。1940年12月17日美国首版,新方向出版社出版,印了1000册。

1948年7月30日新方向出版社出版《比萨诗章》(The Pisa Cantos),1525册,书上注解这十个诗章之所以名曰《比萨诗章》,是因为这些诗写于诗人被囚禁的比萨附近的监狱中。1949年7月22日伦敦费伯与费伯有限公司出版,印了1976册。

1948年7月30日纽约新方向出版社首次出版《诗章》全集,印了2897册。诗集的封面印着埃兹拉·庞德的照片,由阿诺德·基瑟(Arnold Genthe)所拍。该诗集收录了庞德所有到那时完成的《诗章》,内容有:A Draft of XXX Cantos; Eleven New Cantos; The Fifth Decade of Cantos; Cantos LII – LXXI; The Pisan Cantos。伦敦费伯与费伯有限公司于1950年9月1日出版该《诗章》全集,全书包括71个诗章,内容有:A Draft of XXX Cantos; A Draft of Cantos XXXI – XLI: Jefferson; Nuevo mondo; The Fifth Decade of Cantos: Siena; Leopoldine Reforms; Cantos LII – LXXI; Notes on Cantos LII – LXXI。注解上表明该《诗章》改正了原分开出版的《诗章》的错误,印行1633册。1954年6月18日伦敦费伯与费伯有限公司重版该书,增加《比萨诗章》,印行2000册。

1955年9月在米兰(Milano)出版《部分:凿石篇》(Section: Rock-Drill),该诗集的副标题为"埃兹拉·庞德的《诗章》85—95",印506册,All' INSEGNA PESCE D' ORO出版。1956年3月30日纽约新方向出版社推出该诗集的首个美国版,印2081册。1957年2月15日伦敦费伯与费伯有限公司出版该诗集的首个英国版,印2000册。

1959年12月7日在米兰出版第一版意大利文《御座》(Thrones),副标题为"埃兹拉·庞德的《诗章》96—109",印300册,All' INSEGNA PESCE D' ORO出版。1959年12月7日纽约新方向出版社推出该诗集的首个美国版，印3000册。1960年3月4日伦敦费伯与费伯有限公司出版该诗集的首个英国版，印2290册。

1965年10月30日As Sextant Press出版《诗章110》(*Canto CX*)，这是劳伦斯·斯科特(Laurence Scott)和盖伊·戴文坡(Guy Davenport)为诗人庞德八十岁生日私自印制的，印118册，书的封皮上的庞德画像是劳伦斯·斯科特所作，作为送给庞德的礼物。

1967年12月7日伦敦费伯与费伯有限公司出版《诗章选》(*Selected Cantos*)，印36000册，该书第5页题献奥尔佳·露基，这些诗章是庞德本人选录的。庞德1966年10月20日在威尼斯写了个简短的前言，他在前言的开头写道："我弄这个选集是表明这部《诗章》的主要成分，留给专家的任务去解释他们，正如荣女士（指荣之颖①）说：'艺术家完成作品就成了他作品的工具从属他的作品，我们没有理由期望他解释，他已经通过赋予它形式来做得最好，他必须留给他人和未来来解释.'"② 1970年10月21日新方向出版社发行美国版，印数7000册，这个选本有如下内容：Foreword, Draft of XXX Cantos, Jefferson-Nuevo Mundo, Siena-The Leopoldine Reforms, Chinese Cantos-John Adams, The Pisan Cantos, Section: Rock-Drill, Thrones, Drafts & Fragments of Cantos CX – CXVII③。这些《诗章》选段看来是庞德本人的中意之作。

1969年4月26日新方向出版社出版庞德《诗章草稿和断章110—117》(*Drafts & Fragments of Cantos CX – CXVII*)，该书第1页题献奥尔佳·露基，印数3000册。1970年2月23日伦敦费伯与费伯有限公司出版英国版，印2000册。

---

① 本书作者注。
② Ezra Pound, *Selected Cantos*, New York: New Directions, 1970, p.1.
③ 同上，Contents.

第六章 《诗章》研究

1973年6月在华盛顿D. C.出版了《诗章122—123》(*Cantos LXXII & LXXIII*),印25册。

《诗章》问世后一直是人们关注的焦点,现在最详细的注解本莫过于卡罗尔·F·特里尔的《埃兹拉·庞德〈诗章〉的指南》①。编者在序言里首先高度评价庞德,说庞德很早就立志终生投入到诗歌艺术中,他是个有准备的人,他花了25年来学习和操练诗歌技巧,一方面以最伟大的诗人及其作品为典范,如荷马、但丁、乔叟、莎士比亚、布朗宁,另一方面从一些并不显赫的诗人如萨福(Sappho)、奥维德(Ovid)、卡图鲁斯(Catullus)、普洛朴梯斯(Propertius)、普罗旺斯语诗人(the Provencal poets)、沃勒(Waller)、拉弗格(Laforgue)等那里发现并推出新手法。他早就意识到如果自己要进入伟大诗人的行列,他的代表作必然是抒情史诗,1908至1921年他一直探索有"一定长度"诗的可能形式和结构②。卡罗尔·F·特里尔认为大约在1922年左右,庞德似乎越来越清楚,打算要写包含100或者120个诗章的诗,尽管人们很久没尝试写一定长度的诗。然后,他对《诗章》的整体结构作了简要概述,认为这是一部伟大的宗教诗,它叙述人们从地狱的黑暗走向天堂的光明。③ 卡罗尔·F·特里尔说目前有成百上千的书来研究庞德与他的作品,但对庞德难下定论:其一,庞德本人就是有争议的人物,他与墨索里尼以及法西斯的纠葛会影响对他的评价,作品往往与人连在一起。其二,他的《诗章》到1970年以后才出版完整版,虽然之前有许多批评家如艾略特、乔伊斯、休·肯纳等对这部作品发表评论,但仅是针对《诗章》的某些片段或某个方面。其三,要对

---

① Carroll F. Terrell, *A Companion to the Cantos of Ezra Pound*, published in Cooperation with The National Poetry Foundation University of Maine at Orono, Orono, Maine, Berkeley, Los Angeles, London: University of California Press, 1980.
② 同上, p. vii.
③ 同上, p. viii.

《诗章》做出严肃和整体的评论,对大多数搞评论的人来说并不容易,因为《诗章》确实佶屈聱牙。鉴于此,编者觉得实有必要为学生、教师以及评论者编一本全面的《诗章》注释本。①

1915年,庞德正是而立之年,他在伦敦一方面写评论推荐艾略特等新诗人,另一方面他开始考虑自己要写出一部大作品。早在1909年,他就告诉母亲他打算写一部《史诗》。1915年他写了一首长诗,于1917年以《三首诗章》发表在《诗歌》杂志上。这首诗与我们今天所知的《诗章》不一样,其实整个《诗章》在写作过程中不断被改写、扬弃,并不是按拟订的计划创作。到1922年,庞德对自己这部划时代的著作如何写、写多长,心里比较清楚,他写信给自己的老师费利克斯·谢林说:"也许随着诗不断写下去,我会将好些事情越弄越清楚。下决心将一部诗写到100或者120个诗章,这恐怕是全人类再不想尝试的长诗,我却要踯躅前行。"②

庞德曾在给约翰·奎因的信中谈论《诗章》:"艺术不但要长,而且要流血式的慢。"③ 庞德花费了一生大部分时间创作这部《诗章》,但写作和出版的过程断断续续,我们不妨梳理下先后出版的《诗章》的各个部分:1.《诗章16草稿》(1925),2.《诗章17—27草稿》(1928),3.《诗章30草稿》(1933),4.《十一首新诗章31—41》(1934),5.《第五个十年诗章》(1937),6.《诗章52—71》(1940),7.《比萨诗章》(1948),8.《部分:凿石篇》(1955),9.《御座》(1959),10.《诗章草稿和断章》(1969)。整个《诗章》于1972年

---

① Carroll F. Terrell, *A Companion to the Cantos of Ezra Pound*, published in Cooperation with The National Poetry Foundation University of Maine at Orono, Orono, Maine, Berkeley, Los Angeles, London: University of California Press, 1980, p. ix.
② D. D. Paige, ed., *The Selected Letters of Ezra Pound, 1907–1941*, New York: Harcourt Brace and Company, 1950, p. 180.
③ William Cookson, *A Guide to the Cantos of Ezra Pound*, New York: Persea Books, 1985, p. xvi.

合成一卷。这里需要说明的是:他在意大利用意大利文写的亲法西斯的第 72 和第 73 章,作为《遗漏诗章》,从全卷里被抽出有多年。①

二、《诗章》内容概要与结构解说

我们不妨先对《诗章》的内容做一番概览:

第 1—17 章:《诗章》前 7 章的基调是呈现神话,这些神话与现实世界相互交织、主题混杂:奥德修斯通往地狱的航程;海伦的美丽引起特洛伊战争;狄奥尼修斯(Dionysus)的变形;古时的吟游诗人;奥维德的变形记;现代社会的堕落。第 8—11 章赞美第 15 世纪艺术庇护人马拉特斯塔(Malatesta),抨击资本主义经济。第 12 章通报肮脏的现代投资商和专利人。第 13 章展现孔子的理想和秩序。第 14—15 章进一步批判战争贩子和高利贷分子,在普洛梯纽斯(Plotinus)的帮助下,庞德逃回福地。第 16 章他梦到英雄和仙女、神和女神,尤其是狄奥尼修斯,以及驶回威尼斯。

第 18—30 章:将现代社会的贪婪与文艺复兴时期的充满激情的愉悦生活进行比较。

第 31—71 章:诗人称赞他所认为的几位杰出统治者:杰弗逊、约翰·昆西·亚当斯、范布伦和约翰·亚当斯,以及墨索里尼。在 42—51 章里诗人对资本主义的高利贷制度和金融政策进行了分析和猛烈抨击。其中第 49 章中有对中国田园生活的呈现以资对比,接着在第 51 章表明高利贷是违背自然和光明的。在 52—61

---

① 杰夫·特威切尔-沃斯:《灵魂的美妙夜晚来自帐篷中,泰山下》,张子清译,见《庞德诗选比萨诗章》,桂林:漓江出版社,1998 年。第 278 页。

章(中国诗章)里,诗人认为儒教占统治地位时期是中国历代最兴旺的时期,而道教和佛教削弱了王朝。他从第一个皇帝追溯到满洲清政府,认为雍正皇帝是理想的皇帝。在第62—71章(亚当斯诗章)里,美国总统亚当斯被描绘为国家之父,是正义、勇气和文明的象征,诗人对他一生为美国所做的贡献进行了详细的叙述和赞美。

第74—84章(比萨诗章):这是诗人被关押在比萨的美军牢笼里所写的诗篇。诗人在诗中对墨索里尼的垮台原因进行了反思,对欧洲的现代社会唱了一曲挽歌,将振兴文化的理想寄托到孔子的思想上。

第85—95篇(凿石篇):诗人想借用在石头上打洞的比喻,以便从历史的石头里钻探出一些新的材料。诗人在该诗章的前半部分重新解读了美国和中国历史,后半部分反思了自己的梦想。

第96—109篇(御座篇):该标题来源于但丁的《神曲天堂篇》。循着在《凿石篇》所探讨的主题,诗人进一步对19世纪欧洲、美国以及早期的欧洲基督帝国进行研究。同时将中国帝王的务实行为与欧洲中世纪的光明追求者作对比。

第110—117章:返回到威尼斯和诗人自己的境况。对自己诗章的断片性的结构行文进行反思。

庞德自己称《诗章》是"一部包容历史的诗篇",他在接受《巴黎评论》的采访时说:"我尽力使得《诗章》历史化。"① 受这种思路的影响,《休·赛尔温·莫伯利》所创造的风格明显不同,《莫伯利》所追求的是诗歌小说化。"Canto"在意大利文中意为"歌",在英语中它是指一组由单篇组成的长诗,类似荷马的《奥德赛》,或者但丁的《神曲》。庞德自己说道:"我写一篇长诗在长度上类似《神曲》,但方法上不一样。"庞德写这部长诗既不想以欧洲中世纪

---

① Peter Wilson, *A Preface to Ezra Pound*, New York; London: Longman, 1997, p.167.

第六章 《诗章》研究

为榜样,也不想赶现代主义极端诗的时髦。在《诗章62》出现但丁诗里的人物,这是有意显示他的不同。"Canto"在庞德笔下不全是意大利文或者英文之意,此词的意义比较模糊,它是由许多部分组成,但各篇在意义上独立成篇,庞德有意借鉴音乐形式,希望有朝一日能将其谱曲,但这些类似歌曲的段落是很难吟唱的。

在《诗章》写作的早期阶段乃至整个《诗章》完成后不久,评论界有人说《诗章》是一堆拼凑的散片,各章之间毫无联系与统一①;也有人说《诗章》充满着力与美,但称不上是统一的艺术品。

庞德想尝试某种新的诗歌形式,这种形式具有弹性并足以容纳必要的材料。"艺术尽可能地达到最高成就,'有造诣';但有其他令人满意的效果,将一个人置于一种非常珍贵的混乱,同时尽最大可能地投入某种秩序(或者美丽),并且意识到既混乱又有潜能。"② 我们从庞德这部百科全书式的《诗章》中可以感受到它的博大精深,而且它的呈现方式正如庞德所言既有那种珍贵的混乱,又有那种美丽的秩序。一方面,它的叙述方式打破了传统西方单线串连的行进模式,超越西方传统的定向定位文法和依循因果律的直线时间观,各种过去的、现代的、历史的、个人的、现实的、神话的,各种文化的明澈细节,都可以互相回应、引申衍化,通过中国文化和诗歌叠合并置方法来展现博大的文化背景。要理解这种庞大而且不合常规的诗歌,不仅普通读者觉得难,对于研究庞德的专家也非易事。另一方面,庞德通过对资本主义现行制度的批判,想从世界古往今来的文明中找到或借鉴新的秩序,如中国的儒教文明、杰弗逊和亚当斯总统的社会理想。这种古今并置的文明框架跳跃

---

① George P. Elliot, "Poet of Many Voices", edited by Walter Sutton, *Ezra Pound: A Collection of Critical Essays* (*Twentieth Century Views*), New Jersey: Prentice-Hall, 1963, p.161.

② T. S. Eliot, ed., *Literary Essays of Ezra Pound*, London: Faber & Faber, 1954, p.396.

在诗中,这需要读者的知识来重组、比较和再建。艾略特在《尤利西斯:秩序与神话》中对作家乔伊斯的创作评价很高:"在使用神话、构造当代与古代之间的一种联系性并行结构的过程中,乔伊斯先生是在尝试一种新的方法,而其他人必定也会随后进行尝试。他们不是模仿者,就像一个科学家利用爱因斯坦的发现,从事自己独立、更深入的研究一样。它只是一种控制的方式,一种构造秩序的方式,一种赋予庞大、无效、混乱的景象,即当代历史,以形状和意义的方式。……我们现在可以使用神话方法,而不只是叙述方法了。"① 在艾略特看来,乔伊斯的伟大之处在于他用神话的方法把古代与现代平行对比,使现代混乱社会与古代的有序社会互照互比。艾略特后来在他的《荒原》中也使用这种方法。《荒原》的技巧与手法是经过庞德斧正的。到庞德写作自己的《诗章》时,对于这些技巧已经胸有成竹了。庞德在措词、文法等方面有了更为开放的空间,有些句子甚至段落都直接借用外国原文,在诗中随时都可能读到但丁、布朗宁、楚辞、亚塞·赛蒙、菲兹杰拉德《鲁拜集》、乔叟、《圣经》等,这些经典和名人的作品皆被引入诗中,许多种外语出现在《诗章》里,引用最频繁的有古希腊语、拉丁语、中世纪普洛旺斯语、法语、意大利语和汉语,这些外语都为他所用,融入他的语境中。这是庞德早年所主张的"理诗"(Logopoeia)。他曾在《如何阅读》一文中写道:"理诗,'语词间智慧之舞',也就是说,它不仅使用词语的直接意义,还特别考虑词语的使用习惯和我们期待它所在的语境,包括它的常用搭配、正常变化以及反语修辞。这种诗包含着那些语言表达所特有的、无法为造型或音乐艺术所包容的美学内容。它出现得最晚,也许是最巧妙、最不可捉摸的形式。"②

---

① 《艾略特诗学文集》,王恩衷编译,北京:国际文化出版公司,1989年。第285页。
② T. S. Eliot, ed., *Literary Essays of Ezra Pound*, London: Faber & Faber, 1954, p.25.

第六章 《诗章》研究

也正是这种最巧妙、最不可捉摸的形式使得《诗章》具有如此大的包容性,以古代和异域文化来催生新的文化,同时也使得《诗章》更难理解。艾略特在《玄学派诗人》一文中指出:"就我们文明目前的状况而言,诗人很可能不得不变得艰涩。我们的文明涵容着如此巨大的多样性和复杂性,而这种多样性和复杂性,作用于精细的感受力,必然会产生多样而复杂的结果。诗人必然会变得越来越具涵容性、暗示性和间接性,以便强使——如果需要可以打乱——语言以适合自己的意思。"① 面对复杂和多变的现代社会,现代诗人在表现这个世界的方式上会越发具有开放性、涵容性、暗示性和间接性,所有这些增强了现代诗的涵盖面,这是以往诗人和诗歌无法企及的,诗的难度也是前所未有的。庞德关于"神髓"(Virtu)有独特的说法:"每个人的灵魂是由灵魂世界里全部的素质所混成,但在每个灵魂里有这么一个支配性的质素,独特而强烈,是属于每个人的特质或神髓,这种是没有两个灵魂会重复的特质。"② 《诗章》的结构和布局采用并置对比的方法,同时注重细节,给读者断裂感(fragmentation)。他说过:"任何事实从某种意义上说,都是重要的。任何事实都可能是征兆的,但某些事实却能为人们观察周围环境,前因后果,秩序与规律,提供一种出人意料的洞察力……我们在文化或文学发展史上,便接触到这种具有启发性的细节。数十个这种性质的细节可以使我们获得关于一个时代的信息——这些信息是积聚浩繁的普通事实所得不到的。"③ 庞德的《诗章》第 74 章写道:

---

① 《艾略特诗学文集》,王恩衷编译,北京:国际文化出版公司,1989 年。第 32 页。
② "The New Age", Jan. 4, 1912, p.224.
③ Ezra Pound, "I Gather the Limbs of Osiris", *The New Age*, Dec. 7, 1911, pp. 130–131.

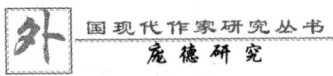

> 天堂不是人造的
> 却显然支离破碎
> 它只存在支离破碎之中出乎意外的好香肠里,
> 薄荷的气息,比如说,
> 拉德罗这只夜猫;

读者在阅读《诗章》时要注意其中的"细节"和"支离破碎",并要将这些"支离破碎"联系起来,否则便会不知所云。庞德对读者的估计也许过高,总以为大家会像他一样渊博,或者至少能理解他这样的方式。

庞德的《诗章》是否有统一的结构存在争议,诺埃尔·斯托克(Noel Stock)与乔治·德克(George Dekker)认为《诗章》没有统一的结构,但并不妨碍这是一首好诗,所谓贯穿一致的结构是学者们杜撰出来的。而休·肯纳是持有结构主张者,但他没有非常清晰的界定,只是说情节结构是靠相互关联的大量反复出现的节奏[①]。在这众说纷纭之时,1969 年丹尼尔·D·柏尔曼(Daniel D. Pearlman)在牛津大学出版社出版了《时间之钩:论埃兹拉·庞德的诗章的统一性》(*The Barb of Time: On the Unity of Ezra Pound's Cantos*),主张《诗章》是有统一主题与结构的力作。作者在绪论里宣称:"我已经发现这首诗的主题,它有逻辑地随着《诗章》存在或者不存在的主要形式明显地变化或者递进,那就是以时间的主题发生。"[②] 作者对时间的主题与结构给予清晰的界定,一是《诗章》可按线性时间(linear time)和循环时间(cyclical time)来研究,线性的时间是朝一个方向延伸,不可改变过去、现在和将来的顺序,循

---

① Hugh Kenner, *The Poetry of Ezra Pound*, London: Faber & Faber, 1951, pp. 300–301.
② Daniel D. Pearlman: *The Barb of Time: On the Unity of Ezra Pound's Cantos*, New York: Oxford University Press, 1969, p.6.

环的时间是按自然的季节和宇宙的节奏,可以永恒地重现,正是这种时间可以让古代以一系列独特和不重复的事件进入不停止的现在。① 这个说法似乎借鉴了艾略特所说的过去与现在融会一体的历史意识。另一种时间就是区别两种不同的时间:机械时间(mechanical time)与有机时间(organic time),机械时间就是钟表的时间,与人的经历无关,有机时间是人的主观感受,与经验相关,与绵延相关。② 作者用这两种时间模式来分析庞德的《诗章》显然是有用武之地的,而且针对文本来解读也言之有理。全书主要分为三个部分:第一部分:地狱:时间是无序;第二部分:炼狱:时间是秩序;第三部分:天堂:时间是爱。③

由于庞德到去世时《诗章》也没有结尾,他自己在不同时期对自己的作品有过不同的评价,他还常常根据后面的《诗章》来修改前面的《诗章》,人们对《诗章》的结构从而一直有不同的看法,因此,只要谁能讲得出道理,都可以立得住。正如一千个读者就有一千个哈姆雷特,《诗章》也大致如此。"庞德的《诗章》已成为现代诗歌难题,不管人们有多么希望忘记这个令人麻烦的人和他的难解之诗,也不可能把他从现代诗的运动史上抹掉。"④ 此话出自利昂·苏莱特(Leon Surette)在1979年出版的《祭祀之光:埃兹拉·庞德诗章研究》(*A Light from Eleusis: A Study of Ezra Pound's Cantos*)。作者从古时祭祀仪式的角度来研究《诗章》的结构,是基于他在耶鲁大学图书馆查阅到的珍藏书与手稿,庞德的字迹虽然难辨,但作者依稀可以看出他有写《诗章》结构和框架的笔记。本书

---

① Daniel D. Pearlman, *The Barb of Time: On the Unity of Ezra Pound's Cantos*, New York: Oxford University Press, 1969, pp. 21 – 22.
② 同上, p. 22.
③ 同上, pp. ix – x.
④ Leon Surette, *A Light from Eleusis: A Study of Ezra Pound's Cantos*, Oxford: Clarendon Press, 1979, p. 1.

是按《诗章》诞生的时间顺序到后期的《诗章》推进，从中逐一挖掘出其中隐藏的神话典故与祭祀的相关的文化结构。全书306页，从中可见作者的学术功力相当扎实。追随利昂·苏莱特的研究方向与方法，德米特斯·彼·雀纳普罗斯(Demetres P. Tryphonopoulos)在1992年出版了《天上的传统：埃兹拉·庞德的诗章研究》(*The Celestial Tradition: A Study of Ezra Pound's* The Cantos)，该书在扉页上题献利昂·苏莱特，并在前言的开始说到利昂·苏莱特及其著作在研究神话与《诗章》之间的关系方面所做的开拓性贡献。他的这本书是在利昂·苏莱特所做工作基础上的进一步延伸，主要探讨庞德《诗章》与神秘学的关系①，书中先介绍神秘学的背景知识，庞德所受的神秘学教育，接着分析《诗章》里神秘学及其相关元素的展现。

挖掘《诗章》的结构，后继者不乏其人，温迪·斯得拉德·弗罗利(Wendy Stallard Flory)是其中的代表。1980年他在耶鲁大学出版社出版的《埃兹拉·庞德与诗章：斗争的记录》(*Ezra Pound and the Cantos: A Record of Struggle*)是一部很会用辩证法来分析的书。该书绪论的开始引庞德自己的描述说："《诗章》是一部斗争的记录。"② 作者以为，庞德说此话是仅意味一种斗争，后来才发现卷入各种斗争。首先在写作的范式上，作者认为庞德这部诗是对荷马的《奥德赛》、但丁的《神曲》和华兹华斯的《序曲》这三种文体选择过程斗争的结果，最后取三者之长为他所用。庞德在《诗章》中也想学习但丁的《神曲》，通过创作达到道德的崇高境界，但他不愿像但丁那样成为自己诗中的主角。他也不愿像奥德赛，面临那么多肉体危险和考验，而是要"随知识航行"("Sail[ing]

---

① Demetres P. Tryphonopoulos, *The Celestial Tradition: A Study of Ezra Pound's The Cantos*, Ontario, Waterloo: Wilfrid Laurier University Press, 1992, p. xi.
② Wendy Stallard Flory, *Ezra Pound and the Cantos: A Record of Struggle*, New Haven and London: Yale University Press, 1980, p. 1.

after knowledge"),不是像但丁那样的英雄在地狱旅行,而是在他的时代与高利贷这个魔鬼斗争。① 华兹华斯的《序曲》是一首自传性质的长诗,在这首诗里华氏自省感悟,庞德并不喜欢这种方式,到后来随着墨索里尼的垮台,庞德所期望的经济新秩序也被摧毁,庞德原来构思的天堂彩虹般地消散。庞德在后面的《诗章》中自传成分增加,反省分量凸显,赋予了该诗的戏剧效果和结构的整体性。因此,该书称庞德的《诗章》既不是荷马或者但丁笔下的纯粹史诗,也不是华兹华斯式的自传诗体,倒可以称为"史诗自传体"("epic autobiography")②。把这些基本概念厘清后,作者进一步要为自己的立论在学界站稳脚跟扫清障碍。他说评论界长期以来不敢将庞德个人的思想与行为与《诗章》联系起来谈,是因为庞德在二战犯有错误,将诗与诗人本人分开,所谓钉是钉铆是铆有利于巩固《诗章》的崇高地位,这是爱《诗章》人的心愿。另外,新批评主义强调作家与其作品分开,影响人们的批评视野。庞德本人极力反对说他的《诗章》中有自审自悟的成分。该书从庞德的童年(包括好友威廉斯的评价)写至到伦敦后的经历,尤其受刘易斯的影响,确信庞德的双重人格与内心的斗争一直伴随著他,然后再逐章分析《诗章》里以及相关的各种冲突与斗争。

庞德在《诗章 120》(*Canto CXX*)中写道:"我已经尝试写天堂/不要动/让风说/那就是天堂。/愿神原谅我已经做的/愿我爱的人原谅我所做的。"这些诗句也许是启发克莉丝汀·弗洛拉(Christine Froulia)写作《描写天堂:庞德诗章的风格与错误》(*To Write Paradise: Style and Error in Pound's Cantos*)的线索。该书在绪论中以一个文坛轶事开头:英国女作家弗吉尼亚·伍尔芙在她

---

① Wendy Stallard Flory, *Ezra Pound and The Cantos: A Record of Struggle*, New Haven and London: Yale University Press, 1980, pp. 1 – 2.
② 同上, pp. 2 – 3.

的《自己的一间房》中提到,她想到牛津大学图书馆考证弥尔顿的一首诗,不料因没有该校的男士陪进而遭拒。伍尔芙写《自己的一间房》之时,正是庞德创作《诗章》的阶段。作者由此进入该书的主旨,弥尔顿有可能犯错,庞德亦有这种原因或主观(有意以错来发挥)或客观(出版部门或编辑原因)犯错。① 庞德对《诗章》进行过各种各样的描述,如"一首长的意象主义或者漩涡主义的诗"、"包含历史的史诗"、"部落的故事"、"斗争的记录"等,历史当然是诗中表现的主要内容,但该书作者感兴趣的是庞德如何将历史转变成诗歌的创新形式与语言。② 书中也清理了《诗章》里那些庞德有意为之的错误。

三、《诗章》部分章节解读

由于《诗章》相当厚实,本书不可能对《诗章》这部巨作逐章解读,只能在借鉴各种注释本的基础上试对这部"天书"的某些重要篇章进行解读。

1.

《诗章》最早的第 1 章原放在《诗章》第 3 章的后半部分,首先发表在 1917 年 8 月的《诗歌》上,目前的《诗章 1》是从 1925 年的《诗章 16 草稿》里改编出来的。庞德在第 1 章的前 67 行选译了荷马《奥德赛》第 11 章。庞德为什么要选译荷马的《奥德赛》来作为这部宏大《诗章》的开场白呢?根据荷马的著作,特洛伊战争结束

---

① Christine Froula, *To Write Paradise: Style and Error in Pound's Cantos*, New Haven and London: Yale University Press, 1984, pp. 1–8.
② 同上, p.4.

后,其他人都回到希腊,只有奥德修斯仍在海上漂流,无法回到他的家园艾色伽(Ithaca)。在抵达他的家乡前,奥德修斯经历了许多危险,如在岛上被瑟斯(Circe)迷住,后来降入阴界。庞德从中得到类似的体悟,现代人在理想失落的社会里宛如奥德修斯在海上漂流、无家可归。现代人也应走入下界,也就是走入过去(神话与历史),在破碎的现代社会找到新的艾色伽。诗的开头就把我们读者带回历史与现在的共同探索中:

然后走下船上,
龙骨破浪,向神似的海
我们将桅杆高升,乘着黝黑的船,
羊运上船,和我们的身体
泪流涔涔,风从船尾吹来
风帆鼓满将我们推向前
瑟斯的这个技巧,那头部整洁的女神,
然后我们坐在中船,风击船舵
就这样张帆前行,跨海到日尽头。①

正如上述,现代诗人庞德乘着荷马笔下的奥德修斯的漂流之船,探寻自古以来的人类文明的精神之园,宏伟的《诗章》就这样扬帆起航了。

2.

《诗章》第2章首先发表在1922年5月的《日晷》杂志上,1925年编入《诗章16草稿》。该《诗章》的开头两行原本是《诗歌》(*Poetry*, 1917)的开篇之作。1915年庞德读到罗伯特·布朗

---

① 译自 Ezra Pound, *The Cantos*, London: Faber & Faber Limited, 1986, p.3.

宁的《梭德罗》，认为该诗是"乔叟以来英文诗中最好的长诗"①。他从该诗获得了灵感，开始他想借鉴《梭德罗》诗篇的方法来构建整个《诗章》的框架。庞德在1966年的《诗章选篇》的前言写道："对《诗章》的最好介绍……也许可以从《诗章》的早期草稿的一些诗行得到启示：

> Hang it all, there can be but one 'Sordello'
> But say I want to, say I take your whole bag of tricks,
> Let in your quirks and tweeks, and say the thing's an artform,
> Your sordello, and that the modern world
> Needs such a rag-bag to stuff all its thought in;
> Say that I dump my catch, shiny and silvery
> As fresh sardines slapping and slipping on the marginal cobbles?
> (*Poetry*, June 1917,113)"②

罗伯特·布朗宁的《梭德罗》写于1840年，是为意大利吟游诗人梭德罗(？1180—？1255)所作。庞德在《诗章》第2章开头写道：

> 他妈的，罗伯特·布朗宁
> 怎样说也只有一个《梭德罗》
> 但梭德罗，而我的《梭德罗》呢？
> 梭德罗家族来自曼图亚地区
> 勺枢在大海中搅拌
> 海豹在断崖拍浪洒白的圆圈中玩耍

---

① Christine Froula, *A Guide to Ezra Pound's Selected Poems*, New York: New Directions, 1982, p.132.
② Peter Brooker, *A Student's Guide to the Selected Poems of Ezra Pound*, London and Boston: Faber & Faber, 1979, pp.240-241.

第六章 《诗章》研究

滑溜溜的头,海洋柔软的女儿
而海浪在滩沟里涌复:
"伊莲娜,船舰的毁坏者,城邦的毁坏者!"
而可怜年老的荷马目盲,盲如一只蝙蝠,
耳朵,听海潮的耳朵,老人的声音沉吟:
"让她回到那些船上
回到希腊的人群间,不然凶事会降到我们的身上
凶事,更多的凶事,天罚将咒罚我们的子孙
移步,不错,她移步如女神
她确有一张神的脸庞
桑尼女儿们一样的声音
而劫数与她的步履如影随形
让她回到那些船上
回到希腊人的声音中。"
在滩头涌浪里,泰洛
海神扭曲的手臂
水柔软的肌腱,紧握着她,交叉抱着
海浪蓝灰蓝灰的玻璃华盖着他们
水闪烁天蓝,冷的翻腾,绵密的掩盖
静谧,那日茶色一展的白沙
海鸥展开他们的翅翼
在伸张的羽毛间咬啄
沙鹬飞来洗浴
仰弯他们翅翼的关节
把淋漓的翅膀展向太阳透明的薄片。

(叶维廉译)

亚里士多德在《诗学》中将诗和历史作比较时说道:"诗人的

职责不在描述已发生的事,而在描述可能发生的事,即按照可然律或必然律是可能的事。诗人与历史家多半的差别不在诗人用韵文而历史家用散文——希罗多德的历史著作可以写成韵文,但仍旧会是一种历史,不管它是韵文还是散文。真正的差别在于历史家描述已发生的事,而诗人却描述可能发生的事,因此,诗比历史更哲学、更严肃,因为诗所说的多半带有普遍性,而历史所说的则是个别的事。"在亚里士多德看来,诗比历史更哲学、更严肃,是因为诗比历史更能表现带有普遍性的规律。然而,历史与诗在庞德的《诗章》中结合得很完美,正如美国诗人华莱士·斯蒂文斯(Wallace Stevens,1879—1955)在他的诗《最高虚构笔记》中所云:"两个本质相反的东西似乎/互相依靠对方,就像男人/依靠女人,日靠夜,想象/靠真实。这就是变化的根源。/冬与春,冰冷的联系,却在拥抱,/而欢乐的细节就从中出现。"庞德想将《诗章》写成一部"包括历史的长诗",他的这部诗里常有跟古人的对话,如上一节我们可以读到许多历史人物和诗人包容其中。布朗宁的《梭德罗》在该诗成为"我的梭德罗呢?"。诗中"勺枢"有人解释为是根据日语的中国哲学家庄子而转译过来的。① 叶维廉认为该意象呈现了一个宇宙神秘的力量或神用月亮做勺子搅拌大海(暗示类似爱神自海中诞生的形象),他就决定按音译为"勺枢"来唤起某种星座的运作。② 接下来借用英国诗人马修·阿诺德在他的诗《多佛海滩》(Dover Beach)中所提到海浪汹涌,从这阵阵浪花里翻腾出一个又一个相似而又不尽相同的故事:其一,有关伊莲娜(Eleanor):阿斯库里斯(Aeschylus)悲剧《阿伽门农》(Agamemnon)所描写的伊莲娜的故事。伊莲娜是引发特洛伊战争的美女海伦(Helen)

---

① Peter Brooker, *A Student's Guide to the Selected Poems of Ezra Pound*, London and Boston: Faber & Faber, 1979, p.241.
② 叶维廉:"Modernity and Poetry", *UCSD Reader*, 2001.

的另一种写法,有时写成 Elena。庞德选 Eleanor 的原因是发音近似 henenaus(船舰的毁坏者)和 heleptolis(城邦的毁坏者),如诗中所云:"伊莲娜,船舰的毁坏者,城邦的毁坏者"。另外还有一个引发法国与英国百年战争的伊莲娜。她先嫁给法国国王路易七世,并随夫东征。后因为谣传她与回教大将撒拉丁(Saladin)有染,被路易王休了。数月后,她又嫁给英王亨利二世。后来亨利王与她不和,她的儿子桂里姆(Guillem)、亨利(Henry)、理查德(Richard)、约翰(John)与国王亨利发生内讧,并导致战争。该现实故事类似特洛伊战争原型。其二,有关桑尼(Schoeney)女儿:来自奥威德(Ovid)的《变形记》(*Metamorphoses*),桑尼的女儿亚塔兰塔(Atalanta)也像海伦,让不少男子死于她的美色。其三,有关泰洛(Tyro):源自《奥德赛》,海神波塞冬(Poseidon)迷恋泰洛,在河口鼓大浪遮蔽他们俩,遂将泰洛强暴。

3.

像《诗章》第 2 章一样,《诗章》第 3 章开篇亦是与诗人罗伯特·布朗宁对话,布朗宁在诗歌《梭迭罗》中写道:"我在废墟的宫殿步阶上沉思/在威尼斯。"庞德在少年时代于 1898 年和 1902 年来过威尼斯,后来 1908 年庞德来欧洲时首站抵达这里。布朗宁在他的诗中沉思过去,想通过诗歌对社会的变革起一些促进作用,并给他所见的痛苦的人们带来一些安慰。庞德在《诗章》第 3 章中采用现代主义的拼凑(collage)的方法来创造这首"包含历史的诗"。诗的开头写道:

> 我坐在多嘎那的步阶上
> 平底舟花费太多,那年,
> 没有"那些女孩",只有一张脸
> 二十码的"金色赛船俱乐部",嚎叫"紧紧拥抱",

横梁上灯光通亮,那年,在默洛斯尼家,
嘎尔家的孔雀,或者曾经有过。

在这个部分的开始几行庞德借鉴了布朗宁的《梭德罗》。

4.

《诗章》第4章首先出现在1919年10月私自印行的40本里,后来又出现在1920年6月的《日晷》和1921年的《1918—1921诗选》中,不过该部分从开始到现在未做多大的改变。我们知道庞德在《诗章》第1章回到了西方文学的源头——荷马,在这里庞德重新从荷马等一批古诗人那里得到了灵感:

宫殿在烽烟濛蒙的光中
特洛城,一大堆熊熊燃烧的界石
ANAXIFORMINGES(竖琴之神)! Aurunculeia(生殖与爱之神)!
听我说啊! 金舶的克德马斯(Cadmus)!
银镜摄进光亮的石头与燃焰
晨曦,跟着我们醒起,游历在冷绿的光中
露霭茫茫,草原间,灰白的足踝在移动
拍拍,呼呼,呼呼,在苹果树下
　　在柔柔的草原上
林泉仙女的合唱,羊足,间著灰白的足音
醉蓝海洋的眉月,在浅滩上金绿金绿
一双黑色的公鸡在海沫中鸣叫

(叶维廉译)

庞德在这里借鉴了荷马诗中的"银镜摄进光亮的石头与燃焰",品达(Pindar)诗中的"ANAXIFORMINGES(竖琴之神)",以

第六章 《诗章》研究

及卡图鲁斯(Catullus)的"Aurunculeia(生殖与爱之神)"。与古人对话还融入了作者的想象和感情:划船人的叫喊,熊熊燃烧的界石,公鸡在海沫中鸣叫。我们在这里读到的是一组一组的浓缩细节,但"往往是把包孕着丰富内容的一瞬间抓住;利用这浓缩的一瞬来包孕、暗示这一瞬之前的许多线发展的事件,和这一瞬间可能发展出去许多线事件。……在一'点'时间里,没有序次的发生。"① 接下来是一系列相似故事的并置:一个是伊颤(Ityn)的故事,他的本名为"Itys",庞德这样改写是为了谐音英文"eaten",该故事源于奥维德,伊颤是普洛科尼(Procne)和特吕王(Tereus)的儿子。特吕王强奸了普洛科尼的妹妹菲洛美拉(Philomela),随后将她的舌头割断,以便她无法泄密,可她用缀锦把秘密告诉了普洛科尼。为了报复特吕王,普洛科尼把儿子伊颤杀了,并将他的心肝做菜给特吕王吃。特吕王发现后拔剑追杀她们姐妹,姐妹俩分别蜕变成燕子和夜莺。第二个故事出自吟唱诗人卡北斯坦(Cabestan)的传记。卡北斯坦成了索萝梦达(Soremonda)的情人,她的丈夫雷蒙(Ramon)得知后将卡北斯坦杀了,同时把他的心肝做菜给索萝梦达吃,索萝梦达跳楼而死。我们下面看看庞德是如何在诗中巧妙地并置这些类似的故事的:

在卧榻弯曲雕琢的脚下
　　　　足爪首狮,一个老人在座席上
嗡嗡地低吟:
　　　　Ityn!(伊颤)
Et ter flebiliter(而三次落泪),Ityn,Ityn!
她走到窗前,从窗口跃下
　　　　在那时刻,那时刻啊,燕子叫喊着

---

① 叶维廉:"Modernity and Poetry", *UCSD Reader*, 2001.

Ityn！
"卡北斯坦的心肝在菜盘上"
"卡北斯坦的心肝在菜盘上？"
"没有什么味道可以改变这"
而她走到窗前
　　　　　瘦长的白石栏
形成双重的拱门
坚定的手指抓住坚实的石门
摇摆了一会
　　　　　罗德兹的风吹来
她满袖乘风而起
　　　　……燕子叫喊着：
'Tis（确是）'Tis（确是） Ytis（伊确是）！

（叶维廉译）

接下来又有两个类似的故事。一个是艾达安（Actaeon）的故事，艾达安无意间闯入女神黛安娜（Diana）林中的池中（The Pool of Gargaphia）沐浴，黛安娜将他变为雄鹿，艾达安带来的猎狗未认出主人，一同抢攻雄鹿，把艾达安撕成碎片。另一个故事是游吟诗人维达尔（Vidal），他为了讨好罗巴（Loba，字含"女狼"之意），穿上狼皮求爱，结果被他自己的猎犬杀死。庞德能够将这样类似的故事并置在一起化为美丽的诗篇：

艾达安……
和一个山谷
山谷溢满叶,溢满叶,溢满树
阳光闪烁闪烁其顶
鱼鳞似的屋顶

　　　　波尔克提教堂的屋顶
仿佛黄金般闪烁
　　　　下面,下面
不见一线,不见一线,一小孔的阳光
泪落在黑黑柔柔的水面上
洗濯洗濯林泉仙女的身体,仙女的,黛安娜的
仙女们,纯白一片围拥着她,而空气,空气
摇散着,空气逐着女神的移步
　　在黑暗中扇动着他们的头发
升扬,升扬,飘荡
象牙色浸入银色
不见一斑不见一块游历的阳光
然后,艾达安:啊,维达尔
维达尔。老维达尔在说话
　　在林木间东摔西倒
不见一点不见一块游历的阳光
　　女神银白的头发

猎犬抢攻艾达安
　"这边来这边来,艾达安"
林中花斑的雄鹿
金色金色,一束头发
　　浓密似麦穗
燃烧燃烧在太阳里
　　猎犬抢攻艾达安
在林木间东摔西倒
奥维德咕哝咕哝:
　　"泊谷丽……水潭……水潭……格格腓亚"

"水潭……赛而玛次斯的水潭"
天鹅动,空盔甲摇响

5.

《诗章》第9章是《马拉特斯达诗章》(《诗章》第8—11章首先发表在《准则》(*Criterion*,July 1923)上)。在流行的历史记载中,斯史蒙度·马拉斯特达(Sigismondo Pandolfo Malatesta,1417—1468)是意大利东北部港市里米尼(Rimini)城邦的邦主和职业军人,他诡计多端、朝三暮四,在战伐中残忍过度。庞德认为这是当时的教王为了个人的政治目的而夸大了马拉斯特达的罪过,马拉斯特达在文艺复兴时要人文主义者来他的城堡,他的身边常有一批艺术家和文人聚集。庞德认为他是意志坚定的人,完整的人,庞德在《文化指南》一书的扉页说:"如果你认为马拉斯特达是失败的,那么他的所有失败抵得上他那个时代所有的成功。"[1] 在这部《诗章》里庞德为了修正马拉斯特达的历史形象,将一些史料加入诗中,这正是"诗包括历史",还包含着修正历史的意图。该诗的开头展现了马拉特斯达的英武形象:

有一年洪水高涨
有一年他们在雪中作战
有一年霜降,击倒树击倒墙
这里,有一年他们在水泽困他陷害他
他站在水中让水升到他头部
    好隔离那些追赶他的猎犬
而他在水泽中折腾挣扎

---

[1] Ezra Pound, *Guide to Kulchur*, New York: New Directions, 1970, p.1.

第六章 《诗章》研究

　　整整三天三夜
那就是费因沙地方的亚斯托雷·曼法莱迪
　　做下的种种埋伏
　　用猎犬群追迫他
在水泽，在满图亚这里
在潘诺城他作战，作街巷战
　　在那里他几乎完蛋
皇帝临幸，把我们封爵
庆典中他们搭建一个木城堡
又有一年巴仙尼奥走入赛场的
　　中央，四周是木栏栅
　　等待比赛开始
他把反希腊的人士说倒
　　领主有了一个男系后嗣
珍尼佛拉夫人仙逝
而斯史蒙度作了威尼斯军的首领
他把几个小城镇卖掉
　　　去建造他心目中的岩城
在蒙特卢洛他勇战如身集十魔
　大胜，却如入宝山空手回
　　老史佛尔莎在皮萨洛背弃我们

（叶维廉译）

诗中将历史文件照录，例如：

　　（原文照录）三月十六日
　　亚勒善德罗·史佛尔莎
变成皮萨洛的领主：

他怂恿盛名的佛德理戈·奥斌诺
去密谋伽雷兹
利用佛兰斯瑟哥的动摇
摇动使得伽雷兹把皮萨洛
　　卖给亚氏,把佛山布荣卖给佛德理戈
而他是无权出售的啊
这件事他无耻地进行,就是说史佛尔莎真无耻
因为他与斯史蒙度签约讲好
　　皮萨洛是归马拉特斯达领主的
这一来我们南向的行动便被切断
从一开始整个游戏的赌注便输定了
而他,斯史蒙度,向佛兰斯瑟哥抗议
　　并把他们赶出边界
　　阿拉贡王艾奉瑟
　　　是我们棺材的第二口钉
　　说来说去是
　　　斯史蒙度他召开了一个镇会议
而军事范围里奥说,这改宗
　　　等于绵羊作羔羊
老气囊皮乌教王二世说:"救了翡冷翠。"
救了翡冷翠城邦也许未尝没有好处
而"佛罗伦萨是我们的盟友"他们在会议上
这样说,不计成败
他开始建大庙堂
　　他的第二夫人宝莉珊娜死去
威尼斯方面遣大使来
　　谏言:"人说人话
告诉他这不是加酬的时候"

威尼斯方面遣大使来
带着三页密谕大意是说:
他以为这场战役是兜兜风玩玩来着?
老肉垂潜入米兰
他受不了斯史蒙度在威尼斯军中的威名。
就和佛某计议,佛德理戈说:"皮萨洛"
威尼斯总督佛斯卡利传讯来:"亲爱的斯
如果我与佛兰斯瑟哥平分,皮萨洛就是你的
我们会尽力协助你"
  但佛德理戈刀快斩成乱麻
斯史蒙度建了几个拱门
从克拉塞偷偷运走大理石,是"偷",他们说
事情是这样的:
 总督佛斯卡利对拉芬那的提督说:
"何因何事何人雷霆、咒骂????"

(叶维廉译)

6.

  庞德在自己翻译的《论语》的前言说道:"研究孔子哲学要比希腊哲学获得的益处大得多,因为用不着浪费时间来无聊地讨论错误。"① 庞德认为亚里士多德花了90%的时间来辨认错误,东方哲人直接领人们抵达宁静的境界。《论语》中有一章描写孔子与子路、曾晳、冉求、公西华坐在一起,孔子鼓励弟子们无拘无束畅谈各自的志向,孔子说:"(你们)平时总是说,'没人了解呀!'如果有人了解你们,则将怎么办?"众弟子们抒发自己的理想:

---

① Ezra Pound, *Confucian Analects*, London: Peter Owen Limited, 1933, p.7.

子路率尔而对曰:"千乘之国,摄手大国之间,加之以师旅,因之以饥馑;由也为之,比及三年,可使有勇,且知方也。"
夫子哂之。
"求,尔何如?"
对曰:"方六七十,如五六十,求也为之,比及三年,可使足民。如其礼乐,以俟君子。"
"赤,尔何如?"
对曰:"非曰能之,愿学焉。崇庙之事,如会同,端章甫,愿为小下焉。"
"点,尔何如?"
鼓瑟希,铿尔,舍瑟而作,对曰:"异乎三子者之撰。"
子曰:"何伤乎?而各言其志也。"
曰:"莫春者,春服既成,冠者五六人,童子六七人,浴乎沂,风乎舞雩,咏而归。"
夫子喟然叹曰:"吾与点也!"[①]

庞德对《论语》这段话非常感兴趣,他认为孔子非常尊重人的个性,他将这段话的意义改写进《诗章》第13章:

孔子走到
　　天朝的庙宇旁
走进松树林
　　然后来到低河边

接着孔子的弟子各抒己见,庞德写入诗中:

[①] 《四书》,长沙:湖南出版社,1994年。第162页。

第六章 《诗章》研究

子路说:"我会加强国防。"
冉求说:"如果我是一地之主,我会
　　比原来治理得更好些。"
赤说:"我喜欢一个小的山寺,
　　庆祝时讲究秩序,祭之以礼。"
曾点手在抚琴,低音缠绵
　　舍琴而作
"浴乎池,
孩子们从木板上跳下来,
或者坐在草丛里奏曼陀林。"
孔子对大家一视同仁地微笑
曾皙想知道:
　　"谁回答得正确"
孔子回答说:"他们都回答得正确,
　　也就是,每个人都遵循自己的本性。"

在《论语》的原文中孔子表达了与曾点相同的志向,曾点一段话描绘的情景:大人小孩结伴游春,去时兴高采烈,归来满面春风。① 这类似于我国古代"大同"社会的缩影,孔子在《论语》中曾经提到自己的志向是使"老者安之,朋友信之,少者怀之"。然而,庞德在《诗章》中,把孔子说成是非常尊重人的个性的代表。接下来庞德又以《论语》的部分段落来抒发自己的感情:

孔子举起杖来敲元江(Yuan Jiang)
　　元江是他的长辈

---

① 董连祥:《论语赏析》,北京:中央广播电视大学出版社,1990 年。第 249 页。

因为元江坐路旁假装
　　接受智慧
孔子说
　"你这老傻瓜,出来吧。
站起来,干些有用的事。"
孔子说
"尊重孩子的天分
从那时刻起它呼吸着新鲜空气
但是一个人到了50岁还一无所知
　　就不值得尊重了。"

《论语》的原文中写道:"子曰:'后生可畏,焉知来者之不如今也?四十、五十而无闻焉,斯亦不足畏也矣。'"孔子的意思是:年少的人是可怕的,谁能断定他们将来赶不上现在的人呢?如果他到40岁、50岁仍然没有什么名望,那他就没有什么可怕的了。

《论语》(子路第十三,第3章)中写道:"子路曰:卫君待子而为政。子将奚先?子曰:必也正名乎。子路曰:有是哉!子之迂也。奚其正!子曰:野哉由也,君子于其所不知,盖阙如也。名不正则言不顺,言不顺则事不成,事不成则礼乐不兴,礼乐不兴则刑罚不中,刑罚不中则民无所措手足。故君子名之可言也,言之必可行也。君子于其言,无所苟而已矣。"在这里孔子认为"名"是"言"、"事"、"礼乐"、"刑罚"一连串政治措施的第一步。他所关切的不只是表面上的"名",而是名所代表的道德行为和社会体系。孔子所提倡的"正"是内在的修养与外在行动要一致。汉字"正名"在庞德的《诗章》第51、60、66、68和97章都出现过。"正"在63章与67章出现。"正名"的英译"to call things by their names"在34章和52章都被引用过。下面请看例证。

在进入中国历史之前,《诗章》第51章以"正名"结尾:

第六章 《诗章》研究

I am Geryon twin with usura,
You who have lived in a stage set.
A thousand were dead in his folds;
In the eel-fishers basket
Time was the league of Cambrai.
　　　　正名

此处有《诗章》第 45 章相呼应,反高利贷是本章的主旨。诗人以"正名"结尾是希望以此来治疗高利贷这个弊病。

《诗章》第 60 章围绕清朝皇帝康熙的文化交流与统治进行论述,康熙皇帝无疑是庞德进行"正名"的明君典范:

History translated into Manchu, set up board of translators
Verbiest, mathematics
Pereira professor of music, a treatise in Chinese and mandu
Gerbillon and Bouvet, done in Manchu
　　Revised by the emperor as to question of style
A digest of philosophy (Manchu) and current
Report on the memoires des academies
....
　　正名

在《诗章》第 68 章写道:

No arguments but force respected in Europe...
To show U.S. the importance of an early attention to language
For ascertaining the language

正 Ching
名 Ming

在《诗章》第 97 章中"正名"又与立法改革相关：

Mirabile brevitate sorresit, says landulph
Of Justinian's code
And built Sta Sophis, Sapientiae Dei
  正
  名
As from Verrs Flaccus to Festus.

庞德在 1930 年说："多少年来我一直告诉询问者去读孔子和奥维德。"① 到了 1934 年他的信仰变得越来越专一，他说："我信仰《大学》。"1945 年他以叛国罪被引渡到美国，在监狱心理医生询问他时，他仍然相信儒教能够为"未来世界的秩序提供蓝图"②。

7.

《诗章》第 14 章和 15 章被称为"地狱诗章"，《诗章》第 14 章写于 1919 年，以但丁的《神曲·地狱篇》诗句"我来到一个地方完全没有光"为起首第一句。全诗是描写英国伦敦的现实境况的，庞德把伦敦的状况与但丁的地狱相比，只不过但丁的笔下是死人的地狱，庞德诗里是活人的地狱。庞德写信给朋友说："地狱诗章

---

① William Cookson, ed., *Ezra Pound, Selected Prose 1909 – 1965*, New York: New Directions, 1973, p.53.
② Humphery Carpenter, *A Serious Character: The Life of Ezra Pound*, London: Faber & Faber, 1988, p.745.

特指伦敦,1919和1920年间的英国心态。"对此庞德在《莫伯利》等诗篇中早有描绘。在这个诗章里庞德描述伦敦的语言已经粗鲁到了极点,请看:

Io venni in luo d'ogni luce muto
(我来到所有光都黯然的地方);
湿煤的异味,政客
L.乔治和威尔逊,手脚互绑
后阴大露
脸孔在肥肉上污涂
  圆眼努睁在压平的屁股
蓬发作鬓
  用肛门对人群演说
在分泌里对大众讲话
  蝾螈,水螈,水
和这些在一起的一位叫做什么"尔"的
一条一尘不染的桌布塞入他那阴茎下面
  而那个叫做什么"麻"的
他痛恨口语白话
浆硬而龌龊的领口
  圈圈线线在大腿上
疙瘩多毛的皮肤
推出到领口的外边
投机得利者饮屎尿调过的血液
在他们后面沙某和一些金融家
  用钢条鞭打他们
……
  在地狱的腐烂里

大肛门上
　　　桥椿爆破
垂吊的钟乳石
　　　像威敏斯特的天空那样油腻
许多英国人隐而不见
　　　在此乏味之所
最后的肮脏，完全的废物
那些邪恶布道者，隔着丝绸放屁
　　　挥摇着基督的象征
……吹着一个锡制的小哨子
苍蝇带新闻，鸟身女面兽在空中滴着屎尿

可恶的说谎者的深渊
愚昧，幸灾乐祸的
愚昧，愚昧的泥沼
泥土中满载着活的蛆虫
　　贫民区的地主
高利贷业者压榨蟹臭虫，兜售给权威
"放屁书生"坐在层层石头书上
用文献学把文本弄得糊里糊涂
　　　把它们藏在他们的小我里
空气中没有"宁静"的避难所
　　臭虫飘荡，咬牙切齿
凌驾在上面的是雄辩家的口若悬河
　　传教士的臭语喷发
　　和妒忌如仇
堕落，恶臭，霉菌
流质的动物，骨化物的溶解

第六章 《诗章》研究

缓慢的腐烂,发臭的燃烧
　　嚼碎的香烟屁股,没有尊严,没有悲剧
E 某教主,挥舞着一个保险套
充满着黑家虫,充满着垄断主义者,知识封锁者
　　分配阻挠者

(叶维廉译)

读到这里,我们不妨将艾略特在《荒原》中所描写的伦敦跟庞德诗中的伦敦进行比较。艾略特在他的诗中将伦敦与波德莱尔笔下的巴黎以及但丁笔下的地狱相比:

缥缈的城,在冬天的早晨的棕色雾下
一群人流过伦敦桥,这么多人
我没想到死亡毁了这么多人

艾略特在诗的注解中提醒读者参看波德莱尔的诗:这拥挤的城,充满了迷梦的城/那里鬼魂在昼夜招呼过路的人。同样在"一群人流过伦敦桥,这么多人/我没想到死亡毁了这么多人"之后,作者又在注文中说:"参阅《地狱》第55—57行,但丁描绘在地狱边境上的灵魂时写道:这么长的一队人,/我从未想过,/死亡毁了这么多人。"后面在诗的第三章《火诫》的开头有进一步的描写:

河的帐篷支离破碎,最后的手指般的树叶
紧握,伸进潮湿的河岸。风
吹过这片棕色的土地,无人听闻。仙女不在此地。
甜蜜的泰晤士,轻轻地流,直到我唱完我的歌。
河流没有带来空瓶子,三明治纸,

丝手帕,硬板盒,烟蒂头
或者夏夜的其他痕迹。仙女不在此地。
在莱门河畔我坐下哭泣……
甜蜜的泰晤士,轻轻地流,直至我唱完歌,
甜蜜的泰晤士,轻轻地流,直至我唱完歌,
但在我的背后,一阵冷风中我听到
骨头咯咯作响,并咧着嘴大笑。
一只老鼠无声地爬过草地,
在河岸上拖着它沾湿的肚皮,
而一个冬日傍晚,在一个煤气厂后面
我正在这条沉闷的运河里钓鱼,
沉思着国王我兄弟的沉船
沉思着在他以前的国王,我父亲的死亡。
白白的躯体裸露在低低的湿地上
白骨扔弃在一小间低而干的阁楼里,
只是被老鼠脚嘎嘎踢响,年复一年。

(裘小龙译)[1]

在英国诗人爱德蒙·斯宾塞(Edmund Spenser,1552—1559)的《婚礼曲》(Prothalamion)中,泰晤士河清澈见底,河岸碧草连绵,鲜花盛开,仙子们或称泰晤士河女们兴高采烈,挎着花篮在绿茵场上采撷各种鲜花:紫罗兰、百合花、玫瑰、樱草花,准备参加婚礼,她们唱着歌:"甜蜜的泰晤士,轻轻地流,直至我唱完歌。"这是一幅多么美丽的图景!与此相对照的是艾略特笔下泰晤士河的情景:这里"河的帐篷支离破碎",残留的枯叶迎风萧瑟,落进潮湿的河堤,泰晤士河成了垃圾河,再不见昔日的仙女轻歌曼舞,有的是

---

[1] 裘小龙译:《四个四重奏》,桂林:漓江出版社,1985年。第80—81页。

现代人的声色淫欲,有的是白骨咯咯作响,有的是拖着沾湿肚皮的老鼠。这是一幅多么肮脏恐怖的画面!纵观庞德和艾略特两人对伦敦的描绘,伦敦成了堕落的荒原。但从语言的泼辣程度看,庞德似乎更加惊世骇俗,粗野不羁,什么脏东西都可以入诗。艾略特诗中似乎是雅中有俗,不像庞德那样赤裸裸,庞德诗的张力伸缩性很强,可以文得典故叠现,层出不穷;野得令人难以置信,读者可能会惊叹如此肮脏的语言怎可入诗?!我们在庞德的诗中发现他把所有的人都骂了,连教士和基督都囊括在内。因此,艾略特认为庞德的地狱缺乏精神追求,他在《追寻异神》一书中评价庞德及其地狱诗章说:"这是一个了不起的地狱,'没有尊严,没有悲剧'。乍一看去,有各种类型,而不是个体——似乎有些乱;但我想如果分为三类:美学的,人文的,新教的,这样就会更明智些。我反对这种类型的地狱:地狱整个儿没有尊严意味着天堂也没有尊严。如果你不区分地狱里个人的责任和环境使然,基本的罪恶和社会的事故,那么天堂(如果有的话)意味着同样微不足道和充满偶然性。庞德先生,由于他诗中所表现的恐怖,值得让现代完全舒适的人思考,让任何自满的人都忐忑不安:这地狱是留给其他人的,也是我们在报纸所读到的人,而不是为自己和自己的朋友。"① 庞德对此也有说法,他在1937年给一个朋友写信说:"地狱诗章的确没有任何尊严。……地狱不好玩。也不是开玩笑。当你深入下去,你会发现个人,而不是抽象的。即便在《诗章》第14—15章也有个体,但不值得记下来。"② 庞德还在《诗章》第13章借孔子的话说:"不谈死后事。"

---

① T. S. Eliot, *After Strange Gods: A Primer of Modern Heresy*, New York: Harcourt, Brace and Co., 1934, p.182.
② D. D. Paige, *The Letters of Ezra Pound 1907–1941*, New York: Harcourt, Brace & World, Inc., 1950, p.293.

8.

《诗章》第 17 章写于 1924 年,这正是庞德和他的妻子多萝西离开巴黎定居意大利的那年。《诗章》第 14—15 章被称为地狱诗章,《诗章》第 16 章描写离开地狱进入炼狱,随后又进入人间的地狱——第一次世界大战所造成的死亡和灾难与地狱已相差无几,庞德的好友戈蒂耶-布尔泽斯卡和温德罕姆·刘易斯等一批精英皆在战争中丧生,这在该诗章和早期其他诗歌中都有提及。与这三个诗章不同的是,庞德自己称《诗章》第 17 章来到了"一种地上的乐园"(a sort of paradise terrestre)。有人认为庞德的该诗章洋溢的生命活力与他的私人经历有关,因为从这年起至二战,庞德与两位女人生活,他冬天在小山镇拉帕罗跟妻子多萝西住在一起,夏天去威尼斯与美国小提琴家奥尔佳·露基住在一起,如诗中所云:"如罗盘的转轴/在两者之间,颤栗——"①。全诗充满着生命的活力,请看诗的开头:

> 由是,葡萄藤从我手指间爆放
> 满载花粉的蜜蜂
> 在幼芽间沉重地移动
> 唧唧唧呖——豹猫咕噜咕噜
> 鸟儿在枝条间昏昏欲睡
> 依着天空初露的微明
> 城市在山群中——停当
> 美膝的女神
> 在其中移行,后面是橡树

---

① Christine Froula, *A Guide to Ezra Pound's Selected Poems*, New York: New Directions, 1982, pp. 152 – 153.

青绿的山坡,白色的猎犬
　　　在前面跃动
从那里走下溪口,直到黄昏
我前面一片平伏的水
　　　树在水中生长
大理石的树干升自寂止
前行,过宫殿群
　　　在寂止中
现在神异的光,不属于太阳的光
　　　　绿玉髓
水绿亮,水蓝亮
前行,至玛瑙的大悬崖
　　　　之间
聂莱亚的岩洞
　　　她像扇行弯开的大贝
船无声地曳行
没有船操作的气味
没有水鸟鸣叫,没有浪涌潮声
没有海豚浅水,没有浪涌潮声
在她的岩洞里,聂莱亚
　　　她像扇行弯开的大贝
在岩石的柔顺里
　　　悬崖青灰青灰在远处
在近处,玛瑙的闸岩
波浪
　　　绿亮蓝亮
岩洞盐白晶紫
　　　清凉,平滑的斑岩

石头,海日夕磨蚀
　　没有鸥鸣,没有海豚的浅声
　　沙石是孔雀石,没有寒冷
　　　神异的光,不属于太阳的光

(叶维廉译)

　　该诗章的起句"由是"承接《诗章》第1章的结尾:"克利特岛的用语,金色的冠冕,爱服罗戴提/Cypri munimenta sortita est,欢快,oricalchi,金色的/拿着阿基斯达的金枝,由是爱服罗戴提——这位爱与美之神从海里诞生",诗中有的是神话(如"酒神")、建筑(如"大理石的树林",回应《诗章》第9章斯史蒙度所造大庙堂用的大理石)、音乐(如"自寂止","在寂止中","没有水鸟鸣叫,没有浪涌潮声/没有海豚浅水,没有浪涌潮声"等音乐的回旋)之间的交互叠现,增强了诗的色彩与流畅。

9.

　　在《诗章》第20章中庞德又展开了想像的翅膀,他重回古代、中世纪,并与现代相联系。下面诗中几乎句句引典,好些诗行直接引用拉丁语、意大利语和法语原文:

　　听上去微薄,好像在响
　　清楚,甜歌。如果我未看到你,我欲火要焚的女士
　　即便没看见,你也无法抵的上对你美好的思念。
　　在两棵开花的杏树之间
　　笛子放在他身边
　　另一个说:她受敬爱。
　　"我能不记住你的天性!"这里是普洛普提斯和奥维德。

树枝并不新鲜
杏树的新芽
绽放出三月的嫩绿
那年我到佛雷博格,
雷那特说:"没有人,不,没有人
知道普洛旺斯语,如果要是有人
那是老利威。"
所以我来到佛雷博格,
假期才开始,
学生出去度夏天
佛雷博格在布雷斯高,
所有的都干净,似乎干净,在意大利以后。

10.

《诗章》第24—26章可被称为"历史的威尼斯诗章",这几章呈现了古城威尼斯从辉煌走向衰落的历程。庞德喜欢探古访幽,并从历史的光彩中探寻激活现代文明的动力。他曾说过传统除非被重新发扬,否则是危险的,正如鬼魂要被注入血液才有生气。庞德在《诗章》第25章仍然采取前面所用的"诗包含历史"的策略,诗中有大量引用历史文件的地方:

1255年《大议会书》规定:
他们在议会厅决不能胡说八道
也不能为20硬币痛苦的小法庭胡说八道
……

11.

庞德编织美好的历史残片来警醒现实的黑暗,同时他挖掘历史的罪行来找出古往今来的失误的共同原因。在《诗章》里我们不仅能读到一些优美的抒情篇章,同时常在一些透明的历史碎片中探寻人类命运不济的根源。庞德是这样告诉读者的:"你也许会问如下问题:是什么迫使,或者什么能迫使,一个几乎只对艺术感兴趣的人,面对社会理论或者去研究'一大堆物质材料',也就是目前的经济方面?是什么引起革命的凶残和坏方式?"[①] 1928年,庞德在一篇题为《和平》的文章中对一战的原因进行了调查:1. 军火的生产和高强度的推销;2. 过度生产和产品积压导致贸易摩擦和市场争夺;3. 利益集团,商业的、王朝的和官僚的作用。"有用的研究,事实上只有研究不是破坏和平基础存于当代(不是回顾),也就是,直到细微地收集和传播信息和这些活动……"[②]《诗章》第38章就是通过收集这样的历史残片来研究现代资本主义社会的。请看该章的部分片断:

> 不要买直到你能买我们的。
> 他越过边境
>   对另一边说:
> 另一边有更多的军火。不要买
>   直到你能买我们的。
> 阿克斯赚了大钱并将金子运到英国
> 所以增加了金子进口。

---

① William Cookson, ed., *Ezra Pound, Selected Prose 1909–1965*, New York: New Directions, 1973, pp. 228–31.
② 同上, p. 222.

>　　温和的读者之前就听说了
> 那年维特尼先生
> 说股票未跌多么有用,
>　　我们想他指的是掮客
> 谁也没说他是骗子。
> 两个阿富汗人来到日内瓦
> 看是否能得到更多的便宜的枪炮
> 他们已经听说某人要裁军。

　　这节诗的首句说的是希腊出生的军火商巴斯尔·扎哈罗夫(Basil Zaharoff)出售军火的商业策略,他常给交战国双边卖军火,并从中牟利。接下来诗中的"阿克斯"(Akers)是英国两家军火制造商,他们常雇佣扎哈罗夫出售军火。"维特尼先生"指理查德·维特尼(Richard Whitney,1888—1974),是银行商,美国纽约证券交易的董事长,他受命阻止1929年华尔街的金融恐慌,后来他因贪污被送进监狱。"两个阿富汗人"是指阿曼纽拉·罕(Amanullah Khan,1892—1960),阿富汗的酋长,他于1921年在日内瓦与俄国和英国签订协议确保从印度进口军火。诗中这些人都是庞德所要揭露与批判的。

12.

　　宋朝沈括在《梦溪笔谈》"卷十七"论书画有一段话写道:"度支员外郎宋迪工画,尤善为平远山水,其得意者有《平沙落雁》、《远浦归帆》、《山市晴岚》、《江天暮雪》、《洞庭秋月》、《潇湘夜雨》、《烟寺晚钟》、《渔村夕照》,谓之'八景',好事者多传之。"[①] 宋迪(约

---

① 沈括:《梦溪笔谈校证》,胡道静校证,上海:上海古籍出版社,1987年。第549页。

1015—1080)这位北宋画家学者,来到湖南就职,一日被湖南烟雨朦胧美景激发,遂画下"潇湘八景"。他的好友大文豪苏东坡为他的画写下《宋复古①画〈潇湘晚景图〉三首》诗:"其一:西征忆南国,堂上画潇湘。照眼云出山,浮空野水长。旧游心自省,信手笔都忘。会有衡阳客,来看意渺茫。其二:落落君怀抱,山川自屈蟠。经营初有适,挥洒不应难。江市人家少,烟村古木攒。知君有幽意,细细为寻看。其三:咫尺殊非少,阴晴自不齐。径蟠趋后崦,水会赴前溪。自说非人意,曾经入马蹄。他年宦游处,应指剑山西。"② 此后很可惜该画失传,只能成为美丽的传说。大凡越是美丽的、越是得不到的,人们越想发挥下去。关于这"潇湘八景"不但在中国宋朝以后代代流传,而且跨越国界,传到日本。到日本后改头换面,注入了日本特色,例如著名的日本近江八景:《坚田落雁》、《矢桥归帆》、《粟津晴岚》、《比良暮雪》、《石山秋月》、《唐崎夜雨》、《三井晚钟》、《濑田夕照》。有趣的是,英美现代大诗人庞德也借助"潇湘八景"相关背景创作了闻名的《诗章》第49章(亦称《七湖诗章》),这里试做探讨。

《诗章》第49章写道:

For the seven lakes, and by no man these verses:
Rain; empty river; a voyage,
Fire from frozen cloud, heavy rain in the twilight
Under the cabin roof was one lantern.
The reeds are heavy; bent;
And the bamboos speak as if weeping.

---

① 夏文彦:《图画宝鉴》。宋迪,字复古。擢第为郎。师李成,画山水,运思高妙,笔墨清润。又喜画松,或高或偃,或孤或双,以至于千万株森森然,殊可骇。引自《苏东坡全集》(二),珠海:珠海出版社,1996年。第805页。
② 《苏东坡全集》(二),珠海:珠海出版社,1996年。第805—806页。

Autumn moon; hills rise about lakes
against sunset
evening is like a curtain of cloud,
a blurr above ripples; and through it
sharp long spikes of the cinnamon,
a cold tune amid reeds.
behind hill the monk's bell
borne on the wind.
Sail passed here in April; may return in October
Boat fades in silver; slowly;
Sun blaze alone on the river.

Where wine flag catches the sunset
Sparse chimneys smoke in the across light

Comes then snow scur on the river
And a world is covered with jade
Small boat floats like a lanthorn,
The flowing water clots as with cold. And at San Yin
They are a people of leisure
Wild geese swoop to the sand-bar,
Clouds gather about the hole of the window
Broad water; geese line out with the autumn
Rooks clatter over the fishermen's lanthorns,

A light moves on the north sky line;
Where the young boys prod stones for shrimp.
In seventeen hundred came Tsing to these hill lakes,

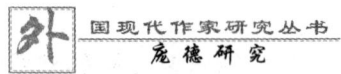

A light moves on the south sky line.

State by creating riches shd. thereby get into debt?
This is infamy; this is Geryon.
This canal goes still to Tenshi
Though the old king built it for pleasure

KEI   MEN   RAN   KEI
KIU   MAN   MAN   KEI
JITSU   GETSU   KO   KWA
TAN   FUKU   TAN   KAI

Sun up; work
sundown; to rest
dig well and drink of the water
dig field; eat of the grain
Imperial power is ? and to us what is it?

The fourth; the dimension of stillness.
And the power over wild beasts.

给七湖,不知谁作此诗:
雨;空江;行旅,
冻云火,暮色中大雨
蓬檐下有孤灯
芦苇湿沉;弯弯垂
竹枝细语如饮泣

秋月；群山湖面起
背倚落日
傍晚像一幅云幕，
涟漪清涟，绽放出
尖长尖长的桂花枝
芦苇丛里一支寒曲
山后寺钟
逐晚风
四月船帆过；十月也许返航
船溶入银光；缓缓地；
唯太阳燃焰于河面。

酒旗醉斜阳
几缕饮烟逐光升

其后，雪卷长河
世界盖上白玉
小舟浮游，像盏灯，
流水因寒冷冻结，而在山阴
有人自在悠闲
平沙雁落
云聚在窗口
江阔；雁行排成秋
乌鸦绕着渔火喧噪

光移行北方天际
男孩子们在那里翻石捉虾

一七〇〇年清来到这湖山
光移行南方天际。

生产财富的国家必然因此负债?
这是丑行;这是格利翁
这条运河静静流向天子
虽然老国王当年建河是为了取乐

卿云烂兮
　缦缦兮
日月光华
旦复旦兮
日入而作
日落而息
凿井而饮
耕田而食
帝力于我何有哉?

第四度空间;静止度
制服野兽的伟力

　　这首诗的写作来源根据庞德诗歌的三个权威注解本解释如下:(1)卡罗尔·F·特里尔的《庞德的诗章指南》:该诗章亦称《七湖诗章》,肯纳认为该诗由几部分组成:八首无名诗;皇帝的诗;一首民歌;庞德自己的创作。① (2)威廉·库克荪的《庞德诗章

---

① Carroll F. Terrell, *A Companion to the Cantos of Ezra Pound*, Berkeley: University of California Press, 1993, p.244.

第六章 《诗章》研究

导读本》:该诗有三个来源:第一:前32行基于庞德父亲留给他的有关16世纪中日诗画;第二:关于舜帝中国古诗的日文注释;第三:"日出而作"诗行来源于费诺罗萨留给庞德的手稿。①（3）克里斯丁·福罗拉的《庞德诗选导读本》:这首诗在庞德的作品里具有复杂的主题和历史意义,诗由十部分拼凑而成。前面六部分是基于庞德父母的一本配有画的中日诗,第七部分记载他自己的声音,第八部分包含古日本皇帝没有翻译的诗,第九部分是庞德据费诺罗萨的手稿所翻译的一首农民诗,最后的诗行又是庞德自己的声音。庞德于1928年春在中国来客曾宝荪的帮助下着手翻译了他父母给他的那本书中的八首中国诗。②

由此可见西方评论家对这首诗的来源做了不少考证,细节上各有所说。首先,庞德父母给他的版本是什么?据叶维廉考证:庞德在意大利得到一本册页,里面是一个名叫佐佐木玄龙的日本人(他是17世纪日本诗人、书画家)画的潇湘八景,每张画上题有汉诗和日文诗。此画册为庞德家中物,从何而来很难考证。③ 笔者向日语教授冉毅博士请教,她为我带来了一本日本川贵司写的《潇湘八景——诗歌与绘画中展现的日本化形态》,她对照庞德的诗认为这些题诗与这本书摘录的诗僧玉涧诗极为相似。玉涧的八景诗是11世纪传入日本的,即日本的镰仓时代传入的。④ 玉涧题诗如下:

---

① William Cookson, *A Guide to the Cantos of Ezra Pound*, Groom Helm Ltd., 1985, p. 53.
② Christine Froula, *A Guide to Ezra Pound's Selected Poems*, New York: New Directions, 1982, p. 182.
③ 2005年11月8日叶维廉给笔者来信并发来《庞德与潇湘八景》初稿。
④ 冉毅教授2005年8月22日在日本给笔者来信说:8月21日,访问滋贺县大津历史博物馆,他们以潇湘八景为原出发点,收集了140幅八景文化的作品。举办了"潇湘八景在日本的展开与再发展——近江八景"大型展览。这140幅作品是基于潇湘八景文化而发展的八景作品。从日本查得,中国宋—清代的珍品潇湘八景画流入海外的有20幅。日本绘画大师们模仿潇湘八景图再创作的作品达112件,朝鲜画家再创作的作品13件。

潇湘夜雨

先自空江易断魂
冻云粘雨湿黄昏
孤灯蓬里听萧瑟
只向竹枝添泪痕

洞庭秋月

西风剪出暮天霞
万顷烟波浴桂华
鱼笛不知羁客恨
直吹寒影过芦花

烟寺晚钟

云遮不见梵王宫
殷殷钟声诉晚风
此去上方犹远近
为言只在此山中

远浦帆归

鹭界青山一株秋
潮平银浪接天流
归樯渐入芦花去
家在夕阳江上头

山市晴岚

一竿酒旗斜阳里
数族人家烟嶂中

山路醉眠归去晚
太平无日不春风

渔村落照
薄暮沙汀惑乱鸦
江南江山闹鱼虾
呼童买酒大家醉
卧看西风舞荻花

江天暮雪
云淡天底糁玉尘,
扁舟一叶寄吟身。
前湾咿轧数声橹,
疑是山阴乘兴人。

平沙雁落
古字书空淡墨横,
几行秋雁下寒汀。
芦花错作衡阳雪,
误向斜阳刷冻翎。

庞德给家里的几封信里提到有一位来自潇湘河畔的曾女士来访,庞德请她口译这八首汉诗。① 那么这位曾女士何许人也?曾宝荪(1893—1978),字平芳,别号浩如,湖南湘乡人。父亲曾重伯

---

① Ezra Pound to Isabel Pound, March 1, 1928; Ezra Pound to Homer Pound, May 30, 1928, September 1, [1928]; YCAL, Pound Papers, Box 61, Folders 2695–2696. 本文转引自 Zhaoming Qian, *Ezra Pound & China*, The University of Michigan Press, 2003, p.72.

(广均)是光绪十五年进士。祖父曾纪鸿,清末著名数学家。曾祖父就是清末名臣曾国藩。曾国藩在清剿太平军过程中开创了洋务运动。他在世时不仅引导后代治中国传统的经史之学,而且主张让后代出洋见世面。曾宝荪的父亲曾广钧也是非常开明之人,其开明于宝荪有三:第一是不让她缠足;第二是不为她幼时定婚,要待她长大自己选择;第三是支持宝荪出洋留学以及信奉基督教。她于 1912 年阳春随冯氏高等女学校(Mary Vaughan High School)校长巴路义女士(Miss Louise Barnes)出国。她们乘火车经莫斯科、华沙、布鲁塞尔到法国港口加来,换乘渡轮到英国。抵伦敦时,先期到达的堂弟曾约农(曾广铨之子,曾纪泽之孙,后成为著名教育家)接到她。曾宝荪在英国一直读到大学毕业,1916 年夏,获得伦敦大学理科学士学位。她是中国女子中获得这样学位的第一人。回国后她在长沙创办了著名的艺芳女校。大约 1928 年春曾宝荪到耶路撒冷的橄榄山参加世界宣教会会议,会后"由土耳其转意大利的拉帕罗,与曼殊女士同往数日,"① 她到意大利后见到了庞德,在她的《曾宝荪回忆录》"我曾会见的几个外国名人"中有记载:"磅德 Ezra Pound:他是美国诗人,但他多半时间寄居在意大利。他的诗曾得过多次奖赏。英国诗人爱利奥德 Eliot 曾说:'他是二十世纪最伟大的诗人。'磅德最爱中国诗。尤其是《诗经》,他曾翻译过一部。我在路过意大利时,友人曼殊女士曾带我去见他与他的夫人。我们讨论了中国文化,诗词及传统道德,相谈甚融洽。不幸他后来忽然大大赞成墨索里尼的法西斯党,甚至为法西斯党广播。因此大战后就被美国人认为疯狂并把他关进疯人院内十二年之久。最近放出来后,他仍住在意大利,他的夫人曾有信与我,说他仍是在吟诗自娱,他可说是二十世纪的一个有名怪诗人。

---

① 曾宝荪:《曾宝荪回忆录》,台北:台湾龙文出版社股份有限公司,1989 年。第 179 页。

(最近他死在意大利)"。① 经过如上材料查证,我们可以得知曾宝荪女士与庞德会面的情况并留下译文。

庞德在1928年写给他父亲的译文如下②:

  Chinese book reads as follows, rough trans:
        Rain
      rain, empty river,
      Place for soul to travel
           (for room to travel)
  frozen cloud, fire, rain damp twilight.
  One lantern inside boat cover (i. e. sort of shelter,
     Not awning on small boat)
  Throws reflection on bamboos branch,
        Causes tears

  Autumn moon on Ton-Ting Lake

  West side hills
  Screen off evening clouds
  Ten thousand ripples send mist over cinnamon flowers.
  Fisherman's flute disrepards nostalgia
  Blows cold music over cotton bullrush.

  Monastery evening bell

---

① 曾宝荪:《曾宝荪回忆录》,台北:台湾龙文出版社股份有限公司,1989年。第215—216页。
② 转引自:Christine Froula, *A Guide to Ezra Pound's Selected Poems*, New York: New Directions, 1982, pp. 183 – 184.

Cloud shuts off the hill, hiding the temple
Bell audible only when wind moves towards one,
One can not tell whether the
Summit it is near or far,
Sure only that one is hollow of mountains

Autumn tide,
Autumn tide, returning sails
Touching green sky at horizon, mists in suggestion of autumn
Sheet of silver reflecting all that one sees
Boats gradually fade, or are lost in turn of the hills
Only evening sun, and its glory on the water remain.

Spring in hill valley

Small wine flag waves in the evening sun
Few clustered houses sending up smoke
A few country people enjoying their evening drink
In time of peace, every day is like spring

SNOW ON RIVER
     milky
Cloud light, world covered with jade
Small boat floats like a leaf

Tranquil water congeals it to stillness
The people of San Yin are unhurried

第六章 《诗章》研究

Wild geese stepping on sand

Just outside windows, light against clouds
A few lines of autumn geese on the marsh
                                    at their
Bullrushes have burst into snow-tips
The birds stop to preen their feathers.

EVENING IN SMALL VILLAGE

Fisherman's light blinks
Dawn begins, with light to the south and north
Noise of children hawking their fish and crawfish
Fisherman calls his boy, and takes up big wine bottles
They drink, they lie on the sand
    And point to marsh-grass, talking

由此可见,庞德根据曾宝荪的口译,做了不少调整与改写。《七湖诗章》的发表已是1937年,他在诗的创作道路上已经过意象主义和漩涡主义的实践。他这首诗所采取的手法也是在前面实验的基础上的发扬光大,不过技巧更加炉火纯青了。这首诗从诗艺的角度看至少有如下几点值得我们注意:

其一,画可以入诗,诗可以借鉴画的视觉效果。苏轼《东坡题跋》"书摩诘蓝田烟雨图"说:"味摩诘之诗,诗中有画;观摩诘之画,画中有诗。"① 钱锺书先生在《中国诗与中国画》一文中说道:

---

① 苏轼:《苏轼全集》,上海:上海古籍出版社,2000年。第2189页。

"诗与画号称姊妹艺术。有人进一步认为它们不但是姊妹,而且是孪生姊妹。"① 就庞德这首诗而言,它衍生于中国画,然后在诗里通过把传统的句法切断为短句来提高意象的视觉性,并加强读者感应其空间的联想。这些手法在早期诗如《地铁》(In a Station of the Metro, 1913)中有体现。这里再列举较早的一首诗的片断:

> An image of Lethe,
>   And the fields
> Full of faint light
>   But golden,
> Gray cliffs,
>   And beneath them
> A sea
> Harsher than granite
>   ——"The Coming of War: Actaeon"

> 忘川一个形象
>   旷野
> 泛着蒙蒙的光
>   金色
> 灰灰的悬崖
>   悬崖下
> 大海
> 粗硬超过花岗石
>   ——《战争的来临:艾达安》

---

① 钱锺书:《七缀集》,上海:上海古籍出版社,1996年。第5页。

第六章 《诗章》研究

该诗发表于1915年,写诗时英国对即将到来的第一次世界大战有浪漫期待,诗中借用希腊神话艾达安的故事表有此意。后来庞德的好友亨利·戈蒂耶-布尔泽斯卡在战争中罹难,打破了其幻想。这种对语法和空间的切断无疑能加强诗的硬朗,并造成意象的并置,使得视觉的层次呈现。这种手法在他的《诗章》中大量出现,例如:

Pearl, great sphere, and hollow,
Mist over lake, full of sunlight,
　　　　——Canto XXIX

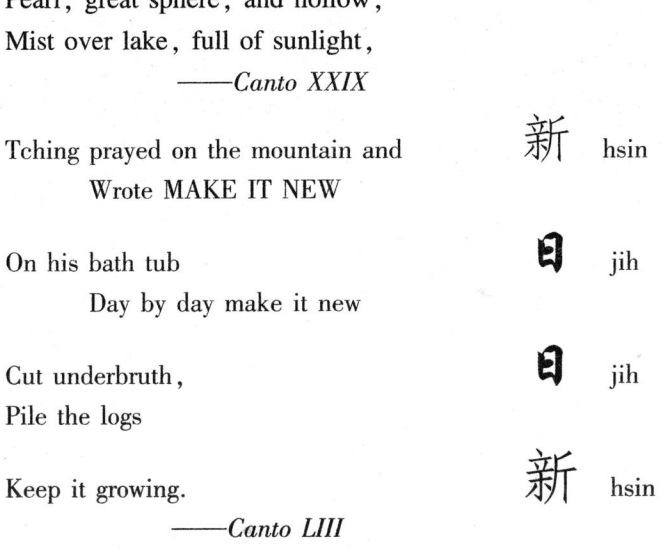

Tching prayed on the mountain and
　　Wrote MAKE IT NEW

On his bath tub
　　Day by day make it new

Cut underbruth,
Pile the logs

Keep it growing.
　　　　——Canto LIII

由此可见,《诗章》后来干脆将中文当作画直接引入,并加进诗人自己的解读。

其二,该诗的政治和文化意蕴深远。庞德在策略上是讲究的,他在《诗章》第15章就提到"百足怪兽,乌苏拉"(the beast with a hundred legs, USURA),庞德版本的"USURA"与但丁的"《地狱篇》第17"所说的"Geryon"是一致的。在《诗章》第46章提到:"Usura, commune sepulchrum.../Hic Greyon est. Hic hyperusura",

与该《诗章》第 49 章中所提到的"生产财富的国家必然因此负债？／这是丑行；这是格利翁"相对应。

《诗章》前面 38 章和 45 章有大段对经济问题的探讨和对 USURA 高利贷的批判。

与此相对照，庞德在该《诗章》所展示的《潇湘八景》、《卿云歌》和《击壤歌》①都是美丽的景象。

在该《诗章》后面几章里庞德都想通过儒学找到对付这些问题的"药剂"。在《诗章》第 51 章继续抨击高利贷罪恶之后，诗以中文"正名"结尾。接着在《诗章》第 52 章对"秩序"(order)进行探讨。在(中国诗章)第 52—61 章里，诗人认为儒教占统治地位时期是中国历朝最兴旺的时期，而道教和佛教削弱了王朝统治。他从第一个皇帝追溯到满洲清政府，认为雍正皇帝是理想的皇帝。

---

① 见沈德潜编《古诗源》卷一《古逸》注解："《尚书·大传》：舜将禅禹，于是俊百工，相和而歌《卿云》，帝倡之，八伯咸稽首而和，帝乃载歌。"《帝王世纪》："帝尧之世，天下太和，百姓无事，有老人击壤而歌。"北京：华夏出版社，2006 年。第 1 页，第 3 页。

庞德研究

第七章
庞德文学理论与文艺思想

1925年3月26日,庞德写信给R. P. 布莱克墨说:"还有一点重要的没有提出来,我到底提出过什么新批评理论或者批评系统。我并不打算返回到我已出版的材料与卷本来重新加工和丢弃它。这些材料可用做随笔或者博士论文或者一个卷本。"① 庞德所称的这些材料就是后来以书信、随笔和评论形式出版的著作。

艾略特在他亲自编辑的《庞德的文学论文集》序言中对庞德给予了高度评价:"庞德的文学批评是英美当代文学批评中最重要的。其非常重要的种类——也许是我们时代文学批评最不可缺少的主体。"② 艾略特进一步将庞德在文学批评中的地位与历史上著名的诗人和批评家相提并论:"德莱顿的论文、华兹华斯的《抒情歌谣集》的序言、柯尔律治的《文学传记》,这些人在他们那个时代追求'创新',但这些人没有谁能像庞德那样持之以恒地教导创作。"③ "要理解他的批评就必须去读他的诗歌,要理解他的

---

① G. Singh, *Ezra Pound as Critic*, New York: St. Martin's Press, 1994, p. 8.
② T. S. Eliot, ed., *Literary Essays of Ezra Pound*, London: Faber & Faber, 1954, p. 10.
③ 同上,p. 13.

诗歌就必须去读他的批评"①。然而,这位具有划时代影响的文学批评家 1907 年在宾夕法尼亚大学攻读研究生时,相关论文曾被文学批评史老师判为不及格。多少年后他有关文学批评方面的文章与著作不断发表,对整个 20 世纪英美文学产生了重要影响。

一、意象主义与漩涡主义

从语义的角度看,意象是诗歌抒写情志最基本的意义单位,是诗歌语法中的词。中外理论家皆有许多论述,这里试举几例:《周易·系辞》上说"书不尽言,言不尽意"。刘勰在《文心雕龙》中说:"独照之匠,窥意象而运斤。"王昌龄在《诗格》中说:"搜求于象,心入于境,神会于物,因心而得。"司空图在《诗品》中说:"意象欲出,造化已奇。"胡应麟在《诗薮》中说:"古诗之妙专求意象。"刘熙载在《艺概》中说:"山之精神写不出,以烟霞写之;春之精神写不出,以草木写之。故诗物气象,则精神亦无所寓矣。"在西方,康德认为意象是"想象力重新建造出来的感性形象。"莱辛说:"诗是在读者身上产生出来的一种意识到的形象。"诚如上面所言,中外理论家对意象的定义各有侧重,有针对其表现方式,有针对其在诗中的功能与意义。然而,诗之"意象"作为诗中语义的功能到了庞德为首的一批新诗人这里演变成一次颇有影响的运动,自有其社会历史文化背景,尤其是诗歌美学意义的背景。对此本书前面的章节中已有较多的论述。

现代主义诗人所面临的世界是一个复杂的世界,艺术是现实

---

① T. S. Eliot, ed., *Literary Essays of Ezra Pound*, London: Faber & Faber, 1954, p. 12.

的反映,现代主义诗人的艺术尝试正是对这样一个复杂世界的反映。正如艾略特在《玄学派诗人》一文中所说:"就我们目前的文明状况而言,诗人很可能不得不变得艰涩。我们的文明涵容着如此巨大的多样性和复杂性,作用于精细的感受力,必然会产生多样而复杂的结果。诗人必然会变得越来越具有涵容性、暗示性和间接性,以便强使——如果需要可以打乱——语言以适合自己的意思。"① 因此,如上诸种矛盾和复杂现实迫使以庞德、艾略特为首的新诗人们做出艺术上的新选择。庞德正在艰苦地探索一条文学新路的时候,多萝西邀他去听T. E.休姆有关亨利·柏格森的讲座,庞德本人对柏格森不感兴趣,但是休姆的有关文学艺术的观点,给了他以极大启发。

T. E.休姆(T. E. Hulme, 1883—1917),1901年起在剑桥大学攻读数学。他不是一个循规蹈矩的学生,1904年因为一些骚动行为被开除。转到伦敦大学学习一段时间后他去了加拿大,被加拿大广阔无垠的景色所震撼,回到欧洲后转修哲学与文学艺术。1907年他来到布鲁塞尔研读亨利·柏格森、雷米·德·古蒙和朱尔斯·德·高蒂埃。在1908年,他开始形成自己的诗歌理论,并写了几首诗以阐明自己的理论,他的周围聚集了一批来自伦敦的文人,他们自称为"诗人俱乐部"。浪漫主义诗歌经过19世纪中期的鼎盛阶段之后,到1880年左右逐渐形成湿得发腻、矫揉造作的感伤主义。休姆反感这种无病呻吟的诗,他批评这种感伤主义,认为对这种诗而言"不是湿淋淋的诗简直不是诗"。② 他主张:"最重要的目的在于正确的、精细的和明确的描写。"③ 且看休姆的几首诗:

---

① T. S.艾略特:《艾略特诗学文集》,王恩衷编译,北京:国际文化出版公司,1989年。第32页。
② T. E.休姆:《浪漫主义与古典主义》(1915),见赵毅衡编选:《"新批评"文集》,北京:中国社会科学出版社,1988年。第13页。
③ 同上。第17页。

一、秋

秋夜一丝寒意——
我在田野中漫步,
遥望赤色的月亮俯身在藩篱上
像一个红脸庞的农夫。
我没有停步招呼,只是点点头,
周遭尽是深深沉思的星星,
脸色苍白,像城市中的儿童。

二、落日

一位跳芭蕾舞的主角,醉心掌声,
真不愿意走下舞台,
最后还要淘气一下,高高翘起她的脚趾,
露出擦着胭脂的云似的绛红内衣——
在正厅头等座位一片敌意的嘟哝中。

三、意象

古老的房子一度曾是脚手架,
还有工人们吹着口哨。

她的裙子提起,仿佛暗淡的雾霭
出自紫水晶的柱子。

声音拍动,
宛如暮色中的蝙蝠。

长裙的荷叶边,

第七章　庞德文学理论与文艺思想

仿佛拍打峭壁的浪花渐渐退下。

(裘小龙译)①

在休姆的这些诗中,意象成为中心,如《秋》中月亮像"红脸庞的农夫",星星"脸色苍白,像城市中的儿童"。《落日》中跳芭蕾舞的女演员本是落日的一个生动的比喻,但在诗人的笔下,其本身又扩展出新的内涵。《意象》这首短诗是一系列不同意象并置而成的意识流。

在意象派运动之初,休姆与"诗人俱乐部"发表在《新时代》杂志的作品受到了 F. S. 弗林特(F. S. Flint,1885—1960)的批评。弗林特出身贫寒,但他自学成才,通晓10种外语,在伦敦被认为是法国现代诗歌的权威。在争论之中,弗林特和休姆成为好友,意象派的队伍逐渐壮大。1909 年 3 月 25 日,休姆与弗林特在索何街的埃菲尔铁塔餐馆聚会,参加的成员还有 F. W. 汤克里特、约瑟夫·弗洛伦斯·法尔和爱德华·斯托勒等。在新诗运动之初,休姆无疑是重要的组织者与思想家,F. S. 弗林特说:"我想使这群人团结一致的是他们对英语诗歌当时写法的不满,我们提议用纯自由诗、用日本的俳句……用 T. E. 休姆的《秋》之类的诗歌替代它。在所有这些人中,休姆是领导者。他坚持绝对精确的呈现,不用啰嗦冗长之语。他和 F. W. 汤克里特……曾经花几个小时来寻找恰当的词语,我们许多的话题是讨论意象,我们非常受法国象征主义诗歌的影响。"在 1909 年 5 月 27 日《新时代》(*New Age*)上弗林特著文称赞庞德的《面具》:"庞德是富有突出个性的诗人。他基本上是反对墨守成规的,他有些调皮。他写出的诗带有新鲜的美和生气……他正在创作一种其他英国诗人也许要向

---

① 彼德·琼斯编:《意象派诗选》,裘小龙译,桂林:漓江出版社,1992 年。第 4—6 页。

他学习的诗歌形式。"① 但在后来谈论谁对意象主义运动贡献最大时,弗林特有些嫉妒庞德,他确信是他和休姆发起了这场意象主义运动。对弗林特的说法,J. J. 威尔海姆在《埃兹拉·庞德在伦敦和巴黎:1908—1925》(*Ezra Pound in London and Paris, 1908—1925*)一书中有确切的探讨,书中调查了庞德与意象派主要人物休姆的相识,指出他们在思想上的异同,同时坚定地指出:"事实就是如果没有庞德1909至1915年的参与,根本不可能有任何的运动。几只有颜色的歌鸟和一些零散的曲调构不成春天。"② 笔者认为威尔海姆的分析是有道理的。

庞德在1909年4月被介绍到休姆—弗林特团体,但他是如何被介绍认识的目前还不清楚,弗林特后来猜测是女演员佛罗伦斯·珐(Florence Farr, 1860—1917)的引荐,她是小说家奥利维娅·萨士比亚和叶芝的朋友。庞德的想法与他们不谋而合,他早在1908年10月21日给美国诗人威廉·卡洛斯·威廉斯的信中就谈到"诗艺的最终成就"在于:

1. 按照我所见的事物来描绘。
2. 美。
3. 不带说教。
4. 如果你重复几个人的话,只是为了说得更好或者简洁,那实在是件好的行为。彻底的创新,自然是办不到的。③

庞德这些话与后来的意象主义所提出的原则如出一辙,此时他刚到欧洲不久,还没有与休姆、弗林特等人扯上关系。

---

① Eric Homberge, *Ezra Pound: The Critical Heritage*, London and Boston: Routledge & Kegan Paul, 1972, p.47.
② J. J. Wilhelm, *Ezra Pound in London and Paris: 1908–1925*, University Park and London: The Pennsylvania State University Press, 1990, p. 34.
③ D. D. Paige, *The Selected Letters of Ezra Pound, 1907–1941*, London: Faber & Faber, 1971, p.6.

第七章　庞德文学理论与文艺思想

1909年5月21日他又在给威廉·卡洛斯·威廉斯的信中说:"最伟大的诗是以第一人称写成的(这可以说是长达200年的经验),第三人称有时是不可能的,第二人称写成的诗几乎总是呆板迟钝的(当然弥尔顿除外)。"①

1911年,哈莉特·门罗创建了《诗刊》,委任庞德为该杂志的国外代表。此时,在庞德的督促下,希尔达·杜利特尔(自称H.D.)来到了伦敦,与庞德重逢。她在美国时曾与庞德恋爱,后因其父反对而未能成亲。到伦敦后,经庞德介绍,她结识另一位英国诗人理查德·阿尔丁顿(Richard Aldington,1892—1962),他们于1913年10月结婚。H.D.在20岁时就发表作品,与阿尔丁顿结婚后过得并不幸福,后来与阿尔丁顿分居,1937年他们才离婚。在第二次世界大战时期,她在伦敦创作了战争三部曲:《不会倒塌的墙》、《给安琪儿的敬意》和《枝条上的花朵》。她是第一个获得美国文学艺术学院诗歌成就勋章的女诗人。诗人阿尔丁顿则是一位文学天才,他从小饱览父亲书房里卷帙浩繁的诗集,17岁时已有自己的第一卷诗集问世,19岁时就能熟练地阅读希腊文、拉丁文、法文和意大利文著作,与H.D.结婚后成为意象派运动的主要成员之一。阿尔丁顿和庞德、刘易斯一起通过《自我主义者》、《疾风》(*Blast*)等杂志来反驳英国维多利亚后期的浪漫主义末流的诗风。虽然他有时对庞德的作品有微词,但对庞德的为人十分赞赏,称庞德是令人愉快的朋友,最慷慨的人。他说:"无论埃兹拉何时想发起新的运动,他从来没有困难找到成员,他只要号召朋友即可。"② 庞德就是这样的组织者与领导者,他与H.D.、阿尔丁顿在肯森顿一家茶馆会面时,读到他们的新作,称他们俩是意象派,这

---

① G. Singh, *Ezra Pound as Critic*, New York: St. Martin's Press, 1994, p.27.
② Humphrey Carpenter, *A Serious Character: The Life of Ezra Pound*, London: Faber & Faber, 1988, p.177.

使他们大吃一惊。庞德随后给哈莉特·门罗的《诗刊》寄出六首诗:阿尔丁顿三首、H. D. 三首。他对 H. D. 的诗很着迷,坚持让她在诗下署名为"意象派 H. D."。庞德写信对哈莉特说:"我又遇上了好运气,我给你寄上一些由一个美国人写的现代东西。我说现代,因为它是用意象派的简洁语言写的,纵然主题是古典的……这正是我在这里和巴黎能拿出来给人看而不遭人笑的东西。客观——毫不滑来滑去;直接——没有滥用的形容词,没有人人能接受检验的比喻。它是直率的谈吐,和希腊人一般直率!"① 且看阿尔丁顿和 H. D. 的诗各一首。

傍 晚

阿尔丁顿

烟囱,一排接着一排,
划破清澈的天空;
月亮,
一片破纱裹着她的腰
在烟囱丛中搔首弄姿
一个笨拙的维纳斯——

这里,在厨房的洗涤格上,
我肆无忌惮地望着她。

(裘小龙译)

阿尔丁顿在这首诗中以挖苦的笔调描绘浪漫派诗人们常歌颂的"月"。"月亮"本是清澈美丽的象征,然而在"一排接着一排"

---

① 彼德·琼斯编:《意象派诗选》,裘小龙译,桂林:漓江出版社,1992年。第9页。

烟囱的污染下,"月亮"不再像昔日美丽的维纳斯,留给人们的意象是"一片破纱裹着她的腰,在烟囱丛中搔首弄姿",诗中显然表露了人们对资本主义社会中工业的污染和人性的污染的抗议。

奥丽特
H. D.

翻腾吧,大海——
翻腾起你尖尖的松针,
把你巨大的松针,
倾泻在我们的岩石上,
把你的绿扔在我们身上,
用你池水似的杉覆盖我们。

(裘小龙译)

这首小诗看上去仿佛是 H. D. 一气呵成,诗人融化到这一片神秘的绿中,大海即松林,松林即大海。哈莉特·门罗在《自我主义者》意象派专号上称这首诗:"它能在年饭前的一分钟内一气呵成。这种意象应该成打成打地涌现在诗中。这种布置仅显示出想象力的贫乏,或是没有必要的过分抑制。"[①] H. D. 的三首诗发表于 1913 年 1 月(署名为意象派 H. D.),附了一个更长的注解:"……此间最年轻的、有胆量称自己为一个流派的便是意象派……他们的口号之一是精确。他们反对那些难以胜数的、乱七八糟的、沉闷冗长的、感情泛滥的诗人……"。H. D. 回忆庞德在大英博物馆帮她改稿的情景,他用一支铅笔删改并说"砍掉这个,将这一行缩短"。[②]

---

① 彼德·琼斯编:《意象派诗选》,裘小龙译,桂林:漓江出版社,1992 年。第 30 页。
② Norman Holmes Pearson and Michael King, ed., *End to Torment, A Memoir of Ezra Pound by H. D.*, New York: New Directions, 1979, p. 18.

这些话不可避免地招致攻击和询问,意象派诗人自然会予以回答与解释。1913 年 3 月《诗刊》上发表了 F. S. 弗林特的《意象主义》一文,作了较为详细的阐释:

> 意象主义者们承认他们是"后印象主义和未来主义的同时代人",但他们与这些流派主义毫无共同之处。他们没有发表过一个宣言。他们不是一个革新的流派,他们惟一的努力方向是要遵循最优秀的传统写法。他们在所有时代中最优秀的作家身上找到了这个传统——萨福、卡特勒斯、维龙。他们仿佛一点也不能容忍那种不作这种努力就出的诗。对于优秀传统的无知是无论如何都不能原谅的。他们有几条规则,只是为了满足他们自己才制订的;他们尚未将这些规则发表。这些规则是:
>   1. 直接处理"事物",无论是主观的还是客观的。
>   2. 绝对不使用任何无益于呈现的词。
>   3. 至于节奏,用间接性短句的反复演奏,而不是用节拍器反复演奏来进行创作。①

弗林特在该文的结尾对意象派给予了高度评价:"我在他们中间发现一种认真的精神,对一个习惯于伦敦诗坛上那种信笔涂鸦的空气的人来说,这种精神是令人惊讶的。他们认为艺术是一切的科学,一切的宗教,一切的哲学,一切的玄学。"

同一期的《诗刊》上也发表了庞德的《意象主义者的几个"不"》,庞德首先指出:"一个意象是在刹那间里呈现理智和情感的复合物的东西。"随后论证了语言应该注意的问题:

---

① 彼得·琼斯编:《意象派诗选》,裘小龙译,桂林:漓江出版社,1992 年。第 150 页。

第七章 庞德文学理论与文艺思想

不要用多余的词,不要用不能揭示什么东西的形容词。

不要用像"充满和平的暗淡土地"这样的表达方法。它纯化意象。它将抽象与具体混在一起了。它来自作家的缺乏认识——自然的物质是自足象征。

不要沾抽象的边……

不要以为诗的艺术比音乐的艺术要简单一些……

尽可能多地接受伟大的艺术家们的影响;但要正派,要么直截了当地承认你所欠人家的好处,要么尽力把它隐藏起来。

不要让"影响"仅仅意味着你生吞活剥了某一两个你碰巧赞美的诗人的某些修饰性词汇……

不要用装饰或好的装饰。①

我们在理解庞德的意象主义诗学理论时要掌握其两个要义:其一,攫取"意象"的方式如雄鹰掠抓猎物,发现目标后,俯冲而下,在刹那间擒获。"意象"之获取也是瞬间,而且是理智与情感过滤的复合物。庞德还有一句话说得好,这种瞬间诞生的意象犹有"一种骤然释放的感觉,一种从时空局限中获取自由的感觉,一种我们于伟大艺术品前油然而生并成长的感觉"。② 这里可以发现,"意象"之绽放,是经过理智与情感的过滤和酝酿,得到的是一种释放、自由和成长感觉,增强读者的联想力与诗的开放式结尾的艺术效果。例如,《温柔女士》一诗的结尾是:"在寒冷的雨天下的灰色、橄榄色的树叶";《刘彻》一诗的结尾是:"一片贴在门槛上的湿叶子"。这种感觉与释放的方式与美国后现代诗人勃莱等超现

---

① 彼得·琼斯编:《意象派诗选》,裘小龙译,桂林:漓江出版社,1992年。第153页。
② T. S. Eliot, ed., *Literary Essays of Ezra Pound*, New York: New Directions, 1972, p.4.

实主义的"深沉意象"有着质的区别,他们往往跟着感觉走,随着意识流,其意象在运动中生,在意识流中灭。其二,在语言使用上,力求简洁、具体、精确。庞德的高妙之处在于往往能在一堆貌似散乱的细节中重新聚拢新的生命,具体与抽象能完美结合,故他笔下的意象能承载足够的能量,表现出维多利亚时期诗歌所缺乏的硬朗。

1914年3月,一本以《意象主义》为名的集子出版,其中选录了阿尔西顿、H. D.、F. S. 弗林特、斯基普威恩、坎内尔、爱米·罗威尔(Amy Lowell)、威廉·卡洛斯·威廉斯、詹姆士·乔伊斯、福特·马多克斯·福特等人的作品。这个集子出版后引起庞德与弗林特的争论,庞德认为弗林特所欣赏的前意象主义过于松弛,是"乳蛋糕",偏离于H. D.的"希腊式的硬朗"。H. D.竭力缓和庞德与弗林特的争论,此时精力充沛而富有的爱米·罗威尔从美国的波士顿赶到英国,她急于充当这场运动的领导者与经纪人。她比庞德大8岁,庞德称她是"我们的女荷马"。且看爱米·罗威尔的一首诗:

如果我是弗兰西斯科·葛瓦梯

一、
我想你是一根白色的铁线莲,
蔓上一座海滨花园的墙——
此刻水面上一脉绿蒙蒙的露,
一个孩子正在船里吃西瓜,
驶着一片棕色的帆。

二、
我想你是一个巨大的广场的银色心脏,
容纳着小小的人们,仿佛一颗颗玻璃念珠,
看着他们操练——操练——然后集合,

第七章　庞德文学理论与文艺思想

太阳悄悄滑到了另一个方向，
教室钟声雷一般响了，像苍穹下的铜屋顶一样展开。

（裘小龙译）

罗威尔的诗的标题中的弗兰西斯科·葛瓦梯（1712—1793）是威尼斯画家，标题清楚表明：如果我是画家，我将怎样画。

罗威尔来伦敦之后以其雄厚的财力和大刀阔斧的气势开始编选意象派诗选，尽管庞德反对，她却我行我素，于1915年、1916年、1917年先后推出三部意象派诗选集子。她在1915年的集子的序言中对意象主义原则作了总结：

1. 运用日常会话的语言，但要使用精确的词，不是几乎精确的词，更不是仅仅是装饰性的词。
2. 创造新的节奏——作为新的情绪表达——不要去模仿老的节奏，老的节奏只是老的情绪的回响。
3. 在题材选择上允许绝对自由……
4. 呈现一个意象（因此我们的名字叫"意象主义"）。我们不是一个画家的流浪，但我们相信诗歌应该精确地处理个别，而不是含混地处理一般，不管后者是多么的辉煌和响亮。还因为如此，那种大而无边的诗人，在我们看来，他总是在躲避他的艺术的真正困难之处。
5. 写出硬朗、清晰的诗，决不要模糊的或无边无际的诗。
6. 最后，我们大多数的人都认为凝练是诗歌的灵魂。

她在《意象主义诗选》1916年版序言中又做了进一步阐述：

首先，"意象派"并不仅仅意味着画面的呈现。"意象主义"指的是呈现的方法，而不是指呈现的主题。它意思是说要清晰地呈现作者想表现的一切。他也许会想表现一种犹豫不决的情绪,在这种情形下,诗人应该踌躇难决的。他也许会要读者眼前唤起那在一片风景上不断地变换着的光,或一个人在激烈的情绪中变化着的思想的不同姿态,那么他们的诗也必须不断转换变化着,以清楚地呈现这一点。"精确"的词并不是指精确地描绘物体本身的词,这意思是说"精确"的词给读者带来物体的感受恰像诗人写这首诗时物体在诗人头脑里呈现的那个样子。①

该序的结尾呼吁说:"我们还年轻,我们是实验主义者,但我们请求人们用我们的标准来衡量我们,而不是用那些在其他时间支配了其他人的标准来衡量我们。"庞德对爱米·罗威尔的行为颇为反感,称意象主义到了她这里成了"爱米主义",他杜撰了一个词"Amigism"以讽刺爱米·罗威尔(Amy Lowell)。他在给哈莉特·门罗的信(1915 年 1 月)中写道:"关于爱米,则太糟了,为什么她不能把自己想象成为一个文艺复兴时代的人物,而不要把自己想象成一个精神上的领导人呢?因为确实不是精神上的领导人。"② 庞德对爱米·罗威尔编辑出版的《意象主义诗选》颇为不满,1914 年 8 月他写信要她别再使用"意象主义"这个词,他认为罗威尔的选集可称为"自由诗或者其它什么名称"。她的意象主义与庞德的意象主义差异很大,庞德认为意象主义应该与"简洁和强度"相联系。③ 然而,爱米·罗威尔在事实上扩大了意象派的影响,她所编选的集子里的诗并不都是庞德所说的那种软绵绵的

---

① 彼德·琼斯编:《意象派诗选》,裘小龙译,桂林:漓江出版社,1992 年。第 157—165 页。
② 同上。第 168 页。
③ 转引自 Donald Davie, *Ezra Pound: Pound as Sculptor*, Oxford: Oxford University Press, 1964, p. 58.

第七章 庞德文学理论与文艺思想

诗,意象派的优秀诗篇基本上可以从这些集子里找到。庞德脱离爱米·罗威尔控制的意象主义,主要原因是爱米·罗威尔的"爱米主义者"(Amygists)与庞德的艺术主张不符。庞德认为:"他们给我们的是脆弱的画面——沙滩的风吹、沼泽、牧场、城市街道、散乱的落叶、富有暗示和愉悦的画面,但基本上跳不出一个好的描绘。"① 庞德在《诗刊》(1918年3月)上评论1917年出版的《某些意象主义诗人》说:"不幸的是,意象主义现在几乎成了任何不押韵、不规则的诗,'意象'——仅仅指视觉——用来意指某种图画印象。"② 在庞德看来,意象主义应该是"概念的意象的基本点与感性意象的精确性相结合"。怎样才能达到这两者的自然结合呢?又怎样才能在此基础上写出容量大而又视觉如画的长诗?庞德也许较早地发现了意象主义的短处,所以他警告说:"意象不是一个思想,而是一个发光的结点,一个漩涡,很多思想不断从中涌入或者流出。"③

　　T. S. 艾略特指出现代诗的开始应该归功于一群1910年左右在伦敦处于支配地位的意象派。在笔者看来,意象派的发展粗略可以分为三个阶段:(1)T. E. 休姆被剑桥开除,1908—1909年形成"诗人俱乐部"(Poets' Club),组成意象派诗人团体;(2)庞德加入,时间可以从1912年11月算起,此阶段是意象派最鼎盛的时期,1914年庞德编辑的《意象派》诗集包括许多作家如弗林特、爱米·罗威尔、威廉斯、乔伊斯、福特等人的作品;(3)爱米·罗威尔1915年来到伦敦,掌握了该运动的领导权,她编辑出版了《意象主

---

① Alice Corbin Henderson, "Imagism Secular and Esoteric", *Poetry*, Volume II, March, 1918, p.340.
② Noel Stock, *The Life of Ezra Pound*, New York: A Division of Random House, 1970, p.225.
③ Ezra Pound, *Gaudier-Brzeska: A Memoir*, New York: New Directions, 1970, p.92.

义诗选》,庞德与她谈不来,称之为爱米主义,自己转向漩涡主义。

随着爱米·罗威尔与弗林特为首的意象派偏离了庞德的艺术主张,庞德转向了漩涡主义。漩涡主义本是绘画领域里英国的一个流派,它不甘于跟随法国画坛的仆从地位,反对模仿性艺术,宣称要致力于创造一种"明白、激烈、可塑的现代主义"。这个集团的创始人和领导者是著名的文学家兼画家温德罕姆·刘易斯。他出生于加拿大,1893 年到伦敦,16 岁考入伦敦的斯勤德美术学校,三年后赴巴黎,1909 年回伦敦,1914 年创办了一份名叫《疾风》的杂志。刘易斯出版了戏剧《星球的敌人》(*Enemy of the Stars*),以及小说《踏》(*Tarr*)、《理想的巨人》(*The Ideal Giant*)。刘易斯既是小说家又是画家。庞德的另一位朋友亨利·戈蒂耶-布尔泽斯卡是雕刻家,他也曾投入漩涡主义运动。刘易斯可以称得上是漩涡主义理论家。庞德对刘易斯评价很高,他说:"我相信刘易斯先生是设计形式的大师,他给我们艺术带来设计的新单位和结构的新形式。"[①] 庞德同时对这一批漩涡主义诗人评价都很高:"这批新人使我看到形式,使我意识到伸向房子之间的天空外表,浴室里水喷到天花板在阳光下的明亮图式,通过间隙投射到廉布上的巨大 V 形光,所有这些都是新的和弦,设计的新键盘。"[②] 1915 年举行了第一次(也是惟一的一次)漩涡派展览,刘易斯在简介中宣称:"我们的漩涡主义有三个方面:第一是反对毕加索那种有鉴赏力的消极性活动;第二是反对无聊的逸闻趣事,谴责自然主义;第三是反对模仿性电影摄影术、未来主义的大惊小怪的歇斯底里(比如一种精神的活力)。"由此可见,漩涡主义力求摆脱英国现代艺术从属于法国巴黎画坛的地位,力求在漩涡中找到一个明晰的

---

① Ezra Pound, *Gaudier-Brzeska: A Memoir*, New York: New Directions, 1970, p. 93.
② D. D. Paige, *The Selected Letters of Ezra Pound*, *1907—1941*, London: Faber & Faber, 1971, p. 39.

中心。① 刘易斯在1914年6月的《疾风》中说,是庞德发明了"漩涡主义者"这个名词。

庞德的"意象"理论也与漩涡的观点相联系,应该说,漩涡之说是由他前期所主张的"意象"理论发展而来。他在《关于意象主义》一文中指出:"意象可以有两种。意象可以在大脑中升起,那末意象就是'主观的'。或许外界的因素影响了大脑;如果如此,那么它们被吸进大脑熔化了,转化了,诱发与它们不同的一个意象出现。其次,意象可以是'客观的'。攫取某些外部场景或行为的情感,事实上把意象带进了头脑;而那个漩涡(中心)又去掉枝叶,只剩那些本质的或主要的或戏剧性的特点,于是意象仿佛像那外部的原物似地出现了……在两种情况下,意象都不仅仅是思想,它是漩涡一般的或集结在一起的溶化了的思想,而且充满了能量。如果它不能满足这些条件,它就不是我所称的意象。"②

庞德在1914年6月20日的《疾风》杂志上发表了《漩涡》一文,对漩涡主义有进一步的论述:"漩涡是极力之点,它代表着机械上的最大功率。""漩涡主义者惟独依赖于此;依赖于他的艺术的基本色素,除此无它。""一切经历蜂拥成这个漩涡。一切充满活力的过去,一切重温或值得重温的过去。一切动量,由过去传送给我们的,种族、种族的记忆、本能冲击着平静。""每一个概念,每一种情感均以某种基本的形式把自己呈现给清晰的意识。它从属于这种形式的艺术。若是声音,则属音乐;若是成形的字词,则属于文学;意象,则属于诗歌;形式,则属于设计;平面的色彩,则属于绘画;三维的形式或设计,则属于雕塑,随舞蹈或音乐或诗的节奏而动。"庞德对"享乐主义"和"未来主义"进行了批判,他认为:

---

① 彼德·琼斯编:《意象派诗选》,桂林:漓江出版社,1992年。第168页。
② 雷内·韦勒克:《现代文学批评史》,第五卷,章安祺、杨恒达译,北京:人民大学出版社,1991年。第239页。

"享乐主义是漩涡空缺之处,软弱无力,被剥夺了过去和未来,一个静止的卷轴或圆锥的顶头。未来主义是漩涡喷溅的浪花,其后没有冲力,疏散分离。""它们是漩涡的僵。"①

1914年9月,庞德为《两星期评论》杂志写了一篇论"漩涡主义"的文章:"有一种诗,诗中音乐和纯乐曲,仿佛正在进入语言。""还有一种诗,诗中绘画或雕塑仿佛正在传入语言。"庞德还列出了漩涡主义在艺术上的典范之作。在绘画上,他推崇康丁斯和毕加索,在诗歌上,他例举了H. D. 的那首《奥丽特》。

漩涡主义者喜欢以液体之流来比附漩涡主义,道格拉斯·戈尔德宁(Douglas Goldring)说:"漩涡和漩涡主义的意义已由刘易斯解释得简单明了,你一想到池水的漩涡,漩涡的中心是了不起的静池,所有的能量向它集中,漩涡主义者就在这集中的地方。"②庞德在《罗曼司的精神》的序言中写道:

> 艺术是液体,流过或流在人们的心里……
> 艺术或一件艺术品并不是像河水流……静止可以映照,河水却照常流动。③

庞德的朋友福特也喜欢用"溪水般清澈"(brookwater)来描述他喜爱的作家,如他评价海明威的《永别吧,武器》的措词"犹如从溪水中刚刚捡起小石头……他的书页有你透过流水看见的溪水底的清澈效果。"④庞德在他的《诗章》第24章也使用了"溪水般清

---

① 黄运特译:《庞德诗选比萨诗章》,桂林:漓江出版社,1998年。第217—219页。
② Douglas Goldring, *South Lodge*, London: Constable & Co., 1943, p.65.
③ Ezra Pound, *The Spirit of Romance*, New York: New Directions, 1968, p.7.
④ Ford Madox Ford, "Introduction in Ernest Hemingway *A Farewell to Arms*", New York: Modern Library, 1932, p. xv.

第七章 庞德文学理论与文艺思想

澈"的意象。

庞德不仅这样说,也是这样写的,如早期写的六首仿中国诗。此外,他还帮助其他诗人与作家这样写,如他改 H. D. 的诗歌,改艾略特的《荒原》,以及建议海明威写简洁的新闻体文字。

二、艺术的真实

几千年前中国的孟子说过:"无恒产而有恒心者,惟士为能。若民,则无恒产,因无恒心。苟无恒心,放辟邪侈,无不为己。"① 孟夫子的意思是,清贫之时能坚持操守,惟有贤达之士可以做到。而平庸之人,就会丢失道德与行为准则,可能会干出大坏事来。因此,要建设良好的社会道德风范,必须要有良好的物质文明基础。若是没有好的道德规范,社会更可能一塌糊涂。在美国从农业社会向工业社会转型的关键时期,美国思想家爱默生在《美国的学者》的演说中警告美国大众已过分忙碌,无暇顾及文学。② 德国哲学家黑格尔在《哲学史讲演录》中说道:"时代的艰苦使人对于日常生活中平凡的琐屑兴趣予以太大的重视,现实中很高的利益和为了这些利益而作的斗争,曾经大大地占据了精神上一切的能力和力量以及外在的手段,因而使得人们没有自由的心情去理会那较高的内心生活和较纯洁的精神活动,以致许多较优秀的人才都为这种艰苦环境所束缚,并且部分地牺牲在里面。因为世界精神太忙碌于现实,所以它不能转向内心,回复到自身。"③ 黑格尔

---

① 《四书》,长沙:湖南出版社,1994年。第276页。
② 爱默生:《爱默生集》,赵一凡、蒲隆、任晓晋、冯建文译,北京:生活·读书·新知三联书店,1993年。第61页。
③ 黑格尔:《哲学史讲演录》,贺麟、王太庆译,北京:商务印书馆,1996年。第3页。

这番话指人们忙于现实利益而忘记了精神的追求,商业的利益窒息了人们的精神世界,因此黑格尔提醒人们在忙碌之余要关注自身的存在。孟子所讲的士之恒心,能够做到"富贵不能淫,贫贱不能移",这是善养浩然之气而形成的。爱默生与黑格尔在各自国家与社会的转型时期提醒人们不要沉醉于物质利益的追逐,而忘记高尚的精神活动。没有文学的理想和纯粹的精神提升,平庸的人就会丧失安身立命的基础。作为抱有雄心壮志的文学批评家,庞德当然会注意发挥文学在现代社会的功能与意义。

庞德的第一部批评著作是《罗曼司的精神》(1910),在这部书里,他对欧洲和普罗旺斯的文艺复兴之前的拉丁语文学进行了检阅,说要尽力寻找"在拉丁语中世纪文学中所蕴含的某种健旺的力量、成分或者品质,我相信我们的文学也拥有",因为他认为:"如果一个民族的文学下降,这个民族就会萎缩和堕落。"[1] 他以后的文学批评一直保持着这种健旺的力量与品质,他的文学批评主要论著有:《几个不》(*A Few Don'ts*, 1913)、《一个回顾》(*A Retrospect*, 1918)、《严肃的艺术家》(*The Serious Artist*, 1931)、《如何阅读》(*How to Read*, 1931)、《阅读入门》(*ABC of Reading*, 1931)、《文化指南》(*Guide to Kulchur*, 1938)、《书信》(*Letters*, 1953)、《文学论文集》(*Literary Essays*, 1954)、《庞德/乔伊斯》(*Pound/Joyce*, 1965)、《论文选集》(*Selected Prose*, 1973)。

庞德在1915年写道:"我一辈子绝大多数时间用于思考艺术,如果这不能偶尔为我解决秘密的几个角落,或者至少清楚地形成有关某些秘密或者方程式的秘密,那我将会发现这将是多么的乏味。"[2] 庞德的批评理论与诗学原则缺乏一种哲学和美学的系统,他的理论大多是从实践中得来的真知,这不仅为他本人的创作开

---

[1] Ezra Pound, *ABC of Reading*, New York: New Directions, 1960, p. 32.
[2] G. Singh, *Ezra Pound as Critic*, New York: St. Martin's Press, 1994.

辟了道路,而且对同时代的其他诗人和作家产生了巨大影响。

庞德非常看重批评思想的本身,他说:"任何思想和观点的清晰和生动取决于方法的明晰、思想本身的健康。而抽象或者修辞表达往往既不利于诗歌,也不利于批评。"他对经典的看法独具慧眼:"经典之所以是经典,并不是因为它符合某种定义(这种定义作者也许从来未听到过)。它之所以是经典是因为它具有永恒的、抑制不住的新鲜。"① 这与中国文论某些说法不谋而合,朱熹《四书集注》前言:所谓"经典"者,经,常也(《广雅·释诂》);典,常也(《尔雅·释诂》),从册在丌上,尊阁之也(《说文》)。② 大凡能够成为经典之作,必然是经过时间的检验、具有恒久意义的作品。故刘勰在《文心雕龙·宗经》中说:"经也者,恒久之至道,不刊之鸿教也。"③ 虽说经典具有超越时空表现恒久至道的功用,但不是所有经典都好读,或者人们愿意去读。经典有如此恒久新鲜的魅力,那么经典作品必然是超凡脱俗的,所以庞德还说:"一部艺术史是代表作的历史,而不是失败的或者平庸之作的历史。"④

"文学是充满意义的语言","伟大的文学就是将意义充满到极限的语言。"⑤ 基于将文学定义为最大限度地使用语言,庞德认为批评家重要的是要有自己的判断,"批评家若没有自己的看法,不是他本人亲自作出的评论,那便不是可靠的评论家。他称不上评论家,而是重复他人的结果的人。"⑥ 他将作家分为六类:(1)发明者(一种特别的过程或者一种模式或过程的发现者);(2)大师(除了自己的发明创造之外,还能够吸引和协调大量前人的发明,

---

① Ezra Pound, *ABC of Reading*, New York: New Directions, 1960, p.14.
② 朱熹著,陈戍国校点:《四书集注》,长沙:岳麓书社,1987年。第1页。
③ 刘勰:《文心雕龙》·Ⅰ(大中华文库汉英对照),北京:外语教学与研究出版社,2003年。第22页。
④ Ezra Pound, *The Spirit of Romance*, New York: New Directions, 1968, p.7.
⑤ Ezra Pound, *ABC of Reading*, New York: New Directions, 1960, p.28.
⑥ 同上, p.30.

这种人寥寥无几);(3)解释者(往往不追随发明者或"大作家",他们制造某种不紧凑、松弛、冗长或者胆小的东西);(4)这类人往往能按照一个时期某种好风格进行或多或少的改造……这种人添加一点个人风格,对一种模式做某些微小的改变,并不影响故事的大致过程……;(5)纯文学的作家(这类人很难说起源于某一种形式,但毫无疑问将某种模式发展到相当高的程度);(6)风行一时的先锋者……。① 这些分类在庞德自己的批评标准中起着重要作用。庞德说:"如果一个人对前两种分类很了解,他能够一眼对任何东西进行鉴别,我的意思是他能估计其价值,看看它到底在这个计划里,以何种方式而存在和处于什么样的位置。""一位蹩脚的批评家,不仅不知道,或者没有足够意识到这些分类,也不知道其原因,在其他分类里阅读作品并不能在很大程度上改变前两种的意见,他往往用'过时'的术语,这种术语用来描述公元前 300 年的事,以一种外在的时髦描述它。"有趣的是,庞德将批评家分为三类:"1. 最值得尊敬的批评家就是那些能促使他所批评的对象有改善的人。2. 第二类最好的批评家就是那些集中注意力评论最好作品的人。3. 戴着批评家面具的最糟糕的人不注意最好的作品,注意马马虎虎的次等品,或是胡说八道的东西,或是有害的作品,死去的或者健在势利品,或是批评中模糊的论文。"② 从这些话里,可知他从事文学批评是从美好的愿望出发,批评是为了可造之才的进步,而不是落井下石,批评是为了发现好作品,不是把精力浪费在无用的东西上。近年来不少利用网络和媒体为鸡毛蒜皮的事相互诋毁的事与人,对照这些话,是否有教育意义? 庞德还注意告诫有志于当作家的年轻人,要学会了解一部代表作并且形成

---

① T. S. Eliot, ed., *Literary Essays of Ezra Pound*, New York: New Directions, 1972, pp. 23 – 24.
② G. Singh, *Ezra Pound as Critic*, New York: St. Martin's Press, 1994.

自己的批评标准。①

庞德认为艺术的真实性是艺术力量的根本所在,他对艺术的真实性的论述都用了些实在的比方,"任何声明(陈述)就像从银行取支票,它的价值到底属实。假如我(以庞德本人为例)以一元钱当做一百万,那肯定是笑话或者骗人的把戏,它没有用。假如此时当真,那就是犯罪行为。"② 他在《严肃的艺术家》一文中指出:"各种艺术、文学、诗歌是科学,正如化学是科学一样。它的对象是人、人类和个人。化学是将物质作为它的研究对象。"③ "艺术的试金石是精确,这种精确是多样的和复杂的,惟有专家才能决定某种艺术品是不是具有某种精确性。我并不是说任何聪明人对某件艺术品是否是好艺术品都有或多或少的鉴赏力。一个聪明的人常能分辨出一个人是否身体好。但毫无疑问一位有技术的医生才能做出某种诊断或者能从充满生气的外表下看出隐藏的疾病。"④ 庞德还将艺术与科学的其他能源相比,他说:"我们或许相信艺术中至关重要的东西是一种能源,某种像电或者放散性的东西,一种渗入、焊接和统一的力量。一种就像水的力量,从明亮沙滩喷涌而出,化为急流。这样你就可以得到你的意象。"⑤

庞德将艺术的感召力量与医学的诊断和治疗相比较,他在《严肃的艺术家》一文中写道:"正如在医学中有诊断的艺术和治疗的艺术一样,艺术也是如此,特别是在诗歌和文学的艺术中,也有诊断的艺术和治疗的艺术两种。人们称前者为对丑的崇拜。"⑥

---

① Noel Stock, ed., *Impact: Essays on Ignorance and the Decline of American Civilization by Ezra Pound*, Chicago: Henry Regnery Company, 1960, pp. 57–58.
② Ezra Pound, *ABC of Reading*, New York: New Directions, 1960, p. 19.
③ T. S. Eliot, ed., *Literary Essays of Ezra Pound*, New York: New Directions, 1972, pp. 48–49.
④ 同上, p. 48.
⑤ 同上, p. 49.
⑥ 同上, p. 44.

他还进一步指出什么是"美的崇拜",什么是"丑的崇拜":"美的崇拜是维龙、波德莱尔、科比埃、比尔兹利,他们是诊断艺术的艺术家,福楼拜也是诊断作家。"① 他将艺术分为诊断艺术和治疗艺术两类,此两者并不矛盾,他说:"对美的崇拜和对丑的描写并不相互矛盾。"② 他很早就认为艺术创作必须严肃认真,唯如此才能产生好的作品,他1912年9月在伦敦时去信给哈莉特·门罗说:"我们的政策我认为是这样:我们要支持美国诗人——尤其是有严肃干劲写大作的年轻诗人。我们要引进比国内写得好的作品。最好的外国货,超出平庸或者超出看上去严肃的实验的作品,一定会更神奇地导致诗歌艺术的发展。"③

庞德认为"坏的艺术就是不精确的艺术,这种艺术造成虚假的汇报"。他将此与科学家的责任相比,他说:"如果一位科学家做虚假汇报,不管是有意的,还是疏忽造成的,我们都根据他造成的后果来定他为罪犯还是坏科学家,他会相应地得到惩罚或者鄙视。"④ 因此,庞德极力反对虚假的艺术,说:"如果一个艺术家,在关于人性,关于他自己的本性,关于一切事物完善的理想本性,上帝的本性(如果上帝存在的话),生活力量的本性,善和恶的本性(假如存在善与恶的话),信仰的力量的本性,以及他遭受痛苦或高兴的程度的性质——如果艺术家为了迎合时尚的趣味,符合专制者的要求,墨守传统的道德戒律,他在上述这些问题或任何别的问题上弄虚作假,他就在撒谎。不管他是存心撒谎,还是出于大意、懒惰还是懦弱,或是任何形式的疏忽,他毕竟是在撒谎。人们

---

① T. S. Eliot, ed., *Literary Essays of Ezra Pound*, New York: New Directions, 1972, p.45.
② 同上。
③ D. D. Paige, *The Selected Letters of Ezra Pound, 1907–1941*, London: Faber & Faber, 1971, pp.10–11.
④ T. S. Eliot, ed., *Literary Essays of Ezra Pound*, New York: New Directions, 1972, p.44.

应该根据他错误的严重程度,对他进行相应的惩罚。"① 在庞德看来,这种弄虚作假就像医生弄假而造成事故一样要负责任。"这种医生的行为,往往对病人的疾病不懂,也不去问近在咫尺的行家,对自己的无知公然否认,还阻止病人去找行家,或为自己的目的折磨病人。"② 庞德认为文学批评应借鉴科学的方法,他说研究诗歌与好文学的妥当方法是当代生物学家的方法,那就是细致地进行第一手调查,不断地将一断面或者样品与另一断面和样品进行比较。③ 因为他认为大学培养出来的研究生只会干贴标签的活,这是悬在真空之中。运用他所认为的科学方法最成功的例证莫过于费诺罗萨的《中国文字作为诗歌的一种书写工具》,因为费诺罗萨脚踏实地地解释了中文的构成、用途与意义,他的论文也许超出他的时代所能理解的。当然,庞德所追求的文学与艺术的真实不是悬在空中,而是基于社会,"文学不能存在于真空。作家应该要有一定的社会作用与他们作为作家的能力相匹配。这是他们的主要作用,所有其它的作用都是次要的和暂时的。"④

三、文学批评旨在发现天才

韦勒克在评价庞德的文学批评时说:"庞德最不朽的功绩也许是他给予同时代年轻人的鼓励。"⑤ 庞德是如何界定批评家的

---

① T. S. Eliot, ed., *Literary Essays of Ezra Pound*, New York: New Directions, 1972, p.43.
② 同上, p.44.
③ Ezra Pound, *ABC of Reading*, New York: New Directions, 1960, p.18.
④ 同上, p.32.
⑤ 雷内·韦勒克:《现代文学批评史》,第五卷,章安祺、杨恒达译,北京:中国人民大学出版社,1991年。第239页。

呢?他在文章《一张访问名片》中说:"批评家的价值不在于他多能辩论而在于他的甄别质量。"[1] 他认为孔子了不起,在2500年前就给我们编了最好的诗歌选集。因此,庞德后来向孔子学习,也编诗选,而且从世界范围内挑他认为最好的诗,他与斯斑女士合编的诗选《孔子到肯明斯》就是其中一例。其实,庞德不但会鉴别好的诗歌,更能甄别好的诗人、作家。艾略特在他为庞德编辑的《庞德文学论文选》的序言中指出:"考虑庞德的文学见解要结合写作的环境来谈,有必要把握他所带来的趣味和实践的创新内容,有必要了解他是如此率先垂范的批评家。他往往是第一个,也是最重要的导师和运动的发起者。他总是不仅强迫自己发现诗歌应该怎样写,而且将他所发现的有益的东西传授给别人。不单是随时提供好处,而且让这些好处被人接受。他会哄骗甚至几乎逼迫其他的人写好,他经常当着一个人的面要展示给一个聋子事实:房子要起火了。他所提供的每种变化总是使他人处于紧急状况。这不仅是他具有导师的气质,它也代表着庞德的热情渴望,不仅他本人在创作好作品,而且他周围的人物也要同样的智力高超,富有创造力。这就是他迫不及待的地方。于他而言,发现一个新的天才作家是令他满意与自豪的事,因此很少有人相信他本人也创作许多天才作品。他对他同时代的人特别是年轻人的写作非常关注,比起文学和艺术的生命,他对自己的成就关心得很少。从他的批评论文和通信可以得到一个教益:他是无私地奉献给文学艺术事业的。"[2] 正如艾略特所描绘的,庞德确实是这样身体力行的。庞德长艾略特三岁,尽管他们俩性格迥然不同,但却是艾略特终生的良师益友。庞德为人豪爽,热情似火,有侠骨义胆,常常为朋友两肋

---

[1] Noel Stock, ed., *Impact: Essays on Ignorance and the Decline of American Civilization by Ezra Pound*, Chicago: Henry Regnery Company, 1960, p.56.
[2] Eliot, T. S., ed., *Literary Essays of Ezra Pound*, New York: New Directions, 1972, p.12.

插刀,是天生的领袖,有"执铁板唱大江东去"之风范。艾略特性格内向,沉静忧郁,但他聪慧过人,博识才情乃卓然天成,他的诗文往往"于无声处听惊雷"。1914年9月22日艾略特第一次在英国见到庞德,此时庞德在欧洲文坛已成绩斐然,他正在如火如荼地推进意象主义运动,而艾略特尚是无名小辈,但他们一见如故。庞德读完艾略特的《阿·普鲁弗洛克的情歌》之后大加赞赏,"我从未读过这么好的东西,来谈谈吧。"然后他四处写信举荐艾略特。笔者找到了庞德在1914年写给文学杂志的朋友和一些好友的信中赞扬艾略特的话,从中可以看出庞德的伯乐眼光和推荐人才的热情之心。1914年9月30日他给美国《诗刊》主编哈莉特·门罗的信中写道:"艾略特令我太高兴了。他送来一些我所拥有和已看到的美国人写得最好的诗,祈祷这不是独篇或唯一的成功。他已经将作品拿回去修改出版,过几天你就收得到。他是我所知道我所认为的有充足准备写作的唯一的美国人,他实际上已经经历了自我训练而全靠自己现代化。其他有前途的年轻人在一方面做得不错,他两方面皆好。能遇上这样一个人是个慰藉,你不用告诉他洗脸、擦脚,记住1914年这个日子。"① 他在1914年10月3日写给H. L. 门肯的信中说:"T. S. 艾略特,我想他值得关注。"② 在10月他又写信给哈莉特·门罗说:"寄上艾略特的诗,这是我从美国人得到的最有趣的创作。附:希望你能马上发表。"③ 艾略特创作《荒原》阶段是他家里生活和思想状况处于最困难的时期。1919年1月,艾略特的父亲去世,这对在事业上刚刚有转机而又想争取父亲认可的艾略特而言可谓一个精神打击。他夫人维芬娜(Vivienne Haigh-Wood,1888—1947)神经衰弱,疾病缠身。为了支付妻

---

① D. D. Paige, ed., *The Selected Letters of Ezra Pound, 1907 – 1941*, London: Faber & Faber, 1971, p.40.
② 同上, p.41.
③ 同上。

子的药费,艾略特经济负担加重,他不得不设法多挣钱,先后当过中学教师,到银行工作,多写书评。他的身体变得越来越糟糕。鉴于此,庞德曾想出一个大家赞助艾略特的计划,但遭艾略特反对而搁浅。1921年11月,艾略特将《荒原》的手稿交给庞德,庞德敏锐地发现了这部作品的价值,并且也乐为人师,将艾略特原诗1000行砍到436行。对于庞德所删改的《荒原》,目前评论界存在一些分歧。许多人认为经庞德斧正后的《荒原》显得更为精炼,主题更为突出。艾略特自己也非常感谢庞德的帮助,认为庞德"把一大堆好的和坏的片断变成了一首诗。"当《荒原》发表在《日晷》杂志,《日晷》提出给艾略特奖金时,艾略特认为庞德比他更适合领这笔钱。① 艾略特在该诗的题词中深情地写道:"献给埃兹拉·庞德,最卓越的匠人。"以后艾略特还多次谈起:"我能成为诗人多亏了庞德。"然而有的评论家就庞德对这部现代主义里程碑式的作品《荒原》的修改提出批评,认为庞德所删去的一些篇章如《水中的死亡》的一些部分是艾略特独具匠心的部分,其它部分的删改也多少破坏了艾略特的原先结构。我们认为,经过庞德修改的《荒原》无疑是多了不少庞德的风格,尤其是其中一些有关基督教的内容被庞德砍掉了。他们以后的政治信仰在各人的发展后期更见分晓,不过此时已露端倪。艾略特在《追寻异神》中宣称庞德的地狱是常人的地狱,而庞德有时戏嘲艾略特为"老负鼠"(Old Possum)或者"神父艾略特"(Reverend Eliot)。1915年,庞德向纽约一位著名的艺术收藏家和自主人约翰·奎因介绍当时尚默默无闻的艾略特。奎因也赞赏艾略特的作品,并给予经济上的支持。艾略特后来出于对奎因的感激,把那份有庞德、维芬娜和他亲自修改笔迹的《荒原》手稿送给了他。1924年,奎因病逝,手稿下落不明。

---

① Behr, Caroline, *T. S. Eliot: A Chronology of His Life and Works*, London: Macmillan, 1983, p.24.

许多年后,奎因的侄女才在他的遗物中找到手稿,并使之在1968年正式问世。今天我们对比《荒原》的两个版本是别有一番体味的。1970年唐纳德·噶拉普出版了《T. S.艾略特与埃兹拉·庞德:文学上的合作者》(*T. S. Eliot & Ezra Pound: Collaborators in Letters*)[1]。该书以扎实的史料介绍了两位大诗人的相识过程,更多的篇幅叙述了庞德是如何从各方面帮助艾略特的,包括艾略特早期的诗歌发表与他的《荒原》修改,以及庞德后来被关进监狱艾略特又是如何帮助庞德的。全书虽仅有50页,但文学史家唐纳德·噶拉普毕竟是大家,对两位诗人的交往与友谊了如指掌,娓娓道来,非常清楚与有趣。如书中开始提到,艾略特事实上在1910年哈佛大学读书时就知道庞德其人与他出版的诗《面具》和《狂喜》,只是当时不感兴趣,觉得庞德那些诗不过是浪漫主义的陈词滥调[2],结识庞德后佩服不已,几乎把他当作老师。而庞德从艾略特的朋友艾肯那里见到艾略特的诗,就发现其价值,以后一直极力推介。

在1913年的前期阶段,庞德的《诗刊》杂志物色新诗人。此时正是意象主义运动兴旺时期,庞德帮助了一批意象派诗人发表作品。H. D.回忆说:"奇怪的是,埃兹拉对任何他认为冒出潜在天才的一丝火花的人都是难以言表地好。""他总是慷慨地给予。"[3]在意象主义运动时期,他为了发表H. D.和阿尔丁顿的作品,写信给门罗说明:如果版面不够,先发表他们的作品,以后再发表自己的作品。刘易斯评价庞德说:"他在对别人的作品态度上是出奇地慷慨。他的批评既深远又博大。如果他们有天才的话,他至少

---

[1] Donald Gallup, *T. S. Eliot & Ezra Pound: Collaborators in Letters*, New Haven: Henry W. Wenning / C. A. Stonehill, Inc., 1970.
[2] 同上。
[3] 转引自Ira B. Nadel, ed., *The Cambridge Companion to Ezra Pound*, Cambridge: Cambridge University Press, 1999, p.23.

不会在意为某人服务……他同时是位伟大诗人与伟大指挥家。而且,他是天生的导师,通过他的直接和间接的影响,他给我们的文学技巧和批评带来深刻变化。"① 罗伯特·弗罗斯特(Robert Frost,1874—1963)此时来到伦敦,经过 F. S. 弗林特介绍与庞德结识,弗罗斯特比庞德年长9岁。庞德读过弗罗斯特的第一本诗集《一个男孩的心愿》(A Boy's Will)之后,虽然并不喜欢其中的措词和对英格兰环境的过分忠实描写,但庞德认为弗罗斯特是能够写出"大作品"来的人,于是他写信给《诗刊》的主编哈莉特·门罗推荐弗罗斯特说:"我承认他跟沟中死水一样单调,像华兹华斯那样乏味。但是他在尝试做最难做的事业,他有朝一日在文学上会大有出息。"② 庞德又马上写了两则有关弗罗斯特的评论,他开篇写道:"在诗歌领域里出现了又一个富有个性的美国人,来到大洋的这一边,由热爱文学的英国出版商出版了他的一部诗集。""弗罗斯特是一位诚实的作家,用他自己的知识和情感来创作,不是简单地拾捡当时杂志能接受的方式,采用流行的话题。他有意识地并且准确地将新英格兰的农村生活写入诗中。他并不采用从奥维德以来人人都用的主题。"③ 此外,庞德还想着手修改弗罗斯特的诗歌,但弗罗斯特并不同意庞德的修改,弗罗斯特说:"庞德拿走了我的诗……我对他说,'你把我的诗改写成了50个字,我可以将它缩减到48个字,你破坏了我的音步、我的措词和思想。'"但是弗罗斯特对庞德的鼓励表示感激,有诗为证:

---

① Wyndham Lewis, *Basting and Bombardiering*, London: Calder Publications, 1970, p. 280.
② Humphrey Carpenter, *A Serious Character: The Life of Ezra Pound*, New York: Dell Publishing, 1988, pp. 200 – 201.
③ T. S. Eliot, ed., *Literary Essays of Ezra Pound*, London: Faber & Faber, 1954, p. 382.

第七章　庞德文学理论与文艺思想

他所喜欢做的就是鼓励别人
他不能引导他们,他就甘居其后
推动,推动方式就像推着割草机
跟在他们后面,威胁着将他们腿割掉。

庞德在威尼斯和在 1908 年抵达伦敦之后,给当时名声显赫的诗人威廉·巴特勒·叶芝寄去了一本诗集《熄灭的细烛》,并从叶芝那里得到了鼓励。1909 年 5 月他写信给威廉·卡洛斯·威廉斯说他从最伟大的诗人那里得到了鼓励。1913 年,庞德同意做叶芝的秘书并跟他住在萨塞克斯石屋,他对叶芝充满着尊敬,叶芝的作品给他印象很深,他写信给爱米·罗威尔说:"我想劳伦斯和乔伊斯是年轻一辈中最好的小说家,其他的人不过如此,我们幸好还有叶芝撑着。"[①] 他在文章中对叶芝评价很高:"……我可以说叶芝先生的生气丝毫未减,我可以说他做得相当好,直到现在还没有人能在气质上超过他来做英国最好的诗人……"。叶芝早期的诗风带有维多利亚后期诗歌的风花雪月的感伤,结识庞德之后,他采纳了庞德的建议:写坚实、硬朗的诗。叶芝在 1913 年 1 月 3 日写信给格莱高丽女士(Lady Gregory,1852—1932)说:庞德"帮助我从现代抽象返回到确切具体,跟他谈诗歌是要你把句子变为对话。一切都变得清楚和自然。""他以一种新的自信帮我摆脱了弥尔顿的影响"。

庞德在结识詹姆士·乔伊斯之前,就读过他的小说《都柏林人》、《流亡者》以及《一个青年艺术家的画像》,他对乔伊斯大加赞赏。乔伊斯虽不能说直接受惠于庞德的点睛之笔,但庞德的鼓励与帮助对他以后的成功是影响巨大的。在 1913 年底,叶芝向庞德推荐乔伊斯,自从第一次接触之后,庞德就一直向文学界与出版界

---

① G. Singh, *Ezra Pound as Critic*, New York: St. Martin's Press, 1994, p.109.

推荐乔伊斯。例如，他将乔伊斯的小诗《我听见一支军队》编入《意象主义诗选》，后将乔伊斯的小说《一个青年艺术家的画像》的第一章发表在《自我主义者》上，后又将《尤利西斯》的片段推荐到《小评论》上发表。后来乔伊斯满怀感激地写信给叶芝说："我有许多理由要感谢许多帮助过我的朋友，自从我来此以后，我尤其要感谢你让我结识了埃兹拉·庞德，他真是一位神奇的人。"① 1920年庞德一家住在锡尔苏尼的加尔达湖边，庞德写信邀请乔伊斯一起来住。但按他们约定的时间，乔伊斯一家未按时抵达，因为那天晚上风雨交加。庞德为此十分担心，关怀之情后来出现在他的《比萨诗章》里：

> 想到乔伊斯及其儿子的来访
> 　　在卡图卢斯灵气萦绕之处
> 还有吉姆对雷电和壮丽的
> 　　加尔达湖的敬畏

在乔伊斯40岁生日之时，他的大作《尤利西斯》在庞德的帮助下出版了。庞德并不满足于将乔伊斯的作品推向出版，他还将他介绍给巴黎文艺界，并组织人对他的作品进行评论。此外庞德有关乔伊斯的评论颇多。他在《都柏林人与詹姆士·乔伊斯先生》一文中开篇写道："乔伊斯先生的短篇小说不拖泥带水，这在当代英国小说中是极为罕见的。"② 他接着说："乔伊斯先生写的是一种清晰硬朗的散文。"③ "乔伊斯先生的优点，我不是说的他

---

① 转引自 Ira B. Nadel, ed., *The Cambridge Companion to Ezra Pound*, Cambridge: Cambridge University Press, 1999, p.12.
② T. S. Eliot, ed., *Literary Essays of Ezra Pound*, London: Faber & Faber, 1954, p.399.
③ 同上，p.399.

的主要优点而是说他最迷人的优点,是他小心地避免告诉你所不想知道的东西,他将它们敏捷、生动地展现给人们,并不注入感情色彩,他不会绕圈子,他是一位现实主义者。"① 庞德读到乔伊斯的《尤利西斯》时充满热情地说:"我要用一个大铜锣来鼓吹,因为大作品就是大作品。"② 他在论述《尤利西斯》一文中首先称赞乔伊斯继承了福楼拜的小说写作艺术。他在一篇题为《爱尔兰不存在》的文章中称乔伊斯"写作毫无病态痕迹。污秽的东西就在那里,但是他并不追求它。他有丰富的美感……我们要为那种清晰而坚硬的表面,要为避免了新象征主义运动的软绵绵与多愁善感,避开了更加娘娘腔的新现实主义派而不胜感激。"③ 乔伊斯后来很有感触地说:"要不是庞德发现我,我可能还是位默默无闻的苦工。"④

得到庞德扶植和崇高评价的还有海明威、劳伦斯、哈代等英美小说家与诗人。1925年海明威深有感触地说:"庞德这位大诗人,将他五分之一的时间投入自己的诗歌创作,其他的时间他都用于提高他朋友们的物质和艺术财富……","当他们受攻击时他为他们辩护,他把他们推介进入杂志,从牢房保释他们。替他们卖画,为他们组织音乐会,为他们写文章,将他们介绍给富有的女人,让出版商出版他们的书。"⑤ 韦勒克在评价庞德的结束语中说:"庞德慷慨支持新创作的功绩也是很伟大的,他有一种罕见的批评资质,使他成为罗伯特·弗罗斯特、威廉·卡洛斯·威廉斯、玛丽亚娜·

---

① T. S. Eliot, ed., *Literary Essays of Ezra Pound*, London: Faber & Faber, 1954, p. 401.
② 转引自 Ira B. Nadel, ed., *The Cambridge Companion to Ezra Pound*, Cambridge: Cambridge University Press, 1999, p. 96.
③ 雷内·韦勒克:《现代文学批评史》,第五卷,章安祺、杨恒达译,北京:中国人民大学出版社,1991年。第243页。
④ 转引自 Ira B. Nadel, ed., *The Cambridge Companion to Ezra Pound*, Cambridge: Cambridge University Press, 1999, p. 40.
⑤ 同上,p. 23.

莫尔、T. S. 艾略特以及詹姆士·乔伊斯的拥护者。如果批评的功用之一就是发现新的天才,是预言新的文学道路,那么庞德便是他那个时代的一位重要的批评家。"① 韦勒克的评论是恰如其分的。

诚然,庞德在第二次世界大战中为法西斯做过反动宣传,犯下了历史的罪行,但他那种扶植天才、提携后进的导师风范,令他的文敌也不得不佩服。在他的批评与帮助下,一大批英美作家和诗人脱颖而出,成就显赫,有摘取诺贝尔文学奖桂冠的叶芝、艾略特、海明威;有鼎鼎大名的诗人与作家乔伊斯、劳伦斯、弗罗斯特、威廉斯、金斯伯格等等。可以说,得到庞德指教与帮助的文人与艺术家不胜枚举。20世纪英美文学的天空如此星光灿烂,西方现代派文学运动如此轰轰烈烈,这当中庞德无疑是起了桥梁作用的。有人说庞德说到底还是颗诗人心,他唯一最感兴趣的事就是帮朋友打扫房间,以便他们能够平静体面地生活和工作。② 孟子说过:"爱人者,人常爱之,敬人者,人常敬之。"此话用在庞德身上也颇有道理,庞德晚年落难之时,许多著名作家与诗人如艾略特、弗罗斯特、海明威等联名保护他,这也在情理之中。庞德的故事已成为世界文坛的佳话,而在当今社会,某些文人却出于私利而相互攻击,庞德这种甘为人梯的精神不正是可以给他们某些启示吗?

威廉·布拉特(William Pratt)在其颇有影响的著作《埃兹拉·庞德与制造现代主义》(*Ezra Pound and the Making of Modernism*)一书的前言中写道:"波德莱尔和艾略特的诗可谓现代主义运动的代表之作,但庞德在近半个多世纪是那场运动的中心。"③ "现代

---

① Ira B. Nadel, ed., *The Cambridge Companion to Ezra Pound*, Cambridge: Cambridge University Press, 1999, p. 245.
② D. D. Paige, *The Selected Letters of Ezra Pound, 1907–1941*, London: Faber & Faber, p. viii.
③ William Pratt, *Ezra Pound and the Making of Modernism*, New York: AMS Press, Inc., 2007, p. 1.

主义是现实主义与象征主义的结合,这两场文学运动几乎同时发生在法国19世纪的下半叶,福楼拜可以说是现实主义之父,波德莱尔可谓象征主义之父,庞德是现代主义之父,因为他比其他作家更能将这两种文学运动融会贯通。像福楼拜和波德莱尔一样,庞德是理论家与艺术家,是批评家与诗人。"[1] 该书详述了庞德在现代诗运动中,如何从法国的象征主义过渡到意象主义,如何从异国诗歌尤其是东方文化以及欧洲中世纪文学中吸取有用元素来创造新诗,以及庞德对现代主义诗歌的突出贡献如他发明了新的诗歌形式即自由诗,他还帮助叶芝、艾略特等大诗人一同推进现代主义诗歌运动。笔者认为该书是很有说服力的,庞德尽管犯有历史的错误,但仍能成为20世纪文学运动的旗手,这源于庞德具有过人的文学禀赋和突出的组织才能,此外支持他的出版商、杂志以及学术界的教授、评论家也都起了很好的推动作用。

---

[1] William Pratt, *Ezra Pound and the Making of Modernism*, New York: AMS Press, Inc., 2007, p. 3.

庞德研究

第八章

庞德政治经济文化批评

在 1919 年之前,庞德很少对政治问题感兴趣。但庞德对政治的敏感与热情有他家的遗传基因,他祖父除了是成功企业家之外,还做过威斯康辛州的副州长,并三度被选为众议院议员,在庞德心目中他祖父一直是名英雄。庞德生活时代的现实状况也令人担忧。从 1912 年威尔逊到 1932 年胡佛担任美国总统期间,庞德对美国政坛经济改革的思想主张一直不太看好,1914—1918 年的第一次世界大战加深了庞德的政治偏见,他的好友、法国雕刻家亨利·戈蒂耶-布尔泽斯卡死于战争,庞德当时在伦敦正热心现代主义的漩涡运动,他觉得战争粉碎了他的艺术梦想。1929 年华尔街的崩溃已不是暂时现象,全世界范围的经济衰退已成燎原之势。1932 年弗兰克林·罗斯福击败赫伯特·胡佛,当选为美国总统。但人们似乎不太相信银行家、政客。知识界许多人在寻找自己的解决方法。面对如此多的社会矛盾、政治与经济危机,庞德祖传的政治与济世热情激发开来,他先后推出一系列有关政治、经济以及文化批评的著述,还翻译中国的儒家经典,希望从东方文明中找到根治西方社会毛病的良药,此外他还写信与会见美国以及意大利等国的政要,并通过报纸、电台的多种传媒来宣传他的思想。虽说他后来与墨索里尼以及意大利法西斯电台扯上瓜葛,但细读他的著作,许多话如今看来不乏对资本主义真知灼见的批判,当然也有不少幼稚甚至错误的思想。他有关政治、经济以及文化批评的著述多而杂,如他的诗作一样难懂,因此,本章只能择其要者分析。

一、道格拉斯、反高利贷以及庞德经济思想

庞德多年来一直关注经济问题,他在 1944 年用意大利文写的一篇题为《介绍美国经济本质》的文章说,自己四十年来在自学经济,尽管没有写出美国或者其他国家的经济史,而是以史诗的形式来反映。① 他觉得诗应该包含历史,而历史研究若没有包含金融的经济学则是僵死的研究或是虚假的研究。② 经济学在我们这个时代是有毛病的,需要医治,正如教授研究亚里士多德的题目,而不去研究其中的细节,如今经济学研究没有深究隐藏在社会现象中的各种矛盾以及造成这些矛盾的原因,因此关于金钱的历史尚待写出。文学跟经济学一样如避免研究其中缘由也不过是花拳绣腿的小玩意。③ 在笔者看来,庞德原来主要关注诗艺的提升,从 1920 年起开始转向,将经济问题和社会矛盾如战争融入诗歌的主题。他读了 C. H. 道格拉斯(Chifford Hyh Douglas,1879—1953)的著作《经济的民主》(*Economic Democracy*)之后,立即感到社会的许多冲突问题即在眼前,令他焦虑。以前他所发起的意象主义和漩涡主义均没有解决问题,庞德在读到道格拉斯此书后仿佛豁然开朗,他评价此书"将批评家的总体兴趣转移到人类事件的根源、

---

① William Cookson, ed., *Ezra Pound, Selected Prose 1909–1965*, New York: New Directions, 1973, p.167.
② Noel Stock, ed., *Impact: Essays on Ignorance and the Decline of American Civilization by Ezra Pound*, Chicago: Henry Regnery Company, 1960, p.xiii.
③ William Cookson, ed., *Ezra Pound, Selected Prose 1909–1965*, New York: New Directions, 1973, p.272.

个人和世界现象的本质。"那么,C. H. 道格拉斯何以给庞德如此大的震撼力呢? C. H. 道格拉斯是英国布商的儿子,第一次世界大战之前他在印度的一家工程公司工作。在 1914 年至 1918 年,他是皇家飞行军团的上校,在皇家飞机工厂负责生产和账目,此时他对英国和美国的金钱供求感到迷惑,于是他创造了一种"社会信用"的理论。道格拉斯的理论是根据英美两国的经济状况而提出来的,当时失业人数剧增,1925 年英国大罢工,经济水平下降到历史的最低点。在 20 世纪 20 年代,美国人处于饥饿状态,而大量所谓"过剩"产品被摧毁以稳定物价,一方面工业化给工厂带来了空前的生产能力,另一方面造成了资金的匮乏。在第一次世界大战之前,他"很难处理各种工作,因为总是缺钱",但是战争一旦爆发,征集金钱似乎毫不费力,他由此得出结论:"制造商们生产大量的产品其本身并不能提供足够的就业机会,也不能提供足够的资金来刺激人们的购买力。有一种差别,常常是通过出口过剩的产品,通过借钱来资助生产,创造更多的就业机会。"但是,道格拉斯还认为,出口会引起国与国之间的竞争,导致战争,借钱会导致难以偿还的债务的积累。道格拉斯给这种经济的缺陷提供了药方,"国家应该借出,而不是借进"。政府的干涉应该以"社会信用"的形式,一种新的"金钱"能够密切地控制流通,迫使制造商降低他们的价格,允许消费者自由购买。这就免降了银行贷款,摧毁了贷款人的力量,开创了一个个人自由和繁荣的新时代。道格拉斯的观点在 1919 年以系列论文先在《新时代》(*New Age*)杂志发表,《经济的民主》一书于 1920 年在伦敦出版。

庞德在《新时代》杂志办公室见到道格拉斯。道格拉斯矮胖敦实的外表、略带嘲讽的表情吸引着《新时代》的赞助商阿尔佛雷德·理查德·奥里奇(A. R. Orage),此后奥里奇成为道格拉斯的忠实信徒,他们俩于 1920 年合著了第二本书《信贷威力和民主》(*Credit-Power and Democracy*)。道格拉斯的《经济的民主》一书对

第八章　庞德政治经济文化批评

庞德的影响是巨大的。我们从庞德的创作时序中可以看出,他在1919年12月完成了《诗章》第7章,可是《诗章》的第8章面世是1922年5月。其中当然有庞德从伦敦搬迁到巴黎的环境原因,但更重要的是,庞德的思想产生了飞跃,他觉得以前的意象主义与漩涡主义的艺术实验的范畴未免太狭窄,恰如道格拉斯关注英国经济的困境,庞德的论文与诗歌创作转向政治、经济主题,更多的是关心欧洲乃至人类的前途与命运。

道格拉斯在其经济理论中阐述的一个重要的观点就是:现代资本主义的体制靠价格与购买力的不平等来维持。制造商永远也不会销售完他所制造的产品,这就造成了产品的过剩,为了获取更多的利润和卖出过剩的产品,这势必要打开市场,最终导致战争。道格拉斯提出了解决这个难题的办法:目前状况下少数金融家控制了银行的贷款,他们从中牟取暴利,他提出以国家的债息制度来确保购买力的重新分配。道格拉斯这些思想对庞德的诗歌创作产生了直接影响,正如休·肯纳所言:"庞德吸收它(指道格拉斯的《经济的民主》),马上写出了《莫伯利》(这部诗中第一次提到高利贷),然后重新写作《诗章》……在《诗章》的手稿里,诗中的人物审视着时代,包括战争和死去的生命,懂得知觉的社会价值,其作用可作为财富引进。"他在《休·赛尔温·莫伯利》的第四部分写道:

> 他们打仗,管他怎么回来,
> 反正有人相信
> 　　　为了家乡……
> 有的人老想动武,
> 有的人喜欢冒险,
> 有的人怕被耻笑,
> 有的人怕受惩处,

有的人想象中以杀人为乐
后来才学会……
有的人出于害怕,学会厮杀;

某些人死了,为了祖国,
　　　既不"甜蜜",也不"光荣"……
两眼深洼,在地狱里走
相信老家伙的谎言,后来又不信
回到家,家里有谎言
家里有诈骗
家里有旧谎言,新秽行;
高利贷历久日盛。
骗子占着官位。

　　　　　　　　　　(赵毅衡译)

庞德在《诗章》第38章将道格拉斯的观点写入诗中:

一家工厂
还有另一面,我们称它为商业性
它给了人们购买力(工资、红利
　　都可以用来购买的能力)但这也是
　　价格或者价值的来源,金融的,我指的是金融的价值
它付钱给工人,付钱购买原料。
它以工资和红利的形式付出的钱
不是固定不变的,作为一种购买力,这种能力变弱了,
必要的能力,该死的能力,少于
工厂付出的资金总额
(如工资、红利、原料费、银行的信息等等)

所有的,整个的,所有
这些都加进了由那家工厂决定的
总价格之中,任何该死的工厂
所以,有,一定有障碍
购买力不能
(在目前的制度下)永远不能赶上
价格,
在天堂的这一层光线是那么强,
　　那么炫目
人的心灵又是如此的迷茫。

　　诗中阐述了C. H.道格拉斯的主要思想"A + B 理论",根据该理论,工资、利润和生产人格的总数可以分为两个部分:"A"是指个人的付款(工资或者红利),"B"是指购买原料的付款、银行的利息、通常开支的费用。任何商品的价格应该是"A + B"的总额,但"B"在流通中将金额拿出来了,购买力的金额永远赶不上价格。道格拉斯认为:"工资和收入的总额与世界的生产相比,即使是平均分配,也无法购买,因为价格包括非存在的价值。""即便是平均分配在现实社会中也是不可能的,财富会越来越集中到少数人手中,而大部分人沦为贫穷。"
　　在道格拉斯的经济思想中,其核心是反对高利贷。对此,庞德在《诗章》第45章专门有论述:

有了高利贷
有了高利贷就没有好石头砌的房子——
每块打磨光滑,接得合缝,
面上雕着图案,
有了高利贷

无人在教堂墙面绘上天堂
绘上竖琴和诗琴
或是绘上圣母领受神启
刻线画出灵光
有了高利贷
无人再能见到贡扎加和他的子嗣妻妾①
没有一张画是为了欣赏,为了传世而作
都是为卖钱,还要卖得快
有了高利贷,这违逆天性的罪恶,
你的面包永远像破布烂絮,
你的面包干得像纸片,
没有山地的小麦,没有稠黏的面粉
有了高利贷线条也变粗,
有了高利贷就没有清晰的分界
没人能给自己的住宅找到房址。
雕石工无法接近石头
织匠无法接近布机
有了高利贷
羊毛不上市集
有了高利贷养羊也不上算
高利贷是瘟疫,高利贷
锉钝了少女手中的针
纺纱者灵巧的手变得粗笨,高利贷召不来
皮埃特罗·龙巴多
高利贷召不来杜齐奥

---

① 指意大利画家德莱柯·孟特纳(1431—1506)为孟图城大公所做壁画:"贡扎加,其子嗣,其妻妾。"

第八章　庞德政治经济文化批评

　　皮埃罗·德拉·弗朗赛斯卡不会出现;朱安·倍里尼也不会出现。
　　"La Calunnia"也画不成。
　　不会出现安吉里柯;也不会出现安布罗吉奥·泼拉迪斯
　　也不会有雕石上铭刻着"亚当建造我"的教堂。
　　圣特罗菲姆教堂不是高利贷所造
　　圣希莱尔教堂也不是高利贷所造
　　高利贷使凿子生锈
　　使得艺和手匠都生锈
　　咬断织机上的线
　　在图案中织入金钱绝技失传
　　高利贷使蔚蓝色溃烂,使艳红的布料绣不上花,
　　使翠绿找不到森林
　　高利贷杀死子宫里的孩子
　　它阻拦年轻人的追求
　　它把疯瘫带上床,睡在
　　新娘和她的新郎之间
　　　　违逆天性
　　按高利贷的指示
　　他们把妓女带进爱留西斯圣殿
　　而僵尸被延请入席。

(赵毅衡译)

　　这里可见高利贷的罪恶,它破坏世界和生命力,使得现代社会混乱和迷失方向。在诗的最后惟有回到象征和谐与自然复苏的爱留西斯祭仪(Eleusian ritual)方能重现新生。
　　庞德在《诗章》第51章继续抨击高利贷:

由于高利贷谁也没有石头造的好房子
他的教堂墙上没有天堂
由于高利贷采石者不能采石头
织工不能挨织机
羊毛不能进市场
农民不能吃他们自己的粮食
女孩的针在她手里变钝了
成千上万的织机再寂静无声。

在这一章里庞德把高利贷的危害性说得令人恐怖,诗中继续写道:

高利贷将孩子杀死在子宫
拆散了年轻人姻缘
高利贷令年轻人变老,它躺在新郎与新娘之间
高利贷违背了大自然的生长
供给埃莱夫西斯①娼妓
在高利贷的压迫下石头凿不平
农民从自己的羊群中得不到收益。

《圣经·旧约》"申命记第十五章"中写道:"你借给你弟兄的,或是钱财,或是粮食,无论什么可生利的物,都不可取利。借给外邦人可以取利,只是借给你弟兄不可取利。这样,耶和华你神所赐你为业的地上,和你手里所办的一切事上赐福与你。"这是高利贷在西方文化中的起源。

在20世纪初欧美泛滥着反犹排犹的情绪,他们认为犹太人靠

---

① 埃莱夫西斯,希腊一古城。

放"高利贷"赚取不义之财。在美国内战时期,犹太人为交战的南北双方都提供贷款,从中获得利润,因此战争结束后美国的一家报纸写道:"这些鹰钩鼻子的混蛋幸灾乐祸,望着我们打仗,他们笑逐颜开,然后将大把钞票塞进了他们的钱包里。"① 当时英美知识界也受这种情绪和思想的影响,约翰·奎因在1923年写信给一位女士说:"我相信……任何从犹太人或者耶路撒冷出来的东西除了肮脏和恶臭之外,别无其他好东西。在纽约有270万犹太人,他们糟糕透了。"T. S. 艾略特在《小老头》一诗中写道:

> 我的房子是一幢倾颓的房子,
> 那个犹太房东蹲在窗台上,
> 他出生于安特卫普的某家咖啡馆,
> 在布鲁塞尔长泡,在伦敦又给人拼拼补补。
> 头上那片田野里,山羊一到夜间就咳嗽;
> 岩石、青苔、景天、烙铁,还有粪球。

这里对犹太房东的描写并不美好,诗中的相关景物也是肮脏颓废的。以庞德为代表的一批西方知识分子认识到:由于资本主义的迅猛发展,在过去一百年里现代工业和资本主义制度已经创造了巨大财富,如果分配上合理的话,这些充足的资源至少能保证每个人过上合理的最低标准的生活。但资本主义制度和生产关系的问题就出在对生产资料的占有和分配的不公平上。他们对资本主义病症的分析和批判在某些方面与马克思有些相似,但在解决问题的方法上,他们有截然的不同。② 马克思主张"对现存的一切

---

① Humphrey Carpenter, *A Serious Character: The Life of Ezra Pound*, London: Faber & Faber, 1988, p. 360.
② 参阅拙文:"双重阅读:追寻马克思的足迹",《文景》2009年12月号。

进行无情批判",尤其是"武器的批判",① 因为"资产阶级不仅锻造了置自身于死地的武器;它还产生了将要运用这种武器的人——现代的工人,即无产者。"② 庞德不认为夺取生产资料是最好答案,而认为主要通过合理控制钱币就可以实现更公平的分配,但高利贷者打破了这种所谓公平分配。放高利贷最甚者莫过于犹太人,这在莎士比亚的《威尼斯商人》里就有描述。庞德将产生资本主义制度的深沉原因如此简单化了,他在《诗章》第78章里称:

"不再需要,"老式的税已不再
需要,如果它(钱)在一个制度里
　　以完成的工作为基础,以人们的需要为准绳
在一个国家或制度里
道
按照使用和磨损的程度
　　　定量消除
如在维戈尔。据说/他对此得/考虑一下
却被倒挂着吊死了,在他对此建议的想法
有效地付诸实施以前

(张子清译)③

但庞德对道格拉斯的理论并非全盘接受。当时,一些经济学家对道格拉斯提出的社会分红的设想提出了质疑,指出社会分红需要建立庞大的机构来计算收益和分配红利,而且还容易导致通

---

① 《马克思恩格斯选集》第1卷,北京:人民出版社,1972年。第9页。
② 同上。第257页。
③ 参阅杰夫·特威切尔-沃斯《灵魂的美妙夜晚来自帐篷中,泰山下》,张子清译,见《庞德诗选比萨诗章》,黄运特译,桂林:漓江出版社,1998年。第279—280页。

第八章 庞德政治经济文化批评

货膨胀和滋生腐败①。庞德亦认为,道格拉斯的社会分红的设想还不够完善。庞德提出了自己的设想,他建议道格拉斯效仿韦格尔(Wörgl)试验的做法,将印花钞票纳入社会信贷说。

韦格尔试验是指1932年7月至1933年9月间,奥地利小镇韦格尔进行的经济改革试验。德国商人盖塞尔(Silvio Gessell)发明了一种贬值流通货币(Schwundgeld)在当地发行,用于发放工资、付税和在当地购物。此种货币每月加盖一个印花,加盖一个印花后其面值贬值1%②。因为这种货币在不断贬值,人们都想尽快地花掉,这样当地的消费量猛增,地方财税收入也相应增长。半年之后,地方当局利用这些收入开发市政工程,使当地的失业率减少了25%③。

1933年上半年,庞德在《周刊》(The Week)中看到了盖塞尔在韦格尔试验的报道。1933年下半年,庞德又读到欧文·费希尔(Irving Fisher)最新出版的书《印花钞票》(Stamp Script),并写了一篇评论发表在当年10月26号的《新英语周刊》(New English Weekly)上。费希尔书中描述的印花钞票是一种辅助货币,其运作模式与韦格尔的贬值流通货币相仿④。1934年庞德在雨果·法克(Hugo Fack)的建议下又阅读了盖塞尔的重要著作《新经济秩序》(The New Economic Order),庞德对其货币理论部分倍感兴趣。

盖塞尔的思想激发了庞德的灵感,庞德认为,盖塞尔发明的贬值货币就是一种印花钞票,当普通货币流通不足时,印花钞票可以作为一种辅助货币少量发行,用于发放福利和分红。庞德相信,印花钞票可以弥补道格拉斯社会信贷说的缺点,因为这种钞票可以

---

① Roxana Preda, *Ezra Pound's Economic Correspondence, 1933 – 1940*, Gainesville: University Press of Florida, 2007, p. 15.
② Sarah C. Holmes, *The Correspondence of Ezra Pound and Senator William Borah*, Champaign: University of Illinois Press, 2001, p. xvii.
③ Roxana Preda, *Ezra Pound's Economic Correspondence, 1933 – 1940*, Gainesville: University Press of Florida, 2007, p. 26.
④ 同上, p. 27.

自动贬值和消失,这样就可以抵消增加福利和分红后引起的通货膨胀。许多政界和经济学界人士不接受社会信贷说,是因为他们担心社会信贷说的主张容易导致通货膨胀。庞德认为,如果将发行印花钞票的主张纳入社会信贷说的话,就可以使社会信贷说更为完善①。当时盖塞尔的思想在德国较为得势,在英美国家却鲜为人知,而道格拉斯社会信贷说则主要在英美国家传播。因此,庞德希望能把盖塞尔的思想与道格拉斯社会信贷说相结合,使阵营不同的两个经济学派联合起来,协商讨论形成更为完善的经济理论。庞德主动给道格拉斯、詹姆斯·克瑞特·拉金(James Crate Larkin)和查尔斯·爱德华·科格林(Charles Edward Coughlin)等写信,试图说服他们采纳自己的主张和建议。例如,1935年9月29日,庞德在写给道格拉斯的信中建议他多听听盖塞尔一派的观点和建议,吸收有用的办法,抛弃无用的东西②。

但庞德的努力似乎收效不大。道格拉斯对庞德的建议并不重视,他认为庞德的想法过于天真。他不愿接受印花钞票,认为印花是一种税。他给庞德的回信也是只言片语,简单应付。而盖塞尔学派的一些经济学家则认为道格拉斯的社会分红的理想不可能实现③。但是庞德并不气馁,他还与英国法西斯联盟(British Union of Fascists)的一些成员建立了通信联系,如亚历山大·雷文·汤姆森(Alexander Raven Thomson)、奥斯瓦德·莫斯利(Oswald Mosley)、约翰·弗雷德里克·查尔斯·富勒(J. F. C. Fuller)等。庞德认为,意大利法西斯政府的一些经济措施,如分发红利、固定商品价格、政府控制信贷等与社会信贷说的主张一致,因此,法西斯政府与社会信贷说是属于同一战线,他还建议道格拉斯接纳法西

---

① Roxana Preda, *Ezra Pound's Economic Correspondence, 1933–1940*, Gainesville: University Press of Florida, 2007, p.28.
② 同上,p.167.
③ 同上,p.30.

斯主义①。他在《金钱为何?》一文中称道格拉斯仅限于提议提高全民的购买力,而墨索里尼与希特勒不用浪费时间去提议,他们已经根据意大利和德国的人民的实情按比例进行证券和物质的分配。② 在《被资本谋杀》中他认为道格拉斯是第一位将创造性的艺术和写作包括在其经济计划之内的经济学家,鼓吹墨索里尼是现时代在任国家元首中第一位意识到国家生产质量作为维度的重要性的,并承认艺术家的劳动价值。③ 道格拉斯反对中央集权,重视个人的自由,他对法西斯政府的独裁统治非常不满,因此,他对庞德的建议不屑一顾。社会信贷说阵营的其他一些人士,如哈格雷夫(John Hargrave)、奥里奇等直接批评了庞德的观点。哈格雷夫在1935年以前曾与庞德有过非常密切的通信往来,后因庞德的亲法西斯倾向,1939年9月他与庞德断绝了往来。

　　1936年开始,庞德经常在法西斯主义的宣传期刊《不列颠意大利简报》(British Italian Bulletin)上发表文章,而他刊登在《新英语周刊》上的文章却逐渐减少。其他一些法西斯阵营期刊的编辑也开始向庞德约稿,如《法西斯季刊》(Fascist Quarterly)的主编约翰·麦克纳布(John MacNab)、《英联盟季刊》(The British Union Quarterly)的主编雷文·汤姆森等。他们把庞德当作重要的宣传喉舌,对他非常尊敬,很少删改他的文章。1937年开始,社会信贷说运动在美国和英国不断走向衰落,庞德感到非常伤心。他认为,社会信贷说运动的没落并不是因为运气不佳,而是该阵营内的一些人士不善团结、平庸涣散、无视社会现实。社会信贷说的宣传期刊《新英语周刊》也反应迟钝,不能及时报道欧洲局势发展,对本

---

① Roxana Preda, *Ezra Pound's Economic Correspondence, 1933 – 1940*, Gainesville: University Press of Florida, 2007, p. 31.
② William Cookson, ed., *Ezra Pound, Selected Prose 1909 – 1965*, New York: New Directions, 1973, p. 294.
③ 同上, p. 232.

阵营的运动宣传也缺乏力度①。他在法西斯阵营的期刊上发表文章，批评社会信贷说的一些改革措施，宣扬自己的观点。随着与法西斯阵营的关系日渐亲密，他的政治经济立场也发生了改变。20世纪30年代初，他主动接近法西斯阵营是为了宣传社会信贷说，希望双方阵营能够联合起来。而随着社会信贷说运动的没落，法西斯政府的改革措施吸引了他的注意。他认为法西斯主义的政治经济措施更得力，墨索里尼的管理体制富于创新，能够促使经济繁荣②。30年代末，庞德转向法西斯阵营，为法西斯政府做宣传。

庞德不仅在演讲和文章书稿中宣传自己的政治经济观点，他还写了数百封信件给政界、经济学界以及新闻界的知名人士，如：布朗森·卡丁（Bronson Cutting）（参议员）、休伊·朗（Huey Long）（参议员）、威廉·博拉（William Borah）（参议员）、金罕姆（Tinkham）（众议员）、威廉·E.伍德沃（William E. Woodward）等。

较为集中地体现庞德的政治经济主张的书信集是佛罗里达大学出版社（University Press of Florida）于2007年出版的《埃兹拉·庞德的经济学书信，1933—1940》（*Ezra Pound's Economic Correspondence, 1933—1940*），该书由Roxana Preda编辑整理。书中的导论部分长达56页，对C. H.道格拉斯的社会信贷说、社会信贷说在英国和美国的影响、庞德的经济学书信及其法西斯倾向等等方面进行了介绍。该书收录了1933年至1940年庞德写给他人的信件92封，通信对象大多为经济学专家、杂志编辑、记者及政界要人，其中包括C. H.道格拉斯（经济学家）、欧文·费希（经济学家）、威廉·E.伍德沃（美国历史学家、记者）、亚瑟·吉特森（Arthur Kitson）（企业家）、汉斯·考荷森（Hans Cohrssen）（德国金融

---

① Roxana Preda, *Ezra Pound's Economic Correspondence, 1933–1940*, Gainesville: University Press of Florida, 2007, p.47.
② 同上，p.49.

第八章　庞德政治经济文化批评

改革家)、阿尔佛雷德·理查德·奥里奇、欧顿·坡(Odon Por)(经济改革家)、亚历山大·雷文·汤姆森(当时是英国法西斯联合会会长〈director of the British Union of Fascist〉)、奥里奇·萨默维尔(Orage Summerville)(法西斯主义者)、莱昂内尔·罗宾斯(Lionel Robbins)(经济学家)、雨果·法克(经济改革家)、詹姆斯·克瑞特·拉金(商人,创办美国社会信贷学会)、查尔斯·爱德华·科格林(牧师)、乔恩·哈格瑞夫(Jhon Hargrave)(作家)、菲利普·玛瑞特(Philip Mairet)(*New English Weekly* 的编辑)、歌尔罕·曼森(Gorham Munson)(记者)、休伊·朗(参议员)、蒙哥马利·布查德(Montgomery Butchart)(加拿大社会信贷说改革者)、卡米罗·斐里兹(Camillo Pellizzi)(意大利社会学教授)、格雷厄姆·赛顿·赫群森(Graham Seton Hutchinson)(英国国家工人党领导)、皮埃特·彼萨尼(Pietro Pisani)(意大利教士)、杰弗里·马克(Jeffrey Mark)、J. P. 安哥德(J. P. Angold)(*Prosperity* 的编辑)、开罗·蒙斯格洛尔·彼萨尼(Caro Monsignore Pisani)、莉娜·凯柯(Lina Caico)(意大利记者)、亚瑟·布来顿(Arthur Brenton)(*New Age* 的编辑)、霍勒斯·耶利米·弗西斯(Horace Jeremiah Voorhis)(众议员)、亨利·门肯(Henry Mencken)(记者)、戴维斯·里奇·杜威(Davis Rich Dewey)(经济学家)、罗纳德·邓肯(Ronald Duncan)(诗人)等三十余人,书后还附有他们的生平介绍。

　　这本书信集中收录的庞德写给威廉·E.伍德沃的信较多,共有 8 封。从这些信件中我们可以看出庞德为实现其政治经济理想而做出的种种努力。威廉·E.伍德沃是美国历史学家、传记作家、记者,其代表作有《乔治·华盛顿,肖像和人》(*George Washington, the Image and the Man*)(1933)和《新美国历史》(*A New American History*)(1936)。伍德沃本人对经济领域亦研究颇深,他时常关注各种非主流的经济学观点,对道格拉斯的社会信贷说的主要观点非常赞同,认为消费力不足是造成经济危机的主要原因[1]。1933年至1935年,伍德沃是罗斯福政府主管的斯沃普商业顾问委员会成员(a member of Swope's Business Advisory Council),结识许多政界和商界要人。他与罗斯福关系亲密,对罗斯福有一定的影响力[2]。在此期间庞德与其通信频繁,向他宣传社会信贷说。庞德想把伍德沃拉入社会信贷说的阵营,希望能通过伍德沃对罗斯福施加影响,将社会信贷说的改革建议付诸实施。庞德曾在信中怂恿说,从罗斯福的公开讲话中可以看出,他已经意识到美国消费力不足,只要稍加努力推进几步,就可以使他接受社会信贷说的改革建议[3]。伍德沃则有自己的主见,他认为将社会信贷说的理论付诸实施还有很多困难,其中原因主要有三:一、社会信贷学派的宣传力度不够;二、道格拉斯的言论中有明显的反犹主义思想;三、担心引起通货膨胀。[4] 庞德把伍德沃的观点反馈给道格拉斯和奥里奇,要他们对伍德沃的批评做出回应。他自己也回信给伍德沃,阐明自己的观点。庞德认为,社会分红(national dividend)应该以印花钞票(stamp scrip)的形式支付,不需要发行浮动债券或增加印制钞票,因为以印花钞票的形式支付社会分红或发放救济,可以增加购买力,不会增加国债,不易导致通货膨胀[5]。

从20世纪30至40年代,庞德对经济危机与西方社会时局的忧虑表现在诸多方面,经济问题是他最为关心的,我们已从他与政要的见面及通信中,以及他在诗歌和播音宣传中有所了解。做了这么多,庞德认为还不够,他要拿出他当年做老师的本领,写类似

---

[1] Roxana Preda, *Ezra Pound's Economic Correspondence, 1933–1940*, Gainesville: University Press of Florida, 2007, p. 36.
[2] 同上。
[3] 同上。
[4] 同上。
[5] 同上, pp. 36–37.

教科书的册子向民众启迪。读完他这个阶段推出的三本书:《经济学入门》(1933)、《杰斐逊和/或墨索里尼》(1935)、《文化导论》(1938),你会发现他还确实花了不少时间钻研经济,同时对自己的经济学观点是多么自信。如在《经济学入门》中有不少有趣的观点。他开篇表明该册子的目的是简洁明了地讲解经济学的基本原理,以便不同经济流派的人讨论时相互了解。他自称在这本约四十页的书里为了达到这种简洁明了有时不惜重复和老调重弹。[①] 书的第一部分提出在我们的时代急需解决的经济问题就是分配的难题,现有充足的物质,还有超强的能力来生产超丰富的物质,那为什么还有人挨饿呢?[②] 他指出通货膨胀的缘由是少数人为了牟利。[③] 他在《金钱为何?》一文中阐述经济系统,认为仅仅谈经济学或者仅听人讲或者去读经济学的书意义不大,读者和作者必须通过较为简单而且常用的术语自己去理解才有用。人们想到经济系统首要的事情是:这是为何?答案是:确保普天下的人有吃的(健康地食用),有房住(有尊严地生活),有衣穿(足以适应气候变化)。[④] 庞德在1939年说的这些话,在我们今天还有借鉴意义。

二、传统观、宗教信仰与儒家思想

黑格尔在《哲学史讲演录》中指出:"这些思想的活动,最初表现为历史的事实,过去的东西,并且好像是在我们的现实以外。但

[①] William Cookson, ed., *Ezra Pound, Selected Prose 1909–1965*, New York: New Directions, 1973, p. 233.
[②] 同上,p. 234.
[③] 同上,p. 236.
[④] 同上,p. 298.

事实上,我们之所以是我们,乃是由于我们有历史,或者说得更确切些,正如在思想史的领域里,过去的东西只是一方面,所以构成我们现在的,那个有共同性和永久性的成分,与我们的历史性也是不可分离地结合着的。我们在现世界所具有的自觉的理性,并不是一下子得来的,也不只是从现在的基础上生长起来的,而是本质上原来就具有的一种遗产,确切点说,乃是一种工作的成果——人类所有过去各时代工作的成果","这种传统并不是一尊不动的石像,而是生命洋溢的,有如一道洪流,离开它的源头愈远,它就膨胀得愈大。"① 如此说来历史与传统确实是生命之流,是永远难以割舍的。庞德的好友艾略特说过:"诗人,任何艺术的艺术家,谁也不能单独地具有他完全的意义。他的重要性以及我们对他的鉴赏就是鉴赏他和以往诗人以及艺术家的关系。人不能把他单独评价;你得把他放在前人之间来对照、来比较,我认为这不仅是历史批评的原则,也是美学的批评原则。"② 鉴于此,艾略特是尤为看重传统的,"传统是具有广泛意义得多的东西。它不是继承得到了,你必须用很大的劳力。第一,它含有历史的意识,我们可以说这对于任何人想在 25 岁以上还要继续做诗人的差不多是不可缺少的;历史的意识又含有一种领悟,不但要理解过去的过去性,而且还要理解过去的现存性,历史的意识不但使人写作时有他自己那一代的背景,而且还要感到从荷马以来欧洲整个的文学及其本国整个的文学有一个同时的存在,组成一个同时的局面。这个历史的意识是对于永久的意识,也是对于暂时的意识,也是对于永久和暂时的合起的意识。就是这个意识使一个作家成为传统性的。同时也就是这个意识使一个作家最敏锐地意识到自己在时间中的

---

① 黑格尔:《哲学史讲演录》第一卷,北京:商务印书馆,1996 年。第 7—8 页。
② T. S.艾略特:《艾略特诗学文集》,王恩衷编译,北京:国际文化出版公司,1989 年。第 2 页。

第八章 庞德政治经济文化批评

地位,自己和当代的关系。"① 从中可以看出,艾略特的传统观有着深厚的历史意识,这种历史意识是将过去和现在融汇一起组成一个同时的存在,有了这种历史意识,诗歌才能博大,诗人在自己的创作中将从前辈那里借鉴的同时融合到他那个时代之中,这样组成一个生生不息的历史之流。我们觉得现代派作家与诗人的作品难懂,主要源于其时空跳跃融古汇今的历史意识,这种历史意识使得他们珍爱传统,并将传统与现代时时形成对照,过去与现在经常交融,你中有我,难分彼此,从而对整个人类的文明形成深刻的反思。这也许是现代派作家的共性。然而,不同的人由于其人生背景以及性格爱好不同,他所倚重的传统会有不同。艾略特诗中借鉴的主要是欧洲传统,叶芝背后有许多爱尔兰文化传统,庞德较他们更为宽阔,东西文化以及世界古老文明的传统无所不包。艾略特上面那段话摘自他发表于 1921 年的名文《传统与个人才能》,该文已被奉为现代派的圭臬,是西方现代文论教材必选文章。庞德发表关于传统的文章比艾略特早,他于 1913 年 12 月在《诗歌》就发表了《传统》一文,笔者认为艾略特这篇文章虽然后来居上,但或许是受了庞德的思想影响,艾略特在编选并亲自作序的《埃兹拉·庞德文学论文》一书中选了该文。

庞德在这篇文章里开头直奔他所理解的传统意义,他说:"传统是一种我们要保存的美,而不是束缚我们的镣铐。"② 在庞德看来,传统自远古就有,很难确定其具体时期。"这种传统并不是从 1870 年才开始,也不是 1776 年,不是 1623 年,不是 1564 年,甚至不是从乔叟开始。"③ 在传统文化之中,最令庞德关注的是希腊诗

---

① T. S. 艾略特:《艾略特诗学文集》,王恩衷编译,北京:国际文化出版公司,1989 年。第 2 页。
② T. S. Eliot, ed., *Literary Essays of Ezra Pound*, London: Faber & Faber, 1954, p. 91.
③ 同上。

歌和普罗旺斯传统,他说:"两大抒情诗传统最令我们关注的是希腊诗和普罗旺斯诗。从第一种几乎诞生了'古代世界'的所有诗歌,从第二种几乎诞生了现代所有诗歌。当然,在这两种传统诗之前曾经还有巴比伦传统和赫梯语传统,我们现在对此几乎遗忘。"① 不但如此,庞德将诗的传统置于世界文化之中,将英语诗的发展与埃及诗、中国诗和日本诗联系在一起。从这里可以看出,庞德比艾略特的视野更开阔,艾略特念念不忘的是欧洲传统,绝少提及中国、日本以及埃及,庞德似乎想将他心目中的久远古老文明如古希腊、意大利的文艺复兴、法国的普罗旺斯、英国的盎格鲁—撒克逊、欧洲中世纪文学、古埃及、日本以及中国都纳入他的视野。庞德提出返回过去的源头,是为了激活现在,因此回归传统并不是恪守教条,而是活用,使之与现在更为和谐。② 从这个意义讲,庞德、艾略特等现代派作家都是异曲同工。

艾略特在发表《荒原》之后精神上出现危机,后来皈依英国国教,在宗教信仰中找到精神寄托,他晚年所发表的文化批评以及诗作与他的基督教思想密切相关。③ 庞德对艾略特的思想转变早有察觉,且并不苟同,艾略特的《荒原》手稿到他手里,有关宗教意义的好些诗行被他删掉。艾略特入教后,庞德的文章与诗中有取笑他的地方,常称他是"老负鼠"(Old Possum)。庞德在1930年一篇短文中说到艾略特既是优秀诗人又是超一流的批评家,一旦被问及信仰时却将自己伪装成尸首模样④。艾略特去世时,庞德在他简短的悼文中还说:斯人已去,谁还可以跟我分享玩笑呢?我是在

---

① T. S. Eliot, ed., *Literary Essays of Ezra Pound*, London: Faber & Faber, 1954, p. 91.
② 同上, p. 92.
③ 参见拙作:《走向〈四个四重奏〉:艾略特的诗歌艺术研究》,长沙:湖南人民出版社,1998年。
④ William Cookson, ed., *Ezra Pound, Selected Prose 1909–1965*, New York: New Directions, 1973, p. 53.

写诗人艾略特？还是在写我的朋友"负鼠"呢？① 庞德早年对有关上帝以及基督教的看法基本上持怀疑态度，他在1921年《新时代》杂志上发表了一篇类似格言或警句的文章，其中说道："上帝，所以，存在。那就是说，没有理由不把上帝和神不运用到亲密的本质。"② 因此在他心目中，上帝就像希腊神话其他神一样，不是至高无上的。他在该文中接着说"有关宇宙的内部本质，我们完全不清楚，我们没有证明：这个上帝是惟一的或是许多或是可分的；或是不可分的，或是等级积累，或不是按照等级积累而成，而是以一个整体出现。"③ 他认为宗教信仰是一种束缚，一种残疾，在某种位置上心灵的枯萎。他在《信条》一文中指出："我相信战后'返回到基督教'（还有其他各教派）总体说来是疲劳的符号。"④ 他在《众神的地位》一文中说："我们需要一种欧洲宗教，基督教是犹太人感染的有害的东西，我们真正要相信的是基督教尚未定型的基督教之前的成分。"⑤ "孔子和孟子的智慧是无法动摇的，而基督教只不过是一种时尚。"⑥ 后来庞德还说："神爱人类的想法是基督徒的发明，纯属假话。"⑦ 并且他认为这种爱绝大部分是不真实的。"希腊神的爱，我承认，是选择个人，要么是亲戚的原因，要么是个人的特别优点，这要比不顾其抽象和集体的臭名和愚蠢行为的抽象的爱更令人理解。"⑧ 庞德这些话在以基督教为主要信仰的西方国家皆是耸人听闻的。庞德在嘲笑艾略特以及其他持宗教

---

① William Cookson, ed., *Ezra Pound, Selected Prose 1909－1965*, New York: New Directions, 1973, p. 464.
② 同上，p. 49.
③ 同上，p. 49.
④ 同上，p. 53.
⑤ 同上，p. 71.
⑥ 同上，p. 71.
⑦ 同上，p. 72.
⑧ 同上，p. 72.

信仰的人之后,他自己心有所归。在1930年那篇短文《信条》中他告诉人们去读孔子和古罗马诗人奥维德,从这里我们可以看出庞德思想的端倪。

我们已经提到庞德与中国的情缘,他对中国文化以及儒学产生兴趣是在他抵达英国伦敦之后,艾伦·厄普伍德(Allen Upward,1863—1926)建议他去阅读孔子。他在1913年10月写信给父母说厄普伍德让他读法国人波提尔(Guillaume Pauthier)译本《孔子》与《孟子》。但他真正静下心来钻研孔子及其儒家思想是在他侨居意大利和在美国被关押时期。我们不妨先看他1937年和1938年分别发表的两篇有名的文章:《急需孔子》(Immediate Need of Confucius),《孟子》(Mang Tsze)。在《急需孔子》中他一开始就告诉人们,要是考虑过时的价值,他宁愿不会给现代世界去写无用的东西。《大学》是经得起考验的,评论者最好从寺院的台阶扫一些落叶,这不是为行色匆匆者设立的神龛。① 庞德把《大学》看做改造西方社会的一种主要武器,他在该文继续写道:"如果我的《大学》译本是几十年中所做的最有价值的工作,我只有期待读者来发现,因为每个人都会发现其对'现代世界'的价值。"② 庞德认为西方的教堂已经丧失信仰,内部混乱不堪。③ 他继续说:"我们西方人需要从《大学》的第一章开始,不仅仅是给我们的伦理或者我们的思想偶尔补充一点。这章里根本不会推翻西方人所认为最好的东西,而西方人事实上已经最大程度上摧毁西方最好的思想。西方的基督教是污水沟,天主教走向了虚无……整个的西方理想主义是一片丛林,基督教神学也是一片丛林。要想把这片乱七八糟的丛林削出一点秩序来,没有比《大学》这把斧子更好

---

① Noel Stock, ed., *Impact: Essays on Ignorance and the Decline of American Civilization by Ezra Pound*, Chicago: Henry Regnery Company, 1960, p. 197.
② 同上,p. 197.
③ 同上,p. 200.

的了。"① 庞德这些话不是一般人敢说的,只有像他这样精神无拘无束、通读东西经典的人才敢下此断语。庞德何以敢说此狠话?想想他那个时代,确实病得不轻。为争夺资源,西方的基督教国家彼此间战火纷飞,第一次世界大战结束不久,到他发表此文时第二次世界大战又将拉开序幕,且金融危机让西方世界遭到重创。庞德那一代有责任感的知识分子都在寻求拯救之路,艾略特走向了教堂,庞德则把希望寄托于古老的中国儒家思想。《大学》作为儒家经典重要篇章,在庞德看来,是医治西方世界毛病的良药。庞德的《孟子》这篇文章,写得诙谐幽默,不像《急需孔子》那篇文章在板起脸说危言耸听的话,他一开始就调侃西方人,不但是草民不了解孔子和孟子,就是知识精英也未必知其一二。然后话锋一转,说在美国的中国男人得回中国找老婆,他们说受美国教育的女孩没有脑子。② 接下来又说到自己在1937年8月至9月上旬闭门苦读儒家经典《大学》、《论语》、《中庸》以及《孟子》。他认为孟子优点是从未将自己视为胜过孔子的人。③ 文中还对某些词如"尚志"、"诚"、"忠"、"正名"、"信"、"仁"、"符"进行庞德式的解读。他还理想化地认为儒家经典是安邦保国的法宝,在1942年用意大利文写的《一张访问名片》(A Visiting Card)中说道:"欧洲在过去的2500年时间里一直机智或者愚蠢地引用亚里士多德的话,在中国每个朝代至少能维持三个世纪,立国之本基于孔子的《大学》或者《中庸》。"④ 从这里可见庞德对中国的历史是一知半解,中国封建王朝更替有长有短,儒家是中国封建社会主流思想,但不同的朝代的侧重又各不相同,这不是三言两语能下定论的。他还嘲笑蒋介

---

① Noel Stock, ed., *Impact: Essays on Ignorance and the Decline of American Civilization by Ezra Pound*, Chicago: Henry Regnery Company, 1960, p. 201.
② 同上, p. 118.
③ 同上, p. 121.
④ 同上, p. 44.

石为"基督将军"。①

庞德谈孔子、孟子以及儒家经典,是他认真研读《四书》法语和英语译本的体会。其实,他虽然中文水平尚属初级阶段,但他能根据法英译本翻译儒家经典著作。1928年他出版《大学》(*Great Digest*)的译本,1947年出版《中庸》(*The Unwobbling Pivot*)的译本,1950年出版《论语》(*The Analects*)的译本。新方向出版社后来将这三个译本合在一起以《孔子:大学、中庸、论语》(*Confucius: The Great Digest, The Unwobbling Pivot, The Analects*)出版,其中《大学》和《中庸》选用的是唐朝的石拓本,这两个石拓本庞德请华裔学者方志彤写了注解。方志彤从《诗章》引用的石拓本的诗行开始,对儒家经典的石拓本做了简要回顾,详细说明本书所选的唐拓本的曲折经历。庞德在译文前言中对孔子及其《大学》予以高度评价,他说孔子比其他哲学家更关心政府的必要性及管理规则,他留下的这本精制的历史文献在他身后两千年依然很有效,中国统治者只要懂得这几页纸的意义,这个国家就很太平。② 庞德为了让读者理解文中的意思,他还对一些名词进行他的解说,这些词有:示、明、诚、慎、德、行(只取单行旁)、志、得、信、仁、道、保佑命、鬼、么、儿。有些词的解释颇有趣,例如:庞德在"诚"边上的英文解释:

> "Sincerity": The precise definition of the word, pictorially the sun's lance coming to rest on the precise spot verbally. The righthand half of this compound means: to perfect, bring to focus. "信" Fidelity to the given word. The man here standing by

---

① Noel Stock, ed., *Impact: Essays on Ignorance and the Decline of American Civilization by Ezra Pound*, Chicago: Henry Regnery Company, 1960, p.139.
② Ezra Pound, *Confucius: The Unwobbling Pivot, The Great Digest, The Analects*, New York: New Directions, 1969, p.19.

第八章 庞德政治经济文化批评

his word. "道" The process, footprints and the foot carrying the head; the head conducting the feet, an orderly movement under lead of the intelligence.

从这些词的解释也可以看出庞德的翻译风格。他是根据朱熹的注解本翻译的,试看第一句:原文:大学之道在明明德在亲民在止于至善。庞德的译文:"The great learning [adult study, grinding the corn in the head's mortar to fit it for use] takes root in clarifying the way wherein the intelligence increases through the process of looking straight into one's own heart and acting on the results; it is rooted in watching with affection the way people grow; it is rooted in coming to rest, being at ease in perfect equity."[1] 庞德对《中庸》有简短译注,他认为《中庸》是孔子的玄学境界,其玄学在于只要用最高的诚就能让对方起任何变化,书中的政治就是用人统治人。[2] 庞德在《论语》译注中写了一段比较孔子与亚里士多德的话,"研究孔子哲学要比研究希腊哲学有用得多,因为用不着浪费时间去闲谈错误,亚里士多德也许百分之九十的时间用在了讨论这样的错误上"。[3] 庞德在1970年出版的《论语》中说:"在他译完后,他回过来对照波提尔的法文译本,并加了注解,有些地方我认为他不接近原文意义的我自己重新阐释。"[4] 例如,Book One, V. 1. He said: To keep things going in a state of ten thousand cars: respect what you do and keep your word, keep accurate accounts and be friendly to oth-

---

[1] Ezra Pound, *Confucius: The Unwobbling Pivot, The Great Digest, The Analects*, New York: New Directions, 1969, pp. 27 – 29.
[2] 同上, p. 95.
[3] 同上, p. 191.
[4] *Confucian Analects*, translated and introduced by Ezra Pound, London: Peter Owen, 1970, p. 5.

ers, employ the people in season. [Probably meaning public works are not interfered with agricultural production.]。庞德在对这个新版注解中还提到自己的翻译借助了《马修斯中英字典》(*R. H. Mathews' Chinese-English Dictionary*, Cambridge, Harvard University Press, 1947, 4th ed.)。庞德批评"许多翻译者想了所有,就是没抓住原作者的真实意图,比如孔子云:'诗三百,曰思无邪。'"①

1954年新方向出版社出版庞德翻译的《诗经》(*The Confucian Odes*),书的前言是方志彤写的,该文阐明了《诗经》在中国儒家经典的重要性、《诗经》的形成过程、学术界对《诗经》的研究状况,文中谈到翻译《诗经》很不容易,因为当时的中国学者讨论《诗经》的诗歌与诗歌艺术不多,方志彤对庞德的翻译予以评价,说诗人庞德译中国诗始于1915年翻译出版的《华夏集》,此后被T. S.艾略特称为"我们时代的中国诗发明者",该诗集就有一首诗"Song of the Bowmen of Shu"来自《诗经》。庞德自1928年翻译《大学》就信奉儒家,现在要以儒家诗人的面貌出现在世人面前,因此我们读庞德的《诗经》翻译不仅仅是当做中国经典翻译多了一件作品,更重要的是了解其真实的意图。② 方志彤称庞德的《诗经》翻译主要注意词与音乐。译文选用的是民谣节奏(ballad meter),是个愉快的基调,这就使得译文不但可读而且准确地再现了原诗的节奏,因为原诗基本上是民谣,它们都可以唱诵,有些也许是舞蹈歌谣。③

方志彤所说的庞德真实意图可能就是本章前面部分所分析的缘由,庞德希望他的译本成为治疗西方社会弊病的良药。这恐怕是庞德一厢情愿的理想,好在当时的资讯不像现在社会这样发达。如果他知道当时的中国其实病得更重,如果他读过鲁迅先生的

---

① *Confucian Analects*, translated and introduced by Ezra Pound, London: Peter Owen, 1970, p. 8.
② Ezra Pound, *The Confucian Odes*, New York: New Directions, 1954, p. xv.
③ 同上。

《药》和《狂人日记》,不知庞德先生会作何感想?

三、关于文化批评

近年来欧美学界对文化批评日趋重视,传统的文学研究被文化研究的大潮日益侵袭。要把造成如此现象的原因解释清楚并非易事。有关文化批评需要注意如下两个方面:其一,文化研究引入跨学科研究方法,它常借用哲学、经济学、社会学、历史学、人类学等不同学科与领域的知识和方法来研究工业社会的文学和文化现象;其二,它注重权力与话语的运用,意识形态、社会阶级、种族以及性别等议题被强化,使得传统的中心瓦解,以往被人们忽略的大众文化、少数群体的文化进入研究的视野。

庞德在20世纪就开始文化批评。他离开我们已经有半个世纪了,但他所探讨的许多问题依然是当代文化批评所面临的。他虽然如同现在的文化批评那样批判资本主义的各种矛盾如经济、宗教、政治、教育等,但他的意识形态总体上赞赏精英文化,通过发掘优秀古代文化如希腊、盎格鲁—撒克逊、欧洲中世纪文化,借鉴异国如中国、日本、埃及文明,来拯救日益式微的西方文化。尽管当代西方文化批评大家如德里达在其著作[①]中以庞德作为他解构主义的例证,其实并未深刻理解庞德的社会文化背景与意图,也未把握庞德学识的局限,因为他切入问题的角度和解决问题的办法与目前流行于欧美课堂以及学界的文化批评有诸多不同。

庞德的文化批评覆盖面宽,政治、经济、音乐、教育无所不包,

[①] Jacques Derrida, *Of Grammatology*, trans., Gayatri Chakravorty Spivak, Baltimore: Johns Hopkins University Press, 1976.

当代文化研究的跨学科研究,在庞德这里早就开始,而且涉足的领域相当广阔,普通人没有他那番本事与勇气,故不敢为。而且他把当时所有手段与媒介全都使上,发表文章、出版书、编教材、出去演讲、游说政客、到电台播音。当时没有电视和网络,如果有像现在的资讯,猜想他也许会开博客、QQ、Facebook,他也许会成为网络红人,因为他能耐大,有热情,爱管事。

先看庞德如何定义"文化"。他说"文化是一种有机体,它由如下三个部分组成:1. 意愿的一种方向;2. 某种伦理基础,或者是在不同道德、智识和物质价值相关重要性上达成的基本共识;3. 被专家和同行成员所理解的细节。"[1] 我们通俗说文化是人们的行为方式,庞德在这里当然有这样的意思,并上升到伦理和道德的境界。他还专门写了一本重要著作《文化指南》,在该书的扉页题写:"此书不是为喂食过量的人而写,而是为那些上不起大学的人或者为那些年轻人,不管是否被大学吓坏,他们想到五十岁时要比我今天知道更多,对这些人我想也许会有些帮助。我同时也知道对他们有用所蕴藏的危险。"[2] 庞德似乎对大学以及大学的制度持有不满情绪,他早年在写的《如何阅读》论文中曾抱怨大学的文学教育愚笨而无效。[3] 他觉得大学的教学没有教给学生有用的东西,他想给学子提供实用的知识。1935年,庞德认为世界绝大多数的教育系统,尤其是美国的,正在朝"机器人和驯服的兔子"方向发展。[4] 笔者以为,庞德此话可能有些偏颇,虽说在庞德受教育的时代,美国的高等教育不是世界最好的,当时最好的在欧洲,

---

[1] Noel Stock, ed., *Impact: Essays on Ignorance and the Decline of American Civilization by Ezra Pound*, Chicago: Henry Regnery Company, 1960, p.58.

[2] Ezra Pound, *Guide to Kulchur*, New York: New Directions, 1970, p.6.

[3] T. S. Eliot, ed., *Literary Essays of Ezra Pound*, London: Faber & Faber, 1954, p.15.

[4] Noel Stock, ed., *Impact: Essays on Ignorance and the Decline of American Civilization by Ezra Pound*, Chicago: Henry Regnery Company, 1960, p.xi.

第八章　庞德政治经济文化批评

但美国教育一直注重知识的传承与创新的结合,这一点我们可以从前面章节提到的庞德在大学所学的课程看出。庞德是个爱读书且不读死书的人,他注重文化的实用功能,尤其当时欧美世界面临金融危机与各种矛盾,他有这些牢骚和忧虑是可以理解的。那么他在《文化指南》到底为青年学子提供了多少良策呢?读罢这本厚书,笔者实在没发现多少对后进富有指导意义的高见,这不是一部逻辑严密的著作,而是一些政治、经济、翻译儒家思想的文章汇编。试看其中几篇以文化为题的文章,如《文化:第一部分》开篇第一句话:"如果你不懂,丢到一边去。"还说孔子这样说过。① 笔者不知道庞德此种建议有何意义,但知道孔子至少不会如是说。在《文化指南》一文中他甚至对自己取题目揶揄,说"可笑的标题,噱头文章,是挑战? 指南,应该帮助他人抵达那里,还是扭转方向?"② 类似的话还有不少,说"文化并不是由于遗忘。如果你做什么事不费劲,文化开始了。小提琴手,在调上痛苦不堪,没有达到文化境界。要是在旋律上陶醉或者不费劲痴迷于再创作,那就抵达了文化境界。"③ 他说此话好像有得道的感觉,并以他情人奥尔佳的职业小提琴家为例。在整本书里可能好的指南是第一部分所提供的孔子《论语》的片断翻译与他自己的解释,如"一以贯之"、"正名"、"知人"、"敝"、"学",④ 他截取来告诫大家这些词言语一致,知识就是了解人,解蔽(他理解为"拨云去雾"(beclouding))。与其说该书是青年人生指南,还不如说这是本火药味较浓的批判资本主义的册子。其中有说社会各阶层缺乏交流,说三十年来他一直呼吁,这个社会没有足够的沟通与交流,学者之间、文

---

① Ezra Pound, *Guide to Kulchur*, New York: New Directions, 1970, p.127.
② Noel Stock, ed., *Impact: Essays on Ignorance and the Decline of American Civilization by Ezra Pound*, Chicago: Henry Regnery Company, 1960, p.183.
③ Ezra Pound, *Guide to Kulchur*, New York: New Directions, 1970, p.209.
④ 同上, pp.15–21.

人之间、报纸与出版行业等皆如此。① 哪怕说文化一词，庞德忍不住又骂起高利贷，说文化曾经被一个时代臭名昭著的高利贷、金钱的敲诈勒索所污染，② 借机又吹捧墨索里尼，说他能天才般预见系统的危机，并能及时解决。③ 可见庞德是容易被表面现象迷惑的。

他对美国文化有颇多的微词。美国文化不过是法国与英国文化的复合品，从一开始从英国文化的骨子成长，然后扔掉那座岛的殖民统治。④ 它尚属荒蛮，连知识阶层还未形成整体，还未组建干净的图书俱乐部和出版系统，来传播精英思想。⑤ 他分析美国人构成结构，早期带着冒险精神来的移民，他们凭着宗教信仰和自由意识，来面对这片野蛮无文化的国土，此外就是贩卖来的奴隶。因此要理解美国的历史过程，就有必要知道一波又一波的移民潮。⑥ 因此，庞德认为美国人以及这个国家是没有多少文化的。他在1960年出版的一本文化批评的著作《影响》，其副标题就是："关于美国文明的无知和衰落的论文集"（*Impact: Essays on Ignorance and the Decline of American Civilization*）。阅读此书，读者会更加清楚庞德的文化选择以及二战期间他对美国的批评。

---

① Ezra Pound, *Guide to Kulchur*, New York: New Directions, 1970, p. 55.
② 同上，p. 136.
③ 同上，p. 186.
④ Noel Stock, ed., *Impact: Essays on Ignorance and the Decline of American Civilization by Ezra Pound*, Chicago: Henry Regnery Company, 1960, pp. 7 – 8.
⑤ 同上，pp. 10 – 11.
⑥ 同上，p. 23.

庞德研究

第九章
庞德与英美诗坛

1949年2月20日,美国国会图书馆宣布将每年一度的"博林根诗歌奖"授予庞德的《比萨诗章》。"博林根诗歌奖"是由博林根基金会赞助,于1948年设立,每年评选一次,授予当年的美国诗歌最高成就,如当年出版的诗歌不配此奖,也不从往年诗歌中挑选。该奖项由国会图书馆任命的著名作家和诗人组成的评委会组织评定。以艾略特、奥顿、艾肯、罗伯特·罗威尔等组成的评委会估计将此奖授予庞德会引起人们的非议,故特做声明:

> 评委会成员意识到将此奖授予庞德有可能招致反对。然而他们认为纵有反对亦不能改变评委会所承担的责任。此项是根据博林根奖已颁布的条例,从可选择的诗作中挑选一部能配得上此荣誉的作品,若从其它因素考虑而不顾及诗歌的本身成就来改变决定,那么会破坏此奖的本身意义,在原则上也否定了文明所赖以支撑的客观价值观的合法性。[①]

此项声明立即遭到了抨击,1949年冬季的《政治》杂志发表了

---

① William Van O'Connor and Edward Stone, ed., *A Casebook on Ezra Pound*, New York: Thomas Y. Cromwell, 1959, p.45.

赖特·麦克道纳德的一篇社论《向 12 位评委致敬》(Homage to Twelve Judges),嘲讽"博林根诗歌奖"评委会的声明似乎是美国近段时间最好的政治声明,将该年度最高诗歌成就奖授予了法西斯分子、反犹太诗人——庞德,而《比萨诗章》又恰是在他关押在比萨的美军监狱中所写。该奖表面上出乎文学性,实有政治目的。①

庞德确实是位大有争议的人物。巴希尔·班庭(Basil Bunting)评价说:"庞德已经提供了一大箱工具,对这代人来说太丰富了,就如斯宾塞为伊丽莎白时代提供的一样,一个人至少用了一些那样的工具,要说谁没有庞德的影响,那他就简直未生活在自己的国土上。"②休·肯纳在《庞德时代》一书中说得最好:"我们很难区分什么是庞德所暗示的,什么是他早就说清楚了的……他仍是一位聚讼纷纭的人物,是我们儿孙辈的同代人。"③

现代诗运动最重要和难度最大的莫过于新诗的形式。艾略特深知其中的奥妙,他在《庞德的格律与诗歌》一文中首先发现庞德:"实际上,正是能够让格律适应心情才是庞德技巧的重要成分,让格律能够适应心情是勤奋研究格律的结果。"艾略特认为庞德是精通音乐的,他不但熟悉英诗从斯宾塞到惠特曼的传统,也深谙布朗宁和叶芝等现代诗人的风格,他还吸纳了中世纪行吟诗人以及中国诗的特色。

英国诗歌自斯宾塞以降,基本上采用五音步(pentameter)的节奏,极少有从诗行中切断,这种传统从莎士比亚、弥尔顿、华兹华斯等一直延续着。即便像美国诗人惠特曼这样的诗歌革新者所创作的诗歌也基本上是采用"抑扬格"(iambic)或者"抑抑扬格"(ana-

---

① William Van O'Connor and Edward Stone, ed., *A Casebook on Ezra Pound*, New York: Thomas Y. Cromwell, 1959, p. 46.
② Carrol F. Terrell, *Man and Poet*, Orono: University of Maine, 1983, p. 286.
③ Hugh Kenner, *The Pound Era*, Berkely and Los Angeles: University of California Press, 1971, p. 557.

pestic)的节奏,例如他的《自我之歌》中:

> I believe a leaf of grass is no less than the journey-work of the stars,
> And the pismire is equally perfect, and a grain of sand, and the egg of the wren,
> And the tree-toad is a chef-d'oeuvre for the highest,
> And the running blackberry would adorn the parlors of heaven,
> And the narrowest hinge in my hand puts to scorn all machinery,
> And the cow crunching with depresse'd head surpasses any statue,
> And a mouse is miracle enough to stagger sextillions of infidels.

> 我相信一片草叶所需费的工程不会少于星星,
> 一只蚂蚁、一粒沙和一个鹪鹩的卵都是同样地完美,
> 雨蛙也是造物者的一种精工的制作,
> 藤蔓四延的黑莓可以装饰天堂的华屋,
> 我手掌一个极小的关节可以使所有的机器都
> 显得渺小可怜!
> 母牛低头啮草的样子超越了任何的石像,
> 一个小鼠的神奇足够使千千万万的异教徒吃惊。
>
> (李野光译)[1]

庞德的诗行大多打破诗歌抑扬格的格式,对英语诗的传统节

---

[1] 惠特曼:《草叶集》,北京:人民文学出版社,1997年。第106页。

奏进行了大胆革新。例如在《诗章》第 4 章中：

> Torches melt in the glare
>   Set flame of the corner cook-stall,
> Blue agate casing the sky (as at Gourdon that time)
>   The sputter of resin,
> Saffron sandal so petals the narrow foot: Hymenaeus Io!

火炬熔化到强光
  给烹饪摊角增添火焰
蓝玛瑙框在天空（像在那时法国里维埃拉－蔚蓝海岸一般）
  溅射树脂
狭窄脚穿着藏红花色拖鞋：许墨奈俄斯神啊！

这种诗行基本上采用重音节奏，如扬扬格（spondaic）、长短长的韵脚（amphibracic）。此外，庞德还力求改变英文诗的传统句法与排行，以突出诗中意象，增强其美学效果。我们不妨来对比一番庞德在《诗章》第 17 章中的做法和按传统英文诗的写法：

> The light now, not of the sun.
>   Chrysophrase,
> And the water green clear, and blue clear;
> On, to the great cliffs of amber.
>   Between them.
> Cave of Nerea,
>   She like a great shell curved,
> ······
> In the suavity of the rock,

第九章　庞德与英美诗坛

      cliff green-gray in the far,
In the near, the gate-cliffs of amber,
And the wave
      green-clear, and blue-clear,
And the cave salt-white, and glare-purple,
    cool, porphyry smooth,
     and the rock sea-worn.
No gull-cry, no sound of porpoise,
Sand of malachite, and no cold there,
     The light not of the sun.

现在神异的光,不属于太阳的光
      绿玉髓
水绿亮,水蓝亮
前行,至玛瑙的大悬崖
      之间
聂莱亚的岩洞
  她像扇行弯开的大贝
……
在岩石的柔顺里
  悬崖青灰青灰在远处
在近处,玛瑙的匝岩
波浪
  绿亮蓝亮
岩洞盐白晶紫
   清凉,平滑的斑岩
    石头,海日夕磨蚀
没有鸥鸣,没有海豚的溅声

沙石是孔雀石,没有寒冷
神异的光,不属于太阳的光。

该诗按传统英文诗的排列可以如下:

> The light now, not of the sun.
> Chrysophrase, and the water green clear, and blue clear;
> Onto the great cliffs of amber.
> Between them, Cave of Nerea, she like a great shell curved,
> ....
> In the suavity of the rock, cliff green-gray in the far,
> In the near, the gate-cliffs of amber,
> And the wave green-clear, and blue-clear,
> And the cave salt-white, and glare-purple,
>   Cool, porphyry smooth, and the rock sea-worn.
> No gull-cry, no sound of porpoise,
> Sand of malachite, and no cold there, the light not of the sun.

《诗章》第49章就采用了这种方法,请看其中片段:

> Rain; empty river, a voyage,
> Fire from frozen cloud, heavy rain in the twilight
> Under the cabin roof was one lantern,
> The reed are heavy; bent;
> And the bamboos speak as if weeping.
>
> Autumn moon; hills rise about lakes

第九章　庞德与英美诗坛

Against sunset
Evening is like a curtain of cloud,
A blurr above ripples, and through it
Sharp long spikes of the cinnamon,
A cold tune amid reeds.
Behind hill the monk's bell
Born on the wind.
Sail passed here in April; may return in October
Boat fades in silver, slowly;
Sun blaze alone on the river.

雨;空江;行旅,
冻云火,暮色中大雨
蓬檐下有孤灯
芦苇湿沉;弯弯垂
竹枝细语如饮泣

秋月;群山湖面起
背倚落日
傍晚像一幅云幕,
涟漪清涟,绽放出
尖长尖长的桂花枝
芦苇丛里一支寒曲
山后寺钟
逐晚风
四月船帆过;十月也许返航
船溶入银光;缓缓地;
唯太阳燃焰于河面

庞德的这首诗是根据《潇湘八景》的意境而写成。诚如我们在前面所论证,该诗中借鉴了中国诗的传统,其中切断传统的语法和英诗的空间结构,使之意象并发,给读者的印象更为深刻。因此,艾略特认为"庞德一直被称为英语自由诗之父,自由诗的所有优缺点都算在他头上。自由诗是个不精确的术语:人们对自己听不惯的诗都可以称为'自由诗';其次,庞德对这种媒介的运用表现了艺术家的节制,他认为自由诗可以作为载体,并没有到了狂热的程度……准确来讲,庞德诗的自由是处于自由与严谨之间的张力状态。实际上,不存在严谨与自由这两类诗,只有经过良好训练而产生的驾驭能力:形式只是一种本能,用起来得心应手。"①

本书的前面章节已经论述了庞德与叶芝、艾略特、乔伊斯、弗罗斯特、威廉斯、海明威、H. D. 等人的关系。这里还有必要进一步论及庞德对美国现代诗的发展以及对当代诗坛的影响。

庞德与威廉·卡洛斯·威廉斯在宾夕法尼亚大学就是好友与同学,威廉斯本是学医的,但他和庞德对诗歌有着共同的爱好,大学毕业后,威廉斯留在美国行医,庞德则到了欧洲。他们一生都在相互联系和鼓励,庞德在许多情况下向威廉斯灌输新思想,主张他像艾略特那样朝欧洲文化看齐,可威廉斯是一位有自己见解的人,对庞德的建议总是有选择地接受,始终坚持走美国本土诗歌的道路。他师承19世纪惠特曼的诗歌传统,强调用美国日常口语,重视诗的视觉效果,运用反传统的韵律,选择的题材大多是下层的生活和日常事物。但威廉斯的早期作诗方法受庞德的影响颇大。他曾说:"没有意念,只在物中"(No ideas but in things)②,"用强烈的感应方式去观察事物,而不带先入为主或事后追加的观念。"(See-

---

① T. S. Eliot, "Ezra Pound: His Metric and Poetry", in *To Criticize the Critic*, New York: Farrar, Straus and Giroux, 1965, pp. 162 – 182.
② William Carlos Williams, *Selected Essays*, New York: Random House, 1954, p. 196.

ing the thing itself without forethought or afterthought but with great intensity of perception...)。[①] 下面我们看几首威廉斯的诗：

红色手推车

那么多东西
依仗

一辆红色
手推车

雨水涂得它
晶亮

旁边是一群
白鸡

该诗体现了威廉斯新的诗学观,读者开始以为"那么多东西/依仗……"会有惊喜的新发现,谁知呈现在我们面前的是再平凡不过的事物:红色推车、晶亮雨水、一群白鸡。但是我们从这几行貌似简单的诗里可以看到威廉斯别出心裁的地方,这三种东西成三色交汇,宛如一幅水彩画,这些平常的事物也许我们常见,但未注意到是美的,是可以入诗的。威廉斯在作诗的方法上是借鉴了庞德为首的"意象派",我们不妨也将该诗与传统英文诗排列在一起,从而可看出现代诗的风格。

英文传统诗的写法可能为:

[①] William Carlos Williams, *Selected Essays*, New York: Random House, 1954, p. 5.

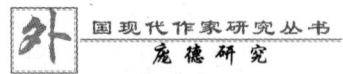

So much depends upon a red wheel barrow
Glazed with rain water beside the white chickens.

威廉斯的原诗为:

A Red Wheelbarrow

So much depends
Upon

A red wheel
Barrow

Glazed with rain
Water

Beside the white
Chickens.

威廉斯就是要读者以敏锐和共鸣的眼光来注意我们平常的事物,他切断这些英文传统句法以达到警醒的效果,让读者注意到这每一瞬间有可能发生的事。

在威廉斯这里即便是生活中小事亦可以入诗。例如,他吃了别人留在冰箱的梅子之后所留的便条:

This Is Just to Say

I have eaten
the plums

that were in
the icebox

and which
you were probably
saving
for breakfast

forgive me
they were delicious
so sweet
and so cold

　　该诗按正常的便条写法应为:"I have eaten the plums that were in the icebox and which you were probably saving for breakfast, forgive me they were delicious so sweet and so cold."(这梅子已被我吃掉,原先就放在冰箱之中。也许这是你存的早点。原谅我,这东西太可口,太甜了,太爽口。)

　　与威廉斯不同的是,艾略特注重写历史意识和文化传统,讲究旁征博引,机智雄辩,有浓厚的学究气。作为艾略特和威廉斯两位大诗人的朋友,庞德对他们最为了解,认为他们俩不属于一路诗风。但我们也可以从艾略特身上找到庞德的影响。

　　艾略特喜爱英国17世纪的玄学派诗歌传统,他早期的文学批评被美国的新批评派奉为圭臬,后期诗歌与文化批评趋向宗教,最后在上帝的爱中求得心灵的安静。庞德崇拜普罗旺斯的诗歌与中国儒学,诗歌追求坚实硬朗,前期诗歌代表着意象主义诗歌的滥觞。他的文化批评包罗万象,涉及政治、经济、宗教等诸方面,最后可悲的是坠入法西斯主义的泥沼。1948年艾略特荣获诺贝尔文学奖,1949年庞德虽然在押,但获得美国诗歌最高奖"博林根奖"。他们俩在诗中对自己都有评价:庞德在《比萨诗章》中反省自己悲剧的诗人生涯,诗中写道:"在龙的世界里蚂蚁也是高明的骑手。/扔掉你的自负,人未达到/创造勇气、秩序、或神的恩典,/扔掉你的自负,我说扔掉。""但是竭力去做了而不是躺下不干/ 这不是无益的/……从虚空中找回活的传统/从一只美妙的老眼中寻找那没有熄灭的火焰/这不是无益的。"艾略特在《四个四重奏》(*Four Quartets*)中也对自己进行了历史的检讨:"因为这就是我,在中间的路,已经有20年——/20年的时间太多的浪费了,两次大战的年月——/试着学习运用语词,而每一次尝试/都是全新开端,一种不同种类的失败,因为一个人只要学会怎样掌握语词/因为人们再不要说那件事或是/用人们不再想说的方法说。"庞德年轻时离开家乡到欧洲闯天下的第一站是威尼斯,在这里他出版了自己的第一部诗集《熄灭的细烛》,以后他常把这里视为自己的精神故乡,他回忆威尼斯时说:"凡事总有开始也有结束。"1972年11月1日他在威尼斯去世。艾略特的远祖定居于英国萨默塞特郡约维尔地区的东库克村,在17世纪他的家族再移民到美国,东库克村在他诗中是传统与历史的象征,他于1965年1月4日病逝于伦敦,按照他的遗愿,他的骨灰葬于东库克村,墓碑上刻有他的诗中的名言:"我的开始之日便是我的结束之时。"

艾略特在早期诗歌创作中虽不属意象派,但他的许多作品带有庞德的意象主义特征。这里我们试看一些例证。

在《杰·阿尔弗莱特·普鲁弗洛克的情歌》中的片断:

黄色的雾在玻璃窗上擦它的背脊,
黄色的雾在玻璃窗上擦它的口络,
逗留在干涸的水坑上,
听任烟囱里跌下的灰落在它的背上,

第九章 庞德与英美诗坛

从台阶上滑下,忽地又作一跃,
看到这是个温柔的十月之夜,
围着房子转了一圈,然后呼呼入睡。

(裘小龙译)

艾略特笔下的普鲁弗洛克是位其貌不扬、敏感胆怯的中年人,他在知识分子圈子里过着单调乏味的生活,他希望能从爱情中获得新的动力。这节诗是他在暮色的傍晚打算去赴所谓的约会时的描写。艾略特借黄色的雾来描出睡猫的形象,影射普鲁弗洛克的精神世界的漫无目的。

在《序曲》的第一章中:

冬日的傍晚来临,
走廊里一股炸牛排的味儿。
六点钟。
烟蒙蒙的白天燃尽的烟蒂。
此刻,一阵狂风暴雨
把一摊摊肮脏的枯叶
和从空地吹来的旧报纸
卷到了你的脚边。
阵雨猛鞭着
烟囱管帽子和破百叶窗。
在街的那一个拐角上
一匹孤独的出租马车的马冒汗,踢蹬。
接着一下子亮了路灯。

(裘小龙译)

我们看看该英文原诗,更可以感受到与庞德相似的风格:

The winter evening settles down
With smell of steaks in passageways.
Six o'clock.
The burnt-out ends of smoky days.
And now a gusty shower wraps
The grimy scraps
Of withered leaves about your feet
And newspapers from vacant lots;
The shower beat
On broken blinds and chimney-pots,
And at the corner of the street
A lonely cab-horse steams and stamps.
And then the lighting of the lamps.

这首诗确实很像庞德的意象主义诗的风格,但艾略特写这首诗的时间是1910年,此时他还在哈佛大学读书,还不认识庞德,他们的风格之接近也许是在早期的阅读中形成了某些类似的诗学爱好,可谓英雄所见略同。在这章诗里描述的是冬日傍晚降临的城市景象,艾略特用一些新奇的意象来表达其杂乱与肮脏。艾略特使用的意象自有他的特色,他在论述波德莱尔时说,"波德莱尔在技法上的才能要比戈蒂耶高得多,然后他的感情内容总是打破容纳它的形式。他的装备——我指的不是他对文字和韵律的把握,而是他的意象集合(stock of imagery)(每个诗人的意象集合都具有一定的界限)——并不是完全持久耐用或完全充足的。"[①] 在艾

[①] T. S.艾略特:《艾略特诗学文集》,王恩衷编译,北京:国际文化出版公司,1989年。第111页。

第九章 庞德与英美诗坛

略特看来,波德莱尔选择的不是传统的"持久耐用"意象,而往往用的是人们不喜用的"二手的意象材料"的意象,诸如:妓女、黑白混血儿、犹太女人、蛇、尸首等。因此"波德莱尔为别人创造了一种解脱和表达的方式,这不仅仅是因为他使用了普通生活中的意象,也不仅仅是因为他使用了大城市肮脏生活的意象,而是因为他使这样的意象达到了最大的强度——将意象按原样呈现出来,却又使它代表远较它本身为多的内容。"① 正是出于这些原因我们可以看出艾略特与庞德在意象呈现的方式与内容之间的异同。

与艾略特同时代的大诗人华莱士·斯蒂文斯在诗学理论和实践上皆有与庞德相似之处。首先斯蒂文斯认为现实世界处于混乱之中,社会缺乏信仰和秩序,唯有文学和艺术可使之复活。"诗歌是在其它事物中呈现、展现的现代方式,现代人的英雄主义就是即便发现现代存在的无意义,他还想给这混乱和无意义的世界注入秩序和意义。"诗人的意义就会变得重大,"他应该从这枯燥的现实中找到美、愉悦、兴奋和意义。"艺术家和诗人应该设法通过想象给现实世界架一座桥。例如,他在《坛子的佚事》这首诗中所说:

我把一只坛置于田纳西,
圆圆的,立于山巅。
它使凌乱的荒野
围排着山顶。

荒野朝坛子涌起,
在四周蔓延,不再荒莽。

---

① T. S. 艾略特:《艾略特诗学文集》,王恩衷编译,北京:国际文化出版公司,1989 年。第 113 页。

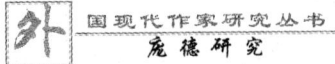

坛子圆圆地立在那里
巍然挺立,庄严无比。

它君临四方。
坛是灰色的,未施彩妆。
它无法生长鸟或树丛
不像田纳西别的事物。

在这首诗中"坛子"是艺术想象力的象征,它置于荒野之巅,虽不能产生"鸟或树丛"那样的现实事物,但可以给这凌乱的世界以某种秩序。关于作诗的方法,斯蒂文斯在他的诗中自有说明,"不是关于事物的意念而是事物的本身"(他的诗题之一),他在《最高虚构笔记》中写道:

两个本质相反的东西似乎
互相依靠对方,就像男人
依靠女人,日靠夜,想象

靠真实。这就是变化的根源。
冬与春,冰冷的联系,却在拥抱,
而欢乐的细节就从中出现。

(赵毅衡译)

因此斯蒂文斯对世界的介入方式是"以纯真的眼光看世界","除了真实之外一无所有",他要一个真真实实、脚踏实地的世界,能做到超越传统西方人形而上的思维,力求"以物观物"。如他在诗中继续说:

第九章 庞德与英美诗坛

——这个选择
不是互相排除的事物之间,不是
"之间"而是"其中"。他选择去包含
互相包含的事物,那完全的,
复杂的,浑然凝聚的和谐。

(赵毅衡译)

斯蒂文斯的这些诗学观与庞德确实有类似之处。我们再看他的一首诗:

看黑乌的十三种方式

一
二十座雪山之中
只有一个东西在动。
那是黑乌的眼睛。

二
我有三个心灵
好像一棵树
有三只黑乌栖息。

三
黑乌回翔在秋风中
它是哑剧的一小部分。

四
一个男人和一个女人
是一回事。

一个男人和一个女人和一只黑鸟
是一回事。

五

我不知道该挑一个,
是词形变化之美,
还是词义暗示之美,
是黑乌啼啭之时,
还是乌鸣乍停之际。

六

冰串儿填满了
玻璃粗蛮的长窗。
黑鸟的身影
掠过窗子,来来去去。
影子描画出
情绪
原因很难解释。

七

哦,哈达姆瘦弱的人,
你为什么幻想金乌?
你没见到黑鸟
在你周围女人的
脚下跳来跳去?

八

我懂得高贵的声调

和澄澈的,无法回避的节奏,
但我也知道
我懂得的事情
都跟黑鸟有关。

   九
当黑鸟远飞高翔,渺无踪影
它画出了
许多圆圈中某一个的边界。

   十
当我们见到黑鸟
在绿光中疾飞
哪怕是买卖音韵的人
也会惊叫起来。

   十一
有人坐玻璃门马车
穿过康涅狄格州,
一次,他惊恐万分,
因为他
把马车的影子
当做了黑鸟。

   十二
大河动荡,
黑鸟应该在飞。

十三
整个下午都如傍晚,
飞雪不断,
还将下雪。
黑乌栖在
杉树的枝头。

(赵毅衡译)

斯蒂文斯在该诗中的十三种方式没有给这个现实以最终的定义,因为现实是暂时的,但通过想象可以重现这些现实。

大批评家布鲁姆在《误读的地图》一书中认为,文学上是否有现代主义这个运动还很难说,这也许是刘易斯、艾略特以及庞德相互之间弄出的闲话,闲话多了,随着岁月的流逝,新批评将它变成现代主义的神话。[①] 即便有现代主义文学运动,庞德是否能称得上主将还是问题,当代美国诗歌批评家玛乔瑞·帕洛夫(Marjorie Perloff,1931—)在她的一篇题为《"庞德时代"还是"斯蒂文斯时代"?》的文章中论证现代主义到底是庞德的时代还是斯蒂文斯时代,其中引用了贝克特(Lucy Beckett)的观点,贝氏认为《诗章》是一部失败的作品,因为庞德没有完全能够抵御斯蒂文斯所谓的"现实的压力":"吸引庞德的是个人经历、文明、文学和历史的碎片,它们一直是一堆变化的碎片……他只看到技巧,没有意识到诗人肩负着规范语言使用的责任,也基本没有意识到诗人在思想方面所担负的责任……这个缺乏确定真理体系的世界所涉及的信仰与价值问题,对'充分理由'的追寻,阿诺德和桑塔耶纳所展望的诗人目标,所有这些问题基本引不起庞德的兴趣。从这种意义上

---

① Harold Bloom, *A Map of Misreading*, New York: Oxford University Press, 1975, p. 28.

来说,庞德是最不现代的诗人。"① "现代诗人"似乎应该懂得自己担负的"思想"而非"技巧"责任,而"思想"在某种程度上要检验"缺乏确定真理体系的世界所涉及的信仰与价值"。根据露西的说法,"《诗章》是一次伟大的尝试,试图用方法的一致性而非思想的一致性来把握现实,这是现代最可悲的失败。"② 该文是从玛乔瑞·帕洛夫的专著《智识之舞:庞德的传统的诗歌研究》(*The Dance of the Intellect: Studies in the Poetry of the Pound Tradition*, Northwestern University Press, 1996)而来的。她不将庞德视为现代主义诗歌线路有其深刻意图,她的另外一本专著《不确定的诗学:蓝波到凯奇》(*The Poetics of Indeterminacy: Rimbaud to Cage*)明确提出美国的诗歌有两条线路,一是"象征主义路线":从波德莱尔到艾略特再到罗伯特·罗威尔;另一条是"反象征主义路线":从蓝波到斯坦因、庞德、威廉斯再到奥尔森等。③ 不确定性是后面这个诗歌路线的主要特征,因此,在玛乔瑞·帕洛夫看来,庞德应该可以列为美国后现代主义诗歌的先锋人物。该书还详细分析了庞德与艾略特,他们是终身好友,在文章与行为上互相支持、互相欣赏,但诗学主张有所不同,尤其是庞德在 1920 年发表《莫伯利》、艾略特发表《荒原》之后,他们在诗歌道路上分道扬镳了。20 世纪 30 年代后期艾略特在写《四个四重奏》,庞德在写《亚当斯诗章》(*Adams Cantos*)时,他们的美学主张都不同了。④ 大家认为艾略特的代表之作《荒原》虽经过庞德修改,但庞德是尊重艾略特的艺术选择的,艾略特后来谈庞德为他改《荒原》的笔记写道:"庞德从不自作主张,他首先尽量理解别人打算做啥,然后以自己的方式

---

① Lucy Beckett, *Wallace Stevens*, London: Cambridge University Press, 1974.
② 同上, p. 64.
③ Marjorie Perloff, *The Poetics of Indeterminacy: Rimbaud to Cage*, New Jersey, Princeton: Princeton University Press, 1981, p. vii.
④ 同上, p. 38.

帮助他人去做。"① 其实,并不是玛乔瑞·帕洛夫一人持这个观点。早在她之前,1973年唐纳德·艾伦(Donald Allen)与沃伦·托曼(Warren Tallman)编辑的一部颇有影响的《新美国诗歌的诗学》(Poetics of the New American Poetry)就将惠特曼以来的诗歌路线进行了清理,认为庞德是把惠特曼的美国式的创新思想发扬光大的中坚人物,美国的诗歌在现当代有两次浪潮,一是在1912年以后,可称为庞德一代,二是1945年以后,可谓奥尔森一代。② 奥尔森一代公开宣称他们承接庞德的传统。自1939年美国大学采用克林斯·布鲁克斯的《理解诗歌》(Understanding Poetry)作为文学教材之后,庞德、威廉斯、斯坦因、H.D.、儒可夫斯基等在近三十年的大学课堂销声匿迹,只有叶芝、艾略特、斯蒂文斯、卡明斯等的作品被当做经典诵读。到1960年唐纳德·艾伦编出《新美国诗歌,1945—1960》(The New American Poetry, 1945—1960)才让情况稍有转机,原来被新批评派封杀的44位诗人如庞德、威廉斯、奥尔森、邓肯等都被入选。③ 这部诗学理论选集的宗旨应该是进一步加强他们所认为的以庞德为首的新美国诗歌线路。与上面几位批评家的思想一脉相承的还有查尔斯·阿帝耶律(Charles Altieri)的《扩大庙宇:20世纪60年代的美国诗歌新方向》(Enlarging the Temple: New Directions in American Poetry during the 1960s),该书也说到过去三十年里以艾略特和新批评派统治美国诗歌的时代应该结束了,罗伯特·罗威尔为首的自白派从艾略特、叶芝正统的现代主义阵营叛离出来,后有罗伯特·布莱、查尔斯·奥尔森、弗兰克·欧·哈拉(Frank O'Hara)、加里·斯奈达、罗伯特·邓肯、罗伯特·

---

① Marjorie Perloff, *The Poetics of Indeterminacy: Rimbaud to Cage*, New Jersey, Princeton: Princeton University Press, 1981, p. 175.
② Donald Allen & Warren Tallman, *Poetics of the New American Poetry*, New York: Grove Press, Inc., 1973, p. ix.
③ 同上, pp. x - xi.

克里利、M. S. 默温加入①,构成巍巍壮观的美国新诗歌方向。借鉴如上几本书之长,克里斯多夫·碧池(Christopher Beach)在1992年出版的《影响入门:埃兹拉·庞德与重造美国诗传统》(*ABC of Influence: Ezra Pound and the Remaking of American Poetic Tradition*)旨在从社会、历史、政治、制度以及人相互之间等角度对庞德给美国新一代诗人的影响进行全面研究。② 该书全面梳理了查尔斯·奥尔森(Charles Olson, 1910—1970)、罗伯特·邓肯、罗伯特·克里利、阿伦·金斯堡、邓尼斯·勒夫托夫(Denise Levertov)、加里·斯奈达等与庞德的关系,他们继承了庞德的传统并发展自己的诗歌。

按理讲,黑山诗派的领袖查尔斯·奥尔森跟庞德是难以走到一起的。奥尔森是罗斯福总统时期的白宫官员且是总统的好友,在二战时负责美国情报工作与反法西斯的斗争,庞德则反对罗斯福并亲法西斯,奥尔森见庞德之前对他批判偏多,说他是叛国者,在诗中说庞德嘴里的词肮脏,而见过庞德之后情况大变,后来还替他辩护。奥尔森初次认识庞德时自己年龄已35岁,此时庞德被关在圣·伊丽莎白医院,奥尔森仅发表4首诗而已,当时主要从事美国作家梅尔维尔研究,他到民主党就职后转向诗歌写作。后来他多次探访庞德,并为庞德撰文辩护,这些在庞德《诗章》草稿中有记录,庞德称:"奥尔森救了他。"③ 奥尔森与庞德多次接触后他的诗歌创作与诗学观发生转变,在他发表的第一部较为成熟的诗

---

① Charles Altieri, *Enlarging the Temple: New Directions in American Poetry during the 1960s*, Lewisburg: Bucknell University Press, London: Associated University Presses, 1979, pp. 1 – 10.

② Christopher Beach, *ABC of Influence: Ezra Pound and the Remaking of American Poetic Tradition*, Berkley, Los Angeles, Oxford: University of California Press, 1992, p. 4.

③ Demetres P. Tryphonopoulos, and Stephen J. Adams, *The Ezra Pound Encyclopedia*, Westport, Connecticut, and London: Greenwood Press, 2005, p. 207.

《鱼狗》中表达了他对庞德的感谢之情。他的长诗《编钟诗集》(*The Maximus Poems*)也有读庞德《诗章》的启发。奥尔森后来弃政从教,到北卡罗莱纳州的黑山学院任校长,倡导艺术革新,使得原先名不见经传的黑山学院成为美国现代先锋艺术的发源地。他本人倡导开放体诗歌,把诗看作是能量的抛射,要求一个意念紧接另一个意念。奥尔森说:"一个感物的瞬间,必须马上直接地引向另一个感物的瞬间。就是说:时时刻刻……与之挺进,依着速度,抓住神经,抓住其进展的速度,感物的瞬间,每一行动,说时迟那时快的行动,整件事、请一定用、时时刻刻地用整个过程,随时任一个感物的瞬间移动,必须、必须、必须移动,一触即发地,向另一瞬间。"① 他在诗中写道:

> Let me put it badly. The two halves are:
>   the HEAD, by way of the EAR, to the SYLLABLE
>   the HEART, by way of the BREATH, to the LINE

庞德对奥尔森信任有加,他的《比萨诗章》先放在奥尔森那里,后来反复修改,托奥尔森转交拉格林出版。奥尔森也是以庞德的《比萨诗章》为范本来建构他的投射诗的理论,对此柏顿·韩特伦(Burton Hatlen)在他的《庞德的比萨诗章与投射诗的起源》一文中有很好的探源。② 把庞德列为后现代诗滥觞者似乎没有多少异议,但庞德在哪些方面启发了奥尔森等后来者,又在哪些方面与以艾略特为代表的诗学分道扬镳,金骏桓(Joon-Hwan Kim)写的

---

① Paul Hoover, *Postmodern American Poetry*, New York: W. W. Norton & Company, 1994, p.614.
② Burton Hatlen, *Pound's Pisan Cantos and the Origins of Projective Verse*, see, Dennis, Helen M., ed., *Ezra Pound and Poetic Influence*, Amsterdam-Atlanta, GA: 2000, pp. 130–153.

第九章　庞德与英美诗坛

《从"西方的盒子"走出来：在埃兹拉·庞德和查尔斯·奥尔森诗歌中走向多元文化诗学》(*Out of the "Western Box": Towards a Multicultural Poetics in the Poetry of Ezra Pound and Charles Olson*)①这部著作做了很好的分析，他认为艾略特强调欧洲或者西方的统一，他所提倡的是"传统"、"世界文学"和"共同的宗教"(universal religion)，在文学批评上他与新批评派主张自足与封闭系统，将诗歌视为追求秩序的媒介。庞德主张开放的诗学，提倡将希腊、早期欧洲、亚洲、非洲和埃及的文学和神话融汇一体，将诗歌语言视为能量场。奥尔森承继庞德这一思想，反对艾略特诗歌传统，将20世纪诗歌分为抛射诗与非抛射诗两种模式。但奥尔森并不同意庞德的政治主张和法西斯观点，他认为庞德在语言创新上像列宁，是革命的；在社会、经济与政治批评和行为上是反动的，像沙皇。同时庞德在《诗章》的文化建构上基本上以西方和希腊文明为框架，东方文明尤其儒教作为补充和良药。奥尔森明显带有解构主义诗学特点，他瓦解西方中心主义，将美国的地域文化、少数民族的文化等都纳入他的视野。应该说他开了后现代诗歌的先河。从这些论述可以看出，庞德与奥尔森的关系不是像批评家玛乔瑞·帕洛夫所说的奥尔森是庞德的模仿者那样简单。庞德与威廉斯、奥尔森三者代表着美国当代诗歌的主要流向，迈克尔·安德烈·伯恩斯坦(Michael Andre Bernstein)所写的《部落的传说：庞德与美国史诗》(*The Tale of the Tribe: Ezra Pound and the Modern Verse Epic*)②一诗的标题从庞德的诗章摘录，作者把威廉斯与奥尔森都视为属于庞德诗歌部落的人，该书集中分析了庞德所开创的美国史

---

① Joon-Hwan Kim, *Out of the "Western Box": Towards a Multicultural Poetics in the Poetry of Ezra Pound and Charles Olson*, Peter Lang Publishing, Inc., New York, 2003.
② Michael Andre Bernstein, *The Tale of the Tribe: Ezra Pound and the Modern Verse Epic*, New Jersey, Princeton: Princeton University Press, 1980.

诗特点:诗包含历史。在分析《诗章》的主题、语言、结构之后,该书探讨了《佩特森》(Paterson)以及奥尔森的《编钟诗集》如何受庞德的影响,以及他们相互之间的关系。

阿伦·金斯堡(Allen Ginsberg,1926—1997)一生三次拜访过庞德:两次是1965年在意大利的拉帕罗和斯伯雷托艺术节(Spoleto Festival),另一次是1967年在威尼斯。金斯堡在缅因州大学举办的庞德百年学术会上称庞德对他有着永久的影响。今天这两位诗人已逝,我们至少可以发现他们有些相似点,或者可以说是庞德影响了金斯堡:其一,金斯堡关注社会与时事,同时又有与社会格格不入、标新立异的处世风格;其二,对东方文化的钟爱之情;其三,对诗歌艺术的创新精神。他的排山倒海式诗歌节奏基本是取法于惠特曼和黑人爵士乐,偶有一些句式也像庞德。

金斯堡在《北京即兴》诗中云:

我写诗,因为瓦尔特·惠特曼允许我和全世界坦直地交谈。
我写诗,因为瓦尔特·惠特曼开创了诗的长行便于无阻碍的
  呼吸。
我写诗,因为埃兹拉·庞德允许所有的诗人用乡土语汇写作,
  虽然他已生活在象牙之塔中,而且往往在赛马时赌错马。
我写诗,因为埃兹拉·庞德告诉西方青年诗人要注意中国的
  影响,编制在画中的语言。
我写诗,因为威廉·卡洛斯·威廉斯在路特福特住过,写新泽
  西风采。

(张少雄译)

他在《嚎叫》中倡导:

我看见被疯狂毁坏的我这一代人的最优秀的头脑,饥肠辘辘,

赤身露体,歇斯底里,拖着身躯过黑人街巷在凌晨寻找愤怒的注射,
长着天使头脑的希比们在夜的机械中为了古老而神圣的交合向星光闪耀的发电机燃烧,

(张少雄译①)

路易斯·儒可夫斯基(Louis Zukofsky,1904—1978)引起庞德的注意始自他1927年寄给庞德的一首诗《以定冠词开始的诗》(Poem Beginning "The"),庞德立即将该诗发表于《放逐者》第三期。1927年至1941年是庞德与儒可夫斯基交往较多的时期,庞德先是督促儒可夫斯基在纽约成立自己的诗歌团体,后未结社,但结识了威廉·卡洛斯·威廉斯,并与之成为终生好友。1933年,庞德还资助儒可夫斯基来欧洲,在庞德生活的意大利拉帕罗住了好几周。1939年庞德访问纽约时,他们见了面。二战后,庞德被关在医院,儒可夫斯基带妻子和儿子一同去看庞德。儒可夫斯基有两篇关于庞德的重要文章,一是他发表于1929年的《埃兹拉·庞德》,此文盛赞庞德诗歌艺术、翻译以及《诗章》,二是1948年的《作品/日落》(Work/Sundown),它的客观主义纲领在某种意义上也导源于庞德的意象主义和漩涡主义:

无论历史和当代的东西,除了具体皆无法交流。人类之间的交流,有如细血管和脉搏连在一体那样具体。②
细节地呈现:将每个名词分开以便其本身就是一个意象③

---

① 笔者对该译诗第一行稍有改动。
② Louis Zukofsky, *The Collected Critical Essays of Louis Zukofsky*, expanded edition, Berkeley: University of California Press, 1981, p.16.
③ Louis Zukofsky, *All: The Collected Short Poems, 1923–1964*, New York: W. W. Norton, 1966, p.52.

自白派诗人罗伯特·罗威尔曾经一度追踪艾略特智性诗歌,后来他自己意识到娴熟的技巧与脱离文化是行不通了,必须要返回生活。借鉴了庞德的翻译和创作方法,他在他的译作《模仿》(*Imitations*)序言中谈到:"这本书只是半自足,与原文相脱节,应该将该译作当做系列来阅读(should be read as a sequence),一种声音通过许多人物的对比和重复来阅读",他自称这种翻译方法从庞德那里学来。下面我们对比一下罗威尔译诗的片段:

德文原文:
> mein tag war heiter, glucklich meine nacht
> mir jauchzte stets mein volk, wenn ich die leier
> der dicktkunst schlug. Mein lied war lust and Feuer,
> hat manche schone gluten angefacht

英文直译:
> My day was merry, happy was my night.
> The people cheered me on I smote
> The lyre of poetry. My song was joy and fire,
> It kindled many a lovely blaze.

罗威尔的译文:
> My zenith was luckily happier than my night:
> whenever I touched the lyre of inspiration, I smote
> the chosen people. Often — all sex and thunder —
> I pierced those overblown and summer clouds.

当代美国诗人罗森堡(Jerome Rothenberg,1931—)称自己来自庞德的诗学传统。首先,庞德借鉴欧洲各国文化以及中世纪文

第九章 庞德与英美诗坛

学还有东方文化来创作他的诗歌,罗森堡吸取了庞德日日新的精神,他 1974 年编的一本诗集《词的革命,美国先锋派诗歌 1914—1945 新选集》(*Revolution of the Word, A New Gathering of American Avant Garde Poetry, 1914-1945*)①中引庞德《诗章》第 53 章一段诗作为题词:"Tching prayed on the mountain and/ wrote MAKE IT NEW/ on his bath tub/ DAY by day make it new/ cut underbrush/ pile the logs/keep it growing."他不但从英语文学传统,而且从世界各国文学以及土著民族文学中吸取养分来丰富他的创作。在罗森堡看来庞德树立了诗人译诗的好的榜样,海丽娜·阿吉(Hélène Aji)在其文章《杰罗姆·罗森堡阅读埃兹拉·庞德》(Jerome Rothenberg Reading Ezra Pound)中论述了这点。② 罗森堡在翻译中提出"全象翻译"(total translation),该思想在 1969 年的一篇题为《全象翻译:在呈现美国印第安诗歌时的一种试验》(Total Translation: An Experiment in the Translation of American Indian Poetry)的论文中首先推出。罗森堡认为要想逐字逐句翻译印第安的歌谣尤其是"马歌"是不可能的。但如果翻译中把印第安口头诗歌中的"声音吟唱"(看似无意义,但很有音乐效果)丢掉,那就损失了原始诗歌中最富有表现力的成分。即便是这些看似无意义的吟诵,其中也蕴藏着勃勃生机。因此在翻译中要尽可能地调动译语的一切因素如拟声、造词等在诗歌形式上达到翻译效果的最大对等。从庞德《诗章》中发现的"并置"和"拼贴"的方法,罗森堡借用于编书之中。他说:"我感到一本书的感觉就像一位译者,通过拼贴方法编成一篇大文章。我自己的声音有时像一位译

---

① Jerome Rothenberg, *Revolution of the Word, A New Gathering of American Avant Garde Poetry, 1914-1945*, New York: The Seabury Press, 1974.
② Hélène Aji, "Jerome Rothenberg Reading Ezra Pound", see Dennis, Helen M., ed., *Ezra Pound and Poetic Influence*, Amsterdam-Atlanta, GA: 2000, pp. 155-163.

者，有时像评论者，但仍然服从其它的声音，不管是从那里来或者从这里来。"① 罗森堡在 1973 年接受威廉·斯潘诺斯（William Spanos）教授采访时说到自己的诗歌脱离象征主义的诗路，自己倾向直呈冲突（direct presentation of conflicting impulses）②，这其实直接借鉴了庞德名言"直接呈现'事物'，主观或是客观的"。罗森堡在他自传里说："在 1948 年我 17 岁时，我已经写诗有两年了。我头脑里装的是斯坦因和卡明斯的诗，后来是威廉斯、庞德和法国超现实主义诗人、达达诗人。"③

在 20 世纪 50 年代罗森堡提出了"深沉意象"的诗歌理论，这对罗伯特·克理力（Robert Creeley，1926—2005）和罗伯特·布莱（Robert Bly，1926—）的诗歌创作都颇有影响。庞德在 20 世纪初发动"意象主义"诗歌运动时提出"意象"是"那在一瞬间呈现理智和情感的复合物的东西"。罗森堡将庞德的思想发扬光大，"深沉意象"并不仅仅是一种"瞬间呈现"，或"直接处理无论主观的或客观的'事物'"，而是把诗歌的视觉性与心理上的深沉共鸣结合起来。他在 1960 年 11 月 28 日给诗人朋友罗伯特·克理力的信中有较为详细的论述，"简而言之，我将'深沉意象'与作为幻象的工具的感知联系起来，也就是说，一种幻象的意识通过感官展开，把握现象世界不仅为其外在形式（尽管这也是必要的），而且从对那

---

① Jerome Rothenberg, *Pre-Faces & Other Writings*, New York: New Directions, 1981, p. 143.
② "A Dialogue with William Spanos," *Boundary* 2, 3 (Spring 1975), 539. 转引自：Marjorie Perloff, *The Poetics of Indeterminacy: Rimbaud to Cage*, New Jersey, Princeton: Princeton University Press, 1981, p. 37.
③ Jerome Rothenberg, *Revolution of the Word, A New Gathering of American Avant Garde Poetry, 1914–1945*, New York: The Seabury Press, 1974, p. xi. 又：2001 年笔者在美国加州大学圣迭雅戈分校访学，耳闻目睹罗森堡诗歌朗诵，后与叶维廉先生一起去诗人家里聚会。2002 年笔者邀请他与叶维廉来我校讲学与诗朗诵，他向笔者提及庞德给他以及他那一代诗人如加里·斯耐达等指明了前进方向。

个世界的深刻理解中获得一种更精确、更痛苦的现实观,而不是仅通过理性来把握。"他将这些观点进一步总结如下几条:

> 诗是感知向幻象运动的记录。
> 诗歌形式是这种运动通过空间和时间的模式。
> 深沉意象是出现在诗歌里的幻象内容。
> 运动的载体是想象。
> 运动的条件是自由。①

这里我们不妨将庞德的一首著名的意象诗《地铁车站》与罗森堡的名诗《东京筑地鱼市场》稍做比较。庞德在诗中呈现他在巴黎地铁所看到的情景,诗中运用了意象叠加的技巧,他将地铁站中妇女与孩子的美丽面容与桃花树枝上湿漉漉的花瓣相对照。罗森堡在《东京筑地鱼市场》中先是描写诗人在东京筑地鱼市场所看到的情景,然后在日本小说家小田实的陪同下看到了神户大地震后不久的情景。诗中大量描写遍地残垣的意象令人联想起鸭长明在他13世纪的经典作品《方丈记》中记载的1185年京都大地震的记忆。

---

① Jerome Rothenberg, *Pre-Faces & Other Writings*, New York: New Directions, 1981, p.59.

庞德研究

第十章

庞德与中国[①]

庞德与中国的关系已成为中美文学交往的一段佳话,他译介中国诗歌与儒家经典,其作品借鉴中国文字与文化。作为20世纪最有影响力的美国诗人,他对中国的兴趣激发了西方对中国的兴趣,可以讲,美国现代诗对中国的借鉴主要滥觞于庞德,因此特威切尔评论说:"在庞德之前,尚没有名家所翻译的中国文学作品流行于英语的国家"。[②] 此话是颇有几分道理的。在众多的庞德研究成果里,有不少研究庞德与中国关系的学术论著也是情理之中。对于中国的儒学与经典乃至历史文化背景,西方研究庞德的学者大多只能望洋兴叹,故中国学者在此领域驰骋的空间较大。本章主要从学术史的角度梳理中国学者研究庞德的状况。

胡适于1917年1月在《新青年》上发表《文学改良刍议》,提出了"八条主张",后来又进一步将之改为中国现代文学史上著名的"八不主义",这些主张非常类似于庞德1913年3月发表于《诗刊》上的《意象主义者的几个"不"》以及罗威尔在1915年发表的《〈几个意象派诗人〉前言》中的观点。若是二者的影响论能够成

---

① 本章由笔者与笔者的博士后李春长合作完成。
② 杰夫·特威切尔:《庞德的〈华夏集〉和意象派诗》,张子清译,《外国文学评论》1992(1)。

立的话,① 这应该是国内研究意象派比较早的个案。胡适是我国新诗运动的先驱者之一,他所创作的《尝试集》是中国第一部新诗集。他留美时期的 1910—1917 年正是以庞德为首的英美意象派蓬勃开展之时。胡适的诗论和诗歌创作都显然受了美国意象派的影响。他的《留学日记》抄录了美国爱米·罗威尔的《意象派宣言》②,《尝试集》第二编中《关不住了》一诗就是他翻译的一首美国意象派诗歌。他在诗的写作上提出了与"抽象的写法"相对立的"具体的写法",并创作一种"鲜明扑人的影像"。他说:"凡是好诗,都能使我们脑子里发生一种——或许多种——明显逼人的影像。这便是诗的具体性。"这里所说的"影像"也就是"意象"。这些观点与庞德的意象派的理论精神是一致的。梁实秋、闻一多等在 20 世纪 20 年代曾对意象派做过研究,二者都认为,"影像主义的宣言","几乎条条都与我们中国倡导白话文的主旨吻合"。③ 1970 年,梁实秋在《沉默的庞德》中回忆说,他与闻一多在 1924 年曾研读过美国意象派的作品,对庞德的诗"特别激赏,认为是其中的翘楚"。④ "1925 年之前留学美国的诗人,胡适、陈衡哲、徐志摩、罗家伦、汪敬熙、黄仲苏、闻一多、许地山、梁实秋、冰心、林徽因、刘延芳、甘乃光、朱湘、饶孟侃、陆志伟、孙大雨、方令孺等,都接触过意象派诗歌"。⑤ 但综观整个 20 年代,意象派和庞德的译介

---

① 胡适对意象派的影响先是三缄其口,后又矢口否认。研究胡适的批评家也因此分成两派,参见文雁,莫海斌:《胡适与美国意象派:被叙述出来的影响》,《暨南大学学报》2004(2);段怀清:《胡适改良文学主张中三个尚待澄清的问题》,《浙江大学学报》2007(3);陈希:《胡适与意象派》,《鄂州大学学报》1998(1)。
② 《藏晖室札记》卷 15,1916 年 12 月 26 日,《胡适留学日记》1071 页。
③ 梁实秋:《浪漫的与古典文学的纪律》,北京:人民文学出版社,1988 年。第 8 页。
④ 梁实秋:《梁实秋读书札记》,北京:当代世界出版社,2007 年。第 23 页。
⑤ 王光明:《自由诗与中国新诗》,《中国社科科学》2004(4)。

或研究文章见诸刊物的寥寥无几。

1923年傅东华、金兆梓翻译的《诗之研究》(Bliss Perry著)和1928年郁达夫的《诗论》都有专门篇幅讨论意象主义,但均未提及庞德。因此,刘延陵1922年2月发表于《诗》上的《美国的新诗运动》就显得特别重要。刘延陵在他的文章中略述了从惠特曼到1913年之后的意象派这一段美国新诗运动史。他认为"幻象派诗人(即意象派)是助成美国诗界新潮的一个大浪……Ezra Pound首先把这些革命家聚成一群;他于1914年印了一本《幻象派诗选》……"。接下来,刘列举了意象派六个信条,并总结了新诗特点:日常用语入诗与题材自由化。① 简单的片言只语道出了庞德的作用:20世纪初美国新诗领袖。就笔者掌握的有限资料来看,这应该是庞德被首次作为新诗运动中的重要人物介绍到中国。

30年代,国内以《现代》杂志为阵地对意象派及庞德进行了翻译、介绍和研究,但庞德诗歌的译文直到1934年10月《现代·现代美国文学专号》出版时才出现。在本期中,施蛰存翻译了庞德的《默想》、《一个少女》和《黑拖鞋·裴洛谛小景》。与翻译相比,这一时期对庞德的介绍更多更详细,比较重要的包括徐迟的《意象派的七个诗人》(1934年4月)和《哀兹拉·邦德及其同人》以及邵洵美的《现代美国诗坛概观》(1934年10月)。② 《意象派的七个诗人》在中国的意象派研究及庞德研究史上具有划时代的意义,使国人对庞德有了一个全面的了解和认识。首先,它一扫过去介绍意象派以罗威尔为中心的做法(如闻一多、刘延陵、郁达夫等),第一次把庞德放在了首位。其次,文章界定了意象派的核心概念"意象":意象是"坚硬、鲜明、Concrete、本质的而不是Abstract

---

① 刘延陵:《美国的新诗运动》,见:《刘延陵诗文集》,葛乃福编,上海:复旦大学出版社,2002年。第241页。
② 1933年2月,《现代》曾刊发高明译的(日本)阿部知二著的《英美新兴诗派》,对意象派及一些意象派诗人作了非常简短的介绍,对庞德也是一笔带过。

那样抽象的。是像……"。第三,该文对庞德的个人经历及诗歌创作做了简单的介绍,同时还指出,庞德虽然后来退出意象派,但他的功绩不能抹杀。第四,该文点出了庞德与中国古典诗歌的关系,说庞德翻译了"好些中国诗",其所译的李白的《长干行》深受外国人喜爱。最后,文章简要探讨了庞德的诗歌创作和诗学。比如,文章以《再指导些》(Further Instruction)和《舞蹈之姿》(Dance Figure)说明庞德的诗作既有诙谐,也具有严肃性,"富有音乐和色彩"。作为庞德研究的开山之作,其意义显而易见,但其缺陷也同样有目共睹:该文把庞德放在意象派诗人之首来介绍,更多的是因为庞德首先编辑诗集《意象派诗人》,而非其作为诗人的重要性,因此,该文追随当时国外批评界的看法,认为庞德如果不那么"伶俐"和"怪僻",应该会成为一位"出色的诗人"。另外,文章对意象的解释仅强调意象感觉性,而没有指出其智力内容,不能不说是一个重大缺憾。最后,徐迟把意象派诗人的任务仅说成是"内容的解放"则是一种倒退。徐迟之前的研究者(如刘延陵)其实早就指出,意象派诗人从形式到内容解放了诗歌。《哀兹拉·邦德及其同人》在某些方面弥补了上文的缺陷。该文全面介绍了庞德的相貌、才华、编辑生涯、圈内交往(包括提携如乔伊斯、艾略特等后进)、一战及其他诗人对他的影响以及庞德诗在英国由"危险"、"新颖"到成为时尚得到公认的过程等。徐迟在本文中一改前文中的漠然口吻,大加赞赏庞德,称其为集各种艺术于一身的"艺术大师",而诗人只是他的"成功之一"。作为意象派集团的"主人"和"保姆",庞德对文化的贡献要伟大而重要得多。文章指出,庞德曾写了一些歌剧,还翻译了中国诗歌和日本戏剧。的确,庞德的才华不局限于诗歌,他在编辑、翻译、音乐、歌剧、文论等领域都取得了相当大的成就,他所受的影响也不局限于一时一地一人,而是来自于包括中国、日本、希腊、法国在内的多个地方、多位作家,这也是促其成为"大师"的原因之一。因此,该文的触角由庞德自身伸向了庞德的外围,从而使庞德的形象更为丰满。

邵洵美的《现代美国诗坛概观》提出了一种到现在看来仍然值得深思的观点:美国现代诗歌(包括意象诗)与以前惠特曼的诗一样,都是一种"自然现象",而非破坏传统的结果。在此之前,美国诗对英国诗的模仿、对欧洲大陆诗的翻译、美国本土的自然环境等因素都为现代诗的诞生作了铺垫。邵洵美认为,庞德的创作不受国界的限制,体现了"文学上的国际主义(literary internationalism)",他的"字汇、态度、题材、形式、音调"只是可以变换的工具,其真正要表达的则是"千古不易"的"情感的性质"——诗的"唯一要素"。邵文的贡献在于,全面提到了意象派的思想来源和美国的本土性,注意到了庞德创作中的非个人化倾向,但遗憾的是,邵文虽然把庞德视为意象派中两个最为活跃的人物之一(另一个是罗威尔),但对他的着墨并不多,更谈不上具体论证了。

谈到三四十年代之交的庞德研究还应该提一提钱锺书先生。钱先生在1939—1941年间写就《谈艺录》。在论述诗之"神韵"时,他说:

> 文字有声,诗得之为调为律;文字有义,诗得之以伴色揣称者,为象为藻,以写心宣志者,为意为情。及夫调有弦外之遗音,语有言表之余味,则神韵盎然出焉。《文心雕龙·情采》篇云:"立文之道三:曰形文,曰声文,曰情文"。按 Ezra Pound 论诗文三类,曰 Phanopoeia,曰 Melopoeia,曰 Logopoeia,与此词意全同。参见 *How to Read*, pp. 25 – 28; *ABC of Reading*, p. 49。惟谓中国文字多象形会意,故中国诗文最工于刻划物象,则稚骏之见矣。①

---

① 钱锺书:《谈艺录》,北京:中华书局。1984年。第42页。

第十章　庞德与中国

上段中提及参考书目《如何阅读》和《阅读入门》说明钱先生曾研读过庞德的理论著作。钱把中文诗歌追求的形、声、情与庞德的形象诗、音乐诗、意义诗对等起来,虽然仅是行文中偶附的片言只语,但也开了中文诗学与庞德诗学相比较的先河,这在前人的绍介中是找不到的。① 另外,钱在此按语末尾说"惟谓中国文字多象形会意,故中国诗文最工于刻划物象,则稚骏之见矣",实际上是在批评庞德,因为后者在上述两部著述中都认为,中文由于自己文字的特殊性,能够最大程度地实现形象诗。② 这应该是中国庞德研究中对庞德的汉语言观提出质疑的最早案例。

40年代可能因为抗日战争和内战,较少有人评论意象派和庞德。《诗创作》在1942年第15期刊载了宗玮译自詹姆逊女士的《二十世纪英美诗人论》,其中有关于意象派和庞德的些许论述。文章指出,意象派诗与维多利亚诗相反,"要求高度的准确和明朗",表达出"看得到、听得着、摸得到的东西的印象"(故宗把imagism译为印象主义者),突出了庞德诗歌的复杂性与贵族化倾向,这是胡适的白话文运动(作诗如作文)以来研究者所没有注意到的。诗歌采用日常口语似乎使得诗歌更易理解,但在庞德后来诗歌中的口语却更晦涩,只有少数精英才能理解。文章在对英美诗人分类时,把庞德排除在意象派的代表人物之外做介绍,只是在注释中说庞德"宣传"意象主义诗学,这似乎正印证了国内一直以来对意象派研究的成果:罗威尔等人才是意象派的主力军,庞德只是小卒。这不能不说是一个缺陷。

从以前的梳理可以看出,解放前中国的庞德研究都注意到庞德在英美现代主义诗歌史上具有一定的地位,他与意象派、与中国和日本等其它文化之间有着不可分割的联系。这为后来的庞德研

---

① 当然,把中国古诗的"情"等同于庞德的"Phanopoeia"还有待商讨。
② Ezra Poud, *ABC of Reading*, New Haven: Yale University Press, 1934, p. 29.

究指出了一些方向。这些著述具有几个特点：一、介绍性片段居多，并非真正意义上的研究。二、功利性。从胡适的文学主张到刘延陵挖掘中国新诗来源再到施蛰存的意象抒情诗等，关于意象派与庞德的论述主要用于促进中国新诗的创作和发展，很少是纯文学研究，这就使得介绍者只专注庞德的意象或反叛，而不能全面地审视庞德。虽然徐迟称庞德为"艺术大师"，但其研究并没有深入展开，而且后继乏人。三、庞德在意象派中的地位没有得到充分认识。从以上介绍可以看出，国内学人在译介意象派时，总是把罗威尔置于至高点，由罗威尔再及庞德，从而边缘化了庞德。这与历史显然不符，或许这和留美的中国现代诗人与罗威尔有更多的接触有关。四、庞德的创作汉译非常之少。据统计，从1925年到1937年间，庞德只有6首诗被翻译到国内。① 他大量的文学论文则无人翻译。即使是这6首译诗也非庞德的代表作，这也抑制了国内对庞德的进一步探讨。因此，建国前的庞德研究只是让国人初识了庞德这位诗人，给人的印象并不深刻。介绍庞德较多的徐迟在1980年的一段话应该可以总结解放前蜻蜓点水式的庞德绍介在国内产生的效果：

> 1934年的春天，我又在《现代》上发表文章，介绍了现代派诗歌中一个小流派叫做"意象派"的七个诗人。现在我记得其中四个：艾兹拉·庞德、阿尔丁顿和女诗人阿梅·罗惠尔，H.D.等。其中三个不记得了。这个意象派主张描绘鲜明、坚实的形象，从这样的形象中便可以塑造出"意象"或"神象"来。这种理论最后落进神秘主义中去了，它的诗歌晦涩难懂。我虽写过文章介绍过它，可是现今已不明白这个小流

---

① 耿纪永：《〈现代〉、翻译与现代性》，《同济大学学报》2009(2)，第77页。

派是怎么一回事。①
・・・・・・・

因此,庞德具体的创作理论和实践以及翻译只能由后来人挖掘了。

从建国到改革开放近 30 年间,由于受国际国内的政治形势影响,国内的欧美现代派文学研究成果比以前不仅骤然减少,而且都打上了深深的时代政治烙印。关于庞德的译文或论述也不可避免地具有这些特征。有些成果撇开其明显的政治标签,还是具有一定价值的。其中,比较值得称道的是 1962 年出版的《现代美英资产阶级文艺理论文选》中选译了庞德的《严肃的艺术家》(罗式刚、麦任曾译,作家出版社)一文。这应该是大陆翻译的第一篇庞德理论的文章。这篇 1913 年发表在《利己主义者》上的文章表达的艺术观念贯穿着庞德一生的创作:艺术与化学等一样是科学;艺术家就是科学家,要超然物外,利用抽象的原理研究人性与个性;衡量艺术的标准是精确性。与本篇译文相呼应的是袁可嘉先生发表在《文学评论》上的《"新批评派"述评》(1962 年第 2 期)。这篇论文评述了庞德的意象主义理论来源和主要观点,可以作为《严肃的艺术家》的注脚。庞德提出的意象派理论源于法国的象征主义,注重暗示,反对诗歌直接抒发情感,主张诗歌应为"人类情绪的方程式",强调"意象"、"语言"和"形式"是"'新批评派'形式主义的开端"。该文还探讨了前人没有注意到的作家的社会责任问题,认为庞德等新批评派"抹杀了作家的社会义务"。袁先生的另一篇论文《略论美英"现代派"诗歌》(《文学评论》,1963 年第 3 期)则较为深入地分别探讨了庞德的理论背景和诗歌创作。难能

---

① 徐迟:《文艺和现代化》,成都:四川人民出版社,1981 年。第 199 页。着重号为笔者所加。

可贵的是,袁指出了意象派诗的缺陷:"体制太小,局限太大,诗人很难对生活中的重大课题发言。"庞德后来摆脱了这些限制,创作了自传体组诗《休·赛尔温·莫伯利》(原文为《休·赛尔温·毛伯莱》,以下简称《莫伯利》)和长诗《诗章》,"大大扩展了意象和联想的运用范围",涉及了社会的种种问题,后者还涉及古罗马希腊文化、当代历史事件和中国古代文化。该文还详细论证了《莫伯利》和《诗章》的片断,虽然带有浓郁的政治色彩,但也有不少合理成分。本文应该是国内第一篇分析庞德的代表作品《莫伯利》和长诗《诗章》的文章,为以后庞德的作品研究指明了重点。

钱锺书先生在1945年曾说庞德"大胆地把翻译和创作融贯,根据中国诗的蓝本来写自己的篇什,例如他的《契丹集》"。① 这是国内对庞德翻译的中国诗的最早评价。从"大胆地把翻译和创作融贯"可以看出钱锺书对庞德创造性翻译的赞赏。1962年,钱先生在论文学修辞手法通感时再次谈到了庞德的翻译。庞德看见日文(实为中文)的"闻香",望文生义,译为"听香"(listening to incense),受到学者指责,但钱认为这是一个"好运气的错误",因为香气与声音的通感在中西都有很长的传统。② 庞德的翻译虽然错了,但从文学史的角度来讲又是正确的。庞德歪打正着,有传统的作用,更多似乎是天意。在庞德的汉诗英译问题上,钱的观点与后来叶维廉的观点基本一致。③

在十年浩劫里,国内的外国文学研究基本陷入停滞,庞德研究也出现了空白。十一届三中全会后,国人思想获得空前解放,外国

---

① 钱锺书:《写在人生边上的边上》,北京:生活·读书·新知三联书店,2005年。第161页。《契丹集》即本文中所说的《华夏集》。
② 钱锺书:《通感》,《文学评论》1962(1)。
③ 参见 Wai-lim Yip, *Ezra Pound's Cathay*, Princeton: Princeton University Press, 1969.

第十章 庞德与中国

文学研究特别是西方现代派文学研究迎来了又一个春天。从1979年到1989年,西方现代派文学的翻译和研究文章铺天盖地,把整个80年代说成西方现代派研究时代丝毫不显得夸张。钱先生在改革开放之后的中美首次比较文学学者双边讨论会上致开幕词时说到庞德:"假如我们把艾略特的说话当真,那么中美文学之间有不同一般的亲切关系。艾略特差不多发给庞德一张专利证,说他'为我们的时代发明了中国诗歌'。"① 钱先生一提到庞德带点调侃的意味:"庞德对中国语文的一知半解、无知妄解、煞费苦心的误解增强了莫妮克博士探讨中国文化的兴趣和决心。……庞德的汉语知识常被人当作笑话,而莫妮克博士能成为杰出的汉学家;我们饮水思源,也许还该把这件事最后归功于庞德。可惜她中文学得那么好,偏来翻译和研究我的作品;也许有人顺藤摸瓜,要把这件事最后归罪于庞德了。"② 这是钱先生为他的《围城》德译本所作的前言,文中提到的莫妮克是位汉学家,她研究过庞德与中国的关系,后来翻译《围城》和研究钱锺书。

作为现代派的代表人物之一,关于庞德的译作和研究也层出不穷。诗作翻译、论文翻译、学术研究都出现了。据不完全统计,申奥、裘小龙、赵毅衡等人在这十年间共翻译庞德诗50多首,其中包括庞德的代表作品《在地铁站》、《莫伯利》和《诗章》的片段,③还有多首诗被重复翻译。庞德的文学论文的译文也开始出现在教科书里。老安与张子清翻译了《回顾》,发表在1981年第4期的

---

① 钱锺书:《写在人生边上的边上》,北京:生活·读书·新知三联书店,2001年。第158页。
② 同上。第171页。
③ 参见陈德鸿:《二十世纪英美现代派诗作中译本经眼录》,《翻译学研究集刊》2002(7),第187—196页。重复翻译不计算在内。赵毅衡翻译了《诗章》第45、49和120章。他与杜运燮各自翻译了《莫伯利》的前五部分。参见赵毅衡:《美国现代诗选(上)》,北京:外国文学出版社,1985年;未凡、未珉编:《外国现代派诗集》,北京:中国文联出版公司,1989年。

《诗探索》上。① 伍蠡甫先生主编的《现代西方文论选》(1983)收录了60年代翻译的《严肃的艺术家》。琼斯(Peter Jones)的《意象派诗选》(裘小龙译,1986)收录有庞德的两篇论文《意象主义》、《意象主义者的几个"不"》、一篇庞德致《诗刊》主编门罗的信以及罗威尔的两篇《意象主义诗人》序言。翻译的增加给国内学者研究庞德提供了极大方便,同时也澄清了国内对庞德及意象派的一些误解。比如,《回顾》、《意象派诗选》中的论文和《原编者导论》至少在三方面对庞德研究有较大的促进作用:一、提出是庞德创立了意象派,为其命名,并提出意象派的原则,而国内以前一直奉为意象派领导的罗威尔只是后来者,其信条也是从庞德的指导原则演化而来。二、意象是瞬间情感与智力的复合体,因此,意象具有感性和理性双重性,而非单一的感性。三、自由诗并不是在任何时候都可以写,也不是随便就可以写成,而是要在"必须"的时候才可以写,要经过一定的训练,遵守一定的规则。有的翻译还附有相对比较详细的庞德传记和导读,② 学者可以据此发现新的研究点。比如,《美国现代六诗人选集》对庞德的创作与中国文化的关系做了简单的梳理,并在国内首次提到庞德的经济主张及其来源。

就期刊而言,据不完全统计,这十年来专门研究庞德的文章共有15篇,③ 把庞德作为某个派别(如意象派、现代派、与中国的关系等)加以附带论述的总共有近百篇。就学术著作来看,这一时

---

① 伍蠡甫主编的《西方古今文论选》(复旦大学出版社,1984)节译了庞德的《回顾》。由黄晋凯等人编译的《象征主义·意象派》(中国人民大学出版社,1987)也翻译了本篇论文以及《关于意象主义》等。袁可嘉编选的《现代主义文学研究(上)》(中国社会科学出版社,1989)也收录了该文(裘小龙译)。
② 参见庞德等:《美国现代六诗人选集》,申奥译,长沙:湖南人民出版社,1985年;琼斯:《意象派诗选》,裘小龙译,桂林:漓江出版社,1986年;伍蠡甫:《西方古今文论选》,上海:复旦大学出版社,1984年。
③ 主要统计来源为中国知网期刊数据库和诗刊《星星》。这里的"专门研究"是指大部分篇幅以庞德本人的经历、创作或理论作为研究对象。

第十章　庞德与中国

期还没有庞德研究专著问世,只在大量关于西方现代派和意象派著述中可以见到对庞德的论述。

提起庞德必然会提及他的意象派诗学,这在以前的绍介和《意象派诗选》的多篇译文中已有淋漓尽致的描述,目前的问题是如何深入研究和评价这种诗学。从上文可知,刘延陵仅仅提到意象派诗学受到象征主义的启发,未及展开;袁可嘉则提出了意象派诗学继承了象征主义反对直抒胸臆,重视暗示的观点。这时期的钱锺书先生更进一步,指出了庞德对象征主义的扬弃:庞德力求用字准确,不仅是为了反对浪漫主义的滥情,也是为了避免象征主义滥用通感,搅乱不同感觉的做法。① 追随袁可嘉的脚步,这时期的郑敏等学者比较全面地指出了庞德意象主义诗学的功过是非。庞德诗学追求主客观统一的意象,用硬朗精确的形象约束情感,这种意象不仅有强烈的情感,还有理性,是情感与理性的统一体,从而抵制了浪漫主义的泛滥感情,为后来的现代派诗歌创造出意象叠加等表达方式,这是其功劳所在。其问题在于容易束缚诗人的创造力,使诗缺少丰富的社会内容,缺乏"宏大的气魄和丰富的思想感情",走向了唯美主义。②

庞德与中国古代文化特别是中国古典诗歌的关系,从改革开放以来就是国内学者津津乐道的话题。众所周知,庞德从早年改译翟理斯《中国文学史》中一些诗歌译文开始到《华夏集》再到整部《诗章》的创作,与中国文化一直有着千丝万缕的联系。以前的学者也注意到这个问题,但没有给予关注。改革开放以来的中国庞德研究大部分集中在这个领域。但在研究之前要回答的问题就

---

① 钱锺书:《通感》,见《七缀集》,北京:生活·读书·新知三联书店,2004年。第72页。《通感》发表于1962年,后收入《旧文四篇》(上海古籍出版社,1979),经过修订后,收入《七缀集》,由上海古籍出版社在1985年出版。关于庞德的评论就是在此版中增补的。

② 郑敏:《意象派诗的创新、局限及对现代派诗的影响》,《文艺研究》1980(6)。

是，庞德在自己的一生中是如何学习中国文化的，他又在哪些理论或创作中运用到了中国文化？常沛文先生对这个问题进行了详细的梳理：庞德曾研读在日本学习中文诗的费诺罗萨的手稿，从而获得了有关中国文字和古典诗歌的知识，从中整理出含有14首中国诗的《华夏集》和《作为诗歌媒介的汉字》；随后，庞德开始系统学习中国文化，借助多种字典学习中文，阅读《四书》，出版英译《大学》，发表《西方急需孔子》，提倡孔孟思想，在《诗章》的第13章和《比萨诗章》引用孔子思想，又根据冯秉正的《中国历史概论》写就了《诗章》的第52章到第61章，后来又翻译了《诗经》；庞德学习中国文化的目的在于给病入膏肓的西方开出药方。① 常文为学者们研究庞德与中国文化的关系提供了一幅非常详细的轮廓图。

艾略特曾说，庞德是"中国诗歌的发明者"。庞德之所以发明中国诗歌，肯定是中国诗歌吸引了他的目光。中国诗歌为什么会吸引庞德，又对庞德造成了哪些影响？在大陆学者中较关注此类问题并进行较深入探讨的应该是赵毅衡。② 他在这一时期先后发表三篇文章和一部论著《诗神远游——中国古典诗歌对美国新诗运动的影响》论述庞德等美国诗人对中国诗歌的借鉴。这一时期探讨该问题的还有丰华瞻、袁若娟、王军等人。最初的庞德对汉字一窍不通，仅借助费诺罗萨的注释和自己的想象力去解读单个的汉字。一些象形字和中国古典诗歌中丰富的意象与庞德的意象概念不谋而合；中国古典诗语句之间的貌似"脱节"现象也应合了庞德的"直接处理事物"的主张；上述两点的结合又造就了庞德所谓的"意象叠加"。这种诗歌类型一反维多利亚时期抽象和说教的

---

① 参见《艾兹拉·庞德传播中国文化的使者》，《外国文学》1986(5)。原文把《作为诗歌媒介的汉字》译为《中国文字和英文诗歌的写作手法》，把《诗章》译为《长诗》。
② 赵毅衡在1979年《外国文学研究》第4期上发表《意象派与中国古典诗歌》一文，着重研究庞德的意象主张与中国古典诗学的契合。

第十章 庞德与中国

诗歌,具有精确和硬朗的特点。庞德后来努力学习中国文化,一方面坚定了这种观念,翻译许多中国古典诗,并将许多汉字用到《诗章》中去,另一方面他发现中国的孔孟之道有利于解决西方文化的弊病,因此,《诗章》引用了多种儒学经典。当然,日本的俳句也符合庞德的诗学要求,但它的影响远小于中国诗的影响。① 庞德虽然反对传统诗歌,但他对中国诗的关注继承了浪漫主义的异国情调。②

庞德在中国诗中发现了意象诗,从而促进了国内对于中国古典意象论的研究。③ 庞德的意象是否等同于中国古典诗论中的意象呢? 有人认为,"在理论上,中国古典诗论中的意境说和意象派的意象说,虽然语言的表达各不相同,却有着最基本的相同之处":重直觉、重主客观统一;在诗歌创作上,手法也基本类似,但由于所处的国度与时代不同,两者所表现的内容大相径庭。④ 也有人认为,中国古典诗论中的意象与庞德的意象在内涵上有所不同。前者的意象是"主观的情意和客观外在的物象的统一、结合",适用于诗、乐、书画等文艺领域,而庞德的意象则是纯主观的,"不是客观物象与主观情意的结合,而是属于主观世界范畴的理性和属于主观世界范畴的感情(情绪)的集合、复合或结合",只适用于诗歌领域。⑤ 适用范围不同显而易见,但认为中国意象属

---

① 赵毅衡:《关于中国古典诗对美国新诗运动影响的几点刍议》,《文艺理论研究》1983(4),第20页。
② 参见丰华瞻:《意象派与中国诗》,《社会科学战线》1983(3);《庞德与中国诗》,《外国语》1983(5)。
③ 参见敏泽:《中国古典意象论》,《文艺研究》1983(3);曾俊伟:《"意象"说源流》,《中南民族学院学报》1984(2);流沙河:《十二象·意象》,《星星》1984(9);李心峰:《"意象"探微》,《广西师范大学学报》1985(2)。
④ 袁若娟:《意象派诗歌与中国古典诗词》,《河南师范大学学报》1984(2),第79—83页。
⑤ 肖君和:《论中国古典意象论与西方"意象派"的区别》,《贵州社会科学》1987(10),第28—32页。

于主客观统一、庞德意象属于纯主观的看法似乎经不起仔细推敲：在诗的世界里，任何事物都经过了诗人眼睛的扫描，都不再是纯客观的了。庞德自己曾说，诗中的意象有两种，一种主观，一种客观；但这种客观意象也只能"貌似外部事物的本来面目"。①

庞德的汉诗英译也是中国学者一直以来热烈讨论的话题。这一时期大部分学者都称赞庞德学习并传播中国文化，认为他这种为我所用的精神难能可贵，对庞德的误译表示理解。郭为是其中的典型代表之一。郭认为，庞德的英译作为诗歌本身非常精彩，其优美无可置疑，但作为翻译就"错误百出"。庞德的"误译、误解或随意"是所有"汉诗翻译家的苦衷"，应该得到理解。② 也有一些学者认为，庞德的翻译是精彩的意象诗，然而，他对汉语的一知半解致使他的英译常常失真，与原作有不少差距。丰华瞻在《庞德与中国诗》中认为，庞德不了解汉语，又受到才力的限制，他的英译"未能达到我国古典诗名篇的水平"。诗人余光中则"非常不赞成"庞德的"意译"，认为庞德的翻译是"改写"、"重组"或"剽窃的创造"，是"假李白之名，抒庞德之情"。③ 赵毅衡在自己的专著中第一次全面考察了《神州集》的翻译。④ 庞德根据费诺罗萨的笔记，按照个人的美学标准（意象主义原则）和时代要求（二战），译出19首。简约的中国古诗促进了庞德在诗学理论和实践上的转变。

---

① William Cookson, ed., *Selected Prose, 1909 – 1965: Ezra Pound*, London: Faber & Faber, 1973, pp. 344 – 345.
② 参见郭为：《埃兹拉·庞德的中国汤》，《读书》1988(10)。
③ 余光中：《翻译和创作》，见《翻译论集》，罗新璋编，北京：商务印书馆，1984年。第743页。余光中最早在《英美现代诗选》(1968)的庞德简介中给出这样的评价，后出现在香港中文大学编《翻译十讲》中。大陆收录较晚，故放在80年代叙述。
④ 赵毅衡：《远游的诗神——中国古典诗歌对美国新诗运动的影响》，成都：四川人民出版社，1985年。

第十章 庞德与中国

就中国文化与庞德的关系方面,庞德除翻译李白等人的诗之外,多次在自己史诗中引用儒学的语言,并翻译了《大学》《中庸》、《论语》等儒家经典。因此,庞德与儒家思想的关系就成了迫切研究的课题。一些研究者认为,庞德旨在通过儒家思想革除西方文化的弊病(参见上文)。另外有一些人则认为,庞德之所以在诗作中大量引用儒学片断与他的诗学理论有着密切关系。在庞德看来,"语言的精确与否决定社会的存亡",而诗歌的目的就是维护语言的"稳定性与有效性",从而维护整个社会的稳定;孔子的"正名"和"诚意"按照庞德的理解,正是要使语言精确化,正好符合了他的诗歌功用理论。① 由此,庞德热爱儒学、借鉴儒学也在情理之中了。

在庞德推进意象主义和漩涡主义过程中,中国古诗和费诺罗萨的汉字观可以算作两支强心剂。费氏反对逻辑,主张采用科学,返回到事物本身及事物之间的联系,象形的汉字正好能够直达事物本身,从而和庞德的"直接处理事物"的主张不谋而合。费氏还认为,汉字的偏旁部首通过并置表现出一个新事物,这也为庞德的意象叠加提供了理论基础。费氏也注意到了汉字的表音性质,提出了翻译中国诗需要注意的问题,但庞德急于建设自己的理论,对这些问题选择了视而不见。②

研究庞德不能不研究其诗作,本时期的诗作研究主要以意象派诗学为理论框架,以《在地铁站》为对象。庞德关于这首诗创作的回忆常常作为分析这首诗的背景,点出诗作中意象的逼真。《在地铁站》不用连接词等多余词汇,采用意象叠加的方法直接处理对象,"不露情感,不涉理念,全凭直觉"。③ 叠加的意象与背景

---

① 蓝峰:《"维护说"析——庞德诗歌理论及其与孔子思想的关系》,《文艺研究》1984(4)。
② 赵毅衡:《远游的诗神——中国古典诗歌对美国新诗运动的影响》,成都:四川人民出版社,1985年。第275—285页。
③ 流沙河:《意象派一例——伊兹拉·庞德〈地铁站内〉》,《星星》1984(10)。

的对比显示出"现代城市悲戚苦痛的生活还存有一丝难得的美。"① 李文俊的《美国现代诗歌 1912—1945》(《外国文学》,1982年第 9 期)一文对庞德的重要诗歌及诗歌集作了非常详细的介绍并给予了一定的评价,对《面具》、《华夏集》、《莫伯利》、《诗章》都有述评,特别是《诗章》。该文是国内研究史上第一篇较为全面地评介《诗章》的文章,这与前人片断式的述评有很大不同。第 1 章到第 99 章都被加以分类论述。这部在时空之间旅行的史诗内容虽然驳杂(涉及政治、军事、经济、宗教、诗学等),却是一部"深奥、有气魄、有才智的重要作品"。值得注意的是,国人译的《现代主义》一书中专有一节从现代主义的角度详细地评论了《莫伯利》。②文化价值崩溃,社会生活和经验变得更为复杂和混乱,艺术也面临同样的问题。心理学和哲学的研究成果使现代作家更加注重自我。"作为现代主义文学取得的最早成就之一"的《莫伯利》具有"包容性"、灵活的语调和艺术信仰,表现了价值崩溃后人的空虚、失落和茫然,探索了"庞德、E. P. 和莫伯利三者之间的微妙关系"。③

1972 年 11 月 1 日,庞德在威尼斯与世长辞,盖棺定论的时刻到来了。庞德的一生是漂泊的一生。他出生于美国,只身到欧洲闯荡,先后到英国、法国和意大利,追求诗歌事业,从意象派到漩涡派,不断探索新的道路。作为现代诗人,他却从久被人遗忘的普罗旺斯、古希腊、拉丁文化和遥远的中国寻找诗歌营养。他年纪轻轻时已小有名气,但总是摆脱不了清贫的困扰,即便如此,他仍然尽其所能帮助后进。作为现代派诗歌的主要旗手之一,他赢得了很多同辈人的尊重,也招来很多同代人的批评。二战时期,他大部分时间醉心于经济学探讨,支持墨索里尼,从而陷入耻辱之中,战后

---

① 周上之:《美的瞬间和意象派的创作方法——庞德代表作〈地铁车站〉赏析》,《淮北煤炭师范学院学报》1986(2)。
② 彼得·福克纳:《现代主义》,付礼军译,北京:昆仑出版社,1988 年。
③ 同上。第 65,78 页。

被控叛国罪,最后客死他乡。其留下的巨著《诗章》在研究者中毁誉参半。庞德身上所体现的这种种矛盾反而使他成为人们饭后的谈资,这正说明他是"美国现代文坛怪杰"。① 他将为自己的艺术贡献感到骄傲,而为自己的错误感到悔恨。② 他最突出的成就应该是他曾经做过"现代派诗歌的爆破手",③ 而他最错误的地方莫过于投靠法西斯。

从整体来看,20世纪80年代我国的庞德研究较为深入地探讨了庞德的诗学、创作、个人评价以及与中国文化的关系等,成就斐然,大大超过了从胡适以来半个多世纪的研究总和。这一时期庞德作为大诗人甚至"大师"④ 的地位已经在研究者们的心中形成,人们对其关注程度远高于罗威尔。庞德与中国文化的关系是这一时期的研究焦点,⑤ 学者在这方面取得的成就也最突出,从影响媒介到概念与思想对比,再到翻译研究,都有纵深研究,基本厘清了庞德与中国文化互动的大致轮廓。当然,这一时期的研究也有其明显的不足:一、仅用意象诗学说明庞德的成就和分析其诗作,忽视了庞德对意象派的超越。二、对于庞德汉诗英译的研究仍待深入。三、除译作外,基本上还没有人对除《在地铁站》之外的庞德的代表作进行深入研究。四、过度强调中国古典诗对庞德意象主义诗学的影响,忽视了庞德个人的能动作用与西方诗歌传统的作用。

---

① 申奥:《美国现代文坛怪杰——庞德》,《外国诗》(2),北京:外国文学出版社,1984年。第178—191页。
② 克劳斯·多尔曼:《遗落在荒原上的恨——美国名诗人庞德追忆》,《世界博览》1989(4)。
③ 郑敏:《庞德——现代派诗歌的爆破手》,《当代文艺思潮》1980(6)。
④ 钱锺书与敏泽都认为庞德是"大师",参见敏泽:《钱锺书先生谈"意象"》,《文学遗产》2000(2)。
⑤ 单就期刊文章的数量来看,从20世纪80年代到现在,这个话题一直都是焦点。

到了 90 年代,中国的庞德研究逐渐深入,探索范围与前一阶段相比没有太大的变化,但程度更深。诗作翻译方面,赵毅衡、钱兆明等新译 6 首短诗。① 黄运特译《比萨诗章》中文版的问世是这一时期翻译中的杰出成果。② 它是国内到目前为止最长最完整的《诗章》片段译文,为人们了解庞德战后矛盾痛苦的内心世界起了巨大的作用。理论文章方面,《作为诗歌媒介的汉字》、《漩涡》、《诗的种类》等被译进国内。③ 这些文章为从源头上理解庞德的汉字观和诗学发展提供了极其重要的帮助。据不完全统计,这一时期专论庞德的文章有 56 篇,④ 涉及翻译、文化、诗学、诗作评论、个人经历等。庞德与中国文化的研究在本阶段虽然占着很大比重,但相比前一阶段已大大减少,取而代之的是多元化局面。这一时期研究庞德的专著有译著《庞德》,⑤ 袁可嘉的《欧美现代派文学概论》、张子清的《二十世纪美国诗歌史》、彭予的《二十世纪美国诗歌》、刘岩的《中国文化对美国文学的影响》则各自辟有专门章节对庞德及其诗歌进行论述。⑥

从庞德不断的转向和大量的文学评论中可以看出,庞德的文学思想实际上不局限于意象派诗学本身。中国庞德诗学研究在这

---

① 参见陈德鸿:《二十世纪英美现代派诗作中译本经眼录》,《翻译学研究集刊》2002(7),第 187—196 页。重复翻译不计算在内。
② 伊兹拉·庞德:《比萨诗章》,黄运特译,桂林:漓江出版社,1998 年。
③ 厄内斯特·费诺罗萨:《作为诗歌手段的中国文字》,赵毅衡译,《诗探索》1994(3);黄运特译的《比萨诗章》收录有《漩涡》、《回顾》、《诗的种类》和《作为诗歌手段的中国文字》的译文。
④ 此处仍然以中国知网数据库为主要依据,参考黄运特译的《比萨诗章》等著作。本统计包括译自国外的论文,简单的出版信息等不计算在内。
⑤ J. 兰德:《庞德》,潘炳信译,北京:中国社会科学出版社,1992 年。
⑥ 袁可嘉:《欧美现代派文学概论》,上海:上海文艺出版社,1993 年;张子清:《二十世纪美国诗歌史》,长春:吉林教育出版社,1995 年;彭予:《二十世纪美国诗歌》,开封:河南大学出版社,1995 年;刘岩:《中国文化对美国文学的影响》,石家庄:河北人民出版社,1999 年。

第十章　庞德与中国

一时期不再囿于庞德的意象主义诗学,开始探索意象主义诗学本身之外的艺术思想。蒋洪新的论文《庞德的文学批评理论》对庞德的诗学理论做了较好的梳理与探讨。① 崇尚真诚、真实的艺术,反对虚假的艺术,是庞德的一贯主张和作风,他用是否"精确"这条标准来划分两种艺术,真实的艺术即是"精确"的艺术。庞德历来重视文学批评的作用,并身体力行,强调其目的在于发现天才。正是由于庞德的大力批评和帮助,艾略特、乔伊斯、弗罗斯特、海明威等一大批天才作家才脱颖而出。

八九十年代的国内学者常常过度强调中国古典诗对庞德意象主义诗学的影响,"认为庞德对中国诗的发现影响和帮助他形成了意象派的思想",② 忽略了庞德本人的前期工作和独创性。庞德的意象主义思想可以追溯到1908年,他的意象主义主张和包括《在地铁站》在内的意象诗作在1913年上半年之前已经发表或完成,其编辑的《意象派诗人选集》在1913年年底定稿,而他收到费诺罗萨的手稿则是1913年的最后两个月,直到1914年下半年才开始着手整理费氏手稿。在译出《华夏集》之前,庞德曾根据意象主义的原则改译了翟理斯的中国古诗译文。因此,从时间上来讲,中国诗只是"进一步加强了他的意象主义的信念"。③

庞德继续推进意象主义和漩涡主义的结果是表意法的诞生。表意法,简而言之,是指用具体的形象表达抽象的内容。它来源于费诺罗萨的汉字观。庞德通过整理费氏关于汉字的手稿,于1921年发表了《作为诗歌媒介的汉字》。在费氏看来,西方的表音文字在解释时从抽象走向抽象,但象形的表意汉字不仅表现自然的行为和过程,还以"巨大的力和美"包含或处理崇

---

① 蒋洪新:《庞德的文学批评理论》,《外国文学研究》1999(3)。
② 杰夫·特威切尔:《庞德的〈华夏集〉和意象派诗》,《外国文学评论》1992(2),第86页。
③ 蒋洪新:《庞德的文学批评理论》,《外国文学研究》1999(3),第90页。

高的思想与幽微的精神,即以图画的形式表现出伟大的智力内容。这种形意结合的汉字才是真正的诗歌媒介,是科学的方法。庞德在《阅读入门》一书中进一步阐发了费氏的观点,丰富了表意法。表意法扩展了意象主义,用明确、科学的理性代替了先前模糊的意象主义主张。[1] 庞德在《诗章》的创作中采用表意法,把庞杂的内容联为一体。钱锺书先生及其他一些学者曾批评过庞德和费氏对汉字的天真看法。另外一些学者则为二人进行了辩护。[2] 的确,现在的汉字形声字居多,其中即使有表意成分,也不会引起中国人的特别注意,但庞德的目的并不是要从语言学的角度来探讨汉字,而是从艺术的角度,寻求建立一种直接表现事物的诗学,反对当时流行的浪漫主义诗风,推进现代诗歌的进程;庞德在对汉字的解释中偶尔会增进中国经典的"诗意"。由于双方谈论的角度不同,这场争论没有引起很大的反响,却使得庞德诗学的轮廓更加明晰。

庞德英译汉诗可以说错误百出,"常常牺牲了许多诗的厚度,使它们变得平淡"[3],然而又常常出现令人称奇的"发明"。本时期有关庞德汉诗英译的翻译研究更为细致入微,《华夏集》、《诗经》中的一些诗篇得到逐字逐句的比较与讨论。从整体上看,国内学者仍然以理解的态度看待庞德的诸多误译和发明。通过考察《月出》、《将仲子》、《邶风·静女》、《长干行》、《玉阶》、《送友人》、《胡关饶风沙》等,学者找出了庞德的多处误译,如把"(如)南山(之寿)"译作"south-hills"、"竹马"译作"bamboo stilts",把表示月份的"五月"译为"five months",把"静女"译为"lady of azure

---

[1] 洪振国:《浅谈庞德的"表意法"》,《五邑大学学报》1990(Z1),第24页。
[2] 参见洪振国:《浅谈庞德的"表意法"》;赵毅衡:《为庞德/费诺罗萨一辩》,《诗探索》1994(3)。
[3] 杰夫·特威切尔:《庞德的〈华夏集〉和意象派诗》,《外国文学评论》1992(2),第89页。

thought"等等。这些误译或为刻意扭曲,或为对原文理解错误。学者们总结了这些误译出现的原因:一、庞德要追求自己的意象主义原则;二、庞德要打破翟理斯、威利等人的汉诗英译传统,独创自己的风格(所谓"影响的焦虑");三、庞德不懂汉语或知之甚少;四、中西文化差异(包括英诗的内在要求)。但在译文对于原文的忠实程度上,学者却有不同的意见。如刘象愚认为,庞德翻译有时大大违背了原意,但"有时也颇能传达原作的韵味",① 也有人认为,有一些情况下,庞德译文以"令人吃惊的忠实程度"贴近原作的内容、神韵和格调,② 还有人甚至认为,"他译诗中的错误,丝毫没有破坏诗的美","有些误译比原诗还美"。③

庞德汉诗英译一直是研究的焦点,但随着时间的推移,汉译的庞德诗歌越来越多,重译现象也越来越普遍。从 1971 到 1997 年,《在地铁站》的汉译版本达 17 种之多。④ 庞德诗歌的汉译问题日益提上日程。《在地铁站》作为庞德意象诗的开山之作,是这一时期唯一的汉译研究对象。1912 年左右,庞德在巴黎协和地铁站目睹人潮涌动的景象,写下了这首诗,后经历几次删减,成为今天脍炙人口的《在地铁站》。这首诗采用日本俳句的形式,以意象并置的手法刻画了当时的景象,从形式上看很容易明白,相对也比较容易翻译,因为其句法形式与中国古典诗的句式有些类似,但至于表

---

① 刘象愚:《从两例译诗看庞德对中国诗的发明》,《中国比较文学》1998(1),第 98 页。
② 胡泽刚:《庞德的启示——评庞德的译作〈华夏集〉兼论汉诗英译中的一个问题》,《外国语》1991(2),第 55 页。潘志明,曾梅:《"南山"乎?"south-hills"乎?——浅谈庞译〈诗经〉的本、喻体关系的审美特征》,《淮阴师范学院学报》1997(4),第 109 页。
③ 周彦:《庞德误译浅析》,《中国翻译》1994(4)。参见张耀平,夏雅琴:《庞德的"重构"艺术及其启示》,《山西大学学报》1999(2),第 92 页。
④ 参见陈德鸿:《二十世纪英美现代派诗作中译本经眼录》,载《翻译学研究集刊》2002(7),第 161—271 页。

达了什么样的深层含义,则众说纷纭。因此,摆在翻译家与研究者面前的问题是如何确定诗的情感与内容,然后再用适当的措辞把它传达出来。尚思认为,该诗表达了"抒情主人公的寂寞感、彷徨感以及那种淡淡的哀愁"。他在比较了杜运燮、钱兆明、裘小龙、荀锡泉、郑敏、董衡巽等人的译文后,认为这些译文"均不能算成功之作",因为它们"在体裁风格上与原诗差异很大",而且大部分译文"无法产生诗人所要表现的意象"。要翻译这首诗,关键要处理好两个词"apparition"和"petals"。比较之后,尚思认为周珏良的译文在风格、音乐美、意象重置和东方情调方面贴近原文,是"一首佳作"。①

在庞德的诗歌创作方面,关于《在地铁站》的探讨仍在继续,但庞德的其他一些诗作也得到了关注,如《少女琴》。② 这一时期最显著的特点是学者们开始转向庞德的巨著《诗章》,详细讨论《诗章》的期刊文章达到了9篇之多(包括国外评论的译文)。庞德历经半个多世纪创作的史诗《诗章》支离破碎,时空交错,内容驳杂,融合了古今中外大量的政治、经济、军事、文化史实和人物以及文学典故、神话传说等,穿插使用了拉丁语、希腊语、法语、汉语、意大利语等十几种语言,其中既有强烈的抒情,又有平白的叙事,既有黑暗的地狱,又有光明的天堂,既有令人反感的反犹言论和法西斯思想,又有令人向往的世界大同蓝图。这样一部与传统诗歌规范格格不入的巨著对于批评家而言是一种巨大的挑战。就艺术形式而言,庞德勇于探索诗歌表现途径,从微观到宏观都打破了但丁、弥尔顿、歌德等采用的传统叙事手法。句式上多用省略和并置,碎片式的诗行、诗节与事件之间缺乏通常意义上的逻辑联系,

---

① 尚思:《谈 In a Station of the Metro 一诗的翻译》,《上海师范大学学报》1994(3)。
② 参见陈炜:《庞德与他的〈少女琴〉》,《宁德师专学报》1994(4)。

第十章 庞德与中国

主人公也不断地变换,从而展示了"诗歌的多种可能性和可塑性"。① 这些令人眼花缭乱的马赛克碎片分别以三种形式组织起来:一、押韵,即主题、内容或事件相似;二、调色板,即为以后的叙述准备材料;三、展品,即摘录最具力量的片段。②《诗章》困难的形式与诸多晦涩的内容造成了批评家对其主题的莫衷一是。有人追随庞德的说法,认为《诗章》模仿了但丁的《神曲》,表现了从地狱到炼狱再到天堂的精神历程。但大部分学者认为,史诗大量引用儒学经典,频繁从儒学经典中择取汉字,从不同角度宣扬了儒家修身、齐家、治国的思想,表现出庞德的人文主义理想和建立人间乐园的强烈愿望,③ 至少在《比萨诗章》中是如此。庞德学专家肯纳则将两者结合在一起,认为庞德的天堂即是圣人孔子心中的天堂。④ 从所有《诗章》的研究成果来看,庞德已走出意象主义阶段的狭隘的唯美主义,走向社会,关心时事,充分表现出诗人的社会责任感(尽管他在生命的旺盛时期挑起了错误的担子)。在本阶段,有些研究者还撇开了影响说的老路,独辟蹊径,把庞德的作品与中文作品相比较,获得了较好的效果。⑤

---

① 参见张子清:《美国现代派诗歌杰作——〈诗章〉》,《外国文学》1998(1);莫雅平:《试图建立一个地上乐园——从〈比萨诗章〉窥庞德之苦心》,《出版广角》1999(5)。
② 王誉公、魏芳萱:《庞德〈诗章〉评析》,《山东外语教学》1994(Z1)。
③ 参见王誉公、莫雅平、张子清的上述文章,另外参见赵毅衡:《儒者庞德——后期〈诗章〉中的中国》,《中国比较文学》1996(1);孙宏:《论庞德的史诗与儒家经典》,《外国文学评论》1999(2);《庞德的史诗与儒家经典——一个现代诗人在中国古代文化中的求索》,《西北大学学报》1999(2)。
④ 休·肯纳:《〈比萨诗章〉论述》;杰夫·特威切尔:《"灵魂的美妙夜晚来自帐篷中,泰山下"》;这两篇文章均收录于伊兹拉·庞德:《比萨诗章》,黄运特译,桂林:漓江出版社,1998年。第260页,296页。
⑤ 参见金琼:《异曲同工 各呈芳华——庞德〈地铁站上〉与温庭筠〈菩萨蛮〉意象营造之比较》,《绥化学院学报》1993(4);李尚才:《〈一代人〉与〈地铁车站〉:中西语符差异论》,《名作欣赏》1994(6)。

迈纳认为,日本诗是庞德漩涡主义思想和创作的基础,但赵毅衡提出了反驳,认为庞德的诗歌生涯的"成形期"受到的最重要的影响来自中国古诗。① 但无论如何,日本诗的影响也不可小觑。庞德对于俳句的兴趣要早于对中国古典诗的兴趣。他在1911年左右就从弗林特那里了解了日本诗歌的有效性。② 1916年,通过整理费诺罗萨的手稿,庞德发表了《几部崇高的日本戏剧》,后来又扩充成《能剧:日本古典戏剧研究》。直到晚年,庞德仍然喜欢日本的能剧,特别是《景清》。日本俳句以其简洁、暗示、省略、形象鲜明和意象叠加,极大地推动了庞德意象主义诗学与创作。按照庞德自己的说法,他的意象主义代表作《在地铁站》在形式上类似于日本的俳句。"能剧在技巧上是扩大了的俳句",因此也进一步拓展了庞德的创作,从《诗章》的多处都可以见到能剧的踪迹。③

庞德对文学的贡献一半在于他自己的文学理论与实践创作,另一半则在于他对青年才俊的保护与提携。庞德有伯乐相马的慧眼也有保护"千里马"的决心和行动。他一方面通过文学批评大力宣扬后进的作品,另一方面通过自己解囊、游说编辑、募集资金的方式支持文学新人的创作。艾略特走上诗歌的道路并发表现代派诗歌杰作《荒原》、乔伊斯的《尤利西斯》顺利问世、海明威的成名等等背后无不凝结着庞德的心血。难怪海明威称庞德是其认识的"最慷慨、最无私的作家……总是为别人操心",艾略特则像但丁称呼心灵导师维吉尔那样称庞德为"最卓越的匠人"。④

---

① 赵毅衡:《远游的诗神——中国古典诗歌对美国新诗运动的影响》,成都:四川人民出版社,1985年。第76页。
② Earl Miner, *The Japanese Tradition in British and American Literature*, Princeton: Princeton University Press, 1958, p. 108.
③ 参见安川昱:《日本对艾兹拉·庞德的影响》,《辽宁大学学报》1993(3)。
④ 参见蒋洪新:《庞德:作家的保护神》,《外国文学动态》1994(3);参见蒋洪新:《庞德与文学事业》,《理论与创作》2000(5)。

第十章 庞德与中国

　　庞德的贡献有目共睹，但他的致命缺陷即反犹主义和法西斯宣传——甚至把这两种思想写入《诗章》——也是人所共见。如何评价庞德至今是一个棘手问题。伯恩斯坦认为，我们应该"痛击"庞德及其诗歌，因为"恶毒的反犹主义和法西斯主义不仅是庞德政治信仰的核心，而且沾染了他的诗歌和诗论"，《诗章》中脱离了本源的种种碎片基本上都统一于庞德法西斯般的欲望逻辑，我们宽恕庞德，无疑会让他的诗歌与诗论中的反犹主义和法西斯主义渗透到我们自身，渗透到"社会的正统文化理论与批评之中"，① 从而使种族主义和极权主义继续占据统治地位。或许，有人觉得庞德的反犹主义等思想只是一时糊涂，但身陷囹圄几近被控叛国罪之时，庞德仍然对来访者说，"单个犹太人经常是一种文化激活剂，但是犹太人作为一个整体就必须提防了"。② 唯一能做解释的是，从20世纪30年代到住进伊丽莎白精神病院，他的反犹主义思想就没再改变。若认为他是精神错乱，那么他的后期《诗章》则缺乏可读性，只能被认为是疯子的胡言乱语。与伯恩斯坦不同的是，众多的庞德爱好者、文学家和文学研究人员为庞德开脱，认为庞德的反动思想或是一时糊涂，或是一时疯狂，或是因为二战时信息闭塞，或仅仅是实行自己的言论自由权，只是他在一个错误时间、一个错误的国度对错误的对象实行了这种言论自由权，因此，他至死不能理解自己为何被控叛国罪，③ 最后落得客死他乡。相比而言，国内本土批评家基本上倾向于一分为二地看待庞德，把"为人"与"为文"区分开来。④ 庞德作为国际诗人，为现代派文学奔走呐喊，

---

① 查尔斯·伯恩斯坦：《痛击法西斯主义》，收录于伊兹拉·庞德：《比萨诗章》，黄运特译，桂林：漓江出版社，1998年。第268—269页。
② 威廉.C.普拉特：《囹圄中的诗人——埃兹拉·庞德印象记》，《世界文化》1991(4)，第10页。
③ 同上。
④ 参见吴其尧：《是非恩怨话庞德》，《外国文学》1998(3)；王军：《辉煌的艺术成就倒退的社会历史观——庞德的悲剧现象简析》，《吉林师范大学学报》1990(2)。

并身体力行进行创作。他的诸多批评主张和诗歌在当时为英美文学乃至世界文学的现代转向起到了巨大的引领作用,他的有些观点在今天看来仍然非常有效,他的创作今天仍然有很多读者。这些都值得人们敬佩和追随。然而,他二战时投靠墨索里尼,站在法西斯主义的立场上,敌视犹太民族和自己的祖国,与世界人民为敌,在诗歌中还希望恢复古代的封建制度,这些则应令读者不耻和摒弃。把"为人"与"为文"分开的做法固然不错,但对于庞德而言,在多种情况下"文如其人",他的为人浸染着他的批评与创作,把二者截然区分开来,又谈何容易,像庞德学专家特里尔那样在《〈诗章〉手册》中撇开与法西斯有关的72和73章,似乎也不是长久之计。人是复杂的,庞德尤其如此,收入《外国思想家译丛》中的《庞德》或许为中国读者认识庞德的复杂性提供了一条捷径。

中国庞德研究在本时期最引人注目的一件大事是,北京外国语大学与国际庞德协会于1999年7月在北京共同举办国际庞德学术研讨会,参会人员有来自美国、日本、韩国等15个国家和地区的80名学者,其中包括17名中国学者、庞德的女儿玛丽和新奥尔良大学教授钱兆明。会议围绕"庞德与东方"展开,就庞德与中国文化、文字和诗歌、庞德与韩国、庞德与日本等问题展开讨论。本次会议为中国庞德学术界带来了最新的研究成果,同时也标志着中国的庞德研究开始登上世界舞台。[①]

相比而言,本时期庞德研究的范围有所拓展,数量与质量都有较大提高,文学理论、诗歌创作、影响研究都走向精细化,庞德汉诗英译研究也走向了技术处理。《诗章》的研究尤其引人瞩目。《诗章》作为庞德的代表作,其晦涩令人望而生畏,在英美学界都是一块

---

① 关于会议的详细情况参见张剑:《第十八届庞德国际学术研讨会》,《当代外国文学》1999(4)。这次会议的重要论文收录在 Qian Zhaoming, *Ezra Pound and China*, Ann Arbor: The University of Michigan Press, 2003. 钱兆明在本书的前言中说参会人数是90人。

难啃的骨头,但研究庞德又绕不开它,因此,国内学人的努力的确令人敬佩。研究界也没有避讳庞德的法西斯思想,既没有以偏概全,也没有因噎废食,而是努力去给庞德及其诗作一个公正的评价。

　　本时期庞德学的不足也显而易见。研究汉诗英译的学者局限于纯翻译或纯美学领域,但特威切尔指出,"庞德的翻译……终究不过是对原作的解释或者是一种权宜之计,对这些译文的评价,要考虑的不是什么不精确之处,而是它们对它们所宣扬的中国文化的曲解。"[1] 翻译是一种操纵,既操纵了原文也操纵了读者对原文的理解。就庞德而言,他的"发明"或操纵可能吻合或影响了西方读者对中国古典诗及中国本身的看法。刘象愚曾从意识形态的角度指出,庞德"别致的译作吸引了西方读者的注意,在他们的脑海里创造了一幅未必真实但却颇具魅力的中国诗的境界,一个包含在赛义德所谓'东方主义'中的中国世界",[2] 但庞德在译文中是如何达到这一效果的,刘文没有给出详细的论证,不能不令人遗憾。庞德诗作的研究仍然偏少,除了《在地铁站》、《少女琴》和《诗章》,其它诗仍然无人问津。《诗章》研究取得了一定成效,但论述有时失之宽泛,或者仅集中于儒学思想探讨而显得过于狭隘。《诗章》形式杂乱、内容驳杂,用极短的篇幅简单地把所有章节统一到儒学名下,似乎欠缺说服力。

　　世界进入了一个新世纪,中国的庞德研究也进入了一个新时代,特别是 2005 年以来,研究成果呈爆炸性增长。据不完全统计,在不到 11 年的时间里,刊物上发表的重点论述庞德的文章超过了

---

[1] 杰夫·特威切尔:《庞德的〈华夏集〉和意象派诗》,《外国文学评论》1992(2),第 90 页。
[2] 刘象愚:《从两例译诗看庞德对中国诗的发明》,《中国比较文学》1998(1),第 99 页。

300篇,硕士博士学位论文达到70多篇。① 1994年,赵毅衡还以遗憾的口气说:"很奇怪,我们见到西方图书馆几书架'庞德学'的著作,见到成排的《庞德与日本》、《庞德与拉丁诗人》、《庞德与……》,却至今没有看到一本《庞德与中国》。"1996年,赵再一次发出此类感叹。② 但相信赵今天看一看中国庞德学,就不会再遗憾了。2006年,吴其尧的《庞德与中国文化——兼论外国文学在中国文化现代化中的作用》和陶乃侃的《庞德与中国文化》两部总论性著作问世。这一时期探讨庞德的专著还有蒋洪新的《英诗新方向——庞德、艾略特诗学理论与文化批评研究》、索金梅的《庞德〈诗章〉中的儒学》、祝朝伟的《构建与反思——庞德翻译理论研究》和徐平的《思,写,物:海德格尔、费诺罗萨、庞德与道家传统研究》,三者分别探讨了庞德的文论、《诗章》、翻译和道家

---

① 期刊论文数量主要参考中国知网期刊数据库,学位论文数量主要参考中国知网硕士博士学位论文库与万方学位论文库。论文内容至少有一半以上论述庞德才计算在内。计算日期截止到2010年10月8日。考虑到大量的硕士论文未被收录、网络更新需要一段时间以及笔者的疏漏,实际的学位论文数量应该还有不少增长的空间(这些没有统计在内的学位论文并不影响庞德学术研究统计,因为据笔者观察,学位论文的作者或在攻读期间或在毕业后基本上都会把自己的研究成果发表在期刊上或以专著形式出版),而期刊论文除了网络更新产生的滞后外,增长的可能性较小。

② 赵毅衡:《为庞德/费诺罗萨一辩》,《诗探索》1994(3),第178页。参见赵毅衡:《儒者庞德——后期〈诗章〉中的中国》,《中国比较文学》1996(1),第43页。赵没有注意到,在此之前,曾翻译《围城》的德国人莫宜佳(Monika Motsch)出版了《庞德与中国》(*Ezra Pound und China*, Heidelberg: Winter, 1976)。另外,第一部英文版专著《庞德与中国》在1996年出版,参见John J. Nolde, *Ezra Pound and China*, Orono, Maine: The National Poetry Foundation, 1996。这是作者《来自东方的花:庞德的〈中国诗章〉》(*Blossoms from the East: the China Cantos of Ezra Pound*, Orono, Maine: The National Poetry Foundation, 1983.)的续篇,由于作者的逝世未能完成。第十八届庞德国际学术研讨会的论文集名为《庞德与中国》,出版于2003年。参见 Qian Zhaoming, *Ezra Pound and China*, Ann Arbor: The University of Michigan Press, 2003.

思想。① 本阶段的庞德研究成果不仅在数量上急剧增长,在质量上也大幅度提升,既有文本分析,也有理论探讨。当代文学、语言学、翻译学、社会学、哲学、心理学、文化学的理论被用于分析庞德的诗作与翻译,有些学者则从庞德的创作与翻译实践中归纳出庞德自己的原则,不少研究新见迭出,令人耳目一新。

经过前二十年的探讨,庞德诗学的大致轮廓已经凸显。本时期除黄运特的宏观研究外,大部分的重要研究都着重在微观上做进一步的推进。黄运特通过比较庞德和新历史主义者的著作,认为二者都具有"全球性","都倾向于使用透明细节来展示社会或文化的宏大图景",都认为"诗歌可以跨文化传播和交流意义",因此,庞德应该是一个新历史主义者。② 庞德的意象主义诗学来源于象征主义和休姆的哲学,休姆哲学又源于柏格森哲学。庞德与象征主义之间的关系已有不少探讨,但他与休姆或柏格森哲学之间的关系有待理清。柏格森主要在直觉与心理时间方面影响了庞德的意象诗学。③ 他贬抑理智,强调直觉与本能。在直觉中,只有

---

① 吴其尧:《庞德与中国文化——兼论外国文学在中国文化现代化中的作用》,上海:上海外语教育出版社,2006 年。陶乃侃:《庞德与中国文化》,北京:首都师范大学出版社,2006 年。蒋洪新:《英诗新方向——庞德、艾略特诗学理论与文化批评研究》,长沙:湖南教育出版社,2001 年。索金梅:《庞德〈诗章〉中的儒学》,天津:南开大学出版社,2003 年。祝朝伟:《构建与反思——庞德翻译理论研究》,上海:上海译文出版社,2005。Ping Xu, *Thinking, Writing, Thinging: An Exploration of Heidegger, Fenollosa, Pound, and the Taoist Tradition*, Wuhan: Wuhan University Press, 2002。祝朝伟的《构建与反思——庞德翻译理论研究》也有一章专论庞德的文学观与道家思想的契合。此外,钟玲的《美国诗与中国梦》(桂林:广西师范大学出版社,2003)也有很大篇幅论述庞德诗作中的中国元素;赵毅衡的《诗神远游——中国如何改变了美国现代诗》(上海:上海译文出版社,2003)在《诗神远游——中国古典诗歌对美国新诗运动的影响》基础上做了补充,其中有不少关于庞德的章节。
② 黄运特:《庞德是新历史主义者吗?——全球化时代的诗歌与诗学》,《外国文学研究》2006(6)。
③ 参见王瑛:《柏格森与庞德诗学探源》,《湖北大学成人教育学院学报》2007(6)。

心灵与心灵的直接注视。正是在人与物之间的平静观照或同情之中，审美主体突破了时空的限制，获得了解放，从而产生了美、真理和艺术。这种思想就要求艺术家找出"人类情感的方程式"和"直接处理事物"，避免情感泛滥和拐弯抹角。不经过推理和分析的"瞬间"出现的"理智与情感的复合体"诉诸直觉，达到了审美主体与观照对象之间的水乳交融。从《在地铁站》到《诗章》无不渗透着这种思想。"意象"是庞德意象主义诗学的核心概念，但庞德在不同时期有不同的解释，先是称其为"理智与情感的复合体"，然后是"能量辐射的中心或集束"即漩涡，再其次是"熔合在一起的意念的漩涡"。通过研究这些定义，黎志敏大胆认为，庞德本人并没有一个清晰完整的意象概念，其所谓的"意象"理论"并不足道"，也没有"什么理论深度"。① 另外，武新玉也一反主流庞德学观点，认为庞德虽然反浪漫主义，但他的意象解释仍然有"浪漫主义的影子"，其诗歌本质上仍是"抒情"、"音乐化"的浪漫主义诗歌。② 这两种观点有些标新立异。

众所周知，庞德不仅关注文学，还关注政治与经济，写了大量政治与经济方面的文章，在其史诗《诗章》中也有不少篇幅涉及这两方面的内容。在投靠法西斯之前，庞德对于当时英美法等国政府都持以批评态度。比如在前期《诗章》中，许多政要都受到诅咒。投奔墨索里尼后，庞德把意大利、古代中国、建国初期的美国当作模板，批评欧美各国。庞德政治思想不成体系，但其目的就是要建立一个"好政府"，保证公平与正义。③ 在经济上，庞德信奉道

---

① 黎志敏：《庞德的"意象"概念辨析与评价》，《外国文学研究》2005(3)，第103页。
② 武新玉：《"恋父"与"弑父"：从庞德的意象派到威廉斯的客体派》，《外国文学评论》2009(1)。
③ 吴其尧：《诗人的天真之思——庞德的政治和经济思想浅论》，《外国文学》2008(3)。

第十章 庞德与中国

格拉斯的社会信贷思想,后者的主要观点是,"以国家的债息制度来确保购买力的重新分配",避免制造商由于产品过剩,为夺取市场而带来的战争。① 他在《诗章》和《莫伯利》中反高利贷就是这种思想的集中反映。

庞德的一生是翻译的一生,翻译促进了他的创作,创作又反过来影响了他的翻译,以至于他的翻译被人看作是创作,而创作有时又被认为是翻译。因此,庞德的翻译思想就显得非常重要。在翻译选材上,庞德主张寻宝,即找出超越国界与时代的世界文学之宝,从中翻译出对当下有用的东西;就功能而言,翻译是对译者的一种语言训练,是为诗歌艺术提供模式。译者这方面要善于发现诗歌的核心,即充满能量的地方,要有认同感,即认同和意识到古人的精神内容。在最重要的翻译标准上,庞德认为:一、译诗不是直译字词,达到意义对等,而应该翻译出方程式背后的情感,即感情对等,从而展现原诗的总体效果,这牵涉到译者对于原作的理解,因此,翻译也是对原作的一种批评;二、译作是具有独立意义的新作,因此,翻译是一种创造性活动;三、摒弃维多利亚时期的仿古语言,采用当代语言,再现古代的生气。② 庞德的翻译,特别是汉诗英译,不仅强化了自己的诗学和创作,还在抒情方式、韵律、主题、用词方面促进了美国诗歌的创新。③

在庞德翻译的作品中,译自中国的作品应该是最多的,这一时期的中国庞德学有关庞德与中国关系的论述也最多,远远超过了

---

① 蒋洪新:《英诗新方向——庞德与艾略特诗学理论和文化批评研究》,长沙:湖南教育出版社,2004年。第100页。
② 参见郭建中:《美国翻译研讨班和庞德翻译思想》,《外语与外语教学》2000(2);蒋洪新:《庞德的翻译理论研究》,《外国语》2001(4);王贵明:《论庞德的翻译观及其中国古典诗歌的创意英译》,《中国翻译》2005(6);祝朝伟:《构建与反思——庞德翻译理论研究》,上海:上海译文出版社,2005年。
③ 祝朝伟:《构建与反思——庞德翻译理论研究》,上海:上海译文出版社,2005年。第202—246页。

其它方面的研究。在庞德英译作品中,《华夏集》的影响最大,在国内的研究也最多。蒋洪新率先给出了《华夏集》中的 19 首中文诗及其作者,①为国内的翻译研究提供了便利。按照学者对待译文的态度,可以把他们分为创作派和翻译派。前者把庞德译文视为新作,从文学批评的角度评析;后者视译文为翻译,从翻译学的角度来探讨。② 创作派以王贵明、高军等为代表。③ 他们把庞德英译作为独立的文本来看待,发掘其中的文学美感或时代意义。例如,高军探讨了《华夏集》中意象的运作机制与主题表现之间的互动关系,认为正是各类意象的恰当运用,使得《华夏集》情景交融,主题鲜明。令人敬佩的是王贵明教授,近年来他身体欠佳,却满腔热情地投入与推动庞德学术研究,2012 年 6 月在外文出版社出版了英文专著《埃兹拉·庞德翻译研究——对〈华夏集〉之阐释》④,该书分析了庞德的诗歌创作与翻译的密切关系,对庞德的创意翻译尤其是《华夏集》进行了深入分析,并系统地梳理了庞德的翻译动机技巧以及中西文化交流史上的意义。翻译学派从阐释学、接

---

① 蒋洪新:《庞德的〈华夏集〉探源》,《中国翻译》2001(1)。赵毅衡在 20 世纪 80 年代曾指出,《华夏集》"共十九首,包括《诗经》一首、古乐府两首、陶潜一首、卢照邻一首、王维一首、李白十二首"。后面数字相加却得出 18 首中文诗,而且没有给出具体诗名。赵遗漏的是郭璞《游仙诗》,他在扩充后的《诗神远游——中国如何改变了美国现代诗》中仍然没有修改。参见《远游的诗神——中国古典诗对美国新诗运动的影响》,成都:四川人民出版社,1985 年。第 148 页;《诗神远游——中国如何改变了美国现代诗》,上海:上海译文出版社,2003 年。第 164 页。
② 这样的划分只是权宜之计,庞德的译文到底是翻译还是新作,两派之间没有争论过,他们之间也不是泾渭分明。
③ 王贵明:《译作乃是新作——论埃兹拉·庞德诗歌翻译的原则和艺术性》,《北京理工大学学报》2002(2);高军:《东方之花——从意象角度探索〈华夏集〉之主题》,硕士论文,西南大学 2010;另参见杜夕如:《诗乐交融的"出位之思"》,硕士论文,浙江大学 2009。
④ Wang Guiming, *A Study of Ezra Pound's Translation — An Interpretation of Cathay*, Beijing: Foreign Language Teaching and Research Press, 2012.

受美学、互文性、目的论、顺应论、功能语言学、译者主体性、异化与归化、关联理论、改写理论等视角研讨了庞德的英译,不少探讨对于庞德翻译研究都具有一定的启发意义。如刘大伟运用关联理论研究庞德的汉诗英译发现,在庞德的翻译中,原作者与译者平级平坐,原作与译作的意象做到了对等。覃芙蓉从阐释学角度指出,庞德的文化救赎、知识结构、诗学、目的语读者期待等四种"先见",促使他重建原诗的意象。唐平以顺应论切入《神州集》,研究了后者的语境、韵律和风格等因素,指出庞德翻译时在语境、语法和结构上顺应了原文。① 此类研究在结论上有不少新意,对于以前的庞德研究是很大的补充,但更多此类文章的结论似乎并无多大创新,仅仅是方法的运用和细节的分析非常到位。傅浩对庞德前期的《Ts'ai Chi'h》一首诗的考证也颇有意义。这首诗被大多数西方学者认为出自或模仿曹植的作品,傅却发现,它与任何中国诗或诗人都没有"完全契合",其灵感可能来自于杜甫诗中的一行,"Ts'ai Chi'h"可能是赵彩姬。②

关于翻译家庞德,这一时期还出现了不少比较研究,既有庞德与其他翻译家的比较,比如与林纾、胡适、严复、鲁迅的比较,也有不同译文的比较,如庞德的译作与理雅各等人的译文相比较。庞德与林纾两个人在翻译史上极其相似,均不懂源语言(庞德后来才能借助词典了解一些),却翻译了大量的作品,而且这些译作随着时间的流逝没有被淘汰,反而被奉为经典,从而颠覆了传统的翻译观念。二者逆潮流而能纹丝不动,关键在于他们文笔优美、知识广博、深切体会了原作精神(虽然借助旁人的解释)、把握了时代

---

① 参见刘大伟:《关联理论观照下的庞德唐诗创意英译》,硕士论文,西北大学 2006;覃芙蓉:《从阐释学角度看汉诗英译的意象重构》,硕士论文,广东外语外贸大学 2007;唐平:《基于顺应论的庞德英译〈华夏集〉研究》,硕士论文,上海师范大学 2010。
② 傅浩:《Ts'ai Chi'h 是谁?》,《外国文学评论》2010(2)。

脉搏和明白读者的需求。二者的不同则在于庞德有一套自己的翻译系统，而林纾则没有。①廖七一先生认为，中美在20世纪初文化转型的差异造成了庞德与胡适不同的"原语文化认同和接受"以及"不尽相同"的"文学和翻译理念"，导致庞德与胡适遵循了不同的翻译模式，前者是直觉浪漫的创造模式，后者是理性现实的再现模式。这为人们从世界文化变迁的宏观背景中理解庞德提供了钥匙。庞德与理雅各由于翻译目的、解经方法、个人气质与译文风格的不同造成大相径庭的两部《论语》、两个孔子，他们各自有各自的读者，互相补充，而不是互相消解，因而，每个时代都需要有自己的翻译，特定的读者群也要求有自己的版本。②从这些研究中可以看出，无论是翻译家还是不同译文的比较，均突出了庞德本人的翻译思想和翻译特色，让人更为清晰地认识到庞德的真面目。

《诗章》最显著的中国内容是中国历史、儒学和汉字。索金梅的《庞德〈诗章〉中的儒学》是第一本用儒家天堂思想统一《诗章》各部的专著。索论述了庞德的儒家天堂观、人本主义和日日新，揭示了庞德写儒家天堂的动机，用非常详实的证据证明儒家天堂贯穿着整部史诗。这时期另外一项重要成果是蒋洪新与谭琼琳对于《七湖诗章》和潇湘八景之间关系的研究。前者注重纵向考据，后者注重横向比较。庞德收藏了一本来自日本人的配有汉语诗的潇湘八景画册，曾国藩后人曾宝荪为庞德翻译了上面的八首诗，促成了《七湖诗章》的诞生。这就解决了以前关于《七湖诗章》的一些

---

① 参见祝朝伟：《林纾与庞德翻译思想比较研究》，《解放军外国语学院学报》2002(3)；黎静，任军：《论林纾和庞德译作的期待视野》，《重庆大学学报》2003(4)。
② 参见王辉：《理雅各、庞德〈论语〉译本比较》，《四川外语学院学报》2004(5)；魏望东：《跨世纪〈论语〉三译本的多视角研究：从理雅各、庞德到斯林哲兰德——兼议典籍复译的必要性》，《中国翻译》2005(3)。

疑点。另外,庞德并不是随意把这八首诗写进史诗的,只是因为它们符合了庞德的翻译思想和文学观念:诗画一体的绘画诗学、创作与翻译互为一体和文学应起到遏制政治与文化弊端的作用。① 庞德接受了中国的儒家学说,同时也吸收了道家思想。庞德的意象观念、意象并置、禁止说教、采用暗喻和诗画互为一体与道家的诸多思想具有一致性,② 但在发生学上有待进一步研究。

关于庞德与中国文化的关系本时期有一场比较大的争论。刘心莲在《外国文学》(2001年第6期)上发表《理解抑或误解?——美国诗人庞德与中国之关系的重新思考》,从东方主义的角度审视庞德与中国文化的关系。刘文认为,庞德怀揣自己的思想翻译中国儒家典籍,把自己的观念塞进孔子学说,改变了中国文化的面目,使得中国不能以自己的本真面目出现,中国由此成为被任意处置的对象。因此,庞德的翻译是东方主义式的文化霸权。对此,王贵明和祝朝伟提出了反驳。③ 王认为,庞德是真心推崇中国文化,领会了中国古典诗歌和儒家文化的精髓,应该用评论诗歌的方法来看待庞德译作;祝则认为,萨义德的东方主义仅限于分析伊斯兰地区,不适于中国,另外,庞德也没有西方中心主义的姿态。紧接着,区鉷、李春长连续发表文章,从庞德《神州集》中题目与内容的反差、中西男性的对比、中国女性形象三方面揭示庞德的东方

---

① 蒋洪新:《庞德的〈七湖诗章〉与潇湘八景》,《外国文学评论》2006(3);谭琼琳:《重访庞德的〈七湖诗章〉——中国山水画、西方绘画诗与"第四维—静止"审美原则》,《外国文学评论》2010(2)。
② 参见祝朝伟:《构建与反思——庞德翻译理论研究》,上海:上海译文出版社,2005年。第249—282页。也可参见 Ping Xu, *Thinking, Writing, Thinging: An Exploration of Heidegger, Fenollosa, Pound, and the Taoist Tradition*, Wuhan: Wuhan University Press, 2002年。第80—158页。
③ 王贵明:《庞德之于中国文化功过论——与〈理解抑或误解?——美国诗人庞德与中国之关系的重新思考〉的作者商榷》,《外国文学》2003(3);祝朝伟:《庞德翻译研究中东方主义视角的质疑》,《西华师范大学学报》2006(2)。

主义思想。① 这场争论使读者对庞德的儒学和翻译有了进一步理解,遗憾的是一些关键问题仍然没有解决,如庞德与费氏手稿、庞德与冯秉正的《中国历史》和理雅各的《四书》之间的关系,只有回答了这些问题才能真正解决庞德的中国观问题。陶乃侃的英文论文题为《〈诗章4〉和〈桃花源记〉诗学》("Canto IV and the Peach-Blossom-Fountain Poetic")②,探讨了庞德《诗章4》的写作手法的渊源以及对以后诗章的影响。庞德该诗章写于1919年,那正是庞德意象主义实践接近尾声之时,他得到费诺罗萨手稿,完成《华夏集》译稿,因此该诗章带有明显中国文化元素的影响,这对他以后的诗章创作十分有利。该文在细读手稿与原文的基础上,结合许多历史文献与庞德的文论,对该诗章以及后来诗章与中国文化的关系予以很好的解释。陶乃侃于2006年出版了一本颇有分量的专著《庞德与中国》,全书主要有五章:第一章 庞德的思想观念与史学建构:国际主义 历史主义 比较诗学;第二章 仿中国诗:探索中国文化的肇端;第三章 庞德的《中国诗集》;第四章 长诗开头:《诗章3首》与《诗章4》;第五章《诗章13》与《诗章49》。③ 该书从庞德国际主义诗学观以及比较文学理论出发,探讨其热爱世界文学和中国文化的动因,挖掘他与中国文化的渊源与关系,进而提出解读庞德诗结构尤其是中国诗方法。

中国影响了庞德,但庞德也影响了中国,至少在20世纪80年代促进了国人研究中国意象的起源。胡适的"八不主义"与起源

---

① 区鉷,李春长:《庞德〈神州集〉中的东方主义研究》,《中山大学学报》2006(3);李春长:《〈神州集〉翻译中的种族思想——〈水手〉与中国诗的比较研究》,《解放军外国语学院学报》2006(3);李春长:《〈神州集〉对中国女性的再审视》,《江西社会科学》2007(5)。还可参见罗坚:《西方中心主义的变奏——重评庞德的中国文化态度》,《湖南师范大学社会科学学报》2009(2)。
② Helen M. Dennis, *Ezra Pound and Poetic Influence*, Amsterdam-Atlanta, Ga, 2000, pp. 114-129.
③ 陶乃侃:《庞德与中国》,北京:首都师范大学出版社,2006年。第1页。

第十章　庞德与中国

于庞德的意象派主张之间的关系虽然没有事实证据,但明眼人一看便知。即便这是一桩"公案",甚至是"被叙述出来的影响",① "意象"的概念逐步进入了中国文学创作和批评领域,徐志摩、唐湜、戴望舒、施蛰存等诗人在创作中或在诗论中都自觉或不自觉地运用到意象主义的思想,促进了中国新诗的发展。② 如今,意象在中国文学批评里是一个出现概率非常高的词。这些不能不说是来自,至少是间接来自,庞德的影响。

关于《诗章》的研究,除了从儒学的角度考察外,还出现了不少新的视角和结论。大多数批评家都认为《诗章》是要建立一个人间天堂或理想国,但在如何建设理想国上众说纷纭。李春长认为,庞德首先从神学上建构理想国,预示理想的必然性,为此,庞德转向了荷马、维吉尔、但丁的史诗,寻求神学支持,还把另外一些神与人改造成先知,预示理想国的到来。杜予景等则从生态主义的角度发现,《诗章》从前期的生态失衡到后期回归和谐的自然,透露出生态智慧,庞德的儒家思想、反犹主义均服务于他的和谐生态观。胡平则从巴赫金的复调理论出发,指出《比萨诗章》不断变换叙事主体和叙述视角,使得众多人物与声音不分时空地杂合在一起,充分体现了复调性。黄宗英结合文学史和文本考察《诗章》,认为《诗章》是融抒情性与史诗性于一体的抒情史诗,打破了荷马、但丁等的线性叙事;同时,《诗章》把庞德自己与美国命运联系起来,是"一张嘴道出一个民族的话语"。③ 把《诗章》说成写美国,是为美国民族而写,的确是一个比较新颖的观点,因为庞德以

---

① 文雁,莫海斌:《胡适与美国意象派:被叙述出来的影响》,《暨南大学学报》2004(2)。
② 傅建安:《庞德诗学与中国现当代诗歌》,《湖南城市学院学报》2009(3)。
③ 李春长:《〈诗章〉理想国的神学构建及其思想来源》,《中山大学学报》2010(2);杜予景:《生态批评视野下的〈诗章〉研究》,硕士论文,浙江大学2007;胡平:《论〈比萨诗章〉叙事的复调性》,《名作欣赏》2010(23);黄宗英:《"一张嘴道出一个民族的话语":庞德的抒情史诗〈诗章〉》,《国外文学》2003(3)。

世界主义著称，其史诗也包含了古今中外的文化因素。

庞德其他诗作研究在本阶段也非常之多，可大致分为两类：阶段性或多篇诗作中的某种现象或元素研究；具体诗篇的解读。在《在地铁站》、《少女》、《舞者》、《委任》、《合同》、《秋天》等大量诗篇中，庞德均采用了"树"的意象，这个意象与庞德的内心是一种"异质同构"的关系，表现了作者"渴望自然、热爱爱人和生命的炽热感情"。① 庞德的众多诗篇中不仅有树的意象，还有其他自然意象：紫罗兰、白罂粟、水底的火焰、章鱼、桑叶等等，在杜夕如看来，这些自然意象表达了庞德的女性观：正如这些自然意象一样，女性成了审美对象、妖魔和工具，"处在被开发、被奴役的境地"。② 诸如此类的探讨还有刘白、黄河等人的讨论。③ 这些讨论为从整体上欣赏庞德的诗歌做出了不小的贡献。本时期也出现了不少单篇细读，如《女孩》、《蚀月》等，值得注意的是，在庞德创作上起到承上启下作用的《莫伯利》得到了详细研究。孙琳等第一次详细探讨了《莫伯利》的主题，指出该长诗表现了诗人所面临的艺术困境及其所做的艺术探索。苏玉鑫则探讨了庞德在《莫伯利》的主体建构，即如何建构自我与他者，从而展现一幅多种声音杂合的画面。④ 二者专注文本细读，评论较为到位，只是没有看到该诗在庞德本人诗歌发展史中的作用，缺少了宏观气息。对于以前已经有

---

① 周文君：《好大一棵树——论埃兹拉·庞德诗歌中的树之意象》，《丽水师范专科学校学报》2003(3)。
② 杜夕如：《生态女性主义视阈中庞德诗的自然意象》，《世界文学评论》2009(1)。
③ 参见刘白：《诗歌与音乐的奇妙结合——论庞德诗歌中的音乐性》，《湘潭师范学院学报》2007(6)；黄河：《庞德早期诗作中的赫拉克利特思想》，《社会科学论坛》2007(6)；顾春江：《庞德〈回击〉中隐喻意象的合成空间阐释》，硕士论文，西南交通大学2007；陈明明：《寻求精神的家园——论庞德诗歌的奥德修斯情节》，《玉林师范学院学报》2007(2)。
④ 孙琳，年金江：《回顾与探索——解读庞德诗歌〈休·塞尔温·莫伯利〉的主题结构》，《北方论丛》2002(6)；苏玉鑫：《〈休·赛尔温·莫伯利〉中的主体建构》，硕士论文，中南大学2008。

不少探讨的《在地铁站》,这一时期又出现不少新见解。刘保安认为,短短的《在地铁站》表现了人类的困境:生存、死亡、战争、自然规律、人与人之间的隔阂等诸多问题都在威胁着人类。徐春寅等从神话原型批证的视角考察这首诗,发现它的原型是丰收女神神话,体现了探寻——拯救——复活这一主题,反映了作者处于当时的荒原,力图通过艺术重返美好家园的努力。二者从一首小诗中读出这么多意义,着实不易,也令人眼界大开。① 然而,与二人观点不同的是,也有人认为《在地铁站》只是解释"意象"主张的"标本诗",从美学角度看,"是一首十分平庸的小诗",因为它只是一个省略了动词的平庸比喻。②

　　本阶段的庞德学在广度与深度上都大大超过以前的庞德研究,在精细方面尤为突出。多维度的深刻观察把一个多面复杂的庞德带到读者面前,学术争鸣则让庞德的轮廓更为清晰。研究者从理论到实践,或从实践归纳出原则,取得了丰硕的成果。从过去一味赞扬走到今天批判性的鉴赏尤其是一大进步。特别值得一提的是,中国庞德学界在新阶段共召开了两届庞德学术研讨会。第一届庞德学术研讨会于 2008 年 6 月 21—22 日在北京举行,由北京外国语大学、北京理工大学和中国人民大学共同主办。会议围绕庞德的诗歌、翻译、文学理论、庞德与中国的关系等展开研讨。参加会议的共有 60 余名学者,包括著名的诗人、翻译家和海外学者。第二届庞德学术研讨会于 2010 年 6 月 18—20 日在北京外国语大学举行。共有包括张子清、蒋洪新、傅浩、西川、张剑、王贵明、董洪川、刘树森、索金梅等在内的 80 多名学者到会,分别就庞德与

---

① 参见刘保安:《〈地铁车站〉:人类的困境与尴尬》,《外语艺术教育研究》2006(3);徐春寅,杨春卫:《从原型批评角度解析〈在地铁站〉的诗歌意象》,《湖北经济学院学报》2009(6)。
② 黎志敏:《庞德的"意象"概念辨析与评价》,《外国文学研究》2005(3),第 102 页。

英美现代派、庞德与后现代诗歌、庞德与政治、庞德与公共知识分子的责任、庞德与经济理论、庞德与儒学、庞德与中国历史、庞德的女性观、庞德与翻译理论、庞德学术史研究、庞德与西方汉学、庞德与东方主义、庞德与国家形象建构、庞德与教学等话题展开讨论。这两次大会促进了学者之间的交流,丰富了庞德学研究。

当然,本阶段的庞德研究也有一些不足之处。一、"低层次重复研究"过多,"许多文章都是'嚼'西方的二手材料"。[①] 二、在翻译方面,除重版和重译之外,包括理论文章和诗歌在内的新译文基本没有。在文学界与庞德齐名的叶芝、艾略特都有了自己的中文版的诗歌选集,唯独庞德没有,这与其大师地位很不相称。三、多角度多方位的研究固然必要,更深入的研讨则更为迫切,因为这样才能认清庞德这样一位集多种思想于一身的诗人,才能理解他驳杂的诗作。有必要出版一部系统、全面探讨庞德的学术著作,从而对庞德有较为全面的把握与了解。

谈论庞德与中国的关系,我们亦不能忽略中国学者(包括华裔)在海外和国际学术界为庞德研究所做的贡献,这些学者在庞德研究的创新与深度方面皆为一流,在西方学界影响力颇大。最早与庞德接触很深而又研究过庞德的中国人是方志彤(Achilles Fang,1910—1995),他从小在韩国长大,回到中国后在上海的教会学校学习,后到清华大学学习哲学与国学,与钱锺书是同学和好朋友,1932 年获学士学位后留在清华读研究生。从他的经历可以看出他是个博学之才,他教过拉丁文、德文,当过编辑,用日文和英文写作,1947 年受哈佛大学资助编中英大词典,后放弃该工作到哈佛大学读比较文学博士,他做的博士论文研究庞德的《诗章》,题为"Materials for the Study of Pound's *Cantos*",共 865 页,1958 年获

[①] 董洪川:《接受的另一个维度:我国新时期庞德研究的回顾与反思》,《外国文学》2007(5),第 61 页。

第十章 庞德与中国

博士学位。这部未发表的博士论文成为研究庞德《诗章》的重要参考资料,迄今最为全面的《诗章》注释本《埃兹拉·庞德〈诗章〉指南》(*A Companion to the Cantos of Ezra Pound*)的编者卡罗尔·F. 特里尔在该书的前言中特地声称,方志彤未发表的博士论文对找到许多索引有极为重要的价值。(The unpublished doctoral dissertation of Achilles Fang, "Materials for the Study of Pound's *Cantos*"(Harvard University, 1958) has been extremely valuable in locating numerous sources.)① 方志彤写博士论文阶段,庞德购得唐石版的《大学》与《中庸》,需要行家辨认并写出英文注解,庞德的好友、新方向出版公司的老总劳克林介绍他们相识,1950 年 12 月 27 日方志彤带上译稿到关押庞德的圣·伊丽莎白医院看望他,庞德夫妇见到方志彤大喜过望,在庞德关押几年后终于找到能谈得来且能帮他解决问题的人,随后他们便频繁书信来往,二人通信有 214 封,其中庞德写给方志彤 108 封,方给庞德 106 封。② 方志彤被人称为博学宏识,但很少发表著作("he knew everything, but published little.")。他的研究庞德的博士论文主要研究庞德诗中的典故来源。庞德诗中多种语言交杂、用典纵横交错,中国学者方志彤居然一一道破,且还发现其中不少引典错误,此乃非学中高人不能为之。他对朋友很仗义,为了免于让庞德的名誉受损,他这本博士论文一直压着未出版。美国学者对方先生充满敬意。迈克尔·里克(Michael Reck)在其《埃兹拉·庞德:特写》的绪论中称哈佛大学年轻而聪明的讲师方志彤是最懂庞德心灵的人。③ 美国

---

① Carroll F. Terrell, *A Companion to the Cantos of Ezra Pound*, published in cooperation with The National Poetry Foundation University of Maine at Orono, Maine, Berkeley, Los Angeles, London: University of California Press, 1980, p. x.
② Zhaoming Qian, *Ezra Pound's Chinese Friends, Stories in Letters*, New York: Oxford University Press, 2008, p. 41.
③ Michael Reck, *Ezra Pound: A Close-Up*, New York: McGraw-Hill Book Company, 1967, p. ix.

学者艾朗诺（Ronald Egan）在其选译钱锺书《管锥篇》的英译本里有题写纪念方志彤博士（1910—1995），说是方先生将其引入翻译钱锺书作品，称其为无与伦比的教师。①

以庞德作为博士论文研究对象的第二位中国学者是荣之颖女士（Angela Chih-ying Jung, b. 1926），她从北京教会大学获得学士学位，来到美国华盛顿大学攻读英语与比较文学博士学位。她在1952年春季的研讨会上发现一位学生抄写汉字，该学生给她看抄写的汉字是来自庞德《诗章》一书。此后荣女士专注于阅读庞德此书，发现其中大量借用中国文化，又读了庞德翻译中国经典的书如《华夏集》、《大学》和《中庸》等。庞德如此多借用中国文化的元素激发了荣之颖以此作为博士论文的选题的想法，于是她鼓起勇气给关押在圣·伊丽莎白医院的庞德写信，庞德回信愿意见她并回答她的问题。在1952年4月至8月她至少见了庞德15次，其中有两次艾略特也在场。② 荣之颖的博士论文于1955年完成，庞德亲自给该博士论文定题为《埃兹拉·庞德与中国》。该论文的主要内容如下：Introduction: Off the Record; Part One: "A New Greece in China"; 1. "The Sea of Strangeness"; 2. "Rest Me with Chinese Colours"; 3. "Cathay"; Part Two: "Better Gift Can No Man Make to a Nation"; 4. "I Believe the Ta Hio"; 5. "China Cantos" (A) Canto XIII; (B) Cantos XLIX, LII-LXI; 6. "Ching Ming"; Part Three: The "Ideogrammatic Method"; 7. Origin of the "Ideogram"; 8. Theory of the "Method"; Function of the "Ideogrammatic Method"; (A) In Criticism; (B) In Poetry; Part Four: "The Stone Is Alive in My Hand"; 10. The Confucian Classics; 11. The Classic

---

① Renald Egan, tr., *Limited Views: Essays on Ideas and Letters by Qian Zhongshu*, Cambridge (Massachusetts) and London: Harvard University Press, 1998, p.1.
② Zhaoming Qian: *Ezra Pound's Chinese Friends, Stories in Letters*, New York: Oxford University Press, 2008, p.89.

第十章 庞德与中国

Anthology; Conclusion: "The Crops Will Be Thick"; Bibliography①。15 年后,荣之颖任奥尔岗大学的中文教授,她在学术假期间于 1967 年 3 月 21 日去意大利看庞德,她当时在编一本庞德与意大利关系的书,此书后来名为《埃兹拉·庞德的意大利意象》②。该文集收录了 12 篇论文,荣之颖做了一篇绪论。这篇绪论介绍了所选文章的概要,并在前面部分满怀深情地叙述了庞德与意大利的关系,她认为庞德这样的天才是没有国界的,他的文学生涯始于威尼斯,后来也逝于此。美国将他视为叛徒,意大利将他看做自己的诗人,他最后与但丁、奥维德等诗人葬在一起,他的作品有 246 种被译成外文,其中 113 种被译为意大利文,他的许多作品源于意大利文学的影响,例如,他的《灯光熄灭》源于但丁的《炼狱》3,第 132 行(*Purgatorio III*, 132),他获美国博林根诗歌奖的《比萨诗章》就写于意大利。③

美国加州大学圣地亚哥分校华裔学者诗人叶维廉教授(Wai-lim Yip)青年时的博士论文《埃兹拉·庞德的〈华夏集〉》(*Ezra Pound's Cathay*)对庞德的早期重要作品《华夏集》进行了深入研究。文中集中对比三个部分:《华夏集》选用的中文原文、费诺罗萨的手稿的英文注释、庞德的译文,然后对照这些诗提供自己的译文。全文由如下几个部分组成:Preface. Acknowledgments. Introduction; One. The Chinese Poem: Some Aspects of the Problem of Syntax in Translation; Two. Precision or Suggestion: Pre-Cathay Obsessions; Three. His "Maestria" in Translation: Limitations and Breakthrough; Four. In Search of Forms of Consciousness, The Topoi

---

① Angela Chih-Ying Jung, "Ezra Pound and China", Contents, University of Washington, 1955.
② Angela Jung and Guido Palandri: *Italian Images of Ezra Pound*, Taipei: Mei Ya Publications, Inc., 1979.
③ 同上, pp. 1 – 5.

of the "Complaint of the Frontier Guard", "Complaint of the Estranged Wife": Ironical Play; The Platonic Form of the Poem, Graphic Ironical Play; Permanence vs. Impermanence, A "Poundian" Poem; Summing Up; Appendix One. From the Fenollosa Notebooks; Appendix Two. Cathay Retranslated; Selected Bibliography; Indexes。叶氏首先例举西方重要批评家如福特、艾略特、休·肯纳对庞德《华夏集》的看法,他们基本上认为这部译作应该说是庞德的好的创作更恰当些,而译界与评论界对这部译作大多持两种态度,有说他译得不准,因庞德不懂中文,也有说他译得好,主要以费诺罗萨的注释为标准。这些译诗从翻译层面看优缺点如何?这些需要中国学者来给予答案。[①] 叶氏似乎不是简单评骘其译得准确与否,而是以庞德《华夏集》为案例来探讨中诗英译的困难,企图找出中英诗学比较与翻译的模式,理解庞德作为诗人在当时语境下借助中文诗的翻译为英美现代诗改革所作的贡献。2001年笔者在加州大学圣地亚哥分校做研究时,叶维廉正是该校比较文学系教授,我们经常在一起喝咖啡谈学问。笔者回国后邀请他两次来我校讲学,并聘他为我校客座教授。该校比较文学系的另一位教授唐纳德·魏思林(Donald Wesling)也是笔者的好友,有一次谈起叶维廉这部书,他情不自禁赞叹,说叶的这本书在六七十年代是美国比较文学研究领域颇有名气的一本佳作。叶维廉这本书也成为庞德《华夏集》的几个导读本的权威参考书。叶维廉于2006年在湖南岳麓书社出版《庞德与潇湘八景》[②],这是湖南师范大学英语语言文学"211工程"重点学科所推出的"湖湘文化与世界"系列丛书之一,叶先生在前言称自己走上庞德研究之途是源于早年读到

[①] Wai-Lim Yip, *Ezra Pound's Cathay*, Princeton, New Jersey: Princeton University Press, 1969, p.4.
[②] 叶维廉:《庞德与潇湘八景》,长沙:岳麓书社,2006年。

《诗章49》。该书考察了庞德与潇湘八景的缘由,庞德是如何将这幅嵌诗的画册写入诗中,并阐释了中国诗画对美国现代诗和庞德的借鉴意义,叶先生还结合自己多年研究庞德的心得解读了庞德诗的结构与美学特征。该书于2008年12月在台湾大学出版中心重版,新版除了对原书进行修订,还新增了英文对照内容与庞德私人收藏的潇湘八景画册。

笔者在加州大学圣地亚哥分校图书馆还读到郑树森的博士论文《丝绸上的太阳:埃兹拉·庞德和儒教》(*The Sun on the Silk: Ezra Pound and Confucianism*),该论文对庞德的《诗章》中所蕴含的儒教思想进行了梳理和深入探讨,全文共五个部分。这是一部颇有分量的博士论文,其中有些成果以论文形式发表,但可惜整部博士论文一直未出版。

黄贵友(Guiyou Huang)在1997年出版的《惠特曼主义、意象主义和现代主义在中国与美国》(*Whitmanism, Imagism, and Modernism in China and America*)是在他的1993年英文博士论文基础上修改而成的,该论文题为"Cross Currents: American Literature and Chinese Modernism, Chinese Culture and American Modernism"。该书选取中美文学在现代也就是20世纪初相互交流的两件大事的文化影响以及后来接受命运的社会背景进行探讨,这颇具时代意义的两件大事就是:惠特曼被引入中国与意象主义被介绍到中国对中国新诗运动的影响,与此同时庞德翻译并吸纳中国诗歌与儒家经典对英美现代诗所起的作用。该书的精彩与价值不仅在于描述了中美两国几乎同时借鉴了彼此所需的诗人及其作品,而且分析了为何惠特曼对中国诗人如郭沫若、田汉、艾青有那么强的吸引力。书中称,惠特曼被引入中国后即便是文革岁月也一直常青不衰,庞德与意象派的艺术主张经胡适和陈独秀吸收后改良成为新文化运动纲领性宣言。庞德与中国的关系一直是英美学界研究的重要话题,尽管庞德是将中国文化推向美国贡献最大的人物,他在新中国成立后却长期被忽略,这主要限于意识形态的影响,一是庞德与意象派被胡适介绍进来,而胡适长期被斥为资产阶级右翼文人的代表,二是庞德本人晚年替罗马电台播音成为法西斯文人,故只有到近年来国内学界才对他予以重视。该书还对庞德接受中国文化的方式以及吸取诗歌的内容进行了分析,认为庞德的翻译是重新创作,他首先是位富有创造才能的诗人,然后才是译者。[1]

钱兆明(Zhaoming Qian),美国新奥尔良大学校长特命(Chancellor's Professor)教授,应该可以说是近年来研究庞德贡献最大的中国学者。钱兆明的著作《东方主义和现代主义:庞德和威廉斯诗中的中国遗产》(*Orientalism and Modernism: the Legacy of China in Pound and Williams*)借鉴批评家萨义德的"东方主义"观点来研究两位现代大诗人。该书主要分为三部分:前言:在现代主义运动中的东方地位,庞德通往中国的道路,威廉斯早期与中国文化的接触。钱兆明的博士论文《庞德,威廉斯和中国诗歌:1913—1923 现代主义传统的形成》(*Pound, Williams, and Chinese Poetry: The Shaping of a Modernist Tradition 1913—1923*)是一部有分量的博士论文。钱兆明还主编了《庞德与中国》(*Ezra Pound & China*)一书,该书收录了中外十余位庞德研究专家对庞德与中国乃至东方文化关系的探讨。钱兆明一篇题为《庞德与"英国博物馆时代"的中国艺术》的论文细致探讨了庞德在早期尤其抵达英国后与中国艺术的情缘。他在英国博物馆认识了劳伦斯·比尼恩,此后比尼恩将庞德领入中国文化与艺术的殿堂,激发了庞德对中国的热爱。该文翔实考察了庞德与比尼恩的交往,提出庞德通过比尼恩认识了费诺罗萨的遗孀,得到费诺罗萨的手稿,从而开始《华夏集》的翻译,庞德接触中国之后对他的意象主义以及漩涡主义的

---

[1] Guiyou Huang, *Whitmanism, Imagism, and Modernism in China and America*, London: Associated University Presses, Inc., 1997, p. 123.

主张皆有深刻的影响。该文对厘清庞德早期与中国的关系有重要价值,因此被海伦·M·丹尼斯(Helen M. Dennis)编的《埃兹拉·庞德与诗歌的影响》(*Ezra Pound and Poetic Influence*)一书收录。①2008年钱兆明在牛津大学出版社出版了一部影响深远的书《埃兹拉·庞德的中国朋友:信中的故事》(*Ezra Pound's Chinese Friends: Stories in Letters*),钱先生自己称:"本书收集了庞德与中国友人的162封来往信件,其中有85封第一次公布于众。这些书信,配上我的评注,还原了庞德与中国友人之间被人遗忘的故事。它们展现了庞德生涯中被人忽略的一面:从1914到1959年这45年间,他与中国人之间的持续互动。这部书信选如实记录了一位现代主义大师以无与伦比的精力,追求他所认为的中国最优秀的东西,既包括他的失败也包括他的成功。"② 钱氏告知读者这本书是《东方主义与现代主义:庞德与威廉斯诗中的中国遗产》和《现代主义对中国艺术的反应:庞德、摩尔和史蒂文斯》的姊妹篇,从这本书可见庞德与中国人的私下交流、他不断变化的中国观以及他涉及中国作品的创作过程,因此,本书有可能改变我们对庞德与中国、现代主义与中国的看法③。

庞德在《诗章》第60章诗云:"杏花/从东方吹到西方/我要尽量不让它们落下。"这里的杏花喻指孔子讲学的杏坛飘来的花朵,庞德要终生维护它,表明自己对儒家的向往与忠诚。Feng Lan 在他的《埃兹拉·庞德与儒教:在现代性面上重塑人文主义》(*Ezra Pound and Confucianism: Remaking Humanism in the Face of Moder-*

---

① Zhaoming Qian, Pound and Chinese Art in the "British Museum Ezra", see, Dennis, Helen M.: *Ezra Pound and Poetic Influence*, pp. 100 – 112, Amsterdam-Atlanta, GA, 2000.
② Zhaoming Qian, *Ezra Pound's Chinese Friends: Stories in Letters*, New York: Oxford University Press, 2008, pp. xiv – xv.
③ 同上。

nity）探讨了庞德与中国儒教的关系。该著作是在他的博士论文基础上修改而成,全书由如下部分组成:Introduction: Keeping Confucian 'Blossoms' from Falling; 1. Five Types of 'Misreading' in Pound's Confucian Translations; 2. Confucianism and Pound's Rethinking of Language; 3. Confucianism and Pound's Political Polemic; 4. Confucianism and Pound's Spiritual Beliefs; Conclusion: Poundian-Confucian Humanism at the Crossroads。[1]

谢明在1999年出版《埃兹拉·庞德和对中国诗的归化:〈华夏集〉、翻译和意象主义》(*Ezra Pound and the Appropriation of Chinese Poetry: Cathay, Translation, and Imagism*)[2],该书入选乔纳森·哈特(Jonathan Hart)主编的"比较文学与文化研究"系列丛书。全书主要有如下几章:Chapter 1: The Age of Chinese Translation; Chapter 2: Ideogram and the Idea of Poetry; Chapter 3: The Moment of the Image; Chapter 4: Personae and the Elegiac Mood; Chapter 5: Parataxis and the Moving Image; Chapter 6: The Chinese "Example" of Vers Libre; Chapter 7: Synthetic Language; Chapter 8: Pound as Translator: An Overview。[3] 本书的主旨是探讨在20世纪初中国诗歌如何被英美作家与诗人翻译成英文,并如何被英美诗歌创作所借鉴。在此过程中庞德首开先锋,他于1915年出版《华夏集》(*Cathay*)。受庞德之影响,亚瑟·威利(Arthur Waley)于1918年出版《一百七十首中国诗》(*One Hundred and Seventy Chinese Poems*),爱米·罗威尔在1921年出版《松花笺》(*Fir Flow-*

---

[1] Lan Feng, *Ezra Pound and Confucianism: Remaking Humanism in the Face of Modernity*, Toronto, Buffalo, London: University of Toronto Press, 2005, pp. v – vi.

[2] Ming Xie, *Ezra Pound and the Appropriation of Chinese Poetry: Cathay, Translation, and Imagism*, New York and London: Garland Publishing, Inc. A Member of the Taylor & Francis Group, 1999.

[3] 同上, p. iix.

er Tablets)。这些翻译者们往往以他们的所见和所需,对中国诗进行归化式的翻译,而这些译文是很好的英文诗并被西方世界成功接受。该书很扎实地审视了这段历史与翻译的过程,并展现了庞德的中国诗的翻译对他自己后来的创作、对英美意象主义运动以及现代诗的创作所起的作用。此外,谢明还为《埃兹拉·庞德的剑桥指南》一书写了《翻译家庞德》一章。

我国学者常耀信先生于 1984 年 6 月在美国完成英文博士论文《爱默生、梭罗和庞德所受的中国影响》(*Chinese Influence in Emerson, Thoreau, and Pound*),其中第 5 章研究庞德的中国经典的翻译,第 6 章探讨庞德与孔子。常先生自 1986 年起担任美国《庞德研究专刊》(*Paideuma*)杂志特邀编辑,他的英文论文《庞德的诗章与儒教》(*Pound's Cantos and Confucianism*)被马希尔·斯密斯(Marcel Smith)和威廉·A·阿尔曼(William A. Ulmer)所编的《埃兹拉·庞德:文化的遗产》(*Ezra Pound: The Legacy of Kulchur*)收录①。常先生在这篇长论文里较为翔实地梳理了庞德《诗章》与儒家思想的关系,并探讨了庞德为何吸纳儒家来替代他的基督教信仰。

庞德热爱中国,他在世与身后都得到了一代又一代中国学人的研究与喜爱。古云"桃李不言,下自成蹊",如此看来,这也是情理之中。

---

① Marcel Smith and William A. Ulmer, *Ezra Pound: The Legacy of Kulchur*, The University of Alabama Press, Tuscaloosa and London, 1988, pp. 86 – 112.

庞德研究

结 语
历史的灯火阑珊处

　　钱锺书先生说过:"考古学提倡发掘坟墓以后,好多古代死人的朽骨和遗物都暴露了;现代文学成为专科研究以后,好多未死的作家的将朽或已朽的作品都被发掘而暴露了。被发掘的喜悦使我们这些人忽视了被暴露的危险,不想到作品的埋没往往保全了作者的虚名。假如作者本人带头参加了发掘工作,那很可能得不偿失,'自掘坟墓'会变为矛盾统一的双关语:掘开自己作品的坟墓恰恰也是掘下了作者自己的坟墓。"① 庞德在这一点上似乎与钱锺书不谋而合,庞德曾说过人家给他写传记像是写悼词,因此不太喜欢他人过早为他著书立传。他虽是位表现欲强的人,好为人师,但不太爱谈自己,否则像他这样地位显赫的诗人准会有长篇的自传。庞德仅是应邀或接受采访或在信中偶有谈论自己。他早年写过一篇短文《我是如何开始的》(How I Began)谈论自己的文学经历,这篇短文后来经常被文学史家和传记作者引用。这篇文章的开头写道:"如果动词用的是过去式,这件事就没什么好说的了。艺术家总是在开始。任何艺术作品要不是开始、发明和发现,那就

---

① 钱锺书:《写在人生边上》,重印本序,北京:生活·读书·新知三联书店,2002年。

没什么价值。"① 此话符合庞德的性格与他的艺术观,他一生总在探索,在诗歌艺术上他力求日日新,代表作《诗章》到他去世时仍然没有结尾。庞德在文学史上或者学术史上占有如此重要的地位,不管他情愿与否,他的功过与是非,自然会有人论及,此乃符合文学研究之常理。庞德生前和去世之后,关于他的传记层出不穷。这些传记至少说明庞德就是这样一位有故事的名人。在众多传记中,韩弗理·卡本特长达975页的传记《一位严肃的角色:埃兹拉·庞德的一生》颇为显眼,该书于1988年作为"三角洲系列丛书"之一由德尔出版集团出版,书的标题取自美国现代诗人查尔斯·奥尔森(Charles Olson)的一句诗:"你是或者不是,一位严肃角色?"("are you or are you not, a serious character?")该书前言的开端写得颇为有趣,"如果埃兹拉·庞德还没有存在过,要创造他来很难。另一方面,有人第一次偶尔碰见有关他生平的事实,也许会认为他是小说或者戏剧中的异乎寻常的角色,而不是一个真实的历史人物。但他确实是活生生的,他成为传记中众多话题也不奇怪。事实上一位作者曾在1982年接触该领域时绝望了并且说:'研究庞德的传记文学是摇摆不定的。'"② 庞德是20世纪现代诗歌的中心人物,而研究他的人始终觉得他摇摆不定,难以捉摸,有时会觉得他宛如小说或剧中人,皆因他扮演着多重角色和拥有非凡的人格魅力。他在青少年时就立志做诗人,在这条路上他越走越远,从美国走到欧洲;他的诗路也越走越宽阔,从学习维多利亚诗人开始,后承接盎格鲁—撒克逊诗歌传统,再移植古希腊、罗马、普罗旺斯、日本、古代中国等诗歌。用今天的话说,他的诗经常穿

---

① Ezra Pound, "How I Began", see *Ezra Pound Early Writings: Poems and Prose*, edited with an Introduction and Notes by Ira B. Nadel, London: Penguin Books Ltd., 2005, p.211.
② Humphrey Carpenter, *A Serious Character: The Life of Ezra Pound*, p.xi, Dell Publishing Group, Inc.

越,穿越古今,穿越不同文化,他的穿越水平之高,可谓"观古今于须臾,抚四海于一瞬",这是很难企及的境界,需要学养支撑的,同时由于他穿越厉害,学问博大,阅读他的诗作常常如坠云里雾里。他并非刻意炫耀学识或者卖弄书袋,但多方学问深藏诗中,诗句读起来清新自然,照样会给你带来惊喜,其文之思也,其神远矣,思接千载,视通万里。他的高妙就在于他能做到"笼天地于形内,挫万物于笔端",他的诗路可以上承维多利亚唯美诗风,中领现代主义诗歌风骚,下启后现代主义的先锋,英美现代诗皆可以从他这里找到源泉,艾略特等现代主义诗人称他为卓越的匠人,这是情理之中。他总想飞得更高,其使命感却越扛越重,以雪莱式"立法者"诗人和卡莱尔"英雄"般诗人自勉,深信诗包含历史,倾其全力来推动20世纪西方现代主义文学向前发展。在文学形式上他力求创新,做领头羊,而且还要做文艺保护神,英美文坛的现代风云人物如乔伊斯、叶芝、弗罗斯特、艾略特、海明威、H. D.、威廉斯、肯明斯、金斯堡等都得到过他直接或间接的帮助。他涉足的领域极为宽阔,用现在时髦的话说,他喜欢跨界,文学与文艺、政治与经济的活他都敢干,翻译、写诗、写剧本、作曲样样他都有作品。翻译方面,他颇为精通的古英语、法文、意大利文、拉丁文,他按自己的意愿译,就连他不太懂的日文、古埃及语、中文,他也大胆地根据自己的用途与理解进行创作式的翻译;他教过书,不过仅半年而已,但一生似乎都在做文艺教父的工作,早年在伦敦身兼几种杂志编委,扶植奖掖文艺新人,他给人家谆谆教诲的信比他一生创作的诗歌要多得多,哪怕身在囹圄,拜谒者亦不少,英美现代主义与后现代主义诗人们皆奉他为祖师。针对资本主义的经济危机以及一战、二战期间所爆发的各种矛盾,他不免心急如焚,总觉得天下兴亡,匹夫有责,于是他跨界研究经济与政治,批判资本主义,批判隐藏在矛盾背后的文化与宗教因素,后来在古老的中国孔子儒家文化里找到一剂良药。为了拯救世界免于第二次大战,他蛰伏在意大利的港岛忐忑不安,常给政界高层人士包括总统、议员、州长等写信,甚至不辞辛劳从欧洲返回故土美国做游说工作,他也不知自己的分量,以为美国总统会见他,谁知到美国后他的满腔热情便被无情地浇灭。但奇怪的是,历史与现实常常有些难以预料的可笑之事,墙内开花墙外香,东方不亮西方亮,意大利的元首墨索里尼对他发生兴趣,接见他时给了几句鼓励的话,所谓对文艺保护的政策,竟然让他找不到北,认贼做友,按捺不住诗人的激情,到罗马电台替法西斯说了不少糊里糊涂的话,可谓晚节不保,二战结束时被美军俘获,后押至美国监禁数十年,蹲监期间居然还能获得美国诗歌最高奖博林根奖。获释后他依然跨越国界,在意大利度过余生,最后客死他乡,葬在他钟爱的水城威尼斯。

庞德一生未来过中国,自从他得到汉学家费诺罗萨的手稿后,就宛如哥伦布发现新大陆,对孔子、屈原、李白生活的中国充满向往。他研习中国文字,并引入他的《诗章》,甚至将所谓的"形意方法"用来建构他李白的诗歌结构,认为高于他前期试验过的"意象主义"与"漩涡主义",他信仰儒家思想,翻译《诗经》、《论语》、《大学》、《中庸》。由于有庞德这样大诗人的大力推介,中国诗与中国文化在英美现代诗人中成为复兴他们文化的动力,关于此方面不少中国学者已有论及,本书不必拾人牙慧。有意思的是,庞德的影响不仅局限于英美现代和后现代诗人,就是当代西方文化批评大家如法国的德里达也从庞德这里找到解构西方逻各斯中心主义的良方。德里达认为,自柏拉图以降,西方文化传统一直受到逻各斯中心主义的支配,在书面表达方面表现为语音中心主义(phonocentrism),他从庞德和费诺罗萨对中国表意文字的奇特读解上获得灵感,觉得非拼音的中国文字或者日本文字结构基本上象形,是可以证明在一切逻各斯中心倾向之外发展的强大文明运动,[1]是

---

[1] Jacques Derrida, *Of Grammatology*, trans., Gayatri Chakravorty Spivak, Baltimore: Johns Hopkins University Press, 1976, p.90.

对西方传统的首次突围,"众所皆知费诺罗萨的著作对庞德及其诗学的影响,这一生动的象形诗学,再赋予马拉美诗学,是对防范得最为严密的西方传统的第一次突围。中国表意文字对庞德创作所产生的魅力由此获得应有的历史意义。"① 关于费诺罗萨对庞德的影响本书已有专门论及,庞德根据费氏手稿解读汉字以及翻译中国诗,在懂汉语的行家看来,是富有创造性的而且是不靠谱的,连庞德的好友艾略特都说:"庞德为我们的时代发明了中文诗。"奇怪的是,德里达居然十分信赖庞德与费诺罗萨,从他们这里找到解构西方逻各斯中心主义的武器,庞德若是地下有知必感欣慰,但从跨文化研究的角度看,这显然是有问题的。西方理论家们在对西方传统作自我批判的同时,往往把中国或东方浪漫化、理想化,强调东西文化的差异和对立,把中国视为西方的反面。从庞德到德里达都没有深切把握中国文化的内核,他们皆是为自己的需要来臆想,正如张隆溪在《道与逻各斯》中指出的:"无论是庞德还是费诺罗萨,都并没有跳出德里达在莱布尼茨身上发现的欧洲偏见。"② 他们将中文仅臆想为默默无声的象形符号,且"解构主义的互文是一个没有起源的'踪迹',中国的互文作为踪迹却总是引导人们回到起源,回到传统的源头,回到道与儒的伟大思想家那里。"③ 因此,我们在汉语国际教育以及跨文化交流的进程中,对庞德理想化的中国以及德里达视中文为解构西方逻各斯中心主义的策略都要做辩证的分析。

德国哲学家海德格尔在《形而上学导论》中有一段话让人读后颇为感慨:

---

① Jacques Derrida, *Of Grammatology*, trans, Gayatri Chakravorty Spivak, Baltimore: Johns Hopkins University Press, 1976, p. 92.
② 张隆溪:《道与逻各斯》,南京:江苏教育出版社,2006年。第36页。
③ 同上。第46页。

> 我们必须摒弃所有任何特殊的、个别的在者的优越地位,包括人在内。因为这个在者有什么稀奇!让我们设想一下处于广阔无垠的黑暗宇宙空间的地球吧,它犹如一颗微小的沙粒,与另一颗最近的沙粒相融不下一公里。在这颗微小的沙粒上,苟活着一群浑噩卑微的、自问聪明而发明了认识一瞬的动物。在千百万年的时间长河中,人类生命的延续才有几何?不过是瞬间须臾而已。①

依海德格尔看来,地球在浩茫的天宇中只不过是一颗沙粒,相比之下,人更是微乎其微了。尽管如此的渺小,作为有灵性的动物,人在其短暂的时间绵延中却真真实实地存在着。

清朝黄体芳题南京莫愁湖胜棋楼云:"人言为信,我始欲愁,仔细思量,风吹皱一池春水;胜固欣然,败亦可喜,如何结局,浪淘尽千古英雄。"该联以宽厚和博爱的观点来看待历史人物。今天我们活着的人为古人作传立说,宛如乘着帆船回溯滚滚东逝的历史大江,在历史的时间之流的浪花里映照和寻觅昔日的英雄。本书中的主角庞德称不上中国小说或历史剧中的"千古英雄",仔细思量,他的所作所为恰如风吹皱一池春水。他只不过是太空中一颗小沙上有灵性动物的一员,在万万年的时间移动中做出了属于他那个时代的一些事情。今天我们蓦然回首,他恰在人类历史长河的灯火阑珊处,用他的智性舞蹈,给我们以启示与教诲。

我只能用庞德评论好友 T. S. 艾略特的话来结束本书:阅读他吧!

---

① 海德格尔:《形而上学导论》,熊伟、王庆节译,北京:商务印书馆,2009 年。第 6 页。

附录一

庞德生平年表[①]

1885	埃兹拉·庞德于10月30日出生在美国的爱达荷州黑利。父亲为荷默·庞德,母亲为伊莎贝莉·威士顿。
1887	庞德出生后18个月回到纽约市,住在母亲的叔父埃兹拉·布朗·威士顿和叔母弗兰斯·威士顿家。庞德的名字取自母亲的叔父。
1889	他父亲在美国钱币局任职,一直工作到1928年退休。
1890	庞德家住在费城西的南43街208号。
1892	庞德家搬到费城北金肯镇核桃街417号,从此安居下来。
1895	进温柯特小学。
1897	进切尔滕纳姆军事学校。
1898	弗兰斯·威士顿带庞德与他母亲去欧洲。
1901	进宾夕法尼亚大学。在此结识三位朋友:威廉·卡洛斯·威廉斯,威廉姆·布鲁克·史密斯,希尔达·杜利特尔(H. D.)。
1902	庞德全家和弗兰斯·威士顿带庞德第二次游览欧洲。
1903	转学到纽约州的汉密尔顿学院。
1904	在汉密尔顿学院结识比他大11岁的女钢琴家凯瑟琳·露丝·赫美。
1905	毕业于汉密尔顿学院,获学士学位。秋季,重入宾夕法尼亚大学罗曼语系攻读研究生。
1906	春季获文学硕士学位并获得奖学金去马德里学习西班牙文学,后返

[①] 参阅 Ira B. Nadel, ed., *The Cambridge Companion to Ezra Pound*, Cambridge: Cambridge University Press, 1999。

	回宾夕法尼亚大学师从费利克斯·谢林教授攻读博士研究生,进展不顺。
1907	夏季与玛丽·莫尔相爱,后来出版诗集《面具》(1909)是献给她的。8月在印第安纳州的克劳福兹维尔市的沃巴什学院罗曼语系找到教职。
1908	2月因留宿一位女演员而被解职。3月至8月,失业,他说服父亲资助他去欧洲以文谋生。夏季停在威尼斯,7月自费出版第一本诗集《熄灭的细烛》,仅印100本,献给患肺结核去世的早期朋友威廉·布鲁克·史密斯。6月在威尼斯重逢凯瑟琳·海曼,她当时正在此举行巡回表演。8月底前往伦敦。
1909	见到小说家奥利维娅·萨士比亚和她的女儿多萝西,结识一批重要作家与诗人如:亨利·詹姆斯,福特·马多克思·福特,T. E. 休姆,F. S. 弗林特,温德罕姆·刘易斯,W. B. 叶芝。出版西部诗集《面具》和《狂喜》。
1910	在意大利见到奥利维娅·萨士比亚和多萝西。六月返回美国。在纽约见到叶芝的父亲约翰·B. 叶芝。著作《罗曼司的精神》在伦敦出版。诗集《普罗旺斯》在美国波士顿出版。
1911	2月从美国返回欧洲。在德国见到福特,他取笑庞德七月在伦敦出版的诗集《冈佐尼》。H. D. 抵达伦敦。在《新时代》发表论文《我收集地狱判官的肢体》。
1912	与休姆、弗林特、H. D. 开创意象主义。被邀为哈莉特·门罗主编杂志《诗刊》海外记者与编辑;诗集《还击》在伦敦出版。
1913	结识法国雕刻家亨利·戈蒂耶-布尔泽斯卡和费诺罗萨夫人。担任叶芝秘书。在《诗刊》(3月1日)杂志上发表《意象主义几个"不"》一文。
1914	4月20日与多萝西·萨士比亚结婚。与温德罕姆·刘易斯通过《疾风》杂志开始"漩涡主义"运动,在9月的《双周刊评论》上发表《漩涡主义》一文,同月,经康拉德·艾肯介绍认识诗人T. S. 艾略特,将艾略特的《J. 阿尔弗雷德·普鲁弗洛克的情歌》推荐到《诗刊》发表,商议在《自我主义者》杂志上发表詹姆士·乔伊斯的小说《一个青年艺术家的画像》。

1915	6月,雕刻家亨利·戈蒂耶-布尔泽斯卡死于战争。9月开始创作《诗章》。根据汉学家费诺罗萨的遗稿改译中国诗《华夏集》出版。
1916	出版《戈蒂耶-布尔泽斯卡纪念集》,出版诗集《仪式》,出版《日本的某些能剧》。
1917	被邀为《小评论》驻海外记者与编辑,乔伊斯的《尤利西斯》在该杂志上发表一部分。《诗章》前三章在《诗刊》(6月,7月,8月)发表。
1918	见到 C.H.道格拉斯上校,他的经济理论影响了庞德。
1919	《向塞科丢斯·普洛朴梯斯致礼》(完成于1917年)出版。与多萝西和 T.S.艾略特到法国南部旅行。C.H.道格拉斯的著作《经济民主》以系列论文在《新时代》杂志出版。
1920	担任《日暑》国外记者,4月取道巴黎到威尼斯。6月见小说家乔伊斯。7月,乔伊斯全家在庞德帮助下到巴黎。他本人的自传文章《失检》发表在5月的《新时代》。他整理费诺罗萨的遗作《作为诗歌手段的中国文字》在纽约出版。《休·赛尔温·莫伯利》6月出版,同月《埃兹拉·庞德的早期诗歌》出版。
1921	1月庞德离开伦敦前往法国,4月在巴黎住下,结识格特鲁德·斯泰因、海明威、E.E.肯明斯等。11月 T.S.艾略特到瑞士疗养后将《荒原》手稿交给庞德编辑。庞德《1918—1921年诗选》在纽约出版,此卷包括《诗章41》。
1922	除夕见到画家毕加索。向海明威学拳击。1月底,将《荒原》修改稿还给艾略特。庞德将原诗1000行左右压缩到436行。发起经济资助 T.S.艾略特和其他作家的活动。《荒原》在年底的《日暑》出版,这是英美现代诗歌史上划时代的作品。翻译雷米·德·古尔蒙的《爱的自然哲学》出版。
1923	在巴黎结交小提琴家奥尔佳·露基,她以后成为庞德的终生女友。写作《诗章》8—11章。
1924	6月在巴黎会见威廉·卡洛斯·威廉斯。10月,庞德与多萝西离开巴黎前往意大利定居。
1925	7月9日,庞德与奥尔佳·露基的女儿玛丽出生在意大利。庞德集中精力写《诗章》,翻译孔子和研究经济学。
1926	庞德的歌剧在巴黎6月上演,9月10日,庞德与多萝西的儿子荷

马·庞德出生在巴黎。

1927　编辑和出版杂志《流放者》,该杂志以后仅印四期。

1928　庞德获《日晷》1927年诗歌奖。翻译的儒家经典《大学》出版。《诗章》的草稿17—27章出版,庞德父母来意大利同住。

1929　奥尔佳·露基与庞德同住在威尼斯,庞德在《诗章66》描述其为"隐蔽的爱巢"。

1930　《诗章》草稿30章在巴黎出版,印200本。

1931　《如何阅读》出版。

1932　译作《吉多·卡瓦尔康蒂》出版。

1933　1月,在罗马会见墨索里尼,在《诗章41》叙述此事。8月,诗人路易斯·儒可夫斯基拜访庞德。詹姆斯·劳克林成为庞德在美国的出版商,《经济学入门》在伦敦出版。

1934　9月《日日新》在伦敦出版,10月《十一首新诗章31—41》在纽约出版。

1935　10月2日墨索里尼宣战。庞德在意大利开始为法西斯播音。

　　　5月《社会契约:一种影响》在伦敦出版。

　　　7月《杰弗逊和/或者墨索里尼》在伦敦出版。

1937　1月《文明论文集》在伦敦出版。

　　　6月译作《论语》在米兰出版。

1938　7月《文化指南》在伦敦出版。

1939　4月返回美国想说服国会议员不参战,未遂。5月在哈佛大学朗读他的诗歌。6月在母校汉密尔顿学院接受荣誉学位。6月底返回意大利。6月26日,福特·马多克斯·福特去世。发表《金钱为何?》。

1940　1月在威尼斯与哲学家乔治·桑塔耶那对话。完成《诗章51—71》。

1941　常为罗马电台播音,批评罗斯福和美国政府的战争政策与行为,有排犹思想。

1942　2月庞德的父亲荷默·庞德去世。庞德的女儿玛丽开始将庞德的《诗章》译成意大利文。

1943　2月继续罗马电台的政治播音,批评美国介入二战。

1944　5月,庞德和多萝西被德国人命令离开意大利的拉帕罗,庞德、多萝西、奥尔佳住在意大利城市圣阿姆布罗郭(Sant'Ambrogio)的小山顶上。完成《意大利诗章》。

1945	4月墨索里尼被抓获和执行死刑。5月庞德被抓获,在意大利比萨附近美军监狱营地,关押在露天的铁笼二周半,身体备受折磨与摧残。后来关在条件稍好的地方,配有一部打字机,翻译儒家经典,完成《诗章74—84》。十月多萝西探望,后来女儿玛丽和女友奥尔佳前来探望。11月,庞德被押往华盛顿,随后被指控为叛国罪。12月21日被诊为精神病,送往华盛顿圣·伊丽莎白医院监禁,在此呆了12年多。
1946	7月T. S.艾略特看望庞德。女儿玛丽与波利斯·德·拉齐维兹结婚。
1947	英译本《中庸》出版。
1948	2月4日,庞德的母亲伊莎贝莉去世。 诗人罗伯特·罗威尔拜访。 7月庞德的研究学者休·肯纳拜访庞德。 7月20日,《比萨诗章》在伦敦出版。
1949	2月20日,因《比萨诗章》获博林根奖。 《诗选》在纽约出版。
1950	庞德的《金钱小册子》被译成英文在伦敦出版。 由D. D.佩奇编辑的《埃兹拉·庞德书信集:1907—1941》在纽约出版。
1952	奥尔佳·露基来探望庞德。
1953	玛丽探望父亲。 休·肯纳编辑的庞德《翻译集》在伦敦出版。
1954	路易斯·儒可夫斯基和他的小提琴手儿子保尔拜访。 T. S.艾略特编《埃兹拉·庞德的文学论文集》在伦敦出版。 庞德译《儒典选集》由哈佛大学出版社出版。
1955	《诗章》的凿石篇在米兰出版。
1956	《特拉克斯的女人们》在伦敦出版。
1957	4月,马希拉·斯斑拜访庞德,成为庞德的女友。
1958	麦克林斯、罗伯特·弗罗斯特、海明威、T. S.艾略特等呼吁释放庞德。

	5月7日,庞德正式获释。前往意大利之前,他先去宾夕法尼亚老家,然后去新泽西看了老友威廉·卡洛斯·威廉斯。庞德与多萝西和马希拉·斯斑一起离开美国。
1959	马希拉·斯斑在夏季离开。
1960	3月会见诗人唐纳德·霍尔。秋季后变得忧郁与沉默。
1963	获美国诗人协会奖。 3月4日,威廉·卡洛斯·威廉斯去世。
1964	庞德与马希拉·斯斑合编的《孔子到肯明斯》在纽约出版。
1965	T. S.艾略特于元月去世,回伦敦参加追思会。 到都柏林看望叶芝遗孀。戏剧家贝克特看望庞德。
1966	庞德变得愈发沉默。庞德的文稿、信件存在耶鲁大学。
1967	庞德拜谒在苏黎世的乔伊斯墓。夏季,阿伦·金斯堡看望庞德,10月在威尼斯再会面。《诗章选集》出版。
1969	6月4日,庞德与奥尔佳·露基参加《荒原》手稿展览开幕式。庞德、奥尔佳和劳克林访问庞德的母校汉密尔顿学院,受到热烈欢迎。《诗章110—117》的手稿和残片在纽约出版。
1972	11月1日 庞德在威尼斯去世,享年87岁。 研究庞德的杂志 *Paideuma* 创刊。
1973	12月8日 多萝西·庞德去世。
1996	3月15日 奥尔佳·露基去世。

附录二

庞德研究文献

一、庞德的著作

1.1 Original Writings

ABC of Economics, London: Faber and Faber, 1933, reprinted in SP.
ABC of Reading [*ABCR*], 1934, New York: New Directions, 1960.
Antheil and the Treatise on Harmony, Paris: Three Mountains Press, 1924, reprinted in EP&M.
Canti postumi, ed. Massimo Bacigalupo, Milan: Mondadori, 2002.
The Cantos of Ezra Pound, New York: New Directions, 1972. Contains: *A Draft of XXX Cantos* (1930); *Eleven New Cantos* (1934); *The Fifth Decade of Cantos* (1937); *Cantos LII – LXXI* (1940); *Cantos LXXII – LXXIII* (1944); *The Pisan Cantos* (1948); *Section: Rock-Drill de los Cantares* (1955); *Thrones de los Cantares* (1959); and *Drafts and Fragments of Cantos CX – CXVII* (1969). (*Note:* The first printing of *Cantos 1 – 117* in one volume dates to 1970. Subsequent printings vary, particularly in the inclusion of *Cantos 72 – 73* and the contents and arrangement of Drafts and Fragments.)
Cavalcanti: A Perspective on the Music of Ezra Pound, ed. Robert Hughes and Margaret Fisher, Emeryville: Second Evening Art, 2003. Includes score of Cavalcanti.
Certain Radio Speeches of Ezra Pound, ed. William Levy, Rotterdam: Cold

Turkey P., 1975.

Collected Early Poems of Ezra Pound [*CEP*], ed. Michael King, New York: New Directions, 1976. Contains: *A Lume Spento* (1908); *A Quinzaine for This Yule* (1908); *Personae* (1909); *Exultations* (1909); *Canzoni* (1911); and *Ripostes* (1912).

Ezra Pound and Music: The Complete Criticism [*EP&M*], ed. R. Murray Schafer, New York: New Directions, 1977.

Ezra Pound and the Visual Arts [*EP&VA*], ed. Harriet Zinnes, New York: New Directions, 1980.

Ezra Pound e la scienza: Scritti inediti o rari [*EP&S*], ed. Maria Luisa Ardizzone, Milano: Libri Scheiwiller, 1987.

"*Ezra Pound Speaking*": *Radio Speeches of World War II* [*RSWWII*], ed. Leonard W. Doob, Westport: Greenwood, 1978.

Ezra Pound's Poetry and Prose: Contributions to Periodicals [*EPPP*], ed. Lea Baechler, A. Walton Litz, and James Longenbach, 11 vols, New York: Garland, 1991.

Exultations of Ezra Pound, Whitefish: Kessinger Publishing, 2010.

Gaudier-Brzeska: A Memoir [*GB*], 1916, New York: New Directions, 1970.

Guide to Kulchur [*GK*], 1938, New York: New Directions, 1970.

Hilda's Book, In Hilda Doolittle, *End to Torment: A Memoir of Ezra Pound*, ed. Norman Holmes Pearson and Michael King, New York: New Directions, 1979.

I Cantos, ed. Mary de Rachewiltz, Milan: Mondadori, 1985.

"*IF THIS BE TREASON...* ", Siena: Tip, Nuova, [1948]; Venice: Tip Litografia Armena, 1983.

Imaginary Letters, Paris: Black Sun Press, 1930.

Impact: Essays on Ignorance and the Decline of American Civilization, ed. Noel Stock, Chicago: Henry Regnery Company, 1960.

Instigations of Ezra pound, *Together with an Essay on the Chinese Written Character by Ernest Fenollosa*, New York: Boni and Liveright, 1920.

Jefferson and/or Mussolini [*J/M*], 1935, New York: Liveright, 1970.

Literary Essays of Ezra Pound [*LE*], ed. T. S. Eliot, 1954, New York: New Directions, 1972.

Love Poems of Ancient Egypt, trans. Ezra Pound and Noel Stock, Norfolk: New Directions, n. d. [The date is possibly 1962, the year of Stock's copyright;

Pound's copyright is 1960.]
Machine Art and Other Writings: The Lost Thought of the Italian Years, ed. Maria Luisa Ardizzone, Durham: Duke University Press, 1996.
Make It New [*MIN*], 1934, New Haven: Yale University Press, 1935.
Patria Mia [*PM*], Chicago: Ralph Fletcher Seymour, 1950, reprinted in SP (American ed.).
Pavannes and Divagations [*PD*], New York: New Directions, 1958.
Personae: The Shorter Poems of Ezra Pound [P], ed. Lea Baechler and A. Walton Litz, 1926, New York: New Directions, 1990.
Plays Modelled on the Noh (1916), ed. Donald C. Gallup, Toledo: Friends of the University of Toledo Libraries, 1987.
Poems and Translations, ed. Richard Sieburth, New York: Library of America, 2003.
Polite Essays, 1937, Norfolk: New Directions, 1940.
Selected Cantos of Ezra Pound, London: Faber, 1967; New York: New Directions, 1970.
Selected Poems, ed. T. S. Eliot, London: Faber and Gwyer, 1928.
Selected Poems, New York: New Directions, 1949.
Selected Prose 1909 – 1965 [SP], ed. William Cookson, New York: New Directions, 1973. Contains: *Patria Mia* (1950, American ed. only); *An Introduction to the Economic Nature of the United States* (1944/1950); *ABC of Economics* (1933); *What Is Money For?* (1939); *A Visiting Card* (1942/1952); and *Gold and Work* (1944/1951).
The Spirit of Romance [SP], 1910, New York: New Directions, 1968.
A Variorum Edition of "Three Cantos" by Ezra Pound: A Prototype, ed. Richard Taylor, Bayreuth: Boomerang Press-Norbert AAS, 1991.
A Walking Tour in Southern France: Ezra Pound among the Troubadours, ed. Richard Sieburth, New York: New Directions, 1992.

1.2 Translations and Edited Works

Anderson, David, ed.: *Pound's Cavalcanti: An Edition of the Translations, Notes, and Essays*, Princeton: Princeton University Press, 1983.
Cathay, London: Elkin Mathews, 1915.
Cavalcanti, Guido: *Pound's Cavalcanti*, ed. David Anderson, Princeton: Princeton University Press, 1983.

附录二

The Classic Anthology Defined by Confucius, Cambridge: Harvard University Press, 1954.

Confucius, New York: New Directions, 1969. Contains: *Ta Hio* (1928); *The Unwobbling Pivot* (1947); and *The Analects* (1950).

de Gourmont, Remy: *The Natural Philosophy of Love*, postscript by Ezra Pound, New York: Boni and Liveright, 1922.

Fenollosa, Ernest: *The Chinese Written Character as a Medium for Poetry*, Foreword and Notes by Ezra Pound, 1920, London: S. Nott, 1936.

Morand, Paul: *Fancy Goods: Open All Night*, ed. Breon Mitchell, New York: New Directions, 1984.

Pea, Enrico: *Moscardino*, Milano: All'Insegna del pesce d'oro, 1955.

Por, Odon: *Italy's Policy of Social Economics, 1939 – 1940*, trans. Ezra Pound, Bergamo: Istituto italiano d'arti grafiche, 1941.

Pound, Ezra, ed.: *Active Anthology*, London: Faber, 1933.

Pound, Ezra: *Profile*, Milano: Giovanni Scheiwiller, 1932.

Pound, Ezra: *The Translations of Ezra Pound*, ed. Hugh Kenner, 1953, New York: New Directions, 1963.

Pound, Ezra and Ernest Fenollosa: *The Classic Noh Theater of Japan*, New York: New Directions, 1959.

Pound, Ezra and Marcella Spann, eds.: *Confucius to Cummings: An Anthology of Poetry*, New York: New Directions, 1964.

Sophocles: *Elektra: A Play*, with Rudd Fleming, ed. Richard Reid, New York: New Directions, 1990.

Sophocles: *Women of Trachis*, 1956, New York: New Directions, 1957.

Ward, Charlotte, ed.: *Forked Branches: Translations of Medieval Poems*, Iowa City: University of Iowa Press, 1985.

Ward, Charlotte, ed.: *Pound's Translations of Arnaut Daniel: A Variorum Edition with Commentary from Unpublished Letters*, New York: Garland, 1991.

1.3 Correspondence

Ahearn, Barry, ed.: *Pound/Cummings: The Correspondence of Ezra Pound and E. E. Cummings*, Ann Arbor: University of Michigan Press, 1996.

Ahearn, Barry, ed.: *Pound/ Zukofsky: Selected Letters of Ezra Pound and Louis Zukofsky*, New York: New Directions, 1987.

Burns, Philip J., ed.: *"Dear Uncle George"*: *The Correspondence Between Ezra*

Pound and Congressman Tinkham of Massachusetts, Orono: National Poetry Foundation, 1996.

Carpenter, Humphrey: *Ezra Pound and Dorothy Shakespear: Their Letters: 1909 – 1914*, Omar Pound and A. Walton Litz, eds., New York: New Directions, 1984.

Dudek, Louis, ed.: *Some Letters of Ezra Pound*, Montréal: Dudek-Collins Books, 1974.

Edwards, John H., ed.: *Pound Newsletter*, Berkeley: University of California Press, 1954 – 1966.

Gallup, Donald Clifford: *T. S. Eliot and Ezra Pound: Collaborators in Letters*, New Haven, Conn.: Henry W. Wenning/ C. A. Stonehil, 1970.

Gordon, David M., ed.: *Ezra Pound and James Laughlin: Selected Letters*, New York: Norton, 1994.

Holmes, Sarah, ed.: *The Correspondence of Ezra Pound and Senator William Borah*, Urbana: University of Illinois Press, 2001.

Kodama, Sanehide, ed.: *Ezra Pound/Japan: Letters and Essays*, Redding Ridge: Black Swan, 1987.

Lindberg-Seyersted, Brita, ed.: *Pound/Ford: The Story of a Literary Friendship*, New York: New Directions, 1982.

Nadel, Ira B., ed.: *The Letters of Ezra Pound to Alice Corbin Henderson* [L/ACH], Austin: University of Texas Press, 1993.

Materer, Timothy, ed.: *Pound/Lewis: The Letters of Ezra Pound and Wyndham Lewis* [L/WL], New York: New Directions, 1985.

Materer, Timothy, ed.: *The Selected Letters of Ezra Pound to John Quinn, 1915 – 1924*, Durham: Duke University Press, 1991.

Mondolfo, Vittoria I. and Margaret Hurley: Introduction by Walter Pilkington, *Ezra Pound: Letters to Ibbotson, 1935 – 1952*, Orono, Maine: National Poetry Foundation, University of Maine, 1979.

Paige, D. D., ed.: *The Letters of Ezra Pound, 1907 – 1941*, New York; London: Harcourt Brace and Company, 1950; repr., Norfolk, Conn.: New Directions, 1950; London: Faber, 1971; New York: New Directions, 1971.

Pearce, Donald and Herbert Schneidau, eds.: *Ezra Pound/John Theobald Letters*, Redding Ridge: Black Swan Books, 1984.

Pound, Omar and A. Walton Litz, eds.: *Ezra Pound and Dorothy Shakespear, Their Letters 1909 – 1914*, New York: New Directions, 1984.

Pound, Omar and Robert Spoo, eds.: *Ezra and Dorothy Pound: Letters in Captivity 1945 – 1946*, New York: Oxford University Press, 1999.

Pound, Omar and Robert Spoo, eds.: *Ezra Pound and Margaret Cravens: A Tragic Friendship 1910 – 1912*, Durham, N. C.: Duke University Press, 1988.

Read, Forrest, ed.: *Pound/Joyce: Letters and Essays*, with Introduction and Commentary, New York: New Directions, 1967.

Read, Forrest, ed.: *Pound/Joyce: The Letters of Ezra Pound to James Joyce*, with Pound's Essays on Joyce, New York: New Directions, 1967; rpt. 1970, pp. 46, Review by Marvin Magalaner, BA, 38, #3 (Summer, 1964), 317.

Robbins, J. Albert, ed.: *EP to LU: Nine Letters Written to Louis Untermeyer by Ezra Pound*, Bloomington: Indiana University Press, 1963.

Seelye, Catherine, ed.: *Charles Olson and Ezra Pound: An Encounter at St. Elizabeths*, New York: Paragon House, 1975.

Scott, Thomas L.; and Melvin J. Friedman with J. Bryher, eds.: *Pound/ The Little Review: The Letters of Ezra Pound to Margaret Anderson [L/MA]: The Little Review Correspondence*, New York: New Directions, 1988.

Sutton, Walter, ed.: *Pound, Thayer, Watson, and the Dial: A Story in Letters*, Gainesville: University Press of Florida, 1994.

Tryphonopoulos, Demetres P.; and Leon Surette, eds.: *"I Cease Not to Yowl": Ezra Pound's Letters to Olivia Rossetti Agresti*, Urbana: University of Illinois Press, 1998.

Walkiewicz E. P. and Hugh Witemeyer, eds.: *Ezra Pound and Senator Bronson Cutting: A Political Correspondence 1930 – 1935*, Albuquerque: University of New Mexico Press, 1995.

Watt, William, ed.: *Ezra Pound's Letters to William Watt*, Marquette: Northern Michigan University Press, 2001.

Witemeyer, Hugh, ed.: *Pound/Williams: Selected Letters of Ezra Pound and William Carlos Williams*, New York: New Directions, 1996.

二、中国研究庞德的重要文献

Ackroyd, Peter(彼得·艾克洛德):《艾哲拉·庞德》,谢瑶玲译,台北:猫头鹰出版社,2001。

Hsieh, Ming: *Ezra Pound and the Appropriation of Chinese Poetry: Cathay, Translation, and Imagism*, New York: Garland, 1999.

Huang, Guiyou: *Whitmanism, Imagism, and Modernism in China and America*, Selingsgrove: Susquehanna University Press, 1997.

Jin, Songping: *The Poetics of the Ideogram: Ezra Pound's Poetry and Hermeneutic Interpretation*, Frankfurt am Main; Oxford: Peter Lang, 2002.

Jung, Angela and Guido Palandri, eds., and trs.: *Italian Images of Ezra Pound: Twelve Critical Essays*, Taipei: Mei Ya, 1979.

Kan, Chuk-him, Hymns(简卓谦): *The Musical Elements in Ezra Pound's Poetry*, Hong Kong: University of Hong Kong, 2002.

Liu, Wu-Chi: *Classic Anthology*, LE & W, 2 (Summer, 1955), 36–37.

Qian, Zhaoming: *Ezra Pound's Chinese Friends, Stories in Letters*, New York: Oxford University Press, 2008.

Qian, Zhaoming, ed.: *Ezra Pound & China*, Ann Arbor: University of Michigan Press, 2003.

Qian, Zhaoming: *Orientalism and Modernism: The Legacy of China in Pound and Williams*, Durham: Duke University Press, 1955.

Qian, Zhaoming: *The Modernist Response to Chinese Art: Pound, Moore, Stevens*, Charlottesville, Va.; London: University of Virginia Press, 2003.

Qian, Zhaoming: *Pound, Williams, and Chinese Poetry: The Shaping of a Modernist Tradition, 1913–1923*, Michigan: A Bell & Howell Company, 1991.

Tsang, Chiu-ying, Vesus(曾昭楹): *Temporality in Modernist Literature [electronic resource]: Ezra Pound and Virginia Woolf*, Hong Kong: University of Hong Kong, 2003.

Wang, Guiming: *A Study of Ezra Pound's Translation — An Interpretation of Ca-*

thay. Beijing: Foreign Language Press, 2012.

Xu, Ping: *Thinking, Writing, Thinging: An Exploration of Heidegger, Fenollosa, Pound, and the Taoist Tradition*, Wuhan: Wuhan University Press, 2002.

蒋洪新:《英诗新方向:庞德,艾略特诗学理论与文化批评研究》,长沙:湖南教育出版社,2001。

索金梅:《庞德"诗章"中的儒学》,天津:南开大学出版社,2003。

陶乃侃:《庞德与中国文化》,北京:首都师范大学出版社,2006。

吴其尧:《庞德与中国文化:兼论外国文学在中国文化现代化中的作用》,上海:上海外语教育出版社,2006。

徐平:《思、文书、事——海德格尔、庞德等与道家文化 英文版》,武汉:武汉大学出版社,2002。

叶维廉:《庞德与潇湘八景》,长沙:岳麓书社,2006。

张文伯:《庞德学述》,台北:中华大典编印会,总经销处华冈书局,1967。

张晓永:《论庞德》,北京:中国人口出版社,2003。

祝朝伟:《构建与反思 庞德翻译理论研究》,上海:上海译文出版社,2005。

三、英语研究文献

Aaron, Daniel: *Writers on the Left: Episodes in American Literary Communism*, New York: Harcourt, Brace and World, 1961, pp. 114 – 116, 201 – 202, passim.

Abad, Gémino H.: "Ballad of the Goodly Fere," *A Formal Approach to Lyric Poetry*, Quezon City, Philippines: University of the Philippines Press, 1978, pp. 168 – 169, 172 – 173, passim.

Abbs, Peter, ed.: *The Black Rainbow: Essays on the Present Breakdown of a Culture*, London: Heinemann; NY: Rowman and Littlefield, 1975, passim.

Ackroyd, Peter: *Ezra Pound and His World*, London: Thames and Hudson, 1980; New York: Charles Scribner, 1980.

Aiken, Conrad: *A Reviewer's ABC: Collected Criticism of Conrad Aiken from 1916 to the Present*, New York: Meridian Books, 1958.

Aiken, Conrad: *Selected Letters of Conrad Aiken*, Joseph Killorin, ed. New Haven and London: Yale University Press, 1978, pp. 21 – 23, passim.

Albright, Daniel: *Quantum Poetics: Yeats, Pound, Eliot and the Science of Modernism*, New York: Cambridge University Press, 1997.

Aldington, Richard: *Ezra Pound and T. S. Eliot: A Lecture*, Hurst, Berkshire: The Peacocks Press, 1954.

Aldington, Richard: *Ezra Pound: Perspectives*, Noel Stock, ed. Chicago, 1965, Cf., #125, pp. 122 – 124.

Aldington, Richard: *Life for Life's Sake*, New York: Viking Press, Inc., 1941, pp. 134 – 135.

Aldington, Richard: *Literary Studies and Reviews*, London; New York: Allen & Unwin, and Dial Press, 1924; repr., Books for Libraries Press, 1968.

Alexander, John; Humphreys, Richard; and Robinson, Peter: *Pound's Artists: Ezra Pound and the Visual Arts in London, Paris, and Italy*, London: Tate Gallery Publications, 1985.

Alexander, Michael; and James MacGonigal, eds.: *Sons of Ezra: British Poets and Ezra Pound*, Amsterdam: Rodopi, 1995.

Alexander, Michael: *The Poetic Achievement of Ezra Pound*, Berkeley: University of California Press, 1979; London and Boston: Faber and Faber, 1979.

Alldritt, Keith: *Modernism in the Second World War: The Later Poetry of Ezra Pound, T. S. Eliot, Basil Bunting and Hugh MacDiarmid*, New York: Peter Lang, 1989.

Amdur, Alice Steiner: *The Poetry of Ezra Pound*, Cambridge, Mass.: Harvard University Press, 1936; New York: Russell & Russell, 1966.

Anderson, Margaret: *My Thirty Years' War*, New York: Covici, Friede Publishers, 1930, pp. 158 – 172, 174 – 175.

Andrews, Norwood, Jr.: *The Case against Camões: A Seldom Considered Chapter from Ezra Pound's Campaign to Discredit Rhetorical Poetry*, New York: Peter Lang, 1988.

Angus, Ian D.: *A List with Description of the Books of Ezra Pound*, London: [Microfilm copy of typescript.], 1952.

Apter, Ronnie: *Digging for the Treasure: Translation after Pound*, 1984, New York: Paragon, 1987.

Arendt, Hannah: *Men in Dark Times*, New York: Harcourt, Brace and World, 1968, pp. 211 – 212.

Arms, George; and Joseph M. Kuntz: *Poetry Explication*, New York: Swallow Press and William Morrow & Co., Inc., 1950.

Arnold, Thurman: *Fair Fights and Foul: A Dissenting Lawyer's Life*, New York: Harcourt, Brace & World, 1965, pp. 236 – 242.

Auden, W. H., et al.: *Ezra Pound at Seventy*, Norfolk, Conn.: New Directions, 1956.

Axelrod, Steven Gould: *Robert Lowell, Life and Art*. Princeton, New Jersey: Princeton University Press, 1978, pp. 74 – 75, 122 – 123, passim.

Ayers, David: *Modernism: A Short Introduction*, Malden and Oxford: Blackwell Publishing, Ltd., 2004.

Ayscough, Florence; and Amy Lowell: *Correspondence of a Friendship*, Harley F. MacNair, ed., Chicago: University of Chicago Press, 1945, pp. 253 – 256.

Bacigalupo, Massimo: *The Forméd Trace: The Later Poetry of Ezra Pound*, New York: Columbia University Press, 1980.

Barnhisel, Greg: *James Laughlin, New Directions, and the Remaking of Ezra Pound*, Amherst: University of Massachusetts Press, 2005.

Baumann, Walter: *Roses from the Steel Dust: Collected Essays on Ezra Pound*, Orono, Me.: National Poetry Foundation; Hanover [N. H.]: Distributed by University Press of New England, 2000.

Baumann, Walter: *The Rose in the Steel Dust: An Examination of the Cantos of Ezra Pound*, Francke Verlag, Bern, 1967; Coral Gables, Florida: University of Miami Press, 1970.

Beach, Christopher: *ABC of Influence: Ezra Pound and the Remaking of American Poetic Tradition*, Berkeley: University of California Press, 1992.

Beasley, Rebecca: *Ezra Pound and the Visual Culture of Modernism*, Cambridge:

Cambridge University Press, 2007.
Beasley, Rebecca: *Theorists of Modernist Poetry: T. S. Eliot, T. E. Hulme & Ezra Pound*, London: Routledge, 2007.
Bell, Ian F. A.: *Critic as Scientist: The Modernist Poetics of Ezra Pound*, London; New York: Methuen, 1981.
Bell, Ian F. A., ed.: *Ezra Pound: Tactics for Reading*, Totowa: Barnes & Noble, 1982.
Bell, Michael: *Literature, Modernism and Myth: Belief and Responsibility in the Twentieth Century*, Cambridge: Cambridge University Press, 1997.
Bernstein, Michael André: *The Tale of the Tribe: Ezra Pound and the Modern Verse Epic*, Princeton: Princeton University Press, 1980.
Berryman, Jo Brantley: *Circe's Craft: Ezra Pound's 'Hugh Selwyn Mauberl'*, Ann Arbor, Michigan: UMI Research Press, 1983.
Bewley, Marius: *The Complex Fate*, New York: Gordian Press, 1952; 1967, pp. 166 – 167.
Bischoff, Volker: *Ezra Pound and Criticism, 1905 – 1985. A Chronological Listing of Publications in English*, Orono, Maine: National Poetry Foundation, 1991.
Blissett, William: *Classic Anthology, Review: Canadian Forum*, 34 (October, 1954), pp. 166 – 167.
Bloom, Harold, ed.: *Ezra Pound*, New York: Chelsea House Publishers, 1987.
Bode, Carl, ed.: *The New Mencken Letters*, New York: Dial Press, 1977, passim.
Boer, Charles: *Charles Olson in Connecticut*, Chicago: The Swallow Press, 1975, pp. 84 – 87.
Bogan, Louise: *A Poet's Alphabet: Reflections on the Literary Art and Vocation*, Robert Phelps and Ruth Limmer, eds., New York: McGraw-Hill, 1970, passim.
Bogan, Louise: *Achievement in American Poetry: 1900 – 1950*, Chicago: Henry Regnery Company, 1951, passim.
Bornstein, George, ed.: *Ezra Pound among the Poets*, Chicago and London: The

University of Chicago Press, 1985.

Bornstein, George: *Poetic Remaking: The Art of Browning, Yeats, and Pound*, University Park: Pennsylvania State University Press, 1988.

Bornstein, George: *The Post-Romantic Consciousness of Ezra Pound*, Victoria: University of Victoria, 1977.

Bowen, Stella: *Drawn from Life*, London: Collins Publishers, 1941, pp. 142 – 143.

Bowra, Cecil Maurice: *Poetry and Politics, 1900 – 1960*, Cambridge: Cambridge University Press, 1966, p. 32.

Boyers, Robert: *R. P. Blackmur: Poet-Critic: Toward a View of Poetic Objects, A Literary Frontier Edition*, Columbia; London: University of Missouri Press, 1980, pp. 82 – 84.

Bradbury, Malcolm: *The Social Context of Modern English Literature*, Oxford: Basil Blackwell; New York: Schocken Books, 1971, passim.

Bradford, Curtis B.: *Yeats at Work*, Carbondale and Edwardsville: Southern Illinois University Press, 1965, p. 174. [Canto LXXXIII].

Bradley, Edward Sculley; Richard Croom Beatty; and Ed. Hudson Long, eds.: *The American Tradition in Literature*, Vol. 2, New York: W. W. Norton Co., 1956, pp. 881 – 889.

Breslin, James E. B.: *From Modernism to Postmodernism, 1945 – 1965*, Chicago and London: The University of Chicago Press, 1984.

Brinnin, John Malcolm: *The Third Rose: Gertrude Stein and Her World*, Gloucester, Mass.: Peter Smith, 1968, passim.

Brooke, Rupert: *The Letters of Rupert Brooke*, chosen and edited by Geoffrey Keynes, New York: Harcourt, Brace & World, 1968, pp. 332, 470.

Brooker, Peter: *A Student's Guide to the Selected Poems of Ezra Pound*, London and Boston: Faber and Faber, 1979.

Brook-Rose, Christine: *A Structural Analysis of Pound's Usura Canto: Jakobson's Method Extended and Applied to Free Verse*, The Hague: Mouton, 1976.

Brook-Rose, Christine: *A ZBC of Ezra Pound*, Berkeley and Los Angeles: University of California Press, 1971.

Brooks, Cleanth: Letter to Editor of Saturday Review of Literature, (October 4, 1949), in *The Case Against the Saturday Review*, Cf., #215, pp. 68 – 69.

Brooks, Cleanth; and Robert Penn Warren: *Understanding Poetry*, New York: 1938, pp. 175 – 176; Revised Ed. New York: Holt, 1951, pp. 78 – 80.

Brooks, Van Wyck: *An Autobiography*, New York: E. P. Dutton & Co., Inc., 1965, passim.

Brooks, Van Wyck: *The Confident Years, 1885 – 1915*, New York: E. P. Dutton & Co., 1952, pp. 513 – 538, passim.

Brooks, Van Wyck: *The Opinions of Oliver Allston*, New York: E. P. Dutton & Co., Inc., 1941, p. 240.

Brown, Dennis: *Intertextual Dynamics within the Literary Group-Joyce, Lewis, Pound and Eliot: The Men of 1914*, New York: St. Martin's Press, 1990.

Bruce, Elizabeth Esther: *Pound and Vorticism*, Diss., U. of Alberta, Canada, 1968.

Bruns, Gerald L.: *Modern Poetry and the Idea of Language*, New Haven: Yale University Press, 1974, p. 195.

Bryer, Jackson R.: *Sixteen Modern American Authors: A Survey of Research and Criticism*, Durham, N. C.: Duke University Press, 1974, pp. 457ff.

Bryer, Jackson R., ed.: *Fifteen Modern American Authors: A Survey of Research and Criticism*, Durham, N. C.: Duke University Press, 1969, pp. 335ff.

Bryher, [Annie Winifred Ellerman]: *The Heart to Artemis: A Writer's Memoirs*, London: Collins, 1963, pp. 194, 195 – 197, 210.

Bucknell, Brad: *Literary Modernism and Musical Aesthetics: Pater, Pound, Joyce, and Stein*, Cambridge, UK; New York: Cambridge University Press, 2001.

Bush, Douglas: *Pagan Myth and Christian Tradition in English Poetry*, Philadelphia: American Philosophical Society, Independence Square, 1968, pp. 89 – 92, passim.

Bush, Ronald: *The Genesis of Ezra Pound's Cantos*, Princeton: Princeton University Press, 1976; rpt. 1989.

Bynner, Witter: *Journey with Genius: Recollections and Reflections Concerning the*

附录二

　　D. H. Lawrences, New York: John Day Company, 1951, pp. 144 – 145, 194 – 195.

Callaghan, Morley: *That Summer in Paris: Memories of Tangled Friendships with Hemingway, Fitzgerald, and Some Others*, New York: Coward-McCann, Inc., 1963, passim.

Cambon, Glauco: *The Inclusive Flame: Studies in Modern American Poetry*, Bloomington, Indiana: Indiana University Press, 1963, passim.

Carne-Ross, D. S.: *Instaurations: Essays in and out of Literature, Pindar to Pound*, Berkeley: University of California Press, 1979.

Carpenter, Humphrey: *A Serious Character: The Life of Ezra Pound*, London: Faber and Faber, 1988; Boston: Houghton Mifflin, 1988.

Carson, Anne Conover: *Olga Rudge and Ezra Pound: "What Thou Lovest Well-"*, New Haven: Yale University Press, 2001.

Carson, Luke: *Consumption and Depression in Gertrude Stein, Louis Zukofsky, and Ezra Pound*, Basingstoke: Macmillan Press; New York: St. Martin's Press, 1999.

Casillo, Robert: *The Genealogy of Demons: Anti-Semitism, Fascism, and the Myths of Ezra Pound*, Evanston: Northwestern University Press, 1988.

Cassell, Richard A.: *Ford Madox Ford: A Study of His Novels*, Baltimore: Johns Hopkins Press; London: Oxford University Press, 1961, passim.

Chace, William: *The Political Identities of Ezra Pound and T. S. Eliot*, Stanford: Stanford University Press, 1973.

Chapman, Robert T.: *Wyndham Lewis: Fictions and Satires*, New York: Barnes & Noble, 1973, passim.

Charlesworth, Barbara Anne: *The Tensile Light: A Study of Ezra Pound's Religion*, Coral Gables Fla.: University of Miami, 1957.

Cheadle, Mary Paterson: *Ezra Pound's Confucian Translations*, Ann Arbor: University of Michigan Press, 1997.

Chiari, Joseph: *T. S. Eliot: Poet and Dramatist*, New York: Harper & Row, 1973, pp. 56 – 59, passim.

Childs, Harwood Lawrence, and John B. Whitton, eds.: *Propaganda by Short*

Wave, Princeton: Princeton University Press, 1951, pp. 153 – 180.

Childs, John Steven: *Modernist Form: Pound's Style in the Early Cantos*, Selinsgrove: Susquehanna University Press, 1986.

Chisolm, Lawrence W.: *Fenollosa: The Far East and American Culture*, New Haven, Conn.: Yale University Press, 1963.

Christensen, Paul: *Charles Olson: Call Him Ishmael*, George F. Butterick, ed. Austin, Texas: University of Texas Press, 1975, pp. 14 – 15, 75 – 79, passim.

Clearfield, Andrew M.: *These Fragments I Have Shored: Collage and Montage in Early Modernist Poetry*, Ann Arbor: UMI Research Press, 1984.

Clinton, Alan Ramón: *Mechanical Occult: Automatism, Modernism, and the Specter of Politics*, New York: Peter Lang, 2004.

Colum, Mary M.: *From These Roots: The Ideas That Have Made Modern Literature*, New York: Charles Scribner's Sons, 1938, pp. 178, 338.

Colum, Mary M.: *Life and the Dream*, Garden City, New York: Doubleday and Company, 1947, pp. 306 – 308, passim.

Comens, Bruce: *Apocalypse and After: Modern Strategy and Postmodern Tactics in Pound, Williams, and Zukofsky*, Tuscaloosa: University Alabama Press, 1995.

Contino, Vittorugo: *Ezra Pound in Italy: From the Pisan Cantos*, Venice: G. Ivancich, 1970.

Cook, Albert S.: *Prisms: Studies in Modern Literature*, Bloomington: Indiana University Press, 1967, pp. 93 – 98, 176 – 187.

Cookson, William, ed.: Introduction, *Selected Prose, 1909 – 1965*, New York: New Directions, 1973.

Cookson, William: *A Guide to the Cantos of Ezra Pound*, London: Croom Helm, 1985; London: Anvil Press Poetry, 2001.

Cork, Richard, ed.: *Vorticism and Abstract Art in the First Machine Age*, Berkeley and Los Angeles: University of California Press, 1976, 2 vols., passim.

Cornell, Julien: *The Trial of Ezra Pound: A Documented Account of the Treason Case by the Defendant's Lawyer*, New York: John Day Company, 1966;

London: Faber, 1967.

Cory, Daniel: *Santayana: The Later Years: A Portrait with Letters*, New York: George Braziller, 1963, pp. 186 – 188.

Cournos, John: *Autobiography*, New York: G. P. Putnam's Sons, 1935, passim.

Coyle, Michael, ed.: *Ezra Pound and African American Modernism*, Orono, Maine: National Poetry Foundation, 2001.

Coyle, Michael: *Ezra Pound, Popular Genres, and the Discourse of Culture*, University Park: Pennsylvania State University Press, 1995.

Craig, Cairns: *Yeats, Eliot, Pound, and the Politics of Poetry: Richest to Richest*, (Critical Essays in Modern Literature Set.) Pittsburgh, Pa.: University of Pittsburgh, 1982; London: Croom Helm, 1982.

Craig, David: *The Real Foundations: Literature and Social Change*, New York: Oxford University Press, 1974, pp. 182 – 184, passim.

Crane, Hart: *The Letters of Hart Crane, 1916 – 1932*, Brom Weber, ed. Berkeley and Los Angeles: University of California Press, 1965, passim.

D'Epiro, Peter: *A Touch of Rhetoric: Ezra Pound's Malatesta Cantos*, Ann Arbor, Mich.: UMI Research Press, 1983.

Dahlberg, Edward: *Epitaphs of Our Times: The Letters of Edward Dahlberg*, New York: George Braziller, 1967, pp. 96 – 99, 275 – 278, passim.

Dahlberg, Edward: *The Confessions of Edward Dahlberg*, New York: George Braziller, 1971, passim.

Damon, S. Foster: *Amy Lowell: A Chronicle*, with Extracts from Her Correspondence, Boston and New York: Houghton Mifflin Company, 1935, passim.

Daniels, Earl: *The Art of Reading Poetry*, New York: Ronald Press Company, 1941, Cf., #1531, pp. 9, 161.

Dasenbrock, Reed Way: *Imitating the Italians: Wyatt, Spenser, Synge, Pound, Joyce*, Baltimore: Johns Hopkins University Press, 1991.

Dasenbrock, Reed Way: *The Literary Vorticism of Ezra Pound and Wyndham Lewis: Towards the Condition of Painting*, Baltimore and London: The John Hopkins University Press, 1985.

Davenport, Guy: *Cities on Hills: A Study of I – XXX of Ezra Pound's Cantos*, Ann

Arbor, Michigan: UMI Research Press, 1983.

Davidson, Peter: *Ezra Pound and Roman Poetry: A Preliminary Survey*, Amsterdam: Rodopi, 1995.

Davie, Donald: *"The Pisan Cantos," Ezra Pound: A Collection of Criticism*, Grace Schulman, ed. New York: McGraw-Hill, 1974, pp. 114 – 124.

Davie, Donald: *Articulate Energy: An Inquiry into the Syntax of English Poetry*, London: Routledge & Kegan Paul, 1955; St. Clair Shores, Michigan: Scholarly Press, 1971, pp. 154 – 158, passim.

Davie, Donald, *Ezra Pound*, London: Fontana/Collins, 1975; New York: Viking Press, 1975; Chicago: University of Chicago Press, 1975; New York: Viking and Penguin, 1976.

Davie, Donald: *Ezra Pound: Poet as Sculptor*, London: Routledge, 1965; New York: Oxford University Press, 1964.

Davie, Donald: *Studies in Ezra Pound: Chronicles and Polemics*, Manchester: Carcanet, 1991.

Davie, Donald: *Trying to Explain*, Ann Arbor: University of Michigan Press, 1979.

Davis, Earle: *Vision Fugitive: Ezra Pound and Economics*, Lawrence: University Press of Kansas, 1968.

Davis, Kay: *Fugue and Fresco: Structures in Pound's Cantos*, Orono: National Poetry Foundation, 1984.

Davis, Robert Gorham: *John Dos Passos*, Minneapolis: University of Minneapolis Press, 1962, passim.

de Chasca, Edmund S.: *John Gould Fletcher and Imagism*, London; Columbia: University of Missouri Press, 1978, passim.

de Nagy, N. Christoph: *Ezra Pound's Poetics and Literary Tradition: The Critical Decade*, Bern: Francke Verlag, 1966.

de Nagy, N. Christoph: *The Poetry of Ezra Pound: The Pre-Imagist Stage*, 1960, Bern: Francke Verlag, 1968.

de Rachewiltz, Mary: *Discretions: A Memoir by Ezra Pound's Daughter*, London: Faber & Faber, 1971; Boston: Little Brown, 1971.

de Rachewiltz, Mary: *Discretions: Ezra Pound, Father and Teacher*, Boston: Little, Brown, 1971.

Dekker, George: *The Cantos of Ezra Pound: A Critical Study*, London: Routledge, 1963; New York: Barnes & Noble, 1963.

Dembo, L. S.: *Conceptions of Reality in American Poetry*, Berkeley and Los Angeles: University of California Press, 1966.

Dembo, L. S.: *The Confucian Odes of Ezra Pound: A Critical Appraisal*, Berkeley and Los Angeles: University of California Press, 1963.

Dembo, L. S., and Cyrena N. Pondrom, eds.: *The Contemporary Writer: Interviews with Sixteen Novelists and Poets*, Madison, Wis.: University of Wisconsin Press, 1972, passim.

Dembo, L. S.: *The Confucian Odes of Ezra Pound: A Critical Appraisal*, Berkeley and Los Angeles: University of California Press, 1963.

Desai, Meghnad: *The Route of all Evil: the Political Economy of Ezra Pound*, London: Faber and Faber, 2006.

Deutsch, Babette: *This Modern Poetry*, New York: W. W. Norton, Inc., 1935, pp. 115 – 118, passim.

Dickie, Margaret: *On the Modernist Long Poem*, Iowa City: University of Iowa Press, 1986.

Diepeveen, Leonard: *Changing Voices: The Modern Quoting Poem*, Ann Arbor: University of Michigan Press, 1993.

Dilligan, Robert J.; James W. Parins; and Todd K. Bender: *A Concordance to Ezra Pound's Cantos*, New York; London: Garland Publishing Co., Inc., 1981.

Doolittle, Hilda [H. D.]: *End to Torment: A Memoir of Ezra Pound by H. D.*, Norman Holmes Pearson and Michael King, eds. Foreword by Michael King, New York: New Directions Publishing Corporation, 1979.

Doolittle, Hilda: *Bid Me to Live*, New York: Grove Press, 1960, passim.

Doolittle, Hilda: *Collected Poems, 1912 – 1944*, ed. Louis L. Martz, New York: New Directions, 1983.

Drew, Elizabeth, in collaboration with John L. Sweeney: *Directions in Modern*

Poetry, New York: W. W. Norton and Company, 1940, passim.

Drew, Elizabeth: *Poetry: A Modern Guide to Its Understanding and Enjoyment*, New York: Norton & Co., 1959, passim.

Driscoll, John: *The China Cantos of Ezra Pound*, Uppsala: Ubsaliensis S. Academiae, 1983; Uppsala: Almqvist & Wiksell, 1983. (AUUSAU 46).

Duberman, Martin: *Black Mountain: An Exploration in Community*, New York: E. P. Dutton and Company, 1972, passim.

Durant, Alan: *Ezra Pound, Identity in Crisis: A Fundamental Reassessment of the Poet and His Work*, New Jersey: Barnes and Noble, 1981; Sussex: The Harvester Press, 1981; Brighton: Harvester, 1981.

Eastham, Scott Thomas: *Paradise and Ezra Pound: The Poet as Shaman*, Lanham, MD: University Press of America, 1983.

Eastman, Barbara C.: *Ezra Pound's Cantos: The Story of the Text, 1948 – 1975*, with introduction by Hugh Kenner, Orono: Maine National Poetry Foundation, University of Maine, 1979.

Eberhart, Richard: *Of Poetry and Poets*, Urbana: University of Illinois Press, 1979, pp. 126 – 140.

Ede, H. S.: *A Life of Gaudier-Brzeska*, London: William Heinemann, 1930.

Eder, Doris L.: *Three Writers in Exile: Pound, Eliot, and Joyce*, Troy, New York: Whitson Publishing Company, 1984.

Edwards, John Hamilton, and William W. Vasse: *Annotated Index to the Cantos of Ezra Pound: Cantos I – LXXXIV*, Berkeley: University of California Press, 1957.

Edwards, John Hamilton: *The Cantos of Ezra Pound*, New York: New Directions, 1948.

Edwards, John Hamilton: *A Preliminary Checklist of the Writings of Ezra Pound*, New Haven: Kirgo-Books, 1953.

Edwards, Thomas R.: *Imagination and Power: A Study of Poetry on Public Themes*, London: Chatto and Windus, 1971, pp. 185, 202.

Eliot, T. S.: *After Strange Gods: A Primer of Modern Heresy*, New York: Harcourt, Brace and Company, 1934, pp. 44 – 47.

Eliot, T. S., ed.: Introduction by T. S. Eliot, *Literary Essays of Ezra Pound*, Norfolk, Conn.: New Directions, 1954.

Eliot, T. S.: *"Ezra Pound: His Metric and Poetry," To Criticize the Critic: Eight Essays on Literature and Education*, New York: Alfred A. Knopf, 1917; repr., in *To Criticize the Critic*, New York: Farrar, Straus and Giroux, 1965, pp. 162 – 182.

Ellmann, Maud: *The Poetics of Impersonality: T. S. Eliot and Ezra Pound*, Brighton: Harvester Press, 1987.

Ellmann, Richard: *Golden Codgers: Biographical Speculations*, London; New York: Oxford University Press, 1973, passim.

Ellmann, Richard: *James Joyce*, New York: Oxford University Press, 1959, passim.

Ellmann, Richard: *New Approaches to Ezra Pound*, Eva Hesse, ed. Berkeley: University of California Press, 1969, Cf., #41, pp. 55 – 85.

Ellmann, Richard: *The Identity of Yeats*, New York: Oxford University Press, 1954, pp. 182 – 183, 320 – 321, passim.

Ellmann, Richard: *Yeats: The Man and the Masks*, New York: Macmillan, 1948; New York: Norton, 1978, pp. 211 – 214, passim.

Emery, Clark: *Ideas into Action: A Study of Pound's Cantos*, 1958, Coral Gables: University of Miami Press, 1969.

Emig, Rainer: *Modernism in Poetry: Motivation, Structure, and Limits*, London and New York: Longman, 1995.

Enright, D. J.: *Conspirators and Poets*, Chester Springs, Pa.: Dufour, 1966; London: Chatto & Windus, 1966, passim.

Epstein, Jacob: *Let There Be Sculpture*, New York: G. P. Putnam's Sons, 1940; an extended version: *Epstein: An Autobiography*, 2nd ed. introduction by Richard Buckle, London: Vista Books, 1963, pp. 44 – 45, 57 – 58.

Espey, John J.: *Ezra Pound's Mauberley: A Study in Composition*, London: Faber and Faber, 1955; Berkeley and Los Angeles: University of California Press, 1955.

Fairchild, Hoxie Neale: *Religious Trends in English Poetry, 1880 – 1920*, Vol.

5, New York: Columbia University Press, 1962, pp. 446 – 456, 551 – 558; 1920 – 1965, Vol. 6, 1968, pp. 489 – 497, passim.

Fang, Achilles: *Confucius: The Great Digest & Unwobbling Pivot*, New York: New Directions, 1951.

Farmer, David R.: *Ezra Pound: An Exhibition Held in March, 1967*, Austin: The Academic Center and Undergraduate Library, the University of Texas, 1967.

Feder, Lillian: *Ancient Myth in Modern Poetry*, Princeton, N. J.: Princeton University Press, 1971, pp. 99 – 105.

Fenton, Charles: *The Apprenticeship of Ernest Hemingway*, New York: Farrar, Straus & Young, 1954, p. 227.

Ferril, Thomas Hornsby: *Review: Selected Poems*, San Francisco Chronicle, January 8, 1950, 25.

Fiedler, Leslie A.: *An End to Innocence: Essays on Culture and Politics*, Boston: Beacon Press, 1948, 1955, passim.

Fiedler, Leslie A.: *The Collected Essays of Leslie Fiedler*, New York: Stein and Day, 1971, Vol. II, passim.

Fiedler, Leslie A.: *Waiting for the End: The Crisis in American Culture*, New York: Stein and Day Publishers, 1964, pp. 184 – 191, passim.

Findley, Timothy: *Famous Last Words*, New York: Delacorte Publishing Company, 1982.

Fisher, Margaret: *Ezra Pound's Radio Operas: The BBC Experiments 1931 – 1933*, Cambridge, Massachusetts: MIT Press, 2002.

Fletcher, John Gould: *Life Is My Song: The Autobiography of John Fletcher*, New York; Toronto: Farrar and Rinehart, Inc., (1937), pp. 284, passim.

Flory, Wendy Stallard: *Ezra Pound and The Cantos: A Record of a Struggle*, New Haven; London: Yale University Press, 1980.

Flory, Wendy Stallard: *The American Ezra Pound*, New Haven and London: Yale University Press, 1989.

Fogelman, Bruce: *Shapes of Power: The Development of Ezra Pound's Poetic Sequences*, Ann Arbor: UMI Research Press, 1988.

Ford, Ford Madox: *It Was the Nightingale*, New York: Farrar, Straus & Giroux;

Octagon Books, 1975, pp. 203 – 205, passim.

Ford, Ford Madox: *New York Essays*, New York: William Edwin Rudge, Inc, 1927, pp, 35 – 37, passim.

Ford, Ford Madox: *Thus to Revisit*, London: Chapman & Hall, 1921, passim.

Forgue, Guy J.: *Letters of H. L. Mencken*, selected, revised and annotated by Guy J. Forgue, New York: Alfred A. Knopf, 1961, passim.

Fraser, George S.: *Ezra Pound, Edinburgh and London: Oliver & Boyd*, 1960; New York: Barnes & Noble, 1960; New York: Grove Press, 1961.

Fraser, George S.: *The Modern Writer and His World*, London: Derek Verschoyle, Ltd.; New York: Criterion Books & Derek Verschoyle, 1953, passim.

French, Warren G.: *The Thirties: Fiction, Poetry, Drama*, Deland, Florida: E. Edwards, 1967, pp. 123 – 131, passim.

French, Warren G., ed.: *The Forties: Fiction, Poetry, Drama*, Deland, Florida: Everett/ Edwards, 1969, passim.

Froula, Christine: *A Guide to Ezra Pound's "Selected Poems,"* 1982, New York: New Directions, 1983.

Froula, Christine: *To Write Paradise: Style and Error in Pound's Cantos*, New Haven, Conn., and London: Yale University Press, 1984.

Fuller, Roy: *Owls and Artificers: Oxford Lectures on Poetry*, New York: The Library Press, 1971, pp. 45, 46, 128.

Furia, Philip: *Pound's Cantos Declassified*, University Park and London: Pennsylvania State University Press, 1984.

Fussell, Paul: *Abroad: British Literary Traveling Between the Wars*, New York: Oxford University Press, 1980, passim.

Gabriel, Daniel: *Hart Crane and the Modernist Epic: Canon and Genre Formation in Crane, Pound, Eliot and Williams*, New York: Palgrave Macmillan, 2007.

Gage, John T.: *In the Arresting Eye: The Rhetoric of Imagism*, Baton Rouge: Louisiana State University Press, 1981.

Gallup, Donald Clifford: *A Bibliography of Ezra Pound*, London: Rupert Hart-Davis, 1963.

Gallup, Donald Clifford: *On Contemporary Bibliography, with Particular Reference to Ezra Pound*, Austin, Texas: Humanities Research Center, University of Texas, 1970.

Gallup, Donald: *Ezra Pound: A Bibliography*, Charlottesville: University Press of Virginia, 1983.

Garcia Terres, Jaime: *Classic Anthology*, Universidad de Mexico, 9, #5 – 6 (January-February, 1955), pp. 31 – 32.

Géfin, Laszlo: *Ideogram: History of a Poetic Method*, Austin: University of Texas Press, 1982.

Gelpi, Albert: *A Coherent Splendor: The American Poetic Renaissance 1910 – 1950*, Cambridge: Cambridge University Press, 1987.

Gibson, Andrew, ed.: *Pound in Multiple Perspective*, London: Macmillan, 1993.

Gibson, Mary Ellis: *Epic Reinvented: Ezra Pound and the Victorians*, Ithaca: Cornell University Press, 1995.

Giovannini, Giovanni: *Ezra Pound and Dante*, Nijmegen/ Utrecht, Netherlands: Dekker and Van de Vegt, 1961; New York: Haskell House, 1974.

Goldring, Douglas: *People and Places*, Boston: Houghton Mifflin Company, 1929, p. 264.

Goldring, Douglas: *South Lodge: Reminiscences of Violet Hunt, Ford Madox Ford and the English Review Circle*, London: Constable & Co., Ltd., 1943, pp. 48 – 49, passim.

Goldring, Douglas: *The Last Pre-Raphaelite: A Record of the Life and Writings of Ford Madox Ford*, London: Macdonald & Co., Ltd., 1948, passim.

Goldring, Douglas: *Trained for Genius: The Life and Writings of Ford Madox Ford*, New York: E. P. Dutton & Co., Inc., 1949, passim.

Golffing, Francis: *Pisan Cantos: Review*, Furioso, 4 (Winter, 1949), 64.

Goodwin, K. L.: *The Influence of Ezra Pound*, London: Oxford University Press; New York: Oxford, 1966.

Gordon, Ambrose, Jr.: *The Invisible Tent: The War Novels of Ford Madox Ford*, Austin: University of Texas Press, 1964, pp. 29 – 30, passim.

Grant, Joy: *Harold Monro and the Poetry Bookshop*, Berkeley and Los Angeles:

University of California Press, 1967, passim.

Graves, Robert: *The Common Asphodel: Collected Essays on Poetry: 1922 - 1949*, London: H. Hamilton, 1949, passim.

Gregory, Horace, and Marya Zaturenska: *A History of American Poetry: 1900 - 1940*, New York: Harcourt, Brace & Co., 1946.

Grieve, Thomas F.: *Ezra Pound's Early Poetry and Poetics*, Columbia: University of Missouri Press, 1997.

Gross, Harvey: *The Contrived Corridor: History and Fatality in Modern Literature*, Ann Arbor: University of Michigan Press, 1971.

Grover, Philip, ed.: *Ezra Pound and the Troubadours: Selected Papers from the Ezra Pound Conference, Brantôme, France, 1995*, Gardonne: Fédérop, 2000.

Grover, Philip, ed.: *Ezra Pound: The London Years, 1908 - 1920*, New York: AMS Press, 1978.

Grubb, Frederick: *A Vision of Reality: A Study of Liberalism in Twentieth-Century Verse*, London: Chatto and William Windus, 1965; New York: Barnes & Noble, 1965, passim.

Gugelberger, Georg M.: *Ezra Pound's Medievalism*, (EurH, XVIII, 17), 1978, Frankfort: Peter Lang, 1979.

Guimond, James: *The Art of William Carlos Williams: A Discovery and Possession of America*, Urbana and Chicago: University of Illinois Press, 1968, passim.

Hall, Donald: *"Ezra Pound," Writers at Work: The Paris Review Interviews*, 2nd Series, ed. Malcolm Cowley, New York: Viking, 1963, pp. 35 - 59.

Hamburger, Michael: *A Mug's Game: Intermittent Memoirs, 1924 - 1954*, Cheadle: Carcanet Press, 1973, pp. 245, 247, 265.

Hamburger, Michael: *The Truth of Poetry: Tensions in Modern Poetry from Baudelaire to the 1960's*, New York: Harcourt, Brace and World, 1969, passim.

Hamilton, Alastair: *The Appeal of Fascism: A Study of Intellectuals and Fascism, 1919 -1945*, New York: Macmillan, 1971, passim.

Hamilton, Scott: *Ezra Pound and the Symbolist Inheritance*, Princeton: Princeton University Press, 1992.

Harmer, J. B.: *Victory in Limbo: Imagism, 1908 – 1917*, London: Secker & Warburg, 1975; New York: St. Martin's Press, 1975, P. 76.

Harmon, William: *Time in Ezra Pound's Work*, Chapel Hill: University of North Carolina Press, 1977.

Harrison, John: *The Reactionaries: Yeats, Lewis, Pound, Eliot, Lawrence: A Study of the Anti-Democratic Intelligentsia*, New York: Schocken Books, 1967.

Hassall, Christopher: *A Biography of Edward Marsh*, New York: Harcourt, Brace and Company, 1959, p. 82.

Hassall, Christopher: *Rupert Brooke: A Biography*, New York: Harcourt, Brace and World, 1964, p. 210.

Hayot, Eric: *Chinese Dreams: Pound, Brecht, Tel Quel*, Ann Arbor: University of Michigan Press, 2004.

Hénault, Marie P.: *Guide to Ezra Pound, Merrill Guides*, Columbus, Ohio: Charles E. Merrill, 1970.

Hénault, Marie P., ed.: *Studies in the Cantos*, Columbus, Ohio: Charles E. Merrill Publishing Company, 1971.

Henn, T. R.: *The Lonely Tower: Studies in the Poetry of W. B. Yeats*, London: Methuen & Co., Ltd., 1950, p. 97; New York: Barnes & Noble, 1965.

Henriken, Line: *Ambition and Anxiety: Ezra Pound's Cantos and Derek Walcott's Omeros as Twentieth-Century Epics*, Amsterdam and New York: Rodopi, 2006.

Hesse, Eva, ed. with Introduction, *New Approaches to Ezra Pound*, Berkeley, CA: University of California Press, 1969, Cf., #41, pp. 35, 332 – 334, passim.

Heymann, C. David.: *Ezra Pound, the Last Rower: A Political Profile*, New York: Heymann Viking Press, 1976.

Hickman, Miranda B.: *The Geometry of Modernism: the Vorticist Idiom in Lewis, Pound, H. D., and Yeats*, Austin: University of Texas Press, 2005.

Hobhouse, Janet: *Everybody Who Was Anybody: A Biography of Gertrude Stein*, New York: G. P. Putnam's Sons, 1975, pp. 116, 125.

Hoffman, Daniel, ed.: *Ezra Pound and William Carlos Williams: The University of Pennsylvania Conference Papers*, Philadelphia: University of Pennsylvania Press, 1983.

Hoffman, Frederick John: *The Imagination's New Beginning: Theology and Modern Literature*, Notre Dame, Indiana; London: University of Notre Dame Press, 1967, passim.

Holder, Alan: *Three Voyagers in Search of Europe: A Study of Henry James, Ezra Pound, and T. S. Eliot*, Philadelphia: University of Pennsylvania Press, 1966.

Homberger, Eric, ed.: *Ezra Pound: The Critical Heritage*, London: Routledge and Kegan Paul, 1972.

Homberger, Eric: *The Art of the Real: Poetry in England and America Since 1939*, London: Rowman and Littlefield, 1977, passim.

Hooley, Daniel M.: *The Classics in Paraphrase: Ezra Pound and Modern Translators of Latin Poetry*, Selinsgrove, Pennsylvania: Susquehanna University Press, 1988.

Howard, Brian: *Brian Howard: Portrait of a Failure*, Marie-Jacqueline Lancaster, ed. London: Anthony Blond, 1968, p. 56.

Howarth, Herbert: *Notes on Some Figures Behind T. S. Eliot*, Boston: Houghton Mifflin Company, 1964, pp. 216 – 222, passim.

Howarth, R. G.: *Two Modern Writers: Ezra Pound and Edith Sitwell*, Cape Town: University of Cape Town Editorial Board, 1963.

Hutchins, Patricia: *Ezra Pound's Kensington: An Exploration 1885 – 1913*, Chicago: Regnery, 1965; London: Faber & Faber; Chicago: Regnery, 1965.

Hynes, Samuel, ed.: Introduction, *Further Speculations by T. E. Hulme*, Minn.: University of Minnesota Press, 1955; repr., Lincoln, Nebr., 1962, pp. xviiff.

Jackson, Thomas Herbert: *The Early Poetry of Ezra Pound*, Diss.: Yale University Press, 1960; Yale University Press, 1969; Cambridge: Harvard University Press, 1968.

Janssens, G. A. M.: *The American Literary Review: A Critical History, 1920 –*

1950, Paris: The Hague-Mouton, 1968, passim.

Jeffares, Alexander Norman: *W. B. Yeats: Man and Poet*, London: Routledge & Kegan Paul, Ltd., 1949, pp. 176-177, passim.

Jones, Peter, ed.: *Imagist Poetry*, Harmondsworth: Penguin, 1972.

Joost, Nicholas: *Ernest Hemingway and 'The Little Magazines': The Paris Years*, Barre, Mass.: Barre Publishers, 1968, passim.

Joseph, Terri Brint: *Ezra Pound's Epic Variations: The Cantos and Major Long Poems*, Orono: National Poetry Foundation, 1995.

Joyce, James: *Ezra Pound: Perspectives: Essays in Honor of His Eightieth Birthday*, Noel Stock, ed. 1965, Cf., #125, pp. 112-113, 115-116.

Joyce, James: *The Letters of James Joyce*, Stuart Gilbert, ed. New York: The Viking Press, Ltd., 1957, pp. 23-24, passim.

Juhasz, Suzanne: *Metaphor and the Poetry of Williams, Pound, and Stevens*, Lewisburg: Bucknell University Press, 1974.

Kaplan, Harold: *Poetry, Politics and Culture: Argument in the Work of Eliot, Pound, Stevens & Williams*, New Brunswick, N. J.: Aldine Transaction Publishers, 2006.

Kaye, Jacqueline, ed.: *Ezra Pound and America*, New York: St. Martin's Press, 1992.

Kayman, Martin A.: *The Modernism of Ezra Pound: The Science of Poetry*, Houndsmills: Macmillan, 1986.

Kazin, Alfred: *Contemporaries*, Boston: Little, Brown, 1962.

Kearns, George: *Ezra Pound: The Cantos*, Cambridge: Cambridge University Press, 1989.

Kearns, George: *Guide to Ezra Pound's Selected Cantos*, New Brunswick, NJ: Rutgers University Press, 1980.

Kenner, Hugh: *A Homemade World: The American Modernist Writers*, New York: Alfred A. Knopf, 1975, pp. 3-6, 8-12, passim.

Kenner, Hugh: *Bucky: A Guided Tour of Buckminster Fuller*, New York: Morrow, 1973, pp. 83-84, 152-153, passim.

Kenner, Hugh: *Gnomon: Essays in Contemporary Literature*, New York: Mc-

Dowell Obolensky, 1958.

Kenner, Hugh: *Review: Dichtung und Prosa of Ezra Pound*, trans. by Eva Hesse, Die Tat, #304 (Zurich: November 7, 1953), 11; and in *Poetry*, 83, #6 (March, 1954), 357 – 366.

Kenner, Hugh: *The Art of Poetry*, New York: Holt, Rinehart & Winston, 1959.

Kenner, Hugh: *The Poetry of Ezra Pound*, London: Faber and Faber; New York: New Directions, 1951; Lincoln: University of Nebraska Press, 1985.

Kenner, Hugh: *The Pound Era*, Berkeley: University of California Press, 1971.

Kenner, Hugh and Eva Hesse, eds.: *Paideuma: A Journal Devoted to Ezra Pound Scholarship*, Orono: University of Maine, 1972.

Kermode, Frank: *The Romantic Image*, New York; London: Macmillan, 1957, passim.

Kim, Joon-Hwan: *Out of the "Western Box": Towards a Multicultural Poetics in the Poetry of Ezra Pound and Charles Olson*, New York: Peter Lang, 2003.

Kirk, Russell: *Eliot and His Age: T. S. Eliot's Moral Imagination in the Twentieth Century*, New York: Random House, 1971, passim.

Klein, Marcus: *Foreigners: The Making of America Literature, 1900 – 1940*, Chicago: University of Chicago Press, 1981, passim.

Knapp, James F.: *Ezra Pound*, Boston: Twayne Publishers, 1979.

Kojecky, Roger: *T. S. Eliot's Social Criticism*, London: Faber & Faber, 1971; New York: Farrar, Straus & Giroux, 1971, passim.

Korg, Jacob: *Ritual and Experiment in Modern Poetry*, New York: St. Martin's Press, 1995.

Korg, Jacob: *Winter Love: Ezra Pound and H. D. Madison*, Wis.: University of Wisconsin Press, 2003.

Korn, Marianne, ed.: *Ezra Pound and History*, Orono: National Poetry Foundation, 1985.

Korn, Marianne: *Ezra Pound: Purpose/Form/Meaning*, London: Pembridge Press, publ. for Middlesex Polytechnic Press, 1983.

Kreymborg, Alfred: *A History of American Poetry: Our Singing Strength*, New York: Tudor Publishing Company, 1934, pp. 294 – 296, 333 – 347, passim.

Kreymborg, Alfred: *Troubadour: An Autobiography*, New York: Liveright, Inc., 1925, pp. 369 – 370.

Kuberski, Philip: *A Calculus of Ezra Pound: Vocations of the American Sign*, Gainesville: University Press of Florida, 1992.

Kunitz, Stanley J., ed.: *Twentieth Century Authors: A Bibliographical Dictionary of Modern Literature*, New York: H. W. Wilson Company, 1955, pp. 1121 – 1123.

Kyburz, Mark: *Voi Altri Pochi: Ezra Pound and His Audience 1908 – 1925*, Basel: Birkhäuser Verlag, 1996.

Lan, Feng: *Ezra Pound and Confucianism: Remaking Humanism in the Face of Modernity*, Toronto: University of Toronto Press, 2005.

Lane, Gary: *A Concordance to Personae: The Shorter Poems of Ezra Pound*, New York: Haskell House Publishers, 1972.

Langbaum, Robert: *The Modern Spirit: Essays on the Continuity of Nineteenth and Twentieth Century Literature*, New York: Oxford University Press, 1970, passim.

Langbaum, Robert: *The Mysteries of Identity: A Theme in Modern Literature*, New York: Oxford University Press, 1977, passim.

Laughlin, James: *Pound as Wuz: Essays and Lectures on Ezra Pound*, Saint Paul: Greywolf Press, 1987.

Lawrence, D. H.: *D. H. Lawrence: A Composite Biography*, Edward Nehls, ed. Madison: University of Wisconsin Press, 1957 – 59, passim.

Lawrence, D. H.: *Lawrence in Love: Letters to Louie Burrows*, James T. Boulton, ed. University of Nottingham Press, 1968, pp. 147 – 148, 165 – 166, passim.

Lawrence, D. H.: *The Collected Letters of D. H. Lawrence*, New York: Viking Press, 1962, passim.

Lawrence, D. H.: *The Letters of D. H. Lawrence*, James T. Boulton, ed. New York; London: Cambridge University Press, 1979, passim.

Leary, Lewis, ed.: *Motive and Method in the Cantos of Ezra Pound*, New York: Columbia University Press, 1954; 1961.

Leavis, Frank Raymond: *How to Teach Reading: A Primer for Ezra Pound*, Cambridge, England: Heffer, (Minority Press Pamphlet), 1932.

Leavis, Frank Raymond: *How to Teach Reading: Education and the University*, London: Chatto & Windus, 1943.

Leavis, Frank Raymond: *New Bearings on English Poetry*, London: Chatto & Windus, 1932, Cf., #774, pp. 133 – 157.

Lehmann, John, ed.: *The Craft of Letters in England: A Symposium*, London: Cresset Press, 1956; Boston: Houghton Mifflin Company, 1957.

Lenberg, Lore Marianne: *The Coherence of the Pisan Cantos and Their Significance in the Context of Ezra Pound's "Poem of Some Length,"* Diss. Freiburg, 1958.

Levenson, Michael: *A Genealogy of Modernism: A Study of English Literary Doctrine, 1908 – 1922*, Cambridge: Cambridge University Press, 1984.

Levin, Harry: *Ezra Pound, T. S. Eliot, and the European Horizon*, Oxford: Clarendon Press, 1975.

Levin, Harry: *Grounds for Comparison*, Cambridge, Mass.: Harvard University Press, 1972, pp. 280 – 282, 297, passim.

Levy, Alan: *Ezra Pound: The Voice of Silence*, Sag Harbor: Permanent Press, 1983.

Libera, Sharon Mayer: *Ezra Pound's Paradise: A Study of Neoplatonism in the Cantos*, Diss., Harvard University, 1972.

Liebregts, Peter Th. M. G.: *Ezra Pound and Neoplatonism*, Madison: Fairleigh Dickinson University Press, 2004.

Lindberg, Kathryne V.: *Reading Pound Reading: Modernism after Nietzsche*, New York: Oxford University Press, 1987.

Lindberg-Seyersted, Brita, ed.: *Pound/Ford: The Story of a Literary Friendship: The Correspondence between Ezra Pound and Ford Madox Ford and Their Writings about Each Other*, London: Faber & Faber, 1982, Cf., #2751.

Lindberg-Seyersted, Brita, ed. *With Introduction, Commentary, and Notes: Pound/ Ford: The Story of a Literary Friendship*, Norfolk, Conn.: New Directions, 1982.

Lipke, William C.; and Walton Litz, eds.: *Modern Literary Criticism: 1900 – 1970*, New York: Atheneum, 1972, passim.

Lloyd, Margaret Glynne: *William Carlos Williams' Paterson: A Critical Appraisal*, Rutherford and Madison, N. J.: Fairleigh Dickinson University Press, 1980, pp. 35 – 36, 39 – 41, passim.

Londraville, Richard: *Dear Yeats, Dear Pound, Dear Ford: Jeanne Robert Forster and Her Circle of Friends*, Syracuses, N. Y.: Syracuses University Press, 2001.

Longenbach, James: *Modernist Poetics of History: Pound, Eliot, and the Sense of the Past*, Princeton: Princeton University Press, 1987.

Longenbach, James: *Stone Cottage: Pound, Yeats, and Modernism*, New York: Oxford University Press, 1988.

Lopez, Enrique Hank: *Conversations with Katherine Anne Porter: Refugee from Indian Creek*, Boston: Little, Brown and Company, 1981, pp. 132 – 133, 268 – 269, passim.

Lowell, Amy: *A Fable for Critics*, Boston; New York: Houghton Mifflin Co., 1922; repr., A Critical Fable, New York: AMS Press, 1981, passim.

Lucas, F. L.: *Criticism and Poetry*, (The Wharton Lecture, British Academy) Oxford University Press, 1933.

MacLeish, Archibald: Letter, *The Case Against the Saturday Review of Literature*, Chicago: Poetry Magazine, 1949, Cf., #215, pp. 59 – 62.

MacLeish, Archibald: *Poetry and Experience*, Cambridge: Riverside Press, 1961, passim.

MacLeish, Archibald: *Poetry and Opinion: The Pisan Cantos of Ezra Pound: A Dialog on the Role of Poetry*, Urbana: University of Illinois Press, 1950.

MacNeice, Louis: *Modern Poetry: A Personal Essay*, Oxford: Clarendon Press, 1968, pp. 162ff.

MacShane, Frank: *The Life and Work of Ford Madox Ford*, New York: Horizon Press, 1965, passim.

Makin, Peter, ed: *Ezra Pound's Cantos: A Casebook*, Oxford: Oxford University Press, 2006.

Makin, Peter: *Pound's Cantos*, London: Allen & Unwin, 1985.

Makin, Peter: *Provence and Pound*, Berkeley and Los Angeles, University of California Press, 1978.

Malkoff, Karl: *Escape from the Self: A Study in Contemporary American Poetry and Poetics*, New York: Columbia Press, 1977.

Margolis, John D.: *T. S. Eliot's Intellectual Development: 1922 – 1939*, London; Chicago: University of Chicago Press, 1972, pp. 197 – 198, passim.

Marsh, Alec: *Money and Modernity: Pound, Williams, and the Spirit of Jefferson*, Tuscaloosa: University of Alabama Press, 1998.

Marsh, Edward: *A Number of People*, London: W. Heinemann, Ltd. -H. Hamilton, Ltd., 1939, p. 82.

Martin, Wallace: *The New Age under Orage: Chapters in English Cultural History*, New York: Manchester University Press; Barnes & Noble, Inc., 1967, pp. 151 – 154, passim.

Martz, Louis L.: *The Poem of the Mind: Essays on Poetry, English and American*, New York: Oxford University Press, 1966, pp. 143 – 146, 147 – 153, passim.

Materer, Timothy: *Modernist Alchemy: Poetry and the Occult*, Ithaca: Cornell University Press, 1995.

Materer, Timothy: *Vortex: Pound, Eliot, and Lewis*, London; Ithaca: Cornell University Press, 1979.

Matthiessen, F. O.: *American Renaissance, Art and Expression in the Age of Emerson and Whitman*, New York: Oxford University Press, 1941, passim.

Matthiessen, F. O.: *The Achievement of T. S. Eliot*, Boston; New York: Oxford University Press, 1935, passim.

May, Henry F.: *The End of American Innocence: A Study of the First Years of Our Own Time, 1912 – 1917*, New York: Alfred A. Knopf, 1959, pp. 269 – 277, passim.

Mayfield, John S.: *The Black Badge of Treason: An Account of Ezra Pound*, Washington, D. C.: Park Book Shop, 1944.

Mazzaro, Jerome, ed.: *Modern American Poetry: Essays in Criticism*, New York:

David McKay, 1970, passim.

Mazzaro, Jerome: *Postmodern American Poetry*, Urbana: University of Illinois Press, 1980, passim.

McAlmon, Robert: *Being Geniuses Together, 1920 – 1930*, Rev. with Supp. Chapters by Kay Boyle, Garden City, N. Y.: Doubleday, 1968, pp. 31 – 33, 99 – 101, 178 – 179, passim.

McAlmon, Robert: *McAlmon and the Lost Generation*, Robert E. Knoll, ed. Lincoln: University of Nebraska Press, 1962. [Reprint of articles from books by Robert McAlmon.]

McCarthy, Dermot: *Social Theory and Criticism of Ezra Pound*, Ontario, Diss.: Queen's University, Kingston, 1974 – 1975.

McDonald, Gail: *Learning to Be Modern: Pound, Eliot, and the American University*, New York: Oxford University Press, 1993.

McDonald, Gerald: *Review: Selected Poems*, Library Journal, 74 (December 15, 1949), 1909.

McDougal, Stuart Y.: *Ezra Pound and the Troubadour Tradition*, London; Princeton, New Jersey: Princeton University Press, 1972.

McVeagh, John: *Tradefull Merchants: The Portrayal of the Capitalist in Literature*, Boston: Routledge & Kegan Paul, 1981, passim.

Meacham, Harry M.: *The Caged Panther: Ezra Pound at Saint Elizabeth's*, New York: Twayne Publishers, 1967.

Meixner, John Albert: *Ford Madox Ford's Novels: A Critical Study*, Minneapolis: University of Minnesota Press, 1962, passim.

Melchiori, Giorgio: *The Tightrope Walkers: Studies of Mannerism in Modern English Literature*, New York: Macmillan, 1936; London: Routledge & Kegan Paul, 1956, pp. 176 – 177, passim.

Mellors, Anthony Matthew: *Late Modernist Poetics: From Pound to Prynne*, Manchester; New York: Manchester University Press; New York: Distributed in the USA by Palgrave, 2006.

Mellow, James R.: *Charmed Circle: Gertrude Stein and Company*, New York: Praeger Publishers, Inc., 1974, passim.

Mencken, H. L.: *Letters of H. L. Mencken*, Selected and Edited by Guy J. Forgue, New York: Alfred A. Knopf, 1961, passim.

Merritt, Robert: *Early Music and the Aesthetics of Ezra Pound: Hush of Older Song*, Lewiston: Edwin Mellen Press, 1993.

Meyerson, Edward L.: *The Seed Is Man: A Collection of Poetry and an Essay on Ezra Pound*, New York: William-Frederick Press, 1967, pp. 33 – 54.

Miller, James E., Jr.: *The American Quest for a Supreme Fiction: Whitman's Legacy in the Personal Epic*, Chicago: University of Chicago Press, 1979.

Miller, Jr., James E., Karl Shapiro, and Bernice Slote: *Start with the Sun: Studies in Cosmic Poetry*, Lincoln: University of Nebraska Press, 1960, pp. 207 – 225, passim.

Mills, Ralph J., Jr.: *Cry of the Human: Essays on Contemporary American Poetry*, Urbana; Chicago: University of Illinois Press, 1975, passim.

Mizener, Arthur: *The Saddest Story: A Biography of Ford Madox Ford*, New York; Cleveland: The World Pub. Co., 1971, passim.

Molesworth, Charles: *The Fierce Embrace: A Study of Contemporary American Poetry*, Columbia: University of Missouri Press, 1979, passim.

Monro, Harold: *Some Contemporary Poets*, London: Leonard Parsons, 1920, pp. 87 – 93.

Monroe, Harriet: *A Poet's Life: Seventy Years in a Changing World*, New York: Macmillan, 1938, passim.

Montgomery, Marion: *Ezra Pound*, (CWCP), Grand Rapids, Mich.: Eerdmans, 1970.

Moody, David: *Ezra Pound: Poet, A Portrait of the Man and His Work. Vol. I.* Oxford: Oxford UP, 2007.

Moramarco, Fred S.: *Edward Dahlberg*, New York: Twayne Publishers, Inc., 1972, passim.

Morrison, Blake: *The Movement: English Poetry and Fiction of the 1950s*, New York: Oxford University Press, 1980, passim.

Morrison, Paul: *The Poetics of Fascism: Ezra Pound, T. S. Eliot, Paul de Man*, New York: Oxford University Press, 1996.

Morrow, Bradford; and Bernard Lafourcade: with Introduction by Hugh Kenner, *A Bibliography of the Writings of Wyndham Lewis*, Santa Barbara, California: Black Sparrow Press, 1978, Pound passim.

Mullins, Eustace Clarence: *This Difficult Individual: Ezra Pound*, New York: Fleet Publishing Corporation, 1961.

Munson, Gorham B.: *Robert Frost: A Study in Sensibility and Good Sense*, New York: George H. Doran & Co., 1927; Haskell House, Pubs., 1967, passim.

Nadel, Ira Bruce: *Ezra Pound: A Literary Life*, Basingstocke; New York: Palgrave Macmillan, 2004.

Nadel, Ira Bruce, ed.: *Ezra Pound in Context*, Cambridge: Cambridge UP, 2010.

Nadel, Ira Bruce, ed.: *The Cambridge Introduction to Ezra Pound*, Cambridge: Cambridge University Press, 1999; 2007.

Nänny, Max: *Ezra Pound: Poetics for an Electric Age*, Bern: Francke Verlag, 1973.

Nassar, Eugene Paul: *The Cantos of Ezra Pound: The Lyric Mode*, Baltimore and London: Johns Hopkins University Press, 1975.

Nicholls, Peter: *Ezra Pound: Politics, Economics, and Writing: A Study of the Cantos*, England: Macmillan Press, 1984; Atlantic Highlands: Humanities Press, 1984.

Nolde, John J.: *Blossoms from the East: The China Cantos of Ezra Pound*, Orono: National Poetry Foundation, 1983.

Nolte, William H., ed.: *H. L. Mencken's Smart Set Criticism*, Cornell University Press, 1969, pp. 76 – 78.

Norman, Charles: *Ezra Pound*, New York: Macmillan, 1960; rev. ed. New York: Minerva Pr., 1960; London: Macdonald, 1969.

Norman, Charles: *The Case of Ezra Pound*, New York: The Bodley Press, 1948; Funk & Wagnalls, 1968; London: Macdonald, 1969.

Norman, Charles: *The Magic-Maker: E. E. Cummings*, New York: Macmillan, 1958, passim.

North, Michael: *The Political Aesthetic of Yeats, Eliot and Pound*, New York: Cambridge University Press, 1991.

Oberg, Arthur: *Modern American Lyric: Lowell, Berryman, Creeley, and Plath*, New Brunswick, New Jersey: Rutgers University Press, 1978, passim.

O'Connor, William Van: *An Age of Criticism (1900 – 1950)*, Chicago: Henry Regnery Company, 1952, pp. 68 – 69.

O'Connor, William Van: *Ezra Pound*, Minneapolis: University of Minnesota Press, 1963; also: #26 Pamphlets of American Writers.

O'Connor, William Van: *Sense and Sensibility in Modern Poetry*, Chicago: University of Chicago Press, 1948, passim.

O'Connor, William Van; and Edward Stone, eds.: *A Casebook on Ezra Pound*, New York: Thomas Y. Crowell Co., 1959.

Oderman, Kevin: *Ezra Pound and the Erotic Medium*, Durham: Duke University Press, 1986.

Olson, Charles: *Charles Olson and Ezra Pound: An Encounter at St. Elizabeth's*, Catherine Seelye, ed. New York: Grossman Publishers, 1975.

Owen, Guy, ed. *Modern American Poetry: Essays in Criticism*, Deland, Fla.: Everett/ Edwards, 1972, pp. 254 – 255.

Patmore, Brigit: *My Friends When Young: The Memoirs of Brigit Patmore*, ed. with Introduction by Derek Patmore, London: Heinemann, 1968.

Paul, Catherine E.: *Poetry in the Museums of Modernism: Yeats, Pound, Moore, Stein*, Ann Arbor, Mich.: University of Michigan Press, 2002.

Paz, Octavio: *Children of the Mire: Modern Poetry from Romanticism to the Avant-Garde*, tr. by Rachel Phillips, Cambridge, Mass.: Harvard University Press, 1974, pp. 123 – 130, 132 – 138, passim.

Paz, Octavio: *The Bow and the Lyre*, trans. Ruth L. C. Simms, New York: McGraw-Hill, 1973, pp. 66 – 68.

Pearlman, Daniel: *The Barb of Time: On the Unity of Ezra Pound's Cantos*, Oxford: Oxford University Press, 1969.

Pearson, Norman H.: Foreword, *In Hilda Doolittle, Tribute to Freud*, New York: New Directions, 1984.

Perelman, Bob: *The Trouble with Genius: Reading Pound, Joyce, Stein, and Zukofsky*, Berkeley: University of California Press, 1994.

Perlès, Alfred: *My Friend Henry Miller*, London: Neville Spearman, Ltd., 1955, pp. 32, 83 – 84, passim.

Perloff, Marjorie: *The Dance of the Intellect: Studies in the Poetry of the Pound Tradition*, Evanston: Northwestern University Press, 1985; Cambridge University Press, 1985.

Perloff, Marjorie: *The Futurist Moment: Avant-Garde, Avant Guerre, and the Language of Rupture*, Chicago: University of Chicago Press, 1986.

Perloff, Marjorie: *The Poetics of Indeterminacy: Rimbaud to Cage*, Princeton: Princeton University Press, 1981.

Perrine, Laurence; and James M. Reid: *100 American Poems of the Twentieth Century*, New York: Harcourt, Brace & World, Inc., 1966, pp. 82 – 83.

Poli, Bernard J.: *Ford Madox Ford and the Transatlantic Review*, Syracuse, New York: Syracuse University Press, 1967, passim.

Pound, Dorothy Shakespear, ed.: *Etruscan Gate*, Exeter: Rougemont Press, 1971.

Pratt, William: *The Imagist Poem: Modern Poetry in Miniature*, 1963, Ashland: Story Line Press, 2001.

Pratt, William, ed.: *Ezra Pound, Nature and Myth*, New York: AMS Press, 2002.

Pratt, William; and Robert Richardson, eds.: *Homage to Imagism*, New York: AMS Press, 1992.

Praz, Mario: *Mnemosyne: The Parallel between Literature and the Visual Arts*, Princeton: Princeton University Press, 1970, passim.

Preda, Roxana: *Ezra Pound's (Post) Modern Poetics and Politics: Logocentrism, Language, and Truth*, New York: Peter Lang, 2001.

Press, John: *Rule and Energy: Trends in British Poetry since the Second World War*, London; New York: Oxford University Press, 1963, passim.

Press, John: *The Chequer'd Shade: Reflections on Obscurity in Poetry*, London: Oxford University Press, 1958, passim.

Press, John: *The Fire and the Fountain: An Essay on Poetry*, London: Oxford University Press, 1955, passim.

Press, John: *The Lengthening Shadows*, London: Oxford University Press, 1971, passim.

Pritchard, William H.: *Seeing Through Everything: English Writers, 1918 – 1940*, New York: Oxford University Press, 1977, passim.

Pritchard, William H.: *Wyndham Lewis*, New York: Humanities Press, 1972, passim.

Putnam, Samuel: *Paris Was Our Mistress*, New York: Viking Press, 1947, passim.

Quarterly Review of Literature, Ezra Pound Issue, 5, #2 (1949), Annandale, New York: Bard College, 1949.

Quinn, Mary Bernetta: *The Metamorphic Tradition in Modern Poetry: Essays on the Work of Ezra Pound, Wallace Stevens, William Carlos Williams, T. S. Eliot, Hart Crane, Randall Jarrell and William Butler Yeats*, New Brunswick, N. J., Rutgers University Press, 1955; New York: Gordian Pr., 1966.

Rabaté, Jean-Michel: *Language, Sexuality and Ideology in Ezra Pound's Cantos*, Albany: State University of New York Press, 1986.

Rae, Patricia: *The Practical Muse: Pragmatist Poetics in Hulme, Pound, and Stevens*, Lewisburg: Bucknell University Press, 1997.

Raffel, Burton: *Ezra Pound: Prime Minister of Poetry*, Hamden, Conn.: Shoe String Press/ Archon Books, 1984.

Raffel, Burton: *Possum and Ole Ez in the Public Eye: Contemporaries and Peers on T. S. Eliot and Ezra Pound 1892 – 1972*, Hamden, Conn.: Archon Books/ The Shoe String Press, 1985.

Rainey, Lawrence S.: *Ezra Pound and the Monument of Culture: Text, History and the Malatesta Cantos*, Chicago: The University of Chicago Press, 1991.

Rainey, Lawrence S.: *Institutions of Modernism: Literary Elites and Public Culture*, New Haven: Yale University Press, 1998.

Rainey, Lawrence S., ed.: *A Poem Containing History: Textual Studies in the Cantos*, Ann Arbor: University of Michigan Press, 1997.

Ramsey, Warren: *Jules Laforgue and the Ironic Inheritance*, New York: Oxford

University Press, 1953, passim.

Raymond, Marcel: *From Baudelaire to Surrealism*, New York: Wittenborn, Schultz, Inc., 1950, passim.

Read, Forrest, Jr.: *'76: One World and the Cantos of Ezra Pound*, Chapel Hill: University of North Carolina Press, 1981.

Read, Forrest: Review: *Ezra Pound: Selected Prose, 1909 – 1965*, Paideuma, 3, #1 (Spring, 1974), pp. 125 – 128.

Read, Richard: *Art and Its Discontents: The Early Life of Adrian Stokes*, University Park: Pennsylvania State University Press, 2002.

Reck, Michael: *Ezra Pound: A Close-up*, London: 1967; New York: McGraw-Hill, 1967/1973.

Redman, Tim: *Ezra Pound and Italian Fascism*, New York: Cambridge University Press, 1991.

Reid, B. L.: *The Man from New York: John Quinn and His Friends*, New York: Oxford University Press, 1968, p. 340.

Rexroth, Kenneth: *American Poetry in the Twentieth Century*, New York: Herder & Herder, 1971, pp. 39 – 44.

Rhys, Ernest, ed.: *The Prelude to Poetry: The English Poets in Defence and Praise of Their Own Art*, New York: Dutton, Everyman Series, No. 789, 1970, passim.

Rhys, Ernest: *Everyman Remembers*, London: J. M. Dent & Sons, Ltd., and Cosmopolitan Bk. Co., 1931, passim.

Roberts, Michael: *Critique of Poetry*, London: Jonathan Cape, 1934, pp. 162 – 166.

Robinson, Janice S.: *H. D.: The Life and Work of an American Poet*, Boston: Houghton Mifflin, 1982, passim.

Rosenthal, M. L.: *A Primer of Ezra Pound*, New York: Macmillan, 1960.

Rosenthal, M. L.: *Sailing into the Unknown: Yeats, Pound and Eliot*, New York: Oxford University Press, 1978.

Rosenthal, M. L.: *The Modern Poets: A Critical Introduction*, New York: Oxford University Press, 1960, pp. 55 – 56.

Rosenthal, M. L.; and Sally M. Gall: *The Modern Poetic Sequence: The Genius of Modern Poetry*, New York: Oxford University Press, 1983.

Ross, Robert H.: *The Georgian Revolt, 1910 – 1922: Rise and Fall of a Poetic Ideal*, Carbondale: Southern Illinois University Press, 1965, passim.

Rubin, Louis Decimus, Jr.: *The Curious Death of the Novel: Essays in American Literature*, Baton Rouge: Louisiana State University Press, 1967, passim.

Russell, Peter: *Ezra Pound: A Collection of Essays* edited by Peter Russell to be presented to Ezra Pound on his sixty-fifth birthday, London: Peter Neville, 1950; and under title *An Examination of Ezra Pound: A Collection of Essays*, New York: New Directions, 1950.

Ruthven, K. K.: *A Guide to Ezra Pound's Personae (1926)*, Berkeley; Los Angeles: University of California Press, 1969.

Ruthven, K. K.: *Ezra Pound as Literary Critic*, New York: Routledge, 1990.

San Juan, Jr., E. [Epifanio]: *Critics on Ezra Pound: Readings in Literary Criticism*, Coral Gables, Florida: University of Miami Press, 1972.

Sanders, Frederick Kirkland: *John Adams Speaking: Pound's Sources for the Adams Cantos*, Orono: University of Maine Press, 1975.

Schlauch, Margaret: *Modern English and American Poetry: Techniques and Ideologies*, London: Watts, 1956, passim.

Schneidau, Herbert N.: *Ezra Pound: The Image and the Real*, Baton Rouge: Louisiana State University Press, 1969.

Schwartz, Delmore: *Selected Essays of Delmore Schwartz*, Donald A. Dike and David H. Zucker, eds., with an appreciation by Dwight MacDonald, Chicago: University of Chicago Press, 1970.

Schwartz, Sanford: *The Matrix of Modernism: Pound, Eliot, and Early Twentieth-Century Thought*, Princeton: Princeton University Press, 1985.

Scott, Nathan A., Jr.: *The Broken Center: Studies in the Theological Horizon of Modern Literature*, London; New Haven: Yale University Press, 1966, passim.

Scott, Nathan A., Jr., ed.: *Adversity and Grace: Studies in Recent American Literature*, Chicago: University of Chicago Press, 1968, passim.

Scully, James, ed.: *Modern Poets on Modern Poetry*, London: Collins, 1966, passim.

Selby, Nick: *Poetics of Loss in the Cantos of Ezra Pound: From Modernism to Fascism*, Lewiston, New York: Edwin Mellen Press, 2005.

Sergeant, Elizabeth Shepley: *Robert Frost: The Trial by Existence*, New York: Holt, Rinehart and Winston, 1960, pp. 101 – 112, passim.

Seyersted, Brita Lindberg, ed.: *Pound/Ford: The Story of a Literary Friendship*, New York: New Directions, 1982.

Shapiro, Karl: *Beyond Criticism*, Lincoln: University of Nebraska Press, 1953, pp. 1 – 6.

Shapiro, Karl: *Prose Keys to Modern Poetry*, New York: Harper and Row, 1962, pp. 104, 136 – 137.

Shapiro, Karl: *Trial of a Poet, and Other Poems*, New York: Reynal and Hitchcock Press, 1947.

Shaw, Robert B., ed.: *American Poetry since 1960: Some Critical Perspectives*, Chester Springs, Pa.: Dufour, 1974; Cheadle: Carcanet Press, 1973, passim.

Sherry, Vincent: *Ezra Pound, Wyndham Lewis, and Radical Modernism*, New York: Oxford University Press, 1993.

Shioji, Ursula: *Ezra Pound's Pisan Cantos and the Noh*, Frankfurt: Peter Lang, 1998.

Sicari, Stephen: *Pound's Epic Ambition: Dante and the Modern World*, Albany: State University of New York Press, 1991.

Sieber, H. A., ed.: *The Medical, Legal, Literary and Political Status of Ezra Weston [Loomis] Pound, Selected Facts and Comments*, Washington: The Library of Congress Legislative Reference Service, March 31, 1958; revised April 14, 1958.

Sieburth, Richard: *Instigations: Ezra Pound and Remy de Gourmont*, Diss., Cambridge: Harvard University Press, 1978.

Simpson, Louis A.: *Three on the Tower: The Lives and Works of Ezra Pound, T. S. Eliot, and William Carlos Williams*, New York: William Morrow, 1975.

Singh, G.: *Ezra Pound as Critic*, New York: St. Martin's Press, 1994.

Sisson, Charles Hubert: *The Avoidance of Literature: Collected Essays*, Michael Schmidt, ed., Manchester: Carcanet Press, 1979.

Smith, Bernard: *Forces in American Criticism: A Study in the History of American Literary Thought*, New York: Harcourt, Brace and Company, 1939, pp. 351 – 352, passim.

Smith, G. D. Gilling: [Under initials H. B.] *Review: Classic Anthology*, *European* (June, 1955).

Smith, Marcel, and William A. Ulmer, eds.: *Ezra Pound: The Legacy of Kulchur*, Tuscaloosa: University of Alabama Press, 1988.

Smith, Paul: *Pound Revised*, London: Croom Helm, 1983.

Smith, Ray: *Permanent Fires: Reviews of Poetry, 1958 – 1973*, Metuchen, New Jersey: Scarecrow Press, 1975, passim.

Smith, Richard Eugene: *Richard Aldington*, Boston: Twayne Publishing Company, 1977, pp. 19 – 24, passim.

Smith, Stan: *The Origins of Modernism: Eliot, Pound, Yeats, and the Rhetorics of Renewal*, New York: Harvester Wheatsheaf, 1994.

Somer, John; and Barbara Eck Cooper: *American and British Literature, 1945 – 1975: An Annotated Bibliography of Contemporary Scholarship*, Lawrence, Kansas: Regents Press of Kansas, 1980, passim.

Sorrentino, Gilbert: *The Sullen Art: Interviews by David Ossman with Modern American Poets*, New York: Corinth Books, 1963, pp. 54 – 55.

Spender, Stephen: *World Within World: The Autobiography of Stephen Spender*, London: Hamish Hamilton, 1951, pp. 95, 164 – 165.

Spiller, Robert E.: *The Cycle of American Literature: An Essay in Historical Criticism*, New York: Macmillan, 1955, passim.

Spiller, Robert E.: *The Third Dimension: Studies in Literary History*, London: Collier-Macmillan; New York: Macmillan, 1965, p. 146, passim.

Spiller, Robert E., et al., eds.: *Literary History of the United States*, Bibliography Supplement II, New York: Macmillan Publishing Company, 1946/1972.

Stanford, Donald E.: *Revolution and Convention in Modern Poetry: Studies in Ezra Pound, T. S. Eliot, Wallace Stevens, Edwin Arlington Robinson, and Yvor*

Winters, East Brunswick, N. J.: University of Delaware Press, 1983.

Starkie, Enid: *From Gautier to Eliot: The Influence of France on English Literature, 1851 – 1939*, Hutchinson of London: Repub., 1971 by Scholarly Pr., 1971, pp. 155 – 161, passim.

Stead, C. K.: *Pound, Yeats, Eliot, and the Modernist Movement*, New Brunswick: Rutgers University Press, 1986.

Stearns, Harold E., ed. with Introduction: *America Now: An Inquiry into Civilization in the United States*, London; New York: Chas, Scribner's Sons, 1938, pp. 50 – 53, 56 – 58, passim.

Stock, Noel, ed.: *Ezra Pound Perspectives: Essays in Honor of His Eightieth Birthday*, Chicago: Henry Regnery Company, 1965; Westport: Greenwood, 1977.

Stock, Noel, ed. with Introduction: *Impact: Essays on Ignorance and the Decline of American Civilization*, Chicago: Henry Regnery Company, 1960.

Stock, Noel: *Ezra Pound's Pennsylvania*, Toledo, Ohio: The Friends of the University of Toledo Libraries, 1976.

Stock, Noel: *Life of Ezra Pound*, 2nd., ed. San Francisco: North Point Press, 1982.

Stock, Noel: *Poet in Exile: Ezra Pound*, Manchester: Manchester University Press, 1964; New York: Barnes & Noble, 1964.

Stock, Noel: *Reading the Cantos: A Study of Meaning in Ezra Pound*, London: Routledge & Kegan Paul; NY: Random House, 1966; London: Minerva Press, 1969.

Stock, Noel: *The Life of Ezra Pound*, New York; London: Routledge & Kegan Paul, 1970; New York: Pantheon Books [First American Edition], 1970; expanded edition, North Point Press, 1982.

Stoicheff, Peter: *The Hall of Mirrors: Drafts and Fragments and the End of Ezra Pound's Cantos*, Ann Arbor: University of Michigan Press, 1995.

Stovall, Floyd, ed.: *The Development of American Literary Criticism*, Chapel Hill, NC: University of North Carolina Press, 1955, passim.

Stovall, Floyd: *American Idealism*, Norman, Oklahoma: University of Oklahoma

Press, 1943, passim.

Sullivan, John Patrick: *Ezra Pound and Sextus Propertius: A Study in Creative Translation*, London: Faber & Faber; Austin, Texas: University of Texas Press, 1964.

Sullivan, John Patrick, ed.: Preface and Introduction, *Ezra Pound: A Critical Anthology*, Harmondsworth: Penguin, 1970.

Surette, Philip Leon: *A Light from Eleusis: A Study of Ezra Pound's Cantos*, Oxford: Clarendon Press; NY: New York University Press, 1979.

Surette, Philip Leon: *Pound in Purgatory: From Economic Radicalism to Anti-Semitism*, Urbana: University of Illinois Press, 1999.

Surette, Philip Leon: *The Birth of Modernism: Ezra Pound, T. S. Eliot, W. B. Yeats, and the Occult*, Montreal: McGill-Queen's University Press, 1993.

Surette, Philip Leon, and Demetres P. Tryphonopoulos, eds.: *Literary Modernism and the Occult Tradition*, Orono: National Poetry Foundation, 1996.

Sutton, Walter, ed.: *Ezra Pound: A Collection of Critical Essays*, Twentieth-Century Views STC-9, Englewood Cliffs, New Jersey: Prentice-Hall, 1963.

Symons, Julian: *Makers of the New: The Revolution in Literature 1912 – 1939*, New York: Random House, 1987.

Tate, Allen, ed.: Introduction by Allen Tate, *Six American Poets from Emily Dickinson to the Present*, Minneapolis: University of Minnesota Press, 1969, pp. 3 – 8.

Tate, Allen: *Sixty American Poets, 1896 – 1944*, Washington: Library of Congress and Biblio Division, 1954, Rev. ed. pp. 93 – 101, Cf., #3262.

Taupin, René: *The Influence of French Symbolism on Modern American Poetry*, 1929, trans. William and Anne Rich Pratt, 1965; New York: AMS P, 1985.

Taylor, Richard; and Claus Melchior, eds.: *Ezra Pound and Europe*, Amsterdam: Rodopi, 1993.

Taylor, Walter Fuller: *The Story of American Letters*, Chicago: Henry Regnery Co., Rev. ed. 1956, pp. 407 – 408, passim.

Teele, Roy E.: *Through a Glass Darkly: A Study of English Translations of Chinese Poetry*, Ann Arbor: 1949. (Thesis: Columbia University)

Terrell, Carroll F.: *A Companion to the Cantos of Ezra Pound*, published in cooperation with the National Poetry Foundation of California Press, Berkeley: University of California Press, 1980; Vol. 2, 1984.

Terrell, Carroll F.: *Ideas in Reaction: Byways to the Pound Arcana*, Orono: Northern Lights Press, 1991.

The Analyst, ed.: *Robert Mayo*, Evanston: Northwestern University, 1953 - .

The Pound Ezra, Berkeley: University of California Press, 1971.

Thomas, Edward: *Letters from Edward Thomas to Gordon Bottomley*, edited with Introduction by George Thomas, London: Oxford University Press, 1968, pp. 185, 187, 197.

Thomas, Ron: *The Latin Masks of Ezra Pound*, Ann Arbor: UMI, 1983.

Thompson, Harold W.: *Body, Boots, and Britches: Folk Tales, Ballads and Speeches from Country New York*, New York: Dover Pubs., c1939, 1962, pp. 11, 12, 85.

Thompson, Lawrance; and R. H. Winnick: *Robert Frost: The Later Years, 1938 - 1963*, New York: Holt, Rinehart & Winston, 1976, passim.

Thompson, Lawrance, ed.: *Selected Letters of Robert Frost*, New York; Chicago: Holt, Rinehart & Winston, 1964, passim.

Thurley, Geoffrey: *The American Moment: American Poetry in the Mid-Century*, New York: St. Martin's Pr., 1978, pp. 128 - 132, passim.

Tiffany, Daniel: *Radio Corpse: Imagism and the Cryptaesthetic of Ezra Pound*, Cambridge: Harvard University Press, 1995.

Tillyard, E. M. W.: *Poetry, Direct, and Oblique*, London: Chatto and Windus, 1934, pp. 34 - 35.

Torrey, E. Fuller: *The Death of Psychiatry*, Radnor, Pennsylvania: Chilton Book Co., 1974, p. 81.

Torrey, E. Fuller: *The Roots of Treason: Ezra Pound and the Secret of St. Elizabeth's*, New York: McGraw-Hill Book Co., 1984, Rev. by Jeffrey Meyers, "Shrinking Pound," *Spectator* (April 28, 1984), pp. 25 - 26.

Trotter, David: *The Making of the Reader: Language and Subjectivity in Modern American, English and Irish Poetry*, New York: St. Martin's Pr., 1984.

Tryphonopoulos, Demetres P.: *The Celestial Tradition: A Study of Ezra Pound's The Cantos*, Waterloo: Wilfrid Laurier University Press, 1992.

Tryphonopoulos, Demetres P., and Adams, Stephen J. ed.: *The Ezra Pound Encyclopedia*, Westport, Conn.; London: Greenwood Press, 2005.

Tytell, John: *Ezra Pound: The Solitary Volcano*, New York: Anchor Press/Doubleday, 1987.

Ueda, Makoto: *Zeami, Bashō, Yeats, and Pound: A Study in Japanese and English Poetics*, The Hague: Mouton, 1965.

Untermeyer, Louis: *Bygones: The Recollections of Louis Untermeyer*, New York: Harcourt, Brace and World, 1965, pp. 46, 61, 93 – 97.

Vasse, William W., and John Hamilton Edwards: *The Annotated Index to the Cantos of Ezra Pound*, Berkeley and Los. Angeles: University of California Press, 1957, 1957.

Wade, Allan, ed.: *The Letters of W. B. Yeats*, London: Rupert Hart-Davis; New York: Macmillan, 1954, passim.

Waggoner, Hyatt Howe: *American Visionary Poetry*, Baton Rouge, Louisiana: Louisiana State University Press, 1982, passim.

Waggoner, Hyatt Howe: *The Heel of Elohim: Science and Values in Modern American Poetry*, Norman, Oklahoma: University of Oklahoma Press, 1950, pp. 90 – 99, passim.

Wagner, Geoffrey Atheling: *Wyndham Lewis: A Portrait of the Artist as the Enemy*, New Haven: Yale University Press, 1957, passim.

Walker, Jeffrey: *Bardic Ethos and the American Epic Poem: Whitman, Pound, Crane, Williams, Olson*, Baton Rouge: Louisiana State University Press, 1989.

Watts, Harold H.: *Ezra Pound and the Cantos*, Chicago: Henry Regnery, 1952; London: Routledge & Kegan Paul, 1951.

Weatherhead, A. Kingsley: *The Edge of the Image: Marianne Moore, William Carlos Williams, and Some Other Poets*, Seattle and London: University of Washington Press, 1967, pp. 12 – 19, passim.

Weintraub, Stanley: *The London Yankees: Portraits of American Writers and Artists*

in England, 1894 – 1914, New York: Harcourt Brace Jovanovich, 1979, passim.
Wells, Henry Willis: *New Poets from Old: A Study in Literary Genetics*, New York: Russell & Russell, 1964, Passim.
Wenning, Henry W.: *T. S. Eliot and Ezra Pound*, New Haven: C. A. Stonehill, Inc., 1970.
Wilhelm, James J.: *Dante and Pound: The Epic of Judgment*, Orono: University of Maine Press, 1974.
Wilhelm, James J.: *Ezra Pound in London and Paris 1908 – 1925*, University Park: Pennsylvania State University Press, 1990.
Wilhelm, James J.: *Ezra Pound: The Tragic Years 1925 – 1972*, University Park: Pennsylvania State University Press, 1994.
Wilhelm, James J.: *Il Miglior Fabbro: The Cult of the Difficult in Daniel, Dante, and Pound*, Orono: National Poetry Foundation, 1982.
Wilhelm, James J.: *Seven Troubadours: The Creators of Modern Verse*, University Park and London: Pennsylvania State University Press, 1977, pp. 145 – 172.
Wilhelm, James J.: *The American Roots of Ezra Pound*, New York: Garland, 1985.
Wilhelm, James J.: *The Later Cantos of Ezra Pound*, New York: Walker and Company, 1977.
Williams, Ellen: *Harriet Monroe and the Poetry Renaissance: The First Ten Years of Poetry, 1912 – 1922*, Urbana: University of Illinois Press, 1977, pp. 33 – 37, passim.
Williams, William Carlos: *The William Carlos Williams Reader*, Edited with Introduction by M. L. Rosenthal, New York: New Directions Publishing Corporation, 1966, pp. 308 – 318, Cf., #423.
Wilson, Edmund: *Axel's Castle: A Study in the Imaginative Literature of 1870 – 1930*, New York: Charles Scribner's Sons, 1931, pp. 100, 109, 111, 113.
Wilson, Edmund: *The Devils and Canon Barham: Ten Essays on Poets, Novelists and Monsters*, foreword by Leon Edel, New York: Farrar, Straus and Giroux, 1973, pp. 27, 109, 112 – 117.

Wilson, Peter: *A Preface to Ezra Pound*, New York; London: Longman, 1997.

Winters, Yvor: *Forms of Discovery: Critical and Historical Essays on the Forms of the Short Poem in English*, Denver: Alan Swallow Co., 1967, passim.

Witemeyer, Hugh: *The Poetry of Ezra Pound: Forms and Renewal, 1908 – 1920*, Berkeley: University of California Press, 1969.

Wolfe, Cary: *The Limits of American Literary Ideology in Pound and Emerson*, Cambridge: Cambridge University Press, 1993.

Woodward, Anthony: *Ezra Pound and The Pisan Cantos*, London and Boston: Routledge & Kegan Paul, 1980.

Woodward, Kathleen M.: *At Last, the Real Distinguished Thing: The Late Poems of Eliot, Pound, Stevens, and Williams*, Columbus: Ohio State University Press, 1980.

Wright, George T.: *The Poet in the Poem: The Personae of Eliot, Yeats, and Pound*, Berkeley: University of California Press, 1960.

Yao, Steven G.: *Translation and the Languages of Modernism: Gender, Politics, Language*, New York: Palgrave, 2002.

Yeats, William Butler: *A Packet for Ezra Pound*, Dublin: Cuala Press, 1929; repr., in *A Vision* (by Ezra Pound) ; London: Macmillan, 1937; New York: Macmillan, 1936, 1956.

Yeats, William Butler: *Interviews and Recollections*, E. H. Mikhail, ed. New York: Barnes & Noble, 1977, passim.

Yeats, William Butler: *Letters on Poetry from W. B. Yeats to Dorothy Wellesley*, Dorothy Wellesley, ed. New York: Oxford University Press, 1964, p. 23.

Yeats, William Butler: *Memoirs of W. B. Yeats: Autobiography-First Draft Journal*, trans. and edited by Denis Donoghue, New York: Macmillan, 1972.

Yeats, William Butler: *The King of the Great Clock Tower*, New York: Macmillan Company, 1935, pp. v – vii.

Yip, Wai-Lim: *Ezra Pound's Cathay*, Princeton: University of Princeton Press, 1969.

Zilczer, Judith: *"The Noble Buyer": John Quinn, Patron of the Avant Garde*, Washington: Pub. for the Hirshhorn Museum and Sculpture Garden, Smithsonian Institution, by the Smithsonian Institution Press, 1978.

Zukovsky, Louis: *An Objectivists Anthology*, Le Beausset, France; New York: 1932, pp. 17–21.

Zukovsky, Louis: *Louis Zukofsky: Man and Poet*, Carroll F. Terrell, ed. with Introduction, Orono, Maine: National Poetry Foundation: University of Maine Press, 1979, passim.

四、其他相关文献

1.1 其他相关的英语研究著作

Allen, Donald & Tallman, Warren: *Poetics of the New American Poetry*, New York: Grove Press, Inc., 1973.

Altieri, Charles: *Enlarging the Temple: New Directions in American Poetry during the 1960s*, Lewisburg: Bucknell University Press, 1979.

Beckett, Lucy: *Wallace Stevens*, London: Cambridge University Press, 1974.

Behr, Caroline: *T. S. Eliot: A Chronology of His Life and Works*, London: Macmillan, 1983.

Blodgett, Harold: *Walt Whitman in England*, Ithaca: Cornell University Press, 1934.

Bloom, Harold: *A Map of Misreading*, New York: Oxford University Press, 1975.

Derrida, Jacques: *Of Grammatology*, trans., Gayatri Chakravorty Spivak, Baltimore: Johns Hopkins University Press, 1976.

Doolittle, Hilda: *Selected Poems*, New York: Grove, 1957.

Fenollosa, Ernest: *The Chinese Written Character as a Medium for Poetry*, edited by San Francisco: City Lights Bookstore, 1968.

Hoover, Paul: *Postmodern American Poetry: A Norton Anthology*, New York City: W. W. Norton & Company, 1994.

Jung, Angelia and Palandri, Guido: *Italian Images of Ezra Pound*, Taipei: Mei Ya Publications, Inc., 1979.

Lewisburg: Bucknell University Press, London: Associated University Presses, 1979.

Marian, Paul: *William Carlos Williams: A New World Naked*, New York: McGraw-Hill Book Co., 1982.

Perloff, Marjorie: *The Poetics of Indeterminacy: Rimbaud to Cage*, New Jersey, Princeton: Princeton University Press, 1981.

Qian, Zhaoming: *Ezra Pound's Chinese Friends: Stories in Letters*, Oxford: Oxford University Press, 2008.

Quinn, Vincent: *Hilda Doolittle (H. D.)*, New York: Twayne Publishers, Inc., 1967.

Rothenberg, Jerome: *Revolution of the Word, A New Gathering of American Avant Garde Poetry, 1914-1945*, New York: The Seabury Press, 1974.

Rothenberg, Jerome: *Pre-Faces & Other Writings*, New Directions Publishing Corporation, 1981.

Symons, Arthur: *The Romantic Movement in English Poetry*, New York: E. P. Dutton & Company, 1909.

Terrell, Carrol F.: *Man and Poet*, Orono: University of Maine, 1983.

Williams, William Carlos: *The Autobiography of William Carlos Williams*, New York: Random House, 1951.

Xie, Ming: *Ezra Pound and the Appropriation of the Chinese Poems*, London and New York: Garland Publishing, Inc., 1999.

Zukofsky, Louis: *All: The Collected Short Poems, 1923-1964*, New York: Norton, 1966.

Zukofsky, Louis: *An "Objective" Prepositions: The Collected Critical Essays of Louis Zukofsky*, expanded edition, Berkeley: University of California Press, 1981.

1.2 其他相关的汉语研究著作

彼得·阿克罗伊德:《艾略特传》,刘长缨、张筱强译,北京:国际文化出版公司,1989年。
彼得·福克纳:《现代主义》,付礼军译,北京:昆仑出版社,1988年。
彼德·琼斯编:《意象派诗选》,裘小龙译,桂林:漓江出版社,1992年。
长江水利委员会编:《三峡大观》,北京:中国水利水电出版社,1986年。
丹纳:《艺术哲学》,傅雷译,天津:天津社会科学院出版社,2004年。
董衡巽编选:《美国十九世纪文论选》,上海:上海译文出版社,1991年。
董连祥:《论语赏析》,北京:中央广播电视大学出版社,1990年。
葛乃福编:《刘延陵诗文集》,上海:复旦大学出版社,2002年。
耿纪永:《〈现代〉、翻译与现代性》,《同济大学学报》2009(2)。
黑格尔:《哲学史讲演录》,贺麟、王太庆译,北京:商务印书馆,1996年。
黄晋凯等编译:《象征主义·意象派》,北京:中国人民大学出版社,1987年。
J. 兰德:《庞德》,潘炳信译,北京:中国社会科学出版社,1992年。
雷内·韦勒克:《现代文学批评史》,第五卷,章安祺、杨恒达译,北京:中国人民大学出版社,1991年。
梁实秋:《浪漫的与古典的文学纪律》,上海:新月书店,1988年。
梁实秋:《梁实秋读书札记》,北京:当代世界出版社,2007年。
刘岩:《中国文化对美国文学的影响》,石家庄:河北人民出版社,1999年。
鲁迅:《鲁迅全集第六卷·且介亭杂文二集·"题未定"草(六至九)》,北京:人民文学出版社,2005年。
马·布雷德伯里编:《现代主义》,上海:上海外语教育出版社,1997年。
《马克思 恩格斯 列宁 斯大林论文艺》,北京:人民文学出版社,1988年。
《马克思恩格斯选集》第1卷,北京:人民出版社,1972年。
庞德等:《美国现代六诗人选集》,申奥译,长沙:湖南人民出版社,1985年。
庞德:《庞德诗选比萨诗章》,黄运特译,桂林:漓江出版社,1998年。
彭予:《二十世纪美国诗歌》,开封:河南大学出版社,1995年。
钱锺书:《谈艺录》,北京:中华书局,1993年。
钱锺书:《钱锺书集·七缀集》,北京:生活·读书·新知三联书店,2001年。
钱锺书:《钱锺书集·写在人生边上的边上》,北京:生活·读书·新知三联书店,2001年。
钱锺书:《钱锺书英文文集》,北京:外语教学与研究出版社,2005年。
申奥:《美国现代文坛怪杰——庞德》,《外国诗》(2),北京:外国文学出版社,

1984年。

沈括:《梦溪笔谈校证》,胡道静校证,上海:上海古籍出版社,1987年。

苏轼:《苏东坡全集》(二),王文浩注,珠海:珠海出版社,1996年。

T. S. 艾略特:《艾略特诗学文集》,王恩衷编译,北京:国际文化出版公司,1989。

陶乃侃:《庞德与中国》,北京:首都师范大学出版社,2006年。

王光明:《自由诗与中国新诗》,《中国社科科学》2004(4)。

未凡、未珉编:《外国现代派诗集》,北京:中国文联出版公司,1989年。

伍蠡甫主编:《西方文论》下卷,上海:上海译文出版社,1979年。

伍蠡甫主编:《西方古今文论选》,上海:复旦大学出版社,1984年。

徐迟:《文艺和现代化》,成都:四川人民出版社,1981年。

杨东霞、杨烈等译:《王尔德全集·评论随笔卷》,北京:中国文学出版社,2000年。

叶维廉:《中国诗学》,北京:生活·读书·新知三联书店,1992年。

叶维廉:《叶维廉文集》,第一卷,合肥:安徽教育出版社,2002年。

袁可嘉:《欧美现代派文学概论》,上海:上海文艺出版社,1993年。

袁可嘉编选:《现代主义文学研究(上)》,中国社会科学出版社,1989年。

曾宝荪:《曾宝荪回忆录》,台湾:龙文出版社股份有限公司,1989年。

张隆溪:《中西文化研究十论》,上海:复旦大学出版社,2005。

张隆溪:《道与逻各斯》,南京:江苏教育出版社,2006年。

张少雄:《卡第绪——母亲挽歌》,广州:花城出版社,1991年。

张子清:《二十世纪美国诗歌史》,长春:吉林教育出版社,1995年。

赵毅衡:《远游的诗神》,成都:四川人民出版社,1984年。

赵毅衡:《美国现代诗选(上)》,北京:外国文学出版社,1985年。

赵毅衡编选:《"新批评"文集》,北京:中国社会科学出版社,1988年。

郑振铎:《文学大纲》,桂林:广西师范大学出版社,2003年。

1.3 其他相关研究论文

安川昱:《日本对艾兹拉·庞德的影响》,《辽宁大学学报》1993(3)。

常沛文:《艾兹拉·庞德传播中国文化的使者》,《外国文学》1986(5)。

陈明明:《寻求精神的家园——论庞德诗歌的奥德修斯情节》,《玉林师范学院学报》2007(2)。

陈炜:《庞德与他的〈少女琴〉》,《宁德师专学报》1994(4)。

陈希:《胡适与意象派》,《鄂州大学学报》1998(1)。

董洪川:《接受的另一个维度:我国新时期庞德研究的回顾与反思》,《外国文学》2007(5)。

杜夕如:《生态女性主义视阈中庞德诗的自然意象》,《世界文学评论》2009(1)。

段怀清:《胡适改良文学主张中三个尚待澄清的问题》,《浙江大学学报》2007(3)。

丰华瞻:《意象派与中国诗》,《社会科学战线》1983(3);《庞德与中国诗》,《外国语》1983(5)。

傅浩:《Ts'ai Chi'h是谁?》,《外国文学评论》2010(2)。

傅建安:《庞德诗学与中国现当代诗歌》,《湖南城市学院学报》2009(3)。

耿纪永:《〈现代〉、翻译与现代性》,《同济大学学报》2009(2)。

郭建中:《美国翻译研讨班和庞德翻译思想》,《外语与外语教学》2000(2)。

郭为:《埃兹拉·庞德的中国汤》,《读书》1988(10)。

洪振国:《浅谈庞德的"表意法"》,《五邑大学学报》1990(Z1)。

胡平:《论〈比萨诗章〉叙事的复调性》,《名作欣赏》2010(23)。

胡泽刚:《庞德的启示——评庞德的译作〈华夏集〉兼论汉诗英译中的一个问题》,《外国语》1991(2)。

黄河:《庞德早期诗作中的赫拉克利特思想》,《社会科学论坛》2007(6)。

黄运特:《庞德是新历史主义者吗?——全球化时代的诗歌与诗学》,《外国文学研究》2006(6)。

黄宗英:《"一张嘴道出一个民族的话语":庞德的抒情史诗〈诗章〉》,《国外文学》2003(3)。

蒋洪新:《庞德:作家的保护神》,《外国文学动态》1994(3)。

蒋洪新:《庞德的文学批评理论》,《外国文学研究》1999(3)。

蒋洪新:《庞德与文学事业》,《理论与创作》2000(5)。

蒋洪新:《庞德的翻译理论研究》,《外国语》2001(4)。

蒋洪新:《庞德的〈华夏集〉探源》,《中国翻译》2001(1)。

蒋洪新:《庞德的〈七湖诗章〉与潇湘八景》,《外国文学评论》2006(3)。
杰夫·特威切尔:《庞德的〈华夏集〉和意象派诗》,张子清译,《外国文学评论》,1992年第1期。
金琼:《异曲同工 各呈芳华——庞德〈地铁站上〉与温庭筠〈菩萨蛮〉意象营造之比较》,《绥化学院学报》1993(4)。
克劳斯·多尔曼:《遗落在荒原上的恨——美国名诗人庞德追忆》,《世界博览》1989(4)。
蓝峰:《"维护说"析——庞德诗歌理论及其与孔子思想的关系》,《文艺研究》1984(4)。
李春长:《神州集翻译中的种族思想——〈水手〉与中国诗的比较研究》,《解放军外国语学院学报》2006(3)。
李春长:《神州集》对中国女性的再审视,《江西社会科学》2007(5)。
李春长:《〈诗章〉理想国的神学构建及其思想来源》,《中山大学学报》2010(2)。
黎静,任军:《论林纾和庞德译作的期待视野》,《重庆大学学报》2003(4)。
李尚才:《〈一代人〉与〈地铁车站〉:中西语符差异论》,《名作欣赏》1994(6)。
李心峰:《"意象"探微》,《广西师范大学学报》1985(2)。
黎志敏:《庞德的"意象"概念辨析与评价》,《外国文学研究》2005(3)。
刘白:《诗歌与音乐的奇妙结合——论庞德诗歌中的音乐性》,《湘潭师范学院学报》2007(6)。
刘保安:《〈地铁车站〉:人类的困境与尴尬》,《外语艺术教育研究》2006(3)。
流沙河:《意象派一例——伊兹拉·庞德〈地铁站内〉》,《星星》1984(10)。
流沙河:《十二象·意象》,《星星》1984(9)。
刘象愚:《从两例译诗看庞德对中国诗的发明》,《中国比较文学》1998(1)。
罗坚:《西方中心主义的变奏——重评庞德的中国文化态度》,《湖南师范大学社会科学学报》2009(2)。
敏泽:《中国古典意象论》,《文艺研究》1983(3)。
莫海斌:《胡适与美国意象派:被叙述出来的影响》,《暨南大学学报》2004(2)。
莫雅平:《试图建立一个地上乐园——从〈比萨诗章〉窥庞德之苦心》,《出版广角》1999(5)。

区鉷,李春长:《庞德神州集中的东方主义研究》,《中山大学学报》2006(3)。
潘志明,曾梅:《"南山"乎?"south-hills"乎?——浅谈庞译〈诗经〉的本、喻体关系的审美特征》,《淮阴师范学院学报》1997(4)。
钱锺书:《通感》,《文学评论》1962(1)。
尚思:《谈 In a Station of the Metro 一诗的翻译》,《上海师范大学学报》1994(3)。
孙宏:《论庞德的史诗与儒家经典》,《外国文学评论》1999(2);《庞德的史诗与儒家经典——一个现代诗人在中国古代文化中的求索》,《西北大学学报》1999(2)。
孙琳,牟金江:《回顾与探索——解读庞德诗歌〈休·塞尔温·莫伯利〉的主题结构》,《北方论丛》2002(6)。
谭琼琳:《重访庞德的〈七湖诗章〉——中国山水画、西方绘画诗与"第四维—静止"审美原则》,《外国文学评论》2010(2)。
王光明:《自由诗与中国新诗》,《中国社科科学》2004(4)。
王贵明:《译作乃是新作——论埃兹拉·庞德诗歌翻译的原则和艺术性》,《北京理工大学学报》2002(2)。
王贵明:《庞德之于中国文化功过论——与〈理解抑或误解?——美国诗人庞德与中国之关系的重新思考〉的作者商榷》,《外国文学》2003(3)。
王贵明:《论庞德的翻译观及其中国古典诗歌的创意英译》,《中国翻译》2005(6)。
王军:《辉煌的艺术成就 倒退的社会历史观——庞德的悲剧现象简析》,《吉林师范大学学报》1990(2)。
王瑛:《柏格森与庞德诗学探源》,《湖北大学成人教育学院学报》2007(6)。
王誉公,魏芳萱:《庞德〈诗章〉评析》,《山东外语教学》1994(Z1)。
威廉.C.普拉特:《图圄中的诗人——埃兹拉·庞德印象记》,《世界文化》1991(4)。
魏望东:《跨世纪〈论语〉三译本的多视角研究:从理雅各、庞德到斯林哲兰德——兼议典籍复译的必要性》,《中国翻译》2005(3)。
吴其尧:《是非恩怨话庞德》,《外国文学》1998(3)。
吴其尧:《诗人的天真之思——庞德的政治和经济思想浅论》,《外国文学》2008(3)。

武新玉:《"恋父"与"弑父":从庞德的意象派到威廉斯的客体派》,《外国文学评论》2009(1)。

肖君和:《论中国古典意象论与西方"意象派"的区别》,《贵州社会科学》1987(10)。

徐春寅,杨春卫:《从原型批评角度解析〈在地铁站〉的诗歌意象》,《湖北经济学院学报》2009(6)。

袁若娟:《意象派诗歌与中国古典诗词》,《河南师范大学学报》1984(2)。

曾俊伟:《"意象"说源流》,《中南民族学院学报》1984(2)。

张耀平,夏雅琴:《庞德的"重构"艺术及其启示》,《山西大学学报》1999(2)。

张子清:《美国现代派诗歌杰作——〈诗章〉》,《外国文学》1998(1)。

赵毅衡:《意象派与中国古典诗歌》,《外国文学研究》1979(4)。

赵毅衡:《关于中国古典诗对美国新诗运动影响的几点刍议》,《文艺理论研究》1983(4)。

赵毅衡:《为庞德/费诺罗萨一辩》,《诗探索》1994(3)。

赵毅衡:《儒者庞德——后期〈诗章〉中的中国》,《中国比较文学》1996(1)。

郑敏:《意象派诗的创新、局限及对现代派诗的影响》,《文艺研究》1980(6)。

郑敏:《庞德——现代派诗歌的爆破手》,《当代文艺思潮》1980(6)。

周上之:《美的瞬间和意象派的创作方法——庞德代表作〈地铁车站〉赏析》,《淮北煤炭师范学院学报》1986(2)。

周文君:《好大一棵树——论埃兹拉·庞德诗歌中的树之意象》,《丽水师范专科学校学报》2003(3)。

周彦:《庞德误译浅析》,《中国翻译》1994(4)。

祝朝伟:《林纾与庞德翻译思想比较研究》,《解放军外国语学院学报》2002(3)。

祝朝伟:《庞德翻译研究中东方主义视角的质疑》,《西华师范大学学报》2006(2)。

附录三

人名索引

A

Actaeon 艾达安 115、116、230、231、264、265
Aiken, Conrad 艾肯,康拉德 96、295、333、421
Aldington, Richard 阿尔丁顿,理查德 55、58、73、141、273、274、295、370
Anderson, Sherwood 安德森,舍伍德 80
Aristotle 亚里士多德 125、225、226、235、303、325、327
Arnold, Matthew 阿诺德,马修 107、126、226、352
Auden 奥顿 13、66、99、333

B

Baudelaire 波德莱尔 243、290、300、301、346、347、353
Benjamin, Walter 班雅明,瓦尔特 182
Blake, William 布莱克,威廉 54
Brooks, Cleanth 布鲁克斯,克林斯 12、13、354
Browning, Robert 布朗宁,罗伯特 16、48、54、107、111、123、124、206、211、216、223、224、226、227、228、334
Byron, George Gordon 拜伦,乔治·戈登 14、106

C

Calderon 卡尔德隆 164
Catullus 卡图鲁斯 48、117、211、229

Chaucer 乔叟 123、211、216、224、321

Cino 琴诺 111、119、120、121、122

Coleridge, Samuel Taylor 柯勒律治,塞缪尔·泰勒 14、106

Conrad, Joseph 康拉德,约瑟夫 61、70、77

Cummings, E. E. 肯明斯, E. E. 80、96、97、98、100、102、103、106、292、416、422、425

常耀信 24、413

D

Dante 但丁 16、48、49、54、57、103、111、119、124、132、164、170、174、195、196、211、214、215、216、220、221、240、243、265、386、387、388、401、407

Davie, Donald Alfred 戴维,唐纳德·阿尔弗雷德 9、13、16、19、20、103、181、186、202、205、280

Dekker, George 德克,乔治 218

Dickens, Charles 狄更斯,查尔斯 107、164、183

Dickinson, Emily 狄金森,艾米莉 2、128

Doolittle, Hilda 杜利特尔,希尔达(文中亦称希尔达或者 H. D.) 1、3、53、54、56、76、115、127、273、274、275、278、284、285、295、340、354、370、416

Douglas, Chifford Hyh 道格拉斯, C. H. 53、87、89、303、304、305、306、307、312、313、314、315、316、317、318、394

董衡巽 128、129、386

E

Eliot, T. S. 艾略特, T. S. 1、2、3、6、11、12、13、14、15、16、17、18、24、27、28、30、33、47、49、52、58、61、65、76、77、78、79、80、81、85、86、87、96、97、98、99、100、103、105、106、107、112、113、127、161、169、171、183、186、187、199、201、202、205、206、211、212、215、216、217、219、243、244、245、267、269、277、281、285、288、289、290、292、293、294、295、296、298、299、300、301、311、320、321、322、323、325、328、330、333、334、340、343、344、345、346、347、352、353、354、356、357、360、367、373、376、383、388、392、395、404、

· 483 ·

406、408、416、418、419、421

F

Fang, Achilles 方志彤 26、96、160、326、328、404、405、406
Fenollosa, Ernest 费诺罗萨,厄内斯特 2、18、68、155、160、161、162、163、164、165、166、167、168、169、170、172、174、206、257、291、376、378、379、382、383、384、388、392、400、407、408、410、417、418
Fitzgerald 菲茨杰拉德 99、106
Flaubert 福楼拜 73、189、199、290、299、301
Flint, F. S. 弗林特,F. S. 63、73、74、75、271、272、276、278、281、282、296、388、421
Flory, Wendy Stallard 弗罗利,温迪·斯得拉德 220、221
Ford, Ford Madox 福特,福特·马多克思 10、62、69、70、73、77、78、82、183、207、278、281、284、408、421、423
Frost, Robert 弗罗斯特,罗伯特 1、2、3、13、30、76、98、99、106、296、299、300、340、383、416
傅浩 24、149、397、403

G

Giles, Hebert 翟理斯,赫伯特 144、155、164
Ginsberg, Allen 金斯堡,阿伦 85、355、358、416、425
Goethe 歌德 48、164、386

H

Hardy, Thomas 哈代,托马斯 9、20、41、186、299
Hegel 黑格尔 31、32、285、286、319、320
Hemingway, Ernest Miller 海明威,厄内斯特·密勒 30、73、80、81、82、83、84、97、98、99、100、103、106、202、284、285、299、300、340、383、388、416、422
Homer 荷马 16、84、105、117、124、164、172、211、214、220、221、222、223、225、228、278、320、401

Horace 贺拉斯 46、48
Hulme, T. E. 休姆,T. E. 10、63、73、77、78、193、194、269、271、272、281、393、421
胡适 125、364、365、369、370、381、397、398、400、401、409、410
黄贵友 409
黄运特 6、166、173、284、312、382、387、389、393

J

Jameson, Fredric 詹姆逊,弗德里克 28、29、369
Joyce 乔伊斯 3、10、16、17、18、30、61、62、73、76、78、79、80、82、97、198、202、205、211、216、278、281、286、297、298、299、300、340、367、383、388、416、421、422
Jung, Angela Chih-Ying 荣之颖 26、97、210、406、407
蒋洪新 4、6、7、24、383、388、392、395、396、398、399、403

K

Keats, John 济慈,约翰 51、54、93、106、108
Kenner, Hugh 肯纳,休 1、9、16、17、18、19、85、86、96、100、162、165、173、174、211、218、256、305、334、387、408
孔子 16、17、34、45、89、93、94、100、102、117、160、213、214、235、236、237、238、240、245、292、323、324、325、326、327、328、331、376、379、387、398、399、411、413、416、417

L

Laughlin, James 劳克林,詹姆斯 11、53、84、85、86、95、99、104、405
Lawrence, D. H. 劳伦斯,D. H. 63、73、297、299、300
Leavis, F. R. 利维斯,F. R. 13、14、15、200
Lessing, Gotthold Ephraim 莱辛,戈特霍尔德·埃夫莱姆 143、268
Lewis, Wyndham 刘易斯,温德罕姆 63、73、78、79、81、221、246、273、282、283、284、295、296、352
Lowell, Amy 罗威尔,爱米 188、278、280、281、282、297、365、412

Lowell, Robert 罗威尔, 罗伯特 96、333、353、354、360、424
李白 6、124、151、152、153、170、176、177、178、367、378、379、396、417
李春长 364、399、401
梁实秋 365
列宁 30、357
刘树森 403
刘象愚 385、391
刘延陵 366、367、370、375

M

MacLeish 麦克林什 13、86、97、98、99
Mallarmé, Stéphane 马拉美, 斯特芬 126、127、418
Mathews, Charles Elkin 马修, 查尔斯·埃尔金 10、62、128
Maupassant 莫泊桑 73
Milton, John 弥尔顿, 约翰 50、127、222、273、297、334、386
Mori, Kainan 森海南 159、170
Mussolini, Benito 墨索里尼, 贝尼托 31、83、87、88、89、91、92、93、211、213、214、221、260、302、315、316、319、332、380、390、394、417

O

Olson, Charles 奥尔森, 查尔斯 3、353、354、355、356、357、358、415
Ovid 奥维德 48、117、118、124、200、211、213、229、231、240、248、296、324、407
区鉷 399

P

Pearlman, Daniel D. 柏尔曼, 丹尼尔·D. 218
Pindar 品达 228
Pound, Thaddeus Coleman 庞德, 赛多斯·柯尔曼 36

Q

钱兆明 1、26、159、160、382、386、390、410、411

钱锺书 25、26、28、29、263、264、368、372、373、375、381、384、404、406、414

裘小龙 6、108、244、271、274、275、276、277、279、280、345、373、374、386

屈原 144、145、146、155、162、170、417

R

Richards, I. A. 理查兹 15

Rimbaud, Arthur 兰波, 阿瑟 126

Rothenberg, Jerome 罗森堡, 杰罗姆 360、361、362、363

Rudge, Olga 露基, 奥尔佳 36、82、83、84、88、93、94、97、98、100、101、102、103、104、105、203、206、210、246、331

S

Shakespeare, Dorothy 萨士比亚, 多萝西 36、55、63、64、66、75、78、79、81、82、83、84、87、93、94、97、100、101、102、105、161、164、246

Shaw, George Bernard 萧伯纳 62、197

Shelley, Percy Bysshe 雪莱, 珀西·比希 14、54、106、163、164、416

Smith, William Brooke 史密斯, 威廉·布鲁克 50、56

Spenser, Edmund 斯宾塞, 爱德蒙 181、244、334

Stein, Gertrude 斯坦因, 格特鲁德 80、353、354、362

Stendhal 司汤达 73

Stevens, Wallace 斯蒂文斯, 华莱士 1、13、226、347、348、349、352、354

Stock, Noel 斯托克, 诺埃尔 46、51、57、64、65、75、80、158、218、281、289、292、303、324、325、330、331、332

Surette, Leon 苏莱特, 利昂 219、220

Swinburne, A. C. 史文朋, A. C. 9、132

Symons, Arthur 西蒙斯, 亚瑟 10、126、127、174

邵洵美 366、368

申奥 373、374、381

沈括 251

司空图 171、268

苏东坡 112、252
索金梅 24、392、393、398、403

T

Tacitus 塔西佗 48
Terrell, Carroll F. 特里尔,卡罗尔·F. 6、9、22、24、26、211、212、256、334、390、405
陶乃侃 4、7、392、400
托尔斯泰 30

V

Vergil 维吉尔 48、164、200、388、401
Verlaine, Paul 魏尔伦,保尔 126
Villon, Francois 维永,弗朗索瓦 111、122、123、132、189、202

W

Waley, Arthur David 威利,亚瑟·戴维德 180、181、385、412
Wellek, René 韦勒克,雷内 283、291、299、300
Whitman, Walt 惠特曼,沃尔特 2、54、106、122、124、128、129、130、131、132、133、134、136、137、334、335、340、354、358、366、368、409
Wilde, Oscar 王尔德,奥斯卡 110、132
Wilhelm, J. J. 威尔海姆,詹姆斯 J. 21、35、36、37、38、43、44、49、59、63、64、70、73、81、98、272
Williams, William Carlos 威廉斯,威廉·卡洛斯 1、2、3、30、51、52、53、54、57、61、65、76、77、82、92、96、100、103、127、162、221、272、273、278、281、297、299、300、340、341、342、343、353、354、357、358、359、362、394、410、411、416
Woolf, Virginia 伍尔芙,弗吉尼亚 193、221、222
Wordsworth, William 华兹华斯,威廉 14、106、108、220、221、267、296、334
王安石 204

王贵明 24、395、396、399、403
闻一多 365、366

X

谢明 26、181、412、413
徐迟 366、367、370
徐平 392

Y

Yeats, William Butler 叶芝,威廉·巴特勒 3、10、12、13、14、19、51、54、58、61、62、63、64、65、66、67、68、69、70、77、81、83、85、93、103、110、111、124、126、130、159、162、202、272、297、298、300、301、321、334、340、354、404、416
姚蕉 204
叶维廉 6、26、33、69、116、118、119、121、140、171、183、184、225、226、228、229、230、233、235、243、248、257、362、372、407、408
袁可嘉 6、65、66、67、127、371、374、375、382

Z

Zukofsky, Louis 儒可夫斯基,路易斯 3、85、354、359
曾宝荪 257、259、260、261、263、398
张剑 24、390、403
张隆溪 34、418
张子清 24、163、170、174、184、213、312、364、373、382、387、403
赵毅衡 6、109、115、147、150、154、162、269、306、309、348、349、352、373、376、377、378、379、382、384、387、388、392、396
郑敏 375、381、386
郑树森 409
郑振铎 32
祝朝伟 392、395、398、399

庞德研究

后　记

　　一本书写到后记,宛如古时新娘子已经到夫家度过洞房花烛夜,第二天去拜见公婆,临行前还要打扮一番,问问夫婿"画眉深浅入时无"。后记大抵就是这样一位缺乏自信、忐忑不安的媳妇,但面世前的装扮与矫情总比邋遢不修饰要可爱得多。

　　写这本书的缘由可追溯到笔者二十年前在中国社科院研究生院袁可嘉先生门下攻读博士研究生时期。袁先生为我定的博士论文选题为"T. S. 艾略特研究",做艾略特研究必然涉及庞德,因此这样与庞德研究结缘。十年前上海外国语大学汪义群教授组织编写一套"外国现代作家研究丛书",由上海外语教育出版社出版,他邀我加盟撰写《庞德研究》,初接此活还有较足的信心,心想自己已有多年的积累,且已发表了一系列关于庞德研究的文章,再有一两年的努力,应该可以完稿。可惜十年弹指即过,期间汪先生来过几次友善而温和的电话催稿,我自以为可以交得出,但始终没有上交出汪先生布置的作业,后来几年则化为汪先生的沉默等待以及我厚脸皮的努力钻研。唐朝诗人张若虚诗云:"可怜春半不还家",徘徊在春江花月夜,顾影自怜,自己的学术之春早过大半,一部《庞德研究》已耗掉自己十年多光阴,岂不感叹汗颜?!

　　俗话说十年磨一剑,磨出来的剑必然是把好剑。然而就庞德研究而言,我这样的愚鲁之人,未必能磨出好剑。这绝非是鄙人自谦,缘由很简单,一言以蔽之:庞德的博学与自信跟作者我的浅学和乏力经常不搭调。庞德的涉猎面广,文学、文化、政治、经济、翻

后 记

译、艺术皆有涉及,在各领域都闪烁着智慧的光芒,同时也犯一些常识性错误,因此可以说他是博学并不专深、自信近乎盲目的杂家诗人。要深入研究这样一个复杂多变、涉猎极广的人物,无疑是需要时间与精力投入的。

有自知之明之后,方能笨鸟慢飞。十年里我做了一些扎实的调研工作与刻苦阅读。先是查阅北京国立图书馆、中国社科院、北京大学、北京外国语大学、南京大学等有关庞德的研究资料,后受邀到境外讲学、获国家留学基金资助以及开展工作交流,十年中先后到美国加州大学圣地亚哥分校(UCSD)、香港城市大学、香港浸会大学、香港中文大学、英国牛津大学、伦敦大学、罗伊汉普顿大学(Roehampton)、美国加州大学河滨分校、美国中田纳西州立大学继续查阅有关资料。期间还得到过中外许多专家与朋友的指教与帮助,这里特别要感谢:叶维廉教授(美国加州大学圣地亚哥分校)、Michael Davidson 教授(美国加州大学圣地亚哥分校)、诗人 Jerome Rothenberg(美国加州大学圣地亚哥分校)、J. H. Prynne(中文名蒲恩龄,英国剑桥大学)、Marjorie Perloff 教授(美国斯坦福大学)、张隆溪教授(香港城市大学)、吴元迈研究员(中国社科院)、董衡巽研究员(中国社科院)、赵一凡研究员(中国社科院)、陆建德研究员(中国社科院)、陈众议研究员(中国社科院)、盛宁研究员(中国社科院)、傅浩研究员(中国社科院)、陶洁教授(北京大学)、申丹教授(北京大学)、刘树森教授(北京大学)、张子清教授(南京大学)、许钧教授(南京大学)、王守仁教授(南京大学)、杨金才教授(南京大学)、区鉷教授(中山大学)、张剑教授(北京外国语大学)、汪义群教授(上海外国语大学)、吴其尧教授(上海外国语大学)、聂珍钊教授(华中师范大学)、王贵明教授(北京理工大学)、索金梅教授(南开大学)、祝朝伟教授(四川外国语学院)、董洪川教授(四川外国语学院)、张文初教授(湖南师范大学)、杨丽华主编(北京三联书店)、钟玲教授(香港浸会大学)、叶扬教授

(美国加州大学河滨分校)、钱兆明教授(美国新奥尔良大学)、McPhee 校长(美国中田纳西州立大学)、郑冠平教授(美国中田纳西州立大学)、杨志明教授(美国考试中心)、阿列克斯·吉辛(Alex Kisin)。在这十几年的写作过程中,我三位敬爱的师长袁可嘉研究员(中国社科院)、Mishao Miyoshi(中译名"三好将夫")教授(美国加州大学圣地亚哥分校)、刘重德教授(湖南师范大学)相继去世,我在他们那里受业多年,他们在我的学术成长道路上给予了我受益终生的教诲和帮助,我会永远牢记他们的恩情。此外,我的学生宁宝剑帮我校对书稿,整理索引。博士后李春长与我合作完成庞德学术史的中国章节。上海外语教育出版社蔡一鸣编辑帮我匡正了不少错误。我夫人郑燕虹教授在美留学期间帮我搜寻资料,并对书稿提出好的建议,多年的夫妻相濡以沫以及学术上相互激励是我前进的不息动力。

本书的部分章节在《外国文学评论》、《外国文学研究》、《外国文学动态》、《外国语》、《中国翻译》、《理论与创作》、《东吴学术》等期刊发表过,有些内容曾在香港城市大学、香港浸会大学、中美诗歌研讨国际会议以及国内某些高校用英文做过演讲。2006年中国社科院外文所所长陈众议先生主持"外国经典作家学术史研究"项目,他邀我参与并担任其中的"庞德学术史研究",经过几年的调研与梳理,我对庞德研究整体状况有了更明确的了解,从而丰富了本书的研究内容。本丛书的体例要求有庞德学术史的内容,该部分与我刚完成的另一本著作《庞德学术史研究》有相互借鉴。

钱锺书先生说过,交出的书稿,"其实只仿佛魔术家玩的飞刀,放手而并没有脱手。"这部书的完成了结了我多年的心愿,但书的出版并不等于完全脱手,我知道囿于水平,书中的谬误难免,祈望方家与读者批评指正。